SOPHIA JAMES

Scandaleuse nuit d'hiver

INTÉGRALE

LES PROMISES DE L'HIVER

Traduction française de

GAËLLE STAUB

SAGHS

HARLEQUIN

Collection : SAGAS

Titre original :
ONE UNASHAMED NIGHT

Ce roman a déjà été publié en 2013

HARPERCOLLINS FRANCE
83-85, boulevard Vincent-Auriol, 75646 PARIS CEDEX 13
Service Lectrices — Tél. : 01 45 82 47 47 - www.harlequin.fr
ISBN 978-2-2804-5046-1 — ISSN 2426-993X

Composé et édité par HarperCollins France.
Imprimé en octobre 2021 par CPI Black Print (Barcelone)
en utilisant 100% d'électricité renouvelable.
Dépôt légal : novembre 2021.

FSC
www.fsc.org
MIXTE
Papier issu de sources responsables
FSC® C159065

Pour limiter l'empreinte environnementale de ses livres, HarperCollins France s'engage à n'utiliser que du papier fabriqué à partir de bois provenant de forêts gérées durablement et de manière responsable.

1

Maldon, Angleterre — Janvier 1826

L'obscurité l'envahissait.

Elle l'aspirait, alors même qu'il se battait pour lui échapper.

Les yeux écarquillés, il tenta de saisir une minuscule étincelle de lumière, attiré par son éclat, l'appelant à lui, désirant de tout son être cette dernière touche de couleur avant que le noir complet ne l'enveloppe…

— Monsieur, monsieur. Réveillez-vous. Vous êtes en train de rêver.

La voix venait de tout près, et lord Taris Wellingham sortit brusquement de son sommeil pour revenir à la chaleur de la voiture qui faisait route vers le sud à destination de Londres.

Un visage indistinct s'esquissa devant lui dans la pénombre, celui d'une femme, dont il n'aurait su dire si elle était jeune ou âgée.

Sa voix était douce, presque musicale, avec un léger défaut de prononciation sur la lettre « s »… peut-être le signe qu'elle avait été élevée dans le nord et qu'elle était issue de bonne famille.

D'instinct, il pivota, les doigts crispés sur le pommeau en argent de sa canne d'ébène, tous ses sens en alerte.

— Je vous demande pardon pour mon manque de manières, madame.

Elle laissa échapper un petit rire qui le surprit.

— Oh ! je vous l'accorde bien volontiers, monsieur.

Il y avait indéniablement de l'humour dans sa réplique, mais aussi quelque chose de plus profond.

Si seulement il pouvait discerner la couleur de ses yeux ou de ses cheveux… mais sa vue, depuis longtemps, n'enregistrait plus les couleurs, lumières à jamais effacées, même en plein jour, remplacées par des ombres grisâtres.

Un monde de ténèbres.

Son monde.

Où sa capacité à cacher son handicap était la seule dignité qui lui restait.

Il prit une grande bouffée d'air, cherchant en silence quelle attitude adopter, et feignit de consulter la montre attachée à sa ceinture, même s'il répugnait à de tels subterfuges. En société, cependant, c'était désormais ce à quoi il était réduit : cacher ce qu'il était — un homme au bord de l'abîme, prêt à basculer à tout moment.

— Encore une heure et demie avant d'atteindre notre destination, j'imagine ? s'enquit l'inconnue.

Une question de pure forme, mais qui venait pour lui à point nommé, car elle lui donnait un repère auquel il pouvait se raccrocher pour tenter de situer l'endroit où ils se trouvaient.

— A moins que le temps ne se dégrade, rétorqua-t-il.

Dehors soufflait un vent intense, et la température avait brutalement chuté depuis le moment où il s'était endormi.

Il inclina la tête pour écouter le bruit des roues sous la voiture : à en croire celui-ci, la couche de neige s'était également épaissie.

Soudain, tout son corps se raidit.

Il y avait quelque chose qui ne tournait pas rond. Le bruit de la roue du côté droit était anormal, irrégulier, un bruit de frottement contre l'acier.

Il maudit son ouïe trop fine et mit ses préoccupations de côté, préférant se concentrer sur d'autres sujets plus importants.

Lui mis à part, il y avait quatre autres personnes dans la

voiture, il les avait comptées à leur entrée, son interlocutrice étant la seule assise de son côté.

L'un des hommes était endormi et ronflait paisiblement dans la nuit, et l'autre s'entretenait avec une femme plus âgée, à propos de tâches ménagères et de domestiques à engager. Au ton empreint de respect et d'affection qu'il employait, on devinait qu'il devait s'agir de sa mère.

Le bruit de la roue devenait de plus en plus inquiétant et s'accompagnait maintenant d'une vibration dans le châssis. Taris la ressentait sous la paume de sa main posée contre la fenêtre.

Incapable d'ignorer le danger plus longtemps, il leva sa canne et frappa le toit à plusieurs reprises.

Trop tard ! L'essieu venait de se rompre. Le véhicule fit une embardée à droite. Le cocher laissa échapper un hurlement, sinistre dans l'obscurité, aussitôt suivi par le fracas du bois volant en éclats.

Sous le choc, la portière contre laquelle Taris était appuyé céda et s'écrasa contre le sol. Les passagers furent projetés violemment à l'intérieur de l'habitacle, et une intense douleur le traversa tandis que sa tête heurtait brutalement une partie métallique.

Il y eut encore un grand bruit, des cris…

Puis le silence.

Il y avait des corps partout.

Les gémissements de la femme plus âgée couvraient les sanglots étouffés de son fils. Aucun bruit ne parvenait des deux autres occupants, et Taris tendit la main dans leur direction.

La femme assise à côté de lui respirait encore — il pouvait sentir la chaleur de son souffle sur ses doigts —, mais le gentleman qui ronflait un instant plus tôt n'avait plus de pouls, et son cou formait un angle inhabituel avec ses épaules.

Tout était plongé à présent dans un noir d'encre, avec les lampes éteintes et la lune, ce soir, réduite à un minuscule quartier.

Mais cela ne le changeait guère. C'était son quotidien.

Son monde, dans lequel il était finalement plus à l'aise qu'à la lumière du jour.

Jetant sa canne, il se redressa.

Hébétée, Beatrice-Maude Bassingstoke regarda autour d'elle, doutant encore de ce qui venait d'arriver. Sa tête la faisait souffrir, ainsi qu'une méchante coupure à la lèvre supérieure.

Un accident venait de se produire.

Un terrible accident.

Prenant conscience du drame, tout à coup, elle se mit à trembler et dut serrer les lèvres pour couvrir le bruit de ses dents qui claquaient.

Près d'elle, dans le mince rai de lumière, l'étranger aux cheveux sombres soulevait doucement le corps inanimé d'un voyageur pour le déposer à l'extérieur de la voiture. L'homme semblait bel et bien mort. La vieille dame en face d'elle dut le comprendre aussi, car elle laissa éclater des hurlements de terreur, tandis que son jeune compagnon tentait en vain de la rassurer.

— Assez, madame, intervint l'étranger.

La voix de l'homme ne tolérait aucune discussion, et la femme se tut, avant d'en venir à une préoccupation plus immédiate.

— Il… il… f… f… fait… f… froid, dit-elle.

— Au moins, nous sommes encore en vie, mère, et je suis certain que ce gentleman va nous sortir de là, lui répondit son fils, en levant les yeux vers l'homme aux cheveux sombres.

On pouvait lire la supplication sur son visage.

Incapable de faire un effort pour se lever, il restait là, immobile, le bras passé autour des épaules de sa mère, essayant en vain de lui tenir chaud, car tout le côté de la voiture était enfoncé et la portière qui se trouvait là auparavant avait maintenant disparu.

— Si vous m'accordez un petit moment, je vais tenter de boucher cette ouverture, déclara l'homme.

Sa cape flotta au vent lorsqu'il mit le pied dehors, sa sortie étant rendue plus difficile par l'affaissement du châssis du véhicule.

Fascinée, Beatrice le suivit des yeux. Sa longue silhouette se découpait sur la blancheur de la neige, et elle vit ses cheveux se dénouer et tomber, noirs comme la nuit, sur ses épaules.

C'était l'homme le plus beau qu'elle ait jamais vu ! se dit-elle, incapable de détacher les yeux du sombre profil. Surprise par la force de cette pensée qui la frappait, elle la rejeta aussitôt : c'était ridicule, bien sûr.

Frankwell Bassingstoke, lui aussi, avait été un bel homme, et elle voyait assez où cela l'avait menée.

Chassant ses souvenirs, elle se tourna vers l'autre femme et fouilla dans son réticule pour en sortir un mouchoir qu'elle lui tendit.

— Où est allé cet homme ? Pourquoi ne revient-il pas ?

On sentait la panique dans la voix de la vieille dame alors qu'elle saisissait le morceau de tissu et s'y mouchait, son hystérie et sa peur apparemment décuplées par la conviction que leurs vies dépendaient désormais de celui qui venait de les quitter pour retrouver la portière arrachée.

La température était encore descendue ; dans l'air glacial, la respiration se faisait plus ardue.

Beatrice prêta l'oreille, inquiète elle aussi. Comme il devait être difficile, dehors, dans la neige et le vent, de se frayer un chemin sur la route glacée avec si peu de lumière…

Peut-être l'étranger était-il tombé. A moins qu'il ne se soit perdu dans toute cette blancheur, sans voix pour le guider. Et si, pendant qu'ils étaient assis là à ne rien faire, il était en train de rendre son dernier souffle dans un noble mais futile effort pour les sauver ?

Agacée tout autant par son imagination que par son immobilité, elle s'enroula dans son long manteau de telle manière que seuls ses yeux soient encore visibles et, se hissant hors de la voiture, sortit dans la tempête.

Il était là, à une dizaine de mètres à peine, penché sur le cocher qu'il venait de dégager de sous une haie, soutenant son cou avec soin afin de ne pas le blesser. Il n'avait pas de gants et avait enlevé son manteau pour l'enrouler autour du blessé.

Dépourvu de l'épaisse cape de laine, il n'avait plus sur le dos qu'une fine chemise, vaine protection contre le froid mordant.

— Puis-je vous aider ? cria-t-elle, mais ses mots furent emportés par le vent.

Comme il se tournait pour éviter la tourmente glaciale, ses yeux rencontrèrent les siens.

— Retournez à la voiture. Vous allez geler dans ce froid.

Il était grand et fort, songea-t-elle alors qu'il soulevait le cocher dans ses bras et se dirigeait vers la voiture.

Elle entra de nouveau dans l'habitacle et tendit les bras pour l'aider à faire entrer le blessé dans la chaleur relative de la voiture.

— Il n'y a pas de place ici, grommela la vieille dame, refusant de se décaler ne serait-ce qu'un petit peu.

Beatrice ôta le sac de son siège et s'assit sur ses talons. Son souffle formait de la buée dans l'obscurité.

— Installez-le ici, monsieur, proposa-t-elle. Il peut s'y allonger.

Doucement, l'homme déposa le cocher sur le siège, mais lui-même ne semblait pas vouloir entrer.

— Occupez-vous de lui, cria-t-il avant de disparaître de nouveau, laissant derrière lui les autres occupants plongés dans le silence.

Le cœur serré, Beatrice regarda autour d'elle.

Un homme mort, un autre blessé, une vieille femme hystérique et un jeune homme incapable de rien faire : le bilan n'était pas brillant.

Sans parler de ses propres blessures et de celles de l'étranger.

Alors qu'il se tenait dans l'encadrement de la portière, elle avait vu du sang couler sur son visage et maculer le devant de sa chemise blanche.

Etait-il médecin ?

Il se servait beaucoup de ses mains, pensa-t-elle, quelque

chose d'assez inhabituel chez un homme. Il les avait passées le long de la joue du gentleman décédé en face d'elle, et il avait aussi palpé les bras et les jambes du cocher qui était allongé près d'elle, afin de vérifier si les os étaient bien en place, de sentir le souffle de la respiration et de déterminer si la peau était chaude ou froide.

Quand elle avait senti ses doigts sur sa gorge pour vérifier son pouls alors qu'elle revenait à elle après l'accident, une onde de chaleur l'avait aussitôt parcourue. C'était à la fois étrange et délicieux. Si délicieux qu'elle avait eu envie qu'il s'aventure plus bas, soudain étourdie par ce brusque désir qu'elle ne connaissait pas…

Elle soupira, chassant de son esprit ces rêveries inopportunes.

Elle était veuve à vingt-huit ans et n'avait nul désir d'avoir de nouveau un homme dans sa vie. Douze années d'enfer l'en avaient définitivement guérie.

En face d'elle, la vieille dame et son fils s'agitaient. Elle vit qu'ils essayaient de tirer la cape dans laquelle l'étranger avait soigneusement enroulé le cocher afin de l'utiliser à leur profit.

Furieuse, elle pressa les mains sur le tissu pour les en empêcher.

— Je ne pense pas que le gentleman qui lui a donné ce manteau apprécierait que vous vous l'accapariez.

— Ce n'est que le cocher…, commença l'homme, comme si le statut social dictait l'ordre dans lequel les gens devaient mourir.

Il s'interrompit aussitôt, car l'étranger venait de réapparaître.

— Poussez-vous, ordonna-t-il.

Sa voix tremblait de froid après un bon quart d'heure dehors à braver les éléments avec une simple chemise sur le dos.

Dans les mains, il tenait la portière. Après s'être hissé à l'intérieur de l'habitacle, il la saisit à bout de bras et la coinça tant bien que mal entre les montants enfoncés.

De l'air froid entrait encore par les déchirures béantes, mais c'était infiniment plus confortable que quelques secondes auparavant.

Des gouttes d'eau ruisselaient sur son visage et sa chemise trempée lui collait à la peau, dessinant le contour harmonieux de ses muscles, des muscles manifestement façonnés par le travail physique ou la pratique du sport.

Saisissant un morceau de tissu sec dans son sac, Bea le lui tendit. Leurs doigts s'effleurèrent doucement et, dans l'obscurité de la voiture, elle entrevit soudain l'éclat blanc de ses dents tandis qu'il lui souriait.

Des livres et des histoires qu'elle aimait lui revinrent à la mémoire : Théagène et Chariclée, Daphnis et Chloé, ces amants immortels dont les amours passionnées l'avaient autrefois enchantée.

Mais tout cela n'était pas pour elle.

D'ailleurs, à quoi bon rêver ? Avec son physique de don Juan, l'inconnu ne devait pas manquer d'admiratrices, de très belles femmes sans aucun doute, et ce n'était certainement pas elle qui pouvait attirer l'attention d'un homme tel que lui.

A ce moment même, il se tournait vers le cocher et lui prenait le pouls pour vérifier le rythme des battements de son cœur.

— Vous avez déjà fait ceci auparavant ?

Elle était contente que sa voix semble si posée. Si raisonnable.

— A maintes reprises, répondit-il, tout en rejetant en arrière les mèches de cheveux qui lui tombaient sur le visage.

Ses cheveux étaient longs, remarqua-t-elle, beaucoup plus longs que ceux de la plupart des hommes habituellement.

Désinvolture ? Coquetterie ? Indifférence ? Comment le savoir ? Il y avait de l'arrogance dans son sourire ; celle d'un homme conscient de ne pas laisser les femmes indifférentes. Aucune femme. A fortiori une femme qui n'était plus dans sa prime jeunesse.

Elle détourna les yeux, sentant avec horreur son cœur cogner dans sa poitrine.

— Est-ce que vous pensez que quelqu'un va venir ? s'enquit-elle.

Une question adressée à tous les occupants de la voiture, cette fois.

— Personne ! s'écria le jeune homme avec angoisse. Personne ne viendra avant le matin, et d'ici là, maman sera…

— Morte… morte de froid.

Sa mère s'était exprimée avec humeur, comme si sa colère avait le pouvoir d'infléchir le destin.

— Si nous nous serrons les uns contre les autres et que nous économisons nos forces, nous pouvons patienter quelques heures.

La voix de l'étranger trahissait une pointe d'impatience, qui contrastait avec le bon sens qu'elle avait entendu jusque-là.

— Et après… ? demanda le jeune homme d'une voix tremblante.

— Si personne ne vient d'ici minuit, je prendrai un cheval et je partirai en direction de Brentwood. Ensuite…

— Mais c'est à au moins une heure d'ici, et par ce temps…, l'interrompit Beatrice.

Elle ne termina pas sa phrase.

— Reste alors à espérer que nous croiserons des voyageurs sur la route, répliqua-t-il, tirant une flasque en argent de sa poche, dont le métal brilla dans la pénombre de la voiture.

Après en avoir pris une bonne rasade, il essuya le goulot et la lui tendit.

— Pour vous réchauffer, dit-il. Passez-la aux autres quand vous en aurez pris.

Elle obtempéra, bien qu'elle bût rarement de l'alcool. Aussitôt, la gorgée brûlante chassa le froid qui l'entourait. La vieille femme et le jeune homme ayant décliné sa proposition, elle rendit sans un mot la flasque à l'homme serré contre elle. Comme celui-ci ne semblait pas vouloir la reprendre, elle la garda sur ses genoux après avoir revissé le bouchon.

Il était préoccupé, se dit-elle, ce qui expliquait sans doute son air absent. La flasque était probablement le dernier de ses soucis.

Elle récupéra son sac coincé sous le siège et en sortit le

gâteau de Noël qu'elle avait acheté avant de quitter Brampton, trois jours plus tôt.

Trois jours seulement ?

Elle avait du mal à le croire.

Avec précaution, elle ôta le papier qui enveloppait le mets délicat et leva les yeux vers ses compagnons de voyage.

— Qui en veut ?

Les deux personnes face à elle tendirent la main, et elle distribua à chacun une portion généreuse, mais l'homme à côté d'elle ne bougea pas. La tête penchée sur le côté, il semblait écouter quelque chose.

Beatrice tenta d'imaginer ce qui avait bien pu attirer son attention. Elle remballa le gâteau sans en prendre non plus, pensant qu'il souhaitait peut-être qu'elle rationne la nourriture pour le cas où la tempête de neige durerait et que personne ne viendrait.

Personne.

Une sourde angoisse se réveilla en elle. Il n'y aurait personne, non plus, pour l'attendre ; personne pour remarquer son absence si elle n'arrivait pas à Londres. Ni cette semaine, ni la suivante.

Peut-être que le maître jardinier avec qui elle avait sympathisé ces dernières semaines se demanderait un jour pourquoi elle ne lui avait jamais rendu visite comme elle le lui avait promis, mais c'était tout ce qu'elle pouvait espérer.

Elle pouvait s'évanouir dans la nature, être ensevelie sous la neige, personne ne se soucierait de sa disparition.

Elle avait vingt-huit ans et pas le moindre ami.

Cette pensée aurait pu la rendre beaucoup plus triste si elle n'avait pas cultivé son isolement pour une bonne raison.

Son tempérament solitaire lui avait été d'un grand secours lorsque Frankwell, dans ses dernières années, s'était montré de plus en plus désireux de tout régenter.

Le mari rêvé, pensa-t-elle avec un sourire désabusé.

Au moins, l'homme intrusif qu'il était devenu était-il

plus facile à supporter que celui qu'il avait été au début de leur union.

Elle passa son index sur la cicatrice qui partait de son coude, sentant sous son doigt la peau mal ressoudée à la suite des soins insuffisants qu'elle avait reçus après l'*accident*. En fait, elle avait été si mal soignée qu'elle avait toujours porté des robes à manches longues depuis lors, même en été.

En été ? Difficile de penser à de tels moments quand la température dans la voiture devait être bien en dessous de zéro.

Le cocher poussa un grognement en tentant de s'asseoir. Son visage avait une teinte étrange, extrêmement pâle, lorsqu'il ouvrit les yeux.

— Que s'est-il passé ?

— La roue s'est détachée de la voiture et nous nous sommes retournés, lui répondit l'étranger.

— Et les chevaux ? Où sont les chevaux ?

— Je les ai attachés sous un arbre près d'ici. Ils devraient résister quelques heures à l'abri des branches.

— Brentwood est encore au moins à une heure d'ici et Colchester à deux heures derrière nous.

Accablé, il baissa la tête. Il regarda autour de lui, et la peur déforma son visage quand il aperçut le passager mort.

— S'ils croient que tout cela est ma faute, alors je vais perdre mon travail et…

— La roue droite s'est détachée de son essieu. Il ne faudra pas plus de deux minutes à un inspecteur pour établir la cause des dommages, et je pourrai témoigner de votre adresse à conduire ce véhicule si le besoin était ; vous pouvez compter sur moi.

— Et qui êtes-vous, je vous prie, monsieur ?

— Taris Wellingham.

Taris. Un prénom pour le moins original. Beatrice le répéta mentalement, tandis que le cocher continuait à parler.

— Le prochain coche ne passera pas avant le lever du soleil, même s'ils ne nous voient pas arriver à Brentwood. Sans doute penseront-ils que, par ce temps, nous avons préféré nous abriter à Ingatestone ou nous arrêter avant, à Great Baddow. Quand le matin viendra, ce sera trop tard : nous aurons rejoint ce malheureux.

Il fit un geste en direction du passager mort, mais s'arrêta en entendant les gémissements de la vieille dame.

— Nous n'en arriverons pas là, madame, intervint Taris Wellingham pour couper court à ses lamentations. Je vous ai déjà promis que je partirais à cheval.

— Je vous accompagnerai, monsieur.

Beatrice fut surprise de sa propre audace, mais par ce temps, le moindre faux pas pouvait faire la différence entre la vie et la mort, et mieux valait être deux pour affronter pareil voyage.

— Partir seul serait imprudent. De plus, je suis une bonne cavalière.

Ou, plus exactement, je l'ai été, pensa-t-elle.

C'était quinze ans plus tôt, dans la campagne aux environs de Norwich.

— Nous n'avons aucune assurance d'atteindre notre destination, madame, répliqua-t-il, par conséquent, cela est totalement hors de question.

Mais Beatrice n'avait pas l'intention de céder.

— Combien y a-t-il de chevaux ?

— Quatre, mais l'un d'entre eux est blessé.

— Je ne suis plus une enfant, monsieur, et si je désire vous accompagner jusqu'à la prochaine ville et qu'un cheval est disponible pour moi, je ne vois pas pourquoi vous devriez décider à ma place.

— Vous pourriez mourir en chemin.

— Ou bien mourir ici si vous ne revenez pas.

— C'est une route assez fréquentée…

— Sur laquelle nous n'avons pas croisé le moindre véhicule depuis que nous avons repris notre route après le déjeuner.

Il sourit, et le soudain rayonnement de son visage, visible même dans l'obscurité, la fit rougir de surprise.

— Ce pourrait être dangereux.

— Moins dangereux si nous sommes deux.

— Je prendrai le cocher avec moi, alors.

— Vous voyez bien que ses doigts sont brisés. Il n'ira pas loin dans cet état !

Il y eut un grand silence.

Elle l'entendit prendre une profonde inspiration, puis expirer tout aussi profondément.

— Comment vous appelez-vous ?

Son ton impérieux était celui d'un homme qui avait rarement à attendre pour quoi que ce soit.

— Mme Bassingstoke. Mme Beatrice-Maude Bassingstoke.

Elle répugnait généralement à donner son nom, et cette fois ne faisait pas exception, si ce n'est que dans les yeux posés sur elle, elle ne lut pas l'amusement qu'elle y discernait habituellement.

Non, ces yeux semblaient plutôt fixer un point au-dessus d'elle, au loin, comme si l'homme préparait déjà leur expédition.

— Très bien, madame Bassingstoke. Avez-vous d'autres vêtements dans votre sac ?

— Oui, monsieur.

— Alors vous devriez les sortir et vous couvrir le plus possible.

Il lui rendit le morceau de tissu qu'elle lui avait donné quelques instants auparavant.

— Vous aurez également besoin de cette écharpe pour protéger votre cou.

— Ce n'est qu'un morceau de tissu dans lequel était emballé le gâteau, monsieur.

Il hésita.

— Si vous n'avez pas de foulard, il fera parfaitement l'affaire.

Bon sang, pensa Taris, ce bout de tissu avait exactement entre ses doigts la texture d'un foulard féminin.

Parfois, son sens du toucher lui faisait défaut tout autant que sa vue, et il avait perçu une note dubitative dans la voix de cette… Beatrice-Maude Bassingstoke.

Sa voix douce n'allait pas avec la dureté de son nom, mais dans l'hésitation imperceptible qui accompagnait ses propos, il lui semblait percevoir le murmure de secrets enfouis.

Bassingstoke ? Une famille du Norfolk, et elle avait fait mention de Brampton, ce qui correspondait. Quant aux Bassingstoke, il en avait entendu parler pas plus tard que le mois dernier, mais il ne se souvenait plus en quelle occasion.

Cette femme descendrait-elle de la même lignée ?

La force et le calme de sa voix l'avaient aidé dans tout ce qu'il avait fait. Beaucoup impressionné aussi. Il avait admiré qu'elle se prive de gâteau, croyant qu'il se privait aussi. En réalité, il n'avait pas compris ce qu'elle lui offrait et n'avait pas tendu la main.

Maintenant encore, le léger parfum de rhum et de raisins secs flottait dans l'air, et il aurait souhaité pouvoir lui demander de rouvrir son sac et de lui en couper une tranche.

Cette pensée le fit sourire, bien qu'en vérité leur présente situation ne prêtât guère à rire.

Si aucun véhicule ni cavalier ne venait à passer bientôt, il devrait se mettre en chemin sans tarder, car les passagers bien affaiblis risquaient de ne pas survivre au froid.

La femme assise à côté de lui voulait l'accompagner ? Pourquoi refuser ? Il aurait besoin d'une bonne paire d'yeux sur la route gelée, des yeux capables d'apercevoir une minuscule lueur dans les champs alentour, signe d'une ferme habitée ou même d'une simple grange.

Par ce temps, toute aide était la bienvenue.

Il regretta de ne pouvoir mettre la main sur sa valise. Il avait cherché ses bagages dehors, mais n'avait vu aucune forme qui puisse y ressembler dans la neige.

La voiture s'était traînée durant quelques secondes avant de se renverser, et sa valise pouvait être n'importe où.

Ce qu'il ne pouvait que déplorer. Les vêtements qu'elle contenait lui auraient apporté une couche de protection supplémentaire dont il devrait maintenant se passer. En revanche, le cocher étant remis, il pouvait au moins lui demander de lui rendre son manteau.

Il écouta le bruissement des vêtements qu'enfilait Beatrice-Maude Bassingstoke.

Il sentait de temps à autre son bras se presser contre le sien tandis qu'elle passait les couches successives de tissus.

Un bras mince, remarqua-t-il, avec des os fragiles.

Au bout d'un moment, elle sembla prête.

Il aurait voulu s'assurer qu'elle portait bien un chapeau et que ses bottes étaient suffisamment solides. Mais comment formuler pareilles questions sans se trahir ?

Aussi jugea-t-il que le silence était la meilleure option, et que Mme Bassingstoke, même s'il ne la connaissait pas depuis longtemps, était une femme dotée de suffisamment de bon sens pour s'habiller chaudement avant de s'élancer à cheval dans la nuit glaciale.

2

Quand ils se glissèrent dehors, une demi-heure plus tard, la tempête faisait rage.

Beatrice observa Taris Wellingham qui replaçait soigneusement la portière derrière eux et tentait de colmater les interstices avec la neige.

Elle était soulagée.

Enfin, elle pouvait sortir de cette voiture et se rendre utile. Elle ne supportait plus de rester à attendre sans rien faire dans le froid extrême et préférait de loin consacrer son énergie à agir, même si les battements de son cœur s'accéléraient à l'idée qu'elle pourrait être emportée par le vent et se perdre dans la grisaille.

Comme s'il pouvait lire dans ses pensées, Wellingham lui prit la main et l'entraîna avec lui vers l'endroit où se trouvaient les chevaux.

Ceux-ci semblaient un peu nerveux.

Accompagnant ses gestes de paroles apaisantes, il promena ses doigts sur l'encolure d'un grand cheval gris pour atteindre la lanière de cuir durcie par la glace.

— Vous prenez celui-ci, dit-il.

Il tendait la main pour lui servir de marchepied. Elle monta rapidement et s'installa à califourchon, faisant fi de la bienséance, puis, s'emparant des rênes, elle éloigna son cheval de l'arbre.

Dieu merci, elle avait son chapeau : avec son large bord, il arrêtait les flocons, lui donnant un peu de répit dans la tempête.

Près de l'arbre, Taris Wellingham venait de monter en selle à son tour et se dirigeait vers elle. Il avait passé son manteau autour de ses épaules et enfoncé assez curieusement le chapeau du jeune homme sur ses oreilles.

— Nous allons prendre la direction du sud, dit-il.

C'était à l'opposé de l'endroit d'où ils venaient. Un choix sensé, se dit-elle, étant donné qu'ils n'avaient pas vu la moindre habitation depuis un bon moment.

« Seigneur, pria-t-elle, faites qu'il y ait, quelque part, une maison ou une grange, ou alors des voyageurs qui connaissent bien la route. »

Sans une maison ou un abri pour passer la nuit, sans des hommes pour leur prêter secours, ils auraient bien du mal à sauver les autres passagers.

Oui, il fallait vraiment que Dieu leur vienne en aide. Machinalement, elle répéta sa prière, tandis qu'au même moment lui revenait l'écho d'autres prières récitées des années durant, des prières jamais exaucées…

Non ! Elle devait écarter de telles pensées, car seuls les serviteurs fidèles et reconnaissants du Seigneur seraient écoutés. N'était-ce pas ce que Frankwell lui avait dit ?

Plissant les yeux face aux rafales de neige, elle se pencha en avant contre son cheval, la peau tiède de l'animal l'aidant à combattre le froid, et chassa toute pensée de son esprit.

Un quart d'heure plus tard, elle savait qu'elle n'irait pas beaucoup plus loin. Elle était transie. Elle jeta un coup d'œil à Taris Wellingham sur le cheval à côté d'elle : le froid ne semblait pas l'atteindre, et pourtant il était beaucoup moins couvert qu'elle.

Manifestement, c'était un homme robuste habitué à affronter les éléments, se dit-elle. Un homme solide qui menait sa vie avec assurance, un homme résolu et sûr de lui. Tout le contraire d'elle-même !

Quand les silhouettes de deux voyageurs s'esquissèrent

dans le tourbillon de blancheur qui les entourait, elle se demanda s'ils étaient bien réels.

— Là… droit devant nous…, cria-t-elle en pointant le doigt dans leur direction, surprise que Taris Wellingham n'ait pas déjà réagi en les voyant.

Le cri des nouveaux arrivants retentit au même moment, et ils attendirent en silence que les deux hommes arrivent à leur hauteur.

— Le coche en provenance de Colchester est en retard, et on nous a envoyés à sa rencontre. Est-ce que vous étiez à bord ?

— Oui, cria Taris, mais il est à une bonne quinzaine de minutes d'ici. L'une des roues a cédé…

— Et les passagers ?

— Il y a un mort, et deux autres passagers à l'intérieur, sans oublier le cocher, qui est gravement blessé.

L'homme laissa échapper un juron.

— A quinze minutes d'ici, vous dites. Il va falloir alors les emmener jusque chez Bob Winter pour la nuit ; mais c'est encore à une bonne vingtaine de minutes d'ici, et vous ne m'avez pas l'air en état de supporter le voyage.

— Et la vieille grange de Smith ? s'exclama l'autre. Le foin est rentré et les murs sont solides.

— Où est-elle ? demanda Taris Wellingham.

Le son de sa voix trahissait sa lassitude, et sa blessure à la tête saignait encore, remarqua Beatrice, submergée par une nouvelle vague d'inquiétude.

— A cinq minutes d'ici, il y a un chemin sur la gauche, marqué d'une pierre blanche. Prenez-le. La grange est au bout. Nous vous enverrons de l'aide dès que possible.

Dès que possible ?

Elle sentit la colère monter en elle.

— Je ne vais pas…

Mais les autres étaient déjà partis, poussés par le vent, l'urgence, et la neige qui recouvrait tout.

— C'est notre seule chance, s'exclama Taris.

Ses propos furent ponctués d'une violente bourrasque.

Une branche se brisa près d'eux, et le cheval de Beatrice se cabra. Elle réussit à rester en selle, mais la secousse raviva sa douleur à la lèvre.

Les larmes vinrent gonfler ses paupières puis coulèrent, brûlantes, sur ses joues, dernière source de chaleur dans le désert glacé qui les entourait.

— Je suis désolée, s'excusa-t-elle.

Il la regardait, mais son expression restait inchangée. Il devait faire partie de ces hommes qui détestaient les manifestations d'émotions chez les femmes.

— Ce n'est pas le moment de vous lamenter. Regardez plutôt autour de vous. Il faut absolument trouver le chemin si nous voulons nous abriter dans cette fichue grange.

C'était dit d'un ton ombrageux, autoritaire… méprisant.

Piquée, elle essuya aussitôt ses larmes dans le velours humide de son manteau. Comment avait-elle pu faire montre d'une telle faiblesse devant un homme ? Encore une fois ?

Le chemin était introuvable. Aucune pierre pour l'indiquer, pas de traces signalant un passage fréquenté, pas non plus de branches cassées dans les arbustes des haies ou de sillons creusés dans la route par le passage des charrettes. La neige recouvrait tout.

— Est-ce que vous regardez ?

Seigneur, c'était la cinquième fois qu'il lui posait la même question, et elle commençait à perdre patience. Au lieu de rester à cheval, il était à présent descendu de sa monture. Pourquoi donc ? Espérait-il mieux voir le chemin ?

La bride de son cheval autour du bras, il marchait au bord du fossé du côté gauche de la route et semblait tâter le terrain des pieds.

Que cherchait-il ? Pourquoi ne continuait-il pas simplement à cheval, droit dans la direction qu'on leur avait indiquée ?

Elle continuait à tourner et retourner ces questions dans son esprit, mais elle connaissait déjà la réponse. Cela faisait plus de cinq minutes qu'ils cherchaient. Et s'ils avaient manqué le chemin… ?

Soudain, une rangée d'arbres émergea du brouillard.

— Ici ! C'est ici !

Il se tourna face au vent et attendit.

— Où ? Que voyez-vous ?

— Des arbres. Alignés. A une dizaine de mètres sur la gauche.

La pierre se trouvait à l'endroit indiqué par les deux hommes, mais sous la neige elle était à peine visible ; la balise se fondait dans le décor qui l'entourait, et personne n'aurait pu trouver le chemin qu'elle indiquait.

Quand les pieds de Taris Wellingham entrèrent en contact avec la pierre, elle le vit se pencher lentement et balayer la neige qui s'était accumulée dessus avec précaution, le bout de ses doigts bleuis par le froid glacial.

Il se tenait là, étrangement immobile au milieu de ce paysage en mouvement, avec les branches des arbres secouées par le vent et son manteau qui se soulevait en vagues autour de lui.

Il semblait figé, telle une statue, songea-t-elle, son visage aux traits durs tourné vers les cieux comme pour une prière.

Dieu merci ils avaient trouvé la grange, se dit Taris, tentant de discerner les vestiges d'un chemin dans la neige.

Sa compagne de route ne lui avait pas adressé la parole depuis un moment, mais un bruit inquiétant lui parvenait : un claquement de dents qui se faisait de plus en plus intense.

— Vous sentez-vous capable d'atteindre la grange ? s'enquit-il, la voix marquée d'une inquiétude grandissante.

— B… b… bien s… s… sûr.

— Vous avez besoin d'aide… ?

— N… non m… m… merci.

Elle semblait au bord des larmes.

— Etes-vous toujours aussi susceptible, madame Bassingstoke ?

Sa remarque était injuste, il le savait. Mais son expérience lui avait appris qu'il était plus facile d'affronter la colère d'une femme que sa détresse, et il n'y avait rien de tel qu'une remarque quelque peu désobligeante pour la piquer au vif et lui redonner du courage.

Apparemment, cependant, il n'avait pas affaire à une femme comme les autres, car celle-ci s'abstint de lui répondre.

Son silence était maintenant ponctué de petits bruits étouffés, probablement des reniflements qu'elle tentait de cacher sous le velours épais de son manteau.

Elle était à bout de nerfs, comprit-il, et qui aurait pu l'en blâmer ? Elle avait beaucoup pris sur elle jusqu'à maintenant.

Au lieu de rester assise dans la voiture à attendre que d'autres la sauvent, elle avait tout de suite proposé son aide. Il ne l'avait jamais entendue se lamenter sur le froid ou sur l'accident, comme tant d'autres l'auraient fait. De même, elle n'avait rien dit en voyant le passager mort et ne s'était pas plainte d'avoir à laisser son siège pour faire de la place au cocher.

Non, assurément, cette femme était une grande dame. Elle avait su faire face à toutes les difficultés avec courage et lui avait paru capable de se débrouiller dans n'importe quelle situation. Jusqu'à cet instant. Jusqu'à ce que le but soit tout proche, et que s'ouvre enfin la perspective de trouver une grange accueillante pour les abriter.

Son brusque abattement ne l'étonnait pas. Il avait déjà été le témoin de semblables réactions pendant les années de guerre en Europe, quand les soldats, après une bataille, s'écroulaient d'un coup, anéantis par le constat soudain qu'ils s'en sortaient indemnes tandis que tant d'autres avaient péri autour d'eux.

C'était apparemment l'état d'esprit actuel de cette Beatrice-Maude Bassingstoke.

Si seulement il avait pu lire sur son visage, il y aurait peut-être deviné dans quelles dispositions elle se trouvait… mais avec quelques reniflements quasi imperceptibles pour seuls indices, il ne savait pas vraiment à quoi s'en tenir.

Quelle distance restait-il à parcourir ? Il n'en avait pas la moindre idée, et la couche de neige sur le chemin paraissait plus épaisse à chaque pas… Pourtant, le vent qui lui fouettait le visage semblait s'atténuer, comme si un obstacle sur sa route les protégeait en le faisant dévier de sa trajectoire.

La grange devait être toute proche, songea-t-il, tous ses sens aux aguets pour compenser cette maudite cécité qui le gagnait. Quand il sentit enfin sous sa main le contact ferme du bois, il remercia Dieu de les avoir délivrés de leurs peines et saisit la bride du cheval de sa compagne.

— Je vais vous aider à descendre, dit-il.

— M… m… merci.

Comme il enroulait ses bras autour de sa taille — une taille excessivement fine — pour la soulever, elle posa la main sur son épaule, et une fois à terre, resta agrippée à lui, les doigts entortillés dans l'étoffe de son manteau.

— J… je n… ne sens p… plus du t… tout mes p… pieds, expliqua-t-elle.

— Je vais vous porter, dit-il.

Il la prit contre lui et fit quelques pas pour contourner le bâtiment. Il trouva l'ouverture située au sud, et les chevaux les suivirent à l'intérieur.

Il y avait une forte odeur de foin et d'ensilage, mais aussi de… poules ! Il tendit l'oreille, dans l'espoir de capter des bruits révélateurs. Peut-être auraient-ils la chance de trouver des œufs ou du grain ici.

La jeune femme était toujours dans ses bras, et Taris aimait la sensation de son souffle sur sa joue, la douceur de cette caresse à la fois légère et chaude.

Quel âge pouvait-elle avoir ? Elle avait la main appuyée tout contre la peau tendre de son cou, et il pouvait sentir la présence d'un anneau au troisième doigt de sa main gauche.

Une inquiétude soudaine l'envahit. N'avait-elle pas un mari qui se rongeait les sangs quelque part ?

— On d… dirait qu'il y a d… des c… couvertures d… dans le c… coin, là-b… bas. Nous p… pourrions p… peut-être nous r… réchauffer.

Oui, mais dans quel coin ? Dans l'obscurité qui l'entourait,

Taris ne détectait rien d'autre que les murs qui fermaient l'espace de la grange.

Il était incapable de se diriger seul, mais heureusement Beatrice était là : il suffisait qu'il la repose à terre, et elle le guiderait.

Quand ses pieds touchèrent le sol de terre battue, Beatrice grimaça, car si l'engourdissement dû au froid s'était atténué, il avait laissé place à des fourmillements qui rendaient tout contact insupportable.

Jamais de toute sa vie elle n'avait eu aussi froid. C'était une sensation de douleur qui s'infiltrait au plus profond de ses os et qui l'engourdissait progressivement, la rendant totalement apathique.

Avec difficulté, elle se traîna jusqu'au coin de la grange et se laissa tomber dans le foin, soulagée de ne plus avoir les pieds en contact avec le sol ; elle ôta ses bottes et se blottit au chaud sous une vieille couverture pour chevaux, grise et rugueuse.

Mais ses vêtements étaient trempés et raidis par le gel, et la sensation de froid, contre toute attente, sembla s'accentuer malgré la protection de la couverture.

A côté d'elle, Taris Wellingham se débarrassait de son manteau, puis de sa chemise trempée et fumante.

Elle détourna le regard, le souffle coupé par l'impressionnante beauté de sa musculature aux contours bien dessinés. Il devait passer une bonne partie de sa vie au grand air.

— Enlevez aussi votre manteau, dit-il en se glissant près d'elle sous la couverture et en jetant son épais manteau par-dessus.

— Qu… qu'est-ce q… que v… vous f… faites ? s'écria-t-elle, la voix rendue stridente par la panique.

— Ce qu'il faut faire dans ces conditions si nous voulons éviter de mourir de froid. Nous devons nous serrer l'un contre l'autre, peau contre peau, pour nous tenir chaud.

— P… peau contre peau ?

Seigneur, mais comment pouvait-il ne serait-ce que suggérer une chose pareille ?

— Touchez-vous, répliqua-t-il. Vous êtes glacée.

Il lui prit la main pour la poser dans l'encolure de sa robe.

Sous les battements rapides de son cœur, sa peau était froide et moite.

— Et maintenant, touchez-moi.

Il avait placé sa main contre son torse, et elle sentait des poils qui lui chatouillaient la paume. Mais le plus impressionnant, c'était la chaleur qui émanait de lui, une chaleur torride qui semblait provenir de la moindre parcelle de sa peau.

Elle ne pouvait plus s'écarter de lui. Oubliées, envolées les bonnes manières, les convenances, ou la simple bienséance. Tout ce qu'elle désirait, c'était être plus près de cette chaleur, et lorsqu'il l'aida à retirer son manteau, elle ne fit rien pour l'en dissuader.

— Quel âge avez-vous ? demanda-t-il, rompant le silence.

— V… vingt-huit ans.

— Et votre mari ?

— Il est m… mort.

— Alors, je n'ai pas lieu de craindre qu'un chevalier servant apparaisse pour demander réparation et me provoquer en duel… ?

— Non, m… monsieur. Cependant, je ne d… désire que v… votre chaleur.

— Evidemment, répondit-il d'un ton ferme et sérieux.

Et dire qu'elle craignait qu'il se passe autre chose entre eux ! C'était complètement ridicule, songea-t-elle, vu la situation dans laquelle ils se trouvaient.

Comment avait-elle pu s'imaginer qu'il voudrait aller plus loin avec elle ?

Gênée, elle baissa la tête afin qu'il ne voie pas le rouge qui lui montait aux joues. Seigneur, que ses bras semblaient maigres à côté de son corps d'athlète ! La robe à manches longues qui les dissimulait habituellement était aussi trempée que sa chemise à lui…

— Enlevez ça aussi.

— Cer… certainement pas.

En guise de réponse, il la fit asseoir et déboutonna rapidement sa robe avant de la lui enlever avec autorité. Dans l'obscurité, heureusement, la cicatrice violacée près de son coude était difficile à distinguer. Pourtant, quand ses doigts glissèrent sur sa peau pour faire passer les manches, ils s'attardèrent à cet endroit.

A sa grande surprise, il resta silencieux, mais sa question semblait prendre forme dans les ténèbres qui les entouraient.

— Je s… suis t… tombée contre une b… barrière, dit-elle très vite afin de mettre fin à son interrogation.

— Et vous n'avez pas été soignée ?

— Disons que le médecin a fait tout son possible…

Le bref éclat de rire qui accueillit sa réponse la fit tressaillir.

C'était un rire dépourvu d'humour, un rire sévère, critique. Ignorant pourquoi il riait ainsi, elle baissa la tête, confuse.

Sous sa robe, son corset, sa chemise et son jupon étaient un peu humides, mais, heureusement il n'insista pas pour qu'elle les enlève aussi.

Lui avait gardé son pantalon après avoir ôté ses bottes, car elle sentait le tissu mouillé qui collait à ses jambes comme ils se couchaient.

Ensemble. L'un contre l'autre. Il lui tournait le dos et elle se serra contre lui, laissant ses mains aller vers la chaleur, incapable de les retenir.

— Vous c… croyez que les chevaux v… vont s'en sortir ?

— Ils vont se tenir chaud en se serrant l'un contre l'autre s'ils veulent survivre.

— V… vous avez d… déjà f… fait ça ? D… déjà été p… pris dans une t… tempête de neige, je v… veux d… dire ?

Seigneur, ce qu'elle pouvait être maladroite ! Il avait certainement déjà couché avec une femme, et probablement même avec de nombreuses femmes, beau et résolu comme il l'était !

Apparemment, il n'avait pas remarqué son trouble.

— J'ai combattu en Europe lors de la seconde campagne

de la Guerre d'Espagne, répondit-il simplement, et il faisait souvent plus froid là-bas qu'en Angleterre. Mais les hommes n'avaient pas la peau aussi douce que vous, quand nous nous serrions les uns contre les autres le soir.

Au ton de sa voix, elle devina qu'il souriait.

Il lui faisait un compliment ! Légèrement embarrassée, elle s'efforça de penser à autre chose : les chevaux blottis l'un contre l'autre, la neige qui tombait dehors, le vent qui hurlait en s'engouffrant sous la charpente… n'importe quoi pour ne pas penser à cette sensation qui montait en elle… car maintenant, la chaleur n'était plus concentrée uniquement en lui.

Elle s'imagina en train de coucher avec un homme par une nuit de tempête comme celle-là, avec un homme qui n'était ni maladif ni méchant… un homme avec un corps d'homme, des goûts d'homme, une peau qui sentait le bois et le cuir, des muscles dont les lignes puissantes se dessinaient sous la peau, même dans l'obscurité.

Tout le contraire de Frankwell.

Après des années d'abstinence, elle se trouvait soudain face à une occasion unique : le hasard venait de la placer en compagnie d'un homme séduisant pour une nuit au cours de laquelle personne ne poserait de questions.

L'ombre d'un sourire commençait à danser sur ses lèvres, mais la raison l'emporta. Bien évidemment, elle ne pouvait pas profiter de la situation. Elle était une femme respectable, et elle était veuve.

Qui plus est, le corps de l'homme semblait s'être relâché entre ses bras. Sans doute dormait-il déjà, elle le devinait au rythme régulier qu'avait pris sa respiration.

Pour lui, elle n'était rien d'autre qu'une présence, une peau contre laquelle se réchauffer pour survivre.

Elle tendit la main vers la ligne de son épaule et, du bout du doigt, traça dans l'air le contour du muscle, regrettant de ne pas être assez courageuse pour le toucher.

Quelque chose en effet la retenait, une peur instinctive qui la mettait en garde. Elle savait qu'elle n'était pas assez belle pour lui plaire, qu'il ne pourrait que la rejeter, et qu'ils se retrouveraient alors tous les deux dans une position extrêmement embarrassante.

Taris se réveilla en sursaut. Où diable se trouvait-il ? Il y avait une jambe en travers de son ventre. Plutôt bien galbée, à ce qu'il lui semblait, complètement dénudée et exposée presque jusqu'à l'aine.

Il poussa un gémissement de surprise en sentant sa virilité s'élever sans que son esprit n'y soit pour rien.

Seigneur, cette Beatrice-Maude Bassingstoke avait une sensualité à fleur de peau, une sensualité quasi animale. Il n'avait rien remarqué auparavant tellement il était pris par l'inquiétude et la fatigue, mais en se réveillant ainsi entre ses bras, il en eut le souffle coupé.

Tout chez elle évoquait la volupté : son parfum à la fois frais et capiteux, son haleine chaude contre son torse, ses cheveux dont la masse épaisse et bouclée était à présent répandue sur lui et non plus remontée en chignon serré. Quant à la courbe de ses seins, elle était carrément affolante. Et surprenante aussi. A voir la minceur de sa taille et de ses bras, qui aurait pu imaginer que ce corps gracile recélait tant de plénitude et de féminité ?

Un frisson le traversa tandis qu'il prenait conscience de la chair pleine et abondante contre sa peau, qu'il sentait la pointe de ses seins effleurer sa poitrine à travers le fin tissu de lin.

Oh ! mais voilà que son érection reprenait de la vigueur, que son pantalon désormais trop étroit se remplissait d'une chaleur prometteuse.

Bon sang, murmura-t-il quand, après un mouvement dans son sommeil, elle se retrouva pratiquement à cheval sur lui dans sa quête de chaleur.

Son sexe poussait contre ses cuisses et il ne fit rien pour l'arrêter, incapable de résister à l'excitation que décuplait encore l'interdit de la situation.

Une situation pour le moins délicate, qui prenait des allures de dilemme : une inconnue était en train de le séduire alors même qu'elle était endormie. Où trouver le courage de la repousser et comment résister aux effluves enivrants de son parfum fleuri ?

Il avait toujours aimé les fleurs, les femmes.

Et la confiance. Un puissant aphrodisiaque pour un homme qui avait depuis longtemps oublié cette émotion, oublié même ce que signifiait l'intimité avec une femme !

Les yeux écarquillés, il tenta de saisir un reflet de lumière. N'importe quelle lumière.

Mais l'obscurité était totale, les rayons de la lune inexistants, étouffés par la neige et la tempête.

Selon toute vraisemblance, il devait être peu après 2 heures du matin.

L'heure fatale. L'heure à laquelle il avait pour habitude de rôder dans les couloirs de sa maison, loin du regard des autres, quand toutes les lampes étaient éteintes et que l'obscurité lui faisait oublier son handicap.

Ici, pourtant, il n'avait aucune envie de se lever. Ici, il voulait juste rester immobile et simplement sentir. Sentir la douceur de cette femme contre lui. La courbe de sa poitrine, le léger tressaillement de ses mains, comme si soudain un rêve était venu déranger son profond sommeil, la caresse de ses cheveux enroulés autour de ses doigts et qui le liaient à elle.

Elle était à lui !

Cette fille frêle et pleine de bon sens, avec ses vingt-huit ans et son mari décédé.

Son deuil était-il récent ? Son mari venait-il de mourir, et l'anneau qu'elle portait était-il là pour lui rappeler toutes ces années de bonheur qu'elle ne connaîtrait jamais plus ? Peut-être y avait-il des enfants…

Il l'imaginait maîtresse d'un domaine rempli de marmots et de serviteurs qu'elle dirigeait avec bon sens et sensibilité, une femme au cœur d'un monde à elle, sans nul besoin de quelqu'un d'autre… Certainement pas d'un homme dont la vue déclinait de jour en jour, avec la promesse d'une cécité complète dans un futur proche !

Il sentait son excitation fléchir peu à peu, mais elle remonta en flèche quand les doigts de la jeune femme vinrent agripper ses épaules, l'amarrant ainsi à lui. Elle était comme un bateau dans la tempête, pour qui n'importe quel port était le bienvenu.

Oubliant tout, il referma les bras sur elle. Peu lui importait. Ce désir soudain n'avait rien de comparable avec ce qu'il avait pu connaître jusqu'alors. Il lui fallait la prendre, la posséder, sentir la douceur de sa chair quand il pénétrerait en elle pour se perdre dans sa chaleur.

Il donna un léger coup de reins, sa culpabilité définitivement domptée par le désir. Puis un autre, un peu plus fort.

3

Dans son sommeil, Beatrice sentait une légère excitation qui commençait à naître, la promesse toute proche de quelque chose qu'elle n'avait encore jamais vécu. Les yeux mi-clos, elle murmura un nom.

— Taris.

Un mouvement tout près d'elle, suivi d'un juron, acheva de la réveiller.

Ouvrant les yeux, elle découvrit un visage d'homme tout près du sien. Il était plongé dans l'ombre. Malgré l'obscurité, elle perçut l'éclat de ses dents blanches quand il ouvrit la bouche pour parler.

— Beatrice-Maude ? Est-ce que l'on vous donne parfois un autre nom que celui-là ? Il est assez long, et je me disais que…

— Bea, répondit-elle dans un murmure, ma mère m'appelait toujours Bea.

— Bea, répéta-t-il.

Comme il prononçait son nom, elle sentit son souffle chaud caresser son visage. Tout près, tellement près. Elle tenta de s'écarter, mais il la retint en la prenant par la taille.

— Be… a… comme Be… a… ttirante ?

Elle sentait ses doigts glisser le long de sa joue, chauds et bien réels.

— Ou Be… a comme Be… a… dorable ?

A ces mots, elle se raidit, attendant son rire, mais celui-ci ne vint pas.

— Je ne crois pas, monsieur.

Elle sentait son cœur tambouriner lourdement dans sa poitrine. Elle était loin d'être adorable, alors pourquoi ces mots ? Il devait se moquer d'elle. A moins qu'il ne fasse partie de ces hommes prêts à dire n'importe quoi pour parvenir à leurs fins.

Il ne pouvait quand même pas croire que certaines femmes étaient désespérées au point d'avaler de telles sottises ?

Elle essaya de se détourner de lui pour retrouver une certaine distance ; elle savait que, pour éviter de souffrir, elle devait se protéger et ne pas se laisser entraîner par ses émotions.

— Que se passe-t-il ? Qu'est-ce qui ne va pas ? demanda-t-il.

Il y avait une pointe d'incertitude dans sa voix, et c'est l'unique raison pour laquelle elle ne bougea pas. Si elle avait entendu la moindre trace de condescendance ou de mensonge, elle se serait levée, refusant sa proposition d'aller plus loin, même si elle savait qu'une offre aussi tentante ne se représenterait peut-être jamais plus.

— Je préférerais que vous soyez sincère, monsieur.

— Monsieur ? répéta-t-il en riant. Vous ne pensez pas que « monsieur » est un peu trop guindé pour la situation où nous nous trouvons actuellement ?

Il n'avait pas retiré ses compliments. Et voilà qu'il partait d'un nouvel éclat de rire, la laissant abasourdie.

— Vivez-vous dans l'abstinence depuis que vous êtes veuve, madame Beatrice-Maude Bassingstoke ?

Elle commença à faire oui de la tête puis se ravisa, incertaine. A quoi faisait-il allusion exactement ?

— Alors je suppose qu'il y a une autre question que je dois vous poser. Est-ce que, en tant que femme, cela vous plairait de pouvoir partager avec moi davantage qu'un peu de chaleur, dans cette grange, au beau milieu de la tempête ?

Il parlait d'une voix extrêmement douce, songea-t-elle. Mais il y avait dans ses mots quelque chose qui lui échappait.

Elle fronça les sourcils.

— Je ne comprends pas.

Il se rapprocha d'elle, et au contact de son sexe dressé, tout devint clair.

Il lui proposait une nuit d'amour.

Une aventure d'une nuit, une seule et unique nuit. Un moment volé, défendu.

Pendant douze longues années, elle s'était demandé si ce serait différent de coucher avec un homme qui ne serait ni avide ni égoïste. Un homme qui ne tiendrait pas seulement compte de ses propres désirs, mais aussi de ses désirs à elle.

Faire l'amour lui avait toujours fait mal ; y compris quand elle essayait de prendre du plaisir pendant l'acte. Sans parler des moments où Frankwell Bassingstoke cédait à des accès de colère et que ses mains rageuses venaient lui faire payer son audace.

Elle imaginait maintenant le contact des mains de Taris Wellingham sur son corps, ses doigts fins lui faisant découvrir des contrées qu'elle ne connaissait qu'en rêve.

Seigneur, c'était une chance unique qui s'offrait à elle. La possibilité de vivre une nuit magique, puis de reprendre tout naturellement le cours de sa vie le lendemain.

Une nuit sans conditions, sans sous-entendus menaçants qui vous tiennent éveillée la nuit, rongée par l'inquiétude pendant les semaines et les mois qui suivent. Quelques heures volées pendant lesquelles l'obscurité jetterait un voile sur tout ce qu'elle ne voulait pas qu'il voie. Puis viendrait le matin, et tout serait fini.

A vingt-huit ans, elle se sentait enfin libre ! Et l'avenir semblait lui réserver bien des surprises, des moments exaltants et inattendus.

Sa tête commençait à tourner.

— Vous voulez dire que ce serait pour cette nuit seulement ?

Elle devait s'assurer des termes exacts de sa proposition. S'il disait qu'il attendait plus qu'une simple nuit, elle saurait qu'il mentait, et elle saurait du même coup que ce n'était pas ce qu'elle désirait.

— Oui, répondit-il.

Pour elle, cela voulait dire la liberté. L'impunité. L'autonomie. Et la chance de devenir maîtresse de son destin.

Des mots qui étaient l'antithèse de tout ce qu'elle avait connu durant ces douze dernières années et qui, se promit-elle, définiraient sa vie pour toutes celles qui étaient encore à venir.

L'image de son mari semblait flotter au-dessus d'elle, tandis qu'elle le revoyait avec son air renfrogné et son intransigeance, qu'elle avait tellement détestés.

A seize ans, elle n'était pas encore assez mûre pour reconnaître les défauts et les carences de l'homme qui allait devenir son mari, mais, à vingt-huit, elle n'avait aucun mal à le faire.

Il s'était comporté en brute, en tyran autoritaire qui l'oppressait, s'abritant pour justifier ce comportement derrière de prétendues exigences de religion ou de morale. De fait, elle n'avait jamais vraiment réussi à le contrer.

Elle laissa échapper un soupir. Heureusement, tout cela appartenait maintenant au passé. Dorénavant, elle ne ferait plus que ce qu'elle voudrait, à condition de ne faire de mal à personne.

— Etes-vous marié ? demanda-t-elle.

S'il l'était, elle ne toucherait pas à cet homme.

— Non.

Tout était donc possible.

Pleine d'audace, tout à coup, elle posa la main à plat sur le torse viril et sentit le téton se durcir sous son index. Galvanisée, elle se pencha pour le mouiller avec la langue, puis elle souffla dessus en le caressant jusqu'à ce que le froid le fasse pointer.

Taris frémit et laissa échapper un gémissement. Surprise, Bea suspendit un instant sa caresse. Pour la première fois, elle découvrait l'extraordinaire pouvoir de la féminité, un sentiment qu'elle n'avait jamais connu auparavant.

Pourtant, malgré cela, elle ne se sentait pas coupable. Contrairement à ce que Frankwell lui avait prédit, elle ne se sentait ni salie ni souillée. Non, ce qu'elle ressentait à présent était simplement magique. Tout ce qui lui arrivait lui semblait incroyablement rare et juste.

C'était le destin qui venait de la conduire dans cette grange. Ici. Avec Taris Wellingham. Juste pour cette nuit, tandis que le froid, la neige et la tempête faisaient rage au-dehors.

— Merci.

Le mot s'était échappé de ses lèvres sans qu'elle ait eu conscience de l'avoir prononcé.

La reconnaissance qu'elle manifestait à cet homme allait à l'encontre de tout ce qu'elle croyait être et de tout ce qu'un mari imprégné de religion lui avait fait croire.

Il avait suffi d'une seule caresse pour que la chape de plomb que Frankwell faisait peser sur sa vertu et sa morale disparaisse. Une seule caresse pour qu'elle comprenne enfin qu'il n'y avait rien de mal dans l'élan vital qui pousse deux êtres à s'unir l'un à l'autre.

Elle sourit, tandis que les doigts de Taris commençaient à dénouer les lacets de son corset et que le fin tissu de lin s'entrouvrait.

« Merci ? »

Jusqu'ici, Taris avait réussi à se retenir, mais tout à coup, il sentit les dernières barrières tomber et il ne montra plus aucune retenue, plus aucune gêne, laissant libre cours à son désir, sentant que ce qu'il y avait entre eux n'autorisait aucune réserve, aucune dissimulation.

Avec habileté, il acheva de délacer le corset de la jeune femme tout en explorant des doigts sa peau frémissante.

Il imaginait ses yeux à la fois pleins de surprise et de désir, sa bouche et le contact à venir de ses lèvres tendres et charnues sur les siennes.

Alors qu'il emprisonnait ses seins entre ses mains, savourant l'exquis renflement de la chair ferme entre ses paumes, il eut un instant le souffle coupé.

Apparemment, sa compagne de plaisir ne manquait pas d'initiative. Ni d'audace. Elle était même étonnamment provocante, se dit-il, surpris, en sentant la main féminine écarter la ceinture de son pantalon et glisser le long de son ventre pour aller toucher son sexe en érection avec autant de douceur et d'attention que lui-même lui portait.

Sans doute une façon de lui montrer qu'elle voulait une relation équilibrée. Car elle ne se comportait ni en jeune vierge, ni en prostituée que l'on paie. Il n'était question entre eux ni d'argent, ni d'engagement. Juste de sensations.

— Comme vous voudrez, Beatrice-Maude, murmura-t-il.

Déjà, elle faisait glisser son pantalon vers ses chevilles et ses doigts atteignaient d'autres lieux plus secrets. Elle ne se comportait pas non plus en jeune fille inexpérimentée ou effarouchée.

Elle cherchait une relation d'égal à égal, rendant caresse pour caresse.

Elle s'interrompit cependant tandis qu'il prenait dans sa bouche le bout de son sein pour le goûter. Elle retint un cri puis laissa échapper un long soupir qui exprimait à la fois l'abandon et l'extrême félicité.

Enhardi, il reprit ses caresses. Elle était prête. Il sentait sous ses doigts la moiteur de sa peau et la chaleur torride de son corps. Ses hanches se soulevaient et venaient se frotter contre les siennes, cherchant, demandant, désirant plus.

Il approcha la main de son visage et laissa courir ses doigts le long du menton de la jeune femme, dessinant le contour de ses lèvres, pour remonter ensuite le long de son nez, autour de ses yeux, jusqu'à son front. Il ne distinguait pas de couleurs mais seulement des contours, le tout couronné d'une masse de boucles brunes. C'était la seule chose qu'il pouvait voir.

— Viens là. Laisse-moi te prendre, ma belle. Laisse-moi t'emmener plus loin.

Il ne reconnaissait pas sa propre voix.

— Oui, chuchota-t-elle, bien plus loin…

Ses seins lourds se balancèrent comme il l'attirait à lui, tandis que ses jambes s'entrouvraient sous la chemise. Il glissa sa main le long de ses cuisses pour détacher ses bas, puis les lui ôta. Il chercha ensuite l'ouverture de sa culotte et écarta les pièces de dentelle de rien du tout, sans couture, laissant l'accès facile.

— Maintenant, s'écria-t-elle, maintenant !

La température entre eux était montée d'un cran, et le froid glacial de la grange n'était plus qu'un lointain souvenir. Taris oublia toute retenue. L'heure n'était plus aux préliminaires. Déjà, il la soulevait pour la poser sur lui et entrer en elle, encore et encore, en un acte d'amour brûlant, passionné, primitif, la seule manière possible d'assouvir leur désir.

Et le plaisir fut total.

Beatrice n'en revenait pas. Elle était morte et arrivée au paradis ! Elle était prête à en jurer. D'ailleurs, si sa vie devait se terminer maintenant, à cette minute précise, elle partirait heureuse. Elle serait une femme comblée.

Elle comprenait enfin ce dont parlaient les romans à mots couverts.

Car elle n'avait jamais connu cette sensation.

Elle se sentait à la fois exténuée et comblée, tandis que les dernières vagues d'extase la parcouraient. Bouleversée aussi. Oui, bouleversée. Soudain, elle se mit à pleurer.

Sans retenue. Bruyamment. Des larmes d'étonnement et de soulagement, que rien ne semblait pouvoir arrêter.

— Que se passe-t-il ? Vous avez mal ? C'est moi qui vous ai fait mal ?

D'un geste, elle lui fit signe de ne pas s'inquiéter et esquissa un sourire pour le rassurer.

— Non. C'était incroyable, au contraire. Vraiment merveilleux.

Il laissa échapper un éclat de rire et se renversa contre le matelas improvisé qu'offrait la couverture grise et rugueuse, sur le foin qui venait d'être rentré.

— Vous pleurez… parce que c'était merveilleux ?

Elle acquiesça de la tête tout en tâtant le foin autour d'elle pour trouver sa chemise qui devait être roulée en boule quelque part, afin de pouvoir s'y moucher.

— Je ne savais pas, commença-t-elle…

Non, elle ne pouvait rien lui raconter de son passé. Il ne devait surtout pas avoir pitié d'elle.

— … qu'une grange pleine de foin pouvait être un endroit aussi excitant.

Il était là, étendu devant elle, très à l'aise en dépit de sa nudité, tel un prince dépourvu de vêtements et d'inhibitions. Pareil à un demi-dieu grec tombé dans le giron d'une mortelle par la volonté d'un dieu plus puissant que lui, ce Dieu qu'elle implorait en vain depuis longtemps.

Depuis douze longues années, pour être précise, et voilà qu'il exauçait sa prière un mois à peine après la mort de Frankwell Bassingstoke !

Peut-être était-ce en récompense du sacrifice qu'elle avait fait, parce qu'elle s'était toujours efforcée d'être une bonne épouse auprès du mari qui lui avait été donné.

Oui, Taris Wellingham était peut-être sa récompense.

Dans ce cas, elle devait bien admettre que cette nuit qui lui avait été offerte compensait largement les difficultés qu'elle avait dû endurer lors de ces douze dernières années.

Avait-il apprécié ce moment, lui aussi ? Du bout des doigts, il traçait le contour de ses lèvres.

— Vous êtes un mystère, madame Bassingstoke, dit-il.

Il s'exprimait en prononçant pleinement les voyelles, preuve qu'il avait été élevé dans un environnement privilégié, se dit-elle.

— Un mystère que je serais bien incapable de déchiffrer, même si ma vie en dépendait.

Elle restait silencieuse, sensible à ses caresses, tandis qu'il lui ouvrait la main pour tracer une spirale brûlante dans sa paume avant de remonter le long de son bras jusqu'à la peau fine et sensible de sa gorge, puis au contour frémissant de ses lèvres.

Quand il posa la main sur sa nuque pour l'attirer à lui, elle se laissa faire.

Il cherchait sa bouche, et lorsqu'il trouva ses lèvres offertes, il s'en empara violemment dans un brusque accès de désir.

Il avait un goût masculin et sauvage, et pour la première fois elle eut peur, peur du désir qu'elle sentait monter en elle, peur de cet espoir insensé que tout ceci soit bien réel et les lie pour l'éternité.

— Non, dit-elle avec fermeté.

Elle se redressa et vit qu'il ne la retenait pas, qu'il n'insistait pas pour ne pas la blesser. Sa manière d'agir était si différente de celle de Frankwell qu'elle sentit sa peur se calmer.

— Je n'exigerai rien de vous que vous ne souhaitiez offrir, dit-il doucement.

Ces paroles étaient d'autant plus méritoires qu'elle pouvait sentir l'ardeur de son désir contre son ventre. Et pourtant, il lui laissait le choix.

Elle baissa alors la tête vers lui et lui effleura doucement les lèvres de sa langue, la main posée à plat sur son torse pour le maintenir immobile.

Taris attendait, silencieux.

Comme s'il sentait son besoin de contrôler la situation, il restait étendu sans bouger et ne réagit pas alors même qu'elle prenait dans sa main son sexe dressé.

— A moi maintenant, murmura-t-elle.

Toute réserve oubliée, elle se mit à caresser son membre chaud, le forçant à patienter tandis qu'il gémissait de désir.

— Pas encore, dit-elle.

Il arquait les reins, tendu vers elle, brûlant de la posséder.

— Pas tout de suite, répéta-t-elle.

Elle se mit à califourchon sur lui.

Puis elle guida son sexe gorgé de désir vers le refuge merveilleux qu'elle était seule, cette nuit, à pouvoir lui offrir. Un paradis secret. Chaud. Accueillant. Généreux.

— Maintenant.

Quand elle le sentit en elle, elle renversa la tête en arrière et cria son nom. Non pas un murmure, cette fois, mais un cri, un cri de triomphe qui alla se briser contre le bruit du vent et de la tempête qui sifflaient entre les branches des arbres dans la nuit.

Maintenant, la tempête était en elle, aussi, une tempête de désir qu'elle sentait monter en elle inexorablement. Jusqu'à éclater, enfin, en une douceur langoureuse qui se répandit au fond de son ventre, tandis que ses doigts et ses orteils se raidissaient sous l'effet des ondes qui irradiaient tout son corps.

Elle aurait voulu que cela dure encore et encore.

Plus rien d'autre n'existait pour elle.

Ni le bien ni le mal.

Rien que cette sensation.

Cet homme près d'elle et la fusion de leurs deux corps.

Quand les dernières vagues de plaisir eurent disparu, elle s'allongea contre lui, toujours liée à lui par la chair et la chaleur moite de leurs ébats.

Passant un bras autour d'elle, il posa la main sur ses fesses et la pressa doucement contre lui, peau contre peau, l'abri de ses bras la protégeant de l'air froid qui faisait baisser la chaleur de leurs corps.

Il tenait la masse de sa chevelure serrée dans son autre main, et elle restait allongée là, enchaînée, perdue dans tout l'abandon de sa nudité.

— Bea ? murmura-t-il.

— Oui, dit-elle doucement.

— Be… à… couper le souffle.

Elle partit d'un grand rire qui sépara leurs corps.

C'était cela qui lui avait manqué durant toute sa vie, songea-t-elle avec allégresse. Cette évidence. Cette entente simple entre un homme et une femme. Juste le plaisir. Sans méchanceté ni mauvaise humeur. Sans sermon sur la vertu et le vice inhérent à la nature des femmes.

« A couper le souffle. »

Elle aimait ce compliment dans sa bouche. Elle aurait pu dire la même chose de lui.

Quand les doigts de Taris vinrent de nouveau se frayer un passage entre ses cuisses, elle ouvrit les jambes et ce fut une nouvelle vague de sensations merveilleuses.

Le jour filtrait à travers la lucarne de la grange.

Appuyé sur un coude, Taris regardait Bea endormie à ses côtés, à la poursuite de ses rêves dans l'aube naissante. Il aurait souhaité ne pas la réveiller, mais il le fallait, car le vent était tombé et le ciel commençait à s'éclaircir. Ça, au moins, il pouvait le voir et le sentir.

Ils seraient là bientôt. Tous. Les autres. Le monde extérieur. La réalité.

Le soleil et la lumière aussi, et avec eux les maudits tourments de son âme.

Il respirait avec difficulté, oppressé par la peur dans laquelle il vivait depuis trois ans. Cette fois, cela avait de l'importance.

Beatrice-Maude Bassingstoke avait pris de l'importance dans sa vie, avec son corps tendre et généreux. Un corps qui se tournait vers lui maintenant, même dans son sommeil. Un corps qui exprimait du désir. Encore.

Mais il ne pouvait pas la prendre maintenant. Pas question de courir ce risque avec le jour qui se levait.

La tempête était finie. Ils allaient arriver.

Mais, sourd à tout raisonnement, le sang bouillait dans ses veines et gonflait son sexe.

Encore une fois, rien qu'une fois encore.

Elle était humide, prête et docile sous ses doigts qui la sondaient et se frayaient un chemin, et il sut à la seconde près à quel moment elle se réveilla, tandis qu'elle s'ouvrait totalement à lui pour mieux l'accueillir en elle.

Le jour était bel et bien levé, maintenant, et Taris s'habilla en hâte avant de faire soigneusement le tour de leur abri pour en déterminer les dimensions. Trente mètres de long par vingt de large, avec le tas de foin dans le coin qui en couvrait une bonne surface.

Le bois brut des poutres de la grange avait laissé une écharde dans sa paume quand il avait passé la main dessus pour se guider. Comme il aspirait le sang qui coulait de la coupure, il entendit les mouvements de Beatrice-Maude qui s'habillait.

Pourvu qu'elle ait remis un peu d'ordre dans sa chevelure et enlevé les brins de paille qu'il avait sentis sous ses doigts en lui ôtant ses vêtements…

Pourtant, il ne se retourna pas vers elle, préférant faire face à l'entrée de la grange pour écouter les bruits du dehors, tendant l'oreille pour entendre des sons plus lointains.

Ils arrivaient.

Oui, des hommes arrivaient à cheval.

Il attacha ses cheveux sur la nuque et attendit, le visage tourné vers le ciel.

Il avait enfoncé sur son front le chapeau qu'il avait emprunté au jeune homme dans le coche, pour mieux échapper aux regards indiscrets.

— Les secours seront là dans cinq minutes, dit-il.

Il devait la prévenir, tout en gardant ses distances.

C'était en effet préférable.

Ce lieu lui était inconnu et, en dépit de la lumière du jour qui se répandait autour d'eux, il pouvait fort bien, en se dirigeant vers elle, trébucher sur quelque objet abandonné sur le sol.

Il n'avait pas envie qu'elle voie sa maladresse, ni son visage en pleine lumière. Son frère lui avait suffisamment décrit les nuages opaques qui obscurcissaient son œil gauche.

Non, Beatrice-Maude Bassingstoke ne devait pas voir ça. Elle ne devait pas savoir que c'était seulement dans l'obscurité qu'il redevenait un homme comme les autres, ni qu'il dépendait de ses fidèles serviteurs quand il s'écartait des abords familiers de sa propre demeure. Là où tout était simple et où il ne courait aucun risque.

— Vous les entendez ? demanda-t-elle.

Il répondit d'un simple hochement de tête.

— Eh bien, moi je n'entends rien du tout ! Pourtant j'ai toujours pensé que j'avais l'ouïe fine et que j'étais même assez douée pour entendre des choses qui échappaient aux autres.

Elle semblait nerveuse, tout à coup, les notes aiguës dans sa voix trahissant son embarras et son affolement.

Pourquoi cela ? se demanda-t-il, intrigué.

Elle était veuve après tout, et à l'âge où l'on connaît la vie. La nuit qu'ils venaient de passer ensemble avait été complètement consensuelle.

Peut-être était-ce simplement l'inquiétude de voir arriver ces étrangers qui ne manqueraient pas de la juger, dans la situation délicate où elle se trouvait.

Même dans son propre cercle d'amis, le fait de cohabiter pour la nuit avec un homme était considéré comme osé, et il imaginait bien que ce devait être pire encore dans l'entourage provincial de Beatrice Bassingstoke.

Tapant du pied pour se réchauffer, il passa en revue les différentes options qui s'offraient à lui pour la protéger.

— Il va de soi que vous pouvez compter sur ma discrétion, madame. Ce qui s'est passé cette nuit restera entre nous. J'espère que cette promesse apaisera votre inquiétude.

— Certainement. Je vous en remercie, monsieur.

Il prêta l'oreille, troublé par la tension qu'il percevait encore dans la voix féminine, à présent réduite au simple murmure.

— Là où vous êtes, faites en sorte d'aménager une sorte de nid dans le foin, un abri qui ne laisserait de place que pour une seule personne. Cela aidera certainement à accréditer notre histoire.

Il l'entendit remuer le foin pour faire ce qu'il avait suggéré, puis se laisser glisser afin de s'asseoir au pied du mur.

Quand les autres arriveraient, ils trouveraient deux personnes entièrement habillées, occupant chacune un côté différent de la grange.

Une réalité bien différente de ce qui s'était passé pendant la nuit.

Lorsque Bea se remit à parler, sa voix paraissait légèrement entrecoupée.

— Habitez-vous Londres, monsieur ?

Il secoua la tête.

— La plupart du temps j'en suis absent, répondit-il.

— Je vois.

Il y eut une longue pause. Elle sembla réfléchir à sa réponse avant de poursuivre.

— Néanmoins, si par hasard il m'arrivait de vous apercevoir dans la rue… ?

— Il vaudrait mieux pour votre réputation que vous m'ignoriez complètement.

— Vous ignorer complètement, répéta-t-elle.

Sa voix résonna sourdement du fond de la grange, semblable à un sanglot étouffé.

Il soupira.

Si seulement il avait pu ravaler ses mots et les remplacer par d'autres, plus doux. Des mots qui n'interdiraient pas de façon aussi brusque toute possibilité de contact.

Mais il ne pouvait rien faire, ou du moins pas ici, pas maintenant, alors qu'il se trouvait à la merci du premier venu, dans cette grange où il n'était même pas capable de trouver son chemin sans tomber.

Bea tressaillit, piquée au vif par sa réplique. Il était évident qu'une nuit lui avait suffi et qu'il ne souhaitait pas la revoir.

Pourquoi s'en étonner, du reste ?

C'est tout juste s'il lui avait jeté un regard depuis leur réveil.

Un seul coup d'œil lui avait probablement suffi pour constater qu'elle n'avait rien de remarquable, avec ses cheveux marron, son nez un peu retroussé et son menton bien trop marqué selon les critères du moment.

Elle n'avait rien d'une beauté.

Elle le savait depuis longtemps, mais jamais elle n'en avait autant souffert.

Elle se sentait rejetée et misérable.

Elle prit une longue inspiration, décidant d'opter pour une attitude calme et digne. Frankwell lui avait peut-être volé sa jeunesse, mais la volonté qu'il avait longtemps fait plier resurgissait, intacte. Elle était sa propre maîtresse, désormais, et son indépendance était une bénédiction à laquelle elle pouvait se raccrocher.

Elle possédait à la fois des terres et de l'argent, et elle avait assez de moyens pour n'être redevable à personne. Plus jamais ! C'était au moins un début.

Rassérénée, elle se leva.

Le groupe qui approchait à cheval était maintenant visible. Les hommes qu'ils avaient rencontrés la veille avaient été rejoints par quelques autres, des gens de la haute société, vêtus de manteaux somptueux.

Quand finalement ils arrivèrent à une dizaine de mètres de la grange, une femme, la plus belle que Beatrice ait jamais vue, se laissa glisser au bas de sa monture et se précipita à leur rencontre.

— Taris. Taris. Oh ! merci, mon Dieu.

Ses yeux étaient débordants de larmes, et son chignon défait laissait échapper un halo de boucles blondes soyeuses qui ruisselèrent sur ses épaules quand elle vint se jeter dans ses bras ouverts.

— Mon Dieu, nous croyions… que nous t'avions perdu… nous pensions que tu avais été emporté par la tempête ou enseveli sous la neige… Tu avais déjà vu une tempête pareille… ?

Ce flot de paroles s'interrompit brusquement lorsque le regard turquoise croisa celui de Bea. Dans les yeux de la nouvelle arrivante, cette dernière vit naître de l'incertitude, teintée d'un certain intérêt.

En réponse à la question muette de la jeune femme, Taris Wellingham se tourna vers Beatrice, son regard ambré l'effleurant rapidement comme s'il se souvenait à peine qu'elle était encore là.

— Emerald Wellingham, dit-il en guise de présentation. Et voici Mme Beatrice-Maude Bassingstoke.

Emerald Wellingham ?

Beatrice retint un cri de surprise.

Il était donc marié ? Mon Dieu, il lui avait menti, il avait menti sur tout…

— Ma belle-sœur.

Le soulagement la fit un instant chanceler, et elle dut s'appuyer contre le mur pour recouvrer l'équilibre. Taris Wellingham ne fit pas le moindre geste dans sa direction, ni le moindre commentaire sur sa soudaine faiblesse. Dans ses yeux, elle ne lisait que de l'indifférence et de la dureté.

Elle avait donc raison !

Elle ne représentait rien pour lui. Elle n'était qu'un corps chaud et docile en compagnie duquel il avait affronté l'inconfort d'une nuit glaciale.

Au moins, il n'était pas marié.

Au même moment, elle sentit le regard turquoise d'Emerald Wellingham posé sur elle, détaillant ses vêtements désordonnés et couverts de brins de paille. Autant d'indices qui lui permettraient de se faire rapidement une idée sur elle.

Sans doute en déduisait-elle qu'elle avait sauté sur l'occasion, qu'elle avait saisi cette chance inespérée pour elle de coucher avec un homme aussi séduisant.

Elle se tenait là, partagée entre la honte et la colère, lorsque les deux sentiments furent soudain éclipsés par la surprise.

Un homme, l'air dangereux et menaçant, se dirigeait maintenant vers eux. Il boitait de manière assez prononcée, remarqua-t-elle.

— Nous sommes partis de Londres dès les premières lueurs du jour quand nous avons su que tu n'étais pas arrivé à Park Avenue. Emerald avait un mauvais pressentiment, et rien n'aurait pu l'empêcher de partir à ta recherche.

— C'est à cause de la tempête que je me faisais du souci, Taris, même si Asher répétait qu'il n'y avait rien à craindre…

Asher et Taris Wellingham ?

Ces deux noms parurent tout à coup horriblement familiers à Beatrice. Elle avait lu des tas de choses sur eux pendant toutes ces années ; les deux frères étaient réputés à la fois pour leurs frasques et leur immense fortune.

Descendants directs du premier duc de Carisbrook, ils habitaient le château de Falder. Si sa mémoire était bonne,

Taris Wellingham venait même d'hériter d'une immense propriété dans le Kent.

La confusion l'envahit, tandis qu'une brusque rougeur lui montait aux joues.

Taris s'était évidemment moqué d'elle, la faisant entrer par hasard dans ce monde qui n'était pas le sien et auquel elle ne connaissait rien.

Tout ce qu'elle désirait maintenant, c'était être loin de cet endroit, à l'abri de l'une des voitures qui s'approchaient alors de la grange, avec à leur bord d'autres visages aux regards interrogateurs tournés vers elle.

— Le mauvais temps va très bientôt nous rattraper, monsieur, si nous ne partons pas d'ici rapidement.

Un homme mince et de haute taille était venu se placer au côté de Taris Wellingham et enroulait maintenant son bras autour de celui de son maître. Que signifiait ce geste ? se demanda-t-elle, déconcertée.

Emerald venait d'adopter la même attitude protectrice et se plaçait à présent de l'autre côté, lui prenant la main comme pour l'aider à se diriger vers les voitures. Comment Taris Wellingham pouvait-il les laisser le conduire de cette manière ? songea-t-elle, stupéfaite.

C'était ridicule, il n'était pas blessé.

Elle était sur le point d'intervenir quand Asher Wellingham donna un ordre au valet qui se trouvait près d'elle.

— Occupez-vous de la femme, Forbes.

Le jeune domestique fit un signe de la tête et les Wellingham s'éloignèrent rapidement.

Beatrice les regarda partir, médusée. Elle n'en croyait pas ses yeux. Taris ne prenait même pas le temps de lui dire au revoir après tout ce qu'ils avaient partagé ?

Comme en réponse à sa question, elle entendit une porte qui se fermait et le cocher qui appelait les chevaux, puis le bruit des sabots qui martelaient le sol gelé à un rythme de plus en plus soutenu.

Ils étaient partis.

Tout était terminé.

— Si vous voulez bien vous donner la peine, mademoiselle, les autres sont dans la voiture…

— Les autres ?

Dès qu'elle monta dans la voiture, elle reconnut la vieille dame et le jeune homme avec qui elle avait voyagé la veille.

Ils l'accueillirent avec chaleur. Alors qu'elle s'informait de ce qui était advenu du cocher et du passager, ce fut le jeune homme qui lui répondit.

— M. Brown a été emmené à Londres il y a une heure environ, et l'autre doit être à Brentwood, probablement à l'église, en attendant que sa famille soit prévenue et vienne récupérer le corps.

Il semblait avoir besoin de parler, tandis que sa mère restait silencieuse, manifestement épuisée par cette nuit longue et angoissante.

— Nous avons passé la nuit dans une ferme, un peu plus au nord, et le coche est venu nous chercher, il y a peu de temps. C'est le frère d'un duc, vous savez, l'homme avec lequel nous avons voyagé hier, et il possède une propriété dans le Kent qui vaut une petite fortune.

Bea acquiesça, heureuse de voir la voiture se mettre en route pour avaler peu à peu la distance qui les séparait de Londres, tandis que le bercement de l'habitacle et le crissement monotone des roues dans la neige plongeait bientôt les autres dans le sommeil.

Lord Taris Wellingham, frère du duc de Carisbrook.

Elle se répéta plusieurs fois ces deux noms, des noms illustres et prestigieux, connus aux quatre coins du pays. La lignée des ducs de Carisbrook remontait à plus de mille ans. Mille ans de titres et de privilèges.

Où était Taris Wellingham à présent ?

Elle revit le profil altier tel qu'il lui était apparu la veille pour la première fois, si sombre contre la blancheur de la neige.

Tout de suite, elle avait été attirée par cet homme, fort et fier. Un homme qui ne comprenait probablement pas combien il lui était facile d'intimider les autres avec son autorité naturelle. Un homme doté d'une incroyable maîtrise de soi.

Sans parler de cette autre maîtrise, tout aussi efficace et pourtant infiniment douce : celle des réactions de son corps à elle.

— Assez, murmura-t-elle.

Levant les yeux vers le ciel désormais apaisé où les nuages s'éclaircissaient dans la grisaille du matin, elle releva le col de son manteau, heureuse de pouvoir masquer son visage pour cacher les larmes qu'elle ne retenait plus.

Pensif, Taris regardait les ombres grises défiler à travers la vitre de la voiture. Il sentait le regard de sa belle-sœur posé sur lui, mais se sentait incapable de lui parler.

Seigneur, il était vraiment lâche et faible. Et tandis que s'allongeait la distance qui le séparait de Beatrice, le regret peu à peu l'envahissait en même temps que la certitude qu'il venait de vivre quelque chose de complètement nouveau.

Une femme l'avait surpassé, lui avait fait sentir qu'il était le dernier des goujats, un homme incapable d'accepter les circonstances ou la réalité et qui se cachait dans un monde qui n'était que tromperie.

« — *Alors si par hasard il m'arrivait de vous apercevoir dans la rue... ?*

— *Il vaudrait mieux pour votre réputation que vous m'ignoriez complètement.* »

Il inspira profondément. Il sentait sa gorge se serrer et il ne pouvait pas le supporter. Il se faisait horreur. Comment pouvait-il rester assis là sans rien dire ?

Il fallait faire demi-tour. Faire demi-tour et retourner là-bas.

Il aurait dû le dire, le crier, mais avec ce monde de grisaille qui l'enserrait désormais, il en était incapable.

Beatrice-Maude Bassingstoke l'avait vu sous son meilleur jour, comme l'homme qu'il était, avant... avant qu'il ne devienne dépendant de tout son entourage. Il voulait que ce soit l'image qu'elle garde de lui, celle d'un homme maître de sa vie et de ses actions.

Sans doute avait-elle été étonnée de voir Bates passer son bras sous le sien et Emerald lui prendre la main, de l'autre côté, pour le guider jusqu'à son carrosse. Pourvu qu'elle n'ait pas vu les armoiries peintes sur les côtés, ni entendu Bates l'appeler « monsieur ».

Elle s'était peut-être dit qu'il était malade ou qu'il avait froid, ou encore qu'il était un peu désorienté.

Il espérait en tout cas qu'elle ne l'avait pas vu trébucher en faisant le tour de la grange, quand il avait mis le pied dans un fossé dont la présence à cet endroit lui avait totalement échappé.

Il frémit de dégoût. Il était dévoré par la colère. Et les regrets.

Depuis trois ans, la cécité lui volait la vue petit à petit, jour après jour.

Au début, c'était seulement sa vision centrale, mais maintenant elle lui avait aussi ôté toute la lumière dans la région périphérique ; elle s'étendait insidieusement, et il savait qu'au bout du voyage, un voyage qu'il n'avait nulle envie de faire, il n'y aurait plus que le noir complet.

Il sentit la tristesse, fidèle compagne ces derniers mois, monter en lui. Il dut prendre sur lui pour se contrôler, poings serrés, tremblant de rage et d'impuissance.

Comment l'accepter ? Il n'y parvenait pas.

Il n'était jamais arrivé à ce stade où la résignation aurait pu adoucir son angoisse et lui permettre de soigner ses blessures.

Non, il n'en était jamais arrivé là !

— Pourquoi diable t'acharnes-tu à utiliser les transports publics, Taris, alors que tu possèdes quantité de véhicules prêts à te conduire où tu le souhaites ? demanda Asher. Ça me dépasse complètement.

Il y avait de la lassitude dans sa voix.

Il avait raison, songea Taris, et cette vérité ne faisait qu'ajouter à sa propre frustration.

C'était la première fois, alors qu'il était seul sur la route, qu'il s'était vraiment senti aveugle. Les difficultés qu'il avait dû affronter pour s'en sortir lui avaient paru plus accablantes que jamais.

Heureusement, son frère n'insista pas, et ce fut Emerald qui prit la parole à sa place.

— Ta compagne de voyage m'a paru intéressante…

— Oui, elle l'était.

— En revanche, elle avait l'air soucieux. Je me demandais si tu l'avais remarqué.

— Oui, effectivement.

— J'ai vu aussi qu'elle portait une alliance… ?

— Il est fatigué, Emmie. Laisse-le se reposer.

Asher voulait manifestement protéger son frère.

Soudain, Taris en eut assez.

— Beatrice-Maude Bassingstoke est veuve. Elle est originaire de Brampton et elle a vingt-huit ans passés. Elle apprécie l'honnêteté et elle déteste les questions.

— Oh ! mais voilà une description détaillée.

La voix d'Emerald se fit hésitante quand Asher se mit à rire, et au bruit sourd de sa jambe heurtant la portière, Taris comprit qu'il avait reçu un bon coup de pied.

— J'ai trouvé qu'elle avait l'air… forte.

— En effet, elle l'était.

— Et assez exceptionnelle, non ? Je connais peu de femmes assez courageuses pour abandonner la sécurité d'une voiture et s'aventurer dehors par une nuit de tempête.

— A quoi ressemble-t-elle ?

Taris n'avait pas voulu poser la question aussi brutalement, mais cela avait jailli malgré lui.

Il y eut un long silence dans la voiture, jusqu'à ce qu'Emerald reprenne la parole.

— Ses cheveux ont la couleur des châtaignes mûres à l'automne et ses yeux sont de la teinte des feuilles humides dans un sous-bois au bord d'un ruisseau.

Il resta silencieux, espérant qu'elle continue. Il aimait sa manière d'évoquer Beatrice-Maude pour lui, de cette façon imagée qui n'appartenait qu'à elle.

— Elle n'est pas très grande, très mince. Entre ses sourcils, il y a de petites rides, comme si la vie n'avait pas toujours été facile pour elle, mais ses fossettes sont les plus jolies qu'il m'ait été donné de voir.

Taris acquiesça, tandis qu'il se rappelait le contour de son visage, ainsi que le moment inoubliable où elle lui avait pris les doigts pour les porter à sa bouche et les lécher, telle une femme versée dans l'art de la sensualité.

Il se rappelait bien d'autres choses encore. Son odeur. La douceur de sa peau. La façon qu'elle avait eue de murmurer son nom contre son oreille avant de presser la chair généreuse de ses seins contre lui.

— Seigneur ! laissa-t-il échapper.

— Quoi ? demanda Asher.

Taris se ressaisit. Près de lui, la voix forte de son frère était empreinte de perplexité.

Quelle excuse allait-il bien pouvoir lui donner ? En tâtant ses vêtements il en trouva une toute prête : il n'avait plus sa montre à la ceinture.

— Je crois que j'ai laissé ma montre dans le foin. Elle me gênait pendant la nuit.

— La montre de gousset de grand-père ? Tu la portes encore, alors que tu ne vois même plus les chiffres ?

Asher jura quand il se rendit compte de ce qu'il venait de dire et de ce que cela impliquait.

— Le son mesure le temps tout aussi bien, mon frère, et lorsque tu arrêteras de te sentir coupable pour ma mauvaise vue, alors nous pourrons tous deux dormir en paix.

Taris ferma les yeux, content de ne plus avoir à essayer de deviner les formes qui l'entouraient.

Pourtant, il lui venait à l'esprit une vision de boucles châtaines et d'yeux verts couleur de feuillage, la seule vision lumineuse qu'il ait encore dans la nuit où il était plongé.

Alors qu'elle pensait ne jamais le revoir, Beatrice aperçut Taris Wellingham, dès la semaine suivante, dans Regent Street où elle était allée faire quelques achats.

Il se trouvait à la place du passager dans un impressionnant phaéton, avec à son côté une jeune femme qui menait les chevaux avec une assurance pour le moins intimidante.

Elle se recula contre la devanture d'un magasin, en espérant que le toit suspendu la protège de son regard au cas où il se tournerait de son côté.

Les battements de son cœur étaient si violents qu'ils soulevaient l'étoffe de son corsage.

Seigneur, allait-elle s'évanouir ? Déjà, elle ressentait des vertiges et les choses commençaient à tourner autour d'elle. La servante qu'elle avait avec elle et qui portait ses paquets la regarda avec inquiétude.

— Etes-vous sûre que tout va bien, madame ?

— Tout à fait, Sarah.

Sa voix tremblait de façon inquiétante.

— Il y a un salon de thé, un peu plus loin, si vous souhaitez vous asseoir.

Beatrice retint son souffle.

Par-dessus l'épaule de la jeune fille, elle voyait Taris Wellingham se rapprocher.

Elle pouvait maintenant discerner clairement son visage, ainsi que, sur sa tête, le chapeau haut-de-forme à la dernière mode. La femme près de lui riait tout en pressant ses chevaux, et les gens ordinaires dans la rue s'arrêtaient pour les regarder.

Pour regarder à travers eux la beauté et la fortune.

Pour regarder ces êtres privilégiés qui n'avaient jamais eu besoin de se battre, ni de gagner leur vie, ni de se demander comment assurer le lendemain.

Ils regardaient, à la fois admiratifs et envieux, ce magnifique attelage de chevaux gris qui valaient probablement leur pesant d'or, la femme belle et pleine de vie qui les menait avec brio, et cet homme élégant qui se laissait conduire, un sourire de fierté sur son visage, tandis qu'elle les guidait avec adresse dans une avenue animée de la ville.

Une colère sourde monta en elle quand les yeux de Taris Wellingham croisèrent les siens sans qu'il montre le moindre signe qu'il l'avait vue ou reconnue.

Qu'était-elle pour lui, sinon une étrangère mal vêtue dans une rue bondée de Londres, qui regardait passer, l'espace d'une seconde, les très très riches ? Une vision banale et aussitôt oubliée.

Il ne restait donc rien de leurs souffles mêlés, ni de leurs caresses, ni des plaisirs murmurés partagés dans une grange près de Maldon.

Il ne restait rien de ce moment où il avait été en elle, dans sa chaleur la plus secrète, la neige dehors effaçant toute trace qui aurait pu amener les autres à eux, ce moment où rien d'autre ne comptait que leurs sensations, la confiance et ce désir sans fin qui les consumait.

C'était fini. Terminé.

Elle détourna la tête et entra dans la première boutique dont la porte était ouverte. Il s'agissait de l'atelier d'une modiste.

Les étagères remplies de turbans et de chapeaux se brouillaient devant ses yeux, et elle se mit à feindre un intérêt exagéré pour l'achat d'une coiffure.

Tout ceci n'avait vraiment aucun sens, se dit-elle. Taris Wellingham ne lui avait-il pas déjà dit qu'elle devrait l'ignorer si par hasard elle le voyait à Londres ? Que la nuit qu'ils avaient partagée n'était rien d'autre pour lui qu'un interlude dans sa vie ?

L'alliance au troisième doigt de sa main gauche brillait en reflétant la lumière d'une lampe posée à côté du comptoir.

Frankwell devait bien rire depuis l'endroit où son âme avait été emportée. Pas au paradis, espéra-t-elle.

Et elle ? Cette nuit d'abandon lui serait-elle reprochée un jour ? Quoi qu'il en soit, elle ne regrettait rien : durant ses vingt-huit années d'existence, elle avait rarement connu un tel bonheur.

Et puis, elle avait des excuses, car elle avait besoin de se sentir vivre après l'interminable asservissement qu'elle avait subi à Ipswich.

Peut-être était-elle justement punie aujourd'hui de cette soumission.

Après tout, elle avait été dotée d'un cerveau pour penser, et elle en avait rarement fait usage. N'en faisait toujours pas usage, d'ailleurs, comme en témoignait cette façon enfantine qu'elle avait de se cacher, prisonnière d'une peur qui donnait à toutes choses l'apparence du danger.

— Souhaitiez-vous voir quelque chose en particulier, madame ? demanda la commerçante, voyant qu'elle ne disait toujours rien.

Le silence était revenu dans la rue, songea-t-elle, et chaque seconde qui passait rendait l'éventualité d'une nouvelle rencontre moins probable.

Elle se força à regarder un chapeau qu'elle avait admiré sur l'étagère la plus proche, touchant délicatement le tissu velouté.

Le feutre était d'un vert vif, une couleur qu'elle n'avait que rarement portée, car le dégoût de toutes choses « voyantes » exprimé par Frankwell lui interdisait toute fantaisie.

Ce fut ce souvenir de son obéissance aveugle qui lui fit essayer le chapeau, et, pour la toute première fois de sa vie, elle admira le visage de la femme qui se reflétait dans le miroir.

La couleur assortie à ses yeux soulignait son teint diaphane, et la fadeur du beige et du brun qu'elle portait habituellement était atténuée par la nuance de vert.

— Je trouve que cette couleur vous va très bien, madame, et celle-ci devrait vous convenir également.

Un chapeau rouge sombre vint remplacer le vert, et la transformation fut tout aussi incroyable.

— J'ai toujours porté du beige et du marron, expliqua-t-elle.

La modiste secoua la tête avec force.

— Ces tonalités ne mettent pas en valeur la couleur de vos yeux, ni l'éclat de votre teint.

Elle alla chercher sur le haut d'une étagère une écharpe de couleur beige et revint vers elle.

— Voyez, madame. C'est la couleur que vous portez habituellement, et vous pouvez voir qu'elle ne vous rend pas justice.

Beatrice en resta bouche bée. Mon Dieu. Il était donc aussi facile de s'embellir ? Elle ne pouvait pas le croire.

— J'ai une sœur qui vient de s'installer comme créatrice de mode à Londres, madame. Si vous souhaitiez la consulter pour vos robes, je suis sûre qu'elle se ferait un plaisir de vous aider. Elle est très habile, et bon marché cependant.

Sarah approuva en souriant.

Le temps était venu de faire quelques changements. Le temps aussi de réfléchir, de penser à tout ce qu'elle avait aimé dans sa vie, pour essayer de le préserver ensuite.

Les livres. Les idées. Les discussions.

C'était ce qui lui avait le plus manqué dans la grande maison silencieuse d'Ipswich.

Chaque fois qu'elle avait tenté de parler à Frankwell de ses propres désirs, les opinions figées de son mari l'avaient emporté sur les siennes, et à cause son tempérament coléreux, elle avait toujours préféré ne pas le contrarier.

Mais maintenant ? Maintenant qu'elle avait l'argent, le temps et l'envie de suivre ses propres rêves, la couleur d'un chapeau prenait une importance qui, la veille encore, lui aurait paru ridicule.

Même si en réalité ce détail ne signifiait rien, et que c'était surtout au rejet de Taris qu'elle songeait.

Elle ne voulait plus être humiliée, jamais.

Désormais, elle voulait être libre.

Libre de faire tout ce qu'elle souhaitait et de vivre sa vie comme elle l'entendait, sans se soucier de l'opinion des autres.

C'était à la fois grisant et excitant, même si elle ignorait encore où cela la mènerait.

— Je vais prendre les deux chapeaux, s'il vous plaît,

dit-elle en sortant un porte-monnaie bien rempli, et j'aimerais beaucoup rencontrer votre sœur.

Taris plaça la main sur les rênes pour apprécier leur tension.

— Relâche légèrement sur la droite, Lucy, je sens que ça tire un peu.

Au souffle de la brise sur son visage, il sut que sa sœur avait réaligné les chevaux et éprouva un pincement de fierté.

— Tu t'es entraînée pendant mon absence ?

Sa question fut accueillie par un rire.

— Si c'est ta façon de me dire que j'ai fait des progrès, mon frère, alors je l'accepte.

— Tu as fait des progrès, c'est vrai.

Il prononça ces mots sans hésitation, et sa sœur vint poser sa main sur la sienne.

— Ce compliment me touche beaucoup venant de toi. Toute ma vie, j'ai vécu dans l'ombre de mes grands frères et je suis contente d'exister un peu par moi-même. J'apprécie que tu m'aies prêté ton équipage pour apprendre à conduire, et si jamais il y avait quelque chose que tu souhaitais en retour…

Il secoua la tête.

— Non, rien. Reste telle que tu es, Lucinda, je ne demande rien de plus.

— Tu es adorable. La femme que tu épouseras un jour aura de la chance, Taris. Parce que tu es généreux et ouvert d'esprit. Pas de danger de te voir juger les autres selon des critères imposés. Avec toi, j'ai toujours l'impression que je pourrais être… tout ce que je veux.

Le vent emporta son rire qui se perdit dans la rue. Il regarda autour de lui. Ce qui lui restait de vision lui permettait tout juste de discerner les formes des gens qui se déplaçaient autour d'eux.

Des femmes, surtout, apparemment, d'après les robes et les chapeaux qu'elles portaient.

Une cloche se mit à sonner.

2 heures. A 5 heures, il ferait route vers le sud, laissant derrière lui la circulation et le bruit de Londres. Il ferma les yeux un court instant pour retrouver l'image familière de Beaconsmeade et du confort accueillant de la vieille demeure.

Cette fois, il prendrait sa propre voiture pour s'y rendre, sa récente expérience avec le système de transports publics ayant quelque peu dissipé le plaisir qu'il prenait habituellement à se mêler aux gens ordinaires.

Une image plus douce lui revint au même moment à l'esprit : celle d'une poitrine épanouie et de longues boucles brunes.

Beatrice-Maude Bassingstoke !

Ils s'étaient mis d'accord pour limiter leur relation à une seule nuit, et il avait entendu le soupir de soulagement dans sa voix quand elle avait compris qu'il ne lui demandait rien d'autre.

Peut-être que l'état de veuve lui promettait un avenir meilleur que les liens sacrés du mariage, avec ses consentements et ses règles.

En tant qu'homme, il connaissait les restrictions imposées à une femme lors de son mariage.

Mais à quoi bon penser à tout cela ? Beatrice n'était apparemment pas le genre de femme à entretenir une aventure. Quant à lui, une épouse était bien la dernière chose dont il avait besoin, avec sa vue qui déclinait et sa vision qui se brouillait.

« — *La femme que tu épouseras un jour aura de la chance...* »

— Tes chevaux attirent beaucoup l'attention, Taris. Regarde, presque tout le monde s'arrête pour les admirer.

— Allez, Lucy, un dernier tour et on rentre ; j'ai encore beaucoup à faire avant de partir pour le Kent.

— Asher t'a demandé de rester plus longtemps.

— Je ne peux pas.

— Ou tu ne veux pas.

Tous deux se mirent à rire avant de tourner au coin de la rue pour filer à toute allure dans les chemins de Hyde Park.

4

Repoussant d'un doigt distrait une mèche échappée de sa coiffure, Beatrice contempla la pièce autour d'elle. C'était dans ce grand salon du rez-de-chaussée, où des piles de livres encombraient chaque surface disponible, qu'elle avait pris l'habitude de recevoir.

Ses soirées du mercredi, où l'on débattait de grands sujets de société, étaient de plus en plus courues. On en parlait dans toute la ville et dans tous les milieux, et on se pressait pour y assister.

Décidément, elle adorait Londres. Elle aimait sa foule et son agitation, et la manière dont la vie ici était empreinte de culture, de politique et de débats intéressants.

Et puis, elle n'avait plus de comptes à rendre à personne. Elle pouvait faire ce que bon lui semblait, sans que quiconque vienne lui faire la morale.

Si elle souhaitait passer une soirée à lire dans son lit, elle pouvait le faire. Tout comme elle pouvait sortir et aller au théâtre si l'envie lui en prenait.

Londres et ses multiples distractions lui offraient une liberté qu'elle n'avait jamais connue auparavant, une liberté qu'elle savourait chaque jour davantage.

Dans le choix de ses tenues aussi, elle avait modifié ses habitudes. Les robes qu'elle arborait aujourd'hui ne ressemblaient en rien à celles qu'elle portait trois mois auapravant.

Elle avait abandonné ses vieux vêtements ternes et élimés

qui trahissaient une vie marquée par l'austérité et la routine, et les avait remplacés par des robes de velours aux couleurs vives, à la fois seyantes et originales.

Aux yeux de tous, elle était une autre femme.

« Originale », disait-on. Mais aussi « non conformiste, incomparable ».

C'étaient les termes les plus souvent employés pour la décrire dans les articles de plus en plus nombreux qui paraissaient à son sujet dans la presse.

Elle était fière de l'image nouvelle qu'ils donnaient d'elle-même, celle d'une femme libre de faire ses propres choix. Des choix dictés par ses idées et ses envies, et non par le bon sens et le pragmatisme écœurants qui avaient caractérisé ses années avec Frankwell.

Frankwell. Elle ne gardait pas de lui le souvenir d'un homme qui l'avait maltraitée ; l'image du tyran coléreux avait disparu, pour laisser place à celle, plus douce, d'un homme resté enfant. Car c'était ce qu'il était redevenu après son attaque — un enfant. Un enfant sans défense qui dépendait entièrement d'elle.

A sa mort, elle l'avait allongé dans son cercueil avec une brassée d'asters d'automne, ses fleurs préférées, et l'église avait résonné au son de chansons enfantines, les mêmes airs que ceux qu'il avait fredonnés dans ses derniers moments de vie sur cette terre.

Ces images s'étaient peu à peu effacées depuis qu'elle était ici, à Londres, et que sa vie se remplissait de nouveaux amis et de nouvelles expériences.

Quelle chance elle avait eue d'avoir les sœurs Hardy pour voisines ! Une semaine à peine après son arrivée, elle avait déjà rencontré la majeure partie de leur large cercle de connaissances, ce qui lui avait permis de faire discrètement son entrée dans la bonne société.

Quand les deux sœurs l'avaient prise sous leur protection et avaient encouragé son rêve de tenir un salon, l'idée avait très rapidement pris forme. Aujourd'hui encore, elle avait du mal à y croire. Tout était arrivé si vite !

Parfois, lorsqu'elle se regardait dans un miroir et qu'elle se voyait sourire, elle ne pouvait imaginer qu'elle avait été cette femme triste et seule qui avait fui Ipswich lors d'une tempête de neige.

Elle poussa un soupir, lasse de ressasser sans cesse les mêmes souvenirs.

Non, elle ne voulait pas penser à lui, à cette nuit, à la manière dont il était parti sans même regarder une fois en arrière…

Quand son amie Elspeth Hardy fit son entrée dans la pièce avec une nouvelle pile de journaux dans les bras, elle fut heureuse de l'interruption.

— Nous n'avons plus nulle part où les poser, Elspeth. Si vous voulez bien les ranger là-haut, nous pourrions peut-être discuter de leur contenu la semaine prochaine.

— Mais on y parle de la coutume de vendre son épouse, un sujet que nous avons déjà évoqué — je me demandais s'ils ne pourraient pas être utiles à la discussion ?

Beatrice fit la moue.

— J'ai lu de nombreux écrits ayant trait à cette pratique exotique, et mon point de vue sur le sujet a peu à peu évolué. Je crois en effet que le but de ce commerce est simplement de permettre à une femme de refaire sa vie, lorsque les deux parties sont d'accord.

— Vous n'êtes pas contre ces procédés barbares ? Jamais je n'aurais cru cela de vous !

Beatrice eut un petit rire.

— L'acheteur est souvent un soupirant ou un amant. Ne choisiriez-vous pas cette solution plutôt que l'autre, bien plus coûteuse et compliquée, qui consiste à demander une séparation à l'église ou devant un tribunal ?

— Je ne sais pas. Vous avez peut-être raison…

— Nous y réfléchirons plus tard, car pour ce soir j'ai préparé une discussion sur les méfaits de la piraterie. Beaucoup de romans nous la peignent comme le fait de héros libres et aventureux, alors que la réalité est tout autre. Ce sont de pauvres bougres rejetés de tous et qui étaient condamnés à une vie de misère.

— La piraterie ! C'est un sujet qui devrait intéresser les hommes, qui sont de plus en plus nombreux à assister à nos soirées ! Vous ne l'avez pas remarqué, Bea ? Le mois dernier, nous avons eu une assemblée composée quasiment à part égale de membres des deux sexes, ce qui est pour le moins… encourageant.

Beatrice acquiesça et alla chercher les plateaux de service.

Malgré la fortune héritée à la mort de son mari et sa nouvelle indépendance financière, elle aimait toujours autant s'affairer dans la maison, préférant se rendre utile plutôt que rester sans rien faire.

Ce soir, pourtant, elle se sentait nerveuse, et elle ignorait pourquoi. Son cœur battait plus vite qu'à l'accoutumée et elle était maladroite de ses mains.

Elle laissa échapper une tasse qui se brisa sur le sol, et lorsqu'elle se baissa pour ramasser les morceaux de porcelaine, elle se fit une profonde entaille à l'index avec l'un d'eux.

Le sang jaillit aussitôt, coulant dans la paume de sa main et menaçant la manche de sa robe. Elle attrapa l'un des tissus de mousseline qui protégeaient les gâteaux et se trouva soudain ramenée dans la pénombre du coche près de Maldon, lorsque Taris Wellingham lui avait proposé le carré de tissu qui emballait son cake aux fruits comme écharpe. Sur le moment, elle y avait à peine prêté attention, mais maintenant…

D'autres images commençaient à lui revenir à la mémoire…

La manière qu'il avait de toujours utiliser ses mains… Et cette cicatrice qui lui barrait le front… D'où lui venait-elle ? Peut-être une blessure reçue sur un champ de bataille, ou bien…

— Faut-il que je vous trouve un pansement, Bea ?

Molly, la sœur d'Elspeth, venait de les rejoindre.

— Non, ça va aller, merci.

Beatrice retira délicatement le morceau de tissu de son

index. La blessure semblait s'être refermée. Mais son anxiété, elle, n'avait pas disparu, et lorsque la pendule de l'entrée sonna 7 heures, elle eut un sursaut.

Deux jours auparavant, alors qu'elle descendait la rue pour se rendre à la banque, un homme l'avait bousculée avec une telle force que la pile de papiers qu'elle tenait dans les mains s'étaient éparpillés tout autour d'elle.

L'homme avait jeté un coup d'œil aux feuillets épars, puis avait disparu, sans l'aider ni même s'excuser.

Elle n'avait pas eu le temps de voir son visage. Mais tout dans son attitude indiquait la colère. La colère contre elle ? Elle ne voyait pas pourquoi.

Il lui reprochait peut-être sa façon de vivre, car elle menait une vie très libre et ne cherchait pas à s'en cacher, ce qui faisait peur à beaucoup d'hommes qui craignaient que les femmes se mettent à penser et qu'elles prennent le pouvoir, supplantant certains d'entre eux dans le monde du travail et dans la société en général.

D'ailleurs, peut-être que les liens qu'elle entretenait avec le monde des affaires étaient la cause directe de la fureur de l'inconnu, car les Bassingstoke avaient fait fortune grâce à la sueur des ouvriers des laminoirs, qui fournissaient l'acier pour l'industrie florissante des chemins de fer.

Non, elle se faisait sûrement des idées. Tout cela était probablement anodin.

Pourtant, il y avait aussi eu l'accident du coche. Etait-elle directement… menacée ?

Mais ce n'était pas le moment de penser à tout ça. Il ne restait qu'une demi-heure avant l'arrivée des premiers invités, et elle avait encore fort à faire. Elle n'avait pas le temps de se perdre en hypothèses saugrenues. Ce n'était pas ça qui allait mettre de l'ordre dans la pièce, ni la débarrasser de ce trac ridicule.

Elle sourit à Elspeth et à Molly, bien résolue à mettre ses soucis de côté, et commença à s'affairer, retapant les coussins du salon et époussetant les assises des chaises et des canapés.

Le salon du rez-de-chaussée était bondé et la discussion bien entamée quand Beatrice s'arrêta soudain au beau milieu d'une phrase. Une femme venait d'entrer, une splendide femme blonde, celle-là même qui s'était précipitée dans les bras de Taris Wellingham après la nuit dans la grange.

Emerald Wellingham ?

La gêne subite qui s'empara de Beatrice lui fit perdre complètement le fil de l'argument qu'elle tentait de mettre en avant.

Quelle raison avait bien pu pousser cette femme à venir ici ? Elle avait certainement compris que son beau-frère souhaitait prendre ses distances, étant donné la vitesse à laquelle il avait quitté la grange après l'accident du coche.

La duchesse de Carisbrook était une très belle femme, d'une beauté plus saisissante encore, si cela était possible, dans ce salon que lors de la nuit de la tempête.

— Comme je le disais…

Tout à coup, Beatrice était incapable de retrouver le fil de son discours. Elle était assaillie par le doute. Et si cette femme allait parler à d'autres personnes ici présentes de son escapade ?

Si elle racontait à tout le monde qu'elle, Beatrice-Maude Bassingstoke, avait passé une nuit seule en compagnie d'un homme célibataire ?

Ce serait un véritable scandale.

Et chacun se permettrait de la juger.

Elle avait dépassé les bornes, un comportement inacceptable pour une veuve de son âge…

Seigneur, si quoi que ce soit venait à se savoir, sa présence ne serait plus acceptée dans la bonne société.

Ce serait la fin !

Et encore, ils ne sauraient que la moitié de ce qui s'était réellement passé.

Elle sentait encore les mains de Taris Wellingham en des endroits que personne n'avait jamais touchés auparavant, puis les vagues de pur plaisir qui l'avaient parcourue pour la mener à l'extase.

Elle s'arracha à ses souvenirs pour revenir au sujet de la discussion et terminer son exposé.

— … ainsi, beaucoup de ces soi-disant pirates sont en réalité des bannis, issus des prisons du monde entier ou des déserteurs qui ont fui les rigueurs de la dure discipline navale.

— Ne dit-on pas, aussi, que certains d'entre eux sont simplement des hommes nés pour diriger, qui ont suivi leur instinct et ont choisi cette vie d'aventures, la piraterie leur offrant une perspective plus attrayante que l'avenir qui leur était autrement réservé en Angleterre ?

C'était Emerald Wellingham qui lui avait posé cette question, et la discussion reprit de plus belle dans le salon.

— Vous n'êtes pas seule à penser ainsi. Certains vont même jusqu'à dire que la piraterie est une profession, sinon noble, du moins honorable, renchérit Bea.

Un homme intervint.

— Ces gens sont des meurtriers. Ils ont commis en haute mer des actes de barbarie indescriptibles. On ne peut pas leur trouver d'excuses.

— Les prêtres, les magistrats et les marchands des Antilles leur trouvent tout le temps des excuses, monsieur. Parfois l'appât du gain est plus fort que le respect de la morale.

L'argument d'Emerald Wellingham était plutôt pertinent, songea Beatrice.

— En effet, admit-elle.

Elle cherchait les mots qui lui permettraient de ne heurter personne, car il y avait là des gens fortunés et d'ancienne noblesse dont les familles avaient peut-être eu à souffrir jadis de ces pratiques.

— Pour les habitants des Antilles, la possibilité d'obtenir des marchandises dérobées par les pirates était peut-être considérée comme une bénédiction…

— Tout cela est une hérésie, souffla l'homme qui avait parlé auparavant.

Son visage s'était empourpré.

— ... mais ce n'est que conjecture, ajouta Beatrice avec un sourire, car toutes ces histoires relèvent souvent de la fable ou du mythe, et il faudrait une vie entière pour réussir à démêler le faux du vrai.

Elle espérait qu'une telle platitude apaiserait la colère de l'homme et fut soulagée de constater qu'il avait l'air de se calmer. Et l'annonce d'Elspeth qu'un dîner léger allait être servi tomba à point.

Tandis que toutes les personnes présentes se dirigeaient vers la salle à manger, Beatrice remit de l'ordre dans ses notes. Lorsqu'elle leva la tête, Emerald Wellingham était à côté d'elle.

— Pour une femme aux opinions bien tranchées, vous savez vous montrer remarquablement diplomate.

— Chacun a le droit de faire entendre ses idées. Et puis, je souhaite que mes invités aient envie de revenir chez moi.

— Et c'est important pour vous... que ces soirées durent ?

Les yeux verts d'Emerald brillaient dans la lumière des lampes. Etait-ce une menace ? Etait-elle venue dans un but bien précis ? Son rire surprit Bea.

— Vous me rappelez la femme que j'étais, madame Bassingstoke. Celle que j'étais il y a quelques années, quand le poids de mon passé m'empêchait d'avancer.

— Je ne vois pas de quoi vous voulez parler. Maintenant si vous voulez bien m'excuser...

— Mon beau-frère parle souvent de vous. Je pense que c'est votre courage qui l'a le plus impressionné.

Bea eut un temps d'arrêt. Une colère sourde montait en elle.

Bien évidemment, il n'avait été inspiré ni par sa beauté, ni par la facilité avec laquelle elle s'était donnée à lui.

— Je me demandais si vous accepteriez de venir prendre le thé avec moi. Demain à 2 heures et demie.

Emerald Wellingham déposa sa carte de visite sur la pile de papiers et attendit.

— Merci.

Beatrice n'avait pas la moindre raison de se montrer impolie et elle avait toujours été fière de ses bonnes manières.

Elle ne savait que faire.

— Alors vous viendrez ?

L'espace d'un instant, la dureté s'effaça des yeux verts de la jeune femme, laissant place à la supplication. Pourtant Bea ne pouvait se résoudre à dire oui.

— Nous ne serions que toutes les deux… ? demanda-t-elle, hésitante.

Si toute la famille Wellingham était présente, elle ne s'y risquerait pas.

— Oui, seulement nous deux.

La jeune femme avait répondu sans hésiter, comme si elle s'attendait à cette question.

— Alors, j'accepte volontiers.

— A demain, dans ce cas.

Emerald Wellingham la salua de la tête.

— Vous ne restez pas pour le dîner ? demanda Beatrice.

— Il ne vaut mieux pas. Mes opinions sur la piraterie ne s'accorderaient en aucun cas avec celles des personnes ici présentes, et je ne voudrais pas… vous causer de l'embarras. En revanche, je suis impatiente d'être à demain pour avoir une conversation en privé avec vous.

Beatrice la suivit des yeux comme elle se dirigeait vers la sortie après un bref signe de tête.

Sa robe aux couleurs vives attirait le regard, contrairement aux teintes plus sombres qui étaient de mise cette saison, et ses boucles dorées se paraient de reflets de blé mûr, d'or et de cuivre.

C'était une femme à la fois belle et énigmatique, songea Beatrice.

Tout en regroupant ses notes, elle eut le sentiment étrange qu'elles pourraient être un jour les meilleures amies du monde.

Emerald Wellingham était déjà couchée.

— J'ai vu Beatrice-Maude Bassingstoke aujourd'hui,

Asher. Elle tient une fois par semaine des discussions sur des sujets d'actualité avec les sœurs Hardy. Et ce n'est pas le genre de femme à ne faire que répéter les opinions du jour.

— Quel genre de femme est-elle, alors ?

Son mari retirait ses vêtements pour la rejoindre au lit. Il s'approcha d'elle et fit doucement courir ses doigts le long de son bras.

— Une femme intéressante. Je comprends très bien pourquoi elle a fait si forte impression à Taris. Je l'ai trouvée… fascinante.

— Ceci me paraît extrêmement élogieux de la part d'une femme qui apprécie d'ordinaire assez peu la « société ».

Emerald se mit à rire et lui enlaça les doigts.

— Est-ce que ton frère t'a dit autre chose à propos de cette fameuse nuit ? J'ai comme l'impression que ce qui s'est passé n'était pas aussi innocent qu'il voudrait nous le faire croire.

— Je ne pense pas que Taris serait ravi que tu viennes lui poser des questions, Emmie. En tout cas, il a soigneusement évité le sujet avec moi.

— Le visage de Mme Bassingstoke a viré à l'écarlate quand j'ai parlé de ton frère. Et pourtant, quelques minutes auparavant, cette même femme se tenait face à une assemblée d'étrangers pour leur faire part de ses théories sur la piraterie. Selon elle, les hommes reconnus coupables de piraterie auraient des excuses. Ce seraient pour la plupart des hommes bannis de la société, puis oubliés, abandonnés par les communautés qui les ont chassés.

— C'est un point de vue plutôt radical.

— Exactement.

— Tu sais bien que toutes les femmes que Taris rencontre le trouvent attirant. Peut-être qu'il ne faut pas chercher plus loin.

— Mais la plupart d'entre elles ne durent qu'un temps. Il sait parfaitement que la beauté est éphémère, et il est trop intelligent pour s'amuser longtemps d'une jolie femme si elle n'a rien à dire.

— Tu parles comme si on ne pouvait pas trouver de femme à la fois belle et intelligente. Pourtant j'en ai bien trouvé une !

Elle lui lança l'oreiller qu'elle avait derrière elle, et il l'attrapa avec une étincelle dans le regard qui lui fit comprendre que toute discussion allait rapidement prendre fin.

— Beatrice-Maude Bassingstoke a un charme discret que l'on remarque très vite quand on l'observe un peu. C'est peut-être la femme la plus intelligente que j'aie eu le plaisir de rencontrer, mais on sent également qu'elle cache quelque chose…

— Et il n'y a rien d'étonnant à ce que tu le remarques, étant donné tous les secrets que tu m'as cachés.

— Je l'ai invitée à prendre le thé ici, demain en début d'après-midi.

— Bon sang, s'écria-t-il en se redressant, mais c'est à ce moment-là que Taris doit rentrer de Beaconsmeade !

Emerald se contenta de sourire.

— Si ça se retourne contre toi, ne compte pas sur moi pour jouer le rôle de la cavalerie…

Enroulant ses doigts dans l'une de ses longues boucles blondes, il l'attira à lui.

— Mais assez de subterfuges. Montre-moi du désir et de la passion, ma belle pirate.

Elle se mit à rire, et il souleva le drap pour glisser sa main jusqu'à un endroit connu de lui seul.

— Aime-moi, Emerald, murmura-t-il.

— Je t'aime, répondit-elle.

Trois petits mots qui à présent comptaient plus que tout.

5

Lorsque Taris arriva à Londres en début d'après-midi, il était inquiet. Il avait reçu quelques semaines auparavant un compte rendu de l'accident du coche, et tout n'était pas aussi simple qu'il aurait pu le croire.

L'essieu avait été scié, assez profondément pour que la roue se détache en roulant. C'était l'œuvre délibérée de quelqu'un, quelqu'un qui voulait nuire ou semer la panique. Le moins que l'on puisse dire, c'est qu'il y était parvenu.

Un homme était mort, et le cocher ne retrouverait jamais l'usage de ses doigts, blessure qui le condamnait, lui et sa famille, à la misère jusqu'à la fin de ses jours.

Enfin, pas tout à fait, songea Taris. Il avait en effet offert à l'homme un emploi, ainsi qu'un cottage, à Beaconsmeade, l'immense propriété qu'il avait héritée de son oncle trois ans auparavant.

A qui diable le responsable de l'accident avait-il voulu s'en prendre ? Etait-ce à lui ?

Il chercha dans ses souvenirs.

Il avait fait dans sa vie bien des choses qui auraient pu inciter à une telle action. Mais pourquoi maintenant, et pourquoi à cet endroit, au beau milieu d'un comté qu'il ne visitait que rarement ? Cela n'avait pas de sens.

Qui d'autre, alors, aurait pu être la cible d'un tel acte ? Sûrement pas la vieille dame et son fils. Ils avaient l'air bien trop timide et inoffensif pour que quelqu'un leur veuille du mal.

Ça ne pouvait pas non plus être la raisonnable Mme Bassingstoke. Peut-être que l'auteur avait atteint son but, alors, avec la mort du gentleman aux ronflements sonores ?

Il se frotta les yeux, sentant le début d'une douleur familière au niveau de la tempe gauche.

Il essayait de ne pas penser à cette nuit dans la neige, de ne pas se demander ce qui était arrivé à la femme qu'il y avait rencontrée.

Il valait mieux qu'elle reste dans sa mémoire comme un beau souvenir, une image privilégiée quand tout le reste se serait effacé.

Seigneur. Il n'avait pas connu d'autre femme qu'elle en plus de deux ans. Rien que la difficulté de tout arranger pour cacher son infirmité lui paraissait insurmontable. Il était plus facile de rester chez lui et de vivre avec ses souvenirs.

Pour le moment, le nombre de gens qui savaient exactement à quel point sa vue avait baissé pouvait encore être compté sur les doigts d'une main.

Asher, Emerald, Lucy, Jack et Bates.

Cinq personnes, et c'était bien assez. Il ne voulait pas que qui que ce soit d'autre soit au courant.

A sa colère se mêlait un profond sentiment de honte et de malaise. Quand il entrait dans une pièce, il ne voulait pas sentir sur lui les regards de pitié des autres.

Il avait toujours été un homme d'action, fin tireur, excellent cavalier. Un homme qui prenait la vie à bras-le-corps et ne craignait pas les obstacles sur sa route.

Etre réduit à la dépendance et à la vulnérabilité serait…

Il ne trouvait pas de mots pour exprimer ce qu'il ressentait.

Il vivait dans la terreur de ce qui l'attendait, et les mots n'étaient pas assez forts pour résumer toute l'horreur de sa situation.

Il essayait de réduire au minimum ses incursions dans la société et détestait l'agitation qui régnait dans les villes. Il préférait de loin Beaconsmeade et les collines verdoyantes de la campagne du Kent, où il pouvait marcher et travailler dehors, où l'air était pur et respirable, infiniment moins pollué.

Le lendemain pourtant, il avait rendez-vous chez son avocat et devait y être de bonne heure.

Il tendit l'oreille. Les sabots des chevaux claquaient maintenant sur les premiers pavés de la ville. Il compta le nombre de croisements.

Quinze.

L'hôtel particulier des Carisbrook serait bientôt en vue. Il récupéra sa canne et se prépara à l'arrêt de la voiture. A ses côtés, Bates faisait de même.

— Vous n'avez absolument rien de prévu pour ce soir, monsieur. J'ai suivi vos instructions et refusé l'invitation des Claridge. En revanche, votre frère a écrit pour demander si vous y seriez.

— Il vit presque aussi reclus que moi. Il veut juste s'assurer que je ne m'y rendrai pas pour pouvoir faire de même.

— Il y a également un bal à la résidence des Rutledge demain soir, auquel vous êtes attendu.

Taris fronça les sourcils. En quoi sa présence à ce bal pouvait-elle être nécessaire ?

— Le comte de Rutledge est un bienfaiteur de la Fondation pour les anciens soldats, une œuvre de bienfaisance dont vous êtes le parrain principal, monsieur. Je vous en ai parlé la semaine dernière.

— Je vois. Je pourrais peut-être me contenter d'envoyer une grosse somme d'argent… ?

— Vous devez prendre la parole durant la soirée, monsieur. C'est le duc de Carisbrook qui a avancé votre nom.

Bon sang, pensa Taris. Asher et ses efforts pour le faire sortir de chez lui…

Parfois, il aurait eu plaisir à étrangler son frère pour lui apprendre à se mêler de ses affaires. Et tout cela parce qu'il se sentait coupable…

— Très bien, alors.

Il était plus simple d'accepter sans faire d'histoires et de tâcher de penser à autre chose.

Il avait hâte, notamment, de voir Ruby, Ashton et Ianthe, car cela faisait plus d'un mois qu'il n'avait pas vu ses neveux et nièces.

Et si Azziz, le domestique d'Emerald, était lui aussi descendu de Falder, ils pourraient jouer aux échecs.

Il n'y avait rien de tel que la famille pour combattre la solitude et l'isolement.

Et même s'il trouvait parfois que la sienne avait un peu trop tendance à se mêler de ses affaires, ce n'était pas cher payé par rapport à la joie qu'ils lui offraient en retour.

Comme les chevaux étaient sur le point de s'arrêter, il se prépara à mettre pied à terre. Il y avait encore beaucoup de choses qu'il était capable de faire seul, et la maison lui était tellement familière qu'il lui était possible d'y faire son entrée sans assistance.

Morton, le maître d'hôtel de la famille, fut le premier à l'accueillir, en le débarrassant de son chapeau et de son manteau dès qu'il eut franchi la porte.

— Soyez le bienvenu, monsieur. Nous avons entendu dire que le temps était doux dans le sud le mois dernier.

— En effet, Morton. Je pourrais peut-être vous persuader de venir faire un petit séjour à Beaconsmeade…

Sa proposition fut accueillie par le rire du domestique. C'était une conversation qu'ils avaient régulièrement depuis des années, le maître d'hôtel n'ayant aucune prédilection pour l'air de la campagne.

Soudain, Taris se figea. Un bruit de voix provenait du salon du rez-de-chaussée. Et pas n'importe quelle voix, songea-t-il en traversant l'entrée, tous ses sens en alerte.

Comment était-ce possible ?

Beatrice-Maude Bassingstoke était ici. Dans cette maison. A dix mètres à peine. Il aurait reconnu cette voix entre mille. Une voix suave et mélodieuse, avec un léger défaut de prononciation.

L'autre voix appartenait à sa belle-sœur.

Ses doigts se raidirent sur sa canne. Il n'aurait pas dû laisser son chapeau à Morton, songea-t-il, prêt à faire demi-tour.

Puis, se ressaisissant, il compta le nombre de pas pour entrer dans la pièce.

Beatrice porta la tasse de thé à ses lèvres et en but une gorgée, tout en refusant les petits gâteaux que lui proposait la domestique.

Assise face à elle, Emerald Wellingham se montrait charmante. Mais il y avait autre chose. Quelque chose de non dit, que Beatrice n'arrivait pas à cerner. Peut-être une sorte de légère anxiété : la jeune femme avait l'air aux aguets.

— Vos soirées gagnent peu à peu la faveur de toute la bonne société de Londres. On dirait que notre ville a été privée de débats intéressants depuis beaucoup trop longtemps.

— De débats ou de controverses, madame la duchesse ? Selon certains, il ne serait pas raisonnable d'afficher de telles opinions.

— Je ne fais pas partie de ces gens, chère madame. Et, je vous en prie, appelez-moi Emerald.

Beatrice acquiesça.

— Vous avez un très joli nom, reprit-elle. Le mien ne fait que provoquer des grimaces. Beatrice-Maude. On a simplement accolé les prénoms de mes deux grands-mères, et ils étaient loin d'être aussi charmants que le vôtre, je le crains.

— Est-ce qu'il y a un diminutif ?

C'était le deuxième membre de la famille Wellingham à lui poser cette question. Et elle réveillait de douloureux souvenirs.

« Comme Be... à... couper le souffle. »

« Comme Be... a... dorable ou Be... a... ttirante. »

Depuis cette nuit-là, elle n'avait jamais donné son nom sans se souvenir...

— Bea ?

La voix dans son dos la fit sursauter.

C'était la voix de Taris. Ici ? La tasse de thé qu'elle tenait à la main se renversa sur le devant de sa robe d'un bordeaux profond lorsqu'elle se tourna vers lui.

Elle sentait le poids du regard de son hôtesse posé sur elle.

Taris Wellingham s'avançait du pas mal assuré d'un homme qui a trop bu.

Son épaule vint heurter en passant la porte qui n'était que partiellement ouverte, et il fut projeté en arrière. Déséquilibré, il bascula et tomba lourdement le long du meuble en acajou massif qui se trouvait à côté de la porte.

La tête penchée sur le côté, les yeux dans le vague, il poussa un juron et commença à tâter le sol de ses mains. Il avait l'air complètement désorienté, et Bea se trouva instantanément ramenée quelques années en arrière, avant la maladie de son mari, à l'époque où Frankwell absorbait trop de whisky et rentrait à la maison exactement dans le même état.

Parcourue d'un frisson glacé, elle se mit à trembler, observant avec horreur la manière dont Taris s'accrochait à la porte pour retrouver l'équilibre, la froide expression de son visage tandis qu'il se redressait, le bleu qui apparaissait sur sa joue et qui virerait au noir le lendemain, aussi noir que les mèches de cheveux qui s'étaient échappées de sa queue-de-cheval.

Toutes les années qu'elle avait passées avec un homme au caractère difficile lui revinrent à la mémoire l'espace d'un instant. Elle se rappela ces longues années d'angoisse et de culpabilité, et le jeu de faux-semblants qu'était devenu son mariage.

Submergée par ce flot de souvenirs, elle fut soudain prise de panique. Elle n'avait plus qu'une idée en tête : fuir.

Elle devait partir, échapper à cet homme qui occupait ses pensées, dont elle rêvait sans cesse depuis qu'elle l'avait rencontré et en qui elle avait placé ses espoirs. Cet homme qui, elle le découvrait aujourd'hui, était affligé du même mal que son défunt mari.

Elle n'avait pas besoin de lui.

Un monde nouveau, depuis, s'était offert à elle, le monde des idées et de la liberté. Un monde de raison dans lequel elle pouvait jouir de son autonomie sans avoir à faire semblant et sans craindre la violence d'un homme échauffé par le brandy.

Elle reposa brusquement sa tasse.

— Je dois y aller, dit-elle.

Le ton de sa voix trahissait son émotion.

— Vous ne vous souvenez peut-être pas de mon beau-frère...

— Bien sûr que si.

Se frayant un passage entre eux deux, Beatrice-Maude sortit sans se retourner, après avoir saisi son manteau dans les mains du domestique éberlué.

Une fois dehors, elle prit une grande bouffée d'air frais et se mit à courir. Vers le coin de la rue, puis en direction de chez elle.

Elle avait hâte de se retrouver en sécurité dans ses appartements, loin du monde. Elle n'avait même pas pris le temps de mettre son chapeau qu'elle tenait à la main, tandis que ses gants étaient restés dans ses poches.

Le silence se prolongeait dans la résidence des Wellingham.

— Eh bien, dit Taris, je présume qu'elle n'apprécie pas particulièrement qu'on l'appelle Bea.

Emerald rit, mais lorsqu'elle reprit la parole sa voix était empreinte de tristesse.

— Elle m'avait donné l'impression d'être une femme posée, et je trouvais qu'elle avait d'excellentes manières. Franchement, je ne comprends rien à ce qui vient de se passer.

— Je pense que c'est la surprise qui l'a fait réagir ainsi. Elle ignorait... mon infirmité.

Le silence qui suivit vint confirmer les soupçons de Taris. Emerald pouvait peut-être voir des choses que lui ne pouvait voir, mais il était capable de percevoir dans le ton d'une voix des sentiments qui échappaient souvent aux autres.

Des sentiments tels que la peur et le dégoût qui avaient poussé la jeune femme à s'enfuir ainsi.

Il se força à sourire, à ne rien laisser paraître sur son visage de la colère qui le gagnait, affectant l'indifférence, même si sa joue gauche lui semblait en feu.

— Comment pouvait-elle l'ignorer ?

— Il faisait nuit, répliqua-t-il.

— Et tu es à l'aise dans le noir !

— Exactement.

— Tellement à l'aise qu'elle a pu passer tout ce temps avec toi sans jamais se douter de rien ?

— C'est apparemment le cas.

Emerald ne répondit pas tout de suite, mais, lorsqu'elle reprit la parole, sa petite voix dissimulait mal l'ampleur de sa colère.

— Je crois que je la déteste pour ce qui vient de se passer, dit-elle. Et tout est ma faute. Asher m'avait bien dit de ne pas m'en mêler.

— Mais tu l'as fait quand même ?

— Et maintenant tu me détestes.

— Mais non.

Les ombres commençaient à s'allonger dans la pièce, et Taris tendit la main pour se guider le long du linteau de la porte.

Pour la première fois il se sentait… presque aveugle, et la perspective de vivre pour toujours dans le noir l'oppressait. C'était comme un poids sur ses épaules, un poids qu'il devrait bientôt porter jusqu'à la fin de ses jours.

Il se demandait où était Beatrice-Maude maintenant.

Etait-elle rentrée chez elle ? Et comment ? Il ne savait même pas si elle habitait loin. Pourvu qu'il ne lui soit rien arrivé…

Il flottait encore dans l'air un léger parfum de fleurs dont il se remplit les poumons, dans l'espoir absurde de la garder près de lui plus longtemps.

Assise sur le bord de son lit, Beatrice pleurait. Elle n'essayait pas d'être discrète. Elle ne se tamponnait pas délicatement les yeux avec un mouchoir brodé. Elle se fichait bien qu'un domestique curieux puisse l'entendre ou que ses sanglots puissent parvenir à une amie venue lui rendre visite dans l'après-midi.

Elle se laissait simplement aller et pleurait. A cause de tout qui s'était passé. De ses manières effroyables et de son comportement incroyablement grossier. A cause de la démarche chancelante de Taris Wellingham et du regard complice de sa belle-sœur.

L'homme pour lequel elle avait éprouvé une telle admiration n'était donc qu'un ivrogne !

Tout ce qui l'avait soutenue lors de ces derniers mois s'effondrait.

Son assurance, sa confiance en elle avaient disparu. Elle avait l'impression d'être revenue à l'époque où elle était complètement à la merci des humeurs de son mari. Un homme dont la colère ou la libido ne dépendaient que de la quantité et du degré d'alcool de la boisson qu'il avait absorbée.

Quelques bières, et il la traînait jusqu'à sa chambre. Quelques-unes de plus et il la frappait. Encore quelques-unes et là…

Elle ne voulait jamais revivre cela. Plus jamais.

En s'essuyant les joues d'un revers de manche, elle se revit quelques années en arrière, assise sur son lit dans sa maison d'Ipswich, séchant ses larmes du même geste rapide.

A cette époque, Frankwell était un homme grand et fort, et c'était un véritable tyran.

Certes, après son attaque, il avait changé. Il était devenu plus doux, mais à quel prix ! Son esprit ne semblait avoir gardé qu'un souvenir confus de qui elle était.

Il ne reconnaissait même plus sa propre femme. Les rôles avaient changé en l'espace de quelques semaines seulement. Cet homme qui n'avait aucune famille, hormis elle, était rapidement devenu aussi dépendant qu'un enfant de trois ans. Elle n'avait pas eu le choix dans tout ça. Personne ne pouvait l'aider.

Les ressources du ménage dépendaient entièrement d'un homme de loi qui continuait à mener une vie agréable grâce aux intérêts produits par la fortune des Bassingstoke. Il en avait profité sans scrupules, tandis qu'elle menait pour sa part une vie difficile, même si les usines continuaient à cracher du fer de premier choix, en dépit de l'absence de leur patron.

Elle avait sacrifié des jours, des semaines, des mois entiers à cette corvée — prendre soin d'un homme qu'elle avait détesté.

Elle se sentit soudain accablée. Accablée par le poids de son passé, par les événements de la journée et par l'avenir incertain qui l'attendait. Elle ne pouvait plus respirer. Sa gorge se serrait et l'air lui manquait.

Elle aurait voulu appeler à l'aide, mais elle n'avait personne vers qui se tourner.

Elle avait perdu ses parents. Ils étaient morts avant qu'elle n'atteigne l'âge de dix-sept ans et, Dieu merci, n'avaient jamais su quel type d'homme ils lui avaient choisi pour époux.

Le bonheur éphémère de sa nuit dans la tempête lui revint à la mémoire, un bonheur illusoire qu'elle ne connaîtrait jamais plus, car la réalité à laquelle elle avait été confrontée aujourd'hui était bien différente.

Aujourd'hui elle avait compris que ses rêves stupides de veuve vieillissante resteraient à jamais des rêves, et que sa vie serait pour toujours divisée en deux parties, avant et après cette nuit parfaite.

Parce que maintenant elle savait, et c'était bien ça le pire. Elle avait goûté au bonheur, elle connaissait le désir et le plaisir partagés, et elle savait que c'était un rêve inaccessible.

Ses sanglots redoublèrent.

Ils furent interrompus par quelques coups frappés à la porte. Elle se pinça les lèvres et essuya rapidement ses larmes avant de répondre.

— Oui. Qui est-ce ?

— C'est Sarah, madame. Est-ce que je peux entrer ?

En voyant son reflet dans le miroir comme elle se levait pour ouvrir la porte, elle grimaça. Ses joues étaient rouges et ses yeux gonflés.

Sarah, sa femme de chambre, se tenait à la porte, l'air inquiet.

— Le cuisinier vous fait dire que nous aurons du poulet au dîner ce soir. Il va le préparer exactement comme vous l'aimez.

— C'est vraiment gentil. Merci, Sarah.

— S'il y a quoi que ce soit que nous puissions faire, madame…

— Je n'hésiterais pas à vous le demander, si c'était le cas. Merci encore.

En fermant la porte, Bea eut l'impression d'avoir déçu tout le monde. Elle avait déjà eu de nombreux domestiques, bien sûr, mais ils n'étaient jamais devenus ses amis comme ceux-là.

Néanmoins, elle n'avait pas le cœur à discuter de quoi que ce soit aujourd'hui, trop déçue et peinée par sa découverte de l'après-midi.

Comment avait-elle pu se méprendre à ce point sur la personnalité de Taris Wellingham ?

Est-ce que son penchant pour la bouteille était quelque chose de connu dans la société londonienne ?

Elle l'avait vu complètement ivre au beau milieu de l'après-midi, ce qui était quand même très tôt pour être aussi grisé ; or, elle n'avait jamais entendu le moindre écho à ce sujet.

Elle poussa un soupir et se dirigea vers la fenêtre.

Le parc de l'autre côté de la rue était noir de monde, des gens qui riaient et qui avaient l'air heureux. Comme leurs vies devaient être bien différentes de la sienne !

Elle posa la main à plat sur la vitre pour sentir un instant le froid contre sa paume, avant de la retirer et de regarder son empreinte sur le carreau s'effacer doucement.

Dire qu'elle en était toujours au même point ! Elle était toujours attirée par des hommes qui ne pouvaient rien lui apporter, si ce n'est lui briser le cœur.

Elle murmura son nom dans l'obscurité qui descendait.

— Taris.

Elle ferma les yeux, revivant la scène de l'après-midi. Une chose l'étonnait : elle n'avait pas senti l'odeur d'alcool sur lui quand il était entré dans la pièce. Pourtant, elle était devenue experte à déceler la moindre trace d'alcool lorsque Frankwell rentrait à la maison après une soirée dehors. Non, tout ce qu'elle avait senti aujourd'hui, c'était une odeur d'homme — et de savon.

Elle aurait mieux fait de ne pas accepter de prendre le thé avec Emerald Wellingham. Si elle n'y était pas allée, elle n'en aurait jamais rien su…

Non, c'était ridicule, songea-t-elle.

Ramenant ses cheveux en arrière pour les attacher, elle décida de passer le reste de la soirée à trier ses nouveaux livres.

Elle ne pensait pas revoir Taris Wellingham de sitôt. Elle le rencontra pourtant, dès le lendemain après-midi, à la bibliothèque du Cercle littéraire. Il parcourait les rayonnages de livres en compagnie d'un autre homme qu'elle ne connaissait pas.

Ce jourl-là, sa tenue était impeccable, mais on pouvait deviner à la manière dont il était vêtu qu'il n'accordait pas grande importance à l'art de nouer une cravate ou autres artifices du même genre. En revanche, sa pommette était enflée et contusionnée.

Comme il venait dans sa direction et qu'il n'était déjà plus qu'à quelques mètres d'elle, il était trop tard pour qu'elle se lève et se dirige vers la sortie. Elle resta donc assise à sa place, essayant de suggérer par l'expression de son visage toute la déception qu'elle éprouvait après les événements de la veille.

Contrairement à ce qu'elle attendait, il ne montra aucun signe de reconnaissance. Il était pourtant tout près d'elle, si près qu'elle pouvait même entendre ce dont les deux hommes discutaient.

Il était question de chasse au renard et des chiens utilisés lors d'un certain « rendez-vous ».

Elle ne sut que faire. Devait-elle l'ignorer, elle aussi, ou le saluer ?

La plupart des gens ne considéraient pas la dépendance à

l'alcool comme un problème majeur et avaient plutôt tendance à rire en voyant un homme tituber sous l'effet de la boisson. Ces gens-là ne savaient pas ce que c'était que de vivre sous le même toit que quelqu'un dont la personnalité s'altère peu à peu sous l'effet de l'alcool. Ils ne connaissaient pas les conséquences.

Mais elle, elle savait. Elle avait vécu avec un homme dévoré par ce vice. Et garder le silence aurait été un pur acte de lâcheté de sa part.

— Excusez-moi, lord Wellingham ?

Les deux hommes s'immobilisèrent et se tournèrent vers elle.

— Madame Bassingstoke.

— Je me demandais si je pourrais m'entretenir un instant avec vous, monsieur.

— Jack ?

Il s'était adressé à l'homme à ses côtés d'un ton autoritaire pour lui signifier de les laisser seuls. Beatrice demeura silencieuse jusqu'à ce que l'homme soit assez loin pour ne pas l'entendre.

— Je tenais à m'excuser pour mon comportement d'hier, monsieur. Je suis parfaitement consciente qu'il était inacceptable de ma part de quitter la pièce de cette manière, mais, pour ma défense, je dois dire que j'ai eu dans ma vie quelques expériences malheureuses et que je supporte difficilement les gens ivres.

Il fronça les sourcils.

— Je n'étais pas…

Elle ne le laissa pas finir.

— Nier le problème est l'un des premiers signes que quelque chose ne va pas, vous le savez sûrement.

— Vous croyez que je ne sais pas m'arrêter de boire ?

— La manière dont votre équilibre en est affecté, en particulier si tôt dans la journée, est certainement un symptôme révélateur.

En voyant l'ébauche d'un sourire se dessiner sur les lèvres

viriles, Bea sentit avec horreur son cœur se mettre à battre plus fort dans sa poitrine.

— La bonne nouvelle, c'est que l'on peut trouver des remèdes.

Il la regardait à peine aujourd'hui, le regard fixé au-dessus de sa tête sur quelque chose qui se trouvait de l'autre côté de la pièce. Quelque chose de bien plus intéressant, sans aucun doute.

Il l'écoutait, pourtant, car il posa une nouvelle question encourageante.

— Que pouvez-vous me suggérer, alors ?

— On dit que faire de l'exercice est ce qu'il y a de plus bénéfique.

— Afin de penser à autre chose qu'au prochain brandy ?

— Précisément.

Elle n'avait pas perçu la pointe d'humour dans sa question. Elle reprit :

— La chose la plus importante, cependant, c'est d'admettre que vous avez un problème ; si la personne concernée continue à penser que c'est sans conséquences…

— Je peux vous assurer, chère amie, que je ne pense pas que tout cela soit sans importance.

Pour la première fois depuis le début de leur conversation, elle eut l'impression qu'ils voyaient les choses de la même manière.

— Alors je crois que cette franchise devrait vous aider, monsieur.

Comme il restait silencieux, elle prit son courage à deux mains.

— Avez-vous parlé de tout cela à votre famille ?

— Le moins possible.

— Est-ce que cela vous aiderait d'en parler avec moi ?

Il y eut un profond silence.

— Je suis une femme digne de confiance, et je saurai respecter toutes vos confidences.

— J'en suis déjà persuadé.

En voyant son sourire espiègle, Bea comprit exactement ce qu'il avait voulu dire, et son visage vira aussitôt à l'écarlate.

— Non, ce n'est pas ce que je voulais dire. Je ne voulais pas faire allusion à la nuit que nous avons passée…

Soudain prise d'un doute, elle s'arrêta net.

Peut-être que ce n'était pas du tout à cela qu'il pensait. De toute façon, elle en avait déjà trop dit. Elle ne pouvait plus revenir en arrière.

— Je n'en dirai jamais rien à personne — nous étions tombés d'accord pour ne rien dire.

Comme elle faisait un pas de côté, il fit de même et leurs mains se touchèrent. Aussitôt, le cœur de Bea se mit à battre plus vite dans sa poitrine, comme si ce contact furtif avait provoqué une étincelle et ravivé d'autres souvenirs.

Elle s'écarta brusquement, jetant un coup d'œil autour d'elle pour voir si on les observait.

Horrifiée, elle vit plusieurs personnes détourner vivement le regard.

Taris Wellingham était un homme qui, par sa taille, sa présence et son allure, ne passait pas inaperçu. Il ne semblait pas à sa place dans la tranquillité poussiéreuse de cette salle de lecture. C'était plutôt le genre d'homme qu'on s'attendait à trouver quelque part sur un champ de bataille, un homme prêt à braver tous les dangers.

— Quand pouvons-nous commencer ?

Perdue dans ses pensées, Bea ne comprit pas tout de suite sa question.

— Pardon ?

— Quand souhaitez-vous commencer à m'apporter votre aide ?

— Suggérez-vous par là que vous êtes prêt à renoncer à l'alcool ?

— Bien sûr. Comment pourrais-je refuser après un discours aussi éloquent ?

— Certains hommes… pourraient craindre d'admettre un tel travers.

— Pas moi.

— Alors votre franchise vous honore, monsieur, et mon admiration pour vous n'en est que plus forte.

Elle le vit froncer les sourcils d'un drôle d'air.

— Si vous êtes libre demain, peut-être qu'une promenade dans le parc serait un bon début, dit-elle.

— Mon équilibre est parfois quelque peu incertain dans un espace ouvert. C'est la conséquence, je suppose, de ma tendance à boire.

— Dans ce cas, je vous aiderai, bien sûr.

— Et comment comptez-vous procéder ?

— Est-ce que ce serait mal vu si je passais mon bras sous le vôtre, monsieur ?

De la tête, il lui fit fermement signe que non.

— Parfait, répondit-elle.

Pour la première fois depuis deux jours, elle avait l'impression de contrôler un peu mieux les choses. Avec Frankwell, elle avait laissé la situation empirer peu à peu sans jamais rien faire.

Est-ce qu'elle aurait pu le sauver aussi facilement en lui proposant une aide similaire ? Mon Dieu. Elle aurait peut-être dû lui appliquer le même remède…

Mais elle connaissait la réponse avant même de poser la question.

Si elle n'avait rien fait pour l'aider, c'était parce qu'elle le haïssait. Elle détestait son mari et tout ce qu'il représentait.

Et quand il allait, tard le soir, se promener ivre au bord de la rivière, elle avait toujours l'espoir qu'il fasse un faux pas et qu'il sombre, à l'insu de tous, dans les troubles profondeurs des eaux.

A ces pensées, elle se sentit coupable et son cœur s'emplit de remords.

Mais l'homme qui accompagnait Taris Wellingham tout à l'heure était réapparu au fond de la salle, et il avait l'air d'attendre qu'ils mettent un terme à leur conversation.

— J'espère que vous me ferez dire, monsieur, en quels lieux et heure vous souhaitez me retrouver pour cette promenade.

— Vous pouvez compter sur moi, madame Bassingstoke.

— Et soyez assuré, de votre côté, que je ne soufflerai mot à personne de ce dont nous avons discuté aujourd'hui…

— Je ne vous remercierai jamais assez pour votre tact et votre discrétion.

— Si je puis me permettre, il y a autre chose que je souhaiterais vous suggérer.

— Je vous écoute.

— Débarrassez-vous de tous les alcools forts que vous avez chez vous, et remplacez-les par de l'eau ou des jus de fruit. Vous éloignerez ainsi la tentation.

Le rire sonore de Taris retentissait encore dans toute la pièce quand elle lui fit ses adieux pour se précipiter vers la sortie.

Eloigner la tentation ?

Seigneur, songea Taris, la tentation de l'alcool n'était rien, comparée à celle qu'avait réveillée en lui la voix de Beatrice. Il était prêt à tout pour l'entendre de nouveau, pour retrouver la douceur de sa peau contre la sienne. Cette femme l'envoûtait, littéralement.

S'efforçant de calmer son désir, il écouta Jack Henshaw qui était revenu à ses côtés.

— Qui était-ce ?

— Mme Beatrice-Maude Bassingstoke. Elle est originaire d'Ipswich et faisait partie des passagers du coche lors de l'accident dont j'ai été victime.

— Elle avait beaucoup à te dire ?

— Elle pense que je suis un ivrogne.

— Et qu'est-ce qui lui fait croire ça ?

— C'est parce qu'elle m'a vu hier perdre l'équilibre et m'affaler sur le sol. Elle ne m'en a rien dit, mais je crois deviner que son mari était un peu trop porté sur la bouteille.

Ma démarche chancelante a dû lui rappeler la sienne, et elle en a tiré des conclusions erronées.

— Alors, si je comprends bien, tu ne l'as pas détrompée ?

— On dirait que tu me connais bien, répliqua-t-il. Si tu avais le choix entre deux maux, la cécité ou un penchant pour la bouteille, lequel choisirais-tu ?

Jack s'immobilisa.

— Ça a beaucoup empiré, alors ? Ta vue ?

Taris acquiesça. Il aurait voulu avancer mais constata, irrité, que Jack ne bougeait pas.

— Des médecins pourraient t'aider si tu les consultais.

— Je n'ai aucune intention de le faire.

Seigneur, il avait consulté un nombre incroyable de médecins quand il était rentré de la Jamaïque, et pas un d'entre eux ne s'était montré optimiste ; son refus d'admettre leur diagnostic s'était peu à peu transformé en véritable colère.

Il ne voulait pas être encore une fois traîné chez un médecin qui ne pouvait que le décevoir. En outre, une telle visite était susceptible de donner naissance à des rumeurs sur son compte, et il ne voulait pas courir ce risque. Non. Il combattrait cette infirmité qui le gagnait par ses propres moyens.

C'est ce qu'il s'était juré.

S'ajoutait à cela un fait nouveau : que se passerait-il si Beatrice découvrait la vérité ?

Aujourd'hui, alors qu'elle se tenait sous la lumière de la fenêtre, il avait pu deviner les contours de son visage. Pas en détail, mais mieux que les ombres grises qu'il discernait d'habitude.

Il était à mi-chemin de savoir à quoi elle ressemblait vraiment.

Si seulement il avait pu utiliser ses doigts pour la toucher et enrichir la connaissance qu'il avait d'elle. Oui, il aurait voulu la toucher de nouveau. Même s'il savait à quel point ce serait imprudent de sa part.

Taris Wellingham et sa calèche se présentèrent à la porte de Beatrice à 2 heures précises, en ayant pris soin d'envoyer un message auparavant pour s'assurer que cette heure lui convenait.

Couverte de son chapeau, de son manteau et de ses gants, Bea rejoignit Taris qui l'attendait debout, sur le trottoir, près de la voiture.

Il portait du marron aujourd'hui, ce qui faisait encore ressortir le noir de ses cheveux. Comme elle s'approchait, il se tourna vers elle. Surprise, elle vit qu'il portait également un bandeau de cuir sur l'œil gauche.

Quand elle s'adressa à lui, sa voix tremblait malgré elle.

— Monsieur… vous avez été blessé ?

— Non.

Il ne dit pas un mot de plus, se contentant de lui tenir la porte de la calèche. Celle-ci, décorée des armoiries familiales, était tirée par quatre magnifiques alezans à la robe brune.

Lorsqu'elle salua d'un signe de tête les deux postillons parés de leurs livrées bleu et or, ils lui rendirent son salut en agitant leurs couvre-chefs.

Taris Wellingham monta à sa suite et vint s'asseoir sur le siège en face d'elle. Elle prit une profonde inspiration, lui sourit et tenta de lancer la conversation.

— C'est vraiment une journée magnifique pour cette période de l'année, n'est-ce pas, monsieur ?

— En effet.

— J'ai entendu dire qu'un temps pareil était de bon augure pour l'été qui vient. D'aucuns disent que nous devrions avoir un mois de mai très doux.

— C'est une bonne chose, répliqua-t-il.

Le ton de sa voix semblait dire le contraire.

— Et vous pouvez m'appeler Taris. Etant donné notre passé commun…

Leur passé commun ?

Beatrice retint son souffle. Tout le poids de ce qui s'était passé entre eux resurgit soudain, telle une menace. Et la joue meurtrie de son compagnon dont elle ne pouvait détacher le regard semblait souligner tout ce qu'il y avait de dangereux en lui.

L'atmosphère enjouée de la veille avait disparu aujourd'hui, remplacée par une tension qu'elle ne s'expliquait pas.

Taris la dévisageait de manière déconcertante, tandis que la peau fine sous son œil valide tressaillait sous l'effet d'un léger tic nerveux.

Il vivait un véritable enfer. Son œil gauche le brûlait, et le mal de tête qui le guettait depuis le matin s'était finalement mué en une douleur intense.

Il connaissait cette douleur, signe que sa vue continuait à baisser avant d'être bientôt réduite à néant.

Il n'aurait jamais dû venir.

Il aurait dû tenir compte de la tension dans ses tempes et de la fatigue de ses yeux et se décommander.

Mais il était là maintenant, face à Beatrice-Maude. Et avec son esprit vif, s'il commettait le moindre faux pas, elle ne tarderait pas à reconnaître en lui l'infirme qu'il était. Ses doigts se crispèrent sur le pommeau de sa canne en argent, la seule chose qui le reliait au monde, la seule chose dont il pouvait être sûr.

Autour de lui régnaient l'obscurité grandissante et le chaos, et cette douleur sourde qui lui donnait la nausée.

Il avait donné des instructions à ses hommes pour qu'ils les emmènent à St James's Park.

Il s'y promenait seul assez souvent, car les barrières qui longeaient les chemins côté ouest lui permettaient de se repérer et de savoir à tout moment où il se trouvait exactement.

— J'ai réfléchi à la manière dont je pourrais essayer de vous aider pour votre… problème, et je me demandais si vous accepteriez de répondre à quelques questions ?

Elle attendait sa réponse.

Il acquiesça.

— Est-ce que vous buvez souvent ?

— Non.

— Mais quand vous buvez, vous buvez beaucoup ?

Il ne répondit pas. Les mensonges s'ajoutaient aux mensonges, les uns après les autres. Tout cela lui semblait loin d'être aussi drôle que la veille.

Je suis presque aveugle et c'est là la raison pour laquelle je suis tombé.

Il suffisait de quelques mots, ici et maintenant, et tout serait terminé. Car n'importe quelle femme prendrait la fuite face à cette triste vérité.

Mais il ne dit rien parce que, même s'il souffrait et qu'il avait la nausée, il était incapable de se résigner à l'inéluctable.

Que se passerait-il s'il avouait la vérité ? Il serait délaissé, abandonné à son sort, ignoré.

Détournant la tête, il fit semblant de regarder par la fenêtre, s'efforçant de chasser de son esprit tous les scrupules qui l'assaillaient, alors qu'il ne faisait que se protéger instinctivement de la pitié.

Comme leur conversation se retrouvait de nouveau au point mort, Beatrice glissa ses mains au chaud dans les plis de sa nouvelle robe grenat et garda le silence.

Il ne voulait peut-être pas parler après tout. Peut-être regrettait-il même, à présent, de lui avoir demandé de faire cette promenade.

Peut-être considérait-il sa proposition de l'aider comme une intrusion dans sa vie privée et s'en voulait-il de lui avoir offert l'occasion de poursuivre l'expérience.

Elle le connaissait à peine, après tout. Comment pourrait-elle le comprendre ?

Ce matin, avec ce bandeau sur l'œil, il était certes furieusement séduisant, mais il faisait aussi preuve dans son attitude d'une extrême froideur.

Il est vrai qu'il appartenait à un autre monde. Il était noble et évoluait dans les plus hautes sphères de la société. Il n'était sûrement pas le genre d'homme à apprécier sa tendance à mettre son nez dans les affaires des autres.

D'autant qu'il devait avoir assez de belles femmes dans sa vie pour n'avoir pas à tolérer, en plus, une donneuse de leçons.

Dire qu'elle était allée jusqu'à lui faire un sermon, et plutôt véhément, sur les dangers de l'alcoolisme ! C'était vraiment déplacé, et tellement naïf de sa part... Que savait-elle réellement de lui, après tout ?

Que savait-elle de plus qu'une vulgaire prostituée œuvrant dans l'un des établissements du quartier de Covent Garden ? Avec lui, elle n'avait fait que goûter aux plaisirs de la chair, ce qui n'avait rien à voir avec une intimité de cœur.

— Si vous souhaitiez remettre notre sortie à un autre jour, monsieur, je comprendrais parfaitement.

Elle n'avait pas osé prendre le risque d'employer son prénom, même s'il le lui avait lui-même demandé quelques instants auparavant.

Comme s'il se souvenait soudain de sa présence, il se tourna vers elle.

— Non, j'aimerais vraiment marcher un peu.

Encore une fois, il lui avait répondu sans la regarder en face. Son visage aujourd'hui gardait une expression distante, presque méfiante, comme s'il était sur ses gardes.

— Vos chevaux sont vraiment splendides. Je vous ai vu, un jour, dans Regent Street, menant un attelage de chevaux gris.

— Des chevaux gris ?

Il avait l'air perplexe.

— Vous étiez avec une femme. Une jeune femme aux cheveux blonds.

— Lucy. Ma sœur. Elle avait insisté pour que je lui apprenne à mener un attelage.

Sa sœur ! Ce n'était donc pas une maîtresse, mais simplement sa sœur, songea Bea, soulagée.

— Eh bien, elle avait l'air de savoir s'y prendre.

— Et où étiez-vous ?

— J'achetais un chapeau, et j'étais en admiration devant un tel spectacle, comme tout un chacun dans la rue, j'en suis certaine.

— Je regrette de ne pas vous avoir vue.

Elle n'allait pas le laisser s'en tirer à si bon compte.

— Même si votre regard a effectivement croisé le mien… ?

A ce reproche, il se pencha en avant, d'un mouvement lent et étrangement mesuré, sans maladresse ou effort superflu.

— Avez-vous été mariée longtemps, Beatrice-Maude ?

La question était extrêmement personnelle. L'espace d'un instant, Bea regretta de ne pas avoir demandé à Sarah, sa domestique, de l'accompagner.

Mais non, se dit-elle. Taris Wellingham ne pouvait pas caresser l'idée d'une nouvelle aventure maintenant, trois longs mois après avoir si résolument mis fin à la première.

— Oui, très longtemps, répondit-elle.

— Et votre mari buvait ?

Confuse, honteuse, elle ne savait que répondre.

— A l'occasion.

Tous les soirs. Tous les jours. De plus en plus.

— Mais vous lui avez fait comprendre qu'il était dans l'erreur et vous l'avez conduit à l'abstinence ?

— Non, hélas. Seul le destin le lui a fait comprendre.

En le frappant d'un mal qui ne lui laissait pas le choix.

Taris hocha la tête, mais ne répondit pas.

Inquiète, Bea observait la sueur qui perlait à son front et brillait dans les lignes profondes qui s'y étaient creusées.

Elle ne voyait qu'une raison à cela : la douleur.

Il souffrait, se dit-elle, et il faisait de son mieux pour n'en rien laisser paraître.

Crispés sur le pommeau d'argent de sa canne, ses doigts étaient blancs aux jointures, et la cicatrice qui descendait de ses cheveux pour disparaître sous le cuir souple de son bandeau était parcourue d'un léger tremblement nerveux.

D'où lui venait-elle ? se demanda-t-elle soudain. Avait-il reçu une balle alors qu'il servait dans l'armée ? A moins qu'il n'ait été blessé lors d'un duel…

Ses pensées furent interrompues par l'intervention du valet de pied. Ils étaient arrivés au parc.

En mettant pied à terre, elle regarda autour d'elle.

Le chemin de ce côté-ci de St James's Park était bordé d'une barrière, et, en s'approchant, elle y aperçut des marques, gravées.

Les doigts de Taris Wellingham parcoururent les encoches creusées dans le bois. Contrairement à la plupart des gentlemen de la ville, il portait rarement des gants, songea-t-elle.

En outre, il passait souvent la paume de sa main sur les objets qui l'entouraient. Comme dans le coche près de Maldon, où il avait passé la main le long de sa joue.

Comme dans la grange où ses mains s'étaient aventurées plus loin, et où elle s'était donnée à lui…

Taris passa un doigt léger sur la barrière, enregistrant les indications qui y étaient gravées. Il avait demandé à Bates de lui organiser ces repères, afin de pouvoir conserver une certaine indépendance, qu'il sentait constamment menacée. C'était toujours là qu'il venait, et il suivait toujours exactement le même trajet, descendant le chemin qui menait au lac pour revenir ensuite au point de départ. Il n'y avait ni marches, ni passages difficiles, une aubaine lorsqu'il était seul. Ou accompagné comme aujourd'hui, se dit-il en souriant.

Au grand air, son mal de tête se faisait moins intense, et la douleur qui enserrait ses tempes se dissipait. Même sa vision semblait s'être un peu améliorée.

Il pouvait maintenant discerner la rangée d'arbres au bout du chemin, ainsi que la forme générale du chapeau que portait Beatrice.

Ainsi, son cas n'était donc pas complètement désespéré. Il sentit son humeur s'alléger un peu.

— L'odeur des arbres de St James's Park me rappelle ma demeure dans le Kent. Voilà pourquoi je viens ici.

— Vous ne vivez pas à Londres ?

— J'ai quitté la ville il y a trois ans, quand j'ai hérité d'une propriété dans le Kent.

— Et malgré votre fortune, vous choisissez de voyager en utilisant les transports publics ?

Il acquiesça. Il ne savait pas comment répondre à sa question. Que pouvait-il lui dire ?

Parfois, j'aime me retrouver seul parmi des gens qui ne savent rien de moi. Des gens qui ne craignent pas de me voir glisser ou tomber. Des gens qui, le cas échéant, m'aideraient simplement à me relever et poursuivraient leur chemin, sans me prêter plus d'attention, car nos routes n'auraient fait que se croiser...

— Je crois que je peux comprendre, reprit-elle, songeuse.

Il aimait l'entendre parler, aimait les inflexions mélodieuses de sa voix.

— Moi aussi, j'ai hérité d'assez d'argent à la mort de mon mari pour vivre sans compter, mais j'ai gardé mes anciennes habitudes et continué à vivre simplement. Non pas que ce soit votre cas, bien sûr, avec votre nom et votre rang, mais c'est le cas pour moi.

— C'était un homme bon... votre mari ? Un homme d'honneur ?

— J'étais âgée de seize ans quand je l'ai épousé et j'en avais vingt-huit quand il est mort. Douze ans que j'aurais préféré ne jamais vivre.

Comme sa voix semblait se briser, il intervint.

— Au moins, vous ne les vivrez plus.

Surpris, il l'entendit partir d'un grand éclat de rire. Un rire libérateur. Un rire qui montrait qu'elle ne se sentait pas offensée, même par les questions les plus délicates. C'était décidément une femme étonnante.

— Et je me trouve maintenant dans une ville qui m'offre le luxe d'être exactement ce que je veux être.

— C'est-à-dire ?

— Libre.

Les questions qu'elle lui avait posées cette nuit-là dans la tempête lui revinrent à la mémoire, et les choses commencèrent à s'éclaircir dans son esprit. Peut-être qu'ils se ressemblaient plus qu'elle ne le croyait ?

Deux personnes qui cherchaient à oublier le passé pour se construire un avenir.

Deux personnes qui voulaient survivre.

Et conserver leur indépendance.

— Mais vous portez toujours l'alliance qu'il vous a offerte.

— Parce que j'ai décidé d'accepter mon passé tel qu'il est et de passer à autre chose.

Face à une telle franchise, Taris détourna les yeux. Ce n'était pas aussi simple pour lui, avec cette cicatrice sur sa tempe qui le brûlait, lui rappelant à tout instant sa peur et le mal qui le gagnait.

Ce n'était pas aussi simple quand il se réveillait chaque matin dans l'obscurité.

Pourtant, il y avait quelque chose d'apaisant dans ses paroles, comme une lueur diffuse qui peut-être lui indiquerait la voie…

Ce n'était pas de l'acceptation, mais quelque chose qui y ressemblait ; pour la première fois, en trois ans, la colère qui l'animait semblait s'atténuer et lui laisser un peu de répit.

Elle avait dit quelque chose qui l'avait troublé, songea-t-elle. Elle aurait voulu retirer ces paroles et y substituer des mots plus doux, mais il était trop tard, et le temps des regrets était passé depuis longtemps. Dans ce parc aujourd'hui, avec le vent dans ses cheveux, son excitation prenait le pas sur sa réserve habituelle et l'incitait à laisser libre cours à ses émotions.

Toute sa vie, elle s'était montrée prudente et raisonnable. Mais aujourd'hui, elle ne se sentait ni prudente, ni raisonnable, et ce sentiment, elle le devait à l'homme qui marchait à ses côtés.

Qui marchait vite, qui plus est.

Il ne donnait pas l'impression d'être du genre à rester sans rien faire ou à se laisser aller.

Il y avait de quoi se poser des questions quant au programme d'exercice qu'elle lui avait préparé…

— Je pense que vous n'avez peut-être pas été tout à fait honnête avec moi, monsieur, commença-t-elle.

Il se tourna vivement vers elle, avec, dans le regard, un éclair de culpabilité, fugace mais intense. Que croyait-il donc qu'elle allait dire ?

— J'ai comme l'impression que l'exercice physique est un art que vous avez l'habitude de pratiquer bien plus souvent que je ne le supposais.

— Il y a certains revers à l'honnêteté, répliqua-t-il. Si j'avais été honnête, par exemple, je n'aurais pas eu le plaisir de cette promenade dans le parc.

— Vous comptiez me faire croire que vous étiez sans espoir de résurrection ? s'enquit-elle en riant. Eh bien, ce n'est pas le cas. D'autant que vous ne me donnez pas l'impression d'avoir besoin le moins du monde de l'alcool pour noyer vos soucis, monsieur.

— Vous seriez surprise si je vous confiais tous ceux qui pèsent sur mes épaules, madame Bassingstoke.

— Citez-en un.

— Votre incapacité, par exemple, à me montrer le respect dû à mon rang.

— Une bien piètre excuse, objecta-t-elle en riant encore. Et, poursuivit-elle, si vous ne trouvez pas de meilleure raison pour expliquer votre penchant pour la bouteille, je pourrais bien vous laisser tomber pour de bon.

— Est-ce qu'une, disons, incapacité à voir les choses distinctement serait une raison satisfaisante ?

Bea se tourna vers lui.

Quelque chose avait changé dans le ton de sa voix. Il n'était plus aussi léger, ni aussi nonchalant qu'il l'avait été jusque-là.

Soudain, tout s'éclaira.

Le bandeau. La canne. Sa chute chez son frère. Sans oublier la cicatrice qui lui barrait le front et passait tout droit sur son œil gauche. Comme les pièces d'un puzzle, les indices s'assemblaient les uns après les autres. Etait-il… ?

Il n'y avait pas de manière douce de le dire. Il le lui avait annoncé sans ménagement, sans sourire pour tenter de détendre l'atmosphère, sans donner de détails pour expliquer ce qu'il était capable de voir ou non.

Juste cette flamme qui brillait dans son seul œil valide, mélange d'or et d'ambre en fusion, qui semblait la mettre au défi.

Le vent froid qui soufflait du lac passa entre eux, faisant claquer son long manteau. Il avait la main posée sur la barrière, avec ces inscriptions gravées dans le bois… Des repères pour le guider !

En l'espace d'une seconde, tout ce qui lui avait toujours paru étrange devint soudain parfaitement et terriblement clair.

Il était donc aveugle ?

— Vous n'avez pas de problème avec l'alcool.

Elle avait parlé d'une voix sourde, encore sous le choc de cette révélation.

Il secoua la tête.

— Non, je n'ai pas de problème avec l'alcool.

— Mais je n'ai jamais entendu personne parler de votre…

— Parce que je n'en ai jamais rien dit, répliqua-t-il.

Il avait adopté une attitude défensive, et sur les traits de son visage se lisait son besoin de se protéger.

— A personne ?

— Asher, Emerald, Lucy, Jack Henshaw et Bates, murmura-t-il.

Seulement cinq personnes.

Six maintenant avec elle. Autant dire personne, pour un secret pareil.

— Et c'est pour cette raison que vous êtes tombé ?

— Oui. C'est terrible de se sentir ainsi diminué. Alors, quand vous avez suggéré un penchant pour l'alcool, je me suis dit que c'était plus facile que… ça.

De sa main libre, il fit un geste vers son visage tandis que sa canne au pommeau d'argent décrivait un arc de cercle dans l'air.

Cette canne qui était son point d'ancrage dans un monde envahi par l'obscurité…

Il en avait besoin en permanence. Mais il avait besoin de bien plus que ça.

Impuissante, Beatrice sentait la peur l'envahir. Cette révélation inattendue ranimait dans son esprit le souvenir des mille jours passés à répondre aux besoins de son mari, et la peur de revivre cette épreuve s'insinuait jusque dans sa voix.

— Je vous promets que je garderai le silence concernant cette nouvelle, monsieur, dit-elle.

Horrifiée, elle le vit se retrancher derrière une attitude indifférente, l'oreille tendue dans la direction d'où venait le vent, comme s'il préférait écouter les sons provenant du lointain.

— Je vous en donne ma parole, reprit-elle.

— Je vous en remercie.

Il restait courtois malgré la souffrance et l'épuisement évident que trahissait son visage, mais le silence s'épaississait entre eux. Que dire, que faire, cependant ?

Il était aveugle ! Ces trois mots impliquaient pourtant tant de choses.

Etre aveugle, c'était aussi être dépendant, être à charge. Comme Frankwell l'avait été ?

— Je vais retourner à la voiture. Il se fait tard et on m'attend, mais peut-être préférez-vous finir cette promenade. Profitez-en..., suggéra-t-il.

Tout en respectant la politesse et les convenances, il lui laissait le choix. Le choix de s'enfuir ou de rester. Sans attendre sa réponse, il reprit son chemin. Le cœur serré, elle le vit progresser, s'aidant de la barrière pour se guider et de sa canne pour tâter le terrain devant lui.

Les yeux fixés sur sa haute silhouette qui s'éloignait, elle sentit monter en elle un sentiment de honte. Elle aurait dû le rappeler pour lui dire que tout ça n'avait pas d'importance, que ça ne faisait aucune différence.

Pour la seconde fois en deux jours, cet homme, qui n'avait jamais été exactement ce qu'il semblait être, bouleversait l'équilibre fragile de son monde.

Taris sentit la douleur s'accentuer dans sa tempe et ses vaisseaux sanguins se contracter, tandis que les dernières images s'effaçaient peu à peu de son champ de vision. Son mal de tête s'amplifiait.

Seigneur, mais qu'est-ce qui avait bien pu le pousser à lui dire la vérité ?

Quelle idée stupide et malvenue avait bien pu se glisser dans son esprit pour lui faire tout avouer ?

Si seulement il pouvait retirer ce qu'il avait dit ! Mais la colère s'étranglait dans sa gorge. Son aveu le laissait perplexe, et il était à bout de forces.

Il n'avait envie que d'une seule chose : rentrer chez lui. Et oublier, surtout.

Oublier les promesses de Beatrice et l'horrible pitié qu'il avait perçue dans sa réponse.

« Je vous promets que je garderai le silence concernant cette nouvelle, monsieur. »

Mais quel silence ? Celui de quelqu'un qui préférait prendre ses distances pour ne pas avoir à souffrir ? Qui s'empressait de le fuir plutôt que d'avoir à supporter son handicap ? Oui, bien sûr, mais comment le lui reprocher ? Sa peur, ses réticences étaient normales. N'avait-elle pas déjà eu sa part de malheurs, elle aussi ?

Tout cela il le savait, mais sans doute avait-il espéré, malgré lui, car le recul de Beatrice l'avait atteint au plus profond.

Ses paroles lui avaient brisé le cœur. Elles avaient anéanti son courage et l'avaient blessé dans son orgueil.

Mais c'était ce qui devait arriver. Avouer son infirmité l'exposait inévitablement à la honte et à des réactions de pitié.

Quand il sentit la poignée de la portière sous ses doigts, il s'accrocha à elle pour se hisser à l'intérieur du carrosse où il s'assit à sa place habituelle, sa canne en travers de ses genoux.

C'était une barrière bien fragile pour faire face à tout ce qu'il n'était plus et ne serait plus jamais.

Une ombre, voilà ce qu'il était devenu. Un homme sans

avenir et privé de ses propres rêves. Un homme qui pouvait tout juste atteindre les marches de sa propre maison sans aide.

Et sa confession imprudente venait ajouter l'humiliation à la colère qui le dévorait.

Cette fois Bea ne pleura pas en arrivant chez elle. Il n'y eut ni cris ni lamentations comme le jour où elle avait cru que le seul problème de Taris Wellingham était son incapacité à résister à l'alcool.

Cette fois, elle resta simplement assise à sa fenêtre, à regarder la pluie qui s'abattait sur la vitre, brouillant la vue sur le parc, tandis que les aiguilles de la petite pendule égrenaient les minutes et les heures dans le silence.

Le même son qui avait toujours rythmé sa vie !

Soudain agacée par le tic-tac incessant, elle se leva pour attraper la pendule et la jeta de toutes ses forces contre le sol, faisant voler en éclats le verre du cadran. Des ressorts et des pièces métalliques s'éparpillèrent sur le sol.

Calmée, elle poussa un soupir de soulagement. Le temps s'était arrêté et le calme était revenu, un silence dans lequel elle pouvait enfin s'entendre penser.

Avec un sourire, elle rassembla les morceaux épars, puis, se dirigeant vers la cheminée, elle avisa une petite assiette de porcelaine où se trouvait un carton qu'elle examina.

Le bal des Rutledge commençait à 10 heures, et Taris Wellingham en était l'un des parrains.

Les battements de son cœur s'accélérèrent tandis qu'elle échafaudait un plan.

6

En pénétrant dans la grande salle de bal, Beatrice chercha aussitôt des yeux Taris Wellingham parmi les invités.

Il se tenait avec son frère et lord Jack Henshaw à l'extrémité principale de la pièce.

Entièrement vêtu de noir, ses cheveux lissés vers l'arrière à la dernière mode, il était particulièrement séduisant, ce soir, dans l'élégante jaquette et le pantalon droit à la coupe impeccable qui venait recouvrir sans un pli les fines bottines de cuir lustré.

Mais ce fut un nouveau détail qui attira son attention : ce soir, il portait des lunettes.

Elle soupira, mal à l'aise.

Serait-il content de la revoir ?

Après tout, il y avait des femmes beaucoup plus attirantes qu'elle ici, et il était de loin l'homme le plus séduisant de l'assemblée.

Mais peu importe après tout : elle avait à lui parler. Aussi se dirigea-t-elle vers lui d'un pas décidé, espérant qu'il écouterait au moins ce qu'elle avait à dire.

L'arrivée de la fille de la comtesse de Griffin, lady Arabella Fisher, dont Beatrice-Maude avait beaucoup entendu parler, vint contrarier ses intentions.

A peine arrivée dans la salle de bal, celle-ci traversa la foule pour rejoindre Taris Wellingham. Au sourire qu'elle arborait, Bea devina qu'elle était éprise de lui, bien que son expression à lui ne laissât rien paraître.

D'autres personnes les rejoignirent bientôt, riant à ce que Taris disait, mais Bea était trop loin pour saisir leurs paroles.

En revanche, elle voyait parfaitement le nombre de femmes dans la pièce qui lui jetaient des regards furtifs avant d'aller le rejoindre.

Elle hésitait à faire de même.

Les jeunes femmes qui l'entouraient maintenant étaient les toutes premières sur la liste des débutantes de la saison. Elles constituaient la crème de la haute société, des héritières fières de leur lignée et de leurs ancêtres.

Il y avait là les sœurs Wilford, ainsi que l'héritière des Wellsworth aux côtés de lady Arabella.

Bea était sur le point de faire demi-tour quand une voix près d'elle la fit sursauter.

— Je vous croyais plus courageuse, madame Bassingstoke.

Emerald Wellingham se tenait à côté d'elle, bloquant sa retraite.

— Il semblerait donc que mon manque de manières chez vous l'autre jour ne soit pas mon seul défaut, madame la duchesse.

— Madame la duchesse ! Que de solennités… Moi qui croyais que vous pourriez être une amie ?

Le ton de sa voix fit battre le cœur de Bea un peu plus vite.

C'était un ton railleur, sarcastique.

Et elle savait très bien pourquoi.

— Vous avez toutes les raisons de vous moquer de moi, dit-elle.

Le rire qui suivit ne fit qu'accroître sa nervosité.

— J'ai l'impression que vous allez devoir vous battre pour vous frayer un chemin parmi la foule de ses admiratrices, si vous voulez parler à Taris.

— C'est ce que je vois.

— Si je pensais un seul instant que c'est tout ce que vous voyez, madame Bassingstoke, vous me décevriez. Mais je pense que vous êtes au-dessus de ces préjugés, que vous valez mieux que cela. Quelque chose d'autre se cache derrière la soudaine panique que j'ai pu lire sur votre visage quand vous avez compris la nature de l'infirmité de mon beau-frère.

Une voix toute proche les fit se retourner toutes les deux. Le duc de Carisbrook les avait rejointes.

— Madame Bassingstoke.

Il s'était adressé à elle avec l'indifférence d'un homme tout juste capable de feindre la politesse.

— Monsieur le duc.

Bea aurait voulu disparaître entre les lames de parquet fraîchement ciré sous ses pieds. Dans ses poings serrés, les paumes de ses mains étaient moites, mais malgré sa nervosité, elle se força à sourire.

— Si vous voulez bien m'excuser…

Elle tourna les talons et traversa la foule.

L'orchestre jouait Mozart, et la musique venait apaiser la colère qu'elle sentait bouillir en elle.

Tout au long de ces dix dernières années, elle s'était juré de ne jamais se confier à personne. Même si le sort s'acharnait contre elle en jetant toujours de nouveaux obstacles sur sa route.

Même si, petit à petit, les difficultés qu'elle rencontrait devenaient plus grandes. Car, malheureusement, elle ne pouvait rien y changer.

Des éclats de rire soudains la tirèrent de sa confusion. Elle avait atteint l'extrémité de la pièce où se trouvait le petit groupe.

Ne sachant que faire pour s'échapper, elle remarqua un balcon sur le côté et s'y glissa.

En essuyant les larmes qui lui montaient aux yeux, elle s'efforça de se reprendre.

Elle avait vingt-huit ans, et ne pouvait plus se permettre de montrer ses sentiments en public. A son âge, elle devait être capable de refouler ses émotions.

Mais sa détresse était telle qu'elle avait du mal à respirer.

Elle tenta de se calmer en posant une main sur sa poitrine, s'efforçant de respirer doucement.

Après quelques instants passés ainsi dans le silence, elle commençait à se sentir un peu plus maîtresse d'elle-même, lorsque la porte s'ouvrit brusquement : Taris Wellingham s'approchait d'elle, les mains sur le pommeau en argent de sa canne d'ébène.

— Ma belle-sœur m'a fait savoir que vous désiriez me parler.

Beatrice tressaillit, surprise par l'indifférence glacée qu'exprimait la voix impérieuse et hautaine. Elle ne reconnaissait plus l'homme qui s'était promené avec elle, un peu plus tôt dans l'après-midi.

— Oui, monsieur. Je suis venue ce soir pour vous remercier. J'ai oublié de le faire et je m'en excuse, mais je manque parfois beaucoup de présence d'esprit.

Mal à l'aise, elle parlait d'une voix à peine audible.

— Me remercier ?

Le ton de sa voix était cassant, presque dur.

— Oui, vous remercier de m'avoir confié votre secret…

Comme elle hésitait, elle le vit faire demi-tour pour sortir et reprit :

— Je tenais aussi à vous dire que je trouve la cécité dont vous êtes affligé infiniment plus attrayante que l'ivrognerie dont vous vous réclamiez.

A sa grande surprise, elle le vit se retourner et sourire. Il y eut un long silence, mais elle ne trouvait plus la moindre chose à lui dire.

— Ma belle-sœur m'a dit que vous donniez des soirées où l'on discute de « sujets importants », dit-il.

Ce soir pour une fois, il la regardait droit dans les yeux, et ses lunettes cerclées d'or faisaient ressortir l'éclat ambré de son regard.

— Dit comme ça, cela paraît un peu absurde, répliqua-t-elle.

— Elle m'a dit aussi que vous étiez une femme aux opinions bien arrêtées et que vos yeux étaient verts… comme les feuilles des arbres, ajouta-t-il. Elle pense également que la vie n'a peut-être pas toujours été tendre avec vous.

— Et qu'est-ce qui lui fait croire ça ?

— Les petites rides entre vos sourcils.

— Voilà une caractéristique peu attirante.

Agacée, Beatrice commençait à se demander ce qu'Emerald Wellingham avait bien pu lui raconter d'autre sur son physique, même si elle aimait autant qu'il connaisse la vérité.

— Sans doute vous a-t-elle dit aussi que j'étais une femme plutôt ordinaire.

— « Ordinaire » est un adjectif que l'on peut interpréter de différentes manières. Une carpe dans une rivière peut paraître ordinaire aux yeux de quelqu'un qui ne pêche pas, et attirante aux yeux du pêcheur. Un cerf dans la forêt a parfois l'air insignifiant parmi les arbres tachetés de soleil, et splendide lorsqu'il s'en éloigne. Quel genre de femme ordinaire êtes-vous ?

— Le genre qui accepte la réalité telle qu'elle est, sans se cacher derrière une rhétorique mensongère.

Il se mit à rire.

— Pourriez-vous vous décrire pour moi ?

Elle hésita.

— Vous ne voyez rien du tout ?

— Si, des formes, mais c'est fort peu, et cela dépend des moments. Heureusement, j'ai eu d'autres moyens de vous connaître. Je sais par exemple que votre taille est fine et votre silhouette élancée. Je sais aussi que vos cheveux sont longs et épais et que vous avez des fossettes au coin des lèvres. Je n'ai pas eu besoin de mes yeux pour le savoir.

Il tendit les mains.

— Le toucher est un merveilleux moyen de découverte aussi, reprit-il.

— Je mesure un mètre cinquante-cinq, et certaines personnes me trouvent… maigre.

— Certaines personnes ?

— C'est ce que mon mari disait toujours. Il pensait que

si je mangeais plus, je serais plus attirante, mais j'avais beau essayer…

Elle se mordit la lèvre, horrifiée à l'idée de ce qu'elle venait de lui confier, alors que pendant toutes ses années de mariage elle n'avait jamais rien dit à personne.

Un lourd silence s'installa entre eux.

— La fierté peut s'avérer dangereuse, Beatrice-Maude, dit-il.

Elle feignit de ne pas comprendre l'allusion. Mais en réalité, elle la saisissait parfaitement, car la fierté avait toujours été son dernier rempart pour éviter de sombrer dans le chaos.

Si elle était toujours restée silencieuse et docile, c'était par fierté, parce que si les autres avaient su tout ce qu'elle avait dû endurer, l'humiliation aurait été insupportable.

Un instant, elle fut tentée de poursuivre, de tout lui avouer, mais sa raison reprit le dessus.

Même si elle savait que la dissimulation et les faux-semblants n'étaient pas sans conséquences, elle devait rester prudente.

Elle avait trop souffert par le passé. Les blessures de ces dernières années n'étaient pas encore refermées. Et l'avenir qui s'offrait à elle semblait enfin plus radieux.

Elle ne pouvait laisser personne le ternir.

Pas même Taris Wellingham, avec ses mains magiques et ses airs de séducteur.

Oh non, être ordinaire, ce n'était pas seulement une question d'apparence, se dit-elle alors.

C'était quelque chose de bien plus profond, que l'on portait en soi et qui était gravé dans chaque souvenir, chaque geste, chaque espoir.

Comme la porte s'ouvrait derrière Taris pour laisser apparaître lord Henshaw, elle profita de l'occasion et sortit précipitamment après un bref salut.

Immobile, Taris tendit l'oreille, tandis que Bea s'éloignait d'un pas rapide.

— Ce sera à toi dans cinq minutes, indiqua Henshaw.

— Rutledge t'a envoyé me chercher ?

— C'est un homme qui aime la ponctualité.

— Puis-je te poser une question, Jack ?

— Vas-y.

— Que penses-tu de Mme Bassingstoke ?

— Mme Bassingstoke ?

Jack avait l'air surpris. Taris hocha la tête pour confirmer.

— Eh bien, disons qu'elle a des formes là où il faut, et qu'elle paraît savoir ce qu'elle veut. En fait, si je devais la décrire, je dirais surtout qu'elle est « originale ».

— Quelles couleurs choisit-elle pour ses vêtements ?

— Des couleurs vives.

— Et ses cheveux ? Comment les porte-t-elle ?

— Tirés en chignon, avec quelques boucles autour du visage.

Il y eut un silence, les deux hommes ne sachant comment poser les questions qui leur brûlaient les lèvres. Quelques mesures de musique les alertèrent soudain. On annonçait le discours de Taris.

En faisant son entrée, ce dernier sentit le contact rassurant du bras de Jack contre le sien.

Le discours de Taris Wellingham se terminait dans un tonnerre d'applaudissements. Des louanges méritées, se dit Bea.

Les arguments de Taris en faveur d'un meilleur traitement pour ceux qui avaient servi dans l'armée étaient à la fois justifiés et convaincants.

— Lord Wellingham sait comment s'y prendre pour convaincre.

Cela venait d'une vieille dame derrière elle.

— Il sait aussi s'y prendre avec les femmes ! Voyez comme la jeune lady Arabella Fisher le regarde. On murmure que des fiançailles pourraient être annoncées bientôt. On dit aussi qu'elle sait se montrer extrêmement obstinée. En tout cas, elle est belle. De plus, les terres de son père jouxtent celles de lord Wellingham à Beaconsmeade.

Des fiançailles ! Beatrice tenta de cacher sa déception alors que les premières notes d'une valse se faisaient entendre et que la salle était parcourue d'un frisson d'excitation.

Pourquoi cette amertume ?

Elle savait bien qu'elle n'avait aucun droit sur la vie amoureuse de Taris Wellingham. Il était encore assez jeune pour prendre femme, et lady Arabella Fisher était un excellent parti à tous points de vue.

Elle aurait tellement aimé avoir ne serait-ce que la moitié de la beauté de la jeune Arabella ! songea-t-elle.

Aussitôt, elle étouffa un rire.

Décidément, cela ne lui ressemblait pas de se montrer aussi frivole.

Elle se demandait, cependant, ce qui se passerait quand la belle Arabella découvrirait la vérité à propos de la vue de Taris.

Serait-elle prête à l'accepter ?

Les couples se formaient et s'avançaient maintenant vers la piste. De toutes les danses, la valse était la plus intime et la plus appréciée.

Il fallait en passer par les figures ennuyeuses du quadrille avant d'arriver à la valse tant attendue.

Bea se préparait à rejoindre la salle à manger quand un homme s'approcha d'elle.

— Mon maître m'envoie vous demander si vous seriez prête à lui accorder cette danse.

— Votre maître ?

Le jeune homme rougit.

— Oh ! veuillez m'excuser. Il s'agit de lord Taris Wellingham. Vous le connaissez, je crois.

Sous le coup de la surprise, Bea resta sans voix. Incapable de faire plus qu'un simple signe de tête, elle suivit le domestique des Wellingham.

Taris se tenait seul près d'une colonne.

Au moment même où elle le rejoignait, il tendit le bras comme s'il avait senti sa présence, et quand elle posa la main sur sa manche il la serra dans le creux de son coude.

— J'espère que votre venue signifie que vous avez accepté de danser avec moi, madame Bassingstoke ?

— Il se peut que vous changiez d'avis quand je vous aurai marché sur les pieds pendant cinq bonnes minutes, monsieur.

— Vous êtes en train de me dire que vous ne savez pas danser ?

— Je suis sans doute la pire danseuse de toute l'assemblée, et je manque cruellement de pratique.

— Vous n'aimez pas danser ?

— Je n'ai pas dit cela, monsieur. C'est juste que je suis rarement invitée.

— Alors tous les hommes doivent être aveugles.

Elle laissa échapper un rire, puis se raidit en sentant le bras de Taris autour de sa taille et ses doigts qui lui serraient la main.

Elle n'avait jamais dansé la valse, avec personne, même si elle s'était parfois entraînée avec un coussin dans l'intimité de sa chambre.

Seigneur, Taris Wellingham n'avait rien d'un coussin. Et ils étaient tout près l'un de l'autre, leurs doigts enlacés et leurs corps serrés. Elle pouvait sentir son buste droit et ferme tout contre elle.

— Vous sentez toujours la même chose.

— La même chose ?

— Les fleurs. Il y a des fleurs dans votre parfum.

— Il est à base de violettes, répondit-elle.

Stupéfaite qu'il s'en souvienne, elle leva les yeux vers lui. Il inspirait doucement, comme pour s'imprégner de son parfum…

Et derrière ses lunettes, ses yeux ambrés la fixaient d'un regard impénétrable.

Elle se demanda s'il aimait ce qu'il pouvait voir de près maintenant.

La femme ordinaire dont ils avaient parlé devait lui paraître moins attirante ici, dans la lumière des bougies. Comment avait-elle pu imaginer avoir la moindre chance ?

La moindre chance de quoi ?

Sa tête se mit à tourner.

Comment pouvait-elle songer à de pareilles choses ? Ce n'était qu'une simple danse, un moment éphémère et sans importance.

Elle jeta un coup d'œil à la salle de bal. Tout autour de la piste, des centaines d'yeux semblaient les observer.

C'était ridicule ! Des rêveries sans fondement. Elle ne voulait pas d'une relation permanente et ne voulait plus jamais entendre parler de mariage.

Du reste, même si elle y avait songé, elle devait savoir que c'était impossible : elle n'appartenait pas à la classe de Taris.

— Etes-vous à Londres pour longtemps, monsieur ?

Il fallait trouver un sujet de conversation neutre, se dit-elle, rassurée par le ton posé de sa voix.

— Une semaine, répondit-il. Je ne reste jamais très longtemps.

Comme s'il sentait qu'elle avait besoin de prendre ses distances, il avait relâché son étreinte, et l'écart entre eux s'était creusé. Ils n'étaient plus serrés l'un tout contre l'autre. Ils ne dansaient plus comme s'ils étaient le seul couple sur la piste.

— Alors peut-être pourriez-vous assister à ma soirée de mercredi ?

— Peut-être.

Elle ne se laissa pas intimider par le ton indifférent de sa réponse.

— Le débat portera sur les droits des femmes à conserver la propriété de leurs terres après leur mariage.

Elle vit un sourire se dessiner sur ses lèvres.

— Et vous pensez que le sujet serait de nature à retenir mon attention ?

— Vous avez reçu une bonne éducation, monsieur, et vous savez vous exprimer. J'aurais tendance à croire que l'injustice de la situation, qui fait que presque toutes les possessions d'une femme passent selon la loi à son mari lors du mariage, serait propre à susciter votre intérêt.

Un nouveau sourire éclaira son visage.

— Vous ne tenez pas compte de la manière dont j'ai été élevé. En tant que fils de duc, on nous a enseigné depuis le berceau, à mon frère et à moi, que le bon sens veut qu'un mari devienne le gardien des terres de sa femme.

— C'est votre propre mère qui vous a appris cela ? Elle est encore en vie ?

Beatrice n'en croyait pas ses oreilles.

Il eut un soudain éclat de rire qui résonna dans toute la salle, faisant se retourner les autres danseurs autour d'eux.

— Le changement dont vous parlez ne se fera pas du jour au lendemain, Bea, et je vous conseillerais de rester très prudente.

— Rester prudente ?

— Certains membres de l'aristocratie pourraient voir d'un mauvais œil vos idées libérales.

— Vous voulez dire les hommes influents dont les intérêts auraient à souffrir du changement ?

— Exactement.

— Faites-vous partie de ces hommes ?

En réponse, elle sentit la pression de ses doigts sur les siens comme un avertissement. Elle jeta un regard autour d'elle.

Décidément, il n'utilisait pas beaucoup d'espace sur la piste. Ils n'avaient pratiquement pas bougé. Ils avaient dansé à peu près au même endroit tout le temps.

— Parfois, certaines opinions trop tranchées ne valent pas tous les ennuis qu'elles peuvent causer. Une femme sage choisirait plutôt une cause qu'elle peut gagner.

Beatrice sentit les battements de son cœur s'accélérer.

— Je ne vous ferai jamais de mal, Beatrice, reprit-il aussitôt. Vous devez le savoir.

— Je le sais.

Elle avait prononcé ces mots avec conviction, étonnée de l'étrange intimité qui existait entre eux même s'ils ne se connaissaient que depuis très peu de temps.

Jamais auparavant elle n'avait parlé avec quelqu'un aussi

librement qu'elle pouvait parler avec Taris Wellingham. Avec lui, elle pouvait sans risque laisser libre cours à ses pensées.

C'était un homme qui avait assez d'assurance pour permettre aux autres d'exprimer des opinions différentes tout en remettant les siennes en question.

Il était tellement différent de son mari !

— Il y a autre chose dont j'aimerais parler avec vous, dit-il.

Elle sentait son regard posé sur elle et la posture droite et ferme de son corps contre le sien.

— J'ai reçu un rapport sur les causes de l'accident. Apparemment, la roue ne se serait pas détachée d'elle-même, on l'y aurait aidée.

— Aidée ?

— Elle aurait été sciée.

Taris n'avait pas cherché à amortir le choc de la nouvelle. Sentant Beatrice trébucher contre lui, il s'arrêta pour la soutenir.

— Selon vous, quelqu'un aurait essayé de me tuer ?

Etrange question, se dit Taris.

— Il y avait cinq passagers dans la voiture, reprit-il. Qu'est-ce qui peut vous faire croire que cette action était dirigée contre vous ?

Bea avait l'air troublée par sa question.

Il y avait certainement des choses qu'elle ne lui avait pas dites, songea-t-il comme elle gardait le silence.

Mais déjà les derniers accords venaient mettre fin à la danse, et son frère s'approchait d'eux.

— Merci, monsieur.

Beatrice n'était plus que distance et bonnes manières, et il eut beau essayer de tendre l'oreille pour deviner dans quelle direction elle était partie, il ne réussit pas à le savoir.

— J'espère qu'elle t'a présenté des excuses pour son comportement de l'autre jour, murmura Asher en plaçant son bras contre le sien.

— Je pense qu'elle a fait bien plus que ça.

— La fortune des Bassingstoke a été forgée dans l'acier, Taris, l'acier d'Ipswich. Et les ouvriers là-bas ne sont encore que des gamins, des gamins mal payés comme partout ailleurs en Angleterre.

— Tu m'as l'air bien renseigné, mon frère.

La note de critique dans la réponse de Taris n'échappa pas à Asher.

— Je me dis qu'il vaut mieux être prudent. Cette femme est restée toute une nuit avec toi, après tout, et je pense qu'il est sage de chercher à en connaître un peu plus sur son compte.

Taris s'efforça de surmonter le dégoût que lui inspiraient pareils procédés.

— Et qu'as-tu découvert à son sujet ?

— Elle est devenue veuve un mois avant l'accident du coche, mais peu de gens les connaissaient, elle et son mari. Apparemment, ils sortaient peu. En fait, la plupart des gens la disent plutôt réservée, alors j'espère qu'elle ne sera pas… un problème.

— Un problème ?

— C'est une riche veuve. Si elle décidait que la nuit que vous avez passée ensemble a porté atteinte à sa réputation, tu pourrais avoir des ennuis.

— Cette femme est venue en amie ce soir, Asher. Elle n'a pas l'intention de me tenir pour responsable des conséquences d'un accident.

— Emerald a laissé entendre qu'elle pourrait s'intéresser à toi… autrement.

— Autrement ?

Il devait en savoir plus. Qu'avait donc vu Emerald que lui-même n'avait pas saisi ?

Il ne pouvait pas oublier la sensation du corps de Bea contre le sien.

Même dans cette salle de bal pleine de femmes qui rivalisaient pour attirer son attention, il recherchait encore la voix douce et intelligente de Beatrice.

Il était comme un adolescent, brûlant d'envie de sentir dans ses mains ses seins doux et chauds, de revivre les folles sensations qui les avaient unis cette nuit-là.

— Emerald pense que tu ne nous as peut-être pas tout dit sur cette fameuse nuit.

— Comment ça ?

— Bon sang, Taris. Ton nom n'a pas été associé à la moindre femme depuis que tu es revenu de Jamaïque, et pourtant les candidates ne manquent pas. Ma très chère épouse se disait que peut-être… la période de jeûne était terminée.

— La période de jeûne ? Si tu n'étais pas mon frère…

— Alors je me ficherais complètement de ce qui t'arrive. C'est seulement parce que je suis ton frère que je prends le temps d'essayer de te protéger.

— C'est inutile. Je n'ai pas besoin qu'on me tienne la main ni qu'on me surveille. Et si tu as l'impression que je pourrais ternir la réputation de la famille en fréquentant quelqu'un qui n'est pas de mon rang, peut-être que tu devrais te rappeler ton passé pas si lointain.

— Ecoute, ne le prends pas mal. Si elle te plaisait, ce serait différent…

— Ça suffit, Asher. Rutledge n'apprécierait pas, je crois, de voir deux de ses invités s'empoigner au beau milieu de son salon. Et en ce qui concerne le type de relation que je souhaite entretenir avec Beatrice-Maude Bassingstoke, cela ne te regarde absolument pas.

— D'accord, d'accord. Si tu tiens tellement à elle…

Taris fronça soudain les sourcils. A entendre le ton doucereux de son frère, il y avait fort à parier que celui-ci l'avait fait marcher.

Quant à lui, on pouvait vraiment se demander pourquoi il prenait aussi passionnément la défense d'une femme dont en réalité il ne savait rien.

Elle était là, tout près, il le savait. Il avait entendu le son de sa voix.

Malheureusement sa vue ne lui permettait pas de la retrouver dans la foule. Et il ne pouvait quand même pas envoyer Bates une nouvelle fois pour lui extorquer la promesse d'une autre danse.

Ces choses-là ne se faisaient pas.

Une seule danse ne susciterait pas nécessairement de commentaires, mais deux certainement.

Dans le brouhaha des conversations autour de lui, il entendait déjà poindre des spéculations au sujet de Beatrice-Maude et du lien qui pouvait exister entre eux.

C'est vrai qu'on le voyait rarement sur la piste de danse depuis son accident.

Et « rarement » était un euphémisme.

7

Cartes de visite et invitations arrivèrent dès le lendemain matin, que Bea trouva soigneusement empilées sur le plateau destiné à les recevoir sur la table de l'entrée.

Seigneur, songea-t-elle en les passant en revue, il y avait là une liste de noms impressionnante.

Elle se rappela alors l'époque où Frankwell recevait des cartes, à Ipswich, dans les premières années de leur mariage, et le mal qu'il se donnait pour les disposer de manière à ce qu'elles soient bien visibles.

Elle se contenta de les remettre en pile et de les reposer à l'envers sur le plateau, espérant que personne ne lui rende visite, nerveuse à l'idée que certains le fassent.

Soudain, tout le monde voulait la rencontrer, et elle savait très bien pourquoi. Ces annonces de visite étaient la conséquence directe de sa danse avec Taris Wellingham la veille. Elle avait entendu ses domestiques en parler, et ils tenaient la nouvelle des domestiques d'autres grandes maisons.

La rumeur allait bon train, et elle était aussi fiable que le contenu de n'importe quel journal.

Songeuse, elle se mordilla les ongles. En relevant la tête, elle surprit son reflet dans le miroir au-dessus de la table. Heureusement que Taris Wellingham ne distinguait que vaguement le contour des choses, se dit-elle.

S'il avait eu une bonne vue, il ne se serait probablement

pas donné la peine de danser avec elle. Peut-être que tout ce qu'elle imaginait entre eux n'avait rien de réel.

Portant son poignet à son nez, elle respira la fragrance de son parfum. Un parfum de violettes.

Sa mère lui faisait parfois des petits bouquets, qu'elle déposait dans sa chambre, dans leur ancienne maison près de Norwich. C'était avant ses fiançailles, il y a bien longtemps déjà, presque la moitié d'une vie…

Quand Elspeth arriva chez elle quelques instants plus tard, Beatrice était déjà dans sa bibliothèque, occupée à trier une pile de nouveaux livres.

De toutes les pièces de sa maison, la bibliothèque était sa préférée. Avoir un endroit pour exposer chacun de ses ouvrages était pour elle un bonheur sans pareil.

Quant au loisir de lire à tout moment de la journée sans être interrompue… c'était un luxe qu'elle n'avait jamais connu.

— Vous avez l'air de bonne humeur ce matin, Bea. Est-ce que cela aurait un rapport avec le succès que vous avez apparemment eu hier soir au bal des Rutledge ? Molly a mentionné le nom de Taris Wellingham, je crois.

— Je n'ai dansé qu'une seule et unique fois avec lui, Elspeth, répliqua-t-elle. Lors d'un bal qui ne comptait pas moins de vingt-neuf autres danses au programme, je ne vois pas ce que cela a de si extraordinaire.

— D'après ce que j'ai pu entendre, il danserait rarement la valse. On dit aussi qu'il n'aurait pas dansé dans une soirée depuis des années.

Beatrice garda le silence.

— Lord Taris Wellingham est l'un des hommes les plus puissants d'Angleterre, Beatrice. C'est aussi le gentleman sur lequel toutes les jeunes filles jettent leur dévolu et, bien qu'il soit très séduisant, il semble malheureusement qu'il ne souhaite pas se marier.

Bea attendit un peu. Peut-être Elspeth mentionnerait-elle son problème de vue ?

Mais elle n'en fit rien.

Comme le silence se prolongeait, elle se dit qu'elle ne pouvait décemment pas en rester là.

— J'ai entendu une femme parler d'une propriété... Beaconsmeade, je crois.

— C'est son manoir dans le Kent. Une demeure magnifique, d'après ce que tout le monde dit, et son propriétaire n'est pas le genre d'homme avec lequel on peut se permettre de plaisanter. Ça se voit sur son visage. Selon certaines rumeurs, la cicatrice sur son front serait due à une balle tirée par un pirate aux Antilles.

— Je suis sûre que vous vous moquez de moi. Quel lien le fils d'un duc pourrait-il bien avoir avec de tels gens ?

— Je l'ignore. Tout ce que je sais, c'est que c'est un homme sous le charme duquel n'importe quelle femme pourrait tomber.

Bea se mit à rire.

— Et cette femme à laquelle vous faites allusion, ce serait moi ?

— Toute femme a ses rêves, même la plus raisonnable.

— J'ai été mariée pendant douze ans, Elspeth, et je peux vous dire sans le moindre doute que l'expérience a été tellement désastreuse que je ne la répéterai jamais. Avec aucun homme.

— Oh ! ce n'était pas au mariage que je pensais. Je ne crois pas qu'il serait prêt à proposer ça...

Soudain écarlate, Bea dut se tourner pour recouvrer ses esprits. Elle étouffait. Portant la main à l'échancrure de sa robe, elle dégagea un peu sa gorge pour sentir un mince filet d'air contre sa peau. Ses doigts tremblaient.

Elle sentait encore les mains de Taris sur sa poitrine. Sa langue traçant le contour du bout de son sein, avant qu'il presse son corps contre le sien...

— Vous allez bien, Beatrice ? On dirait que vous avez la tête ailleurs ce matin.

Bea lui jeta un regard. Elle devait se ressaisir.

— Il arrive que vous me surpreniez, avec vos opinions très libérales, dit-elle. Je ne suis pas née dans une famille telle que la vôtre, et je n'ai pas l'habitude d'entendre des idées aussi… radicales.

Un léger froncement de sourcils se dessinait sur le visage de son amie. Afin de dissiper toute inquiétude, Bea s'empressa de poursuivre.

— Ce n'est pas une critique, Elspeth. Je souhaiterais de tout cœur être capable de faire fi de la prudence aussi facilement que vous semblez le faire.

Horrifiée, elle sentit les larmes lui monter aux yeux, tandis que resurgissait le désir qu'elle avait enfoui au plus profond d'elle.

Sans cesse, le cours de ses pensées la ramenait à Taris Wellingham. Il n'avait pas envoyé de carte ce matin, tout comme il n'avait pas essayé de l'approcher après la valse qu'ils avaient dansée ensemble la veille.

Sa vue était peut-être si mauvaise qu'il n'avait pas pu la retrouver… Non, ce n'était pas une excuse suffisante. Il aurait tout à fait pu charger une nouvelle fois son valet d'aller la chercher.

Peut-être alors ne le souhaitait-il pas…

Il fallait qu'elle oublie le désir qu'elle ressentait pour lui et qu'elle ouvre les yeux. Il était évident qu'il n'avait aucune raison de chercher à la revoir.

D'ailleurs, elle ne pouvait s'en prendre qu'à elle-même. Après tout, c'était elle qui avait manqué de bon sens. D'abord en offrant si facilement son corps dans la grange pendant la tempête, et puis de nouveau hier au parc, en ne lui apportant aucun soutien à la suite de sa confession inattendue.

Un bruit insistant la tira de ses pensées. Elspeth était partie, et on frappait à la porte.

Appréhendant une visite impromptue, elle tendit l'oreille : c'était une voix de femme. De jeune femme. Une voix qu'elle ne reconnaissait pas.

Sa surprise fut totale lorsque la domestique annonça le nom de la visiteuse : lady Lucinda Wellingham ! Elle pria la domestique de la faire entrer et s'installa sur un canapé pour la recevoir, se composant une attitude pour cacher au mieux sa nervosité.

— Madame Bassingstoke ?

La femme qu'elle avait vue mener les chevaux dans Regent Street plusieurs semaines auparavant entra dans la pièce.

Non pas d'un petit pas gracieux, mais d'une démarche ferme et déterminée. Elle ne portait pas de gants, et son chapeau couvrait à peine sa chevelure blonde et soyeuse.

Que cette femme est belle, songea Bea. Elle avait la beauté des Wellingham, même si ses cheveux blonds et ses yeux bleus tranchaient avec les traits physiques de ces deux frères.

— Vous êtes bien madame Beatrice-Maude Bassingstoke, n'est-ce pas ? demanda-t-elle.

— C'est bien moi, répondit Bea en se levant.

Elle était loin d'être aussi grande que la nouvelle venue, et elle songea qu'elle aurait mieux fait de rester assise.

— La même Mme Bassingstoke qui a été victime d'un accident en compagnie de mon frère Taris entre Ipswich et Londres ?

— Celle-là même.

Le visage de Lucinda Wellingham s'éclaira.

— Je suis heureuse de faire votre connaissance.

Son sourire franc avait quelque chose de rassurant et de troublant tout à la fois.

— Pour tout dire, je suis ravie de vous rencontrer. Je suis lady Lucinda Wellingham, la sœur de Taris. Puis-je m'asseoir ?

— Bien sûr.

Elle prit place sur le canapé, assez près de son hôtesse. Comme celle-ci semblait un peu décontenancée, Lucinda Wellingham reprit la parole.

— Ma belle-sœur m'a dit que le sujet de votre discussion cette semaine serait le droit de propriété accordé aux femmes.

— Un sujet brûlant que je saurai, j'espère, traiter avec délicatesse, répondit Bea.

Elle n'avait aucune idée de la position que la sœur de Taris pouvait avoir sur le sujet.

— Je ne voudrais pas me brouiller avec votre famille, ajouta-t-elle.

— Oh ! je crois bien qu'il est trop tard pour ça. C'est déjà fait.

— Pardon ?

Lady Lucinda chassa l'air devant elle d'un geste de la main, comme pour signifier que la question n'était pas là.

— Apparemment, Asher pense que vous devriez être mise au pilori, pendue et écartelée pour vos opinions extravagantes, ajouta-t-elle en riant.

Son rire, heureusement, atténuait quelque peu la virulence de ses propos.

— Et votre autre frère ?

— Oh ! Taris a tendance à garder pour lui tout ce qui vous concerne, madame Bassingstoke. L'accident dont vous avez tous deux été victimes près de Maldon était assez inhabituel, à vrai dire, et il ne cherche pas à alimenter la rumeur.

— Je vois.

C'était un homme prudent.

Un homme qui connaissait les règles et les usages et qui veillait à ne pas les outrepasser. Un homme qui n'ignorait nullement les dangers de la rumeur et qui cherchait avant tout à garder secrète sa cécité.

Sa sœur était-elle au courant ? Dans toutes les conversations que Beatrice avaient eues au sujet de Taris Wellingham, pas une seule fois elle n'avait entendu la moindre allusion à une déficience visuelle.

— Notre famille a eu sa part de tragédie, madame Bassingstoke. Mais je crois que c'est une chose qui ne vous est pas étrangère non plus…

Bea vit le regard de la jeune femme se poser un court instant sur l'alliance à son doigt.

— En effet.

— Alors si je puis me permettre de vous donner un conseil…

La jeune femme se pencha soudain en avant, et sa voix se fit plus basse, comme si elle craignait les oreilles indiscrètes.

— Mon frère a de grandes qualités. Il ferait un excellent mari.

— Oh ! je doute qu'il s'intéresse à moi, madame, la coupa Bea.

Elle sentit avec horreur ses joues s'empourprer.

— Vous pourriez bien être surprise, très chère, parce que je ne l'ai jamais vu inviter une femme à danser depuis des années, et certainement pas une valse.

C'était une femme perspicace, Bea pouvait le lire dans ses yeux.

Mieux valait rester prudente. Il ne manquerait plus que la sœur de Taris aille raconter partout qu'elle s'intéressait à lui.

— Je ne suis veuve que depuis peu de temps, lady Lucinda, et j'ai déjà plus de vingt-huit ans…

— Vous n'avez pas eu d'enfants de votre premier mariage ?

Lucinda Wellingham porta la main à sa bouche avant même d'avoir terminé sa question.

— Je suis désolée. Je n'aurais pas dû vous poser cette question, c'était très impoli de ma part.

Beatrice sentit le sang battre à ses tempes. Elle se revit dans la maison d'Ipswich, tandis que les paroles dures de son mari lui revenaient à la mémoire.

« Je suis prisonnier d'un mariage médiocre et inutile, avec une femme insipide et stérile, et tout ce que tu trouves à faire, c'est t'excuser ? »

Son poing l'avait atteinte au visage avant qu'elle ne puisse répondre, la faisant tomber de sa chaise.

« Tu ne peux même pas me donner un héritier, Beatrice-Maude. Tu ne peux même pas me donner ça, et pourtant Dieu sait que je t'ai tout donné… »

Tout donné ?

Elle avait eu le bras cassé, le nez cassé, et des centaines de bleus cachés sous les plis de sa robe…

— Tout va bien, madame Bassingstoke ?

Le visage inquiet de Lucinda Wellingham troua le voile

des souvenirs, et Bea revint à la réalité, au lieu et au moment présent.

Elle respirait encore avec difficulté, et son souffle n'avait jamais été aussi rauque. Prise de panique, elle essaya de se lever, mais c'était au-dessus de ses forces.

Elle s'écroula sur le canapé, le visage brillant de sueur et les mains tremblantes.

Beatrice... bonne à rien.

Beatrice... battue.

Loin, si loin, de Be... adorable et Be... attirante.

— Voulez-vous que j'appelle quelqu'un ?

— Non... Je vous en prie, ne faites pas ça... Je... Ça va aller.

Elle devait se ressaisir.

Reprenant peu à peu son souffle, elle se redressa pour faire face à la jeune femme, dont les yeux clairs étaient fixés sur elle, empreints de curiosité. Elle lui devait une explication.

— Je n'ai pas pu avoir d'enfants, lady Lucinda. Ça a été une épreuve très difficile...

— Je suis vraiment désolée. D'autant plus que, maintenant que votre mari est retourné à son Créateur, un enfant aurait pu être une source de réconfort. Un souvenir, pour ainsi dire, de tous les bons moments passés. Un enfant qui vous rappellerait l'homme que vous avez aimé.

Bea s'efforça de réprimer un sourire. La sœur de Taris était tout bonnement incroyable. Jamais Bea n'avait rencontré une personne aussi gaffeuse.

Un souvenir ? De l'homme qu'elle avait aimé ?

Seigneur !

Alors que tout ce qu'elle souhaitait, c'était oublier...

Pourtant, il y avait quelque chose d'attendrissant dans cette franchise excessive. Un enthousiasme que la réalité n'avait pas encore brisé et qui la rendait attachante. Aux antipodes de l'attitude prudente et mesurée de son frère.

— Merci de votre gentillesse, lady Lucinda. Cette conversation a été extrêmement… revigorante. N'oubliez pas de saluer votre belle-sœur de ma part, s'il vous plaît.

— Emerald ? Vous la connaissez ?

— Oh ! très peu.

— Vous lui ressemblez un peu, je trouve. Pas physiquement, bien sûr…

Bea réprima une petite grimace.

— Mais par le caractère. Vous êtes une femme forte comme elle, avec aussi cette sorte d'intensité qu'elle possède. Mais je dois vraiment vous laisser maintenant, car je vois que vous avez encore beaucoup de travail.

Son regard s'arrêta un instant sur la pile de livres et de notes posés sur la table.

— Je ne peux même pas imaginer comment vous faites pour parler devant tous ces gens, et sur des sujets aussi complexes…

— Et je suis certaine qu'à votre âge j'aurais pensé de même.

Pour toute réponse, sa jeune visiteuse laissa échapper un petit rire, avant de se lever pour sortir, escortée par la domestique.

Songeuse, Beatrice se rassit sur le canapé. Elle se repassa la scène dans son esprit, s'efforçant d'y donner un sens. Pourquoi lady Lucinda était-elle venue la voir ? Etait-ce pour la mettre en garde ? Ou bien pour l'aider ?

Elle n'en avait pas la moindre idée.

Chaque nouveau Wellingham qu'elle rencontrait lui semblait aussi complexe que le précédent, et Taris Wellingham était sans aucun doute le plus difficile de tous à comprendre.

Mais elle ne voulait plus penser à tout ça.

D'un geste machinal, elle effaça les plis de sa robe, lissant la soie verte de la main.

Toutes sortes de bruits lui parvenaient des différentes pièces de la maison, où les domestiques étaient occupés à cuisiner, nettoyer, astiquer.

Dans une grande maison où elle vivait seule. Répéter ces

tâches tous les jours alors qu'elle en était la seule occupante pouvait sembler une perte de temps et d'argent, mais après toutes ces années où elle avait été contrainte à faire des économies de bouts de chandelles, elle appréciait de pouvoir s'offrir un petit peu de luxe.

Seigneur, mais pourquoi était-elle allée parler de sa stérilité à cette fille, alors que, pendant dix ans, elle n'en avait soufflé mot à personne ?

Le chagrin et la douleur s'étaient réveillés en elle et lui serraient le cœur, mais cette conversation l'avait néanmoins allégée du poids du secret.

Peut-être fallait-il y voir la clé de la popularité de la confession chez les catholiques. Le vieil adage affirmant qu'une difficulté partagée était à demi résolue prenait soudain un sens nouveau pour elle.

De toute sa vie, elle n'avait jamais vraiment eu d'amis, pas de vrais amis, jusqu'à ce qu'elle vienne s'installer ici à Londres.

En s'intéressant à elle, Lucinda Wellingham avait involontairement fait voler en éclats les stratégies qu'elle avait mises en place pour s'en sortir et oublier.

Oublier les paroles de son mari qui résonnaient encore à ses oreilles.

Elle était stérile.

Elle ne ferait jamais une bonne épouse. Personne ne voudrait d'une compagne comme elle.

Et elle ne donnerait jamais d'héritier.

Elle se rappelait aussi les mains de Taris Wellingham sur sa poitrine. Sous ses caresses, elle se sentait belle et se mettait à croire que les rêves les plus fous pouvaient se réaliser.

Au plus profond d'elle-même, elle vibrait encore au souvenir de ce plaisir nouveau et intense.

— Elle est quoi ?

— Stérile. Elle m'a dit qu'elle était stérile. Elle me l'a dit tout net quand j'ai essayé de lui apporter un peu de réconfort dans le terrible deuil qui la frappait, le décès prématuré de son très cher époux.

Furieux, Taris dut se faire violence pour contenir la colère qu'il sentait monter en lui.

— Je ne peux même pas imaginer quelle idée saugrenue a pu t'amener à aller frapper à la porte de Mme Bassingstoke, Lucinda.

— La curiosité.

— Pardon ?

— Tu l'avais invitée à danser à la soirée des Rutledge, et j'ai voulu savoir pourquoi.

— Seigneur. Toutes sortes de raisons auraient pu m'amener sur la piste de danse, et je suis certain qu'aucune d'entre elles ne méritait d'en arriver aux expédients auxquels tu as eu recours.

— Je n'ai pas arraché de secret à Mme Bassingstoke, Taris. J'ai eu l'impression que c'était quelque chose qu'elle tenait à me dire.

— L'as-tu dit à quelqu'un d'autre ?

— Juste à toi.

— Dans ce cas, je te demande de n'en parler à personne d'autre.

— Je l'ai peut-être dit à Penny Whitford.

— Peut-être ?

— Je le lui ai dit. Je l'ai croisée en rentrant. Elle m'a demandé d'où je venais.

— Bon sang, Lucinda !

— Mme Bassingstoke ne m'a pas priée de garder le secret, Taris.

Au son de sa voix, il devinait que sa sœur était vexée, et il espérait qu'elle n'allait pas fondre en larmes.

Mais pourquoi diable Beatrice-Maude était-elle allée dévoiler quelque chose d'aussi personnel à quelqu'un qu'elle connaissait à peine ?

Elle était stérile…

Il se demanda comment réagiraient les gens quand la rumeur de sa confidence imprudente se répandrait. La société se montrerait-elle tendre ou cruelle envers elle ?

Beatrice…

Il aurait voulu la voir, la sentir près de lui, discuter avec elle, rire de sa franchise.

Il se rendrait à sa soirée mercredi, décida-t-il, pour la mettre en garde des dangers qu'il pouvait y avoir à se montrer trop candide.

D'un ton plus doux, il demanda à Lucinda d'arrêter de se faire du souci et fut soulagé lorsqu'elle se leva pour prendre congé.

8

Le salon de Beatrice-Maude était bondé, et Taris se tenait au fond de la pièce, la main posée sur le bois d'une étagère solide pour garder l'équilibre.

Il assistait rarement à ce genre de soirées, en terrain inconnu, redoutant les obstacles qui risqueraient de le faire trébucher. Mais ce soir, Jack l'avait accompagné.

Son ami était allé se servir à boire, non sans lui avoir auparavant décrit dans le moindre détail le buffet généreusement garni.

Une forme se dessinait maintenant devant Taris, mais il n'avait aucun moyen de savoir de qui il s'agissait. Il attendit sans bouger, faisant semblant de s'intéresser aux nombreux titres qu'il savait entreposés sur l'étagère.

— Bonsoir, lord Wellingham.

C'était la voix de Beatrice. Décidément, il avait de la chance.

Il se détourna de l'étagère pour lui faire face.

— Madame Bassingstoke. J'ai pensé que ce serait une bonne idée d'accepter votre proposition et d'ouvrir mon esprit à de nouvelles idées.

— Vous m'en voyez ravie.

— Ma sœur m'a dit qu'elle avait fait votre connaissance.

Sa déclaration fut accueillie par un silence.

— Lucinda peut être un véritable moulin à paroles.

Autre silence.

— Pour dire les choses franchement, il serait probablement plus prudent d'éviter de lui confier des secrets.

— Des secrets tels que mon incapacité à avoir des enfants, vous voulez dire ?

C'était franc et direct, songea Taris en grimaçant.

— Il est parfois plus sage de ne pas abattre ses cartes.

— Et de cacher son jeu comme vous le faites ?

Pris au dépourvu par sa repartie, il fourra les mains dans ses poches. Personne ne lui avait jamais parlé comme cette femme.

— Parfois, les secrets nous empêchent d'aller de l'avant, ajouta-t-elle.

Elle avait toujours ce léger défaut de prononciation. Jamais il ne l'avait entendu aussi clairement qu'en cet instant.

— Vingt-huit ans et pleine de sagesse !

Il n'avait pu maîtriser la pointe de sarcasme de sa réplique, pas plus qu'il ne pouvait s'empêcher de penser à la sensation de la peau nue de la jeune femme contre la sienne.

— Sage mais stérile, riposta-t-elle.

Son ton de défi n'échappa pas à Taris.

— Et qui semble avoir oublié la règle d'or, poursuivit-elle sans lui laisser le temps de répondre.

— C'est-à-dire ?

— Dans la bonne société, une femme ne doit jamais remettre en question les décisions d'un gentleman possédant un meilleur pedigree que le sien.

— Vous ne mâchez pas vos mots, madame Bassingstoke. Or, je suis certain que ces règles ne vous ont jamais gênée auparavant.

— Vous seriez surpris…

— Vous allez encore m'éclairer ?

Elle partit d'un rire léger mais authentique, si différent des rires superficiels, qui bien souvent sonnaient faux, qu'il avait pu entendre dans d'autres salons de la ville.

— J'ai peut-être été un peu légère en vous réprimandant de la sorte, monsieur. Vous avez quelque chose à boire ?

— Jack Henshaw est allé me chercher un verre.

— Je vous conseille de goûter le punch. Je l'ai fait moi-même. C'est un mélange sans alcool, très fruité, et même plutôt corsé.

— Vous me mettez l'eau à la bouche.

Elle rit de nouveau.

— La discussion va commencer d'ici cinq minutes environ. J'espère vraiment que vous prendrez plaisir à y participer.

— Je crains que mon opinion sur le sujet ne soit pas très populaire ici, madame Bassingstoke.

— Oh ! vous pourriez être surpris. La tolérance qui règne ici est aussi remarquable que l'éventail des opinions. En fait, je pense parfois que le Parlement ferait bien de nous imiter.

— Je me ferai un devoir d'en parler à lord Grey lors de notre prochaine rencontre.

— Les petites voix peuvent avoir autant d'influence que d'autres plus importantes.

— Je n'en ai jamais douté.

— Même avec tout le poids des privilèges qui pèsent sur vos épaules ?

— Ce que vous pouvez être sectaire, madame Bassingstoke !

Son rire était comme une fontaine, des flots de joie qui emplissaient la pièce et chassaient l'obscurité. Et quand elle posa la main sur son bras, ce fut sans la moindre gêne de part ni d'autre. Son geste n'avait rien de forcé ni d'importun ; il était naturel et aisé.

Taris percevait des ombres autour de lui. D'après les différents timbres de voix, il y avait là un grand nombre de personnes. Il n'en reconnaissait aucune.

Parfois un accent trahissait un commerçant ou un habitant d'un quartier de Londres considéré comme peu fréquentable par la bonne société, mais Beatrice ne mentionnait ni le métier ni la position sociale des convives en faisant les présentations.

Soudain, le brouhaha se calma dans la pièce. Peut-être parce qu'elle avait levé la main ? Il n'aurait su le dire, car elle s'était maintenant éloignée de lui. Jack l'avait rejoint.

— La pièce est pleine à craquer, déclara son ami à mi-voix. Cowan est là. Landsdowne aussi. Et la femme de lord Drummond est assise sur le côté en compagnie de sa sœur.

— Un groupe plutôt éclectique, alors, répliqua Taris.

— Et dans lequel on fait peu de différence entre ceux qui appartiennent à la noblesse et les autres. Il y a quatre femmes debout au fond de la pièce qui ont l'air d'être des domestiques, et elles ont un verre à la main comme tout le monde ici.

Un sourire se dessina sur le visage de Taris.

— L'égalitarisme des Amériques aurait-il finalement gagné Londres ?

— En tout cas, le débat sur le droit de propriété risque d'être intéressant. Certaines femmes ici ont un tel air de suffisance… j'espère que ce ne sont pas des héritières.

— Excusez-moi, monsieur.

Taris se tourna vers la voix sur sa gauche.

— Madame Bassingstoke m'a demandé de vous apporter ceci.

— Merci.

Taris prit le verre qu'on lui tendait et en but une gorgée. C'était un excellent brandy. Pas le punch auquel il s'attendait, songea-t-il en s'appuyant contre le mur à côté de Jack, tandis que Beatrice lançait la discussion.

Une demi-heure plus tard, le débat était bien engagé, et la teneur des propos confirmait Taris dans ses hypothèses. Ce salon était bel et bien un foyer de libéralisme, et, en matière de droits de propriété au sein du mariage, l'opinion générale penchait nettement en faveur de l'épouse spoliée.

Il décida d'intervenir.

— Si l'on considère que mari et femme ne font qu'un devant la loi, on peut voir les choses différemment, avança-t-il.

Il avait profité d'une seconde de répit au milieu du débat passionné. Il eut l'impression que toute l'assemblée reprenait son souffle en même temps avant de tourner son attention vers lui.

Il sourit face à la désapprobation générale.

— Par le mariage, mari et femme deviennent une seule et même personne, et le mari est tenu pour responsable devant la loi des dettes que sa femme est susceptible de contracter ou des torts qu'elle pourrait causer.

Beatrice réagit aussitôt.

— Je ne pense pas que, pour une femme, la perte de pratiquement tous ses biens en se mariant puisse être compensée par le fait que, dans le cas improbable où elle viendrait à enfreindre la loi, son mari pourrait en subir les conséquences à sa place.

Taris commençait à sentir que ses arguments étaient un peu légers, mais il poursuivit néanmoins.

— Les femmes sont bien connues pour leur nature capricieuse, et pour certains l'art du mariage n'est rien de plus qu'une transaction économique visant à protéger les grands domaines.

Une vague de murmures parcourut la pièce. Il n'avait probablement pas utilisé les termes adéquats pour décrire le caractère changeant des femmes, songea-t-il.

La réponse pertinente de Beatrice ne se fit pas attendre.

— Et pour d'autres, il n'est rien de plus qu'une imposture permettant aux hommes de se rendre maîtres de biens qui ne leur ont jamais appartenu, lord Wellingham.

— Mais vous ne tenez pas compte du fait que, du point de vue financier, ces alliances économiques favorisent tout autant l'épouse que le mari. Un arrangement bien préparé peut difficilement léser l'une ou l'autre partie.

— L'arrangement est souvent favorable au mari, monsieur. S'il souhaite faire enfermer sa femme contre son gré et administrer ses terres lui-même, il est parfaitement en droit de le faire.

— Notre monde n'est pas peuplé de personnages issus de *Clarissa*, le roman de Samuel Richardson, madame Bassingstoke, et « l'infâme Lovelace » n'est qu'un personnage de fiction.

Des rires secouèrent l'assistance, et Taris dut tendre l'oreille pour entendre la voix de Beatrice.

— Un mari peut « corriger » sa femme s'il le souhaite, et les exemples de tels sévices ne sont certainement pas réservés aux seuls ouvrages de fiction.

Quelque chose dans le ton de sa voix sous-entendait que cet argument n'était pas purement théorique.

Un léger tremblement, avec des accents de vérité, qui chassa aussitôt le désir qu'il aurait pu avoir de poursuivre le débat.

— Touché, concéda-t-il avec un sourire.

Reprenant sa position contre le mur, il prit une gorgée de brandy.

— Vous avez gagné, déclara-t-il.

Comme les discussions reprenaient dans l'assemblée, Jack se pencha vers lui.

— Tu abandonnes la partie ? Ça ne te ressemble pas, Taris.

La remarque sonnait comme un avertissement, ce qui déplut considérablement à Taris.

— Je croirais entendre mon frère.

— Et toi, mon ami, tu enchaînes les « premières » de façon on ne plus suspecte.

— Qu'est-ce que tu entends par là ?

Impassible, Taris but sa dernière gorgée de brandy. Il savait exactement ce qui allait venir.

— La première valse, la première fois que tu abandonnes une discussion que tu aurais pu gagner si tu l'avais vraiment voulu…

— Tu cherches à donner à ces actions un sens qu'elles n'ont pas.

— Ah oui, vraiment ? Ta chère Mme Bassingstoke vient dans notre direction, au fait, et elle a l'air d'un chat qui vient d'avaler un pot de crème. C'était peut-être bien raisonné de ta part, après tout, cette façon de te montrer « honorable dans la défaite ».

Taris planta son verre dans la main de Jack.

— Va me chercher quelque chose à boire, s'il te plaît.

— Je vais le faire, mais seulement parce que je sens que tu souhaites te retrouver seul à seule avec la brillante veuve, répondit-il.

Jack semblait prendre un malin plaisir à le taquiner, se dit Taris au ton sarcastique de son ami.

— Lord Henshaw m'a tout l'air de passer une très bonne soirée.

Beatrice venait de le rejoindre.

— J'espère que vous aussi ? demanda-t-elle.

— Le débat ressemble en tout point à ce que j'avais pu imaginer.

— Je pense que les discussions sont plus intéressantes lorsque les pour et les contre sont répartis plus équitablement.

Elle avait l'air soucieuse, et Taris se mit à rire.

— Vous avez gagné, Bea.

— Oui, mais sans gloire. Je crois que vous m'avez laissée gagner, je ne sais pour quelle raison.

Elle avait posé la main sur son bras, et il sentait le sang battre à ses tempes, masquant les autres bruits.

— Pourrais-je vous parler seul à seule ? A la fin de la soirée ? demanda-t-il.

— Oui.

Elle avait donné sa promesse sans hésitation.

Ils furent ensuite très vite rattrapés par la réalité, avec son cortège de bruits et de demandes. Quelqu'un l'appela, et elle disparut dans la foule.

Taris Wellingham s'était exprimé de façon claire et mesurée durant le débat, songea Beatrice.

Cet homme se savait capable de captiver une foule, mais il savait aussi accepter la défaite avec grâce. Il était son propre maître et ne devait rien à personne. La seule concession à sa déficience visuelle était cette main ouverte posée à plat contre le mur derrière lui.

Il se trouvait toujours un point d'ancrage, quelque chose

pour le relier à la réalité qui l'entourait. Elle se rappelait la barrière au parc, le rebord de la fenêtre dans le coche ou son pied au bord du fossé dans la neige aux environs de Maldon. Pour quiconque ignorait ce handicap dont il souffrait, ces gestes passaient inaperçus.

Elle l'observait maintenant depuis l'autre bout de la pièce et admirait son aisance dans un environnement qui lui était pourtant totalement étranger.

Sa chevalière brillait à son petit doigt quand il repoussait en arrière une mèche de cheveux sombres, et ses yeux se plissaient quand il souriait.

Taris Wellingham était un homme dont la lignée avait traversé toutes les grandes périodes de l'histoire, et pourtant il lui avait concédé la victoire gracieusement.

Peut-être l'avait-il fait délibérément, se dit-elle soudain. Elle se rappelait le ton de sa voix. Sur le moment, elle y avait perçu une sorte d'empathie qu'elle avait trouvée assez déconcertante.

Une vision s'imposa soudain à elle. Elle revit son mari la « corrigeant » dans ses opinions, mais elle repoussa cette idée aussitôt. Les rires, les conversations et les discussions dans ce salon étaient à mille lieues de ce qu'elle avait vécu dans la grande maison d'Ipswich.

Portant son verre de punch à ses lèvres, elle s'efforça de détacher les yeux de l'énigmatique et versatile lord Wellingham.

Elle avait hâte que la soirée prenne fin et que chacun rentre chez soi.

Tout le monde était parti.

Enfin, presque tout le monde, songea Beatrice.

D'un regard, elle s'assura que Taris était toujours assis sur le canapé bleu dans le salon.

— Je pourrais rester si vous voulez… ?

Elspeth regardait en direction du salon d'un air incertain.

— Je suis une veuve de vingt-huit ans, Elspeth, et mon deuxième prénom est Raisonnable.

— Je le sais, mais un homme comme lui pourrait…

Bea ne la laissa pas finir.

— Regardez-moi bien, Elspeth. Cet homme n'est ici que parce qu'il souhaite me parler, et c'est avec plaisir que j'ai accepté de l'écouter.

— Vous devez savoir que vous n'êtes pas aussi ordinaire que vous vous plaisez à le dire, Beatrice. Et parfois, lorsque vous défendez votre point de vue si brillamment, tous les membres de la gent masculine présents dans la pièce vous regardent d'une manière qui indique clairement qu'ils aimeraient échanger avec vous bien plus que de simples mots.

— Eh bien, j'aurais tendance à considérer cela comme un compliment. Et vous oubliez que je n'ai nulle intention de donner suite à ce type de flatterie.

— Comme vous voudrez. Mais je reviendrai demain matin pour m'assurer que…

— Je me réjouis à l'avance de votre compagnie.

Soulagée que son amie se décide enfin à partir, Bea la raccompagna jusqu'à la porte.

Puis elle se dirigea vers le salon, prenant soin de fermer la porte derrière elle pour ne pas être dérangée par les domestiques qui finissaient de débarrasser les derniers couverts dans la salle à manger.

— Merci de me permettre de vous parler en privé, dit Taris.

Il fit une pause pour lui laisser le temps de s'installer.

— S'il s'agit encore de ma conversation avec votre sœur…

Bea le vit lever la main droite et s'interrompit.

— Est-ce qu'il arrivait à M. Bassingstoke de vous « corriger », Beatrice ?

Elle eut soudain l'impression que toute la pièce se mettait à tourner autour d'elle. Elle dut s'accrocher au bras du canapé pour ne pas céder au vertige qui la saisissait.

Heureusement, songea-t-elle, il n'avait probablement pas vu son geste. C'était la première fois, depuis qu'elle avait appris qu'il était presque aveugle, qu'elle avait une raison de s'en réjouir.

— Tous mes arguments étaient purement rhétoriques, monsieur, répliqua-t-elle.

Sa voix semblait presque normale.

— Et si vous croyez qu'un homme serait capable de me dominer de la sorte, poursuivit-elle, je pourrais facilement en prendre ombrage.

— Avoir une mauvaise vue présente certains avantages, madame Bassingstoke. Par exemple, on devine très rapidement que quelqu'un ne dit pas la vérité.

Elle resta silencieuse.

— A Maldon, vous avez limité notre liaison à une seule nuit. Je suis resté ce soir pour en négocier une autre.

— Une nuit… ?

Sa voix était soudain devenue étrangement aiguë.

— Ou plus si vous le souhaitez.

Il souriait d'un air désinvolte, et elle voyait une étincelle danser dans ses yeux derrière ses lunettes. Il avait posé sa canne contre sa cuisse, comme si, pour une fois, il se sentait détendu et à l'aise.

Mais il avait encore l'air beaucoup trop grand pour son petit salon, songea-t-elle, comme un tigre prêt à bondir, qui la fixait d'un œil prédateur.

Elle se sentait prise au piège. Incapable de bouger. Incapable de se lever et de lui dire non. Elle avait oublié la promesse qu'elle s'était faite — « plus jamais ».

La pendule sur la cheminée se mit à sonner l'heure comme un présage.

Ding, ce sera oui.

Dong, ce sera non.

Un bruit étouffé lui fit dresser l'oreille. Un carrosse passait dehors, se hâtant de rentrer à cette heure tardive.

Il était 22 heures, un mercredi. Dans la rue, des lumières étaient déjà éteintes, et la voiture qui l'avait amené à sa porte était repartie. Etait-ce à sa demande ?

Après tout, qui le saurait si elle accédait de nouveau à sa requête ?

Elle était libre ! Et cette liberté ne se limitait pas au choix d'une nuit seule en compagnie d'un bon livre.

D'ici peu, les domestiques auraient fini de ranger. Il serait facile de les envoyer se coucher, puis d'aller se coucher à son tour. Avec lui.

A cette idée, son cœur se mit à battre plus vite.

— Je ne suis pas le genre de femme qui apprécie de dépendre de tels arrangements, monsieur. La liberté dont j'ai parlé aujourd'hui est la chose la plus précieuse à mes yeux.

— Je ne cherche pas à vous enfermer dans quelque chose que vous pourriez regretter à la longue.

Elle se sentit rougir. Il était clair qu'il n'était pas intéressé par une relation plus durable. Pourtant, elle ne pouvait pas en rester là.

— Pourquoi êtes-vous ici, dans ce cas ?

— Parce que vous me plaisez.

Surprise par sa franchise, elle restait assise là, incapable de prononcer le moindre mot. Pour lui, tout semblait si simple et si clair… tout le contraire de la confusion qui régnait dans son esprit. Pourtant, elle se sentit libérée par cet aveu inattendu. Elle lui plaisait, tout simplement.

Il ne lui demandait pas de changer quoi que ce soit, ni de faire semblant pour le rendre heureux comme Frankwell l'exigeait.

C'était comme lorsqu'il s'était avoué vaincu à propos du droit de propriété des femmes.

Contrairement à son défunt mari, il n'y avait en lui aucune trace de méchanceté, et le contraste la laissait tout étourdie.

Ce soir, il venait lui proposer une nouvelle escapade, dont personne d'autre ne saurait jamais rien, car il savait se montrer discret. C'était un homme intelligent, et il était capable de garder le monde à distance.

Etait-ce vraiment aussi simple ?

Elle osait à peine le croire.

Si elle le souhaitait, elle pouvait passer la nuit avec lui, sans autres conditions, sans avoir à craindre les pièges et les complications d'une relation suivie.

Elle pouvait simplement se glisser dans ses bras et oublier le reste.

— Je n'attends pas de promesses, dit-elle.

Le sourire qu'il lui adressa en retour était totalement désarmant.

— Je ne voulais pas dire, bien sûr, que vous suggériez quoi que ce soit…

Elle se pinça les lèvres pour se forcer à se taire.

— Bea ?

— Oui ?

— Du calme.

Elle se mit à rire.

— C'est juste que… je ne voudrais pas que vous pensiez que je suis une femme facile.

— Seigneur.

Sans un mot, il ôta ses lunettes et les posa sur la petite table à côté du canapé, avant de tendre la main vers elle.

La lumière du feu de cheminée faisait briller l'or de sa chevalière, gravée d'un insigne de soldat.

Lord Wellingham, homme puissant, ancien soldat… Elle avait encore tellement de choses à découvrir sur lui, songea-t-elle en fermant les yeux.

Il avait posé la main sur la sienne et commençait à lui caresser le bras.

Avec un soupir, elle se laissa aller contre le dossier du canapé. La chaleur du feu sur son visage et le contact des doigts de Taris sur sa peau allumaient en elle une flamme plus puissante encore que celles qui brûlaient dans la cheminée.

Déjà, ses doigts venaient effleurer son corset.

— Pas ici, murmura-t-elle.

— Où alors ?

— A l'étage. Si vous me laissez le temps de permettre aux domestiques de se retirer.

Ses doigts s'immobilisèrent, et il se redressa.

— Je n'en ai pas pour longtemps, dit-elle.

Comme il restait silencieux, elle se leva rapidement et sortit de la pièce.

Après avoir congédié les domestiques pour la nuit, Bea s'arrêta devant le miroir placé au-dessus de la cheminée de la salle à manger.

Sur son visage se lisait la ferveur, l'excitation, l'anticipation...

Non, se dit-elle avec fermeté. Elle ne devait pas se faire d'illusions.

Les petites rides entre ses yeux semblaient s'être creusées, et il n'y avait guère que ses fossettes pour donner un peu de charme à son visage.

Décidément, elle devait arrêter de s'en faire et profiter du moment présent, songea-t-elle en ouvrant la porte qui menait au petit salon.

9

Il flottait dans la chambre de Beatrice une odeur de fleurs et de citron. Sous les pieds de Taris, le parquet fraîchement ciré était glissant et agrémenté de tapis épais.

Il tendit la main vers le lit dont il devinait la forme devant lui, un grand carré de couleur gris clair, avec un motif brodé sur l'édredon.

Encore des fleurs, songea-t-il en passant les doigts sur une broderie.

Il se sentait nerveux. Ici, dans cette chambre qu'il ne connaissait pas, sa mauvaise vue lui semblait soudain bien plus gênante qu'il ne l'aurait cru.

Avec précaution, il fit le tour du coffre qui se trouvait au pied du lit.

— Je viens de faire remettre du bois dans le feu. La pièce devrait se réchauffer rapidement.

Bea avait l'air tout aussi nerveuse.

— Vous avez du vin ? demanda-t-il.

Le matelas grinça sous son poids lorsqu'il s'assit sur le lit.

— Pas dans ma chambre, répondit-elle, mais je peux descendre en chercher…

Il l'arrêta en la prenant doucement par le bras pour l'attirer sur ses genoux.

Voilà qui était mieux, songea-t-il en sentant son sexe se tendre d'anticipation. Et même beaucoup mieux, car la douce chaleur de la poitrine de la jeune femme se pressait maintenant contre lui.

Il l'avait suivie dans la chambre et fermé la porte à clé derrière lui, et les cloches de Londres sonnaient maintenant 23 heures.

C'était parfait.

Ils avaient des heures et des heures devant eux.

Il n'avait encore jamais fait l'amour avec une femme qui savait à quel point sa vue était limitée, et son soulagement était immense.

Il n'avait pas besoin de demander à souffler les bougies, ni de raison de s'inquiéter de ce qui pourrait se passer s'il hésitait ou tâtonnait.

Ce soir, dans la chambre de Bea, il pouvait se laisser aller, parcourir du doigt les contours de son visage et sentir son souffle, puis les battements rapides de son cœur. Des battements qui se faisaient encore plus précipités alors qu'il effleurait la peau douce et satinée à la naissance de sa poitrine.

Dans la cheminée, les bûches commençaient à crépiter et s'embrasaient les unes après les autres.

— Il ne fait pas aussi froid que la dernière fois, murmura-t-il.

— Et le lit est beaucoup plus confortable, répliqua-t-elle.

Sous ses doigts, il sentait ses fossettes se creuser. Elle souriait.

Dehors le vent soufflait plus fort, et les premières gouttes de pluie vinrent s'abattre contre les vitres.

Il avait l'impression d'être un adolescent sans expérience et un peu maladroit, sentant la force de son désir se dresser entre eux.

— Je devrais peut-être défaire mon chignon, dit-elle.

Il n'aurait su dire si c'était une question ou une affirmation. Comme elle levait les bras, il l'arrêta.

— Vous permettez ?

Passant les doigts dans sa chevelure épaisse et soyeuse, il trouva les épingles cachées et les retira une à une.

La jeune femme se tenait parfaitement immobile tandis

que, mèche après mèche, ses cheveux défaits tombaient sur ses épaules, jusqu'à la dernière épingle.

Beatrice se laissait faire, attendant la suite, essayant de contenir son impatience. Quand cela serait terminé, que se passerait-il ? A chaque épingle ôtée, à chaque mèche défaite, le moment se faisait plus proche. Le moment où les mains de Taris viendraient se poser sur d'autres parties de son corps.

Avec les bougies qui brûlaient encore sur la table de chevet, tout était tellement… visible. Elle aurait dû penser à les éteindre, pour ne laisser que le rougeoiement du feu, qui aurait su atténuer les défauts qu'elle cachait sous ses vêtements.

Lorsque la dernière mèche de cheveux fut défaite, les doigts de Taris vinrent se poser sur son visage, dessinant la courbe de son nez, puis la ligne de ses sourcils, et enfin l'angle de ses pommettes.

Il essayait de se faire une image d'elle.

— Je ne suis pas belle.

Mieux valait le dire avant qu'il ne le pense.

Il se contenta de sourire avant de lui prendre la main pour la porter à son visage.

— Fermez les yeux et touchez-moi, dit-il.

Elle obtempéra.

Elle passa d'abord la main sur son nez, un nez fort et droit, puis le long de sa joue marquée par la cicatrice et enfin contre son menton. Sa peau était rêche sous ses doigts, probablement parce qu'il se faisait tard et qu'il ne s'était pas rasé depuis le matin.

En le touchant ainsi, elle ne voyait pas apparaître une image, mais elle pouvait sentir chaque partie de lui, chaude et bien réelle.

C'était donc cela qu'il ressentait… En ouvrant les yeux, elle vit son regard d'ambre vaciller.

— Embrassez-moi, dit-elle.

Elle avait besoin de sentir ce pouvoir qu'elle n'avait jamais connu avec Frankwell. Passant sa langue sur ses lèvres, elle se pressa contre lui.

Toute gêne, toute timidité, toute retenue avaient soudain disparu. Elle sentait le souffle brûlant des lèvres de Taris qui cherchaient les siennes et ses mains autour de son visage, puis sur sa nuque.

La chaleur qui émanait de lui était comme un aimant, et elle était incapable de résister à son magnétisme. Elle répondait à ses baisers, faisant danser sa langue contre la sienne, l'embrassant à pleine bouche pour mieux le goûter puis attiser son désir, tandis qu'un feu brûlant s'emparait d'elle.

Elle ne pouvait plus se passer de lui. Elle avait besoin de lui.

En passant la main dans ses cheveux, ses doigts trouvèrent une autre cicatrice, plus grande que celle de son visage, plus longue, plus effrayante.

S'agrippant à lui, elle amena ses seins lourds contre ses doigts.

— Seigneur, dit-il. Je suis sûr que vous êtes une sorcière, Beatrice-Maude. Un seul baiser de vous, et je redeviens un adolescent, sans finesse ni retenue.

— Je ne veux pas de retenue, répliqua-t-elle.

Elle vit les joues de Taris s'empourprer. Pourtant, elle disait vrai. En cet instant, elle ne ressentait que du désir.

Un désir incontrôlable qui échappait à toute contrainte. Posant les mains de part et d'autre sur son torse, elle lui arracha sa chemise.

Avec sa peau hâlée et ses muscles bien dessinés, il était d'une incroyable beauté. Cet homme magnifique était à elle ! Cédant à son désir, elle se pencha vers lui, vers son torse musclé, et porta à sa bouche un de ses tétons.

Taris lâchait prise.

Ces trois dernières années, il avait appris à contrôler ses émotions, à cacher la colère qui le rongeait de l'intérieur.

Mais pas maintenant.

Sa vue, bonne ou mauvaise, n'avait rien à voir avec ce qui se passait ici ce soir. En cet instant, la seule chose qui comptait, c'était l'émotion. La sensation. En laissant libre cours à sa passion, il se sentait soudain délivré d'un lourd fardeau, et les lambeaux de sa chemise étaient comme le symbole de cette libération.

C'était un sentiment complètement nouveau.

Pendant trois ans, il avait mis tant de soin à cacher sa cécité aux yeux de tous qu'il n'avait pas laissé de place à d'autres émotions.

Jusqu'à maintenant. Jusqu'à cet instant où Beatrice avait mordu son téton, provoquant un frisson de passion dans tout son corps.

Cette passion, il voulait la goûter et s'y abandonner.

Saisissant la masse de ses cheveux, il la laissa le mordiller encore un peu, puis, n'en pouvant plus, il la prit dans ses bras pour l'allonger sur le lit.

Comme elle essayait de se redresser, il posa une main sur elle.

— A moi maintenant, murmura-t-il.

Il crut presque voir le sourire sur son visage.

Des yeux, Beatrice suivait les mouvements de Taris. Elle fut soulagée de le voir se pencher pour souffler les bougies qui se trouvaient sur la table de chevet.

Ses doigts défaisaient maintenant son corsage, dévoilant la dentelle de sa chemise. L'air froid sur sa peau nue lui donnait la chair de poule, et ces frissons se mêlaient à ceux que suscitaient l'anticipation et le désir.

Taris n'avait pas enlevé sa chemise déchirée, mais il avait défait son pantalon et retiré ses bottes. Elle se sentait encore beaucoup trop habillée par rapport à lui.

— Plus vite ! s'exclama-t-elle.

Elle avait parlé à voix haute, et elle vit un bref instant l'éclat de ses dents blanches, tandis qu'il faisait glisser le long de ses jambes sa robe de soie jaune. Il ne restait plus entre eux qu'une fine couche de lin et de dentelle.

Il en était probablement conscient lui aussi car sa respiration s'était faite plus rapide.

De la main, il lui ôta son jupon avant de le rouler en boule, puis se débarrassa sans difficulté de sa culotte de soie légère.

Il ne restait plus qu'elle, et les mains de Taris sur sa peau nue.

De nouveau, elle voulut se redresser, mais il l'en empêcha comme la première fois.

— S'il vous plaît…

Sa voix était douce. Il ne voulait pas la brusquer, et elle savait qu'elle pouvait lui faire confiance.

Elle se rallongea et se laissa faire. Elle le sentit glisser ses doigts entre ses cuisses. Quand ils trouvèrent ce qu'ils cherchaient, elle renversa la tête, arquant son corps sous la douce caresse, tandis que des gouttes de sueur perlaient entre ses seins.

Elle était sur le point de toucher le ciel et les étoiles, d'atteindre le paradis, ce lieu unique où tout était absolument parfait.

— Maintenant, souffla-t-elle.

A cet instant, tout son corps fut parcouru d'une onde de chaleur, et elle sentit qu'elle atteignait la perfection.

Jamais auparavant Taris n'avait rencontré une femme aussi prompte à répondre à ses caresses et à prendre du plaisir, sans fausse pudeur.

Comme elle revenait se presser contre lui, il sentit son érection monter et frotter la peau satinée du ventre de sa maîtresse.

Les couvertures étaient tombées au sol, et ils n'avaient plus sur eux que la lueur vacillante des flammes qu'il discernait dans la pénombre. Quand Beatrice vint poser sa main brûlante sur ses fesses, il sentit le feu de la passion.

Elle l'embrassait dans le cou tout en l'implorant à voix basse. Elle semblait avoir oublié ses hésitations et ses craintes.

Il n'y avait plus maintenant que lui en elle. Quand ils faisaient l'amour, tout semblait naturel et facile. En elle il trouvait un refuge, un refuge inconnu jusqu'alors, qu'elle lui offrait et qu'il prenait, un refuge caché, profond, de plus en plus profond…

Sa respiration se faisait de plus en plus rapide, tandis que la jeune femme accentuait le balancement de ses hanches.

Au moment où il atteignait l'orgasme, il sentit le contact des dents de Bea sur sa peau tandis qu'elle le tenait serré en elle. Jusqu'à ce qu'il retombe sur le matelas, à bout de souffle.

Il riait. D'un rire qui résonnait dans le silence de la nuit. Il voulait oublier les précautions qu'il avait prises pendant toutes ces années, maintenant qu'il avait découvert en elle ce paradis inattendu.

Après avoir repris son souffle, il murmura son nom.

— Beatrice ?

Elle murmura le sien en retour.

Ils étaient étendus là, un homme et une femme encore unis par la chair, savourant leur liberté et la sensation que tout ce qui venait d'arriver entre eux était profondément juste et bien.

— Be… a… bsolument sublime.

Puis ils s'endormirent.

En se réveillant, Beatrice ne trouva pas Taris auprès d'elle. Elle ne pouvait pas croire qu'il soit parti, qu'il ait traversé toute la maison sans faire de bruit pour se faufiler dehors sans la réveiller.

Comment était-il rentré chez lui ? Il ne pouvait pas parcourir seul la distance qui séparait sa maison de la résidence des Wellingham…

Mais les premières lueurs de l'aube apparaissaient tout juste à l'est, et l'espace à côté d'elle dans le lit était vide.

— Seigneur, aidez-moi, murmura-t-elle.

Elle était parcourue de frissons ce matin, des frissons d'incertitude au souvenir de son abandon dans les bras de Taris.

Pendant toutes ses années de mariage avec Frankwell, elle avait été comme une poupée de bois dans le lit conjugal. Tout le contraire de ce qui s'était passé la nuit dernière.

Seigneur, songea-t-elle, Taris avait dû la prendre pour une catin. C'est sans doute pour cela qu'il était parti. Il devait penser qu'elle était une femme facile, une femme qui transgressait les limites sans se soucier une seule seconde des conséquences.

Justement, qu'allait-il se passer maintenant ? Est-ce que deux nuits d'amour avaient fait d'elle la maîtresse de Taris Wellingham ?

Il ne pouvait quand même pas venir la voir chaque fois qu'il en avait envie, tandis qu'elle l'attendrait dans sa chambre pour satisfaire ses désirs…

Non, c'était impossible, se dit-elle. Mais il y avait autre chose. Pourrait-elle se refuser à lui s'il revenait ?

Elle allait devenir exactement la femme qu'elle avait juré qu'elle ne serait jamais plus. Une femme sans contrôle sur son propre corps. La dernière fois dans la haine, et cette fois dans le plaisir.

Quel était le pire ?

Au moins Frankwell avait glissé une bague à son doigt, et un mari avait des droits reconnus par la loi. Mais aujourd'hui, dans l'odeur âcre de ces draps froissés à la lumière du petit jour, Beatrice se sentait à la fois salie et stupide.

Elle était bien mal placée pour prêcher l'indépendance des femmes si elle faisait fi des principes qu'elle défendait.

Elle tira le drap à elle pour s'envelopper dedans et s'assit. La vue de ses vêtements éparpillés autour du lit lui arracha un soupir. Décidément, l'abandon de soi n'était pas sans conséquences.

La tête dans les mains, elle laissa les larmes monter, sanglotant sur la femme qu'elle avait perdue et sur l'homme qu'elle avait trouvé.

Puis elle se rendormit.

Taris compta le nombre de pas de la chambre de Bea jusqu'à l'escalier, puis le nombre de marches jusqu'à la porte d'entrée. Rien de plus facile, se dit-il quand il eut trouvé la poignée et se fut glissé dehors.

Jack l'attendait sur le perron comme convenu.

— Tu joues un jeu dangereux, mon ami.

— Comment ça ?

— Mme Bassingstoke jouit d'une certaine réputation. Un mot de tout ceci à quiconque, et il en sera fini d'elle.

Il ne dit rien.

— Il y a des maisons à Covent Garden, avec des filles dont le nom ne serait pas aussi…

— Ça suffit, Jack. Où est la voiture ?

— Au coin de la rue. Je ne voulais pas courir le risque que quelqu'un la voie.

— Merci.

— Si Asher entend parler de quoi que ce soit, il te tuera.

— Mon frère et sa toute nouvelle conscience morale. Ce n'est pas mon problème.

— Tu portes le nom des Wellingham, Taris. Il essaie simplement de le protéger. Et pour quelqu'un qui a fait l'amour jusqu'au petit jour, je te trouve bien taciturne.

— Arrête, tu veux ?

Ils firent le reste du chemin en silence.

Arrivé chez lui, Taris alla tout droit dans sa chambre et s'allongea sur son lit.

Il ne se changea pas, car il était désireux de garder sur lui l'odeur de Bea, ce parfum de violettes qui lui rappelait le bonheur et la liberté. L'odeur de la volupté.

Il posa ses mains sur ses yeux. Sans la moindre lumière, il pouvait enfin se reposer. Il ne distinguait plus ni formes ni couleurs et, dans le noir complet, il pouvait réfléchir.

Il était parti, car il savait que sa présence chez elle au petit matin n'aurait fait que compliquer les choses. Elle aurait éveillé les soupçons, contrairement à un rendez-vous clandestin la nuit.

Pourtant, il aurait peut-être dû laisser quelque chose. En guise d'explication. Pas un mot, bien sûr, car il y avait bien longtemps qu'il n'avait rien écrit, sous quelque forme que ce soit, mais… quelque chose.

Il n'y avait pas pensé alors, dans sa hâte de partir sans être vu. L'idée lui venait seulement maintenant. Maintenant qu'il avait le temps de se remémorer les événements de la nuit et de réfléchir. Mais qu'aurait-il bien pu laisser de toute façon ?

Allongé là sur son lit, il ne savait plus quoi penser.

Beatrice ne voulait pas d'une simple aventure, d'une histoire sans lendemain, mais elle avait aussi répété à plusieurs reprises qu'elle ne souhaitait rien de permanent non plus.

Elle n'était pas une de ces femmes frivoles à la recherche d'une brève liaison, mais elle ne demandait pas non plus quelque chose de plus durable.

Elle était une énigme. Et il savait que cette énigme était liée d'une manière ou d'une autre à ce mari décédé seulement quelques mois auparavant.

« Corrigée. »

« Mon mari disait que si je mangeais plus, il me trouverait plus attirante. »

Un faisceau d'indices indiquaient que quelque chose n'allait pas dans la relation qu'elle avait entretenue avec son époux aujourd'hui décédé. Il se rappelait aussi ce qu'Asher lui avait dit lors du bal des Rutledge. Beatrice et son mari sortaient peu, et les gens du voisinage ne les connaissaient pas bien.

Ils habitaient la ville d'Ipswich. Le moment était peut-être venu d'en apprendre un peu plus sur le défunt et très mystérieux M. Bassingstoke.

Trois heures plus tard, Taris prenait tranquillement son petit déjeuner quand Asher, Emerald, Lucinda et sa mère firent soudain irruption dans la pièce.

Décidément, songea-t-il, sa propriété dans le Kent, un peu à l'écart de tous les autres Wellingham, avait ses avantages. Heureusement qu'ils partaient pour Falder le lendemain, car il se sentait comme un poisson rouge dans un bocal.

Tous étaient curieux, et leurs questions concernaient toutes une seule et même personne.

Beatrice-Maude Bassingstoke.

— Lucinda a dit qu'elle ne pouvait pas avoir d'enfants, Taris. Une situation bien triste pour une femme proche de la trentaine.

Le ton de sa mère était plus que critique, mais Emerald s'empressa de défendre Bea.

— J'imagine que c'est pour elle une immense tristesse, et si un problème médical en est la cause, Mme Bassingstoke n'y peut rien.

Le fauteuil roulant qu'Alice quittait rarement maintenant grinça quand elle le fit tourner.

— Je n'ai rien dit de tel, Emerald. Je pense simplement que, sachant cela, il serait imprudent de songer à une liaison, surtout pour quelqu'un qui a besoin d'héritiers afin de consolider sa propriété.

Taris se leva et se dirigea vers la fenêtre. Là, les ombres n'étaient pas aussi denses, et le soleil qui brillait dehors lui permettait de deviner la forme de sa main posée contre la vitre.

— Je ne sais pas d'où vous tenez vos informations, Mère, mais je n'ai aucune intention pour le moment de trouver des héritiers pour mes biens. Ruby, Ashton et Ianthe ont déjà été désignés comme mes bénéficiaires légaux.

Asher se jeta dans la mêlée.

— Tu as trente et un ans, Taris, et le comte de Griffin m'a demandé de m'entretenir avec toi de l'avenir de sa fille.

— Une très jolie fille, s'exclama sa mère. Et puis ses terres jouxtent les tiennes, ce qui facilite les choses.

— Elle a rarement la moindre opinion sur quoi que ce soit, intervint Emerald. Je ne crois pas que tu trouverais grand plaisir à sa compagnie, Taris.

— Elle est jeune, Emerald. Il pourrait lui apprendre des choses…

— Je crois qu'elle s'intéresse surtout à ce qu'il y a dans les magasins.

— Arrêtez !

Taris n'aimait pas du tout l'impatience qui filtrait dans le ton de sa voix, mais il en avait assez.

— Si je décide de faire plus ample connaissance avec lady Arabella, ça ne regarde que moi.

— Elle a des chevaux magnifiques.

C'était sa sœur qui venait de parler.

— J'espère bien que Taris n'épouserait pas une femme seulement pour ses chevaux, Lucy, coupa Emerald.

Asher se mit à rire.

— Les chevaux ? Les héritiers ? Et l'amour alors ?

Il y avait de la colère dans la voix d'Emerald, et un silence suivit.

— Je ne vois pas pourquoi ma vie privée ne peut pas rester ce qu'elle est. *Privée*, dit Taris.

Il aurait mieux fait de ne rien dire, songea-t-il, car déjà Lucy s'empressait d'argumenter.

— C'est à cause de Mme Bassingstoke, Taris. Tu as l'air de t'intéresser bien plus à elle qu'à n'importe qui d'autre jusqu'ici. Et elle est intelligente, forte, et pleine de mystère…

— Bassingstoke ?

Sa mère répéta le nom à plusieurs reprises.

— Pas les Bassingstoke qui ont fait fortune dans les chemins de fer ? Seigneur. Le mari a fait une sorte d'attaque cérébrale il y a trois ans, et c'est sa femme qui s'est occupée de lui.

— Une attaque ? Alors c'était grave, maman ?

C'était Lucy qui avait posé la question, d'une voix basse et remplie d'horreur.

— Oui, c'était très sérieux. Et son épouse a tout fait pour lui, jusqu'à sa mort il y a quelques mois.

— Elle l'aimait, dit Lucy.

Emerald partit d'un rire incrédule, et Taris se détourna.

Qu'il y ait eu de l'amour ou de la haine entre eux, songea-t-il, la dépendance de l'homme avait dû sérieusement ébranler Beatrice-Maude. Trois années entières. Trois longues années de solitude.

Il savait que la cécité complète le rendrait un jour dépendant lui aussi. Il serra les poings.

S'il était un homme honorable, il s'éloignerait de Beatrice et la laisserait vivre la vie qu'elle n'avait jamais eue. Il lui laisserait sa liberté, cette liberté dont elle parlait si souvent, et à laquelle elle semblait tenir plus que tout.

10

A son réveil, Beatrice eut la nausée pour le troisième matin d'affilée. C'était étrange. Qu'avait-elle bien pu manger ces jours derniers pour être malade comme ça ?

Elle se sentait toujours mieux à l'heure du déjeuner. Cette maladie ne ressemblait vraiment à aucune autre, car il suffisait qu'elle mange un peu pour se sentir tout de suite beaucoup mieux.

Peut-être était-ce à cause de ces petits pâtés en croûte dont elle se délectait depuis peu. Dans ce cas, elle n'y toucherait plus, même si son corps les réclamait.

Heureusement que Taris Wellingham n'était pas resté jusqu'au matin, et qu'il ne l'avait pas vue dans cet état, songea-t-elle soudain.

Quant à Sarah, sa femme de chambre, elle n'avait pas encore fait son apparition aujourd'hui. Une chance.

Un répit de courte durée, elle le savait, car les bavardages des domestiques ne tarderaient pas à attirer l'attention de Sarah sur la présence pour le moins inhabituelle d'un invité nocturne.

Beatrice remonta les draps sur le lit et remit un peu d'ordre dans la chambre pour effacer les traces trop évidentes de ses ébats nocturnes.

Elle n'était plus une gamine, pourtant. Elle avait depuis bien longtemps passé l'âge d'un comportement aussi... indécent.

Contre toute attente, elle se mit à sourire.

Allait-elle voir Taris ce soir au bal des Cannon ? Elle savait qu'il y serait car ils en avaient parlé. Seigneur. Qu'allait-elle bien pouvoir lui dire ? Il n'y avait pas de mots appropriés après une nuit pareille.

Elle secoua la tête.

Il fallait qu'elle arrête de penser à tout ça. Taris Wellingham était un ami, rien de plus. Il ne pouvait y avoir autre chose entre eux.

Jamais, même dans les moments les plus intimes, il ne lui avait donné la moindre raison d'imaginer qu'il pourrait y avoir autre chose.

Elle était veuve et stérile. Pour un homme qui pouvait avoir toutes les femmes qu'il voulait, il y avait peu de chance que son choix se porte sur elle.

Elle ferait mieux de penser à autre chose et de cesser d'imaginer un avenir impossible. Il était temps de revenir au présent.

Dans l'après-midi, un peu après 3 heures, alors que Beatrice était confortablement installée dans la bibliothèque à lire un nouveau livre qui lui avait paru intéressant, un domestique entra.

— Il y a là un homme qui dit qu'il a été votre notaire, madame. A Ipswich. Il demande à s'entretenir un moment avec vous.

Il lui tendit une carte sur laquelle figurait le nom de James Radcliff.

— Faites-le entrer, Thomas, je le verrai ici.

— Très bien, madame. Désirez-vous que je vous fasse porter quelque chose à boire ?

— Non, ce ne sera pas nécessaire.

Elle avait toujours eu des rapports difficiles avec les différents hommes de loi de Frankwell, et toutes les années pendant lesquelles si peu d'argent lui était « alloué » lui restaient encore en travers de la gorge.

— Je suis sûre que notre entretien ne durera pas plus de quelques minutes.

Radcliff portait une tenue très à la mode, songea-t-elle en voyant approcher l'homme de loi. Et sa haute taille le faisait paraître extrêmement maigre, presque décharné. Il arborait une petite moustache, probablement pour cacher ses lèvres trop minces. Il s'exprimait avec un accent que Beatrice n'arrivait pas à placer.

— Je vous remercie de me recevoir, madame Bassingstoke. Je sais qu'il est extrêmement impoli de ma part de m'imposer à vous ainsi, mais je ne dispose que de très peu de temps à Londres.

— Ah oui ?

Elle n'avait pas la moindre idée de la raison de sa visite, et sa perplexité sembla soudain se communiquer à lui.

— Oh ! veuillez m'excuser. Laissez-moi vous expliquer. Je travaillais pour l'étude de M. Nelson à Ipswich durant les années difficiles où votre mari était malade, et je n'ai jamais été vraiment convaincu de la légalité de leur position concernant les difficultés financières qui semblaient vous accabler.

La curiosité de Beatrice était piquée.

La majeure partie de la fortune des Bassingstoke lui avait été rendue avant son départ pour Londres, mais selon les maigres documents qu'elle avait en sa possession, il en manquait encore une partie.

Etant donné sa méfiance envers les hommes de loi et son désir de les éviter, elle n'avait jamais demandé à personne de vérifier les comptes.

Et voilà qu'aujourd'hui, ici, sous son propre toit, se trouvait un homme à même de lui apporter une explication.

— Vous dites que vous avez travaillé pour M. Nelson ?

— J'ai donné ma démission dès que j'ai compris l'envergure de ce qui se tramait dans son étude, car en tant que fils de gentleman, je ne pouvais plus fermer les yeux sur ce qui s'y passait. J'étais un employé débutant, madame, et on me laissait rarement m'occuper des dossiers importants étant donné mon manque d'expérience, vous voyez.

Il se tordait les mains en parlant, et Beatrice voyait ses jointures blanchir sous la peau tendue.

Elle jeta un coup d'œil en direction de la porte fermée. Ce n'était pas convenable, pour une femme, de se trouver seule avec un homme.

Surtout un homme aussi étrange que celui-là.

Mais elle était captivée par ce qu'il avait à dire.

— J'étais convaincu que certains chiffres n'étaient pas tout à fait corrects, madame Bassingstoke, car j'avais vu certaines choses que je n'étais pas censé voir.

— Quel genre de choses ?

— A mon avis, vous ne touchiez pas l'intégralité de votre revenu, et je dirais même que l'argent était très probablement détourné par M. Nelson.

— Et vous avez des preuves de ce que vous avancez ?

Il rougit et secoua la tête.

— C'est un peu la raison de ma visite aujourd'hui, madame Bassingstoke. Un de mes amis était présent lors d'un débat sur les méfaits de la piraterie que vous avez tenu il y a quelques semaines, et quand il m'a dit que vous étiez ici à Londres j'ai pensé que c'était peut-être un signe du destin. Je me suis dit que les sommes manquantes se cachaient peut-être dans les livres de comptes qui vous ont été envoyés.

— Des livres de comptes, dites-vous, M. Radcliff ?

Elle ne se souvenait pas avoir vu de tels livres.

— Des livres qui vous ont été remis à la mort de votre mari ? Reliés en cuir marron, je crois, et marqués au nom de Nelson.

Perplexe, Beatrice fronça les sourcils.

— Je ne me souviens pas de ça.

— Peut-être sont-ils entrés en votre possession sans que vous le remarquiez.

Il parcourait des yeux les étagères débordant de livres de sa bibliothèque.

— Je serais ravi de me mettre à votre service pour régler ce problème, madame. J'ai toujours été extrêmement bien considéré par les nombreux clients que j'ai eu le plaisir de servir.

L'attention de Beatrice fut attirée par le son de la cloche à la porte d'entrée. Quelques instants plus tard, une nouvelle carte lui était présentée.

Taris Wellingham était là, accompagné de sa belle-sœur.

De la main, elle effaça les plis de sa robe. Elle aurait voulu aller jusqu'au miroir, mais la présence de M. Radcliff lui interdisait cette petite vanité.

Cet après-midi, Taris était entièrement vêtu de noir. Il paraissait fort et viril à côté de M. Radcliff.

Le nom des nouveaux venus avait apporté un changement considérable dans l'attitude du jeune clerc. On aurait dit que la seule chose qu'il désirait maintenant était de partir aussi vite que possible.

— Monsieur.

Bea inclina la tête en direction de Taris avant de se tourner vers Emerald.

— Lady Wellingham. Permettez-moi de vous présenter M. Radcliff.

Voyant l'air menaçant de Taris, elle se hâta de poursuivre.

— C'est l'un des hommes de loi en charge de gérer les affaires de mon défunt mari.

Emerald se contenta de sourire tandis que Taris continuait de fixer sur l'homme son dangereux regard d'ambre.

— Si vous voulez bien m'excuser, il est temps pour moi de partir, annonça Radcliff.

Emerald se dirigea vers le canapé qui se trouvait dans le coin, près du feu, et s'y installa.

Quant à Taris, il avait posé la main à plat sur le dossier d'un fauteuil. Un point de repère. Beatrice jeta un coup d'œil à Emerald Wellingham et comprit à son regard qu'elle l'avait remarqué aussi.

— Ma femme de chambre va vous raccompagner, M. Radcliff.

James Radcliff sortit de la pièce à la suite de Sarah.

— Pour un serviteur de la loi, il a l'air particulièrement maladroit.

Taris laissa tomber cette remarque dès que la porte se fut refermée.

— Il me semble que c'est un débutant, répliqua Beatrice.

— Que fait-il ici dans ce cas ? Ces hommes de loi ne devraient-ils pas envoyer quelqu'un de plus expérimenté pour traiter avec vous ?

Beatrice ne savait pas bien comment répondre à cela et dit la première chose qui lui vint à l'esprit.

— Il est venu me dire qu'il serait heureux de m'aider à mettre de l'ordre dans mes affaires si je le souhaitais.

Quand le regard de Taris rencontra le sien, elle se sentit rougir jusqu'aux oreilles.

Horrifiée, elle détourna les yeux, car si sa réaction était susceptible d'échapper à Taris, elle n'échapperait certainement pas à Emerald Wellingham.

Elle se rappelait la caresse de ses doigts sur sa peau et ses lèvres effleurant les lobes sensibles de ses oreilles. Murmurant des mots tendres.

Emerald se racla la gorge avant de prendre la parole.

— Nous sommes ici parce que, bien que Lucinda soit une jeune femme par ailleurs très agréable, elle a souvent du mal à tenir sa langue. Il semblerait qu'elle ait été négligente en ce qui concerne le secret que vous lui avez confié.

Taris garda le silence.

De quel secret voulait-elle parler ?

De sa stérilité et du fait qu'elle n'avait pas eu d'enfants ? Elle commença soudain à comprendre la raison de leur présence chez elle.

— Je ne lui ai jamais demandé de garder le silence à ce sujet.

Bea tenait à être claire sur ce point car, même si la sœur de Taris lui avait paru un peu étourdie, elle savait très bien qu'elle ne pensait pas à mal.

— Voilà une omission extrêmement fâcheuse.

— Cette absence de reproches est plus que généreuse de votre part, Beatrice.

Emerald, qui s'était exprimée en même temps que Taris, se montrait beaucoup plus diplomate. Mais Taris renchérit.

— Même s'il semblerait que votre nom suscite maintenant dans tous les salons de la ville quelque chose qui s'apparente à de la pitié ?

Pour lui, la pitié semblait être la pire des injures.

— Je vois.

Bea ne voyait vraiment pas ce qui les inquiétait à ce point, mais tous deux avaient l'air tellement sérieux qu'elle se sentait obligée de faire preuve d'un minimum de préoccupation.

— Compte tenu de cette indiscrétion, Taris pense qu'il serait plus prudent de vous escorter au bal des Cannon ce soir. Pour vous protéger, en quelque sorte. Lucinda, quant à elle, restera à la maison.

— Si nous vous accompagnons, le poids du nom des Wellingham devrait suffire à faire taire les ragots, ou tout du moins à les reléguer au rang de rumeurs sans conséquences.

La voix de Taris était grave.

— Même si c'est la vérité ?

Bea commençait à s'amuser.

Elle ne voulait pas de duplicité dans la nouvelle vie qu'elle était en train de se créer.

— La vérité est une chose que l'on peut modeler à l'envi, dit Taris.

— A condition de bénéficier de certains privilèges, rétorqua-t-elle.

Taris se mit à rire.

— Vous ne démordez pas de vos opinions, madame Bassingstoke.

— Et vous, vous n'assouplissez guère les vôtres, monsieur.

Une lueur de défi brillait dans les yeux ambre et or de Taris. Et l'expression amusée sur ses traits le rendait encore plus séduisant que d'habitude.

Au plus profond d'elle-même, Bea sentit naître l'étincelle

du désir. Elle aurait voulu de nouveau le sentir en elle, sentir le feu de la passion née de la fusion de leurs deux corps, quand tout disparaissait pour ne laisser place qu'à leurs sensations. Quand ils faisaient l'amour, tout était si franc, si simple, si pur.

Si Emerald n'avait pas été là, Beatrice se serait peut-être levée. Elle aurait peut-être traversé la pièce pour se blottir dans ses bras et le tenir serré contre elle, malgré toutes les raisons qu'elle pouvait avoir de ne pas le faire.

Soudain, la pendule se mit à sonner le quart, attirant l'attention de Taris.

A la dernière note, Emerald Wellingham se leva.

— Nous serons devant chez vous avec le carrosse à 9 heures et demie. Est-ce que cela vous laisse assez de temps pour vous préparer ?

— Oh ! je pense que cinq heures devraient suffire pour me rendre à peu près présentable.

Lorsque la duchesse de Carisbrook lui tendit la main pour prendre congé, Bea remarqua, ravie, que ses yeux pétillaient de malice.

— A ce soir, alors.

Taris Wellingham en revanche ne s'approcha pas d'elle. Il se contenta d'un bref salut et sortit.

Taris était déçu. Il n'aurait jamais dû laisser Emerald le convaincre de venir avec lui. Il n'avait pas pu parler avec Beatrice des heures passées ensemble la nuit précédente, et il savait qu'elle espérait probablement un peu d'intimité.

Mais il devait rester prudent, maintenant qu'il connaissait l'histoire de la maladie de son mari et de ses dernières années.

Car lui aussi était un homme qui aurait besoin que l'on s'occupe de lui un jour. Il aurait besoin d'aide pour toutes ces petites choses qui, déjà, mois après mois et année après année, devenaient de plus en plus difficiles à faire.

Il ne voulait pas lui imposer sa dépendance.

Et puis, autre chose le dérangeait.

C'était l'odeur du notaire qui flottait encore dans l'air. Une odeur de bergamote.

Il avait pris l'habitude, au fur et à mesure que sa cécité progressait, d'associer une couleur aux gens en fonction de leur parfum.

Pour Bea par exemple, c'était la fraîcheur du vert. Pour Emerald, le bleu de l'océan et pour Asher, un rouge orangé flamboyant.

L'odeur de James Radcliff contenait une menace, qui se cachait derrière son départ précipité et ses manières onctueuses. Taris associait à son odeur une couleur sombre qui évoquait sa duperie.

Seigneur, il avait trop d'imagination…

Peut-être s'emballait-elle en raison du manque de sommeil de la nuit précédente, songea-t-il en suivant sa belle-sœur dans le carrosse.

Il rajusta son pantalon qui semblait soudain trop étroit et s'assit en songeant à ce désir qui échappait à tout contrôle.

Bea accorda une attention toute particulière à son apparence ce soir-là, laissant Sarah s'affairer autour d'elle avec une patience inhabituelle.

Elle alla même jusqu'à se laisser faire lorsque sa femme de chambre suggéra de relever ses cheveux en un chignon sophistiqué.

Et les légères touches de maquillage sur lesquelles Elspeth avait insisté restèrent intactes, alors qu'elle s'empressait d'ordinaire d'effacer ces marques de coquetterie.

Mais ce soir, elle avait besoin de toute l'aide possible, et l'idée d'un masque pour la protéger d'une société prête à la clouer au pilori était réconfortante.

Elle attacha même autour de son cou un collier de perles qui avait appartenu à sa mère. Leur blancheur nacrée se mariait parfaitement à sa robe, jaune d'or, dont le corset était bordé de roses de soie et de fine dentelle.

Quand les préparatifs furent terminés et que Sarah la conduisit devant le grand miroir qui d'habitude restait caché derrière la porte de l'armoire, Beatrice s'accorda le luxe de se regarder.

Elle ne reconnut pas la femme qui la dévisageait. Ainsi, elle n'était peut-être pas si quelconque… Elle était même presque jolie.

Son sourire accentuait ses fossettes, et ses cheveux accrochaient la lumière, laissant apparaître des reflets vibrants de couleur brune, châtain, cuivrée… au lieu de leur teinte sombre et terne habituelle.

Tout lui semblait plus beau. Le teint de sa peau, la couleur de ses yeux, les courbes de sa silhouette qui avait toujours paru si mince.

Ce soir, elle aurait voulu que Taris Wellingham puisse recouvrer la vue, afin qu'il la voie ainsi. Elle prit le châle que lui tendait Sarah, un châle magnifique cousu de fils d'argent et décoré de perles de la couleur de sa robe. Pouvait-elle croire à un conte de fées et espérer une fin heureuse ?

La pendule d'onyx sur la cheminée sonnait 9 heures et demie quand le majordome frappa à sa porte, annonçant que le carrosse des Wellingham était arrivé et qu'un gentleman l'attendait en bas.

Asher Wellingham se tenait dans l'entrée, son chapeau à la main, et sans ses gants. Beatrice crut distinguer un sourire sur ses lèvres quand il la vit descendre les escaliers, mais c'est avec un visage impassible qu'il l'accueillit.

— Je suis content de voir que vous êtes une femme ponctuelle, déclara-t-il. Comme mon épouse.

Il lui offrit son bras, et ils sortirent dans la rue. Le vent s'était levé, remarqua Bea en se serrant dans son châle. Elle monta rapidement dans le carrosse.

Taris était assis sur une banquette et Emerald sur l'autre. La jeune femme avait sur les jambes une légère couverture de laine, et il y en avait d'autres sur le siège à côté de Taris.

Probablement pour elle, se dit Beatrice en se glissant à côté de l'homme auquel elle avait pensé toute la journée.

— Mon Dieu, Beatrice. Votre robe jaune d'or vous va à ravir et sa couleur illumine vos cheveux sombres de reflets chatoyants. Et les perles que vous portez sont… très belles.

Les remarques d'Emerald étaient probablement destinées à Taris, songea Bea. Une façon de lui décrire la tenue et les couleurs qu'elle portait.

Comme elle tendait la main pour prendre une couverture, Taris fit de même, et en sentant sa chaleur, elle eut un mouvement de recul.

Heureusement, Emerald ne semblait rien avoir remarqué, se dit-elle en sentant son cœur tambouriner dans sa poitrine tandis que le carrosse s'ébranlait.

— Taris nous a dit qu'il avait apprécié votre soirée d'hier, madame Bassingstoke.

Le compliment du duc de Carisbrook était mesuré.

— J'en suis ravie, monsieur le duc, répondit-elle.

— Les prises de position de mon frère vous ont-elles été utiles ? Le droit de propriété des femmes après le mariage n'est pas un sujet qui le touche de près, à vrai dire.

Emerald faisait signe à son mari de se taire en le poussant discrètement de la cuisse, mais Bea ne se laissa pas décourager.

— Au contraire, monsieur le duc. Il m'a été d'un grand secours en rétablissant l'équilibre dans un débat qui se révélait par trop inégal. Je serais ravie de l'accueillir de nouveau.

Taris se mit à rire.

— D'après ce que tu dis, Asher, on pourrait croire que personne ne peut avoir d'opinion sur un sujet à moins d'en avoir fait personnellement l'expérience. Le thème du débat précédent était la piraterie.

Emerald réprima un rire, et en voyant son mari se tourner vers la fenêtre d'un air digne, Bea eut la très nette impression qu'elle avait manqué quelque chose.

Comme Taris reprenait la parole, elle se cala dans son siège et attendit.

— Si quiconque avait l'audace de faire allusion aux propos imprudents de Lucinda ce soir, Beatrice, je vous conseille de faire comme si vous n'étiez pas au courant. Votre présence devrait les faire réfléchir car, d'ordinaire, les coupables ont plutôt tendance à se cacher.

— Les coupables ?

Emerald avait l'air outrée.

— A t'entendre, on pourrait croire que toute cette histoire est sa faute.

Les dents blanches du duc de Carisbrook brillèrent dans la semi-obscurité du carrosse.

— Un choix de mots malheureux, mon frère.

— Et un mauvais choix de la part de Lucy aussi, poursuivit Emerald.

Elle poussa un long soupir.

— J'apprécie de moins en moins la société de Londres, Asher. Si nous ne sommes pas libérés prochainement des obligations qui nous retiennent ici, je crois que je vais prendre les enfants avec moi et que nous allons retourner à la maison sans toi.

— Vous ne vivez pas à Londres, alors ? demanda Bea.

Elle était soulagée de pouvoir enfin changer de sujet de conversation.

— Nous venons ici le moins souvent possible. Nous avons une propriété près de Fleetness Point, le château de Falder. De ma chambre, je peux entendre le bruit des vagues qui viennent se briser sur les falaises de Return Home Bay.

Elle regarda par la fenêtre la ville qui s'étendait autour d'eux et poussa un nouveau soupir.

— Vous pourriez peut-être venir nous rendre visite, Beatrice.

A côté d'elle, Bea sentit Taris se raidir.

— Oui, un jour peut-être, dit-il.

Il semblait froid, distant, comme si cela lui était égal. Ils n'avaient passé que deux nuits ensemble, et déjà Taris Wellingham semblait se lasser de sa compagnie.

Il n'avait pas montré le moindre signe d'intérêt quand

elle était montée dans le carrosse, et ils étaient déjà presque arrivés à la résidence des Cannon.

Leurs chemins s'étaient croisés pour un temps et dans des circonstances un peu particulières, mais elle ne représentait rien pour lui.

Elle n'était qu'une femme qui avait besoin d'être protégée à la suite des bavardages de sa sœur, et à laquelle il avait malencontreusement dévoilé le secret de sa mauvaise vue. Elle savait parfaitement qu'il le regrettait, aussi fut-elle surprise quand il lui prit la main en arrivant.

— Pouvons-nous entrer ensemble, Beatrice ? demanda-t-il.

En descendant du carrosse, Bea jeta un coup d'œil autour d'elle.

Il y avait devant eux un grand escalier, et les nombreux convives se bousculaient pour entrer.

C'était un véritable cauchemar pour quelqu'un qui avait du mal à voir. Lorsque quelqu'un les bouscula dans sa hâte, elle comprit pourquoi il avait demandé à prendre son bras.

Seigneur, songea-t-elle. Comme il devait détester tout ça. Pourtant, alors qu'il refermait ses doigts sur les siens, son visage n'exprimait rien d'autre que de l'indifférence.

Cet homme ne laisserait jamais rien paraître de ses sentiments.

Bea aurait aimé qu'il fasse allusion à la nuit dernière, mais il gardait le silence.

Une fois à l'intérieur, il fut immédiatement accaparé par les autres invités. Taris Wellingham connaissait le nom de la plupart des convives sans avoir besoin de présentations officielles, et quand il ne les connaissait pas, un simple mouvement de la tête les incitait à décliner leur identité, et le problème était résolu.

En se tenant ainsi à ses côtés, Bea mesurait son habileté à s'en sortir dans son monde, mais aussi les efforts que cela lui demandait.

Il se tenait toujours bien en face de son interlocuteur,

comme si le son avait besoin d'une certaine perspective, comme s'il portait mieux à volume égal, peut-être.

Il prenait soin également de la présenter à tout le monde, prêt à la protéger de toute remarque déplacée ou observation désobligeante.

La première moitié de la soirée s'était déroulée sans accroc, et le plan de protection semblait fonctionner.

Jusqu'à ce que lady Arabella Fisher s'approche d'eux accompagnée de quelques amies. De près, la jeune fille dégageait une arrogance que Bea n'avait pas remarquée jusqu'ici. Habituée aux compliments, c'était une beauté qui prendrait facilement ombrage de n'être pas la femme la plus regardée et la plus admirée de la soirée.

— Lord Wellingham, dit-elle.

Sa voix était douce et sensuelle.

— Je ne vous ai pas vu chez les Charlton hier soir ?

Stupéfaite, Beatrice observait la manière dont lady Arabella jouait de son corps pour attirer l'attention de Taris, ignorant que ses ruses étaient vaines, la distance qui les séparait, imposée par les convenances, étant trop importante pour avoir le moindre effet sur Taris.

Mais sa voix à elle seule pouvait faire des ravages, et elle était dirigée directement sur Taris Wellingham.

— C'est parce que j'étais à la soirée de Mme Bassingstoke, pour débattre des problèmes de la société.

Lady Arabella fronça les sourcils, imitée par les autres jeunes femmes à ses côtés.

— Je ne peux pas croire que vous ayez raté la soirée des Charlton pour les discussions ennuyeuses de cette intellectuelle pédante.

— Cette intellectuelle pédante, comme vous l'appelez, se trouve justement ici à mes côtés. Madame Beatrice Bassingstoke, laissez-moi vous présenter lady Arabella Fisher, la fille de la comtesse de Griffin. Bien qu'il soit peut-être inutile de vous présenter — apparemment, elle vous connaît déjà.

Pour lui rendre justice, la jeune fille avait l'air passablement embarrassée.

— Je vous demande pardon, madame Bassingstoke. Je me suis montrée extrêmement impolie. Je trouve juste qu'il est terriblement ennuyeux de passer son temps à se préoccuper des problèmes du monde, alors qu'on ne peut rien y changer de toute façon.

Les autres autour d'elle avaient l'air complètement d'accord. Joyeuses et insouciantes, elles étaient tout ce que Beatrice n'avait pas été à leur âge et, l'espace d'un instant, elle se sentit… jalouse. Il n'y avait pas d'autre mot.

Elle leur enviait leurs années de jeunesse, ces années où elles avaient pu grandir, lentement, et où leur caractère s'était formé, dans l'amour et non dans la colère. Ces années où elles avaient pu rire de leurs erreurs, ensemble, le soir, sachant que le monde s'ouvrait à elles et qu'elles avaient tous les choix.

Elles n'étaient pas stupides, juste un peu jeunes.

Elles n'étaient pas méchantes non plus, mais arrogantes. Arrogantes comme toutes les jeunes filles devraient peut-être l'être. Une sorte de rempart contre les difficultés à venir, un souvenir à se remémorer avec tendresse.

— Allez-vous danser, monsieur ?

Lady Arabella avait l'air d'espérer une réponse positive.

— Il y a un très bon orchestre ce soir.

Sentant les doigts de Taris se tendre sous les siens, Beatrice intervint.

— Lord Wellingham se remet tout juste d'une chute de cheval.

Seigneur, songea-t-elle en s'entendant prononcer ces mots. Jamais elle n'avait menti ainsi, mais l'instinct de protection s'était montré plus fort que la vérité. Heureusement, Taris confirma d'un signe de tête.

Lorsqu'elle poursuivit, le regard irrité de lady Arabella se posa droit sur elle.

— J'ai toujours eu très peur des chevaux exactement pour cette raison. Quand j'étais enfant, il y a bien des années de cela, bien sûr, je me souviens que ma mère me disait toujours qu'il était très important de toujours rester à un endroit où le cheval pouvait me voir et…

Lady Arabella l'écouta disserter pendant cinq bonnes minutes avant de l'interrompre, tandis que Bea faisait délibérément une longue pause sous prétexte de reprendre son souffle.

— Je crois que nous devons vraiment aller dîner, maintenant, madame Bassingstoke. J'espère que vous voudrez bien nous excuser.

Avec un sourire, Bea regarda les jeunes filles s'éloigner. Tenir des discours oiseux était décidément une arme redoutable.

— Vous êtes aussi impressionnante ici que dans votre salon, Bea. Et maintenant, je vais devoir boiter toute la soirée ?

— Je suis désolée. Je n'aurais pas dû…

Il l'arrêta en levant simplement la main.

— A quelle distance se trouve la personne la plus proche de nous ?

— A quelques pas.

— Si nous étions seuls, je vous embrasserais.

— Et moi, je vous rendrais votre baiser.

Elle aussi pouvait jouer à ce jeu, décida-t-elle en voyant son pouls s'accélérer dans les veines de son cou.

— Avec fougue ? ajouta-t-elle.

Sa voix s'était faite plus rauque, et elle sentit une explosion de désir au creux de son ventre.

— Avec tellement de fougue qu'il faudrait que je vous supplie d'arrêter…

— La supplier d'arrêter quoi ?

Horrifiée, Bea se rendit compte qu'Asher Wellingham les avait rejoints. Qu'avait-il entendu au juste ?

— La supplier d'arrêter de se faire du souci à propos des bavardages de Lucinda et de leurs conséquences.

Elle devait bien l'avouer, Taris Wellingham avait le sens de la repartie.

Asher jura à voix basse.

— Notre sœur n'a aucune idée du mal qu'elle peut causer, et un de ces jours…

— Ne vous inquiétez pas, monsieur le duc. Votre frère exagère.

— Au contraire, je minimise, répliqua Taris.

Il avait sur les lèvres un sourire espiègle, le double sens était donc délibéré.

Heureusement que Bea avait lâché son bras quand le duc les avait surpris, car en cet instant, dans une salle de bal pleine de monde et sous un plafond éclairé de centaines de chandelles, elle se sentait en proie à un sentiment qu'elle n'avait jamais connu auparavant.

Elle se sentait forte.

Grisée.

Exaltée.

Elle n'était plus elle-même.

Elle n'était plus la quelconque, l'ordinaire Beatrice-Maude Bassingstoke, mais une femme capable d'attirer un homme tel que Taris Wellingham. Capable de l'attirer et de le retenir.

En cet instant, vêtue de sa robe d'or, elle avait l'impression d'être un magnifique papillon libéré de son terne cocon.

Elle pouvait exprimer ses idées et être admirée pour cela au lieu d'être battue, et ses opinions étaient écoutées et non plus réprimées.

Quand Emerald vint réclamer sa compagnie, elle suivit des yeux Taris qui s'éloignait avec son frère en direction de la salle à manger.

A peine avaient-ils fait une dizaine de pas qu'ils disparurent, enveloppés par la foule.

Taris ne désirait qu'une chose, sortir d'ici et faire l'amour à Beatrice.

Mais il était un homme d'honneur, et il s'était promis de garder ses distances, de faire preuve de toutes les nobles qualités d'un homme qui avait à cœur de ne pas gâcher l'avenir d'une femme qu'il respectait.

Il ne supportait plus le bruit des bavardages incessants et rêvait de se retrouver au calme à la campagne.

C'était la première fois depuis huit ans qu'il était resté à Londres aussi longtemps.

Cela ferait sept jours le lendemain, et il n'avait toujours pas donné l'ordre à son valet de faire ses bagages.

Asher le guida vers l'extrémité de la pièce. Il pouvait sentir l'odeur du repas provenant de la salle à manger.

— Beatrice-Maude Bassingstoke est la femme la plus remarquable de l'assemblée, à l'exception d'Emerald, et encore, je dirais qu'elles sont aussi originales l'une que l'autre, déclara Asher.

Il s'exprimait d'une voix mesurée.

— Et le simple fait, poursuivit-il, que tu en sois réduit à quémander un baiser au beau milieu d'une salle de bal bondée donne à penser que ta relation avec elle est probablement quelque peu différente de ce que tu as laissé entendre…

— Tu ne peux pas t'empêcher de m'espionner, Asher.

— Et j'ai de bonnes raisons de le faire. D'après mes sources, le carrosse des Henshaw a été envoyé pour te récupérer à 5 heures ce matin, car tu n'étais pas rentré à la maison.

— C'est Jack qui t'a dit ça ?

— Il n'en a pas eu besoin. Le cocher des Henshaw est le frère de mon valet.

— Je comprends mieux.

— Emerald aussi a insisté pour que je te demande quelles sont tes intentions envers Mme Bassingstoke.

— Elle est au courant pour le carrosse ?

— Non, je crois que c'est la valse de l'autre soir qui a éveillé ses soupçons.

— Une erreur bête, répliqua Taris d'un ton ironique.

— Et maintenant, si d'autres découvrent tes déplacements nocturnes…

— Personne ne découvrira rien. Je ne prendrai plus ce genre de risques.

— Et ça de la part d'un homme qui faisait l'amour en paroles il y a quelques minutes à peine ?

— Ton sens de la nuance est légendaire, Asher, tout comme ta tendance à exagérer.

— Tout cela ne serait que mensonge, alors ?

Taris prépara sa réponse avec soin.

— Je dirais que j'ai bientôt trente-deux ans, Asher, et que je n'ai de comptes à rendre à personne.

Son frère s'esclaffa.

— C'est ce qu'ils disent tous, Taris, avant de tomber.

— Qu'entends-tu par-là ?

— Il faudrait quelqu'un de plus courageux que moi pour te l'expliquer.

— Alors, ne dis rien.

Il y eut un long silence, puis Asher reprit la parole.

— Ton amie est en grande conversation avec la duchesse de Castleton depuis un certain temps déjà, et si Anna Bellhaven daigne accorder son attention à quelqu'un plus d'une minute, le fait est généralement considéré comme une grande marque d'approbation.

— Notre plan a fonctionné, alors ?

— Parfaitement.

— Dans ce cas, je rentrerai dans le Kent d'ici un jour ou deux.

— Tu pourrais peut-être l'emmener avec toi ?

— La duchesse de Castleton ? Pour quelle raison voudrais-je faire une chose pareille ?

Son frère le gratifia d'une tape sur l'épaule.

— Un de ces jours, Taris, tu te réveilleras avec une bague au doigt et une ribambelle d'enfants, et tu comprendras alors que c'était la meilleure chose qui pouvait t'arriver.

— Mme Bassingstoke est stérile. Difficile d'élever une ribambelle d'enfants dans ces conditions.

Troublé par le rire d'Asher, Taris aurait voulu avoir de

nouveau Bea à ses côtés pour rendre les choses plus faciles, car elle seule avait le pouvoir de tout arranger.

De sa place auprès de la duchesse de Castleton et de la duchesse de Carisbrook, Beatrice observait Taris Wellingham.

Il avait la main gauche posée à plat sur le marbre d'une colonne et tenait sa canne de la main droite.

Il ne portait pas ses lunettes ce soir, et une mèche de cheveux noirs tombée sur son front faisait ressortir l'ambre de ses yeux.

Il avait l'air insouciant et fringant d'un homme qui n'imaginait pas à quel point il était séduisant.

Mais elle n'était pas attirée seulement par son physique. Elle aimait son ouverture d'esprit et son intelligence, et la diversité de ses opinions sur toutes sortes de sujets. Elle aurait bien aimé savoir à quoi ressemblait sa bibliothèque, quels genres de livres il lisait, quelles lectures avaient formé son esprit et ses idées dans sa jeunesse.

Comment un homme comme lui, un homme élevé dans l'aristocratie, pouvait-il prendre en considération des idées impopulaires dans son milieu, des idées qui ne manqueraient pas d'apporter de grands changements à l'ordre établi durant le siècle à venir ?

Pendant ce temps, les musiciens se mettaient en place. Le bal allait bientôt commencer.

Elle aurait aimé que Taris l'invite à danser encore une fois, mais malheureusement c'était impossible, étant donné le prétexte qu'elle avait inventé pour lady Arabella Fisher quelques instants auparavant.

Quelle ironie, songea-t-elle en souriant.

En lui fournissant une excuse, elle s'était privée d'une occasion de se trouver une fois encore dans les bras de Taris Wellingham.

Dans le carrosse qui les ramenait à la maison, Emerald faisait la conversation, tandis que son mari commentait les moments importants de la soirée. Taris gardait le silence.

Il était probablement perdu dans ses pensées, pensa Bea. Pourtant, quand ils arrivèrent devant sa porte, il se leva pour l'aider à descendre.

— Je suis persuadé que cette soirée aura définitivement fait oublier les indiscrétions de Lucy.

Le vent emporta ses paroles comme il se tournait dans sa direction, empêchant du même coup les autres d'entendre sa réponse.

— Merci d'avoir protégé ma réputation.

Elle ne voyait rien d'autre à dire. Sa réputation ? Que pouvait-elle ajouter quand elle songeait à leur nuit d'amour de la veille et qu'elle avait envie de crier… ?

« Entre avec moi. Prends-moi dans tes bras. Allonge-toi près de moi et emmène-moi au paradis. Encore une fois. »

Ce n'était pas le genre de choses que l'on pouvait dire à un homme qui semblait soudain impatient de partir, alors qu'ils étaient entourés de nombreux coches dont les occupants, sur le chemin du retour, se penchaient par les fenêtres pour voir ce qui se passait autour du carrosse des Wellingham.

Il fallait toujours respecter les usages et suivre le protocole. Montrer l'exemple et respecter les traditions. Toujours faire ce que la société attendait de vous, savoir ce qui était acceptable et ce qui ne l'était pas.

Et entrer dans une résidence privée au bras d'une veuve, même une veuve tout à fait quelconque, au beau milieu de la nuit, faisait clairement partie des choses inacceptables.

— Au revoir.

Il n'y avait pas la moindre trace d'intimité dans son adieu, mais il attendit quand même que deux de ses domestiques sortent pour l'escorter à l'intérieur.

Au moment d'entrer, Bea se retourna et jeta un dernier regard dans la rue.

Taris avait disparu et le carrosse s'ébranlait déjà.

11

— J'ai seulement besoin d'une crème pour les mains, Elspeth. Je ne voudrais pas abuser de votre temps.

— Ne vous inquiétez pas, Beatrice. Je suis contente de sortir et de marcher un peu par une si belle journée. Et puis, je vous rappelle que nous nous étions promis d'essayer ce nouveau salon de thé, la dernière fois que nous sommes passées par ici.

Bea sourit. Elle se sentait étonnamment détendue depuis la soirée de la veille chez les Cannon. Peut-être parce qu'elle avait enfin accepté la situation et qu'elle savait maintenant qu'elle pourrait continuer à voir Taris Wellingham, en tant qu'ami du moins.

De toute façon, ce n'était pas la peine de rêver à un dénouement de conte de fées ; ce genre de choses n'était pas pour elle.

— Nous pourrions commencer par la pharmacie, et ensuite…

Sa phrase se termina en cri d'effroi. Quelque chose derrière elle était venu la percuter au creux des reins et la pousser en avant. Elle écarta les bras pour tenter de garder son équilibre, mais le talon de l'une de ses bottes s'était pris dans l'ourlet de sa robe et elle bascula en direction de la chaussée.

Au même moment, le claquement de sabots sur les pavés et le cri d'un cocher l'alertèrent d'un danger imminent, et elle s'efforça de rouler de côté pour éviter la voiture qui arrivait. L'une des roues passa tout près de son visage, l'évitant de justesse, mais sa tête et son poignet heurtèrent violemment les pavés.

Elle ressentit une douleur intense qui lui donna la nausée tandis que tout se brouillait devant ses yeux. Etourdie par le choc, tremblant de tous ses membres, elle avait du mal à reprendre sa respiration.

— Ne bougez pas, madame, dit Sarah.

La domestique semblait anxieuse, et Beatrice resta immobile. Sur le trottoir derrière elle, Elspeth pleurait bruyamment.

L'accident était-il plus grave qu'elle le croyait ?

Elle essaya d'agiter ses orteils dans ses bottines. C'était douloureux, mais ça voulait dire qu'elle n'était pas paralysée, songea-t-elle, soulagée.

Elle sentit sur sa main la chaleur rassurante de celle de sa domestique.

— Je pense que vous n'avez rien de cassé, madame. Voulez-vous essayer de vous asseoir ?

Un homme les avait rejointes, puis encore un autre. Une fois assise, Bea s'aperçut qu'un cercle de curieux s'était formé autour d'elles.

Sa tête la faisait atrocement souffrir, et ses manches étaient maculées de sang.

— Que s'est-il passé ? demanda-t-elle.

Elle tremblait encore, et son cœur battait si vite qu'elle se demandait si elle n'allait pas expirer là, au bord du trottoir, avec le pâle soleil printanier qui venait maintenant caresser ses cheveux, car elle avait perdu son chapeau dans sa chute.

— Je ne sais pas exactement, car tout est arrivé très vite, mais je crois que quelqu'un vous a poussée.

— Pouvez-vous m'aider à me relever ?

Les deux hommes qui s'étaient agenouillés près d'elle la prirent chacun par un bras et l'aidèrent à se redresser tout doucement.

En posant le pied par terre, elle ressentit une violente douleur à la cheville et dut se mordre les lèvres pour ne pas crier.

— Le propriétaire de ce magasin vous propose de vous

allonger dans son arrière-boutique pour vous reposer en attendant le médecin.

Beatrice secoua la tête, puis se ravisa. Elle serait mieux à l'intérieur, loin des regards curieux des passants qui s'arrêtaient de plus en plus nombreux.

Prise d'une soudaine envie de pleurer, elle ne pensait plus qu'à une seule chose : elle avait besoin de Taris Wellingham.

Elle avait besoin qu'il la prenne dans ses bras, besoin de sentir sa force et son assurance. Quand il était près d'elle, elle se sentait en sécurité et plus rien ne lui faisait peur.

Quand elle serait dans l'arrière-boutique, elle ferait envoyer un message à la résidence des Carisbrook pour lui demander de venir la rejoindre.

Peu importe si on les voyait ensemble. Elle se fichait des commérages et de l'opinion des autres.

Les larmes qu'elle essayait de retenir depuis tout à l'heure se mirent à couler le long de ses joues. Tout ce qu'elle voulait, c'était que Taris Wellingham vienne la rejoindre.

Le message arriva au moment où Taris se mettait à table pour prendre un déjeuner tardif. Ce fut Bates qui se chargea de le lui lire.

— C'est un message de Mme Bassingstoke, monsieur, et il y a une adresse dans Regent Street. Voici ce qu'elle dit : « J'ai eu un accident. Je suis blessée. J'ai besoin de vous. »

Taris se leva de sa chaise avant même que Bates eut terminé la lecture du message et appela le majordome.

— Morton. Dites à Berry d'amener le carrosse immédiatement. Je dois me rendre d'urgence dans Regent Street.

— Mais, monsieur, votre repas…

Taris saisit sa canne, et, sans se soucier des protestations de Bates, sortit de la pièce à grands pas.

Le magasin était minuscule mais chaleureux, et la couverture que la femme du fabricant de meubles avait posée sur les genoux de Beatrice était la bienvenue.

Ce qui restait de son chapeau avait été déposé sur la table, une chose informe sans espoir de résurrection. Les plumes avaient été écrasées sous les roues du véhicule, et, à quelques centimètres près, sa tête aurait risqué le même sort.

Décidément, la vie tenait à peu de chose.

Une seconde plus tôt, quelques centimètres de plus, un véhicule plus large ou plus rapide, et l'issue aurait pu être bien différente.

Elspeth se lamentait toujours aussi bruyamment, et Bea aurait aimé la voir se calmer car son mal de tête ne cessait d'empirer.

Un agent de police vint interroger les passants et les commerçants témoins de l'accident, tandis que Bea essayait de trouver la position la moins inconfortable.

La moindre partie de son corps la faisait souffrir, et elle avait peur. Au souvenir des chevaux se ruant sur elle et du violent coup qu'elle avait reçu dans le dos, elle ne pouvait s'empêcher de trembler.

Elle se sentait anxieuse, craignant qu'on s'en prenne de nouveau à elle. Des éclats de voix dans la boutique lui firent soudain lever les yeux.

Taris Wellingham était là.

Il se dirigea aussitôt vers elle, puis, arrivé près du canapé où elle était installée, il posa la main sur l'accoudoir avant de s'agenouiller, son long manteau de fine laine noire formant un cercle autour de lui.

— Comment vous sentez-vous, Beatrice ?

Enfin il était là, songea Bea, soulagée.

Mais elle était incapable de lui répondre, incapable de prononcer le moindre mot. Elle était encore sous le choc, et il sentit probablement le tremblement de sa main quand il la prit dans la sienne.

— Où avez-vous été blessée ?

Consciente que pour voir et comprendre les choses, il avait besoin de les entendre, elle s'efforça donc de lui répondre.

— M… ma tête a heurté le s… sol, et d'après Elspeth, le c… carrosse est passé tout près.

A ces mots, il se tourna vers les autres.

— J'imagine que vous avez appelé un médecin ?

Le ton de sa voix était sec, péremptoire. Le ton d'un homme qui n'avait pas l'habitude d'attendre.

— Pourquoi n'est-il pas encore là ?

En voyant la manière autoritaire dont il s'adressait aux personnes présentes, Bea comprit soudain ce qu'était le pouvoir. Transmis de génération en génération, il transparaissait dans l'attitude de Taris et dans sa façon de s'adresser aux autres.

— Il a été appelé, monsieur, répondit quelqu'un dans le fond.

— Alors faites-le appeler de nouveau. Bates ?

Son valet s'avança.

Bea n'avait pas remarqué sa présence quand Taris Wellingham était entré dans la pièce, mais il y avait forcément quelqu'un pour l'accompagner et le guider en ce lieu inconnu.

— Envoie Liam chercher mon médecin, et informe-le bien de la gravité de la situation.

Bates s'empressa d'obtempérer, et Bea, craignant que Taris ne s'en aille lui aussi, serra sa main un peu plus fort entre ses doigts.

— Ne vous inquiétez pas, dit-il. Je ne bouge pas. Je reste ici avec vous.

Bea sentit son souffle chaud sur sa joue.

Ainsi c'était bien réel, elle n'était plus seule.

— Vous me le p… promettez ?

Avec un sourire, il porta leurs doigts entrelacés à son cœur, et Bea se laissa alors aller contre le dossier en fermant les yeux.

Il était là. Maintenant elle était en sécurité.

Quelques instants plus tard, Taris sentit que Bea se détendait. Il avait posé les doigts sur son poignet pour mesurer son pouls. Un pouls fort et régulier, songea-t-il, rassuré.

Quand il passa ses doigts sur son cou et sur son visage, il trouva les mêmes traces de sang qu'il avait senties sur ses bras.

Pourquoi le médecin n'arrivait-il pas ? Et que s'était-il passé au juste ?

A un bout de la pièce, une femme, probablement Elspeth Hardy, pleurait sans s'arrêter, tandis que de l'autre côté, un agent de police interrogeait les témoins de la scène. Il ne s'agissait donc pas d'un simple accident.

Quand Bates fut de retour et lui raconta que Beatrice avait été poussée sur la chaussée et qu'elle avait failli être renversée par une voiture, il eut du mal à le croire.

Qui pouvait lui en vouloir à ce point ? Au point d'essayer de la tuer en la poussant sous les roues d'une voiture ?

Sur la petite table à côté du canapé, il trouva une chose informe. En passant ses doigts dessus, il reconnut le chapeau de Bea, complètement écrasé.

Tout comme sa tête aurait pu l'être, pensa-t-il, frémissant de colère.

L'arrivée de MacLaren peu après vint mettre un terme à ces macabres pensées.

Le médecin de la famille Wellingham faisait partie de ces gens qui marmonnent sans cesse, une particularité appréciée de Taris, qui à tout moment pouvait savoir l'endroit exact où il se trouvait.

— Monsieur, salua-t-il.

Taris sentit son bras contre le sien.

D'après le cliquetis de ses instruments de médecine, il devait être en train d'ausculter Beatrice avant d'émettre un avis sur son état.

Puis une odeur désagréable se répandit : il lui faisait sans doute respirer des sels.

Soudain, Bea sortit de sa torpeur.

— Je vais me r… redresser un peu, souffla-t-elle.

Elle semblait gênée, nerveuse, cherchant sa main pour la serrer.

Mais le médecin lui intima de ne pas bouger, et, au mouvement des ombres qui l'entouraient, Taris comprit qu'il examinait sa blessure à la tête.

— Vous avez pris un vilain coup. Vous souvenez-vous avoir perdu connaissance au moment de l'accident ?

— Non, je ne crois pas.

— Bien. Bien. Lord Wellingham, pourriez-vous la prendre

dans vos bras et l'emmener jusqu'au carrosse ? Je pense que vous pouvez sans risque la ramener chez elle, et que son rétablissement n'en sera que plus rapide.

— Bien sûr.

Taris était certain que le médecin avait deviné depuis longtemps que sa vue déclinait, mais il n'y avait jamais fait allusion.

Heureux de pouvoir se rendre utile, il prit Bea dans ses bras et, se laissant guider par Bates, traversa la boutique sans encombre.

Bea remuait à peine. Il sentait la chaleur de son corps contre le sien tandis que sa poitrine souple et généreuse se pressait contre son manteau.

En arrivant à la porte de la boutique, elle se pelotonna contre lui pour lui faciliter le passage de l'encadrement, et une fois dehors, il compta ses pas jusqu'au bord du trottoir. Le carrosse était là où il l'avait laissé et, grimpant les quelques marches, il s'assit en tenant toujours Bea dans ses bras.

L'amie de la jeune femme vint s'installer en face de lui, à côté du médecin tandis que Bates prenait place à sa gauche.

Sarah, la jeune domestique à l'air grave, vint les rejoindre, puis le véhicule s'ébranla dans le silence.

Une heure plus tard, Taris était enfin seul avec Beatrice.

— Selon le Dr MacLaren, vous avez eu de la chance car vous n'avez rien de cassé, et vos éraflures commenceront à cicatriser dès demain matin.

— Merci de lui avoir demandé d'examiner mes blessures, monsieur.

Le ton de sa voix indiquait qu'elle était sur ses gardes, mais il n'était pas d'humeur à s'arrêter là.

Encore une fois, il aurait préféré qu'elle l'appelle simplement par son prénom.

— Qui vous a poussée, Bea ? Avez-vous vu votre agresseur ?

Il sentit qu'elle secouait la tête.

— Sarah a dit qu'il avait l'air d'un pauvre et qu'il s'est enfui par une petite rue aussitôt après ma chute.

— Il aurait été payé par quelqu'un, alors ?

— Probablement.

— Seigneur. Qui pourrait bien vous haïr à ce point ?

— Peut-être la même personne qui a scié l'essieu du coche ?

Surpris par la franchise et le naturel de ses propos, Taris ne répondit pas.

Il y avait autre chose. Une odeur. Un parfum particulier qu'il avait remarqué en entrant dans la maison ce soir… L'odeur de la bergamote.

Les pièces du puzzle commencèrent à s'assembler.

— Cet homme… ce James Radcliff ? Vous avez dit qu'il était homme de loi ?

— C'était un employé de l'étude qui s'occupait des affaires de mon mari. Pourquoi ?

— Est-il revenu ici aujourd'hui ?

— Non. Je ne l'ai pas vu depuis hier après-midi, quand vous êtes venu avec la duchesse de Carisbrook.

Son odeur ne pouvait pas être restée dans l'air aussi longtemps. C'était impossible.

Alors ils étaient peut-être en danger, songea-t-il, pris du même sentiment qu'en Espagne, il y a si longtemps, lorsqu'il s'apprêtait à livrer bataille.

Mais à cette époque, il avait encore toutes ses facultés. Il était capable de percevoir le moindre mouvement, même à une très grande distance. Serait-il capable de protéger Bea aujourd'hui, dans cette maison, si l'homme tentait quelque chose ?

Il savait qu'il pouvait compter sur le couteau dissimulé dans la doublure de sa botte, ainsi que sur sa chevalière. En tournant la partie supérieure, il déclenchait un mécanisme qui faisait apparaître un cercle de pointes acérées en diamant, ce qui suffirait à effrayer n'importe qui ; sa canne ferait le reste.

Il tendit l'oreille, mais la maison était silencieuse. L'homme était probablement parti. Mais pour quelle raison était-il revenu aujourd'hui ? Et était-il venu seul ?

— M. Radcliff vous a-t-il parlé de quelque chose en particulier ?

— Il voulait voir des livres de comptes qui m'auraient été envoyés.

— Et où sont ces livres de comptes ?

— Eh bien, c'est étrange, mais je ne me souviens pas les avoir eus en ma possession.

— Votre porte est-elle pourvue d'une serrure solide ?

— Oui, enfin je crois.

Sa réponse contenait un curieux mélange d'inquiétude et d'espoir.

Devant son incertitude, Taris se leva et se dirigea vers la porte, la fermant soigneusement à clé avant de secouer la poignée pour vérifier qu'elle tenait bon.

Après avoir prêté l'oreille quelques instants encore pour détecter le moindre bruit suspect, il retourna près du lit.

Beatrice se réveilla en sursaut, les yeux aussitôt grands ouverts, ne sachant où elle se trouvait, ni quelle heure il était.

Taris était assis dans un fauteuil près du lit, ses longues jambes allongées devant lui, le menton assombri par sa barbe naissante.

Il ne dormait pas.

Quand elle fit un mouvement, ses yeux s'ouvrirent aussitôt, immédiatement en alerte.

— Qu'y a-t-il ?

Lorsqu'il remua la main, elle vit un cercle de pointes de diamant qui brillaient sur sa chevalière.

Dans son autre main, il tenait un couteau négligemment posé sur ses cuisses, avec l'attitude d'un homme habitué au danger.

Elle fronça les sourcils et, aussitôt, le couteau et la chevalière disparurent. Cela n'avait duré qu'un instant, n'avait été qu'une vision fugitive. Cet attirail ne cadrait pas avec la vie rangée d'un aristocrate rompu aux manières délicates de la ville.

L'atmosphère semblait chargée de mystères et de menaces, mais du danger qui planait se dégageait une sorte de sensualité.

Après le péril auquel elle avait échappé aujourd'hui, elle voyait les choses différemment. Elle était prête à accepter de prendre des risques, et elle avait moins peur d'être rejetée.

Et ces moments qui lui étaient offerts avec lui, ici, cette nuit, étaient une chance. Une chance qu'elle était bien décidée à ne pas laisser passer.

Tendant le bras vers lui, elle lui prit la main et serra ses doigts entre les siens.

— Merci d'être venu aujourd'hui.

— Je ne pouvais pas vous laisser seule…

— Si, facilement, répliqua-t-elle.

Elle avait dû se débrouiller seule durant des années, elle savait ce que c'était.

— Pendant un bref instant, j'ai vraiment cru que j'allais passer sous cette voiture.

— Comme votre chapeau ?

— Vous l'avez vu ?

— Disons que je l'ai touché.

— Vous pensez que la personne qui a fait ça pourrait revenir ici cette nuit ?

— Non.

Elle aimait sa belle assurance et cette manière qu'il avait de ne jamais hésiter.

Cet homme saurait la protéger de n'importe quel danger, songea-t-elle.

— Vous allez m'embrasser ? demanda-t-elle dans un souffle.

— Pourriez-vous m'en empêcher ?

— Je veux oublier tout le reste, ne penser qu'au moment présent et à ce qu'il y a entre nous.

— La chair ?

Il fit courir son doigt sur sa poitrine qui se dessinait sous la soie de sa chemise.

— Et le sang, répondit-elle en passant sa langue sur la main de Taris, laissant une trace mouillée sur sa peau tachée de sang.

— Je ne voudrais pas vous faire mal.

— Vous me feriez plus de mal en ne venant pas…

— En vous ?

C'était exactement ce qu'elle voulait. Oublier ses blessures. Oublier la prudence.

Elle ne connaissait pas de meilleur remède contre la peur, la haine et la douleur.

En guise de réponse, elle approcha de ses lèvres les doigts de Taris et les suça lentement l'un après l'autre, avec un petit bruit excitant. Jamais elle ne se serait crue capable d'une telle audace.

Frankwell ne lui autorisait pas ce genre de plaisirs. Avec lui, l'envie laissait toujours place à la douleur.

Plus jamais, songea-t-elle.

Caressée par la chaleur des flammes qui illuminaient sa peau de reflets orangés, elle désirait Taris de toutes les fibres de son corps, tandis que les cicatrices de son passé disparaissaient dans l'ombre, effacées par les sentiments et le feu de la passion.

— Appelez-moi Taris, dit-il. Appelez-moi par mon prénom.

Avec la langue, elle traça les lettres de son nom sur le dos de sa main et vit les poils de son bras se dresser, puis sa respiration s'arrêter dans sa gorge.

Une seconde, puis deux, comme suspendue dans l'espace et le temps, avant de reprendre doucement, comme si elle n'était plus maîtresse de sa volonté.

Un léger effleurement ici, une caresse plus longue là. Il y avait entre eux une musique qui se faisait entendre dans leurs souffles, leurs battements de cœur et leurs soupirs.

C'était leur musique. Une symphonie. Un hymne à la vie et au bonheur de vivre, mais aussi au danger.

Il n'y avait plus ni passé, ni futur. Juste ce moment auquel elle s'abandonnait totalement.

En cet instant, elle aurait voulu que le monde se fige.

— Aime-moi, Beatrice.

Elle ne reconnaissait plus la voix de Taris.

En riant, elle ôta sa chemise de nuit avant de lui prendre la main pour la poser contre la toison chaude au bas de son ventre.

12

Prise de nausée, Beatrice saisit la cuvette de porcelaine qui se trouvait sous son lit. Près d'elle, Taris commençait à bouger.

Elle se sentait horriblement gênée. Ce n'était pas le souvenir qu'elle aurait voulu lui laisser de leur nuit d'amour, alors que les premières lueurs de l'aube filtraient entre les rideaux de sa fenêtre.

Son estomac se souleva de nouveau.

Des gouttelettes de transpiration perlaient sur son visage tandis qu'elle maintenait ses cheveux en arrière.

Les éraflures de ses bras commençaient à cicatriser, remarqua-t-elle. Durant la nuit, des petites croûtes s'étaient formées, refermant ses blessures.

Les yeux fermés pour s'isoler de tout ce qui l'entourait, elle inspira profondément plusieurs fois.

La nausée semblait disparaître aussi rapidement qu'elle était arrivée, laissant derrière elle une impression d'immense fatigue.

— Ça vous est déjà arrivé ? demanda Taris quand elle se tourna vers lui.

— Oui, répondit-elle.

Elle aurait aimé pouvoir le cacher, car elle ne comprenait pas ce qui lui arrivait.

Allait-elle bientôt mourir ?

Elle était peut-être atteinte d'une maladie incurable, et l'épuisement qui accompagnait ses nausées chaque matin à l'aube était peut-être un symptôme de plus prouvant la gravité de son état.

Pendant les derniers mois de sa vie, Frankwell avait souvent été malade ainsi le matin.

Taris n'avait pas l'air heureux du tout.

— Bon sang, dit-il en passant les mains dans ses cheveux pour les ramener en arrière.

Quand il était ainsi dévêtu, ses muscles dessinaient des reliefs saillants sur la peau mate de son torse.

— Bon sang, répéta-t-il comme elle ne disait rien.

Il fallait qu'elle se reprenne.

Ce n'était probablement rien de grave.

— Je suis presque sûre que c'est quelque chose que j'ai mangé et…

Il l'interrompit.

— Quel âge aviez-vous lorsque vous avez perdu votre mère ?

— Dix-sept ans.

— Et vous étiez proches, toutes les deux ?

Bea ne voyait pas pour quelle raison il abordait ce sujet maintenant.

— Très proches.

Déconcertée par le silence de Taris, elle ajouta :

— Enfin, peut-être pas autant que nous l'étions quand j'étais plus jeune, mais…

— Je veux que vous veniez avec moi à Falder. Je m'y rends aujourd'hui même, et Emerald et Asher y seront également en fin d'après-midi.

— Mais… je ne comprends pas ?

— Vous ne pouvez pas rester à Londres.

— Vous croyez que je suis en danger ? Que je pourrais avoir un autre accident ?

Contre toute attente, il se mit à rire.

— J'ai d'autres raisons de vous demander de venir avec moi, mais je préférerais ne pas en discuter ici et maintenant.

Beatrice n'avait pas la moindre idée de ce que pouvaient être ces « autres raisons », mais après ce qui lui était arrivé la veille, elle se méfiait de la foule, et Falder, de par sa position isolée, lui paraissait un refuge où elle pourrait enfin se sentir en sécurité.

— Je ne voudrais pas déranger.

— Le château compte plus d'une centaine de chambres. Vous ne risquez pas de déranger qui que ce soit. Et avec Emerald et ma mère comme chaperons, personne ne pourra crier au scandale.

Encore une fois, il se montrait à la fois correct et prudent, pensa-t-elle.

Elle ne regrettait qu'une chose : elle aurait préféré qu'il dise qu'*il* voulait qu'elle vienne, qu'*il* voulait la protéger, que la nuit qu'ils venaient de passer ensemble avait été la plus merveilleuse de sa vie et qu'il souhaitait maintenant une relation plus durable…

Mais apparemment, ce n'était pas pour tout de suite, car il était déjà en train d'enfiler ses vêtements, comme s'il n'avait plus qu'une hâte, partir.

— Bates reviendra avec le carrosse en milieu de matinée, et j'enverrai des hommes pour vous aider à porter vos bagages. Je présume que vous souhaitez être accompagnée de votre femme de chambre.

— Je ne suis pas invalide, et mes bagages ne seront pas lourds à porter.

— Non.

Surprise par son ton péremptoire, elle leva les yeux vers lui.

— Vous ne devez surtout rien porter, c'est bien compris ? Et ne sortez sous aucun prétexte.

Recevoir des ordres. Obéir à des règles. Suivre des directives. Etre toujours sous contrôle.

L'image de son défunt mari, avec son attitude autoritaire et tyrannique, lui vint à l'esprit, et Bea détourna les yeux en soupirant.

Peut-être était-ce ce à quoi on devait s'attendre avec les hommes. Ils prenaient d'abord votre corps, mais ensuite il leur fallait contrôler aussi votre âme. Ils considéraient que votre esprit leur appartenait et qu'ils pouvaient le façonner à leur manière.

Un bref moment d'extase, et il fallait revenir aux choses sérieuses, au temps de l'obéissance et de la soumission.

Lorsqu'elle se retourna vers Taris, il était déjà près de la porte. Il s'était rhabillé rapidement et avait simplement jeté son épais manteau de laine sur ses épaules, signe que son valet Bates devait l'attendre non loin et tenir un véhicule à sa disposition.

— Le carrosse sera de retour dans deux heures pour vous prendre, Beatrice-Maude. Soyez sûre d'être prête à l'heure, s'il vous plaît.

De retour à l'hôtel particulier des Wellingham, Taris arpentait la bibliothèque de long en large, prenant une généreuse rasade de brandy de temps à autre, encore sous le choc de la nouvelle tournure que les événements venaient de prendre.

Beatrice attendait un enfant, il en était certain. Cet enfant pouvait-il être de lui ?

Il compta les semaines depuis la tempête de neige près de Maldon, car d'après le léger renflement de son ventre, elle devait être enceinte d'au moins trois ou quatre mois.

Une partie de lui implorait le Seigneur que cet enfant fût bien le sien, tandis que l'autre se remémorait la stérilité dont elle avait fait part à Lucy. Bea aurait été stérile avec son défunt mari, mais pas avec lui ?

Il compta de nouveau le temps qui s'était écoulé depuis la nuit dans la grange. Trois mois et quelques semaines. C'était amplement suffisant pour qu'un enfant commence à se développer et que les nausées du matin arrivent.

Comment était-il possible qu'elle ne sache pas ça ?

Même lui, avec sa connaissance limitée de la grossesse et de la maternité, était au courant de ces choses.

La réponse était toute simple.

Pendant toute la durée de son mariage avec Frankwell Bassingstoke, elle avait été une épouse stérile.

Comment aurait-elle pu imaginer qu'il en soit autrement aujourd'hui ?

Depuis l'accident de la veille, il ne se sentait pas tranquille, et il n'avait nulle envie de quitter Londres en y sachant Beatrice seule.

Non, Falder était le seul endroit où elle pourrait être en sécurité, un sanctuaire où ils pourraient se réfugier et peut-être échafauder un plan pour l'avenir.

Trébuchant soudain contre une chaise qui n'avait pas été remise à sa place, il jura à plusieurs reprises.

S'il n'y avait pas cette fichue cécité !

Et la stérilité de Beatrice ?

Elle qui accordait tant de prix à son indépendance, et lui qui voulait à tout prix rester autonome…

Mais si elle attendait un enfant de lui, ça changeait tout.

Quand la pendule de la cheminée sonna onze heures, il fit appeler des hommes pour descendre ses bagages et sortit pour rejoindre le carrosse qui l'attendait.

Beatrice était prête, mais elle n'avait pas l'air contente, songea Taris.

Il lui donna le bras pour l'aider à monter dans la voiture, mais elle s'écarta de lui aussitôt assise sur son siège et posa un sac au milieu de la banquette. Comme une barrière entre eux.

En tendant la main, il pouvait sentir le cuir lisse sous ses doigts.

Bates monta ensuite, accompagné de deux femmes de chambre. Toutes deux le saluèrent avant de s'installer.

Dans le silence de la voiture, la tension était palpable.

— Il nous faudra environ trois heures pour atteindre Falder. En arrivant là-bas, on vous offrira de quoi vous restaurer un peu.

Il s'adressait à tous les occupants de la voiture, mais personne ne répondit.

— Nous prendrons la direction de l'est, en passant par Wickford et Raleigh.

Le silence était toujours complet.

Taris Wellingham essayait de détendre l'atmosphère en faisant la conversation, mais Beatrice n'était pas du tout d'humeur à bavarder.

Elle lui en voulait encore pour son attitude autoritaire de ce matin, mais aussi parce qu'il n'avait pas fait la moindre allusion à ce qui s'était passé la nuit précédente.

Il faisait sans doute partie de ces hommes désireux de rester maître en toute situation, privilégiant le contrôle à la vérité.

La vérité de l'intimité partagée à deux, lorsque plus rien d'autre ne compte.

Les dents serrées et les bras fermement croisés sur la poitrine, elle ressentait encore les effets de ses nausées du matin, et avec le manque de sommeil de la nuit dernière, elle se sentait mal à l'aise et irritable.

Comme les larmes commençaient à lui monter aux yeux, elle prit une profonde inspiration pour tenter de les chasser. Le voyage lui paraîtrait sans doute moins long si elle essayait de dormir un peu.

Droite dans son siège et raide comme un piquet, elle ferma les yeux.

Sa joue était posée sur un oreiller assez dur, mais la douce chaleur d'un bras enroulé autour de ses épaules la fit se blottir plus profondément dans ce refuge qui lui était si gentiment offert.

— Taris, murmura-t-elle.

Elle croyait que la nuit ne faisait que commencer et qu'ils avaient encore tout le temps devant eux.

— Nous sommes presque arrivés à Falder, madame Bassingstoke. Il serait peut-être temps de vous réveiller ?

Mme Bassingstoke ? Falder ? Se réveiller ?

Ouvrant les yeux, elle s'aperçut avec horreur à quel point elle s'était laissée aller.

Elle était littéralement couchée sur lui, une main posée sur ses cuisses et la tête appuyée contre sa poitrine.

Seigneur ! Pourvu qu'elle n'ait pas ronflé ou parlé dans son sommeil… Et pourvu que ses doigts ne soient pas allés se promener pendant ses rêves… Instinctivement, elle s'écarta de lui.

— Je n'arrive pas à croire que je me sois endormie. C'est une chose qui m'arrive rarement lorsque je voyage accompagnée, monsieur.

— Vous n'avez peut-être pas bien dormi la nuit dernière ? demanda-t-il.

Il y avait une pointe d'humour et de complicité dans sa voix.

Feignant de l'ignorer, elle reporta son attention sur sa robe et s'appliqua à en lisser les plis.

— Combien de temps ai-je dormi ?

— Trois heures entières. De quoi mettre n'importe qui d'excellente humeur, j'imagine.

Elle sourit malgré le reproche, car elle se sentait effectivement d'infiniment meilleure humeur et bien plus à même de faire face à la situation.

Son chapeau s'était défait et elle se pencha en avant pour permettre à Sarah de le remettre en place, heureuse de cette courte interruption, même si elle n'aimait guère le soudain intérêt qu'elle pouvait lire dans le regard de sa femme de chambre.

La voix de Taris vint les interrompre.

— Nous devrions apercevoir Falder d'ici quelques minutes. Si vous regardez sur votre droite, vous pourrez voir la mer juste après Fleetness Point. La langue de terre qui s'avance dans la mer un peu plus loin porte le nom de Return Home Bay.

Il n'avait même pas regardé par la fenêtre, remarqua-t-elle.

La mémoire pouvait parfois être aussi puissante que la vue, et les paysages au milieu desquels il avait passé son enfance étaient certainement inoubliables.

Néanmoins, il avait une capacité assez exceptionnelle à se situer dans son environnement, songea-t-elle, admirative, alors que la péninsule dont il avait parlé se dessinait sur la mer. Tous se penchèrent pour mieux voir.

Ils arrivaient maintenant en vue du château.

C'était un édifice immense, agrémenté de pignons et de tourelles, qui dominait les prairies alentour. Le siège de la famille Wellingham depuis des siècles.

Elle imaginait le sentiment que l'on pouvait avoir à se sentir chez soi dans un endroit pareil, le château de ses ancêtres, où la famille continuait à se réunir pour les fêtes et les événements importants, heureux ou malheureux.

Taris, Emerald, Asher et leurs enfants, Lucinda et la duchesse douairière : ils formaient une famille. C'était un sentiment qu'elle n'avait jamais connu. Le sentiment d'appartenir à un petit groupe de personnes toujours prêtes à vous soutenir et à vous protéger, quelles que soient les circonstances.

Tout ce qui lui restait de sa propre famille, c'était le souvenir poignant du décès de ses parents, et le sentiment d'avoir toujours été seule au monde depuis. Personne ne s'était jamais soucié d'elle.

Si elle avait été entourée, les choses auraient peut-être été différentes…

Mais il était inutile de s'attarder sur le passé, pensa-t-elle en secouant la tête. Il valait mieux se concentrer sur le moment présent.

Un petit groupe de domestiques les attendait alors qu'ils s'engageaient sur l'allée circulaire qui menait au château, dans le fracas des roues du carrosse sur les petits cailloux blancs.

Taris avait saisi sa canne d'ébène et posé la main contre la poignée. Il avait probablement pris cette habitude pour connaître le moment exact où le carrosse s'arrêtait et où la porte risquait de s'ouvrir.

Il devait toujours garder le contrôle, toujours guetter le moindre changement afin de ne pas être surpris.

Le vieil homme qui ouvrit la porte du carrosse sembla ravi de l'arrivée de Taris Wellingham.

— Monsieur Taris.

— Thompson.

Il l'avait reconnu immédiatement et lui avait aussitôt tendu la main.

— J'ai l'impression que vous vous plaisez ici.

— Bien mieux qu'à la ville, monsieur.

— Et votre femme, Margaret, comment va-t-elle ?

— Très bien, monsieur. Elle sera heureuse d'apprendre que vous avez demandé de ses nouvelles.

Un autre homme les rejoignit à grands pas, et un échange similaire s'ensuivit.

Taris Wellingham était un gentleman qui prenait le temps de faire connaissance avec ses domestiques, et les plus anciens semblaient même presque faire partie de la famille.

Frankwell au contraire n'avait jamais fait l'effort d'apprendre ne serait-ce que le nom du moindre domestique. Aucun d'eux n'était jamais resté bien longtemps à leur service.

Mais il avait peut-être agi ainsi de façon délibérée, afin de la garder isolée du monde, sans personne vers qui se tourner. Auprès de domestiques dévoués, elle aurait peut-être pu trouver un appui et un soutien bienvenus.

Comment avait-elle pu se montrer aussi naïve et stupide ? C'était cela, le pire. A la pensée qu'un homme avait pu la garder captive et opprimée de la sorte, elle se sentait diminuée. Et coupable. Elle espérait que personne ne découvrirait jamais son secret, car elle avait honte de son passé.

Comme elle suivait Taris en saluant chaque domestique à son tour, elle fut surprise de le voir s'arrêter et attendre qu'elle soit à ses côtés pour lui présenter la gouvernante et le majordome.

C'était ce que ferait un mari en amenant pour la première fois son épouse dans la résidence familiale, songea-t-elle.

Tout cela lui paraissait tellement étrange et troublant…

Heureusement, ils avaient atteint les marches du perron, qu'ils gravirent pour pénétrer à l'intérieur.

Le hall d'entrée était magnifique. Un large escalier aux rampes de chêne patinées par le temps partait du rez-de-chaussée et desservait le premier puis le deuxième étage. De tous les côtés, de nombreuses portes menaient vers d'autres pièces.

Quand l'une d'entre elles s'ouvrit soudain, Bea aperçut une vieille dame assise dans un fauteuil roulant, avec une couverture sur les genoux, et un délicat collier d'or et de rubis reposant dans les plis de son épaisse robe de laine.

— La duchesse douairière vous attend dans le salon bleu, monsieur, dit Bates à mi-voix.

Comme il s'éloignait, Bea fut surprise de sentir Taris la retenir pour lui murmurer une confidence.

— Ma mère a parfois des opinions bien arrêtées, mais, étant donné son âge, je préfère généralement lui donner raison.

— J'ai l'impression que vous craignez que je ne fasse pas de même.

Il se mit à rire.

— Ce n'est pas elle que j'essaie de protéger en disant cela, Bea. C'est vous.

— Je ne suis plus une gamine…

— Elle a entendu des choses sur vous et votre passé.

— Oh.

Elle se sentait soudain beaucoup moins confiante. Son intérêt pour la vieille dame et son envie de la rencontrer avaient disparu, remplacés par une appréhension soudaine. Que savait-elle exactement et qui le lui avait dit ?

— Maman, dit Taris en se baissant pour l'embrasser sur le front.

Ici, à Falder, il semblait beaucoup plus à l'aise dans ses mouvements, remarqua Beatrice.

Il avait même laissé sa canne à l'entrée avec son manteau et son chapeau.

La mère prit les mains de son fils et les serra contre son cœur. On pouvait lire son amour pour lui sur son visage, soudain remplacé par un vif intérêt quand elle remarqua qu'il n'était pas seul.

— Tu es venu accompagné… ?

— Maman, laisse-moi te présenter Mme Beatrice-Maude Bassingstoke. Beatrice, voici ma mère, la duchesse douairière de Carisbrook. J'ai demandé à Beatrice de venir passer quelques semaines à Falder pour lui faire connaître un peu la région.

— Je vois.

La vieille dame la dévisagea un instant d'un regard perçant.

— Je sais que vous avez récemment perdu votre mari, madame. Je vous présente toutes mes condoléances.

— Merci.

— Mon mari aussi a été invalide durant les dernières années de sa vie, et je sais à quel point cela peut être difficile.

Beatrice se contenta d'acquiescer.

— Avez-vous été aidée dans cette tâche ?

Beatrice eut l'impression qu'elle connaissait déjà la réponse.

— Non, madame.

— Vous n'aviez ni mère, ni père pour vous aider ? Pas de sœurs ni de cousines pour vous soutenir ?

Bea secoua la tête.

— Personne ? renchérit la duchesse.

Après un long silence, la vieille dame lui fit signe d'approcher.

— Alors, vous avez besoin de vacances, ma chère. Il est grand temps que vous preniez un peu de repos. Jouez-vous au whist ?

— Très mal.

La mère de Taris se mit à rire.

— Emerald m'a dit exactement la même chose. Vous aimez la mer, vous aussi ?

— Je vous demande pardon ?

— La mer. Emerald aime l'océan. Je me demandais si vous aviez cela aussi en commun ?

— Je ne saurais le dire, madame. Je n'ai jamais vécu au bord de la mer.

— Vous aimez peut-être les chevaux, alors ? Montez-vous à cheval ?

— J'étais bonne cavalière, avant. Mais…

Elle s'interrompit.

— Alors, il faut profiter de votre séjour ici pour vous y remettre. Taris a de nombreux chevaux dans les écuries de Falder. Il vous aidera à choisir une monture qui vous convienne. Et la danse ? Appréciez-vous de faire un petit tour de piste ?

Prise au dépourvu par cette question, Bea rougit jusqu'à la racine des cheveux en songeant à la seule et unique valse qu'elle ait jamais dansée.

Seigneur, se dit-elle en respirant un bon coup. Elle devait se reprendre, car si elle continuait ainsi, cette femme allait la prendre pour la dernière des gourdes.

— Je passe beaucoup de temps à lire, madame. Et j'écris aussi.

— Des romans ?

— Non. Des articles pour *The London Home*, un nouveau journal qui s'adresse aux femmes, et qui explore les différentes options qui s'offrent à elles.

— Ainsi, vous rattrapez le temps perdu ?

Taris l'interrompit.

— Il commence à se faire tard, maman. Il faut que nous allions nous rafraîchir un peu avant le dîner.

— Quelle chambre la gouvernante lui a-t-elle donnée ?

— La chambre verte au premier.

— Non, ça ne va pas du tout. Elle sera bien mieux dans la chambre dorée. Elle est plus reposante et lui conviendra beaucoup mieux.

Le visage de Taris s'éclaira.

— Tu es sûre ?

— Oui, dit-elle.

Puis elle se détourna pour cacher les larmes qui lui montaient aux yeux.

Revenue dans le hall d'entrée, Bea hésitait à demander à Taris des explications sur ce qui venait d'être dit. Comme il ne semblait pas disposé à en dire plus, elle se borna à suivre les instructions de la gouvernante et lui emboîta le pas.

Taris resta dans le hall, écoutant le bruit de ses pas tandis qu'elle montait l'escalier.

Quand elles entrèrent finalement dans sa chambre, Bea se dit qu'elle n'avait jamais vu de chambre aussi belle de toute sa vie.

C'était comme si on avait utilisé l'air et la lumière pour tisser les tentures sur les murs et le couvre-lit, tandis qu'un brocart d'un bordeaux profond venait relever le tout.

Un secrétaire incrusté de motifs en noyer était installé près de la fenêtre avec tout ce qu'il fallait pour écrire, et une bibliothèque remplie de livres traitant d'une grande variété de sujets couvrait un mur entier.

De hautes portes-fenêtres s'ouvraient sur un balcon d'où l'on apercevait au loin des forêts grimpant à l'assaut des collines, dans un splendide dégradé de vert.

— Le dîner sera servi dans trois heures, madame. Je vous envoie votre femme de chambre pour vous aider à vous habiller.

— Merci.

— M. Taris m'a chargé de vous dire qu'il viendra lui-même vous chercher à l'heure du dîner.

— Je serai prête.

Comme la gouvernante était sur le point de sortir, Bea se sentit soudain incapable de retenir sa curiosité plus longtemps.

— Puis-je vous poser une dernière question avant que vous ne sortiez ?

— Je vous en prie.

— J'ai l'impression que quelqu'un a passé beaucoup de temps à rassembler tous ses livres ?

Elle caressa du bout des doigts les reliures soigneusement alignées.

— Cette chambre était celle de M. Cristo, madame, avant qu'il ne parte pour le continent.

— M. Cristo ?

— Le plus jeune des frères Wellingham, madame.

— Je vois.

Elle attendit le départ de la gouvernante pour regarder les titres de plus près. Il n'y avait là que des ouvrages assez anciens.

Cristo Wellingham ? Elle n'avait jamais entendu ce nom auparavant.

Dès que possible, elle demanderait à Taris de lui en dire plus à son sujet.

La porte s'ouvrit une demi-heure plus tard sur Lucinda Wellingham, encore en tenue de voyage, l'air étonné.

— Alors c'est bien vrai ? Maman vous a laissée prendre cette chambre… Mon Dieu ! Personne n'est venu ici depuis…

Elle s'arrêta et porta la main à sa bouche.

— … depuis que Cristo est parti.

Elle s'était reprise à la dernière minute, et Beatrice était convaincue que les mots qu'elle venait de prononcer n'étaient pas ceux qui lui étaient montés aux lèvres.

— Vous avez vraiment dû plaire à maman.

— Je crois qu'elle a pensé à me donner cette chambre à cause des livres. Je venais de lui dire que j'aimais lire et écrire.

Puis elle changea de sujet.

— Le duc et la duchesse de Carisbrook ont-ils fait le voyage avec vous ?

— En effet. Nous sommes venus à deux voitures, car nous avions avec nous les enfants et leur nurse, et aussi Azziz, l'ami d'Emerald du temps où elle vivait aux Caraïbes.

— Elle a vécu aux Caraïbes ?

— Pendant des années.

Seigneur, songea Beatrice.

Plus elle en apprenait sur les membres de la famille Wellingham, plus ces derniers lui semblaient bien singuliers.

— Vous voyagez beaucoup, madame Bassingstoke ?

— Non. J'avais déjà fait quelques séjours à Londres il y a bien longtemps, mais ces dernières années… non.

— Les bateaux de la famille Wellingham voyagent dans le monde entier. Un jour je prendrai l'un d'entre eux et je partirai pour plusieurs années. Taris et vous pourriez venir aussi ; ensemble, nous pourrions découvrir les plus beaux sites du monde !

— C'est très généreux de votre part, lady Lucinda, de penser à moi pour votre merveilleux projet, mais…

— Vous plaisez à Taris, sinon il ne vous aurait jamais amenée ici. Il n'a jamais amené personne d'autre, vous savez. Vous êtes la première.

Bea hésita un instant, ne sachant que répondre.

Pouvait-elle sans risque raconter à cette jeune femme à la langue bien pendue le récent incident dont elle avait été victime dans Regent Street ?

— Avez-vous parlé avec votre frère de la raison de ma présence ici ?

— Non.

Lucinda la fixait d'un regard empreint de curiosité.

— Alors peut-être devriez-vous le faire.

— On pouvait discuter de tout avec lui, avant. Maintenant, c'est devenu beaucoup plus difficile. Sa vue décline peu à peu, même si Asher interdit à qui que ce soit d'en parler, et je crois que Taris a peur de devenir un fardeau. Pour tout le monde.

Pour la première fois depuis qu'elle avait rencontré Lucinda Wellingham, il sembla à Bea que la jeune femme avait vu juste.

Mais comment Taris Wellingham pouvait-il s'imaginer qu'il serait un jour un fardeau pour son entourage ?

Peut-être craignait-il de devenir un fardeau pour elle, sachant qu'elle avait dû s'occuper d'un mari invalide. Avait-il peur de lui imposer une telle situation ?

Elle aurait aimé avoir le courage de demander à Lucinda Wellingham dans quelles circonstances il avait été blessé à l'œil, mais elle ne voulait pas paraître indiscrète.

Au même moment, quelques coups frappés à la porte les firent se retourner toutes les deux. Emerald fit son entrée dans la chambre, avec un enfant d'un an environ dans les bras et un large sourire aux lèvres.

— Bea ? J'ai entendu dire que vous étiez ici. C'est fantastique ! J'ai hâte de vous faire visiter Falder et de vous faire rencontrer les gens du village, ainsi que mes tantes et ma cousine.

L'enfant commença soudain à s'agiter en tendant les bras, et Emerald déposa la petite chose aux cheveux roux dans les bras de Beatrice en riant.

Jamais de toute sa vie Beatrice n'avait tenu dans ses bras un enfant aussi jeune, et elle était émue de voir les petites mains se tendre vers elle.

— Elle s'appelle Ianthe, et elle a presque un an.

— Ianthe ? répéta Beatrice.

Le nom n'était pas commun.

— Comme la fille du titan Océan dans la mythologie grecque ?

Emerald sourit.

— Vous êtes la première personne que je connaisse à faire le rapprochement.

— La duchesse douairière vient de me dire que vous aimez la mer. Le lien n'était pas difficile à faire.

Ianthe gazouillait en regardant s'agiter les doigts de Beatrice. Elle les attrapa soudain et les porta à sa bouche.

— Elle fait ses dents en ce moment, alors elle attrape tout ce qu'elle peut pour le mâchouiller.

Bea sentit les gencives qui mordillaient son doigt, puis une petite dent qui commençait à sortir.

Elle fut soudain envahie d'un bonheur intense.

Pour elle, se retrouver à Falder dans cette magnifique chambre dorée, entourée de Lucinda et Emerald, avec un bébé dans les bras, était comme un cadeau.

Un cadeau merveilleux.

Pour quelque temps, elle pouvait partager la vie de cette famille heureuse et oublier les années perdues, passées dans le silence et dans la peur.

Pour une fois, on recherchait sa compagnie ; elle se sentait enfin acceptée et non repoussée.

Dès ce soir, elle commencerait un journal où elle noterait absolument tout ! Une fois rentrée dans sa maison de Londres, elle pourrait relire les meilleurs passages et se remémorer ainsi le sentiment incroyable qu'elle éprouvait en cet instant, celui de faire partie d'une famille.

13

Le premier dîner de Beatrice à Falder se déroula de la même manière que l'après-midi, dans la conversation, les taquineries et les rires.

Azziz, l'ami d'Emerald, était un géant couvert de tatouages qui portait une seule boucle à son oreille droite déchiquetée, avec de multiples cicatrices blanches sur les mains.

Des cicatrices qui ressemblaient à celles qu'elle avait déjà remarquées sur les mains d'Emerald.

A table avec sa famille, Taris ne manquait pas de participer à la conversation, et Beatrice écouta avec admiration son exposé sur les dernières évolutions des techniques utilisées dans l'agriculture.

Asher, quant à lui, semblait surtout s'intéresser à la construction d'un nouveau navire.

— Il doit partir pour l'Inde dans quatre mois, Taris, et si mes souvenirs sont bons, il me semble que tu voulais participer à son premier voyage.

— Je ne suis pas sûr de pouvoir m'absenter si longtemps, finalement.

— Je croyais que tu avais tout préparé…

— C'est vrai, mais certains événements récents sont venus bouleverser mes plans.

— Des événements récents ?

Taris ne répondit pas, et un silence un peu gêné s'installa autour de la table.

Il fut bientôt dissipé par Lucinda, qui renversa son verre de vin, provoquant l'agitation de ses voisins jusqu'à l'intervention d'un domestique qui s'empressa de réparer les dégâts.

Heureusement, son frère avait abandonné le sujet du voyage en Inde, songea Taris.

S'il ne pouvait plus y aller, c'était parce que dans quatre mois, l'enfant que Beatrice portait serait sur le point de naître, et rien au monde ne pouvait justifier de manquer la naissance d'un fils ou d'une fille.

Un cousin ou une cousine pour Ruby, Ashton et Ianthe : une pièce manquante jusqu'ici, qui viendrait bientôt compléter le grand puzzle de la famille Wellingham.

Ce soir, Beatrice lui paraissait rayonnante.

Rayonnante à la manière d'une femme qui ignore à quel point elle peut être séduisante, une femme sans artifice et sans vanité.

Elle répondait aux questions qui lui étaient posées et donnait son opinion de sa voix suave, à l'inflexion particulière.

Elle riait toujours précisément au bon moment quand Asher tentait une plaisanterie. Il imaginait ses fossettes qui se creusaient et ses yeux verts feuillage qui brillaient dans la lumière.

Il imaginait aussi le renflement de sa poitrine dans le décolleté de la robe de soie qu'elle portait pour le dîner.

Sous la table, son sexe commençait à se redresser de manière indécente tandis qu'il se demandait quelles étaient ses chances d'être accepté dans le lit de la jeune femme ce soir. Il était facile d'accéder aux appartements de Cristo depuis sa propre chambre, et il pouvait remercier sa mère pour son intervention inattendue.

Mais cette chambre ne lui avait peut-être pas été attribuée tout à fait par hasard, se dit-il soudain, en songeant qu'il venait de passer une bonne partie de ces deux dernières heures à éluder les questions de Lucinda et d'Asher sur la nature de sa relation avec Bea et la raison de sa présence à Falder.

La discussion tournait maintenant autour du système bancaire, et Beatrice, qui avait pris la parole, proposait que les banques de province soient contrôlées par la Banque d'Angleterre, à la grande joie d'Emerald, mais au grand dam de son frère.

— Le manque d'espèces n'est pas la faute des banques de province, madame Bassingstoke.

Asher s'était exprimé d'un ton ferme, mais Bea lui répondit aussitôt :

— Oh ! je ne suis pas d'accord, monsieur le duc. Quand la population n'a plus confiance en une institution et en sa capacité à respecter ses obligations, on attend du Parlement qu'il désigne un organisme reconnu afin qu'il intervienne et impose des règles plus strictes.

— J'ai toujours été partisan d'une approche moins vigoureuse…

Emerald ne le laissa pas finir.

— Parce qu'il fait partie des associés de plusieurs banques de province.

— Il s'agit d'un conflit d'intérêts, alors ? poursuivit v Beatrice, feignant de le réprimander. C'est pour cette raison qu'il vous est plus difficile de vous montrer impartial ?

— A deux contre un, je suis en mauvaise posture pour remporter la victoire, répliqua Asher. Pourtant, si tu m'avais soutenu un peu, Taris, on aurait peut-être réussi.

— Après ma dernière défaite en public face à Mme Bassingstoke, je ne suis pas disposé à courir de nouveau ce risque.

— Une défaite en public ?

Lucinda venait de se joindre à la conversation.

— Oh ! racontez-nous, s'il vous plaît, Beatrice.

— La discussion à laquelle votre frère fait allusion n'est pas un bon exemple, car j'en garde l'impression qu'il a fait exprès de perdre.

— Exprès de perdre ?

Lucinda n'avait pas l'air d'y croire une seconde, et Taris

se mit à rire, bien que sa mère ne semblât pas du tout goûter le comique de la situation.

— A mon époque, les jeunes femmes bien élevées faisaient tout leur possible pour éviter toute discussion n'ayant pas directement trait à la gestion du foyer.

— Les choses ont bien changé depuis les années 1770, maman, objecta Lucinda.

— Dieu merci ! s'écria Emerald. Et puis aujourd'hui, on encourage les femmes à donner leur opinion sur tous les sujets qui les intéressent, maman, alors il serait vraiment dommage de ne pas profiter d'une telle occasion.

A côté de Taris, Asher se redressa sur sa chaise.

— Un Wellingham n'échangerait pas une femme avec du caractère pour tout l'or du monde.

— Ni pour tout l'argent qui se trouve encore dans les banques de province, répliqua Emerald en riant.

Bea regardait avec envie la duchesse de Carisbrook qui souriait à son mari à l'autre bout de la table.

C'était une femme heureuse, à l'aise dans son monde.

Une femme aimée. Aimée pour ses opinions et sa conversation, aimée pour son originalité et ses convictions.

En cet instant, Beatrice sentit un poids énorme se lever ; le poids de la culpabilité, qui l'avait poussée à croire que l'intransigeance de son mari était en quelque sorte sa propre faute.

Le sentiment qu'elle méritait d'être punie parce qu'elle n'était pas assez belle, qu'elle n'avait pas le moindre intérêt, et qu'elle était stérile.

Pendant douze ans, elle avait été dans l'erreur, à cause d'une terrible méprise. Pendant douze ans, elle avait été soumise, obéissant aveuglément, se conformant sans se rebeller à la volonté de son mari.

Les larmes lui montèrent aux yeux, et elle se leva, prétextant un léger malaise pour quitter la table. Pour rien au monde, elle n'aurait voulu embarrasser ses hôtes.

Elle avait besoin d'être seule pour se libérer de cette tension qu'elle portait en elle depuis si longtemps.

Ouvrant la porte qui n'avait pas été fermée à clé, Taris entendit les sanglots de Beatrice.

Il traversa la pièce et prit la jeune femme dans ses bras. Elle tremblait de la tête aux pieds, et ses joues étaient baignées de larmes.

— Calmez-vous, ce n'est pas si grave.

— Je... suis... désolée, dit-elle quand la tempête fut passée. Je me suis montrée très impolie et je n'ai aucune excuse. Et je ne crois pas que votre mère ait apprécié mes prises de position au dîner.

— Vous pensez que vous avez été impolie simplement parce que vous avez donné votre opinion ? Mon Dieu, Beatrice, comment pouvez-vous vivre si vous ne pouvez pas dire ce que vous pensez ?

Il avait dit ce qu'il ne fallait pas, songea-t-il lorsqu'elle éclata de nouveau en sanglots.

— Je ne v... vivais pas, murmura-t-elle après quelque temps. J'avais p... peur de lui.

— De votre mari ?

Elle acquiesça et se remit à trembler violemment de tout son corps.

— Il me frappait si je ne disais pas ou ne faisait pas ce qu'il attendait de moi.

— Seigneur, dit-il en la serrant un peu plus fort contre lui.

— Il me frappait encore et encore.

Le cœur de la jeune femme battait deux fois plus vite qu'à l'accoutumée.

Taris aurait aimé tenir cet homme à sa merci et le tuer de ses propres mains.

— Je n'en ai jamais soufflé mot à quiconque, déclara-t-elle.

— Je vous remercie de la confiance que vous me témoignez en m'en parlant, répondit-il.

Elle avait glissé ses doigts au chaud sous sa veste, comme si elle trouvait là un refuge, pensa-t-il avec un certain plaisir. Il la tenait toujours fermement enlacée.

— Mais je ne me comporterai plus jamais ainsi, promit-elle quelques instants plus tard.

Elle semblait s'être un peu calmée.

— Si je ne suis pas d'accord, je n'aurai plus jamais peur de le dire.

— Vous avez bien raison.

Elle se mit à rire, un rire encore mêlé de larmes.

— Et je lirai dans mon lit jusqu'à plus de minuit si j'en ai envie.

— Vous me feriez la lecture ?

— Oui.

— Vous avez bien dit « au lit » ?

Elle rit de nouveau.

— Merci de m'avoir amenée dans la demeure de votre famille.

— Il y a une légende à Falder qui dit que ceux qui aiment ce lieu y reviennent toujours.

Le visage enfoui dans la fine étoffe de la veste de Taris, Bea sourit.

Il lui parlait de revenir !

Il avait une voix douce et des gestes tendres, et la lueur du feu faisait ressortir la couleur sombre de ses cheveux.

C'était un homme bon, un homme fort.

Un homme qui évoluait dans le monde avec assurance, sûr de ses valeurs et de ses principes.

Elle l'aimait, comprit-elle soudain. Oui, elle aimait Taris Wellingham. Elle l'aimait de tout son cœur et de toute son âme.

Seigneur, que lui arrivait-il ?

Elle était tombée amoureuse. Follement, désespérément, passionnément amoureuse.

Mais jamais elle n'oserait le lui avouer.

Si elle lui ouvrait son cœur, elle risquait de perdre un ami. Elle risquait de voir le respect qu'il avait pour elle se transformer en pitié. Mais savoir qu'il ne l'aimerait jamais en retour serait sans nul doute le plus dur.

Elle sentit son estomac se soulever de nouveau et ferma

les yeux en attendant que la désagréable sensation de nausée disparaisse.

Elle avait besoin d'un peu de temps.

Du temps pour rassembler ses esprits, pour comprendre les implications de ce qui était en train de se passer entre eux, et pour se protéger.

— J'aimerais me reposer un peu maintenant…

Elle n'avait pas fini sa phrase, et elle put lire une lueur d'incertitude dans les yeux de Taris quand il comprit qu'elle lui demandait de partir.

Mais il sortit.

Sans un mot. Sans colère, sans cris ni récriminations.

Décidément, un homme bien différent de Frankwell…

Taris sortit faire un tour dans les jardins, conscient qu'il aurait été imprudent de partir à cheval au beau milieu de la nuit.

Pourtant, il aurait aimé pouvoir seller Thunder et traverser Falder sous les étoiles avec le vent qui fouettait son visage comme il le faisait autrefois. Il aurait aimé galoper jusqu'au sommet de la colline qui dominait Fleetness Point.

Crier au ciel sa colère et sa douleur.

Pas pour lui mais pour Bea, pour cette jeune Bea qui avait vécu dans la peur, prisonnière de ce monstre, sans personne vers qui se tourner.

Mais ce soir, il devait se contenter de faire le tour du jardin aromatique de sa mère, en suivant la barrière qui l'entourait pour ne pas s'égarer, à respirer les odeurs reconnaissables entre toutes de la coriandre, du romarin et du thym qui se dégageaient des précieuses plantations lorsqu'il les effleurait de sa canne.

Il entendit soudain un bruit de pas derrière lui.

— Tu as l'air d'un homme qui se bat avec des démons.

C'était la voix d'Asher.

Taris secoua la tête.

— Pas avec des démons, avec la vérité.

— Un adversaire encore plus dangereux.

Dans le silence de la nuit, on entendait les gémissements du vent qui soufflait entre les ormes, au sommet des collines alentour.

— Emerald pense que Mme Bassingstoke attend un enfant. Serait-il de toi ?

Taris leva les yeux vers son frère pour tenter de voir l'expression de son visage, mais il ne distinguait rien d'autre que des taches grisâtres.

Il garda le silence et laissa parler Asher.

— Beatrice me fait penser à Emerald. Elle a la même force de caractère, et aussi la même vulnérabilité.

— Son mari la battait.

Taris n'avait pas voulu dévoiler le secret de Bea, mais il était trop récent et encore trop vif dans son esprit pour qu'il puisse le garder pour lui.

— Bon sang !

Son frère avait l'air aussi secoué que lui par cette révélation, et sa présence compatissante l'aida à se sentir un peu mieux.

— Elle a passé douze années de sa vie mariée à une brute, et tout ce qu'elle désire maintenant, c'est conserver son indépendance.

— Ce qui te met dans une position difficile.

— C'est le moins qu'on puisse dire.

— Sois prudent, alors, parce qu'elle me plaît, et Emerald est bien décidée à la garder.

Taris frappa à la porte de Bea et elle ouvrit presque immédiatement.

Une douce chaleur régnait dans sa chambre, et il flottait dans l'air un parfum de violettes.

— Puis-je entrer ?

— Oui.

Elle avait accepté sans la moindre hésitation.

Il la suivit à l'intérieur.

Les pas de Bea étaient ponctués par le bruissement de sa chemise de nuit. Du satin, probablement. Il aurait voulu pouvoir passer ses mains sur l'étoffe pour le savoir, mais il préféra ne pas s'approcher.

— Nous devons avoir une discussion, Beatrice-Maude.

— Vous voulez que je m'en aille, c'est bien ça ?

Sa question était mêlée de crainte.

— Que vous partiez ? Qu'est-ce qui peut bien vous faire croire ça ?

Il tendit vers elle sa main ouverte et elle y glissa les doigts.

Enfin un contact, songea-t-il. Dieu merci.

Il l'attira plus près de lui.

Le satin de sa chemise de nuit était frais sous ses doigts, et ses cheveux venaient lui chatouiller la main.

Elle les avait défaits pour la nuit, et ils tombaient épais et lourds, le long de ses épaules.

Troublé, il ne savait plus par où commencer.

— Quand nous avons fait l'amour dans la grange près de Maldon, Beatrice, je n'ai pas pris soin de vous protéger de la possibilité d'avoir un enfant.

— Etant donné mon passé, cela n'a pas d'importance.

Il eut un sourire. Il aurait voulu pouvoir la regarder dans les yeux.

— Et pourtant je crois que si…

Elle tenta de s'écarter de lui, mais il ne la laissa pas s'échapper.

— Epousez-moi.

— Non.

— Non ?

— Je ne peux pas vous épouser.

Elle parlait d'une voix tremblante.

— La dernière fois que j'ai épousé un homme qui ne m'aimait pas, je m'en suis amèrement repentie.

Elle attendait qu'il dise quelque chose, mais il se sentait incapable de lui répondre.

Le silence de Taris fut comme un coup de poignard dans le cœur de Bea. L'amour était un sentiment qui ne demandait pas de réflexion, et pour lequel il n'y avait pas lieu de se poser de questions.

L'amour était une évidence, une certitude au plus profond de soi, un sentiment inconscient et indomptable.

Elle sentait ses ongles qui s'enfonçaient peu à peu dans la peau de son bras.

Aime-moi. Aime-moi. Aime-moi.

Mais le silence s'éternisait, et elle comprit qu'il ne dirait rien, qu'il était incapable de dire quoi que ce soit.

— J'ai assez d'argent pour disparaître et pour recommencer une autre vie ailleurs. Vous n'avez pas à vous sentir prisonnier d'une simple erreur.

— Une erreur ? Vous pensez que cet enfant n'est qu'une erreur ?

— Cet enfant ?

— Notre enfant.

Il laissa glisser ses mains jusqu'à son ventre.

— Ne me dites pas que vous ne saviez pas…

Bea secoua la tête.

— Vos nausées du matin…

Elle secoua de nouveau la tête.

— Non, ce n'est pas possible. Je suis stérile.

— C'était peut-être le cas avec votre mari, mais apparemment pas avec moi…

— Je suis… enceinte ?

Elle était incapable de continuer.

Le mot résonnait dans sa tête comme une réalité difficilement imaginable.

— Bea… Vous ne le saviez pas ?

Sa question était empreinte d'une douce tristesse.

— Je pensais vraiment que vous le saviez.

— Je croyais que j'étais malade.

Elle sentit ses yeux s'embuer de larmes qu'elle refoula aussitôt.

— Je n'attends aucune promesse de votre part.

— Je crois qu'il est trop tard pour cela, avec cette nouvelle vie qui grandit en vous.

Il fit courir ses doigts sur son bras, puis le long de sa joue, et posa finalement sa main sur son front.

— Il y a bien quelque part un endroit qui accepte le compromis. Peut-être ici ?

Il laissa ensuite sa main glisser un peu plus bas.

— Ou ici ? demanda-t-il.

Elle sentait son cœur battre de plus en plus fort dans sa poitrine.

— Tout serait possible…

Elle aurait dû dire non, songea-t-elle. Se dégager de ses bras et s'écarter de lui.

Elle aurait dû dire que la fusion de leurs corps n'était qu'une chose passagère, un moment éphémère et sans importance. Mais elle était incapable de prononcer des mots qu'elle ne pensait pas.

Elle sentait la chaleur du corps de Taris qui se communiquait à elle, faisant monter peu à peu son désir, et lorsque cet homme, le Prince des Ténèbres, la souleva dans ses bras pour la porter jusqu'au lit, elle se laissa faire.

Quand Beatrice se réveilla le lendemain, Taris n'était plus à côté d'elle, et les draps étaient froids.

Elle resta allongée, les mains posées sur son ventre, les yeux fermés, écoutant le silence, essayant de comprendre et de croire à ce miracle, essayant de croire qu'il y avait en elle un petit être auquel elle donnerait bientôt la vie.

Un enfant.

Un petit Wellingham.

Conçu par une nuit de tempête, une nuit sans retenue, où toutes les entraves avaient été oubliées pour faire place à la liberté.

Elle sourit en se demandant si les pleurs étaient l'apanage

de toutes les futures mères tandis que des larmes tièdes ruisselaient le long de ses joues.

Elle allait avoir un enfant.

Enfin.

C'était incroyable.

Et tellement inattendu…

Mais sa joie était mêlée d'inquiétude.

Avec l'arrivée de cet enfant, Taris se sentirait en quelque sorte lié à elle, ce qui n'aurait peut-être pas été le cas autrement.

Non, c'était ridicule.

Elle était sur le point d'avoir tout ce dont elle avait toujours rêvé.

Une famille unie et un foyer rempli d'amour.

Elle ne pouvait pas refuser cette seconde chance inespérée.

Quand elle descendit prendre son petit déjeuner à 11 heures passées, Beatrice apprit que Taris avait fait atteler la voiture pour se rendre à Ipswich, et qu'il ne rentrerait que le lendemain.

C'était Emerald, elle-même assise à la table du petit déjeuner, qui lui avait donné cette information.

— Il avait peut-être des affaires qui ne pouvaient pas attendre ?

— Peut-être.

Les œufs pochés et les toasts qu'elle avait demandés lui semblèrent soudain bien difficiles à avaler.

— Puis-je vous donner un conseil, Beatrice ?

Emerald avait posé sur elle un regard sérieux et attendait sa réponse avant de poursuivre.

Bea lui fit signe de continuer.

— Les mâles de la famille Wellingham sont difficiles à attraper, mais très faciles à garder. Quand ils aiment, c'est pour toujours.

— Vous vous trompez. Taris ne m'aime pas. Il ne m'a jamais dit qu'il m'aimait.

Elle avait dit la vérité sans réfléchir, comme une gamine incapable de tenir sa langue.

Décontenancée, elle vit Emerald sourire.

— Taris était officier de renseignements sous Wellington. Pendant des années, il a effectué des missions de reconnaissance dans le nord de la France et en Espagne, en se faisant passer pour un habitant de ces contrées, et jamais il n'a été démasqué. Saviez-vous qu'il parle couramment le français et l'espagnol et qu'il était l'un des meilleurs tireurs d'élite que l'armée ait jamais connu ?

Elle s'arrêta un instant pour boire une gorgée de thé noir corsé.

— Quand il est allé aux Caraïbes pour tirer mon mari des griffes d'une bande de pirates…

Beatrice eut une réaction de surprise qu'Emerald remarqua immédiatement.

— … il a été le seul homme capable de découvrir leur repaire, et le seul à en revenir indemne. La balle l'a touché alors qu'il emmenait Asher vers la mer pour le mettre en sécurité.

— Une balle ?

— Une balle qui a endommagé sa vue alors qu'il sauvait mon mari. Voilà pourquoi je lui dois tout !

Emerald se pencha vers elle comme pour lui faire une confidence.

— Donnez-lui une chance de comprendre ce qu'il ressent. Faites-lui comprendre ce que j'ai dû moi aussi faire comprendre à Asher.

— C'est-à-dire… ?

— Qu'il ne peut pas vivre sans vous.

Bea eut un mouvement de recul.

— Je ne crois pas…

Emerald posa sa main sur la sienne.

— Il faut que vous fassiez comprendre à Taris que l'homme que vous voulez, c'est l'homme qu'il est maintenant, pas celui qu'il était autrefois. Il doit tirer un trait sur le passé et accepter le fait qu'il est devenu un autre homme, et vous êtes la seule à pouvoir l'aider.

Beatrice voyait enfin où elle voulait en venir.

— En lui prouvant que je l'aime tel qu'il est ?

— Exactement.

14

Après sa conversation avec Emerald, la tristesse de Bea disparut pour laisser place à un sentiment complètement différent.

Son imagination s'était mise en marche pour faire face au défi qu'elle avait à relever, et plus rien d'autre ne comptait que le nouvel objectif qu'elle s'était fixé.

Le lendemain soir, son plan d'action était prêt, et elle attendait de pied ferme le retour de Taris à Falder.

Elle avait emprunté à Emerald une chemise de nuit toute de dentelle et de soie, qu'elle avait généreusement aspergée de son parfum à la violette.

Elle avait également allumé des bougies qu'elle avait placées autour de son lit et qui, en se consumant, dégageaient un délicat parfum de fleurs.

Elle n'attendait plus que Taris maintenant, mais au fur et à mesure que les heures passaient et que la nuit avançait, elle commençait à douter de le voir arriver.

Bates lui avait certifié que la lumière filtrait encore sous la porte de Beatrice, même si Taris savait qu'il était déjà plus de minuit.

Après avoir remercié son valet, il attendit que s'éloigne le bruit de ses pas et s'appuya contre le mur pour réfléchir aux différentes options qui s'offraient à lui.

Sa conversation avec l'homme de loi n'avait fait que confirmer ses soupçons. Il avait passé la journée à Ipswich après avoir pris contact avec le notaire de Beatrice, un dénommé Robert Nelson, et l'histoire que ce dernier lui avait racontée était bien différente de la version de James Radcliff.

— J'ai fait confiance à ce jeune homme et je n'ai récolté que des mensonges. Si je retrouvais ce vaurien, je lui chaufferais les oreilles avec quelques mots choisis avant de le livrer à la police, vous pouvez me croire. Apparemment, il aurait détourné une coquette somme durant les trois années où il a été employé chez moi, et il aurait refusé à Mme Bassingstoke l'argent qui lui était dû alors qu'elle devait s'occuper seule de son mari affligé d'une terrible maladie.

— Et les livres de comptes dont vous avez parlé ? Où sont-ils à présent ?

— Pas ici. Je les ai cherchés partout, et je ne les ai pas trouvés. Si nous pouvons mettre la main sur ces livres, nous pourrons prouver de manière irréfutable que James Radcliff est coupable de malversations.

Les choses paraissaient soudain beaucoup plus claires à Taris.

— Radcliff savait-il que des soupçons pesaient sur lui ?

L'homme acquiesça.

— Bon sang.

Si Radcliff croyait que les livres de compte se trouvaient dans le coche avec Bea, il avait très bien pu scier l'essieu pour tenter de les récupérer.

L'accident dont elle avait été victime dans Regent Street avait pu être orchestré par lui également, car il se souvenait avoir remarqué son odeur, celle de la bergamote, quand il avait ramené Beatrice chez elle.

Il avait probablement payé un gamin pour qu'il provoque un accident, ce qui lui avait laissé le champ libre pour fouiller la maison.

L'homme savait que, sans les livres de comptes, il serait

bien plus difficile de faire la preuve de sa culpabilité, et les papiers étaient faciles à détruire.

Le danger se faisait de plus en plus pressant, car le temps ne faisait probablement qu'accentuer l'impatience de l'homme à trouver ce qu'il cherchait, or il avait déjà du sang sur les mains et un avenir plutôt incertain. Il n'avait plus grand-chose à perdre.

Taris devait absolument rentrer à Falder sans délai pour s'assurer que Bea était bien en sécurité, car si elle courait le moindre danger…

Il avait encore sur le cœur le souvenir de son refus quand il lui avait demandé de l'épouser.

Aujourd'hui, les murs qu'il avait élevés pour se protéger d'un monde qui devenait de plus en plus sombre ressemblaient plus à une prison qu'à une forteresse.

A force de toujours rechercher la solitude et l'isolement, il était devenu incapable de se montrer honnête, incapable d'avouer ses sentiments.

Mais après tant d'années passées à se battre contre la cécité qui le gagnait, il lui était difficile de se résigner et d'accepter son sort, et il y avait bien longtemps qu'il n'avait pas laissé des sentiments frivoles tels que l'amour et la confiance passer avant la prudence.

Il aurait voulu revenir en arrière, redevenir l'homme qu'il était avant, mais c'était impossible.

Il n'était pas sûr de pouvoir atteindre une cible à dix mètres aujourd'hui, alors qu'autrefois il était capable de faire mouche à cent mètres, et il avait besoin des yeux de Bates pour le moindre déplacement en ville. Il était toujours dépendant des autres et ne pouvait rien faire seul.

Il posa les deux mains contre la porte de Bea.

Le seul endroit où il se sentait vraiment à sa place maintenant, c'était quand il était avec elle, lorsqu'elle se tenait blottie contre lui dans l'obscurité. Alors il se sentait bien, près de cette femme à l'esprit vif et au corps généreux.

Il ne désirait rien de plus.

Juste ce bonheur simple.

Etre avec Bea.

En ouvrant la porte, il perçut l'odeur des violettes, à laquelle se mêlait une autre.

De la cire parfumée ?

Bea avait allumé des bougies, se dit-il en sentant la chaleur des flammes, même à cette distance.

Il y en avait donc beaucoup ?

Comme il avançait dans la pièce, un bruit léger mais régulier lui fit tendre l'oreille.

Beatrice respirait doucement sur le canapé.

Pourquoi s'était-elle endormie là ? Et en oubliant d'éteindre les bougies, qui plus est !

Il s'approcha d'elle.

Quand ses doigts rencontrèrent la chaleur de son corps, il se demanda ce qu'elle portait.

Le long de ses jambes, il sentait sous ses doigts autant de peau satinée que de dentelle. Le genre de tenue que pourrait porter une courtisane dans les établissements les plus huppés du quartier de Curzon Street.

A un mouvement à peine perceptible, il comprit que Bea venait de se réveiller.

— Je me suis endormie ?

— Il est bien après minuit. Pourquoi n'êtes-vous pas couchée ?

— J'espérais que vous viendriez.

Il huma l'air tandis qu'elle se redressait sur le canapé. L'odeur des violettes était bien plus forte que d'habitude, presque suffocante.

— Vous avez renversé votre flacon de parfum ?

Elle eut l'air étonnée.

— Non, qu'est-ce qui vous fait dire ça ?

— Il y a une forte odeur de violettes dans la pièce.

Il se dirigea vers les bougies.

— Et vous ne devriez pas laisser toutes ces bougies allumées quand vous dormez, Bea, c'est dangereux.

Elle se mit à rire.

Mais lorsqu'il revint vers elle pour poser ses mains sur sa poitrine ample et généreuse, elle s'arrêta aussitôt et attendit, immobile.

Il aimait qu'elle se laisse faire ainsi.

— Que portez-vous ce soir ?

— Un déshabillé qu'Emerald m'a prêté.

Il y avait de la timidité dans sa voix quand elle tenta de lui expliquer.

— J'attendais votre retour.

Soudain, il comprit.

— Tout cela était pour moi ? Les bougies, le parfum, la tenue légère... ?

Taris prit tout à coup conscience de ce sentiment nouveau qui montait en lui. C'était un sentiment inhabituel, à la fois étrange et troublant. Un sentiment indéniable, et tellement fort qu'il en resta sans voix.

— Emerald m'a un peu parlé de l'époque où vous serviez dans l'armée sous Wellington. Elle a dit que vous étiez passé maître dans l'art du renseignement, et que vous n'avez jamais été démasqué.

— C'était il y a bien longtemps. J'étais un homme différent, alors.

— Avez-vous oublié les langues que vous parliez couramment d'après ce que m'a dit Emerald ?

— Non.

— Et ne participez-vous pas, aujourd'hui encore, au décryptage de codes secrets pour le compte de l'armée britannique ?

Il sourit, amusé. Décidément, elle avait été fort occupée pendant son absence.

— C'est vrai. Mais si qui que ce soit venait à apprendre que vous êtes au courant, je serais probablement renvoyé sur-le-champ.

— Vous continuez à évoluer dans un monde dangereux, alors que n'importe qui d'autre à votre place aurait baissé les bras, Taris. Mais pas vous. Et ça, pour moi, c'est héroïque.

Il resta silencieux.

— Le déshabillé que je porte est en dentelle d'argent, et je n'ai rien d'autre en dessous. Mes cheveux sont fraîchement lavés et parfumés, et les ongles de mes pieds et de mes mains ont été peints avec soin. En rose pâle, précisa-t-elle.

Comme si la couleur pouvait avoir une importance pour lui.

— Et si je me suis donné la peine de faire tout cela, poursuivit-elle, ce n'est pas pour séduire un homme qui m'inspire de la pitié ou de la condescendance. Frankwell m'a maltraitée pendant des années, vous le savez, mais les cicatrices qu'il m'a laissées ne sont que les marques de la honte et de la colère. Parce que je ne me suis pas défendue, parce que je n'ai pas cherché de l'aide, ni raconté à personne ce qui se passait. Vos cicatrices, au contraire, sont les marques de votre courage et de votre bravoure. Des blessures qui rappellent que vous avez sauvé votre frère, et que vous vous êtes échappé de ce lieu dont personne n'était jamais sorti vivant auparavant. Si je pouvais échanger mes blessures contre les vôtres, je le ferais, Taris, sans une seconde d'hésitation.

La voix de la jeune femme sembla se briser en prononçant ces derniers mots, mais elle ne lui laissa pas le temps de répondre.

— Je serais prête à faire l'échange parce que, vous, vous n'avez jamais abandonné.

A ces mots, Taris se sentit envahi d'une immense tristesse, pour lui et pour elle. Le sort qui leur avait été réservé, à tous deux, était profondément injuste, mais ils avaient survécu. A moins que ce ne soit justement ces difficultés qui les aient poussés à se battre ?

Elle avait parlé de courage et de bravoure.

Etait-ce là ce qu'elle voyait en lui ?

Dehors, le vent soufflait avec force et les premières gouttes de pluie commençaient à tomber.

Ici, dans la chaleur du feu et la lumière des bougies, avec Beatrice vêtue de cette dentelle tellement ajourée qu'elle ne cachait presque rien, une tenue qu'il imaginait facilement même sans l'aide de ses yeux, il sut qu'une nouvelle possibilité s'offrait à lui.

Celle de vivre dans la douce chaleur d'un foyer.

Avec Beatrice.

Quand il laissa glisser sa main pour la poser sur son ventre arrondi, il la sentit se tendre légèrement.

Il pouvait avoir un foyer et une famille.

Sa propre famille.

Il entendait déjà les rires des enfants. Pas seulement un, mais toute une ribambelle d'enfants.

Il les imaginait, courant dans Beaconsmeade et dans Falder, connaissant bientôt les terres aussi bien qu'Asher et lui quand ils étaient enfants.

— Cet enfant devrait naître dans moins de cinq mois d'après mes calculs, et je ne voudrais pas qu'il voie le jour en dehors des liens du mariage.

Elle ne répondit pas.

— Me permettez-vous de vous faire la cour, Beatrice-Maude ? De vous faire la cour comme il se doit, je veux dire ?

— Comme il se doit ?

— En vous accompagnant aux bals et aux soirées donnés aux environs de Falder. En vous courtisant à la manière d'un soupirant animé des meilleures intentions.

En réponse, elle vint enrouler son corps autour de lui, ne lui laissant aucun doute quant à sa réponse.

En lui faisant perdre toute réserve.

— Aime-moi, Bea, murmura-t-il, le visage enfoui dans la masse de ses cheveux.

— Je t'aime, répondit-elle.

Il sentit les battements de son cœur s'accélérer.

Rien n'aurait pu empêcher l'union de leurs deux corps. Comme des brindilles en présence d'une flamme, ils s'embrasèrent et brûlèrent avec ardeur avant de retomber, essoufflés et repus, encore ivres de plaisir.

— Je t'aime, Taris, dit-elle encore une fois avant qu'il ne ferme les yeux et qu'il ne s'endorme.

En s'asseyant à la table du petit déjeuner en compagnie de Beatrice le lendemain matin, Taris sut que les bavardages des domestiques étaient déjà arrivés aux oreilles de son frère.

— Bien dormi ? demanda celui-ci.

L'ironie de son ton était perceptible, et Taris était certain que Bea l'avait entendu aussi.

— Très bien, merci.

Bien décidé à ne pas laisser Asher continuer dans cette veine, il se servit une généreuse assiette d'œufs et de bacon et détourna le sujet de la conversation sur la soirée des Davis, à laquelle ils avaient tous promis d'assister le soir même.

Mais l'arrivée d'Emerald ne fit qu'ajouter à la tension. C'était probablement elle qui avait suggéré en premier lieu le déshabillé, et, en la voyant s'installer à table avec eux, il se dit que ce petit déjeuner était bien parti pour durer.

— Je crois que tu es arrivé tard hier soir, n'est-ce pas, Taris ?

— C'est vrai.

— Et je vois que tu te lèves tard ce matin…

— Oui. *Je* me lève tard, répondit-il en insistant sur la première personne du singulier.

— Ça n'est pas dans tes habitudes.

— C'est juste.

— Maman a cru entendre de la musique dans la chambre de Cristo la nuit dernière. C'est ce qu'elle m'a dit ce matin.

Sa belle-sœur ne pouvait plus se retenir, et elle éclata d'un rire qui se propagea rapidement à toute l'assemblée.

Sous la table, Taris sentit la main de Beatrice se poser sur la sienne. Elle lui serra les doigts avant de prendre la parole.

— Où est votre frère Cristo ?

Elle avait posé exactement la question qu'il fallait pour détourner l'attention de tout le monde.

— Notre frère vit sur le continent depuis plusieurs années, après avoir décidé que l'Angleterre ne lui convenait plus.

Les mots choisis par Asher ne correspondaient pas tout à fait à la réalité, songea Taris.

— En tout cas, il s'y connaissait en matière de livres. J'ai parcouru les étagères de sa chambre, et je crois que même les bibliothèques publiques de Londres ne possèdent pas un éventail de sujets aussi large.

— C'est un trait de personnalité qu'il a hérité de notre père, il me semble.

Taris avait choisi ses mots avec soin, et quand sa sœur Lucy apparut à la porte, toute la famille s'empressa de changer de sujet.

Une heure plus tard, quand elle fut seule avec Taris, Bea lui reposa la question.

— Pourquoi votre frère a-t-il quitté Falder ?

— Il a tué mon père.

Il avait prononcé ces mots sans laisser paraître le moindre signe d'émotion.

— Il lui a tiré dessus ?

— Rien d'aussi dramatique. Il a simplement décidé un beau jour que le système de privilèges anglais n'était pas fait pour lui, et il est parti. Tout aurait pu être plus facilement pardonné si notre père ne s'était pas trouvé à ce moment-là en proie à une grave fièvre hivernale. Selon l'opinion du médecin à l'époque, c'est la disparition de Cristo qui l'a tué.

— Sa disparition ?

— Il est parti sans prévenir, sans donner la moindre explication. Une lettre est finalement arrivée, bien plus tard, mais notre père était mort depuis longtemps. Quand nous avons essayé de savoir où était Cristo, il a envoyé un message expliquant qu'il ne souhaitait pas être retrouvé. Après toutes ces années, nous avons décidé de respecter son souhait.

— Mais votre mère…

— Elle pense toujours à lui. Il aimait jouer du piano, et, de temps à autre, elle croit entendre de la musique qui vient de sa chambre.

Taris s'était détourné en lui disant cela, remarqua Beatrice. Comme si peut-être sa mère n'était pas la seule à regretter l'absence d'un fils né à Falder.

Se penchant alors pour ouvrir le tiroir d'un bureau, Taris en sortit une boîte bleu marine qu'il lui tendit.

— En héritant des terres de mon oncle, j'ai aussi hérité de tous les bijoux de la famille. Ne sachant pas quoi en faire, je les ai gardés ici. Peut-être souhaiteriez-vous porter ceci ?

Elle ouvrit la boîte.

Un splendide collier tout en or et topazes reposait dans un écran de satin blanc, flanqué des boucles d'oreilles assorties.

— Il est magnifique. Jamais je ne pourrai accepter un tel cadeau.

Honorée par son geste, elle ne savait que dire. Ce collier ne passait pas inaperçu. Si elle le portait, tout le monde saurait d'où il venait.

— Il y en a encore beaucoup d'autres. Vous pouvez choisir ceux que vous voulez. Pour ma part, je suis incapable de savoir à quoi ils ressemblent.

Il lui donnait carte blanche.

C'était un cadeau somptueux.

Pourtant, elle aurait préféré qu'il lui dise les trois petits mots qu'elle lui avait dits si souvent la nuit dernière.

Je t'aime.

En le voyant dans cette chambre aujourd'hui, avec ses cheveux sombres tirés en arrière et attachés sur la nuque, elle avait l'impression que jamais il ne les prononcerait.

Pas en plein jour, quand la voix de la raison les tenait à distance l'un de l'autre, et que sa mauvaise vue lui donnait toutes les raisons du monde de se montrer prudent.

Non, c'était dans l'obscurité qu'était leur monde, décida-t-elle. Quand les ombres de la nuit effaçaient les différences, et que le langage de leurs corps se passait de mots.

Seigneur.

Encore maintenant, elle rougit au souvenir de la nuit précédente.

Comme s'il pensait à la même chose, il fit un geste vers elle et lui prit doucement la main.

La boîte qui renfermait le collier était restée ouverte sur le bureau, oubliée.

— Beatrice ? demanda-t-il.

— Oui, répondit-elle.

Elle voyait les veines de son cou se gonfler avec les battements de son cœur. Il n'était donc pas aussi indifférent qu'elle se l'imaginait.

Elle sentit sa main qui glissait le long de son dos et de ses fesses pour soulever sa jupe, tandis que de l'autre il dénouait les liens de son pantalon et lui saisissait les hanches pour entrer aussitôt en elle. Elle était prête à l'accueillir. Elle sentait son souffle chaud dans son cou tandis qu'il pénétrait plus profondément, allant et venant sans ménagement, étroitement serré en elle.

Le bureau de chêne était dur et froid dans son dos et la porte n'était pas fermée à clé.

Pourtant, elle se sentait incapable de lui résister, les mains posées sur les papiers du bureau tandis qu'il accélérait ses mouvements.

Surprise une nouvelle fois par la même magie, elle rejeta la tête en arrière.

Alors il pouvait la prendre n'importe où, quand bon lui semblait, et elle se laisserait faire ?

Il vint poser ses lèvres sur les siennes pour couvrir ses gémissements tandis que les vagues du plaisir se rassemblaient avant de la conduire de nouveau là où plus rien d'autre ne comptait.

Il ne s'écarta pas d'elle quand ils eurent fini. Il la gardait étroitement enlacée, sans relâcher son étreinte, le souffle court, et leurs corps encore joints dans le plaisir.

— Seigneur, murmura-t-il dans un souffle.

La sensation de l'air froid sur sa peau nue était étrangement excitante, songea Beatrice, alors qu'elle le tenait toujours serré en elle, dans la lumière du jour qui exposait tout ce que la nuit avait caché.

Quand il glissa la main entre ses cuisses, elle ouvrit un peu plus les jambes et le laissa explorer son corps.

Autour d'eux, l'air était moite de l'ardeur de leurs ébats.

— Encore, murmura-t-elle.

Il se mit à rire, un rire franc et sans réserve qu'elle n'avait encore jamais entendu chez lui.

— Oui, encore, répéta-t-il doucement en touchant un point qui la fit rougir de tout son corps.

Le bruit de la pendule les ramena à la réalité.

Beatrice ne s'était jamais sentie aussi délicieusement décadente qu'en cet instant. Elle fit courir sa langue sur les lèvres de son amant.

— Taris ?

Il tressaillit quand elle passa son doigt sur la cicatrice qui lui barrait l'œil gauche. Elle courait de la racine des cheveux jusqu'au haut de la pommette.

Une autre maîtresse l'avait-elle déjà touché comme elle était en train de le faire ? Il se tenait tellement immobile qu'elle en doutait.

— Vous avez beaucoup souffert ?

L'or étincelait dans l'ambre de ses yeux.

— Au début, oui. Mais je crois que c'est l'océan qui m'a sauvé. L'eau de mer a effacé la douleur. Quand nous sommes arrivés sur la terre ferme, je ne sentais pratiquement plus rien.

— Vous avez passé longtemps dans l'eau ?

— Tellement longtemps que nous avons perdu la notion du temps. Avec tout le sang que j'avais perdu à cause de cette maudite blessure, c'est Asher qui m'a traîné avec lui finalement. Mais les courants aussi ont participé au sauvetage en nous ramenant à terre au soir du deuxième jour passé à dériver.

— Je n'ai jamais entendu la moindre allusion à tout cela, dit-elle.

— C'est à cause d'Emerald. Le premier responsable de toute cette histoire était son père.

— Son père ?

— Beau Sandford.

— Le pirate ? Je commence à croire que votre famille cache autant de secrets que moi.

— C'est la raison pour laquelle je veux bien vous les confier. Si vous n'aviez rien à cacher de votre passé, je ne pourrais pas vous en souffler mot.

— Je saurai toujours prendre soin de la moindre confidence, vous pouvez me faire confiance.

Il sourit.

— Je sais.

Seigneur, songea Taris ce soir-là en s'habillant pour le bal chez les Davis.

Il fallait qu'il dise à Bea ce qu'il ressentait pour elle, mais quelque chose l'en empêchait. Une chose qu'il pouvait parfaitement nommer : sa cécité. Et la dépendance qui l'accompagnait, cette dépendance qu'il trouvait répugnante.

Le rêve revenait de plus en plus souvent maintenant. Un rêve dans lequel il vivait dans les ténèbres, privé de lumière, perdu dans une nuit éternelle.

Ce cauchemar ne lui laissait aucun répit.

Mais l'enfant qu'ils avaient conçu ensemble grandissait lui aussi, et les mots que Beatrice lui avait dits à la lumière du jour quand ils faisaient l'amour demandaient une réponse.

Il lui devait une réponse.

Pouvait-il tout lui dire ?

Lui parler de sa peur et de son horreur de la dépendance et de la pitié ?

Lui dire que ses relations avec les autres devenaient de plus en plus difficiles à maintenir au fur et à mesure que sa vue diminuait, et que se déplacer dans une pièce pleine de monde était maintenant quasiment impossible sans aide.

Sans son aide.

Il aimait sentir son bras contre le sien lorsqu'elle le guidait tout en douceur.

Il aimait quand elle restait près de lui et faisait la conversation, lui laissant le temps de s'adapter pour éviter les embûches qu'il rencontrait si souvent.

Il prenait rarement des risques et, pourtant, aujourd'hui, il savait que la porte n'était pas fermée à clé. N'importe qui aurait pu entrer. Ses poings se serrèrent quand il comprit ce qui lui arrivait.

Grâce à Bea, il recommençait enfin à vivre. Malgré sa peur. Peur de trébucher et de révéler son secret. Peur de se retrouver dans une situation compromettante.

Tout cela était tellement nouveau pour lui !

Il ne pouvait pas courir le risque de perdre cette femme.

S'il la perdait…

Non, décida-t-il. Jamais il ne la perdrait.

Dès leur retour à Falder ce soir, il lui ferait comprendre exactement ce qu'elle représentait pour lui.

15

Beatrice fit son entrée dans la résidence des Davis au bras de Taris.

— Je n'ai pas l'habitude de ce genre de soirée, lui dit-il comme ils pénétraient dans la salle de bal, je ne les fréquente que depuis très récemment.

Elle sourit.

— Et puis-je vous demander ce qui vous a fait changer d'avis, monsieur ?

— Vous avoir près de moi.

Ses yeux se radoucirent en disant cela.

— Merci pour le compliment, répliqua-t-elle.

— Oh ! j'en ai encore beaucoup pour vous, Beatrice-Maude. Un peu plus tard, si vous le permettez, je pourrai vous en faire part.

— Un peu plus tard ? répéta-t-elle en riant. C'est une promesse ?

— Tout à fait.

Il y avait de l'humour dans sa voix.

— Et permettez-moi d'ajouter que vous êtes très en beauté ce soir.

— Vous pouvez me voir ?

— Non, mais l'imagination a parfois des avantages.

— Et lesquels, s'il vous plaît ?

— Dans mon esprit, vous portez la petite tenue aspergée

de parfum dans laquelle je vous ai trouvée à mon retour d'Ipswich.

— Un peu osé pour un bal de campagne, vous ne trouvez pas ?

— Et vos cheveux sont détachés. Ils tombent en longues boucles sur vos épaules, comme ceux des sirènes sur les rochers de Li Galli.

— Si vous m'entendiez chanter, vous choisiriez une autre image, monsieur.

— La reine Boudicca, alors, de la tribu des Icenis, menant son peuple contre les Romains ?

— Avec ce pauvre Néron et ses légions ! Une cible tellement facile !

Quand ils eurent fini de rire, elle lui posa tendrement la main sur la joue.

— Taris ?

Il se tenait parfaitement immobile et, dans l'ambre de ses yeux, elle décela une vulnérabilité qu'elle ne lui connaissait pas.

— Oui ?

— Merci.

— Pourquoi ?

— Parce que vous arrivez à me faire croire que je suis presque belle.

— Ah, Beatrice, répliqua-t-il en la serrant un peu plus fort, pour moi vous êtes tellement plus que cela.

Quelque chose ne tournait pas rond, songea Taris environ une heure plus tard. L'atmosphère avait changé, et il sentait la tension monter en lui.

Laissant Bea en compagnie d'Emerald et d'Asher, il sortit avec Bates sous prétexte de récupérer ses lunettes restées dans son manteau.

D'ordinaire, il aurait simplement envoyé son valet, mais, ce soir, la sensation de malaise qu'il avait si souvent connue au cours de ses années passées comme officier de renseignements sous Wellington était particulièrement forte, et il avait besoin de silence pour mieux entendre.

Comme il se frayait un passage parmi la foule, l'intuition qui l'avait maintes fois sauvé sur le continent l'avertit d'une menace toute proche.

En pénétrant dans le hall d'entrée, il entendit un bruit sourd suivi d'un grognement distinct.

Bates s'avança, le bruit de ses pas résonnant sur le sol de marbre, et il y eut un nouveau bruit sourd pareil au premier.

— Bates ?

Comme son valet ne répondait pas, Taris libéra les pointes de diamant de sa chevalière avant de défaire le pommeau de sa canne.

— Bates ? essaya-t-il encore.

Une ombre passa sur son visage, et il eut la sensation d'un danger imminent. Il se jeta en avant pour tenter de parer le coup qu'il sentait venir, et un objet dur, probablement de bois, entra lourdement en contact avec la chair de son avant-bras. Une matraque, peut-être.

Heureusement, son premier réflexe avait suffi à lui éviter de se faire assommer.

Il flottait dans l'air une odeur qu'il reconnaissait.

La bergamote.

Radcliff ! Il était ici ?

Levant son épée, Taris fendit l'air autour de lui à plusieurs reprises, sans rien toucher.

L'homme avait disparu.

Pris de panique, il s'agenouilla près de son valet qui gisait sur le sol à ses pieds.

Il y avait un autre homme allongé à ses côtés. Ils étaient tous deux évanouis, mais ils respiraient encore.

Seigneur, songea-t-il. Maintenant Radcliff allait s'en prendre à Bea !

Se levant d'un bond, il se dirigea vers le bruit des conversations provenant de la pièce qu'il venait de quitter et heurta de plein fouet une porte laissée à demi ouverte.

Il fut violemment projeté en arrière.

Puis, ses doigts effleurèrent un pilier qu'il avait remarqué un peu plus tôt et, retrouvant ses repères, il reprit sa course en suivant le mur, puis trouva la porte sous sa paume.

Il se laissa guider par la chaleur dégagée par la foule qui se pressait dans la pièce. Autour de lui, des formes commençaient à se dessiner dans l'épais brouillard grisâtre.

Il entendit un juron quand il heurta une main qui tenait un verre, mais poursuivit son chemin à grands pas tout en criant le nom de Beatrice.

Il ne cherchait même pas à se montrer discret.

Un peu plus loin, il trébucha sur un pied et faillit tomber. En essayant de retrouver l'équilibre, il renversa une plante qui se trouvait là mais qu'il n'avait pas remarquée.

Il avait oublié toute prudence.

Dans ce moment de panique à l'idée qu'il pourrait arriver quelque chose à Beatrice, il avait abandonné toutes les précautions de ces dernières années.

Il n'essayait même pas de s'excuser auprès des gens qu'il bousculait sur son passage, ignorant leurs protestations tandis qu'il continuait sa progression.

— Beatrice ?

Plus rien d'autre ne comptait maintenant. Il devait la retrouver.

Mais sans la présence de Bates à ses côtés, il lui était difficile de savoir où elle se trouvait et quels obstacles se dressaient sur son chemin.

Une chaise arrêta sa progression et il se tourna vers la gauche.

— Beatrice-Maude ? cria-t-il d'une voix plus forte.

Il reconnaissait à peine sa propre voix. L'orchestre qui jouait de ce côté de la salle s'arrêta, et dans le silence qui suivit, il continua à l'appeler.

Oppressé par la peur, il respirait lourdement, les yeux écarquillés pour tenter de mieux voir.

Des silhouettes grises, indistinctes et éphémères, se mouvaient dans les ténèbres. Les ombres plus sombres projetées par les murs lui donnaient une idée des limites de la pièce, mais en dehors de ça, il ne voyait que des taches brunâtres. Il était incapable de distinguer le moindre détail.

— Beatrice ? Où êtes-vous ?

En voyant son épée dégainée, les gens qui l'entouraient s'écartaient.

— Wellingham a une épée, murmuraient-ils. Il est devenu complètement fou.

En entendant les cris de panique, il sentait les poils de ses bras se hérisser.

— Bea ?

Pourquoi ne répondait-elle pas ?

Radcliff était peut-être arrivé jusqu'à elle et l'entraînait peut-être dehors en ce moment même, pendant que lui la cherchait désespérément dans le brouillard.

Un homme tenta de l'arrêter, mais Taris se débarrassa de lui rapidement, les coups maladroits du pauvre diable étant loin de faire le poids face à un soldat entraîné à l'art de la guerre pendant plus de six ans.

Autour de lui, les autres s'écartèrent avec des murmures effrayés.

— Taris ?

C'était la voix d'Asher dans le lointain. Il avait l'air presque aussi désespéré que lui.

Taris ressentit un grand soulagement.

— Asher, est-ce que tu vois Beatrice ?

La salle lui paraissait plus grande que jamais, et il n'avait toujours pas de réponse de celle qu'il cherchait.

— Bea. Beatrice-Maude, où êtes-vous ? Si vous touchez à un seul de ses cheveux, Radcliff, je vous tuerai. Je jure que je vous tuerai.

Il fit une pause.

— Asher ? cria-t-il de nouveau à son frère.

— Radcliff est ici ?

Il y avait dans la voix d'Asher la même inquiétude que dans la sienne.

Dans la salle, les conversations se turent, comme si les convives prenaient soudain conscience du danger, s'attendant à le voir surgir à tout moment.

— Beatrice ?

Il essayait de cacher sa panique, mais c'était impossible.

— Ici, Taris. Nous sommes par ici, sur ta droite.

C'était la voix de sa belle-sœur, puis enfin celle de Beatrice.

— Taris ?

Sa voix était pleine d'inquiétude.

Il continua dans sa direction au milieu d'un tourbillon de ténèbres, se rapprochant d'elle à chaque pas, le souffle court, des gouttelettes de sueur perlant sur son front, jusqu'à ce qu'elle soit finalement près de lui, les mains sur son bras, le parfum de violettes enfin retrouvé.

— Je croyais vous avoir perdue. Radcliff est ici.

Il la serra contre lui, l'épée levée.

Il était prêt à tuer quiconque oserait s'approcher, jura-t-il. Tremblant de colère, il faisait face aux ténèbres qui l'entouraient.

Ils étaient seuls dans cette pièce, seuls contre le monde entier.

— Taris. Il n'est pas ici. Je ne le vois nulle part.

La voix raisonnable de Beatrice l'aida à se calmer.

— Vous en êtes sûre ?

— Oui. Il n'est pas là.

Les conversations reprirent dans la foule, et le bruit du sang qui battait à ses tempes s'atténua peu à peu. Quand Asher et Emerald les rejoignirent, il baissa sa lame, essayant de reprendre son souffle.

— Il est parti. Ce salopard était là, mais il est parti maintenant.

— Tu es sûr que c'était Radcliff ?

— J'ai senti son odeur.

— Vous avez bu, Wellingham ?

Il reconnut la voix de lord Davis.

— Non, je n'ai… pas… bu.

Le soulagement lui faisait tourner la tête, et il avait du mal à s'exprimer.

— Je crois qu'il y a un homme ici qui pourrait s'en prendre à Mme Bassingstoke. Je ne cherche qu'à la protéger. Il a déjà assommé deux hommes.

A ces mots, le brouhaha des conversations reprit de plus belle.

— Décrivez-le pour eux, Bea, dit-il.

Elle se mit en devoir de faire ce qu'il avait dit, lui laissant un peu de temps pour recouvrer ses esprits.

Dans son dos, Beatrice sentait le cœur de Taris qui cognait dans sa poitrine. Il la tenait toujours dans ses bras, et elle se trouvait au beau milieu d'une pièce remplie d'étrangers tous tournés vers elle.

Ou plus exactement vers Taris, plus séduisant que jamais avec son air féroce et dangereux, avec sa cicatrice sur l'œil et son épée à la main, menaçant quiconque faisait l'erreur d'essayer de se mettre entre eux.

Même Asher se tenait à l'écart, observant la scène à distance.

— C'est un homme très grand et très mince, avec des cheveux brun clair et une petite moustache.

Elle jeta un regard autour d'elle comme tout le monde, mais Radcliff n'était nulle part, ni dans cette pièce, ni dans la suivante.

— Je suis certaine qu'il est parti, dit-elle plus doucement à Taris.

A ces mots, il relâcha son étreinte, gardant quand même sa main dans la sienne, comme s'il ne voulait pas la perdre de vue.

Ou plutôt comme s'il ne voulait pas perdre le contact, songea-t-elle en souriant. L'expression était plus appropriée.

Décidément, la soirée prenait une tournure qu'elle n'aurait jamais osé imaginer, même dans ses rêves les plus fous.

Pour un homme qui détestait attirer l'attention, ce soir avait été une véritable révélation.

Taris Wellingham avait non seulement traversé une pièce noire de monde en criant son nom, mais il avait aussi fait un rempart de son propre corps pour la protéger quand il l'avait sentie menacée.

N'était-ce pas là une déclaration ?

Il n'avait peut-être pas encore dit qu'il tenait à elle, mais certaines actions en disaient parfois bien plus long que n'importe quels mots.

Il n'avait toujours pas lâché sa main, et elle n'avait pas cherché à la retirer.

Elle se sentait bien. En sécurité. Et elle savait qu'elle pouvait avoir confiance.

A côté d'eux, Asher et Emerald montaient la garde. Elle était dorénavant entourée d'une famille prête à la protéger dans n'importe quelle situation, chose que personne n'avait jamais faite pour elle auparavant.

Bates vint les rejoindre.

Le coup qu'il avait reçu sur la tête lui avait laissé une vilaine bosse.

— Avez-vous vu celui qui vous a frappé ? demanda Taris quand il sut que son valet était de nouveau à ses côtés.

— Je n'ai vu que sa matraque, probablement la même arme que celle utilisée pour assommer le valet de pied. Il a pris un vilain coup, mais la gouvernante s'occupe de lui maintenant. Tout ce que je sais, c'est que ça ressemblait à une matraque d'agent de police.

— L'agent qui est venu interroger les témoins de mon accident a dit qu'il avait perdu sa matraque ce jour-là.

Quand Taris émit quelques jurons bien sentis, Beatrice se dit qu'elle aurait peut-être mieux fait de garder cette information pour elle.

Bates avait ramené à Taris la partie de bois de sa canne, qui formait un fourreau parfait pour son épée, songea-t-elle. Quant au pommeau d'argent, il faisait partie de la garde de l'arme.

De part et d'autre de leur petit groupe, des curieux s'étaient approchés et les regardaient avec un intérêt non dissimulé.

Taris n'avait apparemment rien remarqué, et il saisit les doigts de Bea pour les placer au creux de son bras.

— Conduisez-nous dehors, Bates, dit-il.

Le petit groupe sortit comme un seul homme pour rejoindre le carrosse qui les attendait devant la porte.

De retour à Falder, ils s'installèrent dans le petit salon bleu pour réfléchir et essayer de comprendre ce qui venait de se passer.

— L'homme doit être complètement fou pour avoir l'idée de nous attaquer là-bas.

Asher avait un verre de vin à la main. Emerald était assise à côté de lui, avec un verre elle aussi.

— Je ne suis pas sûr que c'était ce qu'il avait l'intention de faire, intervint Taris. Je pense que nous l'avons surpris. A mon avis, il attendait notre départ pour attaquer. Mais quand il a vu que nous n'étions que deux et que dans l'obscurité il bénéficiait de l'effet de surprise, il a saisi sa chance.

— Bates risque d'avoir un sérieux mal de tête demain matin. Tu as eu de la chance qu'il ne s'en prenne pas à toi, Taris.

— Mais il s'en est pris à moi, répliqua Taris en remontant sa manche.

Il avait comme une grosse bosse décolorée sur l'avant-bras, observa Beatrice, et sa peau avait été déchirée par la violence du coup qu'il avait reçu.

— J'ai senti un coup ici…

Il s'interrompit, la tête penchée de côté et les yeux fermés comme s'il cherchait à se rappeler quelque chose.

— Il ne sentait pas seulement la bergamote, dit-il soudain. Le houblon. J'ai senti l'odeur du houblon. Et aussi celle de l'hydromel.

— Le Chien et le Sanglier ?

Asher était déjà debout.

— A Kenworth.

Taris se leva à son tour, et les deux frères se dirigèrent vers la porte.

Avant même que Beatrice ait eu une chance de dire au

revoir, ils étaient partis, appelant des hommes pour les accompagner.

Emerald n'avait pas bougé, mais elle prit une bonne gorgée de vin avant de parler.

— Le Chien et le Sanglier est une taverne située à une dizaine de kilomètres d'ici. Il y a des chambres pour les voyageurs, et on y fabrique une variété particulière d'hydromel.

— L'odeur que Taris a reconnue ?

— Exactement. Si Radcliff est bien là-bas, il n'aura pas la moindre chance de s'en sortir.

— Vous croyez qu'ils pourraient le tuer ? murmura Bea, horrifiée.

Emerald sourit.

— Pire encore. Quand ils en auront fini avec lui, je suis sûre qu'il se dira qu'il aurait préféré mourir.

— Mais il les attend peut-être, s'écria-t-elle.

Le danger qu'ils couraient faisait trembler sa voix.

— Et il n'est peut-être pas seul !

— Je pense que nos hommes sont de taille à les affronter.

Il n'y avait pas la moindre trace de peur dans la réponse d'Emerald.

— Vous êtes toujours aussi sûre de vous ?

Emerald se mit à rire.

— C'est ce que vous pensez de moi ? Je pourrais dire exactement la même chose de vous.

Bea fronça les sourcils.

— La même chose ?

— Je vous ai vue pendant vos discussions. Vous dirigez les débats avec l'adresse de quelqu'un qui a l'habitude de manier les foules, et les sujets dont vous traitez ne sont pas pour les mauviettes. Et pourtant, vous laissez chacun donner son opinion, même la plus originale.

— J'ai passé tant d'années sans pouvoir donner la mienne, que c'est peut-être ma vocation maintenant d'écouter celle des autres.

— Et vous ne craignez jamais de perdre le contrôle de la discussion ?

— Nous sommes à Londres. Quel mal mes invités pourraient-ils faire ?

— Vous crucifier avec des mots, par exemple.

— Les seules opinions qui me préoccupent sont celles des personnes présentes ici à Falder.

— Seigneur. Je ne suis pas étonnée que Taris vous veuille à ses côtés, Bea. A vous deux, vous pourriez diriger le monde. J'espère qu'il ne vous emmènera pas trop vite avec lui à Beaconsmeade.

Bea fit une pause.

— Je ne comprends pas, dit-elle.

— Pour la première fois ce soir, il a oublié de cacher sa cécité aux autres, pour la seule et unique raison qu'il vous croyait en danger.

— Il avait peut-être simplement peur pour notre enfant.

Bea n'avait pas l'intention de révéler la nouvelle à Emerald, mais ça lui avait échappé.

— Ce qui explique votre penchant pour le thé léger ?

— Tout le reste me rend malade.

— Vous êtes-vous déjà demandé pourquoi un homme poursuivi par les plus jolies filles de Londres n'a pas encore d'enfant, alors qu'il aura bientôt trente-deux ans ?

— Peut-être s'est-il montré prudent ?

— Ou tout simplement abstinent. Avant vous, c'est à peine s'il regardait les femmes. Pourtant, quand il a hérité de son oncle, elles étaient nombreuses à rivaliser pour tenter d'attirer son attention, vous pouvez me croire. Vous vous dévalorisez quand vous dites qu'il ne s'intéresse qu'à son enfant, car je sais que vous l'aimez.

Une larme coula le long de la joue de Beatrice.

— Oui, répondit-elle.

Elle se sentait incapable de cacher plus longtemps ses sentiments.

— Je l'aime plus que ma vie, parce qu'il m'a sauvée. Il m'a sauvée en me permettant d'être moi-même.

— Alors quand il reviendra, dites-lui ce que vous ressentez. Mais je vous préviens, chez les Wellingham, les hommes ont parfois du mal à exprimer leurs sentiments avec des mots. Il faut apprendre à lire les autres signes.

— Les autres signes ?

Elle sentait encore les bras de Taris autour d'elle au bal pour la mettre à l'abri et la protéger d'un ennemi qu'il ne pouvait même pas voir.

Elle entendait encore sa voix rauque qui l'appelait au milieu de la foule, sans rien pour se repérer, ni son valet pour le guider.

Il fallait savoir lire les autres signes ? Combien en avait-elle vu au juste ce soir ?

Elle avait vu sa peur qu'il lui soit arrivé quelque chose, et le courage dont il avait fait preuve pour mener à bien la difficile tâche de la retrouver dans une pièce noire de monde. En prenant tous les risques.

Et en dévoilant son secret !

Elle avait entendu les murmures de l'assemblée pendant qu'ils sortaient.

« Est-ce qu'il voit clair ? »

« Mon Dieu, Wellingham serait aveugle ? »

Taris avait probablement entendu leurs conjectures lui aussi, mais il n'y avait pas fait la moindre allusion.

Le soin qu'il avait mis à cacher sa mauvaise vue pendant toutes ces années avait été balayé d'un coup dans ce moment de terreur.

Tout cela pour elle !

Il avait abandonné tout ce qui lui tenait le plus à cœur, parce qu'il avait eu peur pour elle.

C'était un cadeau tellement magnifique que Bea sentit son cœur se serrer.

Taris et Asher revinrent presque deux heures plus tard, relatant l'histoire de la capture de Radcliff.

L'homme avait été surpris par leur arrivée et s'était rendu sur-le-champ. Il n'avait montré aucune résistance, ce qui avait facilité son arrestation. Après l'avoir confié à la police locale, il ne leur restait qu'à rentrer.

— James Radcliff a tout avoué, depuis le détournement de l'argent des Bassingstoke jusqu'au recours à un homme de main qu'il a soudoyé pour vous tenir à l'écart, Beatrice, pendant qu'il fouillait votre maison.

Taris était assis près d'elle et avait pris sa main dans la sienne pour lui raconter toute l'histoire.

— Il a dit aussi qu'il n'avait jamais eu l'intention de vous tuer, mais il s'est donné tellement de peine pour récupérer ces livres de comptes que j'ai du mal à le croire.

— Alors tout ça, c'était pour récupérer les livres ?

— Il pensait que, s'il parvenait à les détruire, il échapperait à la prison. Il croyait que vous les aviez avec vous dans le coche, et il vous a suivie jusqu'à ce que la tempête de neige ne le force à se réfugier dans une taverne. Il a cru ensuite que vous les aviez emportés à Londres.

— Mais ce n'était pas le cas.

— Robert Nelson a dit qu'ils vous avaient été envoyés après la mort de votre mari. A mon avis, ils ont été emballés avec le reste de vos affaires et ils ont dû rester dans la neige à l'endroit où le coche a perdu sa roue.

— Mais pour quelle raison a-t-il bien pu détourner tout cet argent ? Il devait bien se douter qu'il resterait une trace écrite des sommes qu'il avait prélevées ?

— Je crois qu'il rêvait de grandeur. Nelson a fait allusion au fait qu'il était le fils cadet du maire d'un village plus au nord. Un fils qui pensait qu'il méritait mieux.

— Alors ce qu'il a volé est inscrit dans les livres ?

Taris acquiesça.

— Mais la vérité finit toujours par éclater, malgré le soin que l'on peut mettre à tenter de l'étouffer. Il sera jugé pour sabotage d'un moyen de transport public et pour détournement de fonds. Il passera un bon nombre d'années en prison, et je le garderai à l'œil pour m'assurer qu'il ne s'approche plus jamais de nous.

— Il devait être fou pour s'imaginer qu'il pouvait vous arracher à nous.

Emerald était debout près d'elle, et le ton de sa voix ne laissait aucun doute quant à ce qu'elle pensait des intentions de Radcliff.

Asher se mit à rire.

— Nous ne pouvons pas garder Beatrice ici, Em. Elle appartient à mon frère.

— Oui, elle est à moi, répliqua Taris d'un ton ferme.

Et pour la première fois de sa vie, Beatrice sut qu'elle avait trouvé sa place.

Une heure plus tard, Bea était allongée sous les draps auprès de Taris, et le mince rai de lumière provenant d'une lune réduite à un minuscule quartier lui rappelait Maldon et la tempête de neige.

Ils avaient déjà fait du chemin depuis cette nuit-là, et ils en feraient encore ensemble.

Un léger mouvement dans son ventre la tira de ses pensées.

— Je l'ai senti ! J'ai senti notre bébé bouger ! Comme une aile de papillon.

Elle prit la main de Taris et la posa contre son ventre, se tenant aussi immobile que possible.

Quand l'enfant bougea de nouveau, elle le vit sursauter de surprise et de joie.

Il n'avait pas besoin de voir.

Juste de toucher et de sentir.

C'était une sensation nouvelle pour tous les deux. Un sentiment élémentaire d'harmonie et de plénitude.

Le début d'un voyage qui allait les mener vers des contrées dont aucun d'eux n'avait jamais osé rêver.

— Si je vous avais perdue ce soir…

Taris ne réussit pas à finir.

Il fit une pause avant de reprendre.

— Si je venais à vous perdre, je crois que je n'y survivrais pas.

Bea sentit les larmes lui monter aux yeux.

— Il se peut que d'autres personnes soient au courant de votre secret, maintenant. En quittant la résidence des Davis, j'ai entendu des gens parler…

Il l'arrêta en posant un doigt sur ses lèvres.

— Je vous aime, Beatrice-Maude Bassingstoke.

Sa voix paraissait rouillée, comme s'il n'était pas préparé à dire ces mots.

— Je vous aime tellement que ça me fait mal.

Il laissa tomber sa main sur son cœur, les doigts ouverts en éventail.

— Là, ajouta-t-il.

Elle vit sa poitrine se soulever. Il avait besoin de temps pour s'habituer à cette émotion nouvelle, à ce sentiment qui lui était étranger.

La vie secrète et solitaire qu'il menait depuis tant d'années venait d'être balayée par le simple aveu de son amour.

Son amour pour elle !

Elle posa sa main sur la sienne, puis la souleva pour la porter à ses lèvres et embrasser chacun de ses doigts.

Lorsqu'il se tourna vers elle, elle sourit dans la pénombre.

Puis elle oublia tout.

Épilogue

En septembre, le Dr MacLaren assista à la naissance de deux garçons en parfaite santé, le deuxième bébé arrivant douze minutes après le premier.

Quand les soins administrés à la mère et aux enfants furent finalement terminés et qu'ils se retrouvèrent enfin seuls tous les deux, Beatrice vit son mari s'approcher du berceau à côté de son lit, et, tout doucement, passer ses doigts sur leurs petits corps paisiblement endormis.

Elle le vit compter les petits doigts et les petits orteils, et suivre les lignes fragiles de leurs visages et de leurs corps. Mais il y avait encore des détails qui lui manquaient, des détails qu'il ne pouvait pas connaître par le toucher, et elle essaya de les lui donner.

— Ils ont les cheveux noirs, comme toi, Taris, et les yeux d'une couleur… indéchiffrable.

Il rit, et elle vit briller l'anneau d'or qu'elle avait passé à son doigt quatre mois plus tôt.

— Ils sont si petits et si parfaits. Presque aussi parfaits que ma femme, ajouta-t-il.

Il leva les yeux vers elle.

A la lumière du jour, on voyait que les taches opaques qui les obscurcissaient avaient gagné du terrain, et Bea savait que les ténèbres qu'il redoutait depuis si longtemps seraient bientôt là.

Mais ce n'était pas si grave. Entouré d'amour et délivré de

l'obligation de faire semblant, son mari avait enfin accepté l'idée que la valeur d'un homme ne se mesurait pas seulement à sa vue.

Non, ce qui faisait la valeur d'un homme, c'était l'amour, le courage, l'honnêteté et l'honneur.

Et la famille, songea-t-elle quand la porte de leur chambre s'ouvrit pour laisser entrer les autres membres de la famille Wellingham.

SOPHIA JAMES

Les secrets d'une femme du monde

INTÉGRALE

LES PROMISES DE L'HIVER

Traduction française de
ENID BURNS

SAGAS

HARLEQUIN

Titre original :
ONE ILLICIT NIGHT

Ce roman a déjà été publié en 2013

1

Maison Giraudon,
Paris, au début de novembre 1825

Lady Eleanor Jane Bracewell-Lowen se redressa et lutta pour recouvrer ses esprits. Quelqu'un la portait — un homme, de toute évidence — mais elle ne parvenait pas à distinguer ses traits, pas plus qu'elle ne parvenait à comprendre les mots qu'il prononçait. Un épais brouillard embrumait son esprit, noyant tout ce qui l'entourait. Inquiète, tout à coup, elle gigota pour inciter l'homme à la poser par terre et à la laisser partir. Cet inconnu n'avait pas à l'emmener où elle ne voulait pas aller. Elle n'était pas là pour ça. Elle pesa encore de tout son poids sur les bras qui l'emprisonnaient, mais ses efforts étaient inutiles, ridicules même, elle le sentait. Et puis, elle éprouvait une sensation étrange qu'elle n'arrivait pas très bien à analyser. Dans les mouvements désordonnés qu'elle fit, sa perruque se déplaça et glissa jusque sur ses yeux, mais ce n'était pas cela qui l'inquiétait…

Tandis qu'elle se débattait, la main de l'homme glissa sur elle, et se posa sur son sein. Elle se figea, tétanisée, surprise d'en ressentir si fortement la chaleur, la rudesse. Et soudain elle comprit : elle était nue, entièrement nue ! Nue, mais pourquoi ? Elle n'en savait rien. Elle avait trop bu. L'homme qui la transportait devait avoir beaucoup bu aussi : elle comprit cela à l'haleine lourde qui vint heurter ses narines lorsqu'il lui souffla au visage, d'une voix égrillarde :

— J'ai déjà vu de belles putains, par ici, mais toi, tu les surclasses toutes. Alors, je te le dis, quand tu auras fini et que tu redescendras, viens me voir. Je me ferai un plaisir de m'occuper de toi.

— Je ne... suis pas... une fille de joie, réussit-elle à marmonner malgré sa langue pâteuse.

En fait, elle se trouvait dans un état si bizarre qu'elle-même ne comprenait pas trop ce qu'elle disait. Il lui semblait bien qu'elle avait tenté une protestation, mais pourquoi ? Impossible de le savoir.

Une porte s'ouvrit et une vague d'air chaud lui gifla le visage. Elle cligna des yeux à cause de la lumière plus vive, et aperçut enfin un homme, assis à une table. Il ne daigna même pas lever la tête et continua à écrire comme s'il n'avait pas remarqué que deux personnes venaient de faire irruption chez lui, deux personnes dont l'une était entièrement nue ! L'individu qui l'avait emmenée là prit la parole :

— Monsieur le comte de Caviglione ?

Eleanor tressaillit. Le comte de Caviglione ? Elle connaissait ce nom. C'était celui de l'homme qu'elle devait rencontrer ! Peut-être consentirait-il à l'aider ? Enfin encore faudrait-il qu'elle puisse lui expliquer la situation... Or elle avait du mal à mettre deux mots l'un derrière l'autre.

— Monsieur Béraud vous envoie un petit cadeau, reprit son ravisseur.

Comme le dénommé comte de Caviglione ne répondait toujours pas, son cerbère crut devoir s'expliquer.

— Il dit que c'est une nouvelle dans le métier et qu'elle devrait vous plaire.

L'homme, enfin, se leva. Il était grand, et blond. Il s'approcha d'un air plus ennuyé qu'intéressé. Il la regarda néanmoins avec attention, et elle ne put s'empêcher de noter qu'il avait les yeux très noirs.

— Vous l'avez fouillée, au moins ? demanda-t-il. Elle n'a pas d'arme ?

L'autre s'esclaffa.

— Fouillée ? J'ai fait mieux que ça ! Tenez, voyez vous-même !

Son ravisseur écarta la couverture qui l'enveloppait, et la jeta sur le lit, comme un vulgaire paquet.

— Eh hien ! fit le comte de Caviglione. Vous n'y êtes pas allé de main morte, mon brave. Toute nue, carrément !

L'autre ricana grassement.

— Pour ainsi dire, je vous l'ai préparée. D'après ce qu'on dit, vous n'avez pas eu de femme depuis un certain temps, et même un temps certain, et mon maître pense qu'un célibat prolongé peut rendre certains hommes impatients, quand ils ne sont pas brutaux. Alors, voilà, vous n'avez plus qu'à consommer.

L'homme la détailla, et sous le feu de son regard sombre, elle frémit de honte. Elle voulut protester, mais aucun mot ne parvint à franchir ses lèvres.

— Maintenant, monsieur le comte, reprenait son ravisseur, si vous ne voulez pas du cadeau, je peux le remporter en bas, et je pense qu'il fera la joie de certains gaillards.

— Non, non, laissez-la-moi, murmura l'homme blond en levant une main ornée de plusieurs bagues qui scintillèrent à la lumière de la chandelle.

Elle profita de ce bref intermède entre les deux hommes pour essayer de rassembler ses esprits. Il fallait qu'elle agisse, et vite ! Elle devait détromper l'homme à qui on la livrait de si ignominieuse façon. Oui, elle devait lui dire que tout cela n'était qu'une horrible farce et qu'elle n'était pas venue pour jouer le rôle d'une prostituée. Elle n'était *pas* une prostituée ! Mais alors qu'elle ouvrait la bouche pour lui dire tout cela, ses idées s'évaporèrent, la laissant désemparée, la tête complètement vide. Mais quelle importance au fond ? De toute façon le comte de Caviglione ne lui prêtait aucune attention, il avait tourné les talons et se penchait sur la table pour écrire quelques mots sur ses papiers.

Il était beau, nota-t-elle. C'était déjà ça. Vu la situation dans laquelle elle se trouvait, c'était une bien maigre consolation, mais c'était mieux que rien.

Elle n'eut cependant pas le loisir de se pencher sur la question, car au même moment ses yeux se fermèrent et elle sombra dans l'inconscience.

Lorsque l'homme de main de Béraud fut enfin sorti de la pièce, Cristo Wellingham se dirigea vers la porte et après avoir pris soin de vérifier que celle-ci était bien fermée, il la condamna avec une lourde planche en chêne. Il n'avait jamais eu confiance dans les serrures, il ne fallait en effet que quelques secondes à un individu exercé pour en venir à bout, il le savait pertinemment. Or, il avait horreur des intrus.

Il n'avait pas confiance non plus en Etienne Béraud et ne croyait pas une seule seconde à cette histoire de prostituée offerte. Cet homme était une canaille qui travaillait pour la police française, ni plus, ni moins. En lui offrant ce « cadeau », il attendait quelque chose en retour, mais quoi ?

Et s'il s'agissait d'un piège, tout simplement ? songea-t-il en reportant le regard sur la jeune fille inconsciente.

Tout en la contemplant, il se fit la réflexion qu'elle n'était sans doute pas si innocente que Béraud l'affirmait. Ces lèvres trop rouges, ce visage trop outrageusement fardé, tout cela témoignait d'une seule chose : cette fille était une professionnelle, une vraie. Et son parfum, trop lourd… Il était de ceux qu'on vendait dans les échoppes louches, non dans les boutiques de luxe.

Une prostituée, donc ; et de basse extraction.

Cela dit, il fallait reconnaître que Béraud avait bon goût, car elle était jolie. En fait, elle était même mieux que jolie, elle était d'une beauté confondante. Un visage régulier, une masse imposante de cheveux blonds et bouclés… Et ce corps somptueux... Oui, la jeune femme qu'il avait sous les yeux était incroyablement belle.

Ses cheveux n'étaient sans doute pas naturels : trop longs, beaucoup trop longs, trop fournis aussi, ils descendaient jusqu'à la taille en une masse compacte qui accrochait la lumière de la chandelle et scintillait... Des cheveux trop brillants pour être originaux. Elle portait une perruque donc, encore un détail qui ne trompait pas. N'était-ce pas l'attirail classique d'une femme qui monnaye ses charmes ?

Une prostituée.

Il prit entre deux doigts une boucle des cheveux artificiels, et, délicatement, il en caressa un sein constellé de taches de rousseur.

Ce jeu l'absorba quelques instants, mais très vite il se redressa, effrayé par le désir brutal qui venait de le saisir, d'un seul coup. Que lui arrivait-il ?

Cela eut au moins pour effet de le tirer de sa contemplation et de le faire un peu redescendre sur terre. Nerveux soudain, il se passa la main dans les cheveux. Pourquoi Béraud lui avait-il envoyé cette fille ? Qu'attendait-il de lui ? Quels renseignements ? Beaucoup de gens, et de tous les milieux, fréquentaient la maison Giraudon, pourquoi l'avoir choisi lui ?

La fille s'agita, en un si joli mouvement qu'il sentit son corps y répondre aussitôt, et il commença à déboutonner sa chemise avec fébrilité.

Elle ouvrit brièvement les yeux et le regarda, mais le voyait-elle vraiment ? Il lui sembla qu'elle ne se trouvait pas dans un état normal, que ce sommeil n'était pas naturel.

Drogue ? Vin ? Il se pencha légèrement, respira son haleine. C'était du vin. Elle avait bu, beaucoup bu, beaucoup trop. Ce n'était pas raisonnable. Un horrible doute le saisit soudain : et si elle allait mourir, ici ?

Inquiet, il attrapa un de ses mollets et la secoua vigoureusement, pour la réveiller. Elle rouvrit les yeux. Dieu merci, cette fois son regard était moins vitreux et surtout elle parvenait à garder les yeux ouverts.

— Comment vous appelez-vous ?

Non pas qu'il ait envie de connaître son nom, mais s'il réussissait à la faire parler, il parviendrait peut-être à obtenir quelques renseignements sur les manigances de Béraud, pour en savoir un peu plus sur la police française. En effet, il soupçonnait cette dernière de le surveiller déjà depuis un certain temps. Il avait des doutes, quelques inquiétudes…

La jeune fille garda le silence. Elle semblait ne pas avoir compris la question.

Mais qu'elle était belle ! Plus que belle ! Et ce corps voluptueux, dont elle ne lui cachait rien, était donc un cadeau envoyé par un homme pour qui le chantage était une seconde nature. Une fois de plus il s'interrogea : pourquoi avait-il envoyé cette fille, ici, maintenant ?

Il s'efforça de songer à des réponses possibles. Qu'est-ce que Béraud pouvait bien espérer gagner en jetant la belle inconnue dans ses bras, ou plutôt, dans son lit ?

Les messages codés sur lesquels il avait travaillé une grande partie de la soirée, étaient désormais traduits. Il n'avait plus qu'à les mettre en lieu sûr. La police française le savait-elle ? Le soupçonnait-elle d'être le fameux espion qu'elle recherchait sans relâche et sans succès depuis quelque temps ?

Et cette fille ? Elle pouvait tout aussi bien être un instrument qu'un agent. Elle faisait peut-être semblant d'être ivre pour mieux examiner tout ce qu'il y avait autour d'elle, dans le but de glaner quelques indices compromettants. Il l'observa un instant qui clignait des yeux et regardait en effet tout autour d'elle. Il n'était pas impossible qu'elle ait déjà récolté de précieuses informations.

La pendule placée sur le manteau de la cheminée sonna les 11 heures. En bas, la débauche battait son plein, elle était même de plus en plus bruyante. Il entendait des femmes qui riaient fort, des bouchons de champagne qui sautaient, des hommes qui lançaient des refrains grivois et d'autres qui les reprenaient en chœur et qui chantaient faux, ce qui d'ailleurs avait l'air de les faire bien rire.

Autrefois, il s'était lui aussi trouvé dans des assemblées de ce genre, il avait bu, il avait séduit des courtisanes ; mais cela commençait à faire longtemps maintenant. Il ne recherchait plus ce genre d'excitation à présent, et de toute façon, c'était incompatible avec la vie qu'il menait.

La fille s'agita encore, et son corps parut traversé de frissons. Elle poussa un gémissement rauque. L'espace d'un instant il éprouva des scrupules et une question se mit à le tarauder : n'était-elle pas trop jeune pour être ainsi jetée dans son lit ? Béraud n'était pas réputé pour la délicatesse de ses agissements, mais là il dépassait les bornes.

Peut-être était-ce dû à ce cas de conscience soudain ; toujours est-il qu'il remarqua deux petites marques sur la cuisse gauche de la jeune fille, deux brûlures sans doute, qui ressortaient brunes sur la peau blanche. Il se pencha pour les examiner et les effleura avec délicatesse et précaution, ce qui ne provoqua aucune réaction ; mais quand il releva la tête, il s'aperçut que la jeune fille l'observait avec attention et curiosité, avec inquiétude aussi.

— Vous avez beaucoup bu, ma chère ? lui demanda-t-il.

Elle lui répondit un murmure incompréhensible, qui n'était peut-être pas une réponse, d'ailleurs. Puis elle lui décocha un sourire étrange, qui pouvait passer pour une invitation à se montrer plus audacieux, plus entreprenant, avant de se laisser retomber sur l'oreiller en exhalant un long soupir de lassitude.

Et de nouveau, elle sembla s'assoupir.

Il la regarda et éprouva soudain une étrange émotion. Il aurait voulu résister mais c'était plus fort que lui, elle l'attirait comme un aimant. Lentement, il avança la main pour la caresser. Au dernier moment cependant, il retint son geste et s'éloigna du lit en poussant un gémissement de colère et de frustration. Que faire ? Il se trouvait confronté à un dilemme tel qu'il n'en avait jamais connu.

Le désir le consumait.

Ces derniers temps, chaque fois qu'il avait essayé de se sortir de son mode de vie solitaire et monacal, chaque fois qu'il avait essayé de réveiller son désir, c'était une scène de ce genre qui lui venait en tête : oui, une femme nue, offerte, tel un beau fruit promis à sa convoitise et qu'il n'aurait plus qu'à cueillir.

S'il était raisonnable, il quitterait la pièce sans tarder et il demanderait à l'homme envoyé par Béraud de remmener ce cadeau dont il ne voulait pas. Il aurait aimé avoir cette volonté, certes. Mais hélas, il se sentait incapable de consentir à ce sacrifice, de renoncer au plaisir dont il entrevoyait la promesse. Il ne pouvait plus arracher son regard du corps gracile allongé sur le lit. Son désir était si violent qu'il en tremblait.

Incapable de résister davantage, il se pencha de nouveau sur la fille et effleura son ventre nu, en remontant tout doucement vers sa poitrine. Elle émit un faible gémissement et se cambra ; déjà son souffle s'accélérait sous l'effet de l'excitation. Etait-ce seulement un réflexe ? Décidément, cette courtisane était expérimentée. Il trouva dans ce constat une justification et un encouragement.

Il reprit ses caresses. Très vite il se fit plus audacieux, et, comme il s'y attendait, elle ne s'y refusa pas. Fasciné, il observa le plaisir qu'elle prenait sous sa main, il s'étonna de la vitesse à laquelle ce plaisir montait pour parvenir bientôt à un paroxysme qui la fit crier et se raidir avant de retomber, haletante, sur le lit.

Il se demanda soudain si quelqu'un écoutait, derrière la porte. Béraud lui-même, peut-être ? Mais cette pensée ne l'occupa que quelques secondes : toutes ces préoccupations passaient au second plan.

Il sourit en voyant que la perruque de la jeune fille avait glissé et lui cachait une partie du visage, mais il ne songea pas à la lui ôter, encore moins à la remettre en place. Il avait mieux à faire. Reprendre où ils en étaient restés par exemple...

Il avança la main et, instinctivement, la fille souleva le bassin pour venir à la rencontre de ses caresses et du plaisir qu'elles promettaient.

Que lui arrivait-il ? C'était étrange, effrayant… mais exquis aussi. Eleanor baignait dans une sensualité diffuse qui la ravissait mais dont elle ignorait la source et l'issue. N'était-il pas temps de réagir ? Ne devait-elle pas prendre une part active à cette aventure ? Oui ! Elle ne pouvait plus rester allongée ainsi, immobile comme si elle subissait, alors que tout son être vibrait d'un désir intense.

Certes, mais en avait-elle le droit ? Non, elle n'en avait pas le droit, elle le savait. Ce n'était pas bien… Mais une force étrange la subjuguait, le désir prenait le pas sur la morale et bientôt ses scrupules furent balayés par une vague brûlante de sensualité.

Encore plus et encore plus fort… Elle voulait que cet homme se montre plus audacieux, qu'il aille plus loin en elle et qu'il la caresse vraiment. Elle avait envie de le lui dire, de le lui crier en vérité, mais de ses lèvres ne s'échappaient que des gémissements, des cris plutôt, tandis que sa peau brûlait sous les doigts qui la parcouraient.

En tout cas, elle devait reconnaître que si ces caresses étaient trop timides à son gré, elles n'en étaient pas moins savantes. Cet homme était un maître. Il jouait de son corps avec virtuosité, éveillant en elle des sensations inouïes comme autant de notes mélodieuses et magnifiques. La crainte l'avait quittée. Elle n'était plus qu'attente. Il était trop tard pour faire cesser ce jeu, et puis, elle n'en avait plus envie. Elle attendait la suite, avec curiosité, avec gourmandise. Elle voulut le lui dire, mais ce fut lui qui, interrompant ses caresses, prit la parole en premier.

— Chut.

Pourquoi ne voulait-il pas la laisser parler ? N'avait-elle pas son mot à dire, puisqu'elle approuvait ? Elle crut qu'il interprétait mal sa tentative, elle craignit de le voir se désintéresser d'elle, et une panique d'un autre genre s'empara d'elle. Les mots se formèrent dans son esprit, des mots qu'elle ne parvint pas à énoncer : « N'arrêtez pas… Ne me quittez pas… »

Les caresses reprirent pourtant et elle ferma les yeux pour

se concentrer sur les délicieuses sensations qui parcouraient tout son corps. Elle ne pensait plus qu'à cela. Ses pensées se diluèrent dans le plaisir.

Lorsqu'il vit la jeune femme se raidir sous ses mains, son corps se cambrant une fois encore, tandis qu'elle poussait un long, très long gémissement rauque, Cristo éprouva un intense sentiment de triomphe.

Voilà ! Elle était à lui maintenant, bien à lui. Elle était prête à le recevoir. Si Béraud avait l'oreille collée à la porte, il était sans doute très content de son petit cadeau. Mais Béraud pouvait bien faire ce qu'il voulait, espionner, écouter aux portes, Cristo s'en moquait. Il n'avait qu'une idée en tête : posséder cette fille qu'il avait su émouvoir et qui n'attendait sans doute que cela, tout son état le prouvait.

Il acheva de se déshabiller et s'allongea près d'elle. Il lui écarta les jambes et, avec une impatience à laquelle se mêlait aussi une joie sauvage, il la pénétra.

Presque tout de suite, il rencontra une résistance à laquelle il ne s'attendait pas.

Vierge ?

Cette révélation le paralysa une seconde ou deux. Il s'était attendu à tout sauf à cela. Bien sûr, il fallait qu'il se retire, mais c'était trop tard, il ne le pouvait pas, ne le pouvait plus. Son désir était incontrôlable à présent et dans un gémissement, il jouit en elle avant de retomber entre ses bras, haletant et furieux contre lui-même.

Une prostituée, mais vierge…

Quel tour Béraud cherchait-il à lui jouer ?

Lentement, il s'arracha à l'étreinte de la jeune femme et se releva. Une fois debout, il se retourna pour la regarder. Elle avait basculé sur le côté et dormait paisiblement, presque comme une enfant. Qui était-elle ? Une innocente utilisée par Béraud, ou sa complice ? Il laissa échapper un juron. Dans quel piège essayait-on de le faire tomber ?

En vérité, il était déjà tombé dans le piège. Pourquoi ne s'était-il pas méfié, lui qui travaillait comme espion depuis tant d'années ?

Mais ce n'était pas cela qui l'inquiétait le plus, non, ce qui le troublait, c'était cet autre piège, bien plus dangereux celui-là, que lui avaient tendu ses sens ? Il n'était pas homme à abuser d'une femme, et il tenait la virginité pour une haute valeur. De ces deux points de vue, il venait de se comporter d'une manière déplorable.

Un nouveau juron lui échappa. Il haïssait Béraud qui n'avait pas craint de lui envoyer une innocente complètement ivre, en suggérant qu'elle était une fille de joie.

Ne sachant trop que faire, il reporta son regard sur elle, et c'est alors qu'il aperçut, sur l'oreiller, un médaillon qui avait jusque-là échappé à son attention. Les sourcils froncés, il défit la chaîne et le lui ôta afin de l'examiner à la lumière de la chandelle.

Il eut un sursaut. On s'était bel et bien joué de lui. Et de la pire manière qui soit ! Et il se trouvait à présent dans une situation très difficile, sinon désespérée.

Eleanor songea d'abord qu'elle avait fait un rêve extraordinaire, et très… prenant, très réaliste. Elle avait du mal à se réveiller et lutta pour réussir à soulever les paupières. D'une main hésitante, elle caressa les draps. Où était-elle ? Ou plutôt, dans quel lit se trouvait-elle ? Il ne lui semblait pas qu'elle le connaissait.

Nue. Elle était nue, ce qui était étrange vu qu'elle n'avait pas l'habitude de dormir nue, mais elle sursauta soudain, épouvantée, en prenant conscience que ce qu'elle prenait pour un rêve, quelques secondes plus tôt, était en fait bel et bien réel. Elle cessa de lutter pour ouvrir les yeux et les referma au contraire en crispant ses paupières. La honte s'abattit sur elle avec une violence terrible. Elle aurait voulu mourir ! Après ce qui venait de lui arriver, c'était la seule issue possible.

— Ah, je vois que vous êtes réveillée, lui dit l'homme.

Il parlait en français.

Elle tourna la tête vers lui, lentement, et entrouvrit les yeux. Elle n'avait aucune envie de le regarder, mais pouvait-elle vraiment faire autrement ?

Assis sur une chaise à côté du lit, les jambes allongées devant lui, il tenait entre deux doigts le médaillon qu'elle avait reçu de son grand-père.

— Pourquoi portez-vous ça ? lui demanda-t-il d'un ton rude.

En quoi cela le regardait-il ?

Elle ne répondit pas, non parce que la question l'indisposait, mais parce qu'elle voulait examiner cet homme un peu plus attentivement. Il s'était rhabillé à la va-vite, le pantalon mal boutonné et la chemise ouverte jusqu'à la taille. Ainsi c'était avec lui qu'elle… Elle secoua la tête. Oui, c'était bien avec lui.

Des bribes de souvenirs, des sensations diffuses et éparses lui revenaient peu à peu à la mémoire. Elle se sentit rougir. La confusion s'empara d'elle. Si seulement tout cela n'avait pu être qu'un rêve. Elle regarda le drap et une trace de sang lui confirma qu'elle avait bel et bien perdu sa virginité.

— Qui êtes-vous, à la fin ?

L'homme s'était levé pour se rapprocher d'elle, et sans gêne — pourquoi se serait-il gêné, d'ailleurs ? — il lui posa une main sur le ventre qu'il fit remonter tout doucement vers les seins. Aussitôt elle sentit renaître le désir et sa honte n'en fut que plus vive encore.

Qui était-elle ? Une prostituée. Oui, elle était devenue une vraie fille de joie, avec lui, à cause de lui. Pourtant, malgré sa honte, malgré son désarroi, elle avait envie que cette caresse se poursuive et devienne le prélude à d'autres jeux.

La main se retira. La caresse prit fin.

— Pour une femme sans expérience, murmura-t-il, je trouve que vous réagissez plutôt bien.

Elle détourna la tête. A l'étage inférieur, les cris stridents et les rires gras, ponctués de bouchons qui sautaient et de verres qui cassaient, lui donnèrent quelques informations sur le lieu où elle se trouvait.

Une maison de passe.

Elle séjournait dans une maison de passe et venait de passer un moment dans un lit avec un homme qui l'avait déflorée.

Elle n'était plus vierge.

Déshonorée.

Les larmes roulèrent sur ses joues.

Elle perçut les jurons que l'homme marmonnait à voix basse, les dents serrées.

Pourquoi était-il furieux. En quoi ces larmes le gênaient-elles ?

— Qui êtes-vous ? demanda-t-il une nouvelle fois, d'une voix presque suppliante.

Lady Eleanor Bracewell-Lowen.

Mais sans doute n'avait-elle plus le droit de porter ce nom prestigieux.

Avait-elle, même, le droit de retourner en Angleterre, après ce qui venait de lui arriver ?

2

Le médaillon se balançait toujours au bout de la chaîne et Cristo perçut clairement la peur de la jeune femme. Il s'en voulait un peu de l'effrayer, mais il n'en demeurait pas moins qu'il voulait savoir. Aussi posa-t-il de nouveau la question.

— Qui êtes-vous ?

Mais d'ailleurs pourquoi tenait-il tant à connaître son nom ? Il pouvait toujours quitter les lieux sur-le-champ, faire un tour et revenir quand la fille serait partie.

La tentation était forte, mais la vie n'était pas aussi simple. Il devait savoir, vraiment : son devoir, son sens des responsabilités le lui imposaient. Béraud lui avait mis cette personne dans les bras, il l'avait, pour ainsi dire, jetée dans son lit. Pourquoi ? Que savait-elle de son passé ? Savait-elle quelque chose ? Pendant des années, il avait réussi à garder ses secrets, mais s'ils avaient été éventés, il fallait qu'il sache lesquels, comment et pourquoi.

Accablé soudain, il secoua la tête. La jeune fille restait muette. Avait-elle compris ce qu'il lui demandait, ou préférait-elle garder le silence ?

Il se rassit et se mit à réfléchir au dilemme qui se posait à lui, pesant les différentes options.

La jeune fille ne parlerait pas, c'était évident. De son côté, il n'avait nulle envie de se montrer brutal pour l'y obliger. Il était ému par sa détresse. Non seulement elle semblait effondrée, mais en plus, voilà qu'elle se mettait à trembler et à claquer des dents. A cause de la peur qu'il lui inspirait, ou parce qu'elle avait froid ? Le feu s'était éteint depuis un moment, et à Paris, les nuits étaient froides, en novembre.

Il ramassa le gros édredon de plume qui gisait au pied du lit et il l'étendit sur elle. Puis il se rassit, croisa les bras, et regarda par la fenêtre illuminée par les premières lueurs de l'aube.

Les cloches d'une église proche se mirent à sonner pour appeler les fidèles à la première messe du jour.

Il alluma un long et fin cigare et, tandis qu'il recrachait la fumée, il observa avec attention les volutes grises et blanches, qui dessinaient un entrelacs compliqué.

Aussi compliqué que sa propre vie.

Surtout depuis cette nuit.

— Dans quelle histoire me suis-je fourré..., marmonna-t-il.

La jeune femme soupira comme pour lui répondre. Il la vit s'agiter puis elle se souleva sur un coude.

— Vous pourriez me donner à boire, s'il vous plaît ? demanda-t-elle timidement.

Il tressaillit. C'était une demande banale, humble même et énoncée d'une toute petite voix. Il ne put s'empêcher d'être touché. Il hocha la tête et s'empressa de s'exécuter. Quand il lui tendit le verre, elle ouvrit la bouche, mais aucun son n'en sortit.

— Je vous remercie, réussit-elle tout de même à dire au bout de quelques instants.

Son accent n'avait rien de parisien, mais il ne put définir quelle région il indiquait. Sa curiosité le tarauda de nouveau.

— Comment avez-vous échoué ici ?

Tout en buvant son verre à petite gorgée, elle fit comme si elle n'avait rien entendu, ou comme si la réponse qu'elle pourrait donner n'avait aucune importance.

Il éprouva le besoin de se justifier.

— J'étais loin d'imaginer que vous n'aviez jamais couché avec un homme. Vous savez, dans ce genre de maison, on n'a pas l'habitude de rencontrer des jeunes femmes si innocentes que vous. Quand je me suis aperçu que vous étiez vierge, il était trop tard.

Piètres excuses, mais c'était tout ce qu'il pouvait dire.

— Alors, vous allez me laisser repartir, monsieur ?

Il hocha la tête, en regrettant de ne pas pouvoir emmener lui-même la jeune fille hors de cette maison où elle n'avait pas sa place. Par ailleurs, il redoutait son propre désir. Il était évident qu'il ne pouvait y résister, malgré les scrupules qu'il éprouvait maintenant. Mais il serait dangereux de descendre tout de suite. La fête, en bas, n'était pas terminée, et les hommes ivres sont toujours dangereux. Il valait donc mieux garder la jeune fille ici, pour sa sécurité.

Tentatrice. Une innocente, mais terriblement tentante. Elle avait un corps de sirène, qu'il devinait sous l'édredon et qu'il aurait bien aimé redécouvrir, s'il ne s'était pas retenu. Furieux contre lui-même, contre elle aussi qui lui faisait perdre la raison, il demanda d'une voix brusque :

— Où sont vos vêtements ?

— En bas, je crois… J'ai bu… Je crois que j'ai beaucoup trop bu.

— C'est bien mon avis.

Il laissa passer un petit moment de silence.

— Vous êtes venue ici avec d'autres femmes, des… prostituées ?

Elle hocha la tête.

Il reprit le médaillon, le lui montra.

— C'est ma tante qui l'a reçu en cadeau, dit-elle enfin. D'un Anglais avec qui elle avait couché. Ce bijou ne lui plaisait pas, mais moi, je l'aimais bien. Alors, elle m'a dit que si je venais avec elle ici, ce soir, et si la soirée était un succès, elle me le donnerait. Voilà, je l'ai gagné.

— Votre tante est une des femmes qui sont en bas ?

Cette fois la jeune fille se contenta de hocher de nouveau la tête. Il referma la main et serra le médaillon avec ses armoiries qu'il connaissait si bien.

Coïncidence…

Mais une telle coïncidence était-elle possible ? Il en doutait, même s'il ne parvenait pas à échafauder une autre hypothèse plausible.

Maintenant que la jeune fille avait à peu près recouvré ses esprits, il espérait pouvoir lui tirer quelques renseignements utiles.

Il reporta son regard sur la porte. Il y avait Béraud aussi. Que savait-il, celui-là ?

Connaissait-il les armoiries gravées sur le médaillon ? Etait-ce à cause de ce collier qu'il avait mis cette jeune fille dans son lit ?

« Il faut que je parle, ça m'aidera à recouvrer mes esprits… »

Alors que les dernières vapeurs de l'alcool qu'elle avait été obligée de boire se dissipaient, Eleanor commençait à prendre la mesure de la situation. Il fallait absolument qu'elle réfléchisse à ce qu'elle allait faire.

C'était difficile, de se concentrer sous le regard de cet homme. Il la scrutait avec l'air de se poser tout un tas de questions. Que pensait-il ? Que croyait-il ? Qu'elle était une prostituée, une apprentie prostituée qui venait de faire, avec lui, ses premiers pas dans le métier ? Sans doute, et cela n'avait rien d'étonnant. Et elle n'avait même plus envie de contredire cette fable. A vrai dire, celle-ci se révélait même bien pratique. Pour l'heure, le plus important c'était de lui cacher son nom afin de le garder intact.

— Je ne crois pas un mot de tout ce que vous m'avez raconté, dit-il. Travaillez-vous pour Béraud ?

— Béraud ?

— Ne faites pas l'innocente. Vous savez fort bien de qui je parle : le chef de la police parisienne. Est-ce lui qui vous a envoyée dans ma chambre ?

— Je ne connais pas cet homme. Je suis venue ici avec ma tante et…

Il leva la main pour l'interrompre.

— Vous mentez, mademoiselle ! Et j'ai bien l'intention de découvrir pourquoi.

Elle partit d'un rire, qui sonna trop aigu à ses oreilles, et chercha une réponse acerbe, qu'elle ne trouva pas. D'ailleurs, à quoi bon répondre, alors qu'il se levait et lui tournait le dos pour aller regarder par la fenêtre ?

— Vous avez peut-être envie de descendre pour exercer votre métier ? demanda-t-il. Vous pourriez mettre au point, avec votre patron, un nouveau tour à me jouer ? Je suis certain qu'il vous est reconnaissant des renseignements que vous lui rapportez.

Elle voyait bien qu'il ne pensait pas ce qu'il disait. C'était une manière élégante mais un peu lâche de lui dire de partir. La frayeur lui serra le ventre.

— Je crois quand même que je préfère rester avec vous, monsieur.

Il accueillit cette réponse d'un sourire ironique.

— Faites bien attention à ce que vous dites, *chérie*. D'autres que moi interpréteraient vos paroles comme une invitation, et ensuite ils ne vous donneraient plus le choix.

Sous l'édredon, elle serra ses mains l'une dans l'autre. Avait-elle le choix ? Elle faillit poser la question, mais elle se ravisa.

A quoi bon ? Elle était, de toute façon, déshonorée.

Déshonorée.

Il lui semblait que le mot infâme avait été écrit sur le drap, avec son sang. Les éclats de voix, qui montaient du bas par intermittence, rendaient plus palpable encore le silence qui régnait dans cette chambre. Elle se sentit gauche tout à coup. Elle n'osait plus bouger. Comment allait-elle sortir d'ici ? Elle avait trop peur d'affronter la horde de soûlards en bas, mais elle ne pouvait pas non plus rester, cela, c'était sûr.

L'homme prit un gobelet en argent, qu'il remplit d'alcool mais elle nota qu'il le posait sur la table sans y tremper ses lèvres.

Elle aperçut aussi les armoiries gravées sur le métal brillant.

Isabelle l'avait mise en garde contre les mœurs des hommes tels que lui, mais ces avertissements n'avaient servi à rien quand elle avait dû agir, quand elle avait reçu sa mission. C'était son grand-père qui lui avait remis la lettre en lui donnant des instructions précises.

— Pour le comte de Caviglione, que tu rencontreras dans la maison Giraudon, avait-il bien précisé. C'est à lui qu'il faut donner ce document, et à personne d'autre. Est-ce bien compris ?

— Oui.

Le vieil homme avait insisté.

— Promets-moi que tu feras cela pour moi, pour lui aussi, car c'est un homme bon. Tu peux avoir confiance en lui, et il faut qu'il apprenne la vérité.

Comme elle avait été naïve d'imaginer qu'elle aurait juste à frapper à la porte de la maison Giraudon pour demander au propriétaire de la conduire au comte de Caviglione ! Elle avait vraiment cru que c'était une mission simple et anodine. Elle s'était imaginé s'introduire dans une excellente société, semblable à celle qu'elle connaissait en Angleterre, et que tout serait réglé en un tournemain. Si elle avait choisi une robe aux couleurs un peu trop criantes, et s'était procuré une perruque surabondante, c'était parce qu'à Londres on lui avait certifié que telle était la mode en ce moment à Paris : exagérée.

Elle avait espéré régler l'affaire en moins d'une heure. Comme elle avait été naïve ! Il avait fallu moins d'une heure aux gens du rez-de-chaussée pour lui faire boire plus d'alcool qu'elle n'en avait ingurgité dans toute sa vie, tandis qu'elle attendait le comte de Caviglione, en tâchant de prendre un air détaché.

Si le comte de Caviglione avait eu la bonne idée de descendre pour se présenter à elle, elle lui aurait remis la lettre, puis elle s'en serait allée, en se félicitant d'avoir mené sa mission à bien et de satisfaire ainsi son grand-père, pour la dernière fois peut-être…

Et maintenant ? Elle n'osait rien faire ni rien dire qui pût éveiller les soupçons de cet homme, car s'il devinait son nom… Mais non, c'était impensable !

Elle l'observa un instant. Il devait être à peu près aussi jeune qu'elle, ce dont, sans trop savoir pourquoi, elle se réjouit.

— D'où venez-vous ?

C'était un homme méfiant, sans doute un homme habitué à vivre dans un monde de trahison. Un détail attira soudain son attention : il avait perdu son petit doigt à la main droite.

— Parlez-vous anglais ?

La question était posée en anglais, avec un accent qui trahissait la haute aristocratie. Ce changement subit la fit tressaillir. Encore un nouveau mystère. Qui était cet homme ? Pourquoi lui posait-il cette question ? De plus en plus nerveuse, elle hésita à répondre, craignant de tomber dans un piège. Mieux valait biaiser.

— Je vous demande pardon, monsieur ? Je ne comprends pas ce que vous dites, là…

Son accent provençal était excellent, elle le savait, aussi pur que si elle était née quelque part entre Avignon et Aix. Ce détail n'échappa nullement à l'homme, car il sourit.

— C'est une longue route du Sud aux rues de Paris, ma chère. Si vous avez besoin d'argent pour retourner là-bas, je peux vous aider.

Elle secoua la tête. Non, elle ne voulait pas d'argent, car cette aide demanderait compensation, et elle n'avait rien d'autre que son corps à offrir. Elle devait donc faire preuve de prudence.

Il acquiesça, comme s'il avait deviné ses réticences.

— Si vous avez l'intention de rester à Paris, nous pourrions peut-être conclure un accord.

Le feu s'était rallumé dans ses yeux. Méfiante, elle se crispa sous l'édredon, tandis qu'il approchait à pas lents et se penchait sur elle.

— Un accord ? fit-elle d'une voix étranglée.

— Oui. Vous avez une situation… périlleuse, quoi que

vous puissiez en penser. Moi, je pourrais vous assurer un avenir moins incertain.

— Incertain ?

Il rit à gorge déployée et ses dents parfaitement blanches étincelèrent dans la lumière grise du petit matin. En cet instant, elle le trouva beau, plus que beau, magnifique, d'une beauté diabolique, irrésistible parce qu'il était dominateur aussi : un homme habitué à donner des ordres, et à qui on obéissait sans discuter. Inutile de jouer au plus fin avec lui…

Et pourtant, il y avait une fragilité en lui, un fond de tristesse dans sa voix. Cet homme puissant était désabusé aussi, et pour cette raison il devait sans doute prendre la vie avec le détachement de ceux qui n'ont plus rien à perdre.

Penché sur elle, il lui caressa la joue avec le pouce. A quoi pensait-il ? Elle sentit son cœur battre plus fort, s'affoler. Et il dut s'en rendre compte, car il sourit.

— Si vous voulez que j'arrête, mademoiselle, il faudra me le demander.

Il parlait sérieusement. L'honneur, chez certains hommes, se manifestait parfois de façon étrange. Il attendait sa réponse en la scrutant de son regard noir, très noir, profond. Le silence, entre eux, s'épaississait.

Elle avait conscience qu'il fallait faire cesser ce jeu, qu'elle devait garder la tête froide et partir le plus vite possible d'ici. Mais ce n'était pas possible en l'occurrence, parce qu'elle était toute nue sous l'édredon, pour ainsi dire prisonnière, non de cet homme, mais d'elle-même, parce qu'il l'attirait, la retenait de façon étrange. Le désir la tenaillait.

Le comte de Caviglione ! Son grand-père lui avait dit que c'était un homme honorable, un homme en qui elle pouvait avoir confiance ; un homme qui était apparenté au duc de Carisbrook. Tout de même, n'était-ce pas une référence appréciable !

Mais après tout, quelle importance tous ces détails avaient-ils ? Elle avait commis une erreur impardonnable. Pourquoi partir, pourquoi fuir maintenant ou plus tard ? Elle était, de toute façon, déshonorée. Elle était perdue, définitivement perdue.

Elle ne sursauta, ni ne protesta quand il retira l'édredon pour découvrir ses seins. Elle frissonna, mais au fond d'elle, le désir brûlait, lui commandant de s'abandonner.

L'édredon, de couleur rouge avec des fils dorés, glissait lentement. Cette main à la fois douce et virile caressait sa peau au fur et à mesure que l'autre la découvrait. Curieuse des sensations qu'il lui donnait, désireuse soudain de garder un souvenir précis de ce moment, elle regarda autour d'elle, enregistrant le moindre détail. Le voile de mousseline, suspendu au-dessus du lit tel un baldaquin dérisoire ; une gravure grossièrement coloriée sans doute censée donner une atmosphère érotique à cette chambre, dont le mobilier principal, en dehors du lit, consistait en un immense miroir accroché au plafond. Elle contempla son image un instant. Sa silhouette était alanguie d'une si étrange façon, elle ressemblait en tout point à ce qu'elle était devenue en une soirée : une fille de joie, une fille perdue.

L'homme qui la caressait avec art ne lui laissait pas la possibilité de se reprendre et de réparer, si tant est que ce fût possible, la faute qu'elle avait commise. Il avait un regard… magnétique, d'un noir profond, et ses cheveux blonds, qui descendaient jusque sur ses épaules, lui conféraient un air d'ange déchu, ajoutant encore à son charme sulfureux.

Il souriait toujours en la parcourant d'un regard assuré, le regard d'un homme sûr de son fait et convaincu de remporter une nouvelle victoire. Pourtant, il interrompit brusquement ses caresses et son sourire laissa place à un air intrigué et presque soucieux.

— Quel âge avez-vous ?

— Dix-huit ans.

Il effleura alors, du bout des doigts, les petites marques qu'elle portait à la cuisse et qu'elle n'avait même pas remarquées.

— Qu'est-ce ? demanda-t-il. Que s'est-il passé ?

Elle grimaça sous l'effet de la petite douleur qu'il lui infligeait.

— Je voulais garder ma robe et…

— La pudeur n'est pas une qualité que l'on recherche chez les prostituées.

— Il faisait froid.

Il partit d'un grand éclat de rire, rire joyeux, juvénile. Il s'amusait de peu ! Mais il se pencha pour tirer un coffret glissé sous le lit, il l'ouvrit à sa grande surprise et en tira un baume dont il se servit pour apaiser la brûlure, avec douceur, avec précaution. Elle en ressentit presque tout de suite les effets bénéfiques. Il avait terminé d'étaler toute la pommade, mais il continuait à l'effleurer comme s'il ne voulait pas perdre le contact.

— Combien vous a-t-on payée ? demanda-t-il au bout de quelques instants, l'air pensif.

Que répondre ? Elle ignorait quel tarif pratiquaient les filles que les messieurs retenaient pour une nuit.

Il insista :

— Quel que soit votre prix, je le triplerai.

— Et si je refuse ?

— Vous ne refuserez pas.

Une vive clameur, à l'étage en dessous, les fit sursauter tous les deux. Il interrompit ses caresses et ils restèrent un instant à se regarder en silence. Ce fut lui qui reprit la parole en premier.

— J'ai l'impression que la fête, en bas, ne cessera pas avant plusieurs heures. Les hommes de Béraud s'en donnent à cœur joie. Alors, à vous de choisir, ma petite.

En guise de réponse, elle lui prit la main et la serra dans les siennes.

— Dans ce cas, je suis à votre service, monseigneur, murmura-t-elle.

C'était une phrase qu'elle avait entendue plusieurs fois prononcée par les filles de la maison Giraudon. Elle se rappela aussi la manière dont elles se passaient la langue sur les lèvres en une mimique aguichante qu'elles accompagnaient d'une œillade non moins suggestive. Elle tenta la manœuvre.

Tout en cherchant son regard, elle aperçut une lueur de lassitude dans ses yeux sombres. Il avait un regard beaucoup moins juvénile que l'ensemble de son visage. C'était comme s'il voulait donner l'impression de s'amuser, alors qu'il s'attendait à devoir affronter de terribles dangers ; comme s'il faisait semblant de badiner alors qu'il restait aux aguets.

— Au lieu d'un paiement, reprit-elle, c'est une promesse que je voudrais recevoir de vous.

Il ne répondit pas, et ne fit pas le moindre geste, mais son regard devint très attentif.

Elle profita de cette bienveillance pour s'expliquer.

— Promettez-moi que lorsque le jour sera venu, vous m'aiderez à m'éclipser d'ici, en m'emmenant dans votre voiture, et que vous me conduirez où je voudrai, sans me poser la moindre question.

Lorsqu'elle le vit hocher la tête, un immense soulagement l'envahit. Mais de toute évidence, il n'avait pas non plus l'intention de la laisser s'en tirer comme ça.

— S'agit-il, pour vous, mademoiselle, de simplement quitter cette maison, lui demanda-t-il, ou de fuir une nuit que vous préféreriez oublier ?

Une petite plume blanche s'était échappée de l'édredon et s'était posée entre les seins d'Eleanor. Il sembla s'en apercevoir seulement à ce moment, et il s'amusa à se pencher pour souffler sur elle et la chasser. Elle la suivit des yeux tandis qu'elle s'envolait et virevoltait avant de retomber sur le lit, mais elle était surtout sensible au souffle chaud sur sa peau, qui réveillait son désir. Un désir désormais prêt à renaître en elle à la moindre occasion, au moindre prétexte. Elle éprouva les symptômes qu'elle connaissait bien maintenant : son sang qui s'échauffait, son cœur qui battait plus vite, le rouge qu'elle sentait monter à ses joues, son souffle qui devenait moins régulier, tandis qu'elle affectait la sérénité.

L'inconnu ne fut pas dupe, car il se mit à rire, sans méchanceté, mais avec un petit air de supériorité dont elle s'agaça.

— Ma chère, dit-il, peut-être vous ai-je rendu un sacré service, après tout, en vous permettant de faire vos premiers pas dans une profession qui semble vous convenir tout à fait. Je vous prédis beaucoup de succès dans le milieu de la galanterie parisienne.

Puis il s'étendit près d'elle. Elle ne chercha même pas à le repousser, elle n'attendait que cela.

Cristo avait conscience de commettre une erreur, une de plus, mais cette jeune fille exerçait sur lui un pouvoir d'attraction contre lequel il se voyait incapable de lutter.

« Je suis à votre service, monseigneur… »

Il avait vingt-trois ans et pouvait difficilement prétendre au titre de saint, et si le diable avait l'intention de le conduire en enfer pour l'acte qu'il s'apprêtait à commettre, eh bien ! il était prêt à courir ce risque. Une fois de plus ou de moins, après tout… Et puis, cette jeune fille avait déjà perdu sa virginité, alors, autant en profiter.

En outre, tout inexpérimentée qu'elle fût — et qu'elle était de moins en moins d'ailleurs, car elle apprenait vite —, elle n'avait rien d'une victime conduite au sacrifice, et elle s'y entendait pour éveiller le désir chez un homme… Si, vraiment, elle avait l'intention de persévérer, elle pouvait, comme il venait de le lui annoncer, espérer une belle carrière. Alors qu'il la préparait à le recevoir, elle avait une telle façon de le regarder ! C'était comme si elle le suppliait de lui faire l'amour, encore une fois.

Elle se montrait si coopérative, et même si volontaire qu'il eut soudain l'impression que les rôles étaient renversés. Il était piqué au vif, furieux de voir sa virilité mise en doute. Il était plus que temps qu'il reprenne l'avantage ! Oubliant les jeux érotiques, il se redressa légèrement et s'appuya sur son coude.

— Comment vous appelez-vous ? demanda-t-il.

Il voulait, non pas connaître toute la vérité, mais au moins apprendre certaines vérités. Il n'avait pas envie de passer pour un nigaud.

— Jeanne.

Du moins, c'est ce qu'il crut avoir compris dans le souffle qui contenait la réponse.

— Jeanne ?

Avec sa langue, il écrivit les lettres de ce nom sur le ventre de la jeune fille, une à une, puis, légèrement, du doigt, en reprit le dessin. Après avoir arrondi la boucle du dernier « e », il en prolongea la queue jusqu'à ses seins, où sa main joua, toujours aussi légère, traçant un paraphe dont les sinuosités savantes étaient autant de caresses. Sur leurs pointes durcies, il s'attarda, comme pour mettre un point final à cet exercice d'écriture, avant de remonter jusqu'à la gorge, à la base du cou.

Il y posa la main, grande ouverte, afin de sentir palpiter le cœur sous la peau, où le soleil avait semé des tavelures blondes. Une jeune fille sur le point de devenir femme, si délicate, si fragile.

Gagnés d'une nouvelle impatience, ses doigts délaissèrent la gorge de la jeune femme pour repasser la barrière des seins, descendre, sans s'attarder, le long du ventre et atteindre la naissance des cuisses, où ils se blottirent, au plus chaud, au plus intime. Un instant, ils s'y immobilisèrent, avant de reprendre leur vagabondage sur les hanches, sur les jambes, dont ils suivaient les linéaments, attentifs et insistants, désireux de faire sentir à la jeune fille le prix de sa beauté.

Une prostituée certes, mais pas seulement. C'était plus que la femme d'une nuit. Plus qu'une mercenaire. Entre eux, il y avait un désir plus fort que leur marché.

Quand ses doigts revinrent au plus secret du corps de la jeune fille, elle ouvrit les lèvres, et il remarqua que sa respiration s'accélérait. Puis il suspendit sa caresse. Il voulait qu'elle en ressente le manque, aiguillonner son désir.

Sur la lèvre supérieure d'Eleanor, sur son front balayé d'une mèche de cheveux, perlaient de petites gouttes de sueur. Tout son corps semblait brûler d'un même feu.

Il avait posé la joue sur le ventre de la jeune femme et pouvait ainsi percevoir toute la chaleur de ce feu dévorant. Ivre de désir, il embrassa son sexe, sa bouche prenant alors le relais de ses doigts dans cette chasse au plaisir. Lorsqu'il s'aventura dans les recoins les plus secrets, la jeune fille laissa échapper un cri. Il s'enivra de ce goût et de ce parfum de femme, tandis qu'elle s'agrippait à ses cheveux.

Jeunesse. Sexe. Passion. Le désir enfin, après des centaines de jours d'abstinence, après des années de prudence ! Souvenir du temps où la liberté lui était comptée. Il buvait à cette source avec la même soif et la même avidité qu'un homme échappé des sables du désert. La peau de cette femme. Son odeur. C'était irrésistible !

— Jeanne, dit-il.

Il recula pour voir briller dans ses yeux bleus les étincelles que ce simple mot aurait dû y allumer. Rien. Il comprit qu'elle ne lui avait pas dit la vérité. Mais, au fond, cela importait-il ? Elle était ici, avec lui, et son sang, sur les draps, n'était pas feint.

De la main, il enveloppa son sein pour en éprouver, une nouvelle fois, la douceur. Il le sentit plein, chaud, gorgé comme un fruit mûri par le soleil, comme une coupe dont le cristal se chauffe à la chaleur du breuvage qu'elle contient. Il ne voulait considérer que cette certitude : elle était avec lui, et c'était une femme.

Il s'approcha de son visage. De la langue, il lui ouvrit les lèvres pour un baiser, surpris de se sentir si plein de désir, heureux de la voir ainsi offerte, impatient de la posséder enfin.

Le souffle court, Eleanor le regarda défaire son pantalon et elle se laissa faire quand il la souleva pour l'asseoir sur ses genoux. Son sexe durci vint se nicher tout contre le sien et elle l'accueillit au plus profond d'elle-même avec un sentiment de joie et de soulagement mêlés. La tête posée sur son épaule, elle s'abandonna, vaincue. Rien d'autre ne comptait plus que la présence lourde et exigeante de ce sexe viril.

— Ma chérie, dit-il.

Elle passa la main sur le front moite de cet homme. Qui était-il vraiment ? Il savait se montrer si puissant et, dans le même temps, si doux dans ses caresses, si soucieux du plaisir qu'il pourrait lui donner, si habile à l'éveiller, à le faire croître, à le conduire, dans une hâte lente, vers son inéluctable et indépassable accomplissement.

Il la serra contre sa poitrine tout en lui caressant le dos. La sueur mouillait sa chemise de lin fin et il émanait du tissu une odeur d'homme qui l'enivrait. Pourquoi ne se débarrassait-il pas de ce vêtement ? Etait-ce à cause des cicatrices qu'elle avait senties sous ses doigts quand elle les avait promenée sur son dos ? Prise d'une audace qu'elle ne se connaissait pas, elle se pencha pour lui caresser l'oreille de la langue, ainsi qu'il l'avait fait pour elle. C'était un monde nouveau qui s'ouvrait à elle et elle ne se lassait pas de l'explorer.

Cette fois, lorsque la jeune femme prit l'initiative, Cristo la laissa faire. Nullement vexé, il s'abandonna au contraire. C'était pour lui une situation des plus inhabituelles, mais il fallait reconnaître qu'elle était agréable. Il aimait ses hésitations, ses caresses maladroites tout d'abord, puis plus précises, plus appuyées. Quand elle s'enhardit jusqu'à refermer les doigts sur le sexe dressé qui se pressait contre son ventre, il eut un sursaut. D'abord hésitante, elle se fit plus précise dans ses caresses et ils restèrent ainsi un long moment, yeux dans les yeux, à jouir l'un de l'autre.

Au bout de quelques instants de cette délicieuse torture, il voulut changer de position, la renverser sous lui, mais les doigts de la jeune fille ne voulaient pas lâcher prise.

— Aidez-moi, aidez-moi, fit-il d'une voix qu'altérait l'émotion.

Il avait parlé en anglais, sans y penser. N'était-ce pas la preuve que son esprit retrouvait sa liberté ?

Lorsqu'il s'étendit sur elle, faisant peser sur elle tout le poids de son corps, il éprouva une sensation inédite. Alors qu'il la pénétrait et tandis qu'il atteignait le paroxysme de son plaisir, il se sentit en effet libre comme il ne l'avait pas été depuis longtemps.

C'était fini.

— Voilà, c'est fini ! marmonna Cristo, d'une voix tendue.

Le plaisir qu'il venait d'éprouver entre les bras de Jeanne était inouï, et pourtant il sentait le mécontentement s'emparer de lui. Que lui arrivait-il ? Pourquoi réagissait-il ainsi ?

Mal à l'aise soudain, il quitta le lit et gagna la petite pièce attenante où il fit un brin de toilette. Tout en se nettoyant le corps et le visage, il s'interrogea, encore et toujours, sur la situation dans laquelle il se trouvait. Il ne faisait presque aucun doute qu'il était tombé dans un piège, sans doute par manque de prudence. Mais il ne savait toujours pas ce que cette fille, achetée par Béraud — et cela ne faisait pour lui aucun doute —, voulait de lui, attendait de lui.

Posant son front fiévreux sur le miroir, il ferma les yeux et soupira. Elle était dangereuse, cette fille, vraiment dangereuse parce qu'elle était trop belle, avec son teint d'albâtre, et à cause de cette sensualité naissante qu'elle savait pourtant déjà si bien exprimer. Dans le monde où il évoluait, une rencontre de ce genre était toujours très dangereuse. Il fallait s'en méfier, il ne le savait que trop, mais il avait succombé. Il avait commis une grave erreur, dont les conséquences, encore incalculables, pouvaient s'avérer extrêmement préjudiciables, effroyables peut-être.

Il avait tant d'ennemis désireux de le voir courir à sa perte. Il le savait, pourtant ! Pourquoi ce moment de faiblesse ?

Et surtout pourquoi éprouvait-il le désir de succomber encore ?

Il devait se détacher de cette fille avant que les « autres », ses ennemis, comprennent qu'il s'était entiché d'elle, et qu'ils aient donc un excellent moyen de pression sur lui. En la chassant, ou plutôt en la fuyant, il se protégerait, mais ce serait aussi un moyen de la protéger, elle, car il connaissait trop bien le monde de l'espionnage pour savoir que, dans cette affaire, elle courait autant de risques que lui.

Il se rhabilla à la hâte, trouva une chemise propre qu'il enfila avant de revenir dans la chambre, à grands pas. Il évita de croiser le regard de la jeune fille et se dirigea droit vers son bureau où des liasses de papiers s'entassaient.

3

Eleanor n'en croyait pas ses yeux. Elle ne comprenait pas.

Pourquoi s'était-il mis en colère, comme ça, brusquement ? Qu'est-ce qu'elle lui avait fait ?

Quand il était revenu dans la chambre, avec sa chemise propre, ses cheveux soigneusement tirés et noués, elle avait eu peine à le reconnaître. Un étranger... Il avait même pensé à remettre toutes ses bagues, et Dieu sait s'il en avait ! Sa main droite, celle à laquelle manquait le petit doigt, brillait de tous ses feux.

Oui, un étranger. Comme s'il ne s'était rien passé entre eux. Ce n'était plus l'homme qui avait murmuré avec tant de tendresse le prénom qu'elle lui avait donné : « Jeanne... »

Mais à quoi s'attendait-elle ? A une demande en mariage ?

Elle avait commis une erreur, pire encore : une faute. A dix-huit ans, voilà qu'elle avait sacrifié sa réputation, ou plutôt qu'elle s'était elle-même sacrifiée entre les mains d'un homme dont elle ne connaissait même pas le nom. Certes, elle avait bu, beaucoup trop bu, mais c'était l'erreur initiale, celle qui l'avait conduite à la faute irréparable.

Elle était une femme perdue, désormais ; une sotte qui s'était fourvoyée et qui, à cause d'un moment de folie, ne retrouverait plus jamais sa place dans la société, dans son monde. Elle avait gâché ses chances. Quel homme accepterait de l'épouser, sachant de quoi elle s'était rendue coupable ?

Le rouge lui monta au front. Elle eut soudain du mal à respirer, et les larmes jaillirent.

Voilà ! Elle allait se mettre à pleurer, maintenant ! Cristo le voyait à la façon qu'elle avait de se tortiller, d'ouvrir et de refermer les yeux, très vite, comme si elle pouvait, par ce moyen, empêcher de couler les larmes ! Bien sûr, elle avait commis une grave erreur, venait-elle seulement de prendre une vraie conscience du désastre ? Forcément, elle envisageait l'avenir sous de méchants auspices. La perspective de mener une vie de fille de joie semblait l'effrayer. Mais c'était pourtant bien elle qui l'avait choisi !

— Où sont vos vêtements ? lui demanda-t-il, de manière abrupte.

D'une voix entrecoupée par les sanglots, elle lui répondit :

— En… en bas, dans… dans une chambre bleue, mais… mais ma robe a été déchirée.

Puis elle fondit en pleurs.

Après l'avoir regardée un instant s'agiter sous l'édredon, il se leva, ouvrit la porte et appela un serveur qui se présenta presque aussitôt. Il lui demanda d'aller chercher les vêtements de la jeune fille.

Ensuite, il ouvrit le placard, dans lequel se trouvaient une chemise et une robe, oubliés là par une autre femme. Il jeta ces effets sur le lit

— Mettez ça, en attendant, dit-il avec autorité.

Pendant qu'elle se soulevait pour rassembler les vêtements, il lui envoya encore un châle qu'elle mit aussitôt sur ses épaules. Sa perruque glissa et laissa voir des cheveux naturels. Si sa perruque avait été d'un blond éclatant, ses vrais cheveux étaient d'un noir de jais.

Il nota ce détail avec intérêt… avant de hausser les épaules. Il n'avait pas vraiment de raisons de s'intéresser à cette femme.

Sauf qu'il devait quand même éclaircir certains mystères

avant de la laisser partir. Et c'est pourquoi il reprit son interrogatoire.

— Vous connaissez Béraud, n'est-ce pas ?

— Un peu… C'est un des clients de ma tante.

— Mouais… Si vous voulez un conseil d'ami, ma petite, tenez-vous éloignée de ce monsieur autant que vous le pourrez : pour votre bien. Il est dangereux, et à ce qu'on dit, il a des goûts…

Il s'interrompit. A quoi bon entrer dans ce genre de détails ? Quel besoin avait-il de se préoccuper d'une apprentie prostituée ? Elle verrait bien… Elle n'avait qu'à apprendre son métier.

Il ne pouvait pas la sauver. Il ne pouvait tout de même pas les sauver toutes ! Ce n'était pas son rôle. Voilà ce qu'il avait compris, il y avait déjà bien des années, quand une femme l'avait supplié de l'aider. Il lui avait offert argent et soutien et cette dernière avait investi tout l'argent dans une bouteille du meilleur cognac avant de se jeter dans la Seine, du haut du pont Neuf. Quand on l'avait repêchée, quelques jours plus tard, c'était sa montre à lui, gravée à ses armoiries, qu'on avait retrouvée dans une de ses poches. Alors la police s'était intéressée à lui, de très près. Il avait pu s'expliquer et s'était facilement tiré d'affaire, mais il avait ainsi attiré sur lui une attention dont il n'avait pas besoin. Depuis cette aventure, il se montrait très, très prudent en toutes circonstances.

Il se détourna et regarda par la fenêtre pendant que la fille s'habillait, mais il voyait son reflet dans la vitre et il ne pouvait s'empêcher de la regarder. Des bruits commençaient à monter de la rue. La nuit s'effaçait, Paris s'éveillait.

Ces bruits lui étaient familiers, et pourtant, ils n'étaient pas de son monde. Il était un déraciné. Ce n'était certes pas une nouveauté, mais pourquoi fallait-il que cette évidence lui apparaisse à ce moment avec une exceptionnelle acuité ? Pourquoi cette impression, soudain, de perdre son temps, de gâcher sa vie ?

Son monde ! Le château de Falder s'imposa soudain dans son esprit. Il le voyait briller, dans sa mémoire, comme une enluminure dans un vieux livre manuscrit. Il crut même entendre les vagues qui se brisaient sur les rochers en contrebas.

— Reviens, reviens, reviens…, lui disaient ces vagues.

Hélas, il ne pouvait rentrer. Il ne le pouvait pas ! Il n'en avait pas le droit. Les fautes qu'il avait commises autrefois lui imposaient de rester à distance.

Secouant la tête avec force, il chassa ces souvenirs importuns. Il refusait de penser au passé. Puis, croisant le regard de Jeanne, il s'obligea à prendre un air insouciant.

Cet homme avait de sombres secrets qu'il avait du mal à contenir, c'était évident. Eleanor le comprit au sourire forcé qu'il lui adressa au moment où il reporta son regard sur elle, ce qui fit vaciller toute l'animosité qu'elle avait conçue contre lui.

De nouveau elle le trouva beau. Elle ne pensait pas avoir jamais rencontré un homme aussi beau que celui-ci, même s'il avait les cheveux un peu trop longs et s'il portait des vêtements étranges, plus propres à habiller quelque comédien qu'un véritable homme du monde.

Elle regarda autour d'elle. La chambre lui parut bien fanée, avec ses tentures décolorées et son miroir terni. Dans un coin, il y avait un piano sur lequel s'éparpillaient de multiples partitions, et une étagère surchargée de livres dont certains semblaient être tombés pour faire un tas sur le plancher. Elle se pencha pour en déchiffrer les titres : il y en avait autant d'anglais que de français, semblait-il.

Décemment habillée maintenant, elle se sentait mieux. Ses doigts caressèrent quelques reliures, et tout en déchiffrant les titres elle se fit la réflexion que ces ouvrages n'étaient sans doute pas d'une lecture facile. Elle se dirigea ensuite vers le piano. Elle appuya sur une touche d'ivoire puis sur une autre, essaya un accord. Elle fut étonnée. L'instrument, qu'elle avait cru délaissé, sonnait en réalité fort juste. Cet homme en jouait-il parfois, quand il se trouvait seul dans cette chambre ?

Elle se retourna pour le regarder et sa robe de couleur orange, qui n'était pas d'une étoffe bien fine, lui gratta les jambes. C'était sans doute ce genre de vêtement que portaient les courtisanes ; et sans dessous de satin. C'était d'une indécence...

On frappa à la porte. Elle sursauta, se retourna et découvrit avec surprise que l'homme qui entrait maintenant était vêtu exactement comme le majordome de son grand-père.

— Milord, déclara-t-il en anglais à l'intention de l'inconnu, votre voiture est avancée.

La voiture ? Elle pouvait donc partir ? Maintenant ? Il tiendrait donc sa promesse, sans poser la moindre question ? A moins qu'il ait l'intention de l'emmener ailleurs. Elle voulut savoir.

— Je vous remercie de tenir votre promesse, sir. Je...

Il leva sa main pleine de bagues en prenant un air ennuyé, comme si ce qu'elle lui disait n'avait aucun intérêt.

Puis il désigna les vêtements que portait une servante arrivée derrière le majordome.

— Ceci vous appartient-il ? demanda-t-il.

Il y avait, en effet, son chapeau, ses bottines, son manteau et son réticule.

Sous le regard de ces trois personnes qui la dévisageaient et attendaient sa réponse, elle se sentit rougir jusqu'à la racine des cheveux. Le lit était encore défait, le majordome et la servante ne devaient donc avoir aucun doute sur ce qui venait de se passer dans cette chambre. Elle eut honte. D'autant que ces gens ne devaient pas se gêner pour parler, et s'ils avaient fouillé dans son réticule, ils connaissaient tous ses secrets, qu'ils pourraient divulguer autant qu'il leur plairait.

La lettre ! La lettre de son grand-père, la fameuse lettre à remettre en mains propres au comte de Caviglione se trouvait-elle encore dans son réticule ? Elle l'espérait, mais rien n'était moins sûr. L'affolement la gagna quand elle prit conscience que peut-être elle ne pourrait pas tenir la promesse qu'elle avait faite au vieil homme.

La servante s'approcha et lui tendit ses effets en expliquant :

— J'ai trouvé tout cela dans le salon bleu, mademoiselle.

— Merci.

Elle prit d'abord son chapeau, qu'elle plaça sur sa tête et ajusta du mieux qu'elle put, ce qui n'était pas facile, sous un miroir suspendu au plafond, surtout avec cette perruque démesurée ! Puis elle mit son manteau qui avait l'avantage, en plus de la tenir au chaud, de cacher quelque peu la robe trop voyante qu'elle avait dû endosser faute de mieux. Voilà ! Pour finir, elle enfila ses bottines à la hâte. Les mains tremblantes, elle s'empara enfin de son réticule. Elle l'ouvrit non sans appréhension. La lettre s'y trouvait encore ! Elle réprima un soupir de soulagement.

Le comte, qui conversait avec le majordome, se tourna vers elle.

— Milne va vous mettre en voiture. Le cocher a pour instructions de vous emmener où vous voudrez.

Osant à peine croire que la promesse serait tenue et qu'elle allait sous peu retrouver la liberté, elle suivit le majordome. Son amant d'une nuit lui donna congé d'un geste négligent de la main avant de tourner son regard vers la fenêtre, comme un homme qui, ayant passé la nuit avec une prostituée, est tout heureux de la voir quitter les lieux au petit matin.

Avant de quitter la chambre, elle prit le temps de glisser la lettre de son grand-père sous l'édredon.

Cristo regarda la voiture qui s'éloignait. Les gravillons blancs qui s'éparpillaient derrière les roues lui rappelèrent un autre lieu, une autre maison, un autre temps. Tout cela était terminé, hélas.

Il serra les poings, envahi par un soudain sentiment d'amertume et de solitude. Il rêvait d'une contrée plus verte et d'une maison perchée sur une haute falaise, au bord de la mer, et cette maison était entourée d'un vaste jardin dont les roses constituaient le plus bel ornement.

Falder.

Ce nom symbolisait à lui seul tous ses regrets. Hochant la tête avec tristesse, il se retourna pour porter son regard sur le foyer éteint. Il était temps de rallumer le feu, s'il ne voulait pas périr de froid. Cette humble tâche l'absorba pendant un moment et lui rendit un peu de sa sérénité. Il oublia, pendant un moment au moins, ses obsessions.

Quand les flammes commencèrent à crépiter dans la cheminée, il alla ouvrir l'armoire, accéda au tiroir secret dont il tira un portefeuille en cuir, à l'intérieur duquel il trouva la lettre que lui avait envoyée le Comité, la semaine précédente.

Il fallait la déchiffrer, et l'exercice lui demanda toute son attention pendant un long moment, plusieurs heures en vérité. Il oublia tout ce qui se trouvait autour de lui, la chambre dans une maison de passe, et Paris, et la France… Il en oublia même pourquoi il se trouvait là, et quels dangers il courrait si, par exemple, la police française faisait subitement irruption.

Au bout d'un moment pourtant, les souvenirs récents, ceux de la nuit, lui revinrent à l'esprit, le détournant de la tâche dans laquelle il essayait de s'absorber. L'espace d'un instant, il croyait respirer le parfum de la jeune fille, et alors le désir le reprenait, un désir exigeant et non pas désincarné, puisqu'une personne pourrait le satisfaire : Jeanne, et aucune autre.

Agacé contre lui-même, il plongea sa plume dans l'encrier, avec une telle violence que plusieurs taches noires constellèrent la feuille de papier. Il les épongea du mieux qu'il put, et c'est alors qu'il aperçut, sur un coin de la table, le médaillon de la jeune fille. Il se rappela comment il avait pris possession de ce bijou, les questions qui lui étaient alors venues en tête, qu'il avait posées aussitôt… et dont il n'était pas certain qu'elles lui avaient donné toute satisfaction. Etaient-elles sincères, d'ailleurs, les réponses que lui avait données la jeune fille ?

Ses pensées divaguèrent et il en vint à se poser des questions bien plus essentielles.

Quelle vie menait-il ?

Il travaillait pour l'Angleterre, pour son roi…

Fort bien, mais il n'avait pas de famille. En aurait-il jamais une ?

Il sursauta soudain, et refoula toutes ces interrogations. Ce n'était pas le moment de se déconcentrer ! Il reporta son attention sur les colonnes de chiffres et de lettres et tourna les pages de son livre de codage. Page 75, colonne C, quatrième lettre à partir du haut. Il écrivit cette lettre. Le message commençait à prendre tournure, le chaos s'ordonnait. R... E... Il fallait s'armer de patience.

Mais de nouveau il fut perturbé par des souvenirs.

Il avait tout juste dix-huit ans quand il s'était lancé dans le dangereux métier de l'espionnage. Rejeté par sa famille, lassé des études qu'il menait à Cambridge, il s'était lancé dans cette voie qui lui apparaissait comme une promesse d'aventures passionnantes, à l'instigation du professeur Roderick Smitherton qui avait pour principale fonction — Cristo l'avait appris par la suite — de diriger ses meilleurs éléments vers le Foreign Office. On lui avait fait suivre une session de formation où il avait donné toute satisfaction : tout l'intéressait dans ce domaine, il était bon en tout, particulièrement dans les langues, qu'il apprenait avec une facilité déconcertante.

Pour lui, au début, il s'agissait d'un jeu, simplement d'un jeu, un jeu utile puisqu'il s'agissait de préserver l'avenir de l'Angleterre qui avait été mis en danger par Napoléon. Il s'agissait de faire en sorte qu'un ennemi aussi audacieux ne puisse plus jamais menacer de franchir la Manche. Voilà à quoi il travaillait, comme de nombreux autres Anglais aussi idéalistes que lui, et sans doute un peu fous.

Arrivé à Paris discrètement, il avait été pris en main par une aristocrate qui l'avait fait passer pour son fils revenu en France après un long voyage à l'étranger. Bien installé dans le château de cette femme, il avait pu facilement mettre au point un réseau qui lui avait permis de recueillir des renseignements fort utiles qu'il transmettait secrètement à Londres.

Il aimait ce métier ; du moins, il l'avait beaucoup aimé. Il lui donnait l'impression d'être un chasseur et le gibier ne manquait pas. Jamais il ne s'ennuyait… Enfin, autrefois du moins. Il menait une vie pleine d'imprévus, qui lui laissait peu de loisirs, mais dont il appréciait, justement, la diversité.

Il parcourait avec joie les rues de la ville, la nuit, pour aller à un rendez-vous et rencontrer un mystérieux personnage qui lui donnerait quelques renseignements oralement ou lui remettrait un message qu'il n'aurait plus qu'à déchiffrer, comme il était en train de le faire en ce moment. Les longues attentes nocturnes, sous un porche ou dans une ruelle obscure, ne l'effrayaient pas. Il se dépensait sans compter pour l'Angleterre et pour le roi. Et à une époque, il avait sincèrement pensé qu'il pourrait mener cette vie jusqu'à la fin de ses jours… en tout cas, le plus longtemps possible. Il n'en imaginait pas d'autre.

C'était autrefois…

Il tira un long et mince cigare d'une boîte en marqueterie dont il tapota longuement le bout sur la table, tout en réfléchissant. Le doute l'assaillait de nouveau. Avait-il raison de mener cette vie ? Etait-ce bien, était-ce mal ? Où était le bien, où était le mal ? Tout dépendait du point de vue où l'on se plaçait. Encore fallait il choisir un point de vue et s'y tenir. Il mélangeait sans doute un peu tout depuis un certain temps… depuis trop longtemps en vérité. Il eut soudain l'impression qu'il s'était engagé dans un labyrinthe dont il aurait du mal à trouver la sortie.

Il reporta son regard sur sa feuille de papier. Les lettres et les chiffres se mélangeaient. Bientôt il ne les vit plus. Tout cela n'avait plus d'importance pour lui. Jetant sa plume d'un geste rageur, il se leva pour aller se poster devant la fenêtre.

Sa voiture n'était pas encore revenue. Il se demanda où Jeanne avait demandé à être conduite. Il aurait dû partir avec elle, bien sûr, pour s'assurer qu'elle était menée à bon port en toute sécurité… Sans compter que cela lui aurait aussi permis de noter où elle allait.

— J'aurais dû…, murmura-t-il.

Du bout du doigt, il traça dans la buée sur la vitre la lettre « J ». Mais il l'effaça aussitôt après.

La retrouver ? Oui, il le pouvait, sans nul doute. Mais il pouvait aussi la perdre pour toujours, dans le monde d'ombres et de miroirs qui était devenu le sien.

Et s'il la perdait… il vivrait dans la solitude jusqu'à la fin de ses jours. Il pourrait toujours avoir recours aux prostituées, avec l'espoir qu'un jour peut-être il retrouverait Jeanne, dans un lieu de débauche comme celui-ci… Il sourit en songeant que si la prostitution était le plus vieux métier du monde, l'espionnage venait sans doute juste après. En somme, ils étaient faits l'un pour l'autre.

Il vit, dans la rue, quelques filles de joie qui sortaient de la maison et s'éloignaient rapidement dans le petit matin froid. L'une était peut-être la tante de Jeanne… mais Jeanne avait-elle vraiment une tante qui travaillait dans cette maison ? Avait-elle dit la vérité ?

Cette idée l'agaçait, mais il n'avait aucun droit sur Jeanne et ce serait folie que d'exiger quoi que ce fût. Et pourtant, il savait déjà, au fond de lui-même, qu'il penserait toujours à elle et que le désir d'elle ne le quitterait jamais.

Il regarda le désordre du lit, l'édredon qui l'avait couverte et qu'il avait eu grand plaisir à lui retirer.

Hélas, le lit était vide maintenant. Jeanne n'y reviendrait jamais.

Il ne lui restait d'elle que son parfum, entêtant, lourd comme un alcool. Il inspira à pleins poumons, en fermant les yeux. Puis il se leva, s'approcha du lit.

Il s'arrêta. Et tout son être se rebella tout à coup.

Non…

L'association de Jeanne avec Béraud était dangereuse pour elle aussi bien que pour lui. Il fallait oublier, oublier ! Pris d'une rage folle, il arracha les draps qu'il jeta dans la cheminée. Avec une sombre délectation, il les regarda brûler. Voilà ! Il ne garderait rien d'elle, mais hélas, il ne l'oublierait pas, il le savait bien. Il regrettait même de lui avoir demandé son prénom.

Jeanne…

Et puis, il y avait ce médaillon qu'il avait oublié de lui rendre. Il ouvrit le tiroir de la table, y jeta le bijou.

Tournant la tête vers la cheminée pour s'assurer que les draps brûlaient toujours et ne risquaient pas de mettre le feu à la pièce, il aperçut une lettre qui commençait à s'enflammer. Il se précipita pour la retirer du brasier, la jeta par terre pour la piétiner. Puis il la déplia et déchiffra ce qu'il restait du texte.

Il restait peu de chose, quelques mots seulement.

Nigel… assassiné… honte…

Il comprit aussitôt… Ce qu'il avait en main était une tentative de chantage.

Il écrasa son poing contre le mur, encore et encore. Il frappa jusqu'à faire jaillir le sang, et il frappa encore.

4

Londres, juin 1830

Martin Westbury, comte de Dromorne, posa son journal sur ses genoux et regarda sa femme assise en face de lui.

— Voilà une nouvelle intéressante que je viens de lire, Eleanor. On rapporte que le plus jeune des frères Wellingham serait sur le point de rentrer en Angleterre, fortune faite. On lui prête l'intention de résider à Londres dans un premier temps, mais il serait désireux d'acquérir une propriété campagnarde. Qui sait s'il ne trouvera pas Woburn à son goût ? Cette grande propriété pourrait charmer un jeune homme tel que lui.

Eleanor réfléchit quelques secondes avant de demander :

— Je ne connais pas les Wellingham. Le berceau de cette famille se trouve-t-il non loin d'ici ?

— Pas du tout ! Le château de Falder est dans le comté d'Essex. C'est pourquoi je suis étonné que le jeune homme en question n'ait pas envie d'acheter quelque chose dans ces parages. Toujours d'après le journal, il s'est lancé dans l'élevage des chevaux, une activité dans laquelle il réussirait assez bien.

Un rire strident interrompit cette conversation. Margaret et Sophie, les nièces de sir Martin Westbury, entrèrent dans le salon. Elles avaient dix-sept et dix-huit ans, pouvaient se flatter d'une beauté stupéfiante, et pour l'heure elles portaient des robes assorties l'une à l'autre, toutes de mousseline bleue et fraîches comme un matin de printemps. Elles séjournaient à Londres depuis un mois avec leur mère, et comme toujours se montraient pleine d'énergie. Rien ne semblait pouvoir les fatiguer.

Elles avaient toujours quelque chose à raconter et Eleanor les écoutait volontiers.

— Nous nous sommes bien amusées hier soir au bal de la comtesse Browne, déclara Sophie d'une voix haut perchée.

Eleanor acquiesça en souriant.

— Nous avons vu Cristo Wellingham, enchaîna Margaret, et il faut reconnaître qu'il est le plus bel homme de Londres. Et ses vêtements viennent de Paris ! Dites-moi, Lainie…

— Oui ?

— Vous ne l'auriez pas rencontré, autrefois, quand vous voyagiez à l'étranger ?

— Si elle l'avait rencontré, reprit Sophie, elle s'en souviendrait, parce qu'un homme comme celui-là, on ne l'oublie pas.

Eleanor n'écoutait plus, mais quand bien même elle aurait voulu répondre, elle ne l'aurait pas pu. Les souvenirs qui lui revenaient la paralysaient et lui ôtaient toute capacité de réaction.

Paris… novembre 1825…

Par chance, Martin répondit pour elle :

— Eleanor était bien trop entichée de moi pour faire attention à d'autres hommes.

Les deux jeunes filles éclatèrent de rire. Il fit semblant d'en être blessé, ce qui les fit rire davantage. Eleanor les regarda tous les trois avec bienveillance. Brave Martin !

Margaret reprit :

— Nous savons bien que vous êtes l'homme de sa vie, oncle Martin, mais à mon avis, ça ne devrait pas l'empêcher de regarder à droite et à gauche.

Eleanor se pencha pour prendre la main de son mari, qu'elle serra dans la sienne.

— Vos nièces sont bien trop frivoles, mon ami, lui dit-elle en prenant un ton faussement sévère. Franchement, je vous le demande : est-ce une façon de parler, pour des filles aussi jeunes ?

Sophie se récria :

— Lainie, vous êtes cruelle et injuste ! Toutes les demoiselles, et même toutes les dames, hier soir au bal de la comtesse Browne, se sont pâmées devant le demi-dieu offert à leur adoration ! Comment faire autrement, d'ailleurs ?

— Et quand ce nouveau demi-dieu sera-t-il de nouveau en circulation ? demanda Martin.

— Ce soir ! hurlèrent Sophie et Margaret.

Il y eut un petit instant de silence, comme pour laisser à cette information vitale le temps de prendre toute sa réalité. Ce fut Margaret qui reprit la parole pour expliquer :

— Il y aura foule ce soir au théâtre de Haymarket. On y donnera la première de la nouvelle comédie de James Planché, dont la critique dit déjà le plus grand bien.

Martin se tourna vers Eleanor.

— Peut-être pourrions-nous y aller aussi ? Qu'en pensez-vous ?

Sa voix avait repris de la force, et depuis quelque temps, en effet, il semblait en meilleure santé. Mais Eleanor ne prit même pas la peine d'hésiter : elle secoua la tête énergiquement. Il fallait refuser, c'était plus raisonnable. En même temps elle souriait, mais l'inquiétude la rongeait. Elle avait l'impression qu'un danger la menaçait, mais ce danger, elle ne parvenait pas à le définir.

Sophie insista gentiment.

— Je vous en prie, Eleanor, il y a tellement longtemps que nous ne sommes pas allés au théâtre ensemble ! Et je suis sûre que l'oncle Martin meurt d'envie de sortir.

Martin approuva.

— Elle a raison. Notre loge est inoccupée depuis si longtemps ! Et je suis sûr que votre mère aussi sera ravie de cette sortie. Allez, c'est dit !

Par la fenêtre de son appartement, qui donnait sur Hyde Park, Cristo regardait la pluie qui tombait depuis le début de la journée et semblait ne pas vouloir cesser avant plusieurs heures.

Il prit la bouteille de cognac qu'il avait rapportée de France et il en but une bonne gorgée, directement au goulot. Ses frères ne tarderaient plus à arriver et il avait besoin de se donner du courage. Il aurait préféré être moins nerveux à ce sujet, et se moquer d'avance de tout ce qu'ils pourraient lui dire, mais c'était plus fort que lui, il s'inquiétait. Ils s'étaient quittés en fort mauvais termes, et ses deux frères avaient été sans doute aussi heureux que leur père d'apprendre qu'il quittait l'Angleterre. D'ailleurs, la première lettre qu'il avait reçue de celui-ci à Paris, peu de temps après son arrivée, lui apprenait que son retour n'était pas souhaité, ce qui ne l'avait pas vraiment étonné. Ce souvenir lui faisait toujours mal. Il le chassa comme un insecte importun. Ce qui était fait, était fait. Ce qui avait été dit, était dit. Inutile de revenir sans cesse sur le passé.

Il prit une autre gorgée de cognac, puis encore une autre.

Il n'aurait pas dû revenir.

Mais il avait passé dix ans en terre étrangère. Dix ans ! Autant dire une vie. Et puis, il rêvait de l'Angleterre presque toutes les nuits maintenant. Autant dire qu'il était temps de rentrer au bercail.

Milne, son majordome, entra après avoir frappé discrètement. Il apportait deux manteaux, un sur chaque bras.

— Milord, lequel voudrez-vous porter ce soir ? Le noir ou le bleu foncé ?

— Le noir, je pense. Et ne m'attendez pas. Je pense que je rentrerai tard.

— Certainement, milord.

Cristo sourit. Milne l'inquiétait, car il le trouvait de plus en plus faible, ce qui n'était pas vraiment étonnant, vu son âge, mais le vieil homme était bien trop fier pour accepter la forte somme d'argent qu'il lui avait offerte afin de lui assurer une retraite bien méritée.

En outre, son majordome avait beaucoup vieilli à Paris, à cause de l'angoisse que lui avait inspirée sa vie dangereuse. Autre sujet de remords. C'était pour lui, aussi, que Cristo avait choisi de rentrer en Angleterre.

— Mes frères devraient arriver dans moins d'une heure. Il faudra me les amener aussitôt.

— Certainement, milord.

— Il faudrait aussi demander à la gouvernante de nous préparer du thé.

— C'est déjà fait, milord.

Cristo rangea la bouteille de cognac dans un casier de la bibliothèque et il referma la porte. Son métier d'espion l'avait amené à boire beaucoup, beaucoup trop, et il faudrait songer à devenir plus raisonnable, sur ce point comme sur beaucoup d'autres, d'ailleurs. En attendant, il ne voulait pas donner le moindre soupçon à son entourage. Ses frères n'avaient pas à savoir.

Donc, on boirait du thé, rien que du thé.

Il glissa un index dans son col. Sa cravate le serrait trop, et il se sentait engoncé dans sa redingote. Sa chemise amidonnée lui donnait des démangeaisons et ses pieds comprimés dans ses bottines vernies lui faisaient horriblement mal.

L'espace d'un instant, il regretta la vie d'espion.

Milne annonça d'une voix forte :

— Asher Wellingham, duc de Carisbrook ; et son frère, lord Taris Wellingham.

Cristo se leva pour accueillir ses deux frères qui entraient dans la bibliothèque. Il nota d'abord que Taris portait une grande balafre sous l'œil gauche, ce qui l'inquiéta, mais il n'en dit rien. Puis il se fit la réflexion qu'ils avaient vieilli, qu'ils semblaient plus coriaces ; mais sans doute pourraient-ils en dire autant de lui-même.

Il n'y eut pas un sourire. Le silence s'étira. Puis Asher prit enfin la parole :

— Alors, tu es revenu.

Asher n'avait pas l'habitude de tourner autour du pot. De ce point de vue, il n'avait pas changé.

— On dirait, répondit Cristo, en prenant un air dégagé. Vous êtes contents, j'espère.

Quelques pas seulement le séparaient de ses frères, mais il avait la nette impression qu'un gouffre invisible s'étendait entre eux.

— Tu as ignoré les efforts que nous faisions pour rester en contact avec toi, lui rappela Asher. Et les quelques mots griffonnés que tu nous as envoyés étaient on ne peut plus clair : le nom de Wellingham n'avait plus aucune importance pour toi, et je ne parle même pas de l'indifférence que tu ressentais à notre égard. Et pourtant, tu es revenu.

Chacun de ses mots avait frappé comme un coup de poing. Chaque mot était une accusation.

— Au fait, comment vas-tu ? demanda Taris.

Question si inattendue que, pris de court, Cristo ne sut que répondre.

Il ne répondit pas, d'abord, puis comme le silence devenait pesant, il déclara :

— Ça va.

Même dans les moments les plus difficiles et les plus dangereux, à Paris, son cœur n'avait jamais battu aussi fort qu'à ce moment.

Asher examinait la pièce, et il était évident qu'il n'avait pas l'air satisfait de ce qu'il voyait. La décoration ne lui plaisait pas, peut-être ? Ou les meubles n'étaient pas à son goût ?

Le regard de Taris, au contraire, restait planté dans celui de Cristo.

— Alice a toujours pensé que tu reviendrais un jour, reprit Asher. Elle l'espérait.

La flèche entra dans le cœur de Cristo, lentement, doucement. Il détourna les yeux.

Alice.

La seule mère qu'il eût jamais connue. La peste soit de ses frères ! La peste soit de la famille, et de l'Angleterre ! Sa main, qu'il avait gardée dans sa poche, se crispa sur sa cuisse.

Au fond il n'avait jamais cessé d'espérer. Même dans les périodes les plus noires, le doute peinait à s'installer.

Manifestement ravi de son effet, Asher poursuivit :

— Si j'ai bien compris, tu es revenu pour rester, n'est-ce pas ? C'est pourquoi j'ai pris toutes dispositions pour te réintroduire dans le monde et dans la famille. Cela se fera ce soir, au théâtre, comme tu t'en doutes déjà j'imagine. Il faut donner l'image de joyeuses retrouvailles. Nous espérons que tu sauras jouer ton rôle. Jouer des rôles, c'est quelque chose que tu sais faire, d'après ce qu'on dit.

Asher n'avait donc pas perdu son sens de l'ironie mordante.

Cristo hocha la tête, plusieurs fois, lentement, pour se donner le temps de réfléchir à la réponse, de préférence aussi cinglante, qu'il allait donner.

Il avait quitté l'Angleterre en se jurant qu'il n'y remettrait jamais les pieds, puisqu'il n'avait envie de revoir ni l'université de Cambridge où il s'était fait remarquer par son indiscipline, ni sa famille avec laquelle il s'était brouillé. Il avait alors l'impression désagréable qu'il ne trouverait jamais sa place nulle part, qu'il était incapable d'adhérer aux codes stricts qui régissent la vie de toute société.

Ceux de sa famille, en particulier, lui avaient paru insupportables, et pas seulement parce que son père les faisait appliquer avec une extrême sévérité. Non, ce qui l'avait définitivement brisé, c'était la manière dont après la mort de Nigel Bracewell-Lowen, son père lui avait appris qu'il n'était pas un « vrai » Wellingham, et que, donc, il usurpait sa place à Falder.

Cristo ravala la bile amère qui lui montait à la bouche alors qu'il se rappelait, en termes très précis, la tirade de son père. Après toutes ces années, il en était encore blessé, non seulement parce qu'il avait le sentiment d'avoir été victime d'une injustice, mais aussi, et surtout peut-être parce qu'il n'avait pas eu l'occasion de répliquer ou de seulement présenter sa défense. Que dire, en effet, à un père qui vous condamne sans appel ?

La vie n'avait jamais été simple pour lui. Alice, sa belle-mère, l'avait emmené avec elle à Falder. Elle l'avait aimé comme son propre fils, et si jamais certains bruits avaient couru, là-bas, à propos de sa véritable filiation, il n'en avait jamais rien entendu. C'était ainsi que le petit comte de Caviglione, âgé de trois mois, était devenu un Wellingham ; son nom avait été inscrit, de la main même d'Alice, dans la bible familiale.

Elle le lui avait dit, bien des années après, quand son père, pour conclure une querelle plus violente que les autres, lui avait jeté la vérité à la face, sans aucune précaution, et même avec une délectation certaine. Cristo avait fui à Londres. Alice s'était empressée d'y courir après lui, pour tenter de le consoler et pour le supplier de ne pas partir.

L'amour et la haine, comme autrefois, se mêlaient en lui et le rendaient malheureux, irritable, prêt à exploser au moindre prétexte. C'est pourquoi il ne répondit rien à la saillie de son frère, lequel, sans paraître se douter de la tempête qui agitait l'âme de Cristo, s'était mis à détailler le programme de la soirée.

— Il va sans dire que nos épouses nous accompagneront au théâtre.

Emerald Seaton et Béatrice-Maude Bassingstoke ! Tout le temps de son séjour à Paris, Cristo s'était tenu au courant de la saga familiale, et il savait presque tout de ces deux femmes, presque aussi redoutables que les deux frères auxquels elles s'étaient mariées.

Cristo regretta soudain de n'avoir pas, lui aussi, d'épouse « redoutable » à son bras. Mais il rejeta aussitôt cette pensée, qu'il jugea ridicule.

Il n'avait pas besoin de femme.

Il n'avait besoin de personne.

Taris, qui le regardait avec une certaine appréhension — que trahissait son haussement de sourcils —, reprit la parole pour lui faire un semblant de leçon.

— Il y aura des ponts à traverser pour te faire de nouveau accepter, si tu vois ce que je veux dire. Rien n'a été oublié de ta turbulente jeunesse, et tes douteux exploits parisiens ne sont ignorés de personne.

— Je comprends, je comprends, s'empressa de répondre Cristo.

Il comprenait. La vie en société nécessitait certaines règles, certains codes — on en revenait toujours là ! —, et l'essentiel, au fond, était de « garder la face ». Voilà à quoi servait l'éducation. Cristo avait été éduqué, comme ses frères, et pour mieux dire, il avait été dressé. Ce dressage, il l'avait ensuite contesté, mais jamais oublié. Il pouvait s'y conformer en cas de besoin, et ce soir, en particulier, au théâtre, lors de sa « grande » rentrée dans le « grand » monde.

Finalement, c'était plutôt rassurant de s'apercevoir qu'il était encore capable de jouer le jeu.

Quand sa gouvernante entra avec le thé qu'il lui avait fait demander, il se détendit légèrement. Peut-être que tout cela n'était pas une si mauvaise idée au fond ? Ses frères regardèrent la gouvernante comme une intruse, et plus aucune parole ne fut échangée, comme s'ils craignaient de proférer quelque propos qu'elle eût ensuite divulgué. Le visage fermé, ils la regardèrent qui disposait le service de porcelaine sur une petite table, et quand elle eut refermé la porte derrière elle, ils poussèrent un ostensible soupir de soulagement.

Cristo regardait la vapeur qui montait de la théière. Il compta les tasses : il y en avait bien trois. Mais fallait-il servir le thé ? Etait-ce bien le moment ? Et puis la cérémonie du thé avait-elle encore quelque signification dans cette famille désunie ?

Asher coupa court à ses atermoiements.

— Bon ! Alors nous nous voyons ce soir, n'est-ce pas ? déclara-t-il avec brusquerie.

— C'est cela.

— A 7 heures et demie.

— J'y serai.

Taris, lui, désigna avec sa canne le service à thé, et déclara d'un ton plus aimable :

— Je prendrais bien une tasse, moi.

Asher lui jeta un regard méprisant.

— C'est du thé ! dit-il d'un ton tout aussi méprisant.

— Je sais.

— Et tu bois du thé, maintenant ?

Cristo vit alors Taris porter une main dans la poche intérieure de sa redingote, et en retirer une flasque en argent dont il dévissa le bouchon.

— J'ai seulement dit que je prendrais une tasse, précisa-t-il en souriant.

C'était bien là le genre d'humour que pratiquaient ses deux frères, autrefois ! Il existait entre eux, une sorte de complicité à laquelle il n'avait jamais pu prendre vraiment part, malgré son désir.

Il rouvrit le placard de la bibliothèque, et en tira deux verres en cristal qu'il plaça sur la petite table, à côté du plateau.

— Tenez ! Vous n'avez qu'à vous servir.

— Tu ne bois pas avec nous ? demanda Asher.

— Non. J'essaie de me restreindre, depuis quelque temps.

— Ashborne serait ravi de l'apprendre.

A cette simple mention de leur père Cristo ressentit le petit pincement au cœur qu'il connaissait bien.

— Je doute qu'il ait été un tant soit peu intéressé par ce que je faisais ou ne faisais pas, murmura-t-il en essayant de masquer son trouble.

Ses deux frères le regardèrent alors avec un étonnement mêlé de chagrin, qui lui fit aussitôt regretter sa sortie. A quoi bon remuer les cendres ? Ne valait-il pas mieux ravaler sa bile ? Ne fallait-il pas faire bonne figure en toutes circonstances ? C'était cela aussi, l'éducation.

Asher afficha un air indigné.

— Tu ne sais peut-être pas qu'il est mort en prononçant ton nom ? Personne ne te l'a dit ?

Cristo haussa les épaules. Non, il ne se laisserait pas apitoyer.

— Le remords sur un lit de mort ! répliqua-t-il en retrouvant toute sa morgue. C'est tellement facile ! Moi, je n'oublie pas qu'il ne me supportait plus, qu'il ne voulait même plus me voir.

Taris, à son tour, prit la parole et lui aussi se mit dans le rôle d'un juge.

— Avec la réputation que tu t'étais faite à Paris, on comprend qu'il n'ait pas eu envie de te revoir. Il était duc de Carisbrook, tout de même ! Il portait un titre ancien et vénérable, qu'il n'avait pas envie de voir couvert d'opprobre. Je te rappelle en outre que ce titre, c'est à nous qu'il revient, désormais, de le défendre et de l'illustrer au cours des prochaines décennies.

Rien que ça !

Cet argument le toucherait sans doute s'il avait été un vrai Wellingham, songea amèrement Cristo.

Il faillit d'ailleurs le dire. Les mots se pressaient sur ses lèvres. L'envie de créer un nouveau scandale familial le démangeait, mais la raison fut la plus forte.

La raison, et le souvenir d'Alice.

Mieux valait sourire, au fond. Mieux valait garder l'illusion d'une famille unie malgré les différends, une famille confite dans le culte des ancêtres glorieux dont il s'agissait d'être digne.

Mais, quand ces ancêtres n'étaient pas vraiment les siens, que faisait-on ? Cristo eut un petit sourire en regardant les cheveux très noirs de ses frères, qui contrastaient tellement avec les siens, si blonds. Eux avaient les cheveux des Wellingham ; pas lui. Ils arboraient cette chevelure comme un titre, comme de véritables armoiries. Lui, Cristo, n'avait pas droit à ces pièces honorables. Parfois, il se prenait à rêver…

Il tourna la tête et regarda son image dans un miroir. Inutile de rêver.

Inconscient des douloureuses considérations de Cristo, Taris finit d'absorber la bonne rasade d'alcool qu'il s'était servie. Après un semblant d'hésitation, il s'en autorisa une seconde.

A ce moment, la pendule, sur la cheminée, sonna 3 heures.

— Pour en revenir au sujet qui nous intéresse, tu es de retour pour de bon, n'est-ce pas ? demanda Taris.

— C'est mon intention, en effet.

Cristo se rendit compte qu'Asher le détaillait de la tête aux pieds.

— Comment t'es-tu débrouillé pour perdre ton petit doigt ?

Cette question, Asher l'avait posée d'un ton très détaché, comme s'il s'enquérait d'un accroc dans un vêtement ; ou plutôt, comme s'il éprouvait le besoin de meubler un silence. Il aurait pu aussi bien évoquer un incident survenu lors d'une récente soirée ou parler du temps.

— Sur un bateau, en quittant l'Angleterre. Mon adversaire s'en est plus mal tiré que moi.

Les deux frères hochèrent la tête.

— Si l'on en croit la rumeur, commenta Asher, c'est très souvent que tes adversaires « s'en tirent plus mal que toi ».

— La rumeur exagère toujours.

Asher reprit un air sentencieux.

— Ici, un faux pas, et tu seras rejeté aussitôt dans les ténèbres extérieures, sans espoir de retrouver la lumière. En es-tu conscient ? Je sais bien qu'à Paris on tolère toutes sortes d'excentricités, mais il n'en va pas de même ici. Faut-il te le rappeler ? Ici, tu ne jouiras pas des mêmes facilités, et il me faut t'avertir solennellement : je ne te laisserai pas déshonorer le nom de Wellingham. D'ailleurs, Taris n'y consentira pas non plus.

Voilà ! C'était pour ça qu'ils étaient venus, tous les deux. Ils entraient dans le vif du sujet et Cristo s'étonna même qu'ils aient attendu si longtemps avant d'y venir. Et puis, Asher, conformément à ses habitudes, ne démontrait pas un excès de raffinement : pas de délicates allusions ni de sous-entendus, il s'exprimait avec sa brutalité coutumière. Chez lui, la main de fer n'était jamais recouverte d'un gant de velours.

Cristo crut utile de se justifier.

Mais d'ailleurs, pourquoi devait-il toujours se justifier ?

— Ce n'est pas dans cette intention que je suis rentré.

— J'espère bien ! dit Asher.

— Pourquoi es-tu rentré alors ? demanda Taris.

Bonne question ! Cristo y réfléchit un instant. Il eut envie de sourire, de répondre par un gros mensonge, et puis, à quoi bon ? Il revenait dans son pays, il voulait se racheter. Mal se conduire en Angleterre, non, il ne le pourrait pas et il le savait pertinemment, il n'avait pas besoin qu'Asher le lui rappelle. Il n'était pas à Paris, où tout lui était permis.

— Je suis revenu pour vivre, tout simplement.

Ses frères ne firent aucun commentaire, ils se contentèrent de hocher la tête, mais il sembla à Cristo qu'Asher serrait un peu trop les mâchoires. Ne le croyait-il pas ? N'avait-il pas confiance ?

Après un long moment de silence, pendant lequel les trois frères s'intéressèrent à un rayon de soleil qui venait d'entrer brusquement dans la bibliothèque — comme s'ils n'avaient jamais vu le soleil ! —, Taris brisa le silence, comme s'il était soudainement frappé par une idée.

— Au fait ! Lucinda te fait ses amitiés.

Sa sœur.

— S'est-elle mariée ?

— Tu plaisantes ? Elle a décidé qu'elle resterait vieille fille. Elle le proclame à qui veut l'entendre.

— Si c'est ce qu'elle veut…

— C'est aussi le choix que tu as fait, non ? riposta Asher d'un ton clairement désapprobateur.

Sur ce et sans attendre de réponse, il prit ses gants et son chapeau posés sur la table, marquant ainsi qu'il était temps de mettre un terme à cette entrevue.

Ils se serrèrent la main, non comme des frères, peut-être même pas comme des amis, sans doute comme des étrangers. Cristo nota en passant qu'Asher arborait la bague des ducs de Carisbrook, un objet bien trop gros, portant les armoiries ancestrales.

— Nous nous verrons donc ce soir, dit Asher, une fois encore.

— Certainement.

Cristo suivit des yeux ses deux frères tandis qu'ils sortaient de la bibliothèque, conduits par Milne. Quand la porte eut été refermée, il se posa sur le dossier d'un sofa. Ni vraiment assis, ni vraiment debout, il regarda autour de lui, en écoutant les bruits qui montaient de la rue.

Il était chez lui.

Il était rentré en Angleterre.

Enfin !

La vie lui parut plus douce, digne d'être vécue peut-être.

« Je suis revenu pour vivre, tout simplement… »

Sans doute, mais pourrait-il vivre, vraiment, avec tous les souvenirs douloureux qui encombraient sa mémoire ?

5

Eleanor n'avait pas envie de sortir ce soir. Le vent soufflait trop fort et il charriait d'énormes nuages qui lâchaient par intermittence de grosses bourrasques de pluie. Non, c'était un temps à rester à la maison, au coin du feu, un bon livre entre les mains.

Cependant, des arrangements avaient été pris. Sophie et Margaret, tout au long de la journée, n'avaient parlé que de la merveilleuse soirée qu'elles s'apprêtaient à vivre.

Eleanor se sentait obligée d'aller avec elles au théâtre ; mais à son corps défendant. Elle avait l'impression d'être prise au piège.

Elle avait choisi de porter une robe de soie de couleur bleu saphir, agrémentée de dentelle blanche au col et aux manches. Elle l'avait fait faire l'été précédent, ce qui était déjà un peu ancien, mais la mode n'avait pas tellement changé, elle était toujours mettable. Elle s'en réjouissait, car c'était un vêtement qu'elle aimait bien. A son poignet, elle porterait un bracelet de perles assorti au collier à triple rang de perles, qui lui venait de sa mère. Elle avait passé la fin de l'après-midi entre les mains de sa coiffeuse, qui avait encadré son visage de longues boucles.

Elle se regarda, une fois de plus, dans un grand miroir. Sa silhouette était très bien et la couleur de sa robe s'accordait assez bien avec celle de ses yeux. C'était d'ailleurs l'une des raisons pour lesquelles elle aimait la porter.

Pourtant, elle hésitait à sortir. Elle aurait préféré rester à la maison. L'inquiétude la reprenait ; d'ailleurs, l'avait-elle jamais quittée depuis qu'elle avait appris la nouvelle ?

Elle respira très fort, en se répétant, une nouvelle fois, qu'elle s'inquiétait pour rien, qu'elle se faisait des idées... Elle chercha tous les arguments possibles pour se rassurer : elle avait vingt-trois ans maintenant, et sa vie, qui aurait pu tourner à la catastrophe, était somme toute confortable, plaisante Elle avait une famille aimable, elle était en bonne santé et vivait dans un quartier agréable de la capitale. Que demander de plus ?

Elle n'avait besoin de rien d'autre.

— Je n'ai besoin de rien d'autre, murmura-t-elle.

Et c'est à ce moment qu'un nouveau doute s'insinua en elle, et qu'une petite voix insidieuse murmura, à l'intérieur d'elle-même.

« Tu pourrais tout perdre. »

Prise de panique, elle ouvrit son réticule, dans lequel elle jeta un mouchoir.

Puis elle sortit de sa chambre. En bas, on l'attendait.

Cristo entra en retard dans le théâtre de Haymarket. Il avait manqué le début de la soirée. Milne s'était pris les pieds dans un tapis et il avait eu du mal à se relever. Il avait fallu appeler le médecin pour vérifier que le vieil homme n'avait rien de cassé, et Cristo n'avait pas voulu partir avant d'être tout à fait rassuré.

Ce soir, songea-t-il en entrant dans la salle du théâtre, les Wellingham allaient démontrer qu'ils étaient parfaitement unis et que les rumeurs de brouilles ou de vendetta familiale étaient dénuées de tout fondement. Oui, mais ce soir, il faudrait sourire, donner le change, dire des mots aimables à tout le monde, en recevoir aussi sans doute. Ce soir, il ferait sa véritable rentrée en Angleterre.

Ensuite… ensuite il serait seul, pour vivre, comme il l'avait déclaré à ses frères.

Seul pour trouver la paix.

La solitude serait son point de départ.

Au moins disposerait-il d'un lieu où il pourrait vivre, et même dormir sans craindre à tout moment de recevoir un coup de poignard dans le dos.

C'était mieux que rien.

Après avoir ouvert le rideau donnant accès à la loge familiale, il s'arrêta pour accommoder ses yeux à l'obscurité qui régnait en ce lieu. Au bout de quelques secondes, il put apercevoir le fauteuil que ses frères avaient gardé pour lui.

Pour lui…

Il se glissa sans bruit vers son siège, prit place et salua ses frères qui se trouvaient de part et d'autre. Trois dames étaient assises devant eux, l'une blonde, l'autre brune et la troisième… Lucinda. Elle se retourna, leurs regards se croisèrent : elle avait toujours les mêmes beaux yeux. En souriant, elle lui envoya un baiser.

Toujours la même joie de vivre, Lucinda. Il ne put retenir un sourire.

Il s'aperçut très vite que, des autres loges placées au même niveau, on le regardait au lieu de s'intéresser au spectacle se déroulant sur la scène. Même du parterre, certains ne se gênaient pas pour se tordre le cou et le dévisager. Il était devenu, en quelques secondes, le point de l'attention générale.

Fils prodigue ou brebis galeuse ?

Il était heureux que Milne se fût donné tant de mal pour l'habiller ce soir : il portait une redingote et un gilet de la plus haute qualité, de la plus extrême élégance. « Critiquez-moi si vous voulez, songea-t-il en vérifiant la position de sa cravate, mais ce sera à vos risques et périls. »

A ce moment, il aperçut la dame aux cheveux noirs, assise juste devant Taris : Béatrice-Maude Wellingham, l'épouse de celui-ci. C'était une femme à la haute intelligence et à l'esprit vif, très vif. Il avait eu l'occasion de lire ce qu'elle écrivait dans le *London Home*, et chaque fois pour admirer la hauteur de ses vues, l'ampleur de ses informations, la richesse de sa culture. Elle regardait droit devant elle et ce devait être la seule de l'assemblée à ne s'intéresser qu'à la pièce de théâtre. Cristo lui-même devait reconnaître qu'il avait à peine jeté un coup d'œil en direction de la scène depuis son entrée dans cette loge.

En vérité, il n'avait pas la tête au spectacle. Il se sentait tendu, vaguement mal à l'aise. Aussi accueillit-il avec grand plaisir les lumières qui s'allumèrent pour l'entracte, et il s'empressa de se lever pour s'étirer.

Lucinda, sa sœur, fut la première à son côté.

— En retard, comme d'habitude, et pas qu'un peu !

— On ne se refait pas !

Ce n'était pour elle qu'une manière d'entamer la conversation.

— On dit que tu cherches une propriété où installer ton élevage de chevaux ? demanda-t-elle.

— C'est exact.

— Le domaine Graveson est mis sur le marché et cela n'était pas arrivé depuis un siècle. Peut-être seras-tu intéressé ?

Comme Asher, elle entrait directement dans le vif du sujet ! Cristo s'étonna, toutefois, qu'elle lui proposât un domaine situé tout près du château de Falder. Il s'étonna surtout que ses frères ne lui aient pas donné cette indication… mais était-ce si étonnant, au fond ? Toutes ses interrogations s'envolèrent cependant quand il vit approcher une grande et belle femme aux yeux turquoise. Elle était si impressionnante qu'elle requit toute son attention. Voyant Asher se tourner vers elle pour l'accueillir, il comprit qu'il s'agissait de l'épouse de celui-ci, Emerald Wellingham.

Elle ne se présenta pas, et sans rien dire, elle prit une main de Cristo qu'elle garda entre les siennes. Le silence dura.

Ce fut Asher qui intervint.

— Mon frère voudrait peut-être récupérer l'usage de sa main, Emmie.

— Pas tout de suite, mon amour, répondit-elle, car je n'ai pas encore terminé.

Cristo tressaillit en prenant conscience qu'elle était en train de lire dans les lignes de sa main !

— Longue vie, belle fortune, magnifique élevage ? demanda-t-il.

Elle hocha la tête.

— Et un voyage qui se terminera d'étonnante façon.

Sur ce, elle lui ferma les doigts de la main et lui rendit sa liberté.

Taris et sa femme s'approchèrent à leur tour.

— Emmie a un don, déclara Béatrice.

— Vraiment ?

— Oui. Croyez-moi : elle ne se trompe jamais dans ses prédictions.

— En tout cas, il ne faut pas être une pythonisse très douée pour déceler que je viens juste de rentrer en Angleterre !

Cristo éprouvait le besoin de se montrer sarcastique, non parce qu'il voulait être désagréable, mais parce qu'on lui avait souvent lu les lignes de la main et que jamais on ne lui avait révélé la moindre vérité le concernant.

— Je ne parlais pas de ce voyage-là, dit Emmie d'une voix douce.

Puis, après quelques secondes de silence, elle demanda :

— Y a-t-il une femme ayant eu beaucoup d'importance pour vous, autrefois ?

Son regard se planta dans celui de Cristo, et il eut soudain l'impression qu'elle lisait dans son cœur comme dans un livre ouvert.

Eleanor trouvait la pièce fort amusante, et pourtant, à chaque minute qui passait elle se sentait plus tendue ; cet entracte était une véritable torture pour elle.

Elle se trouvait au foyer en compagnie des nièces de Martin et de la sœur de celui-ci, Diana. La pièce était fraîche, mais elle avait trop chaud. Elle se sentait prête à défaillir. Elle était heureuse d'avoir derrière elle un pilier contre lequel elle pouvait s'appuyer discrètement.

Elle avait peur.

Peur ?

C'était un mot peu approprié au fond, excessif peut-être. Pourquoi peur ? Et peur de quoi ?

Oui, elle avait peur. Il lui suffisait de voir comment se hérissaient les petits poils sur ses avant-bras, ainsi que dans son cou.

Margaret, qui se trouvait à sa gauche, se hissa soudain sur la pointe des pieds et regarda avec attention du côté de l'entrée.

— Il arrive ! Je savais qu'il viendrait ce soir ! murmura-t-elle, d'une voix où perçait une impatience difficilement contenue.

Comme Eleanor ne daignait pas regarder dans la direction qu'on lui indiquait, Sophie insista :

— Le plus jeune des frères Wellingham, Lainie ! On vous en a déjà parlé. Vous savez bien !

La foule, devant elles, s'ouvrit pour donner le passage aux nouveaux arrivants. Eleanor ne tarda pas à apercevoir un homme grand, blond, dont les cheveux longs étaient noués sur la nuque…

Elle sentit sa respiration se bloquer dans sa poitrine.

Quelque chose chez cet homme — mais quoi ? la forme de son visage ? la couleur de ses cheveux ? la longueur même de ces cheveux ? — lui paraissait familier…

Non, non, non ! Pas lui !

Alors même que, prise d'une folle panique, elle cherchait un moyen de fuir, il changea de direction et, après avoir souri à une jeune femme qu'il semblait connaître, il se tourna vers elle.

Les souvenirs lui revinrent un à un et confirmèrent peu à peu sa première impression.

Une maison à Paris…

Elle avait trop bu…

Elle se trouvait dans un lit, toute nue…

Soudain elle eut l'impression que le sol s'enfonçait sous elle en même temps que les lumières du foyer s'affadissaient. Tout ce qui se passait autour d'elle devint flou, la foule s'agrégeant en une masse compacte et informe.

Elle sut qu'elle allait s'évanouir et se réjouit alors de sentir une main qui, la prenant par le coude, s'apprêtait à amortir sa chute.

Elle s'écroula.

Le plancher était frais sous sa joue : ce fut sa dernière pensée.

Cristo n'en croyait pas ses yeux. Il ne voulait pas y croire.

Pourtant, il ne rêvait pas, c'était bien la jeune prostituée de Paris qu'il voyait allongée là, devant lui : celle qu'on avait jetée, toute nue, encore vierge, dans son lit de la maison Giraudon. Elle portait une belle robe bleue et arborait une magnifique chevelure noire, la même qu'elle avait cachée, autrefois, sous l'extravagante perruque blonde.

A côté de lui, Béatrice-Maude murmura, d'un ton catastrophé :

— Mon Dieu ! mais c'est Eleanor Westbury ! Que lui arrive-t-il donc ?

— Apparemment, répondit Emerald, elle vient de s'évanouir. Où se trouve son mari ? Il faudrait le trouver !

Son mari ? Elle avait réussi à se faire épouser ?

Il comprenait de moins en moins.

Il eut envie de s'agenouiller près de la jeune femme pour la prendre dans ses bras, peut-être pour vérifier, de plus près, qu'il s'agissait bien d'elle, qu'il n'était pas victime d'une hallucination, mais les gens agglutinés autour d'elle l'en empêchèrent.

Quelqu'un indiqua un sofa non loin, et deux personnes s'empressèrent d'y porter la jeune femme, sous la conduite d'un monsieur dont Cristo présuma qu'il s'agissait du mari dont venait de parler Béatrice-Maude. Un autre homme se présenta en disant qu'il était médecin, et par chance, il avait sa trousse avec lui.

Entouré de la foule des curieux, Cristo constata bientôt que la jeune femme revenait à elle. Elle voulut s'asseoir, mais elle retomba en arrière aussitôt, après lui avoir jeté un bref regard. Elle l'avait reconnu. C'était bien elle.

Il entendit, sans vraiment la comprendre, qu'on lui posait une question. Puis il prit conscience que l'épouse d'Asher lui avait parlé et que, sans doute, elle attendait une réponse. Il se tourna vers elle.

— Je vous demande pardon ?

Mais il reporta aussitôt son regard sur celle qu'on lui avait désignée sous le nom d'Eleanor Westbury. Celle-ci gardait les yeux obstinément fermés maintenant, et elle serrait ses mains l'une contre l'autre, si fort que ses jointures étaient toutes blanches. Elle haletait, respirait de façon erratique. C'était évident qu'elle était aussi bouleversée que lui, il l'aurait juré !

Une image, surgie du plus profond de sa mémoire se substitua à celle qu'il avait sous les yeux : la même femme, de cinq ans plus jeune, toute nue, et éperdue de passion.

Il dut faire un effort sur lui-même pour refouler les souvenirs intempestifs qui envahissaient son esprit.

Soudain il se rappela que l'épouse d'Asher attendait toujours sa réponse. Quand il se tourna vers elle, il vit qu'elle avait l'air étonnée.

— Vous la connaissez ? lui demanda-t-elle.

Il se contenta de hocher la tête. S'il ouvrait la bouche, ce serait pour proférer quelques mensonges. Béatrice-Maude parut se contenter de cette réponse et se mit à lui raconter ce qui venait de se passer. Pourquoi se donnait-elle cette peine ? Avait-il l'air si égaré ?

Il se tourna vers Taris qui le regardait avec une drôle d'expression. Oui, il devait avoir l'air égaré.

A qui la faute ?

A elle, cette… prostituée française, qu'on lui avait amenée nue, qu'on avait jetée dans son lit, et qu'il retrouvait maintenant, cinq ans plus tard, mariée à un des plus grands noms d'Angleterre. Comment avait-elle réussi ce tour de force ? Il aurait tout donné pour le savoir.

Il y eut soudain un mouvement dans la foule.

— Ah ! Voici Martin Westbury, comte de Dromorne, dit Taris.

Cristo se tourna vers le nouvel arrivant. Il avait grande envie de voir quel individu était capable d'épouser une ancienne prostituée française. Il découvrit un homme déjà bien âgé, aux quelques cheveux tout blancs, affaissé sur lui-même dans une chaise roulante poussée par un valet en livrée.

Il prit la main de sa femme, et elle s'accrocha à lui. Il y avait tant d'affection dans cette simple étreinte que Cristo, bouleversé, préféra regarder ailleurs.

— C'est ça, lord Dromorne ? demanda-t-il à Taris.

Il avait besoin de vérifier, et sa question manquait certes de délicatesse, mais il n'était pas en état de mesurer ses paroles en cet instant. Ça, lord Dromorne, cet infirme incapable de se déplacer seul ? Et c'était lui qui avait épousé la magnifique créature dont le souvenir ne l'avait jamais quitté.

Emerald hocha la tête.

— Oui, c'est lui, et contrairement à ce que tu penses sûrement, c'est un mariage d'amour ; mariage récent, mais on dit que lord Dromorne est très amoureux de sa femme et il n'est pas permis de douter qu'il est payé en retour.

Donc, Jeanne s'appelait maintenant Eleanor Westbury et elle avait acquis, en même temps qu'une position éminente dans l'aristocratie anglaise, une réputation irréprochable, s'il fallait en juger par les propos que Cristo saisissait à droite et à gauche. La question qui se posait à lui était celle-ci : comment passait-on si rapidement des milieux interlopes parisiens à la bonne société londonienne ? Comment passait-on d'une maison de débauche au théâtre le mieux fréquenté de Londres ?

Il accueillit avec soulagement le tintement des clochettes qui invitaient les spectateurs à regagner leurs loges. Il s'empressa de retourner dans la sienne, même s'il savait d'avance qu'il ne pourrait pas regarder une miette du spectacle. Il était bien trop bouleversé par les récents événements et ce qu'il venait d'apprendre.

Maintes questions le taraudaient.

Jeanne — Eleanor ! — l'avait-elle vu ? Sans doute, oui, et c'était évident que c'était la cause de son évanouissement. Il fallait donc en conclure qu'elle l'avait reconnu.

Aurait-il quelque chance de la revoir ? Sans doute…

Avait-il envie de la revoir ? Oui !

La seule question à laquelle il ne pouvait répondre c'était celle de savoir si elle, avait envie de le revoir.

— Je vais mieux, Martin. C'est vrai, je vous le jure. C'est oublié, maintenant. Je ne sais pas ce qui m'est arrivé. Peut-être est-ce la chaleur ? Il faisait si chaud dans ce foyer… Ou alors, c'est peut-être quelque chose que je n'ai pas bien digéré.

Son mari s'inquiétait tant ! Eleanor faisait de son mieux pour le rassurer, mais son esprit était ailleurs. Les mots lui venaient de manière automatique sans vraiment y réfléchir.

Le comte de Caviglione ! Cristo Wellingham était le comte de Caviglione. Depuis qu'elle avait fait cette incroyable découverte, une seule question occupait son esprit : par quel cheminement étrange était-il passé de la maison Giraudon au foyer du théâtre de Haymarket ?

— Vous êtes d'habitude si forte. Que s'est-il passé ? Je vous ai même vue sur le point de pleurer, me semblait-il. Vous…

Martin s'interrompit.

Elle lui pressa vivement la main, pour le rassurer et pour lui montrer qu'elle avait retrouvé toute sa vigueur.

Elle était allongée dans son lit, une masse d'oreillers empilés derrière elle pour la maintenir bien assise ; un bon feu flambait dans la cheminée. Tout était en place, tout semblait normal…

Normal ?

Elle n'osait pas imaginer ce qui se passerait demain. Elle n'osait plus envisager l'avenir.

Ce soir, elle était en sûreté, à la maison. Elle essayait d'oublier, pour ce soir seulement, la culpabilité qui la rongeait depuis cinq ans et qu'elle était parvenue à apaiser quelque peu, ces derniers temps.

Elle s'efforça de respirer aussi calmement que possible, tandis qu'elle répondait aux questions inquiètes de son mari. Elle lui souriait et répétait que ce malaise passager n'aurait pas de suites fâcheuses. Il hochait la tête, mais ne semblait pas convaincu.

Enfin il se pencha sur elle pour lui poser un baiser sur le front et lui recommanda de bien se reposer. Après une bonne nuit de sommeil, cet incident ne serait plus qu'un mauvais souvenir sans importance.

Quand il eut refermé la porte, elle se leva aussitôt. Elle souffla la chandelle posée sur sa table de nuit et se dirigea vers la fenêtre dont elle tira les rideaux. Elle offrit son visage à la brise nocturne, si fraîche, et instantanément elle se sentit un peu mieux. Il faisait si chaud dans sa chambre, trop chaud. Martin était frileux et il croyait que tout le monde était comme lui. Il avait toujours peur qu'elle eût froid et il l'engageait à se couvrir, à faire attention, à se méfier des courants d'air…

Mais il n'était pas question de Martin pour le moment.

Il lui fallait repenser à l'incident de la soirée, non à son évanouissement, mais à la rencontre qui l'avait causé.

La peur la reprit. Elle frissonna, et cette fois, elle eut froid. Elle referma la fenêtre.

Cristo, troisième fils du duc de Carisbrook récemment décédé, était donc le comte de Caviglione.

L'avait-il vue ? Se souvenait-il d'elle ?

Il portait les cheveux plus courts qu'à Paris et ses vêtements étaient beaucoup plus luxueux. Mais c'était les seules différences notables chez lui. Pour le reste, il n'avait pas changé, il était toujours aussi séduisant, tellement séduisant même qu'il en était dangereux. Menaçant… Voilà, c'était le mot : il était menaçant.

Il faisait penser à une panthère en onyx qu'elle avait

aperçue, peu de temps auparavant, dans la boutique d'un antiquaire de Regent Street. Comme cet animal, il donnait l'impression de marquer son territoire. Un animal, oui... Il y avait de l'animal chez lui, et ce n'étaient pas ses beaux vêtements qui atténueraient cette impression.

A pas lents, elle revint près de son lit. Portant son regard sur un portrait au fusain, elle prit conscience, avec une particulière acuité, du risque qu'elle courait, ainsi que du risque qu'elle faisait courir aux siens.

Florence... Les cheveux blonds de cette enfant et la forme de son visage étaient éloquents. Ils disaient clairement de qui elle était la fille.

La lettre arriva le lendemain matin.

Elle ne portait aucun monogramme. Eleanor l'ouvrit avec quelque curiosité, et sans trop d'inquiétude, même si au fond d'elle-même elle savait qui lui écrivait. Par chance elle se trouvait seule dans son boudoir et elle ne craignait donc pas de trahir, par ses réactions, par sa nervosité, les sentiments qui l'agitaient.

La lettre se trouvait sur le dessus de la pile qu'une servante avait apportée, sur un plateau d'argent. Elle la regarda longtemps. Puis, d'une main hésitante, elle s'en empara pour l'examiner de plus près.

L'écriture de Cristo Wellingham était exactement celle qu'elle avait imaginée : puissante et sans fioritures, elle n'en était pas pour autant inélégante. L'encre avait la couleur des ciels nocturnes, en plein été.

Cristo voulait la rencontrer. Elle n'avait qu'à lui faire savoir quand elle pourrait se rendre disponible pour lui. Rien que ça ! Il n'expliquait pas pour quelle raison il sollicitait cette entrevue.

Son premier mouvement fut de ne pas répondre. C'était une convocation, ni plus ni moins, et elle ne s'y plierait pas ! Puis elle songea aux éventuelles conséquences qu'elle pourrait redouter. Elle eut du mal à les imaginer. Et si elle refusait, tout de bon ? Cristo lui ferait-il du chantage ? Exigerait-il d'être payé pour garder le silence ? Suggérerait-il plutôt quelque service dans le genre de ceux qu'elle lui avait rendus à Paris, dans la maison Giraudon ?

Bouleversée par ces pensées contradictoires et quelque peu confuses, elle se mit à respirer plus difficilement, et pendant un moment, elle craignit de s'évanouir de nouveau.

Elle se sentait si vulnérable.

Elle pouvait, bien sûr, ne rien dire à personne. Martin ignorait tout de la double vie de Cristo Wellingham et naturellement, il ne connaissait pas l'autre nom sous lequel celui-ci opérait à Paris. Personne ne savait rien de tout cela, excepté Isabelle, la seule qui eût pu donner un compte rendu exact de tout ce qu'avait fait Eleanor pendant les quelques mois passés en France.

Eleanor secoua la tête. Pourquoi se faisait-elle tant de souci ? Son inquiétude n'avait pas lieu d'être, si elle voulait bien se donner la peine d'y réfléchir calmement.

D'ailleurs, ce matin, personne n'avait émis le moindre commentaire sur son évanouissement de la veille, ni ses nièces ni Martin ne lui avaient posé la moindre question embarrassante à ce sujet.

En définitive, c'était une complication qu'elle devait affronter seule.

Tout bien pesé, mieux valait rencontrer Cristo afin de régler cette question une bonne fois pour toutes. Le seul problème restait de savoir où. En quel lieu de Londres pourrait-elle écouter ce qu'il avait à lui dire, sans crainte d'être surprise de quiconque et susciter ainsi une curiosité malvenue, mais tout de même sous la protection d'une foule anonyme et indifférente ? A l'évidence cette rencontre devait se produire en ville, mais pas dans un des parcs, toujours beaucoup fréquentés à cette période de l'année.

Elle devait choisir, en outre, un lieu de rendez-vous situé non loin de chez elle, afin de pouvoir s'y rendre à pied, sans avoir besoin de demander une voiture, ce qui susciterait forcément des interrogations. Elle devait se montrer d'autant plus prudente qu'elle s'aventurait rarement seule hors de la maison.

Cette pensée la fit tressaillir. Il avait été une époque où elle était courageuse, téméraire même ; une époque où elle se lançait dans toutes sortes d'aventures, tête baissée, sans réfléchir. Il avait été une époque où elle aimait les défis, et elle les relevait, tous, avec plaisir, avec joie.

La lettre de son grand-père, par exemple, cette lettre qu'elle devait remettre, en mains propres, au comte de Caviglione ! Une folie, en vérité…

Elle essayait de chasser ce souvenir inopportun, lorsque son regard se posa sur la pile de livres qu'elle avait rapportés récemment de chez Hookham, le cabinet de lecture situé dans Bond Street.

Un cabinet de lecture ! Voilà ce qu'il lui fallait ! Cette immense boutique, toujours fréquentée par les amateurs de livres mais jamais bondée, était l'endroit idéal pour rencontrer Cristo, *par hasard*, échanger avec lui quelques mots. Et si elle craignait d'être aperçue par quelque connaissance, elle pourrait monter au premier étage, où quelques alcôves accueillaient les clients pour leur permettre de feuilleter livres et journaux en toute tranquillité.

Elle se rendait chaque semaine chez Hookham pour rapporter ses livres et en emprunter d'autres. C'était à peu près sa seule destination de promenade, sa seule occasion de sortie.

Maintenant que le lieu était fixé, restait à régler la question de la date. Pas demain, car elle ne pourrait affronter Cristo Wellingham si vite après leur rencontre fortuite.

Mercredi matin ? C'était le jour où elle se rendait chez Hookham, en général. Alors, pourquoi pas mercredi ? Il valait mieux, en outre, coller le plus possible à sa routine.

D'une main rapide et nerveuse, elle coucha ses instructions sur une feuille de papier. Puis elle se hâta de fermer sa lettre, la cacheta. Elle la glissa dans son réticule. Mieux valait aller elle-même la jeter à la poste.

6

Cristo avait pris place dans un fauteuil situé près de la vitrine, à une place qui lui permettait de surveiller les allées et venues dans les différentes pièces de la boutique.

Eleanor Westbury avait déjà vingt minutes de retard, mais il était décidé à l'attendre encore. Peut-être avait-elle été retardée par quelque impondérable ?

Soudain, il vit arriver une silhouette féminine vêtue de bleu, qui entrait précipitamment dans le cabinet de lecture. La femme referma la porte, leva la tête pour regarder autour d'elle, et il la reconnut.

Il se redressa pour attirer son attention, et sans doute le vit-elle, mais elle n'approcha pas aussitôt. Au lieu de cela, elle se dirigea vers le comptoir, où elle déposa une pile de livres, sous le regard d'un petit homme grisonnant et très souriant.

Le libraire, sans aucun doute. Eleanor échangea quelques propos avec lui avant de se promener dans la pièce, prenant un livre sur un rayon, un autre ailleurs. Il reconnut un gros ouvrage traitant des chemins de fer, il le connaissait très bien puisqu'il l'avait feuilleté quelques semaines auparavant. Elle ne s'intéressait sûrement pas à des sujets aussi rébarbatifs, et il comprit alors ce qu'elle était en train de faire. Elle cherchait à se rapprocher de lui, sans en avoir l'air.

A la fois amusé et nerveux, il la suivit des yeux. Les bras chargés de livres, elle se dirigea vers le coin aménagé pour la lecture, avec des tables et des fauteuils où les clients pouvaient feuilleter quelques ouvrages.

Elle arriva devant Cristo, et fit enfin mine de l'apercevoir.

— Lord Cristo, j'espère que cet entretien sera le plus bref possible, murmura-t-elle.

C'était la même voix qu'autrefois, même si maintenant elle parlait en anglais, d'une façon très distinguée, de la façon qui convenait dans l'aristocratie à laquelle elle appartenait. Le ton était courtois, mais une légère vibration témoignait de l'irritation qu'elle ressentait à devoir lui accorder cet entretien. Il fallait donc l'amadouer.

— Je vous remercie d'être venue, lady Dromorne.

Elle rougit, secoua un peu la tête, faillit dire quelque chose, puis elle choisit de s'asseoir

— Je ne peux pas m'attarder, milord.

— Vous êtes-vous bien remise de votre malaise de l'autre soir ?

Elle fronça les sourcils, le regard dur. Il venait de commettre un impair, il était évident qu'elle ne voulait pas évoquer l'incident.

— Vous avez changé…, dit-il pour changer de sujet.

Autre erreur. Il se flattait pourtant d'avoir du tact et de trouver les mots qu'il fallait, en toutes circonstances, mais là, il se sentait embarrassé comme un collégien à son premier rendez-vous amoureux. Sous le regard fixe de la jeune femme, c'est lui qui rougissait.

— J'ai changé, vraiment ? lâcha-t-elle.

L'irritation était plus perceptible encore…

— Si vous faites référence au passé, et si vous avez l'intention de vous… souvenir de certains événements, je crois utile de vous faire savoir que je n'hésiterai pas à faire connaître la part que vous avez prise à notre précédente rencontre… si vous avez l'intention de vous montrer indiscret, milord.

Il accueillit l'avertissement en baissant la tête. Il rechignait à se montrer indélicat, mais c'était le moment ou jamais d'avoir des réponses aux questions qui l'avaient tant taraudé, et il ne comptait pas passer à côté.

— Pourquoi étiez-vous là-bas… je veux dire : à Paris, dans la maison Giraudon ? demanda-t-il tout bas.

Il s'abstint d'ajouter : « et habillée comme une fille de joie », car cette précision lui sembla infiniment trop grossière, eu égard au statut actuel de la jeune femme. C'est pourquoi il s'en tint là. Eleanor ne lui répondit pas tout de suite, d'abord elle jeta un regard autour d'elle pour s'assurer qu'aucune oreille indiscrète ne se trouvait dans les parages.

— Je rendais visite à une amie et c'est par imprudence que je me suis trouvée dans la maison Giraudon.

Il eut du mal à masquer sa surprise, tout comme il fut incapable de réprimer la question qui lui brûlait les lèvres.

— Vous étiez avec d'autres femmes qui se trouvaient là ce soir-là ? Ces femmes étaient-elles des prostituées ?

Eleanor hocha la tête.

— J'avais entendu dire que les Parisiennes élégantes ne répugnaient pas à se montrer quelque peu… audacieuses dans leur habillement. J'en ai eu la confirmation quand nous nous sommes toutes trouvées dans cette maison où je me suis laissé entraîner, sans savoir vraiment quels dangers je courais.

— Eh bien…, murmura-t-il, abasourdi.

Elle parut ne pas remarquer sa réaction et poursuivit sur sa lancée :

— J'ai bu beaucoup d'alcool et ce fut sans doute l'erreur fatale. Je m'empresse de préciser que je n'ai plus bu un seul verre de liqueur depuis ce jour-là.

— Eh bien…, répéta-t-il.

Il passa une main nerveuse dans ses cheveux.

Le coupable, c'était lui, pas Eleanor ! Pourquoi n'avait-il pas compris que cette jeune fille n'était pas comme les créatures qui peuplaient la maison Giraudon ? Il était pourtant payé, à cette époque du moins, pour discerner la vérité des êtres sous les faux-semblants dont ils s'affublaient. Ce soir-là, il avait baissé sa garde devant la jolie jeune fille qui lui était présentée, et, fasciné par l'incroyable cadeau qu'on lui apportait, il avait oublié toute prudence.

Il n'était pas fier de lui. Si un homme avait traité sa sœur comme il avait traité Eleanor, il l'aurait tué.

D'autres questions, cependant, continuaient de le hanter, et il devait les poser.

— J'ai trouvé une lettre dans le lit, après votre départ. Je suppose que c'est vous qui l'y aviez déposée ?

— C'était bien moi.

— Aviez-vous lu cette lettre ?

— Il ne vous a pas échappé qu'elle était scellée. Jamais je ne me serais permis de l'ouvrir. Mon grand-père avait confiance en moi et il n'était pas question de le tromper. L'idée ne m'en serait même pas venue.

— Votre grand-père ?

— Avant d'épouser Martin Westbury, comte de Dromorne, je m'appelais Eleanor Bracewell-Lowen. Nigel était mon frère.

Nigel Bracewell-Lowen…

Il sentit son cœur cesser de battre. Chaque fois qu'il rencontrait Eleanor, il était emporté par le tourbillon de la vie.

Les souvenirs affluèrent.

Le sang de Nigel Bracewell-Lowen ruisselant sur les mains de Cristo alors qu'il essayait de comprimer la blessure qu'il portait au cou. Devant eux, une bouteille d'alcool, vide bien sûr, qui attestait d'une nuit qui s'était une fois de plus déroulée dans les excès. Ils étaient jeunes, et ils n'avaient aucune morale. Ils ne voulaient pas en avoir. Les conséquences de leur conduite ? Ils s'en moquaient, ils ne voulaient même pas en entendre parler. Ils voulaient vivre, tout simplement, vivre à grandes guides.

Hélas, la nuit avait peut-être bien commencé mais elle s'était terminée dans le drame.

La voix d'Eleanor, grave et lente, troubla ses réflexions.

— Mon père s'est suicidé l'année suivante. Voilà, vous savez tout, maintenant. Il est bon que vous sachiez que le bonheur a fui ma famille, à cause de vous.

Il voulut protester. Il secoua la tête, mais aucun son ne put sortir de sa bouche. Alors, en désespoir de cause, il tendit la main pour prendre celle de la jeune femme, mais, à peine l'avait-il touchée qu'il comprit qu'il venait de commettre une erreur. La deuxième grande erreur de sa vie.

Le choc fut terrible…

C'était comme de toucher un de ces appareils trop modernes utilisant l'électricité, une énergie toute nouvelle dont certains faisaient si grand cas en prétendant qu'elle était promise à un grand avenir. Quand leurs mains s'étaient touchées, il avait senti une espèce de décharge qui s'était répandue dans tout son corps, comme un immense frisson. Il avait l'impression que même son âme était touchée.

Il retira sa main aussi vite qu'il l'avait avancée et regarda la jeune femme droit dans les yeux. Elle était toute pâle, le visage hagard… Les livres glissèrent de ses genoux et tombèrent sur le sol à grand bruit.

Tout le monde tourna les yeux vers eux. Le libraire avec ses grosses lunettes, les deux dames près de la porte, et les messieurs qui compulsaient la presse du jour… Tous regardaient et tous se demandaient ce qui se passait, c'était évident.

Il songea vaguement qu'il aurait dû se baisser pour ramasser les livres, mais il en était incapable. Le regard toujours fixé sur le visage d'Eleanor, il se laissait envahir par les souvenirs.

Il revoyait Eleanor dans le lit de la maison Giraudon. Comme elle avait été douce sous sa main ! Et la façon troublante dont elle s'était abandonnée sous ses caresses, avant de se donner à lui…

— Puis-je vous aider, monsieur ?

Il sursauta. Le libraire s'était approché.

— Tout va bien, lady Dromorne ? demanda le vieux monsieur à Eleanor.

Elle se comporta de façon admirable : tournant lentement son visage vers le libraire, elle lui sourit, et lui répondit avec le plus grand calme. Seule sa voix, à peine enrouée, pouvait trahir son trouble.

— Tout va bien, je vous remercie, monsieur Jones. Ce monsieur était en train de me demander quelques renseignements sur votre système de prêt. Il habite à Londres depuis peu de temps et il semble bien qu'il va devenir un nouveau client pour vous.

Le libraire, souriant jusqu'aux oreilles, s'inclina devant Cristo.

— Si vous voulez bien m'accompagner jusqu'au comptoir, sir, je me ferai un plaisir de vous donner tous les détails nécessaires.

Il se leva.

Eleanor se leva aussi. Son alliance capta un rayon de lumière au moment où elle levait les mains pour ajuster la position de son chapeau, avec une grâce extrême. Elle n'avait rien à voir, vraiment, avec celle qu'il avait connue à Paris, cinq ans auparavant. Elégante, distinguée, mariée et heureuse, quel chemin avait-elle parcouru en si peu de temps !

Il ne put que s'incliner devant elle alors qu'elle se disposait à partir. Il mit les mains dans ses poches et sur celle qui avait touché Eleanor, il crut sentir de légers picotements, pas désagréables certes, mais qui étaient comme autant de reproches.

Eleanor avait du mal à se remettre de ses émotions et son esprit était en ébullition, une chose était sûre cependant : elle n'aurait pas dû aller à ce rendez-vous. Elle n'aurait pas dû le rencontrer seule. Elle n'aurait pas dû lui permettre de l'effleurer.

Maintenant, la menace d'un chantage constituait le moindre de ses soucis.

Elle s'appuya plus confortablement contre le dossier de son banc, dans un coin tranquille de Hyde Park. Elle aimait cet endroit, surtout quand les rayons du soleil traversaient l'épais feuillage et illuminaient quelques brins d'herbe de la pelouse. La brume matinale s'était évaporée, il ne restait plus que l'éclatante lumière d'une belle journée.

Elle écouta son cœur, qui battait à un rythme qu'elle avait connu une seule fois auparavant, rythme trop rapide, battements trop fort. Elle posa ses deux mains sur sa poitrine pour atténuer cette sensation troublante, car elle avait besoin de recouvrer ses esprits, elle avait besoin de réfléchir.

Elle avait accepté la demande en mariage que lui présentait Martin. Elle l'avait acceptée parce qu'il était vieux et infirme. Elle n'avait jamais regretté cette décision, parce que, avec Martin, elle avait eu une vie heureuse et paisible.

Elle n'avait jamais regretté cette décision… jusqu'à aujourd'hui.

Les doigts de Cristo Wellingham s'étaient posés sur elle, et ç'avait été comme si un torrent d'eau fraîche s'était mis à couler dans le désert qu'était devenue sa vie ; une vie bien ordonnée, tranquille, qui s'était transformée aussitôt en chaos.

Elle ne pouvait pas permettre cela.

Martin avait besoin d'une vie calme et rangée. Il n'encourageait pas les imprévus et les surprises. « Une vie paisible est une vie heureuse », disait-il souvent. En revenant de Paris, Eleanor avait trouvé cette maxime des plus réconfortantes, parce que alors elle avait besoin de mener une existence paisible pour oublier, si possible…

Elle eut soudain envie de pleurer. Une larme perla à ses cils. Vite, elle ouvrit son réticule pour y trouver son mouchoir, et soudain elle s'aperçut que quelqu'un s'approchait d'elle. Or elle ne voulait pas parler. Elle avait besoin de solitude. Elle baissa la tête et s'affaira plus que nécessaire dans l'espace étroit de son réticule, mais elle était consciente qu'elle n'échapperait pas à l'importune conversation.

— Lady Dromorne ?

Lentement, elle leva la tête. Devant elle se tenait lady Béatrice-Maude Wellingham. Elle se leva en se demandant ce qu'elle allait pouvoir dire. Elle connaissait très peu Béatrice-Maude Wellingham, et quand elle vit que celle-ci, d'un signe, ordonnait à sa suivante de s'éloigner, elle comprit qu'elle n'échapperait pas à l'épreuve tant redoutée.

— Quelle chance de vous trouver ici, reprit lady Béatrice-Maude Wellingham. J'en suis même très heureuse, car il y a un sujet dont j'aimerais vous entretenir ; un sujet qui me tourmente depuis quelque temps, en vérité.

D'un geste aimable de la main, Eleanor pria la jeune femme de s'asseoir à côté d'elle.

— J'espère que je pourrai vous être utile.

— Voici de quoi il s'agit : mon souci concerne mon beau-frère, Cristo Wellingham.

Il sembla à Eleanor que Béatrice-Maude Wellingham venait de tirer brusquement une dague longue et effilée, qu'elle menaçait de lui planter dans le cœur. Muette de stupeur, elle attendit la suite de ce que lady Wellingham avait à lui dire.

Son interlocutrice était visiblement inconsciente de son désarroi.

— Comme vous le savez sans doute, il est rentré après avoir passé plusieurs années à l'étranger, et toute la famille aimerait bien qu'il s'établisse en Angleterre. Voilà donc ce qui m'amène à vous demander conseil.

— Me demander conseil ? balbutia Eleanor, d'une voix si hésitante, si tremblante que Béatrice-Maude Wellingham la regarda alors avec quelque étonnement.

— Peut-être le moment est-il mal choisi pour vous ennuyer avec ce sujet ? J'ai l'impression, tout à coup, que vous n'êtes pas encore remise de votre malaise de l'autre soir.

— Non, non…, assura Eleanor. Je me porte très bien, je vous assure.

Et c'était vrai au fond. Mais alors pourquoi cette panique ? Pourquoi avait-elle envie de fuir, alors qu'elle n'avait aucune raison de s'inquiéter. Béatrice-Maude n'essayait certainement pas de lui tendre un piège.

— Très bien, reprit celle-ci. Venons-en donc au fait. Il me semblait avoir remarqué que cela vous chagrinait de savoir que mon beau-frère était rentré en Angleterre.

— Vous avez remarqué… quoi ? balbutia Eleanor, qui se sentait, de nouveau, au bord de l'évanouissement.

Ses craintes les plus affolantes étaient-elles fondées ? Cristo Wellingham avait-il laissé échapper quelques confidences sur leur rencontre parisienne ? Les questions tourbillonnaient dans son esprit. Elle repensa à l'hypothèse du chantage. Cherchait-il vraiment à lui nuire, à elle et à sa famille ?

— Si l'on en croit diverses sources — comprenez-moi bien —, et la plupart sont dignes de foi. Je comprends, bien entendu, que cette affaire puisse présenter quelques difficultés pour vous, mais j'espérais que la charité pourrait vous persuader de considérer les faits tels que nous les considérons nous-mêmes.

— Tels que vous les considérez vous-mêmes…

Elle était incapable de formuler une pensée cohérente. Elle essayait de comprendre, mais les propos de Béatrice-Maude étaient si obscurs. Elle avait l'impression de perdre la raison.

Mais Béatrice-Maude était imperturbable et ne semblait s'apercevoir de rien.

— Bien des années ont passé, et si crime il y a eu, il fut commis sous l'empire de la passion.

— Sous l'empire de la passion…

Eleanor se leva d'un bond et toisa Béatrice-Maude.

— J'ignore complètement pourquoi vous avez voulu aborder ce sujet avec moi, lady Béatrice-Maude, mais je vous serais reconnaissante d'en rester là. Je n'ai nulle envie de discuter de mes relations avec votre beau-frère, et s'il a l'intention de ruiner ma réputation, soyez assurée que je me battrai contre lui jusqu'à mon dernier souffle ! Je ne pense qu'à ma fille, à son avenir, et si Cristo Wellingham a envie de me diffamer, vous vous apercevrez très vite qu'il recevra la contradiction, non pas seulement de moi, mais de tous ceux qui me connaissent ; et ils sont nombreux, croyez-moi ! Puis-je me permettre d'ajouter que mon mari dispose d'une fortune considérable, ce qui me donnera la possibilité d'engager des procès très coûteux, et je ne m'en priverai pas.

— Vous diffamer ?

Béatrice-Maude Wellingham, abasourdie, laissa passer un petit moment et quand elle reprit la parole son ton était très sec.

— Cristo Wellingham n'a aucunement l'intention de vous diffamer, lady Dromorne, mais je n'en dirais pas autant de vous. Je sais bien qu'il a été impliqué dans le scandale provoqué par la mort de votre frère. Je n'avais l'intention que d'apaiser les esprits, et, si possible, de mettre un terme à ce différend, qui n'a que trop duré.

— Mon frère ?

La tête d'Eleanor lui tournait. Cette fois, elle n'y comprenait vraiment plus rien.

— Vous voulez parler de Nigel ? murmura-t-elle.

— Oui, bien sûr… On a dit, à l'époque, que Cristo était responsable de cet… accident.

— Je vois… Je comprends…

Eleanor aurait voulu pouvoir disparaître. La honte la submergeait. Obnubilée par ses craintes, elle avait mal interprété les propos de Béatrice-Maude, et tout compris de travers. Elle avait failli se trahir !

Lentement, elle se rassit à côté de Béatrice-Maude, qui était, elle ne l'ignorait pas, une des femmes les plus perspicaces de tout Londres. Une réputation justifiée. Or, dans son affolement, Eleanor lui avait donné des indices.

Elle ne savait plus que dire ou que faire. Elle n'osait plus parler, de peur de dire encore des sottises préjudiciables à sa réputation. Elle s'était déjà causé assez de mal, mieux valait garder le silence désormais.

— Je pense qu'il vaut mieux en rester là, finit par dire Béatrice-Maude Wellingham.

— Je le pense aussi, balbutia Eleanor.

Elle oubliait les bonnes manières, mais elle avait hâte de se retrouver un peu seule. Deux rencontres aussi éprouvantes dans la même journée, c'était plus qu'elle ne pouvait en supporter.

Elle regarda lady Béatrice-Maude qui s'apprêtait à prendre congé. Il ne faisait aucun doute qu'elle réfléchissait à leur entretien et cherchait déjà à en dégager les conclusions. Et les craintes d'Eleanor furent confirmées presque aussitôt. En effet lorsque lady Wellingham reprit la parole, sa voix était douce, trop douce peut-être.

— Vous pouvez compter sur ma discrétion, lady Dromorne.

— Je vous en remercie, lady Béatrice-Maude.

Eleanor ne se leva pas. Elle n'en avait pas la force. Quand elle fut certaine d'être seule, elle releva enfin la tête. Béatrice-Maude Wellingham s'éloignait. Le vent s'était levé, il agitait les feuilles des arbres qui sifflaient comme autant de serpents menaçants.

Peu à peu, elle prenait conscience de sa situation, de l'horreur dans laquelle elle s'était jetée.

Quelle imbécile elle avait été…

La peur s'insinuait en elle avec une telle force qu'elle ne chercha même pas à la refouler. Elle était dans une situation désastreuse et n'avait aucun moyen de reprendre le contrôle. Tout dépendait de lady Béatrice-Maude maintenant.

Pouvait-elle lui faire confiance ? Cette dernière avait promis de garder le silence, mais les liens du sang pouvaient tout à fait reprendre le dessus. Après tout, Cristo était son beau-frère et elle pouvait légitimement prendre fait et cause pour lui.

L'avenir le dirait…

Quand elle arriva chez elle, une demi-heure plus tard, Martin lui fit dire qu'il désirait la voir. Elle se pinça les joues pour en atténuer la pâleur, car elle ne voulait surtout pas l'inquiéter : de santé fragile, la moindre contrariété pourrait lui être fatale.

Prenant ses mains dans les siennes, elle lui posa un baiser sur le front.

— Quand Florence sera-t-elle à la maison ? lui demanda-t-il. Sa gouvernante vient de me dire qu'elle n'était pas encore rentrée.

— Bientôt, je pense. Votre sœur l'a emmenée promener pour tout l'après-midi.

— Tiens, c'est bizarre…

— Quoi donc, mon ami ?

— Vous n'êtes pas un peu pâle ?

— Je me suis assise un moment sur un banc, en sortant du cabinet de lecture, et je me demande si je n'ai pas pris froid. Lady Béatrice-Maude Wellingham s'est arrêtée pour me demander de vos nouvelles.

« Comme il est facile de travestir la vérité quand on éprouve le besoin de se protéger », songea-t-elle.

Martin soupira.

— Je crains parfois d'avoir rendu votre vie bien terne et bien ennuyeuse. Je…

Elle le fit taire en lui posant un index sur les lèvres. Sa barbe lui picota les doigts : il était mal rasé, ce qui lui donnait un air souffreteux. Il avait encore maigri aussi, il semblait plus vieux, plus fatigué.

Elle lui prit les mains. Leurs doigts s'entrelacèrent.

Bon et honorable. Voilà quel genre d'homme était Martin. Un mari qu'elle n'eût jamais espéré trouver si le scandale de son aventure parisienne avait été rendu public. Tout bien considéré, elle devait s'estimer la plus chanceuse des femmes. Certes, sa vie conjugale était dénuée de toute passion physique et amoureuse, mais c'était le prix à payer pour son unique et terrible erreur, et elle n'avait pas le droit de s'en plaindre.

Martin lui caressait la main, maintenant, avec une insistance, une régularité qu'elle trouva étonnamment agaçante soudain. Elle songea comment Cristo Wellingham, au contraire, avait su éveiller en elle, d'une simple touche, un feu de sensualité qu'elle n'avait jamais connu. Etait-ce un don qu'il avait ?

— Taris, je voudrais organiser une petite fête pour célébrer le retour de Cristo.

Béatrice-Maude entrelaça ses jambes à celles de son mari. Ils se trouvaient au lit et elle avait froid aux pieds. Elle se serra davantage contre lui.

Taris partit d'un rire, d'abord un peu contenu mais qu'il laissa ensuite franchement éclater.

— Je ne suis pas certain qu'il apprécierait cette initiative. Personnellement, je n'aimerais pas. En outre, nous n'avons encore aucune idée précise de ses intentions. Nous ne savons pas ce qu'il vient chercher en Angleterre. Veut-il mettre en danger, une fois de plus, le nom des Wellingham ? Ce qui le contraindrait à fuir une nouvelle fois. Ou partira-t-il dès qu'il s'ennuiera trop ? Personne ne pourrait le dire…

Choquée par ces propos désabusés, Béatrice-Maude protesta.

— Il est ton frère, Taris ! Quoi qu'il arrive, tu es obligé de rétablir sa réputation et celle de toute la famille, faute de quoi tu risques de connaître le regret jusqu'à la fin de tes jours.

— Si on écoutait Asher, nous éjecterions Cristo et nous n'en entendrions plus parler. Il te dirait que c'est une mesure de salubrité familiale. Il faut reconnaître que Cristo a commis autrefois des fautes d'une extrême gravité, et quand il a pris la fuite, il y a cinq ans, les relations entre notre père et lui étaient explosives, pour ne pas dire plus. A cette époque, il ne voulait pas entendre raison, il ne voulait reconnaître aucune limite. C'est pourquoi notre père le tenait un peu à l'écart, ce qui n'a d'ailleurs pas amélioré leurs rapports, bien au contraire.

Béatrice-Maude pesa ces propos, fort sévères, et sans appel. Vraiment sans appel ? Peut-être pas. Elle voulut plaider la cause de Cristo.

— Il n'est pas foncièrement mauvais. Nous n'avons pas le droit de dire qu'il est perdu.

Taris se tourna vers elle, avec un petit sourire ironique.

— Comment peux-tu en être si sûre ?

— Je n'oublie pas qu'il a été marié à une vaurienne pendant des années. Ne mérite-t-il pas, pour cela, notre indulgence ? Elle aussi, d'ailleurs…

Taris se mit de nouveau à rire.

— Béa ! Tu ne crois pas que tu vas un peu loin, parfois ?

— Seulement quand je suis avec toi, mon cher mari ! lui répondit-elle en lui agaçant le torse du bout des ongles.

Il y eut un petit moment de silence.

— Alors, que dis-tu de mon idée ? reprit-elle enfin.

— Quelle idée ?

— La fête en l'honneur de Cristo. Ce pourrait être une partie de campagne à Beaconsmeade, en fin de semaine ; rien d'extraordinaire, mais quelque chose de sympathique.

— Qui inviterais-tu ?

Béa sentit que son cœur battait un peu plus vite. Elle n'avait jamais été très habile dans les stratagèmes. Elle ne savait pas feindre. Mieux valait donc se montrer prudente.

— Eh bien, la famille, cela va de soi… et puis, quelques amis et connaissances.

Conscient de son émoi, Taris lui prit le poignet pour lui tâter le pouls.

— Des connaissances ? Sans doute pourrais-tu me donner quelques exemples, là, tout de suite…

— Aujourd'hui, j'ai rencontré lady Dromorne dans le parc. Ton frère t'a-t-il déjà parlé d'elle ?

Taris se redressa légèrement sur ses oreillers. Elle avait piqué sa curiosité.

— Eleanor Westbury ? Pourquoi Cristo aurait-il dû me parler d'elle ?

— Je ne sais pas… Enfin… se pourrait-il qu'il eût éprouvé quelque intérêt pour elle ?

— A-t-elle fait des confidences ?

— Non !

Consciente d'avoir nié trop vite, avec trop de vigueur, Béatrice-Maude attendit la suite de l'entretien avec crainte. Par chance, Taris ne parut pas avoir remarqué.

— Nous avons eu un gros scandale, voici plusieurs années, avec Nigel Bracewell-Lowen, comme tu le sais déjà. Cristo en a été tenu pour responsable, des rumeurs insistantes se sont répandues à ce sujet, mais rien n'a jamais pu être prouvé. C'est pourquoi je ne pense pas qu'Eleanor Westbury accepterait ton invitation. Par ailleurs, elle est mariée et Martin Westbury se montre rarement en public.

Béatrice hocha la tête, comme pour acquiescer, mais elle n'en pensait pas moins. Martin et Eleanor Westbury donnaient l'apparence d'un couple heureux, mais peut-être n'était-ce qu'une apparence, justement. Lady Dromorne ne s'était-elle pas évanouie, au théâtre, en apercevant Cristo Wellingham ? Bien mieux : aujourd'hui même, Prudence Tomlinson avait rapporté à Béa qu'elle avait aperçu Eleanor et Cristo dans un salon de lecture, visiblement engagés dans une conversation fort captivante, et ils s'étaient touché les mains !

Béa avait tenté d'écraser cette rumeur, en prétendant que son beau-frère avait passé la journée à Beaconsmeade, mais Prudence Tomlinson avait accueilli cette dénégation avec un rire strident, quelque peu méprisant aussi, il fallait bien le dire. Béa avait eu envie de la gifler.

Cela dit, la rencontre de Cristo avec Eleanor l'intriguait ; et les propos de celle-ci, encore plus.

Quelles révélations Cristo pourrait-il faire et ruiner ainsi la réputation d'Eleanor ? L'espace d'un instant, elle songea au grand âge de Martin Westbury, de ses infirmités… Il y avait une fille aussi, âgée d'environ cinq ans, si elle se souvenait bien. Un homme aussi impotent avait-il pu engendrer un enfant ? Et, soudain, le souffle coupé, elle envisagea la possibilité que le pauvre Martin ne fût pas le père de la petite Florence. Mais non ! Elle avait une imagination trop fertile, et surtout dévoyée. Tâchant d'oublier son indécence, elle se remit à écouter son mari, qui continuait à lui faire la leçon.

— Si tu as la ferme intention de rétablir des relations harmonieuses entre nos familles, je te suggérerais d'inviter les deux jeunes nièces Westbury : voilà qui serait adroit ! On dit qu'elles sont jolies et fort agréables. Il faudrait, bien sûr, inviter aussi quelques garçons de Beaconsmeade pour qu'elles aient de la compagnie.

Béa sourit, mais son cœur se serrait. Si elle avait bien

compris le message de son cher mari, elle devait abandonner son projet, tout simplement.

Et pourtant… Elle avait décelé une telle tristesse dans le regard bleu d'Eleanor Westbury qu'elle avait envie de lui venir en aide. Elle croyait avoir une petite chance d'y parvenir : fallait-il y renoncer, juste par souci des convenances ?

Elle se pelotonna dans les bras de son mari et ramena les couvertures jusqu'en haut.

— Je t'aime, Taris.

Une fois encore, il se mit à rire.

— Prouve-le, murmura-t-il en la prenant dans ses bras.

7

L'invitation des Wellingham — la partie de campagne devait avoir lieu dans dix jours — déclencha une grande fébrilité dans la maison Dromorne, et ce pour beaucoup de raisons, dont plusieurs inattendues.

Les deux jeunes filles Westbury hurlèrent de joie à la réception du bristol, chacune imaginant déjà les robes qu'elle pourrait porter pour attirer sur elle l'intérêt du plus jeune des frères Wellingham.

Martin Westbury, de son côté, annonça très vite qu'il déclinerait l'invitation en ce qui le concernait, mais qu'il encourageait vivement son épouse, sa sœur et ses nièces à profiter de cette occasion, parce qu'elles ne s'étaient pas diverties depuis assez longtemps ; et puis, ces jeunes filles ne devaient-elles pas commencer à songer à leur avenir, c'est-à-dire au mariage ? Il conclut en disant que si l'agitation mondaine le fatiguait, il ne s'estimait pas autorisé à en priver sa famille.

Eleanor, de son côté, se demandait ce qui avait motivé cette invitation inattendue.

Après son entretien avec Béatrice-Maude Wellingham, auquel elle avait mis fin de façon fort peu courtoise, elle avait pensé qu'elle serait désormais *persona non grata* chez ces gens, et voilà qu'elle recevait un des cartons les plus convoités. Bien loin d'en tirer la moindre fierté, elle cherchait déjà un moyen d'échapper à ce qu'elle considérait comme une épreuve.

— Sophie et Margaret doivent y aller, annonça-t-elle, bien sûr, mais…

Martin leva la main pour l'interrompre.

— Elles seront chaperonnées par Diana et par vous-même, Lainie. Je pense que ces dispositions s'imposent.

— Diana remplira cette mission très bien toute seule. Quant à moi, je n'aime pas trop abandonner Florence trop longtemps, vous le savez bien.

Hélas, son mari ne voulut rien entendre.

— Florence aura sa gouvernante près d'elle, et quant à moi, je me sens beaucoup mieux depuis un certain temps et pourrai donc me passer pendant un certain temps de votre compagnie, ma chère épouse. Voilà qui est dit !

Il cligna de l'œil à l'intention de sa sœur.

— Pour nous assurer que toutes ces dames auront des robes qui ne leur feront pas honte au sein d'une société aussi élégante, nous irons tous ensemble chez la couturière pour faire les emplettes nécessaires.

Cette annonce déclencha une nouvelle bordée de cris joyeux chez les jeunes filles. Comprenant qu'elle n'obtiendrait pas gain de cause, Eleanor essaya de donner le change, mais elle ne put faire mieux que d'esquisser un sourire forcé, ce dont Margaret se rendit compte. Il était évident qu'elle allait poser quelque question fort gênante quand, par chance, la petite Florence arriva, sous la conduite de sa gouvernante. Eleanor s'accroupit aussitôt pour la recevoir dans ses bras.

— As-tu passé une bonne journée, ma chérie ? demanda-t-elle.

— Oui, nous avons vu des petits chiens. Ils m'ont léché la main et ils me suivaient. Ils étaient très mignons.

Cette description préludait à une demande qui ne manqua pas d'être présentée aussitôt.

— Maman, est-ce que nous pourrions avoir un petit chien ?

— Tu sais que ton papa serait plus malade si nous avions un animal à la maison. Je te l'ai déjà dit.

— Juste pour pas longtemps ?

— Cela ne change rien à la question.

— Il pourrait rester dehors, dans une niche. L'amie de tante Diana m'a dit que c'était possible.

— En hiver, la pauvre petite bête mourrait de froid dans sa niche, pendant que tu serais bien au chaud dans ton lit. Y as-tu pensé ?

Eleanor aurait aimé que Martin pût la soutenir dans cette controverse, mais il semblait de nouveau très fatigué, au bord de l'épuisement en vérité. Son visage était très pâle et ses mains se crispaient sur les accoudoirs de son fauteuil, pour les empêcher de trembler.

— Faut-il que je fasse appeler le docteur, très cher ? demanda-t-elle très inquiète, soudain. Il est toujours très heureux de passer vous voir, vous le savez.

Son mari secoua la tête pour refuser, mais il ferma les yeux et appuya sa tête au dossier. Craignant de le voir s'évanouir, elle tenta de se rassurer en se rappelant que le médecin lui avait dit, peu de temps auparavant, que l'état de son mari était stable, pas du tout alarmant. Pour retrouver une sérénité totale, elle eût volontiers consulté un autre praticien, mais Martin ne voulait pas en entendre parler, il prétendait qu'il s'était assez fait examiner comme cela et qu'il se sentait tout à fait bien.

Chassant ses sombres pensées, elle prêta attention à ce qui se disait autour d'elle. Sophie et Margaret évoquaient les exigences qu'elles présenteraient à la couturière pour la confection de leurs robes ; en même temps, elles évaluaient aussi les distractions dont elles pourraient profiter au cours des deux journées chez les Wellingham. Tout cela faisait une conversation fort décousue et fort animée.

— A ce qu'on dit, déclarait Sophie avec un grand air d'autorité, Beaconsmeade est une magnifique propriété. Lord Taris Wellingham y élève des chevaux de toute beauté.

De qui la jeune fille tenait tous ces renseignements ? Eleanor allait poser la question mais Margaret ne lui en laissa pas le temps.

— Peut-être pourrons-nous monter quelques-uns de ces chevaux ? On dit aussi que Cristo Wellingham est un cavalier hors pair. J'espère bien l'éblouir par mes talents... Il faut que je pense à emporter mon habit d'amazone !

Tandis que ses deux nièces continuaient à échafauder leurs projets en s'esclaffant à tout propos, Eleanor se demanda si elle avait été elle-même jeune. Elle devait convenir, non sans une pointe de regret, que tel n'était pas le cas. Enceinte à dix-huit ans, épouse à vingt ! Les baisers volés ne seraient jamais pour elle. Elle ne dissimulerait pas son visage derrière un éventail, lors d'un bal, en voyant apparaître un jeune homme qui ferait battre son cœur. Elle ne connaîtrait pas les promenades dans les bosquets d'un beau jardin, au clair de lune, en cherchant à tromper momentanément la vigilance de son chaperon. Elle ne chercherait pas à analyser ses émois amoureux en les comparant à ceux de quelque héroïne dans un roman à la mode.

Beaconsmeade lui apparut tout à coup comme un piège, un piège terrible dans lequel elle ne devait surtout pas tomber. Si en effet Cristo succombait aux charmes de l'une ou l'autre des nièces, qu'adviendrait-il d'elle ? Quel enfer deviendrait alors sa vie ?

Une vie tout entière passée à côtoyer Cristo Wellingham sans avoir le droit de le toucher. Il lui faudrait sans cesse trouver quelque moyen d'éviter de se trouver seule avec lui, et en public, elle serait obligée de surveiller ses propos, ses regards, car la moindre maladresse risquerait d'éveiller les soupçons de son entourage, de ses amis, de la société tout entière... Il suffirait de peu de chose, en vérité, pour la déconsidérer complètement et déshonorer Martin. Elle aurait l'impression permanente de marcher au bord d'un précipice.

Soudain elle s'aperçut que son mari la regardait intensément. Elle se sentit rougir.

— A quoi pensez-vous, très chère ? lui dit-il d'un ton plein de douceur.

Elle ne put que sourire, et il lui sourit en retour, d'une façon si mélancolique qu'elle sentit son cœur se serrer.

Les ombres du soir s'allongeaient sur le paysage. Cristo galopait en direction de la côte, très vite, beaucoup trop vite, au mépris de sa sécurité, mais sa joie lui interdisait de se montrer prudent.

Il se trouvait à Falder, chez lui ! Enfin ! Il était venu seul, et ne s'était décidé à ce voyage impromptu que parce qu'il savait le château vide. Il n'avait pas besoin de compagnie pour ce pèlerinage. Demain, il retournerait à Londres.

Il écoutait avec plaisir le murmure de l'océan, il en inspirait à pleins poumons l'air salé, tandis que Déméter, sa monture, dévorait les miles.

Il était heureux, il avait envie de rire.

Non, il était malheureux, il avait envie de hurler.

Quand il pensait à Eleanor Westbury pourtant, la rage le prenait.

Elle n'était pas pour lui.

Elle ne serait jamais pour lui.

Tel était le refrain qui ne cessait de le hanter depuis leur entrevue trop vite interrompue, dans le cabinet de lecture.

« Renonce ! » lui disait son bon sens.

« Jamais ! » répondait son désir.

Il était rentré en Angleterre pour redevenir celui qu'il avait été autrefois, fils, frère, lord.

Il n'était pas rentré en Angleterre pour briser un ménage. Il n'avait pas l'intention de devenir un vaurien.

Paris ? Il fallait oublier Paris et redevenir un homme civilisé, un homme du monde. Pendant trop longtemps, il avait vécu en marge de la société, sans se soucier des règles communes parce que son devoir le commandait. Mensonge ou vérité, bien ou mal, ces notions n'avaient plus d'importance alors et cela lui convenait parfaitement. En outre, c'était nécessaire, puisqu'il espionnait pour le compte de la Couronne britannique. Il avait joué un jeu dangereux, pour sa vie bien sûr, mais peut-être plus encore pour sa santé mentale. Il avait fréquenté trop de gens louches, en qui il ne savait jamais vraiment s'il pouvait avoir confiance. Le danger rôdait en permanence autour de lui. Toujours il devait être sur ses gardes.

Cette existence précaire l'avait amusé, mais quand il avait compris qu'il risquait de perdre son honneur, il avait demandé à être relevé de ses fonctions, ce que le Foreign Office lui avait accordé sans discuter. Son dossier avait été fermé. N'étant plus espion, il redevenait dès lors simple citoyen britannique.

Il avait cru que sa reconversion serait facile.

Il arrêta son cheval et, levant les yeux vers le ciel rougeoyant, il se demanda s'il n'avait pas présumé de ses forces, et si le retour vers son passé tumultueux ne serait pas plus difficile, tout bien pesé, que la fuite en avant vers un avenir incertain.

Il se rappela le sang de Nigel coulant à flots… son propre sang répandu sur le pont du navire qui l'emmenait loin de l'Angleterre, alors qu'il fuyait la colère de son père et le bannissement. Il avait encore fait couler le sang à Paris, le métier qu'il exerçait alors exigeait des actions de ce genre. Espion, il devait tuer pour ne pas être tué. Hélas, il lui était arrivé d'exécuter des innocents, mais il s'était toujours défendu en se disant qu'il avait agi non par méchanceté, mais par devoir et que dans le feu de l'action on n'est pas toujours maître de ses actes.

Le remords, pourtant, le rongeait. Il lui arrivait de revoir, la nuit, en rêve, les visages de certaines de ses victimes, qu'il croyait avoir oubliés et qui semblaient revenir pour l'accuser. Il s'éveillait alors en sursaut, le front en sueur. Assis dans son lit, il regardait autour de lui, hagard. Puis, comprenant qu'il ne s'agissait que d'un cauchemar, il retombait lourdement sur son oreiller, avec la certitude qu'il aurait du mal à retrouver le sommeil.

Il sauta au bas de sa monture et ramassa un caillou qu'il envoya très loin, de toutes ses forces.

Que de fautes il avait commises !

Perdu au milieu de ce paysage qui n'avait pas changé depuis

son enfance et sa jeunesse, il eut l'impression soudaine de remonter le temps.

Il se revit devant la maison des parents de Nigel, en train de réfléchir à la façon dont il leur raconterait l'accident qui avait causé la mort de leur fils. Cette pénible mission accomplie, il était retourné à Londres pour donner à son père sa version des événements, mais on lui avait déjà raconté que Cristo était seul responsable de cet accident. Il n'avait rien voulu entendre et avait prononcé, en hurlant, une sentence de bannissement. Il avait ordonné un exil en France, avec interdiction de revenir en Angleterre avant longtemps.

Comprenant qu'il ne parviendrait pas à faire admettre son innocence, Cristo avait donc embarqué le soir même. Il avait tout juste dix-neuf ans.

Lui revinrent alors à la mémoire les paroles prononcées par Eleanor, le terrible acte d'accusation. « Il est bon que vous sachiez que le bonheur a fui ma famille, à cause de vous. »

Encore une faute dont on le chargeait injustement. Cela ne finirait donc jamais ? Serait-il, jusqu'à la fin de ses jours, un damné, un proscrit ? Pourquoi le destin s'acharnait-il ainsi contre lui ?

Il avait vingt-huit ans. Qui était-il ? Un vagabond, un étranger dans son propre pays, un espion… Il n'avait même pas le droit de s'en glorifier, ses actions d'éclat au service de l'Angleterre ne le justifieraient jamais. Il avait toujours porté des masques, dont il changeait suivant les circonstances, suivant ses besoins.

Or il ne voulait plus de masques. Il n'avait qu'un désir, être lui-même.

Il se pencha de nouveau, ramassa une poignée de sable qu'il laissa glisser entre ses doigts. Etait-ce l'image de sa vie ?

Les yeux pleins de larmes, il jeta dans le vent le reste du sable. Puis, tombant à genoux, il lança vers le ciel cette prière désespérée :

— Pardonnez-moi, mon Père, parce que j'ai péché…

Eleanor aperçut lord Cristo dans le parc, quelques jours plus tard. Il était avec des amis visiblement, qu'il dépassait tous d'une bonne tête. Il regardait ailleurs et elle s'en réjouit, car elle pouvait ainsi changer discrètement d'itinéraire, prendre un autre chemin et échapper ainsi à une rencontre dont elle n'avait absolument pas envie.

Pas envie… Pourtant, avant de prendre la fuite, elle fit tourner nerveusement son alliance autour de son doigt, tandis que les souvenirs parisiens revenaient de façon tumultueuse, et avec tant d'acuité qu'elle se sentit rougir, et que son cœur s'affolait.

Abaissant le large bord de son chapeau d'été afin de dissimuler son visage, elle s'éloigna rapidement.

Elle avait peu et mal dormi ces derniers jours, et quand elle sombrait enfin dans le sommeil c'était pour être aussitôt accablée de rêves pénibles dont elle s'éveillait avec un fort sentiment de culpabilité. Hélas, elle ne pouvait se confier à personne, et à son mari encore moins qu'à quiconque. Elle avait certes de nombreuses amies, mais elle ne pouvait partager avec aucune d'elles son terrible secret. Elle craignait trop les indiscrétions qui auraient ruiné sa vie et celle de son mari.

Elle marchait tête basse, toute à ses pensées, et quand elle vit deux bottes brillantes qui lui barraient le chemin, elle sut à qui elles appartenaient, avant même que d'avoir levé les yeux vers celui qui se permettait de l'importuner.

— Madame…

Cristo Wellingham s'inclina galamment. Dans le soleil, ses yeux brillaient d'une lumière chaude.

De très beaux yeux… et sa fille avait les mêmes, exactement.

Elle demanda à sa suivante de s'éloigner de quelques pas, et elle se dirigea vers un bouquet d'ormes, dans l'ombre desquels elle s'arrêta. Le coin était tranquille, elle n'avait en vue que sa suivante qui montait fidèlement la garde, et, plus loin, deux messieurs qu'elle ne connaissait pas.

« Je lui donne cinq minutes, pas une de plus », songea-t-elle. Serait-elle capable de tenir parole ? Elle l'espérait.

— Votre belle-sœur nous a envoyé une invitation pour une soirée à Beaconsmeade, dit-elle en se tournant vers Cristo. Etes-vous au courant ?

Il hocha la tête.

— Vous devez vous rendre compte que je ne puis accepter, reprit-elle.

Elle s'efforçait de parler d'une voix aussi calme et aussi basse que possible.

Cristo plissa le front, comme s'il ne comprenait pas. A moins qu'il fasse exprès de ne pas comprendre.

— Vous avez peur de compromettre le personnage honorablement connu que vous avez réussi à devenir ? demanda-t-il avec ironie.

Quel goujat ! Tant d'insolence ne méritait pas de réponse. Elle s'apprêtait à partir, mais Cristo lui posa une nouvelle question, qui la figea sur place.

— Avez-vous fait un mariage heureux, lady Dromorne ?

Alors les barrières qu'elle s'était si solidement construites se brisèrent et le doute s'insinua. Elle douta de tenir ses promesses, celle qu'elle venait de se faire, celle qu'elle avait faite à Martin le jour de leur mariage, toutes celles qu'elle s'était faites pour essayer d'oublier Paris et de ne plus penser qu'à réparer sa faute.

Ici, dans l'ombre des ormes d'un parc de Londres, elle ressentait les effets du désir, elle les retrouvait, tels qu'elle les avait connus à Paris. Les avait-elle jamais oubliés, d'ailleurs ?

Le désir…

Un désir sur lequel le temps n'avait aucune prise, aucun pouvoir.

Muette, rendue presque stupide par cette découverte, elle sentait que son cœur était le lieu d'un terrible combat. Un combat entre le devoir et le désir, c'est-à-dire entre le bien et le mal. Ce combat se déroulait à l'intérieur d'elle-même. Terrible lutte que celle-ci…

« Dis-lui : oui, j'ai fait un mariage heureux. Dis-lui que tu aimes ton mari, et la vie que tu mènes maintenant, et la place que tu t'es faite dans cette société. Dis-lui qu'il t'importune, qu'il n'a pas à tourner autour de toi ainsi qu'il le fait depuis quelque temps. Dis-lui que tu ne supporteras pas éternellement sa conduite. Dis-lui de partir sans se retourner. Ah ! Et n'oublie pas de lui dire que ce qui s'est passé entre vous, cette histoire parisienne, t'inspire un profond dégoût et que tu n'as pas envie d'en entendre parler. Dis-lui même que tu l'as presque oubliée, cette histoire… »

Elle ouvrit la bouche, mais elle la referma aussitôt. Même pour Florence, elle ne pourrait prononcer les mots que lui suggérait sa conscience.

Et ce fut Cristo qui prit la parole.

— Venez me voir ce soir. J'ai un appartement ici, à Londres.

Avait-elle bien entendu, bien compris ? Comment Cristo osait-il prononcer de tels mots, faire une proposition aussi directe ?

— Mon mari m'aime, Cristo, et je suis une épouse qui prise la fidélité.

— Il suffirait d'une caresse et vous ne tiendriez plus ce langage.

Choquée par la rudesse du propos, elle ne sut que répondre, une fois encore.

— Prenez ma main et osez me dire qu'il n'y a plus rien entre nous.

Elle serra les poings et les enfouit dans les plis de sa robe, et lorsqu'elle reprit la parole ce fut d'un ton hautain, presque docte.

— Les plaisirs de la chair sont fugaces, milord. Seul le sens du devoir a de l'importance, car c'est sur lui que nous serons jugés. Voilà le principe sur lequel une femme sensée doit bâtir sa vie.

— Et vous êtes une femme sensée ?

— Très sensée. N'en doutez pas.

En douterait-il ? Elle ne put s'empêcher de se poser la question.

Il fit trois pas en arrière et l'espace d'un instant elle crut qu'elle avait gagné. Il allait partir, la laisser en paix. Mais hélas, il était inutile de se leurrer, elle savait déjà qu'il n'était pas homme à renoncer.

— Le sens du devoir n'a aucun pouvoir sur la passion. Si vous consentiez à quitter votre armure de bienséance, ma chère, si vous acceptiez d'examiner ce qu'il y a dans votre cœur, vous vous en apercevriez très vite.

Cristo avait le sourire de l'homme satisfait d'avoir énoncé des arguments décisifs et elle eut envie de le gifler. Elle se contenta de répondre avec mépris :

— Comment pouvez-vous prétendre savoir ce que j'ai au fond du cœur, milord ? Ma vie a complètement changé depuis que je suis rentrée de Paris et sachez que je sais tirer la leçon de mes fautes.

— Vos fautes ?

Le mot semblait l'étonner sincèrement. D'ailleurs, il le répéta, à mi-voix, comme s'il cherchait à en pénétrer le sens.

— Vos fautes…

Mais ce moment d'égarement ne dura pas, il retrouva bien vite toute sa superbe.

— Quant à moi, je n'ai jamais pensé que notre nuit parisienne était une faute, encore moins une erreur. Si je voulais la qualifier, ce n'est pas dans le domaine de la culpabilité que je chercherais mes formules.

Son sourire carnassier et ses yeux brillants disaient assez quel genre de formule il utiliserait pour décrire leur rencontre de la maison Giraudon. Et il avait envie de les proclamer, cela sautait aux yeux.

Décidée à ne pas lui en laisser le temps, elle lui indiqua d'un signe de tête que l'entretien était terminé. D'ailleurs, les cinq minutes étaient passées.

Il obtempéra sans rechigner. Il la salua, assez sèchement, d'un petit mouvement de la tête et s'en alla à pas vifs.

Elle le suivit du regard, jusqu'au moment où il disparut derrière un buisson.

Satisfaite d'avoir surmonté, avec un succès relatif, cette

nouvelle épreuve, elle s'approcha de la mare où barbotaient quelques canards : le père, la mère, les canetons. Une famille : un idéal insurpassable, un équilibre dont chacun pouvait tirer avantage.

Florence avait un père et une mère, qu'elle aimait. Sans Martin, Eleanor n'aurait jamais pu rentrer en Angleterre. Elle se rappelait trop bien ses jours de solitude, ses jours sombres. Combien de fois n'avait-elle pas pensé, alors, qu'il vaudrait mieux mettre fin à ses jours ! Cesser d'exister pour ne plus penser, pour ne plus regretter, pour ne plus souffrir…

Elle pressa les deux mains sur sa poitrine. Pourquoi avait-elle du mal à respirer, tout à coup ? Pourquoi se sentait-elle oppressée ?

Allons, aucun danger ne la menaçait ! Elle n'avait rien à craindre.

Elle regarda autour d'elle : le paysage du parc, les arbres, le bassin, les canards, les promeneurs, plus loin quelques cavaliers : ce parc était à l'image de sa vie, tranquille, paisible, ordonné.

Oui, elle menait une existence paisible.

Elle ne permettrait à personne de troubler son bonheur.

Mais de quel bonheur parlait-elle au fond ? Elle ne savait même pas si elle était vraiment heureuse.

Oh ! certes, elle ne vivait pas des amours palpitantes. La passion lui était refusée. Mais son mari était un homme bon. Elle était honorablement connue, respectée. N'était-ce pas tout ce qui comptait ?

D'un geste de la main, elle rappela sa suivante, et se mit en chemin sans l'attendre, pour ne pas lui montrer les larmes qui montaient à ses yeux.

Elle avait envie de pleurer.

De rage.

« Venez me voir ce soir. J'ai un appartement ici, à Londres. »

Il n'y avait donc que cela qui l'intéressait ?

Tout au fond d'elle-même elle n'avait pu s'empêcher de

penser que Cristo éprouvait de la considération pour elle, qu'il avait des sentiments. Or, il n'en était rien.

« Venez me voir ce soir. J'ai un appartement ici, à Londres. »

Avant, elle ne savait pas qui il était vraiment. Il était juste un souvenir, un souvenir à la fois terrible et merveilleux. Maintenant, elle le connaissait. Elle savait très bien, maintenant, ce qu'il avait en tête, ce qu'il voulait.

Ce n'était pas sur ces bases qu'elle avait imaginé leurs retrouvailles, fondé ses espérances.

Eh bien, tout cela était terminé ! Le mieux était de ne plus y penser.

Les ongles plantés dans les paumes de ses mains, elle se hâta pour arriver plus vite à la maison.

Elle voulait retrouver Martin.

8

Eleanor ne pouvait échapper au dîner chez les Baxter, parce que l'invitation avait été reçue plusieurs semaines auparavant et qu'ils ne l'avaient pas refusée.

C'était la première fois qu'elle sortait depuis l'incident du théâtre. Il n'y aurait pas beaucoup de monde à cette soirée, ce qui lui convenait parfaitement.

Cristo Wellingham n'en serait pas.

Il fréquentait un milieu beaucoup plus jeune et plus déluré, s'il fallait en croire les comptes rendus que donnaient Margaret et Sophie, fascinées par le jeune homme. Les invités au dîner des Baxter avaient tous plus de cinquante ans. Quant à leur hôte, c'était un homme fort imbu des conventions, et qui n'admettait aucune forme de vulgarité chez lui. A cette pensée, d'ailleurs, elle fit une petite grimace amusée : si Anthony Baxter avait une petite idée de la façon dont elle s'était conduite à Paris, elle ne franchirait même pas le seuil de sa maison !

Elle sursauta quand Martin entra dans la pièce, car elle n'avait pas entendu le chuintement, sur le parquet, des roues cerclées de caoutchouc.

— Je vous trouve bien nerveuse depuis quelque temps, lui dit-il. C'est sans doute parce que vous ne prenez pas assez d'exercice. Vous devriez sortir plus souvent. Vous savez, Florence n'a pas besoin que vous soyez sans cesse avec elle. Elle peut se passer de vous pendant quelques heures.

Martin ne mettait aucun sous-entendu dans ses propos, et pourtant, elle se sentit coupable, prise en faute. Evidemment, elle pensait à Cristo Wellingham !

— Je suis très heureuse comme je suis, et pas du tout nerveuse, se hâta-t-elle de répondre.

Peut-être était-ce dit avec un peu trop de véhémence ? Perdait-elle à ce point le contrôle de soi ?

— Nerveuse, peut-être pas, en effet, mais je dirais : distraite, reprit-il d'un ton égal. Cela ne vous ressemble pas.

Puis il tendit sa cravate.

— Voulez-vous m'aider ?

Elle prit la cravate. C'était toujours elle qui nouait les cravates au cou de son mari, elle le faisait volontiers, mais aujourd'hui, cette tâche la rendait nerveuse. Elle dut s'y reprendre à plusieurs fois avant de réussir un nœud à peu près correct. Distraite, oui, elle l'était certainement, et elle venait de s'en administrer la preuve.

Quand elle se releva, elle vit que Martin lui tendait maintenant un écrin qui reposait sur ses genoux et qu'elle n'avait pas remarqué. Au premier coup d'œil, elle reconnut le nom, gravé en lettres d'or sur le couvercle : « Garrard, joaillier ».

Elle ouvrit le précieux coffret, à l'intérieur duquel reposaient, sur un lit de velours noir, un collier en turquoise et les pendentifs d'oreilles assortis.

Etonnée, elle balbutia :

— Mais… ce n'est pas mon anniversaire.

— Non, mais vous m'avez semblé préoccupée depuis un certain temps et j'ai jugé bon de vous administrer un remède. En outre, voilà cinq ans déjà — vous en souvenez-vous ? — je vous demandais en mariage, et il m'a semblé utile de marquer cet anniversaire.

Elle sourit, et elle se retrouva plongée cinq ans en arrière. Elle revit la ville de Florence en été, le cours tranquille de l'Arno, et la belle maison que possédait Martin, sur la Piazza della Signoria. Ils avaient passé un long moment ensemble dans le kiosque du jardin, quand, soudain, elle s'était sentie prise de nausée. Martin s'était empressé de lui apporter une serviette imprégnée de lavande.

Une vie tranquille et simple, après le chaos qu'elle avait connu en France. Martin avait promis qu'il prendrait soin d'elle, de son enfant aussi, cet enfant conçu hors des liens du mariage, conçu sur le lit d'une maison de plaisir, à Paris.

Caressant, du bout des doigts, les bijoux qu'elle venait de recevoir, elle finit par retrouver l'usage de la parole.

— Je ne vous mérite pas, Martin, murmura-t-elle d'une voix brisée par l'émotion.

Manifestement tout aussi ému qu'elle, il posa une main frêle sur son bras.

— Ah, si j'étais plus jeune et en meilleure santé…

Elle fit « non » de la tête, avant de se pencher vers lui pour lui donner un baiser sur la joue. Alors qu'elle se redressait, un regret la traversa : pourquoi n'avait-elle pas envie d'embrasser ses lèvres ? Il n'y avait jamais eu de désir entre eux, et il n'était plus question de le faire naître. Après cinq ans d'une vie paisible et dénuée de toute sensualité, tenter quelque chose de ce genre eût paru totalement déplacé, incongru, indécent même.

— Les porterez-vous ce soir ? lui demanda Martin.

— Oui.

Une fois encore, elle se pencha vers lui pour qu'il lui passe le collier puis attache les pendentifs à ses oreilles.

Elle se dirigea ensuite vers un miroir. Il lui renvoya l'image d'une femme magnifiquement vêtue et parée de bijoux somptueux ; une femme du grand monde… mais ce n'était pas elle.

Elle eut l'impression étrange d'être une sorte d'usurpatrice, de vivre dans un milieu auquel elle n'avait pas droit, à cause de sa conduite scandaleuse d'autrefois. Martin savait, pourtant… Oui, mais il ne méritait pas cela.

Sentant les larmes lui piquer les yeux, elle se retourna. Avec un grand sourire, elle le remercia de son merveilleux cadeau, puis elle sortit de la pièce, très vite, pour aller se cacher et donner libre cours à son chagrin.

Cristo aperçut Eleanor dès le moment où elle entra dans le petit salon ; son mari, sur une chaise roulante, la précédait. Ce soir, elle portait une robe tout à fait semblable à celles des dames plus âgées qui se trouvaient là, avec un corsage haut et un ample jupon, le sien orné de broderies bleues entrelacées de fils d'or.

Le comte de Dromorne choisissait-il les robes de sa femme, ainsi que les bijoux qu'elle portait ? Non sans méchanceté, il essaya d'évaluer la fortune qu'il avait fallu dépenser pour un accoutrement aussi horrible.

Le comte était d'ailleurs beaucoup plus âgé que Cristo l'avait imaginé en l'apercevant de loin, au théâtre, bien que sa chevelure fût moins grise qu'il n'avait cru le voir ce soir-là.

Il fit une rapide évaluation : soixante ans, ou pas loin de soixante. Soudain une image d'Eleanor au lit avec ce vieillard se forma dans son esprit, vision qu'il n'avait nulle envie d'examiner de plus près et qu'il s'empressa de chasser. Il préférait nettement y substituer le souvenir de leurs étreintes parisiennes. Là, il avait eu son rôle à jouer…

Il n'avait rien oublié de cette nuit unique ; même les détails insignifiants restaient gravés dans sa mémoire : le vent aigre de l'automne parisien, les bras décharnés des arbres s'agitant dans l'aube grise lorsqu'il avait regardé par la fenêtre, les cloches d'une église… Depuis cette nuit, Jeanne, qui s'appelait désormais Eleanor, n'avait jamais cessé de le hanter. Elle avait éveillé sa sensualité comme aucune autre, jamais, n'y avait réussi. Elle avait porté son plaisir à un paroxysme qu'il n'avait jamais retrouvé depuis.

Martin Westbury ressentait-il maintenant le même plaisir ? Cristo remarqua que l'homme plaçait sa main sur le bras de sa jeune épouse, comme s'il avait besoin de proclamer leurs liens, ou un quelconque droit de propriété. Il ne lui échappa point, non plus, que cette intimité ne déplaisait pas à Eleanor qui posait sa propre main sur celle qui l'accaparait.

Cette constatation le remplit d'une jalousie furieuse. Il se rendait bien compte qu'il n'avait aucun droit sur la jeune femme, qu'il aurait dû, plutôt, se sentir rempli de honte après l'avoir déshonorée, et abandonnée dans une grande ville étrangère, sans plus se soucier, sur le moment, de ce qui lui arriverait. Il s'était conduit comme un goujat, comme un imbécile de surcroît. Ah ! S'il pouvait remonter le temps pour tout reprendre au commencement... Hélas, il ne servait à rien de rêver.

Avec un lourd soupir de regret, il leva les yeux et croisa alors le regard d'Honour Baxter, la maîtresse de maison.

— Elle est belle, n'est-ce pas ? lui demanda-t-elle en souriant.

Elle parlait de lady Dromorne, bien sûr... Rien ne lui avait donc échappé. Cristo tâcha de prendre un air blasé.

— Oui, on peut le dire.

— Elle est triste, aussi.

— Vous croyez ?

— Oui, elle est comme une fleur qui aurait du mal à s'épanouir.

Cette fois, il ne trouva rien à répondre.

— Je connaissais sa mère, reprit son hôtesse, une femme mélancolique qui se faisait beaucoup de souci à propos de sa santé. Eleanor ne lui ressemblait pas du tout sur ce plan, car elle était, au contraire, très vive, insouciante ; la joie de vivre incarnée. Je me demande parfois ce qui a pu lui arriver pour qu'elle soit désormais si... éteinte.

« Quand elle était dans mon lit de la maison Giraudon, elle n'était pas éteinte, pas encore... »

Mais il l'avait abandonnée. Plus exactement, il s'était désintéressé d'elle, tout en consentant — quelle générosité ! — à lui prêter sa voiture pour la conduire où elle voulait.

C'était après qu'elle s'était « éteinte ».

C'était sans doute à cause de lui, à cause du déshonneur qu'il lui avait infligé. Ou alors, à cause de Dromorne, peut-être ?

Où l'avait-elle rencontré d'ailleurs ? Et pourquoi avait-elle épousé un homme assez vieux pour être son père... peut-être même son grand-père ?

Par obligation… L'explication lui apparut, lumineuse, éblouissante. Accablante aussi.

S'était-elle résignée à épouser Dromorne… ou l'avait-elle séduit parce qu'elle avait besoin d'un vieil homme trop content de mettre une jeunesse dans son lit pour s'offusquer d'un manque de virginité ?

C'était donc un mariage de raison… Si on pouvait dire.

A cause de lui. C'était la seule explication plausible, la seule explication possible.

Non, pas lui…

Et pourtant, Eleanor ne rêvait pas, c'était bien lui… Cristo Wellingham était là, il discutait avec Honour Baxter.

Les doigts d'Eleanor se crispèrent sur la main de Martin, qui, étonné, se tourna vers elle et l'interrogea du regard. Elle lui sourit : non, il ne se passait rien, elle n'avait rien… Comme pour se rassurer, elle caressa son beau collier de turquoise, le talisman de cette soirée : cette preuve de l'amour que son mari lui portait devait la protéger contre un destin décidément acharné à sa perte.

Quand le regard de Cristo Wellingham se dirigea vers elle, elle s'empressa de tourner les yeux dans une autre direction, et, pour la première fois depuis bien longtemps, elle aurait aimé pouvoir jurer comme un homme.

Qu'est-ce qu'il faisait ici ?

La colère la prenait, lui faisait bouillir le sang.

Et, bien sûr, le voilà qui s'avançait vers elle, le sourire aux lèvres, le regard conquérant.

Avait-il décidé de la persécuter ?

Comme elle aurait souhaité pouvoir le renvoyer sans ménagement, lui dire de disparaître hors de sa vue.

Hélas, la vie mondaine avait ses exigences, il fallait y sacrifier. Anthony Baxter se chargea des présentations.

— Lord Cristo, vous n'avez sans doute jamais eu l'honneur de rencontrer le comte de Dromorne et sa charmante épouse, lady Dromorne.

Martin tendit la main. Elle se contenta d'un bref hochement de la tête, son titre et son sexe l'autorisant à se montrer aussi glaciale et distante qu'il lui plaisait.

Anthony Baxter lançait la conversation.

— Ma femme est ravie de revoir en Angleterre lord Cristo, qui a passé tant d'années à Paris, où elle a elle-même vécu puisqu'elle y est née. Les hasards de la vie... Je sais que la capitale française ne vous est pas inconnue non plus, lady Dromorne. Y avez-vous longtemps séjourné ?

Elle se sentit rougir comme si elle était prise en faute.

— Non, pas très longtemps, en vérité...

— Ma chère amie, il faut absolument que vous y emmeniez votre mari. Le printemps est la saison parfaite pour découvrir cette ville merveilleuse. N'est-ce pas votre avis, milord ?

— Permettez-moi de n'être pas tout à fait de votre avis, répondit Cristo. La saison que je préfère, à Paris, c'est l'automne.

Il semblait très content de sa remarque et planta son regard dans celui d'Eleanor qui, se sentant défaillir, se cramponna à l'accoudoir de la chaise roulante. Dans une sorte d'hallucination, elle se trouva transportée cinq ans en arrière, à Paris, dans la petite chambre d'une maison de plaisir, avec une impression si vive qu'elle crut même entendre sonner les cloches de l'église voisine.

Cristo, à cette époque, portait beaucoup trop de bagues. Elle ne put s'empêcher de jeter un coup d'œil sur ses mains. Elles étaient nues. De ce point de vue au moins, il avait changé. Pour le reste, il était toujours le même, insouciant, insolent, sûr de soi, et très beau, bien sûr, trop beau, donc toujours aussi dangereux.

— Avez-vous vécu longtemps à Paris ? lui demanda Martin.

— Trop longtemps...

— Je connais un peu Paris, et quand je m'y rends, je réside non loin du Louvre, déclara Anthony Baxter. Où aviez-vous vos quartiers ?

Cristo ne se laissa pas démonter.

— Dans les environs de Paris, à Montmartre ; un quartier charmant. J'en ai gardé un excellent souvenir.

Et naturellement, il ne put s'empêcher de tourner un regard chargé de sous-entendus en direction d'Eleanor.

— Vous connaissez Montmartre ? osa-t-il même lui demander.

Par chance, c'est à ce moment que le majordome annonça que le dîner était servi. Anthony Baxter offrit son bras à Eleanor pour la conduire à table, en lui annonçant que, dans la salle à manger, elle découvrirait les nouvelles tapisseries qu'il y avait fait accrocher, des tapisseries françaises, précisément.

Interminable…

Ce dîner ne se terminerait donc jamais ? songea Cristo alors que le personnel se disposait à servir le quatrième plat. Il avait déjà eu droit aux traditionnelles côtelettes d'agneau, au pâté de volaille, aux rissoles de homard. Il regarda, d'un œil sombre, les serviteurs qui apportaient de grands plats recouverts de cloches d'argent et ne songea même pas à se demander ce qu'il y avait dessous. Cela ne l'intéressait aucunement. Il n'avait pas faim et il s'ennuyait.

Il aurait aimé, au moins, être assis à côté d'Eleanor Westbury, mais ce n'était pas le cas. Il avait même été placé le plus loin d'elle qu'il était possible, et du même côté de la table, si bien qu'il ne pouvait pas la voir, et quant à entendre de quoi elle parlait avec les gens autour d'elle, il ne fallait pas y compter.

Cristo, lui, devait écouter ce que racontait Anthony Baxter, qui parlait avec le sérieux d'un pasteur mélancolique, qui pontifiait plutôt, énonçait des vérités premières et distribuait ses leçons avec libéralité. Il s'exprimait avec lenteur, chacun de ses mots semblait avoir été préalablement pesé sur la balance de la moralité et de la bienséance. C'était d'un ennui…

Par intermittence, il entendait Honour Baxter, qui échangeait avec ses voisins des propos fort amusants, si l'on en jugeait par son rire qui se faisait entendre régulièrement. Il se demandait comment une femme aussi vive pouvait supporter un homme aussi terne et ennuyeux qu'Anthony. Mystères du mariage…

Cela dit, le vin n'était pas mauvais, ce qui était une consolation pour lui. Sans doute en avait-il un peu abusé — et comment se le reprocher, vu les circonstances ? — car il commençait à ressentir les effets de la migraine qui l'affectait toujours quand il en abusait. Il décida de se remettre à l'eau qu'il avait méprisée jusque-là, et, prenant son verre plein depuis le début du dîner, il le porta à ses lèvres.

Quand les messieurs purent, enfin, rejoindre les dames dans le salon, après un temps, interminable encore, passé au fumoir, Cristo nota qu'Eleanor se trouvait, toute seule, dans l'embrasure d'une fenêtre. Il se dirigea aussitôt vers elle.

— Je voudrais vous présenter mes excuses pour mes propos de l'autre jour, dit-il en guise de préambule. Je me suis rendu compte, trop tard bien sûr, qu'ils étaient déplacés. Vous avez eu raison de me remettre à ma place.

La jeune femme ne répondit pas. Son regard, glacial, parlait pour elle. Ses boucles atténuaient cependant un peu la sévérité de son visage.

Mais il décida de ne pas se laisser décourager par un tel accueil.

— Vous êtes sans doute la plus belle femme de Londres, mais je suppose que je ne suis pas le premier à vous le dire.

La sévérité du beau visage s'accentua encore, elle plissa le front et ses yeux lancèrent des éclairs.

— Il me semble, milord, que vous avez abusé de l'excellent vin qu'Anthony Baxter aime servir à sa table.

— Vous pensez que mon jugement est faussé ?

La lèvre inférieure de la jeune femme se mit à trembler légèrement, et il sut que ses propos seraient peu amènes.

— Faussé et imprudent, surtout.

Le jugement était tombé, prononcé d'une voix tranquille, ce qui le rendait plus terrible encore.

Il ne se laissa pas décourager et montra du doigt le collier de turquoise qui scintillait au cou de la jeune femme.

— Un cadeau de votre mari, sûrement ? Je pense…

Eleanor Westbury ne le laissa pas terminer.

— Sachez, milord, que je ne reçois des cadeaux que de mon mari. Si vous voulez insinuer…

— Je ne voulais rien insinuer. Jamais je ne me permettrais…

S'il n'acheva pas sa phrase, cette fois, ce n'était pas parce que Eleanor lui coupait la parole, mais parce qu'il avait une sorte d'étourdissement. Il dut s'appuyer discrètement au mur pour ne pas vaciller, et depuis un petit moment, il se rendait compte qu'il avait la voix pâteuse et qu'il avait un peu de mal à trouver ses mots. C'était une situation terriblement humiliante, d'autant qu'elle donnait l'occasion à Eleanor de prendre l'ascendant sur lui.

Soudain la douleur à ses tempes s'aggrava et sa vision se brouilla. Il vit tout le salon tourner autour de lui tandis que les silhouettes devenaient indistinctes, comme des fantômes et des ectoplasmes. Il avait l'impression de se trouver dans un monde étrange, inconnu. L'espace de quelques secondes, il se demanda même où il était, et pourquoi la jeune femme, devant lui, dont il ne se rappelait plus le nom, le regardait bizarrement. Il avait abusé du vin, et il ne le ferait plus…

— Vous vous sentez bien ? lui demanda-t-elle.

— Oui, oui…

Eleanor Westbury… Chez les Baxter…

La situation se rétablissait. Il retrouva le cours de ses pensées et put poser une question d'une voix à peu près normale.

— Ma belle-sœur m'a rapporté qu'elle vous avait vue, l'autre jour, dans le parc.

— Lady Béatrice-Maude ?

— C'est bien d'elle que je veux parler.

— J'espérais qu'elle serait restée discrète.

— Je vous demande pardon ?

Il ne comprenait plus, de nouveau, de quoi voulait lui parler Eleanor, et cette fois le vin n'y était sans doute pour rien, car il la vit froncer les sourcils comme si elle s'apercevait qu'elle avait proféré quelque sottise.

— Lady Béatrice-Maude… Est-ce sur son injonction que vous m'approchez ce soir ? Je vous supplie d'oublier tout ce qu'elle pourrait avoir tiré comme enseignement de notre entrevue, car je n'étais pas vraiment moi-même, ce jour-là.

Mais enfin, de quoi voulait-elle parler ? Cette conversation n'avait aucun sens. Le mieux était sans doute de la détromper si cela pouvait calmer ses craintes.

— Vous savez, ma belle-sœur sait se montrer discrète en toutes circonstances.

— J'ai commis une faute, une seule fois, et cela n'arrivera plus. Soyez-en assuré.

Eleanor effleura sa main, comme pour donner plus de poids à ses paroles. Elle avait l'air de le supplier de croire ce qu'elle disait, de se montrer magnanime…

Il était de plus en plus perdu et ne savait toujours pas de quoi elle voulait parler, mais comme il ne voulait rien tant que lui être agréable, il esquissa un sourire rassurant.

— Eleanor…

Il prononça ce nom comme un amant celui de sa maîtresse, et il en trouva la musique si douce qu'il eut envie de recommencer, mais, d'un froncement de sourcils, elle l'incita à une élémentaire prudence. Il ne put s'empêcher, cependant, d'esquisser une caresse sur la main qui s'était posée sur son bras. Elle le toléra d'abord, en le dévisageant, et avec tant de douceur dans le regard qu'il en fut remué jusqu'au plus intime de lui-même. Puis, d'un seul coup, avec brusquerie, tandis que son visage se fermait de nouveau, elle lui retira sa main et lui tourna le dos pour aller rejoindre son mari qui conversait à l'autre extrémité du salon.

Médusé, il la regarda s'éloigner. Son mal de tête, qu'il avait oublié un instant plus tôt, le reprit de plus belle. De nouveau il vacilla. Il grommela quelques jurons et se promit de ne plus jamais boire de vin. En attendant, il devait trouver un fauteuil. Il en vit un, libre, non loin de lui, mais trop loin quand même, vu son état.

Un pas… encore un pas…

Cristo Wellingham était très pâle, pâle comme un mort en vérité, si pâle que son hâle d'aventurier en avait disparu. De là où elle était, Eleanor le vit qui essayait de se mettre debout et regardait autour de lui d'un air hébété. Il donnait l'impression de ne plus savoir en quel lieu il se trouvait.

Anthony Baxter se pencha sur lui.

— Le docteur ne va plus tarder à arriver.

— Pas la peine…

Il dodelina de la tête et son regard croisa le sien. Elle y lut tant de détresse qu'elle en fut bouleversée au plus profond d'elle-même : quel mal secret le rongeait-il ? se demanda-t-elle. Elle résista à l'envie d'aller le trouver pour l'assurer qu'elle n'éprouvait aucune animosité envers lui.

Il respirait difficilement, et semblait véritablement perdu. Il regarda de tous côtés, comme s'il avait besoin de savoir où il se trouvait.

— Je suis… désolé.

Il parlait avec difficulté, comme un homme ivre et peut-être l'était-il un peu : elle en avait eu l'impression, quelques instants plus tôt, au cours de leur brève conversation. Mais l'ivresse n'expliquait pas tout : il transpirait abondamment, la sueur dessinait de larges auréoles sur sa chemise qu'on avait ouverte pour lui permettre de respirer mieux.

— Je suis désolé, répéta-t-il.

Agrippé à l'accoudoir du fauteuil sur lequel il avait voulu s'asseoir mais n'avait pu atteindre à temps, il essaya, au prix d'un effort surhumain, de se mettre debout, mais dut y renoncer et retomba lourdement sur le plancher.

— Je souffre de migraines, qui m'accablent avec régularité, expliqua-t-il à Anthony Baxter, et celle de ce soir est particulièrement douloureuse. Je crois que le temps anglais y est pour quelque chose.

Sa voix avait repris un peu d'assurance et il essayait de sourire, mais on sentait bien qu'il n'était pas tiré d'affaire.

— Ces migraines durent-elles longtemps, d'habitude ? demanda Honour Baxter, toujours pétulante.

— Non !

Et comme pour le prouver, il se leva d'un coup, sans prendre d'appui. Il ramassa sa cravate accrochée sur l'accoudoir, et la regarda comme s'il se demandait qu'en faire. C'était sans doute pour se donner une contenance, songea Eleanor. Nul doute qu'un homme tel que lui n'aimait sûrement pas se montrer en position de faiblesse, surtout devant un public aussi nombreux.

Ayant fait quelques pas pour s'assurer qu'il pouvait marcher, il remercia Anthony Baxter « pour cette charmante soirée », le pria de l'excuser pour le désagrément qu'il avait causé. Anthony Baxter se récria comme l'étiquette l'y obligeait et l'assura de ses vœux de total rétablissement.

Cristo salua ensuite la maîtresse de maison, et toute l'assistance, en évitant de porter un seul regard sur Eleanor. Sans trop savoir pourquoi, cela lui procura un vif déplaisir. Il s'en alla, d'une démarche qu'il voulait sûrement rapide mais encore mal assurée, sous le regard de tous les invités, dans un profond et lourd silence.

Eleanor se rapprocha de son mari et feignit de s'intéresser à la conversation que celui-ci avait avec deux messieurs, mais ses pensées se trouvaient ailleurs.

La migraine de Cristo Wellingham l'étonnait. Elle n'avait jamais imaginé qu'un homme pût être affecté d'une douleur aussi atroce, aussi débilitante. Mais ce qui l'étonnait surtout, c'était qu'il reste à Londres dans ces conditions. Pourquoi ne séjournait-il pas à Falder, avec sa famille, au calme ? C'était ridicule de prendre autant de risque, et de vouloir à tout prix mener une vie trépidante alors même qu'il se savait mal en point. Que recherchait-il dans cette fuite en avant ?

Peut-être haïssait-il la solitude ? Parce qu'il avait peur de se retrouver seul avec lui-même ?

— Tu ne nous avais jamais dit que tu souffrais de migraines aussi atroces. Dans tout Londres on ne parle que de ton évanouissement d'hier soir, chez les Baxter.

Asher marchait de long en large dans la chambre de Cristo, d'un pas décidé, les mains dans le dos et un peu penché en avant. Cristo se rappelait qu'il faisait toujours ça quand il réfléchissait ou qu'il avait une décision importante à prendre.

Il était arrivé un peu avant midi. Cristo était encore au lit, tout nu, recroquevillé en chien de fusil. Il avait repoussé ses couvertures et même son drap, tant il avait chaud. Il transpirait abondamment.

— Oui, ça fait un certain temps déjà, dit Cristo, d'une voix dolente.

— Tu en avais déjà avant de quitter l'Angleterre ?

— Non, je crois qu'elles ont commencé à Paris, peu à peu. Je ne m'en suis pas rendu compte tout de suite, mais très vite elles ont augmenté en intensité et en fréquence.

— A propos de Paris, tu ne nous as pas donné beaucoup de nouvelles quand tu étais là-bas ; à part quelques billets nous enjoignant de ne plus nous mêler de ta vie…

— Je pensais que Taris et toi étiez dans les mêmes dispositions, envers moi, que notre père. Alors…

— Nous t'avons écrit, non ? Plusieurs fois.

— Je n'ai pas ouvert vos lettres.

— Et pourquoi cela ?

— Je n'avais pas envie de revivre les mauvais souvenirs, je pense.

Asher joignit les mains et leva les yeux au ciel, d'un air excédé.

— Tu es encore plus têtu que Taris, et ce n'est pas peu dire !

— C'est un compliment ?

— Je ne pense pas.

— Dommage.

— Bon ! Pour en revenir à tes migraines, il faut que tu les soignes à Falder. La tranquillité et l'air pur te feront le plus grand bien.

Cristo fit « non » en secouant la tête, geste qu'il regretta aussitôt, car ces mouvements brusques lui causaient des élancements dans la tête.

Asher s'énerva.

— Tu ne te rends pas compte que tu es malade ? Il faut bien que quelqu'un s'occupe de toi.

— J'ai Milne.

— Je parle de quelqu'un qui serait qualifié.

— Milne a beaucoup d'expérience. Il est qualifié.

— Et si le mal est plus sérieux qu'il n'y paraît ?

— Si cela était, je m'en serais déjà aperçu. Ce sont de simples migraines, rien de plus ; pénibles, mais sans gravité.

Cristo se pencha alors pour prendre sa montre sur la table de nuit. Il constata avec plaisir qu'il arrivait à lire l'heure assez bien. Sa vision n'était plus autant brouillée que la veille.

— Si tu veux que je quitte de nouveau l'Angleterre, tu n'as qu'un mot à dire, dit-il pour provoquer Asher.

— Pour aller où ?

— En Europe. En Amérique. En Extrême-Orient. Le monde est vaste et il ne manque pas de lieux où courir l'aventure. Quand rien ne nous retient quelque part…

Cette fois, Asher explosa.

— Alors, comme ça, après dix ans passés sans nous donner de tes nouvelles, tu songes déjà à repartir ?

— Ma foi…

— Oui, je vois bien que tu en serais capable. Eh bien, je te le dis, moi, nous ne te laisserons pas faire, et s'il le faut, nous te ferons chercher jusqu'au bout du monde. Azziz et Toro se chargeront volontiers de cette besogne.

— Qui ça ?

— Des hommes originaires de Kingston, en Jamaïque, un genre de flibustiers. Ils portent des boucles d'oreilles et ils manient très bien le sabre ainsi que le couteau. Ils sont dévoués à Emerald, corps et âme.

— Oui, oui… Mais dis donc, tu étais moins satisfait des étranges relations de ta femme, autrefois.

Asher consentit à sourire, et, d'un petit haussement d'épaules, il montra qu'il avait changé d'opinion sur ce sujet.

— J'ai entendu dire, reprit Cristo, que ta chère épouse avait été un peu pirate, avant de te connaître.

— Tu crois les rumeurs, toi ?

— Après ce que tu m'as dit d'Azziz et de Toro, je serais plutôt porté à les croire, oui.

— Alors, c'est que la rumeur est peut-être vraie.

Cristo s'avisa alors que son frère faisait tourner son alliance sur son doigt et il ne put s'empêcher de le pousser dans ses retranchements.

— Quand j'ai quitté l'Angleterre, tu venais juste de te marier avec Mélanie, lança-t-il à Asher.

Celui-ci répondit du tac au tac :

— Quand tu as quitté l'Angleterre, tu avais encore cinq doigts à chaque main.

— On change. Tout change.

— Et les choses peuvent encore changer.

— Ce qui signifie ?

— Qu'il ne faut jamais désespérer, Cris.

Son prénom de jadis, comme au bon vieux temps…

Il se redressa sur ses oreillers et s'assit.

— Falder est le lieu idéal pour les éclopés, reprit Asher, et d'après ce que je comprends, tu es un éclopé de l'âme aussi bien que du corps. Alors, je te le dis, viens à Falder ! Là-bas, tu guériras.

Cristo réprima un soupir. La proposition méritait d'être examinée, mais… Là-bas, à la maison, avec toute la famille, on lui poserait des questions, on chercherait à connaître ses secrets petits et grands… Non !

— Impossible. Je ne peux pas.

— Dans ce cas, accepte d'être soigné ici, à Londres, par Emerald, Lucinda et Béatrice-Maude.

— Certainement pas !

— La thérapie commence aujourd'hui. Tu ne bouges plus d'ici jusqu'à nouvel ordre.

Soudain, Cristo se sentit incapable de lutter. Pour toute réponse, il glissa sur ses oreillers et s'allongea. La migraine reprenait et frappait à ses tempes. Il ferma les yeux.

Il venait de connaître la défaite ; une de plus. Son frère, victorieux, s'en alla sur la pointe des pieds.

Il ne rouvrit pas les yeux et glissa dans le sommeil avec bonheur.

9

Eleanor rendit visite à Cristo le deuxième jour de sa convalescence.

Après avoir très mal dormi, au cours des deux nuits précédentes, elle en était venue à la conclusion qu'elle devait le revoir pour conclure avec lui une sorte de trêve, ou du moins une sorte de *modus vivendi*.

Il la reçut dans son salon et il était évident qu'il était extrêmement surpris de sa visite.

— Vous êtes venue seule ?

— Tout à fait, milord. J'admets, bien entendu, que ma conduite peut sembler inadéquate, pour ne pas dire scandaleuse, mais il se trouve que je suis à bout de patience et que j'avais besoin de vous rencontrer, de toute urgence.

— Excusez le désordre. Si j'avais pu prévoir…

Il lui indiqua un sofa placé au milieu de la pièce.

Ses cheveux, parfaitement tirés et noués en catogan, avaient perdu de leur blondeur et tiraient sur le gris cendré. Il portait une jaquette coupée à la française, ornée de larges galons argentés. Avait-il choisi cette tenue comme un souvenir parisien, avec quelque intention cachée ? Cette pensée l'effleura un instant, mais elle décida de ne pas s'y attarder.

Il s'installa dans un fauteuil en face d'elle et étendit ses jambes, sans façon. Il la regardait mais ne semblait pas disposé à parler. Le silence dura longtemps. N'y tenant plus, elle prit la parole, pour rompre ce silence qui lui semblait de plus en plus intolérable.

— Etes-vous guéri ?

— Complètement, répondit-il, assez sèchement, comme si la question l'offusquait, comme si sa santé était un sujet sur lequel il n'était pas utile de s'attarder.

Ou alors, peut-être voulait-il se montrer désagréable, tout simplement ?

S'il croyait la décourager, il se trompait.

— Je me suis intéressée aux migraines, ces jours-ci, dit-elle, et les quelques ouvrages que j'ai compulsés s'accordent pour dire qu'il n'existe aucun traitement possible en l'état actuel de la médecine.

— En général, quand on rend visite à un malade, on tâche de lui apporter des nouvelles plus encourageantes, madame.

Cette fois, elle ne sut que répondre. L'impolitesse était trop flagrante. Pourquoi était-il si odieux ?

Il avait encore les yeux cernés et qui semblaient davantage creusés, dans son visage qui restait encore pâle. La maladie l'avait éprouvé, mais il n'en conservait pas moins toute sa superbe et toute sa hargne.

— En vérité, je m'étonne de vous voir ici, lady Dromorne, dit-il sur un ton caustique. Puis-je vous demander quel bon vent vous amène ?

Son cœur battait à tout rompre, et elle décida de se montrer le plus simple et le plus directe possible.

— Depuis quelque temps, je ne cesse de chercher un moyen de faire la paix entre nous. Telle est la raison qui m'amène. Il faut que nous parlions pour régler notre différend.

Il éclata d'un rire qu'elle jugea insultant.

— Faire la paix, rien que ça !

— Oui, répondit-elle avec dignité.

— Et en parlant ?

— Oui.

Il haussa les épaules, et ricana avec méchanceté.

Elle le regarda droit dans les yeux.

— Que voulez-vous de moi, exactement ?

— Tout !

Ce fut lancé d'une voix cinglante, avec une sorte de cruauté joyeuse. Cristo guettait sa réaction d'un regard perçant où l'on pouvait lire une certaine gourmandise, et elle eut soudain l'impression d'être une mouche prise dans une toile d'araignée, sachant d'avance qu'il serait inutile de se débattre.

D'une voix un peu plus douce, il énuméra ses exigences.

— Je veux savoir pourquoi je retrouve les mêmes sensations et sentiments qu'à Paris, chaque fois que nous nous effleurons. Je veux comprendre pourquoi vous dites une chose alors que vous en pensez une autre. Je veux apprendre comment une belle Anglaise se fait passer pour une prostituée à Paris et se retrouve, cinq ans plus tard, mariée à un comte trois fois plus âgé qu'elle.

Elle se leva. La tête lui tournait, elle ne pouvait plus supporter le regard de Cristo planté dans le sien, mais il se leva en même temps qu'elle et elle ne put donc se dérober.

— Qu'y avait-il dans la lettre ? demanda-t-il.

Elle avait la désagréable sensation de subir un interrogatoire de police.

— Je vous ai déjà dit que je ne l'avais pas lue. Mon grand-père m'avait demandé de vous la remettre, en m'affirmant que je pouvais avoir confiance en vous. Il m'avait même dit que vous étiez un homme honorable.

Cristo partit d'un rire amer.

— Nous savons tous les deux à quel point il se trompait, n'est-ce pas ?

— Peut-être avons-nous été les victimes d'un fatal enchaînement de circonstances, sur lequel nous ne pouvions avoir aucune prise. C'est peut-être cela, qu'on appelle le destin.

Il eut l'air dubitatif.

— Vous croyez ?

— Oui.

Mais il haussa les épaules comme s'il refusait ces circonstances atténuantes.

— J'ai essayé de vous retrouver, vous savez, dit-il après un instant de silence.

— Pour me remettre dans votre lit ?

Elle osait enfin aborder le véritable sujet : cette nuit de Paris où elle avait perdu sa virginité et son honneur. C'était pour cela qu'elle était venue. C'était de cela qu'elle voulait parler. Dans quel but, pour quel bénéfice ? Elle n'aurait su le dire.

Elle attendit avec curiosité la réponse de Cristo.

— Je ne vous ai pas oubliée, Eleanor.

— Lady Dromorne, corrigea-t-elle.

Il hocha la tête.

— Je n'ai rien oublié de vous, lady Dromorne.

Sa voix était caressante, douce comme du miel. C'était une caresse, aussi douce que celle de ses yeux, aussi troublante que celle de ses mains..

Le cartel, sur la cheminée, se mit à sonner. Elle l'entendit vaguement, et en même temps que ce tintement une pensée inattendue s'imposa à elle : tout le temps était perdu qui n'était pas consacré à l'amour. Que de temps elle avait déjà perdu !

Elle ne réagit pas quand il lui prit la main. Déjà elle s'abandonnait à lui. Du pouce, il lui caressait l'intérieur de la paume, gentiment, doucement, c'était une invitation à d'autres caresses, elle le savait. Le souffle court, elle suivit les émotions que suscitaient en elle ces caresses. Déjà, son ventre se crispait de désir. Elle ferma les yeux. Elle oublia où elle était. Elle oublia qui elle était.

Elle n'était déjà plus que désir, un désir qui la faisait revivre. Elle était donc morte et elle ne le savait pas.

Or en cet instant, elle voulait vivre.

Seul Cristo pouvait la faire vivre.

Pourquoi n'agissait-il pas ? Pourquoi la regardait-il sans vraiment la regarder ?

— Cristo ?

Il sortit alors de sa léthargie et se pencha sur elle, lentement, pour lui donner un baiser, un long baiser qui unissait le présent au passé, un baiser qui venait combler l'immense gouffre qui les avait tenus éloignés l'un de l'autre.

Cinq années d'engourdissement !

Prise d'une sorte de frénésie à cette pensée, certaine d'avoir été victime d'une injustice, elle rendit le baiser avec une fougue dont elle s'étonna elle-même. Ce n'était plus Cristo qui s'apprêtait à lui faire l'amour, c'était elle qui le subjuguait, qui prenait l'initiative. Elle le trouvait trop timoré. Ce n'était pas le souvenir qu'elle avait de lui.

— Eleanor…

Oui, il murmurait son prénom, avec amour, avec sensualité, mais sans ardeur. Pourquoi ne s'exaltait-il pas, comme elle ?

Elle glissa ses mains dans ses cheveux et approfondit le baiser, encore et encore, et elle crut qu'elle avait gagné la partie, mais soudain, il la repoussa, avec douceur mais fermeté.

— Non…, dit-il avec une tristesse inouïe dans le regard.

— Comment, « non » ?

— Je ne peux pas.

Elle eut froid. Elle frissonna et ferma les yeux. Comme c'était injuste… Ce n'était pas la colère qui l'envahissait, mais la consternation, et une souffrance indicible.

Que dire ? Oui, que dire, maintenant ?

Rien, sans doute…

Cristo recula. Il avait conscience de prendre la fuite, mais il avait besoin de recul pour tenter, si possible, d'analyser la situation ; et pour essayer de comprendre ce qui lui arrivait.

Aucune femme, aucune ne lui avait inspiré les sentiments qu'Eleanor Westbury suscitait en lui. Il se sentait frustré. Furieux. Désespéré aussi.

Il aimait cette femme. Il l'aimait avec passion. Il ne pourrait plus vivre sans elle, maintenant qu'il l'avait retrouvée, maintenant que le destin, cruel, les avait remis en présence l'un de l'autre.

Hélas, c'était impossible. Il y avait un mari entre eux. Il

y avait aussi une nuit d'amour qui n'aurait pas dû exister, une nuit illicite, qui marquait leurs relations d'une tache originelle, indélébile.

Elle n'aurait pas dû venir.

Il fallait la laisser repartir, et ne plus la revoir.

Sans le regarder, elle réajustait son chapeau qui avait glissé pendant le baiser.

Elle allait partir.

Que lui dire ? Il avait tant à dire que les mots se mélangeaient. Et puis, avait-il le droit de prononcer les phrases que son esprit embrouillé réussissait, malgré son émoi, à construire ?

« Quitte ton mari et viens avec moi… Risquons ensemble la réprobation de la société… Soyons bannis tous les deux, mais vivons ensemble… »

Il en était encore à échafauder ce discours qu'il ne prononcerait pourtant pas, quand Eleanor prit la parole :

— Mon mari est un homme bon et loyal.

Qu'avait-elle besoin de lui chanter les louanges de Martin Westbury ? Il ne put s'empêcher d'afficher un petit sourire ironique.

— Une sorte de bon Samaritain ?

Il avait voulu la blesser, sottement, pour se venger de son désarroi, mais ce fut peine perdue, car elle lui répondit sans animosité :

— La comparaison n'est pas mauvaise.

Pourtant, elle avait les larmes aux yeux ; preuve qu'elle souffrait autant que lui. S'il avait eu moins de scrupules, il se serait précipité sur elle pour effacer cette tristesse d'un baiser passionné et l'emmener jusque dans son lit ; et là, sans se soucier du qu'en-dira-t-on, sans craindre les conséquences de leur folie, ils auraient fait l'amour avec ardeur. Ensuite ? Ensuite, ils auraient bien vu…

Mais il ne savait plus quoi dire, de nouveau. Alors elle se retourna et quitta le salon.

Les yeux fermés, il l'entendit qui descendait l'escalier. Il aurait presque pu compter les marches.

Eleanor monta dans la voiture qui l'attendait dans une petite rue voisine, en se demandant si Milne l'avait reconnue. Oui, le vieux majordome avait-il reconnu, dans la dame élégante venue rendre visite à son maître, la fille de joie qu'il avait vue, cinq ans auparavant, à Paris ? Et s'il l'avait reconnue, parlerait-il ? Se répandrait-il en propos inconsidérés, la mettant ainsi en danger de ruine morale ? Elle tenta de se rassurer. Un majordome digne de ce nom, d'abord, ne remarquait rien de ce qui se passait chez son maître, n'est-ce pas ? Et quand bien même, il se faisait un devoir de n'en rien divulguer.

La question de la déchéance sociale la préoccupait beaucoup depuis un certain temps. Elle n'en avait que trop fait l'expérience, et les souvenirs douloureux troublaient son sommeil, quand ils ne l'empêchaient pas de dormir.

Elle se rappelait le suicide de son père dans l'année qui avait suivi la mort de son frère. Sa mère était morte dix-huit mois plus tard, dans un accident de voiture, en compagnie d'un jeune homme qu'on savait habile à séduire les femmes plus âgées. Son grand-père maternel avait nié avec énergie les rumeurs malveillantes, mais elle avait très bien vu, dans ses yeux, qu'il ne croyait pas vraiment à ce qu'il affirmait avec tant de véhémence.

Par trois fois le malheur l'avait frappée, et elle n'avait plus jamais été vraiment heureuse par la suite. Trop longtemps elle avait eu l'impression qu'on la regardait de travers, dans les salons ou les allées de Hyde Park. Elle ne voulait plus connaître un sort aussi détestable. Elle devait donc se protéger, faire preuve de la plus extrême prudence. L'heure était venue de prendre une grande décision.

Tout d'abord, elle ne verrait plus Cristo Wellingham ; plus jamais ! Elle s'en fit le serment solennel, dans l'intimité de la voiture qui roulait lentement dans la ville. Ainsi rassurée, elle s'intéressa au spectacle de la rue. Puis elle se rappela tout à coup la partie de campagne offerte par les Wellingham, et l'angoisse, de nouveau, l'assaillit.

Honour Baxter arriva moins d'une heure après le départ d'Eleanor. Elle venait pour lui faire la leçon, Cristo le devina avant même qu'elle ouvre la bouche. Elle n'y alla pas par quatre chemins.

— Cristo, vous avez pour lady Dromorne les yeux d'un amant, et c'est un penchant dangereux, eu égard au lustre de son nom et du vôtre.

Il ne répondit pas tout de suite, mais il voyait très bien où elle voulait en venir. Honour n'était pas une évaporée malgré les airs qu'elle se donnait, et elle n'était pas du genre à venir lui rendre cette visite sans une bonne raison. Aussi attendait-il avec intérêt le message qu'elle venait lui délivrer, ce qui ne tarda pas.

— Je pense qu'elle vous aime aussi.

Il haussa les sourcils.

— Il y a l'enfant, bien sûr, poursuivit-elle. Le comte de Dromorne ne permettra jamais que le bonheur de sa fille soit compromis.

Un enfant ? Eleanor avait une fille ? Sous le choc de la nouvelle, il faillit trébucher. Il n'avait jamais entendu parler de la fille d'Eleanor.

— Quel âge a-t-elle ?

— Cinq ans ou à peu près. C'est une enfant qu'on voit rarement. Elle s'appelle Florence.

Cinq ans ou à peu près.

Florence.

L'enfant avait-elle été conçue dans le lit de la maison Giraudon ? Cela se pouvait-il ?

Les pensées tourbillonnaient dans son esprit confus. Cinq ans, donc... Le calcul était vite fait. L'enfant était-elle de lui ? Etait-il possible qu'il fût père, sans le savoir ? A cette idée, son cœur se mit immédiatement à battre plus fort, et il fut obligé de s'asseoir et de fermer les yeux.

— Vous allez bien, Cristo ? Faut-il que j'appelle ?

— Non, je vous en prie, n'en faites rien.

Il ne reconnaissait pas sa propre voix, et il était à deux doigts d'éclater en sanglots.

Florence…

Il s'obligea à prêter attention aux propos d'Honour. Ce qu'elle pourrait lui dire ou lui apprendre était vital pour lui maintenant.

— Londres vit selon certaines règles qui semblent ridicules à Paris. Vous le savez aussi bien que moi. Ce qui semble acceptable là-bas, et presque normal, ne l'est pas ici. C'est pourquoi je vous dis : ne commettez pas d'imprudence. Je vous rappelle qu'il ne manque pas, ici, de belles jeunes filles qui n'attendent qu'un regard de vous pour convoler en justes noces, des jeunes filles qui n'ont pas d'enfants, forcément, et pas de mari non plus. Alors, je vous en conjure, laissez-moi vous en présenter quelques-unes. Vous n'aurez que l'embarras du choix.

Il hocha la tête, non parce qu'il approuvait, mais parce que c'était le meilleur moyen d'obtenir quelques instants de répit. Il avait besoin de réfléchir.

Il jeta un coup d'œil discret en direction du cartel : 4 heures de l'après-midi. Où les petites filles et leurs mères allaient-elles se promener, à ce moment de la journée ? Dans le parc ? Dans les boutiques ? Dans la librairie de Bond Street ?

D'autres questions surgissaient : où Eleanor avait-elle rencontré Martin Dromorne ? Il aurait bien voulu poser la question à Honour, mais le bon sens l'en dissuada. D'autant que de toute façon, bien d'autres questions surgissaient, auxquelles il se promit de répondre peu à peu. Il avait le temps.

Florence. Comme la ville italienne ?

Et pendant ce temps, Honour parlait, parlait. De quoi parlait-elle, au juste, il aurait bien été incapable de le dire tant il était troublé mais il lui semblait tout de même l'entendre dérouler une liste de noms, ceux des jeunes filles possibles.

Florence. Florence. Il se répétait le joli prénom, ne prêtant aucune attention à ceux qu'énumérait Honour, toute à son nouveau rôle de marieuse.

Florence. Sa fille ? Une enfant conçue dans une passion aussi violente qu'inattendue, à Paris ?

Et où Eleanor avait-elle donné le jour à sa fille ? Cela pouvait être aussi bien ici à Londres qu'à Paris. Mais ce qui le préoccupait le plus, c'était de ne pas savoir quelle avait été sa situation à l'époque. Etre enceinte et dépourvue de mari, c'était une épreuve que peu de femmes pouvaient surmonter.

Et Martin Dromorne ? Savait-il qu'il n'était pas le père de la petite fille ? Eleanor l'avait-elle rencontré peu de temps après la naissance ? Avait-elle saisi l'occasion de rédemption que lui donnait un mariage qu'elle n'espérait sans doute plus ?

Peut-être se faisait-il des idées, après tout. Il échafaudait ces hypothèses sans aucun fondement.

Eleanor et Florence.

Un serviteur entra avec le service à thé, coupant court à ses réflexions et la conversation tourna dès lors autour de sujets moins bouleversants, c'est-à-dire sans importance.

Taris, quant à lui, arriva environ dix minutes après le départ d'Honour. Il semblait fort joyeux et portait à la boutonnière une fleur jaune que Cristo, pourtant peu soucieux des convenances même vestimentaires, jugea un peu trop grande et beaucoup trop voyante.

— Tu pars en bordée ? lui demanda Cristo.

Taris sourit avant de répondre et désigna la fleur jaune.

— Ce que tu vois là est l'œuvre de mon fils aîné. Son frère consacre presque tout son temps à son travail scolaire, alors qu'Alfred ne pense qu'à s'amuser et à faire des blagues. J'ai parfois du mal à imaginer qu'ils sont jumeaux.

— Le danger des comparaisons. Je ne pensais pas que tu cultivais ce péché mignon.

— Quand on est père de famille, on est bien obligé de faire des choses qu'on n'aurait jamais imaginées auparavant. Les enfants nous donnent un tel souci…

— Tu regrettes le temps d'avant ?

— Pas du tout ! Tu plaisantes ou quoi ?

A la lumière des nouvelles que venait de lui donner Honour, cette exclamation remua Cristo au plus profond de lui-même, et cela dut se voir sur son visage, car Taris le regarda drôlement. Dieu merci, il ne posa pas de question et changea de sujet.

— Asher m'a dit qu'il t'avait rendu visite, et c'est pourquoi j'ai décidé d'en faire autant. Il m'a même appris que tu avais semblé heureux de le voir.

— Quand on est malade, on a tendance à réévaluer la valeur des liens familiaux.

Taris éclata de rire.

— Toujours aussi cynique, à ce que je vois ! Cynique et entêté : tel était le portrait que notre père traçait volontiers de toi.

Cristo jugea que l'occasion était trop bonne et que le moment était venu de vider quelques abcès.

— Vous a-t-il jamais dit pourquoi je ruais dans les brancards ? Saviez-vous, tous les deux, que je n'étais pas un Wellingham à part entière ?

Il constata, sans déplaisir, que Taris rosissait un peu, ce qui avait valeur d'aveu. Preuve qu'il avait visé juste.

— Il faut que tu le saches : notre mère a toujours veillé sur toi, de loin, dit Taris à mi-voix. Quand tu étais à Paris, elle recevait régulièrement de tes nouvelles, grâce à Milne.

Les dents serrées, Cristo laissa échapper un juron. Décidément, c'était la journée des confidences aujourd'hui ! Quel autre secret devait-il encore apprendre ? Donc, sa mère n'avait jamais cessé de l'aimer : ça c'était une nouvelle ! Et ses deux frères savaient, depuis fort longtemps, qu'il n'était qu'un demi-frère en vérité ? Ce dont ils n'avaient jamais tenu compte dans leurs relations, lui-même devait le reconnaître. Ils ne lui avaient pas fait sentir sa différence.

Un sentiment, qu'il croyait éteint en lui, se remit à bourgeonner. Soudain il n'était plus seul au monde. Voilà que le monde entier n'était plus ligué contre lui, comme il l'avait trop longtemps cru.

La voix cassée par l'émotion, il reprit la parole :

— Quand j'ai quitté l'Angleterre, je pensais ne plus jamais y revenir.

— Et qu'est-ce qui t'a fait changer d'avis ?

Il ouvrit les mains en un geste d'impuissance et sourit.

— Quand la rage m'a quitté, c'est la solitude qui l'a remplacée.

— Béatrice pense qu'il pourrait y avoir une femme là-dessous.

— Elle te l'a dit ?

— Elle pense même que la femme en question pourrait être la femme de Martin Westbury, lady Eleanor Dromorne.

Cristo garda le silence.

— Les erreurs de jeunesse peuvent faire connaître leurs effets bien des nnées après qu'elles ont été commises, reprit Taris. Le seul élément que je ne parviens pas à déterminer, c'est le lieu où toute cette histoire a commencé.

— Je l'ai rencontrée à Paris, voici cinq ans.

— Avant son mariage ?

— Oui.

— Mais tu n'as pas essayé de faire durer cette relation ?

— Je pensais qu'elle était allée aussi loin que possible.

— Imbécile !

Cristo accepta l'injure, d'un bref hochement de tête.

— Si je pouvais remonter le temps, reprit-il, j'agirais différemment, crois-moi. Pour ma défense, je dois dire que je ne savais pas, alors, qu'elle était une Anglaise et d'un excellent milieu.

— Tu aurais pu déterminer cela à ses vêtements, ainsi qu'à son accent.

— Elle ne portait aucun vêtement et elle parlait en français, avec l'accent du Midi.

Taris émit un long sifflement.

— Je comprends mieux, maintenant, pourquoi elle s'est évanouie au théâtre. Martin Westbury est-il au courant ?

— Je suis certain que non.

— Comment peux-tu en être sûr ?

— Il ne m'a pas donné l'impression qu'il avait envie de me tuer, quand nous nous sommes rencontrés, chez les Baxter.

Taris prit la grosse fleur jaune de sa boutonnière et commença à en arracher les pétales, un à un, l'air pensif. Après un moment, il livra enfin le produit de ses réflexions.

— La vie réserve à chacun son lot d'épreuves. Martin Westbury, par exemple, est si malade que beaucoup prédisent sa fin prochaine. Eleanor Westbury pourrait alors avoir besoin d'un homme qui ne la décevrait pas.

— Je doute qu'elle m'accorde jamais sa confiance.

— Qu'en sais-tu ? Tout dépend des circonstances. Le passé n'est pas toujours un poids et n'oblitère pas toujours l'avenir. Toutes les fautes ne sont pas rédhibitoires.

— Si tu savais celles que nous avons commises…

— Eh bien, raconte !

— J'ai cru qu'elle était une prostituée qu'on m'avait fait porter dans ma chambre, qu'on m'offrait en quelque sorte. Elle avait bu tant d'alcool qu'elle n'avait plus toute sa tête et qu'elle était donc incapable de me détromper. Ensuite, j'ai découvert qu'elle était vierge.

— Effectivement, murmura Taris, les débuts ne sont pas prometteurs.

— C'est le moins qu'on puisse dire.

— D'après certaines rumeurs, tu aurais travaillé pour le Foreign Office, à Paris ?

— J'ai fait ce qui était possible, à mon niveau, pour sauvegarder les intérêts de l'Angleterre, car même en temps de paix, on ne se méfie jamais assez. Je faisais un peu d'espionnage.

— Un métier difficile, je présume.

— Il l'était, oui.

— Plus maintenant ?

— J'ai tout arrêté.

— Pour vivre en paix, et dans l'obscurité ?

Cristo éclata de rire. Taris se joignit à lui dans l'hilarité, et pour la première fois depuis bien longtemps, les fantômes de leur passé commencèrent à s'estomper.

10

Martin insistait pour qu'Eleanor se rende à la partie de campagne donnée par les Wellingham, dans leur maison de Beaconsmeade, ce qui supposait qu'elle devrait quitter Londres le vendredi après-midi pour ne revenir que le dimanche soir.

Les malles avaient déjà été préparées. Diana et ses deux filles brûlaient d'impatience. Pourtant, Eleanor cherchait toujours un moyen qui lui permettrait de décliner l'invitation sans éveiller de soupçons sur les raisons de ses réticences.

C'est pourquoi elle se mit au lit le jeudi après-midi, avec un prétendu mal d'estomac, et le soir, elle fit dire qu'il lui était impossible de prendre part au dîner.

Cependant, ce qu'elle n'avait pas prévu c'était que Martin lui rendrait visite à l'improviste. Celui-ci venait donc de la surprendre en train de lire un livre, tout en picorant dans une boîte de chocolats.

— Pour une femme souffrant de nausée, lui dit son mari en souriant, vous me semblez avoir bon appétit.

Quant à lui, il semblait mieux qu'il ne l'avait été depuis plusieurs semaines.

Elle garda un silence coupable.

— Y a-t-il une raison particulière qui vous pousse à ne pas vouloir vous rendre à Beaconsmeade ? demanda-t-il d'une voix douce.

Elle tenta de ressortir son argument habituel.

— Florence va se sentir abandonnée et…

Il ne la laissa pas terminer.

— Moi, je reste ici, et je vous ai déjà dit que j'aimerais bien passer quelques jours avec ma fille. Ce n'est pas souvent que je peux avoir un tête-à-tête avec elle.

Elle hocha la tête, en cherchant une autre raison à avancer, mais elle n'en trouva pas.

— Vous êtes jeune, ma chère, reprit Martin, et il est important que vous connaissiez les distractions de votre âge. Je sais que Diana sera fâchée contre vous si vous ne l'accompagnez pas. Elle me l'a dit. En outre, je ne vous comprends pas. Il me semblait que vous appréciiez la compagnie des dames Wellingham.

— C'est la vérité.

— Dans ce cas, qu'est-ce qui vous empêche d'y aller ? Je sais que les robes ont été livrées, et les filles m'ont dit que les vôtres étaient merveilleuses.

Son regard glissa en direction des malles où ses robes et tous ses effets avaient été soigneusement rangés. Il n'y avait plus qu'à les charger dans une voiture, et en route pour le Kent !

Elle n'avait pas envie.

Elle aurait voulu pouvoir expliquer qu'elle avait peur. Elle aurait voulu pouvoir crier et pleurer, tant elle avait peur ; peur d'elle-même, peur de ses réactions ; peur des autres, qui pourraient suspecter les sentiments déraisonnables qu'elle portait à Cristo Wellingham ; peur, aussi, de Cristo, qui pourrait se désintéresser d'elle pour reporter ses attentions sur une jolie jeune fille.

Elle ne pouvait dire tout cela à Martin, parce qu'il ne savait pas que Cristo Wellingham était l'homme — un Français, croyait-il — dans le lit duquel elle était entrée, à Paris. C'est pourquoi elle garda le silence, et elle sourit tandis qu'il lui prenait la main.

— Je veux que vous profitiez de la chance qui vous est offerte, Eleanor, dit Martin en la regardant avec tendresse. Je veux que vous soyez de nouveau heureuse.

— Je ne suis pas malheureuse ! lança-t-elle.

— Alors, disons : préoccupée. Vous n'êtes plus la même, depuis quelque temps.

Il voyait juste, mais il ne connaissait pas la vérité, une vérité qu'elle ne pouvait lui dire car ce serait lui faire du mal et il ne méritait pas ça.

— Et si nous partions, Martin ? proposa-t-elle, soudain. Rien que vous et moi ? Nous pourrions filer vers le nord, dans les montagnes ; ou vers le sud, vers la mer. Un changement d'air vous ferait le plus grand bien. Nous…

Il leva la main pour l'interrompre.

— Je ne crois pas que je puisse encore entreprendre un grand voyage, et en outre, j'aime bien Londres. Je regarde les voitures qui passent dans la rue, cela suffit pour me distraire. Je continue ainsi à sentir que j'appartiens toujours à ce monde.

— Je comprends…

Elle comprenait, surtout, qu'elle n'obtiendrait pas gain de cause, et qu'il lui faudrait aller à Beaconsmeade.

Beaconsmeade était une grande villa palladienne, située au sommet d'une colline, entourée de vastes pelouses bordées par des forêts qui allaient aussi loin que le regard pouvait porter.

Quand Eleanor arriva, elle vit tant d'animation aux alentours de la maison — les invités, les serviteurs, les chevaux et les voitures en grand nombre — qu'elle eut du mal à repérer Béatrice-Maude Wellingham. Mais celle-ci, qui avait l'œil à tout, ne manqua pas de la repérer et elle accourut pour lui souhaiter la bienvenue.

— Je suis si heureuse que vous ayez pu venir, lui dit-elle en lui prenant les mains.

Eleanor, de son côté, ne pouvait s'empêcher de jeter de furtifs regards de tous côtés, afin de voir si d'autres Wellingham ne se trouvaient pas dans les parages. Fort heureusement, ce n'était pas le cas. Aussi put-elle se détendre un peu… momentanément.

— Je vous ai placées au premier étage, dans la suite de

chambres bleues, poursuivait Béatrice-Maude Wellingham. Les jeunes filles occuperont la grande pièce ; leur mère une autre plus petite, avec une porte qui leur permettra de communiquer. Quant à vous, ma chère, vous disposerez d'une chambre indépendante, au bout du corridor. J'espère que vous la trouverez à votre convenance.

— Je ne doute pas que ce sera parfait, répondit Eleanor.

Elle aurait préféré, bien sûr, partager une chambre avec sa belle-sœur, pour plus de sûreté, mais cela, elle ne pouvait pas le dire, bien sûr.

— Le duc et la duchesse de Carisbrook ne devraient plus tarder à arriver, ajouta Béatrice-Maude, mais Cristo ne sera pas là avant demain matin. Lady Lucinda est déjà arrivée, ainsi que les Henshaw et les Beauchamp.

Diana, dont les yeux brillaient d'excitation, se tourna vers elles.

— Mais dites donc, c'est la foule des grands jours !

Béatrice-Maude sourit et précisa :

— Quelques familles des environs seront présentes aussi. Il y aura beaucoup de jeunesse. Je suis certaine que vos grandes filles ne s'ennuieront pas.

Sophie et Margaret acquiescèrent poliment, mais Eleanor pouvait presque lire dans leurs pensées : ce n'étaient pas les jeunes gens du voisinage qui les intéressaient, mais Cristo Wellingham puisqu'elles n'étaient venues que pour lui, pour lui plaire. Tout le long du chemin, elles n'avaient cessé de parler de lui, de son charme, de la vie mystérieuse et aventureuse qu'il avait menée à Paris. Bref, c'était le héros dont elles rêvaient, l'homme idéal.

Eleanor avait brûlé de leur demander comment elles savaient tout cela à son sujet, mais sagement elle s'en était abstenue. Sa curiosité aurait pu être mal interprétée par ces demoiselles trop curieuses et toujours promptes à répondre par d'autres questions à celles qu'on leur posait.

Alors même qu'Eleanor se faisait toutes ces réflexions, Sophie se risqua à poser la question qui, de toute évidence, lui brûlait les lèvres, et sans se soucier que cela puisse compromettre son statut de jeune fille bien élevée.

— Lord Cristo viendra-t-il seul, madame ? demanda donc la jeune fille de sa voix la plus innocente.

Béatrice-Maude Wellingham ne sembla nullement offusquée et s'empressa de la renseigner sur ce point.

— Il viendra seul, miss Cameron, mais je ne suis pas certaine qu'il passera la nuit ici.

De mieux en mieux, songea Eleanor, qui pour la première fois depuis son arrivée put sourire sans se forcer. Douze heures, tout au plus, à passer en la compagnie de Cristo, et elle serait débarrassée de cette corvée. Ensuite, elle n'aurait plus besoin de le voir et elle ne le verrait plus ! Et puis, à part les quelques moments de conversation générale, pendant lesquels elle serait bien obligée de se trouver en sa présence, que risquait-elle ? Pas grand-chose, en vérité…

C'est alors qu'un coup de tonnerre retentit. Aussitôt la pluie se mit à tomber à torrents et il fallut courir se mettre à l'abri dans la maison.

Elle n'aurait jamais dû monter sur ce stupide cheval, songeait Eleanor, le lendemain matin, alors qu'elle agitait les rênes, de toutes ses forces pour obliger sa monture à aller plus vite.

— Ne mollissez pas, Eleanor ! cria Diana, derrière elle. Usez de la cravache s'il le faut, et il finira bien par vous obéir.

Au début de la promenade, tout s'était bien passé, mais depuis quelques minutes l'animal commençait à rechigner. Il ne voulait plus avancer ! Elle avait passé une grande partie de la matinée à essayer de se faire obéir, sous le regard des autres cavaliers qui faisaient preuve de bonne volonté en l'attendant et en lui prodiguant leurs conseils. Mais finalement ils l'avaient abandonnée en lui disant qu'ils l'attendraient aux abords des ruines médiévales, à environ trois miles, toujours tout droit.

Résultat, elle se retrouvait seule en compagnie de Diana et d'une monture rétive. C'était tout simplement un cauchemar !

Et dire qu'elle s'était fait une joie de cette promenade à cheval quand leur hôtesse la leur avait proposée le matin même au petit déjeuner.

Elle commençait à fatiguer en plus. Elle avait tant tiré sur les rênes qu'elle avait mal aux bras. Comble de malchance, de vilains nuages noirs s'amoncelaient, et la pluie ne tarderait sans doute pas à tomber de nouveau.

Comprenant qu'elle ne réussirait à rien avec ce cheval mal élevé, elle décida de mettre pied à terre. Elle rentrerait à la maison à pied, en le tenant par la bride.

— Vous n'avez qu'à rejoindre la compagnie, dit-elle à Diana qui l'interrogeait du regard.

— Vous êtes sûre ?

— Certainement. Sophie et Margaret peuvent avoir besoin de vous, et pour ce qui me concerne, je me suis assez amusée pour ce matin ! Je rentre. La maison n'est pas si loin... J'y vais. Et puis, la campagne du Kent est si belle ! J'aurai tout le loisir de l'admirer. A bientôt !

Diana hésitait encore.

— Eh bien, finit-elle par murmurer, si vous me donnez la permission...

— Je vous la donne de tout cœur.

— Je dirai que vous rentrez et on vous enverra un serviteur pour vous accompagner.

— Pas la peine. Tout ira bien, je vous assure.

Convaincue maintenant, Diana pressa les flancs de sa monture, qui partit aussitôt au galop. Eleanor la suivit du regard jusqu'à ce qu'elle disparaisse. Elle se retrouvait soudain tout à fait seule en pleine campagne. Elle n'avait plus qu'à rentrer.

Le silence lui parut merveilleux. Ce moment de solitude imprévue lui apparut comme un cadeau dont elle allait profiter pleinement, n'ayant pas souvent, à Londres, de telles occasions.

Elle pourrait en profiter pour faire le point sur sa situation. En effet, Cristo Wellingham n'était pas venu. Elle avait craint de le voir au petit déjeuner, mais il semblait qu'il eût été retardé par on ne savait quel impondérable, et qu'il n'apparaîtrait que dans l'après-midi, si tout allait bien. On l'espérait… enfin, les autres l'espéraient.

Eleanor tira sa montre de sa poche : presque midi. Le serviteur que Diana lui avait promis n'était toujours pas là et il ne semblait pas près d'arriver. C'était curieux… Mais elle décida d'en profiter. Au lieu de rentrer directement, elle pourrait explorer les petits chemins de traverse qui tentaient tellement son cheval… Pourquoi pas ? Sans exagérer, bien sûr ! Elle pouvait se permettre un retard d'une demi-heure, pas plus. Au-delà, on s'inquiéterait pour elle. Et puis, elle n'avait pas envie de se perdre.

Le chemin de droite ou celui de gauche ? Elle choisit celui de gauche qui lui paraissait particulièrement agréable, serpentant entre des chênes séculaires. Oui, c'était une bonne idée ! Elle ramassa quelques pierres qu'elle entassa en une pyramide approximative, pour marquer l'endroit où elle sortait du chemin principal, ainsi quand elle rebrousserait chemin, elle saurait à quel moment elle devrait tourner à gauche pour regagner la maison.

Elle jeta un dernier coup d'œil pour s'assurer que le serviteur n'arrivait toujours pas et, tirant son cheval par la bride, elle s'enfonça dans l'obscurité profonde de la forêt.

— Elle m'a dit qu'elle rentrait directement à Beaconsmeade et je ne vois pas ce qu'elle aurait pu faire d'autre !

Lady Diana Cameron, la sœur de Martin Westbury, était au bord de la panique. Elle avait les larmes aux yeux, la voix tremblante. Plantée devant une fenêtre, elle s'usait les yeux à regarder dehors.

— Et voilà qu'il pleut ! gémit-elle.

Effectivement, les gros nuages noirs avaient fini par crever, et leur eau se déversait sur la campagne.

Arrivé dix minutes plus tôt, Cristo avait trouvé la maisonnée en grand désarroi. D'après les explications embrouillées qu'on lui donnait, il croyait néanmoins saisir de quoi il retournait.

— Si je comprends bien, dit-il, lady Dromorne n'a plus été aperçue depuis qu'elle a quitté la cavalcade pour revenir ici. Il était alors presque midi. C'est bien cela ?

Tout le monde hocha la tête.

— A-t-on envoyé des gens à sa recherche ? demanda-t-il.

Il tâchait d'affecter un grand calme, mais au fond de lui-même, il s'inquiétait aussi.

— Asher est sorti voici une heure environ, avec quelques serviteurs, lui dit Béatrice-Maude, mais il n'est pas rentré. Je suis certaine qu'il va la retrouver.

— J'y vais aussi ! déclara-t-il. Vous m'avez bien dit que vous aviez pris le chemin qui traverse la forêt pour conduire aux ruines romaines ?

Diana hocha la tête.

Il en savait assez. Il sortit en courant et fila vers l'écurie où l'attendait son cheval.

Il chevauchait depuis une demi-heure quand une petite pyramide de pierres, sur le bord du chemin, attira son regard. Il mit pied à terre et constata qu'il y avait également des traces de pas et de sabots, toutes fraîches, qui s'enfonçaient dans la forêt.

Aucune hésitation à avoir : c'était ici qu'Eleanor avait quitté le chemin. Mais pourquoi avait-elle fait une chose pareille ? Il le saurait quand il l'aurait retrouvée et qu'il lui poserait la question.

Pourquoi avait-elle eu cette idée ? se demanda Eleanor pour la énième fois. Surtout, pourquoi l'avait-elle suivie ? Enfin, elle pouvait bien s'en mordre les doigts maintenant, il n'empêche qu'elle était bel et bien perdue et qu'elle tournait en rond. Comble de malchance, son cheval, une vraie sale bête, refusait maintenant de faire un pas de plus ! Il était presque 4 heures. Diana devait être folle d'angoisse.

— Abruti ! lança-t-elle à son cheval.

Elle se laissa tomber assise sur une souche, au bord d'un minuscule ruisseau.

— Abruti et fils d'abruti ! lui dit-elle encore.

Occupé à paisiblement paître quelques touffes d'herbe, il tourna la tête vers elle et la regarda d'un air perplexe. Elle éclata de rire et se sentit vaguement honteuse d'avoir insulté cet animal qui n'était en rien responsable de sa situation, puisqu'elle s'y était mise toute seule.

Et si elle le plantait là et faisait mine de vouloir rentrer toute seule ? La suivrait-il ? Ça ne coûtait rien d'essayer. Elle se leva, se dirigea vers un bosquet derrière lequel elle se cacha. Puis elle espionna le cheval au travers des feuillages.

Il n'avait pas bougé et s'était remis à déguster ses touffes d'herbe.

Résignée maintenant, elle revint donc sur ses pas, prit les rênes, tira, s'arc-bouta pour tirer plus fort. Mais la méchante bête ne daigna même pas faire un seul pas.

— Tu ne vas tout de même pas rester ici toute la journée, tout seul ? lui lança-t-elle. En plus, il va pleuvoir. Tu seras content quand tu seras tout mouillé ?

Comme pour lui donner raison, les nuages déversèrent alors une pluie si abondante, qu'en un instant elle se trouva trempée jusqu'aux os.

— Regarde ! dit-elle au cheval. C'est ta faute ! Je ne suis pas contente du tout.

Puis, changeant de ton, elle essaya de l'amadouer.

— Allez, viens, maintenant. Il faut que nous soyons rentrés avant la tombée de la nuit.

Un craquement, assez loin derrière elle, la fit sursauter. Des pas ? Oui, des pas… Elle fut prise d'une vague de panique. Quelque animal habitant la forêt, dangereux peut-être, un genre de fauve ? Elle chercha autour d'elle quelque chose avec lequel se défendre en cas de besoin. Elle trouva une belle branche, assez grosse mais pas trop, légère. Si le fauve attaquait, il trouverait à qui parler.

— Tout va bien se passer, murmura-t-elle à l'adresse du cheval. N'aie pas peur. Si la bête essaie de te manger, je saurai te défendre. Ce n'est pas que tu le mérites, mais il se trouve que j'ai bon cœur.

Elle prétendait le rassurer, mais au fond c'était elle qui était terrorisée et avait besoin de réconfort, l'animal lui continuait paisiblement à arracher les touffes d'herbes pour s'en délecter.

Les bruits de pas devenaient plus audibles, la bête approchait. Malgré son angoisse, elle était résolue à se défendre. Elle se dissimula dans un buisson et, tenant la branche au-dessus de sa tête, elle s'apprêta à se défendre.

Elle parlait à son cheval ? Cristo n'en croyait pas ses oreilles. Et pour lui tenir un discours abracadabrant, en plus… Elle lui parlait comme à un enfant désobéissant. Pourquoi ne pas menacer de le priver de dessert, tant qu'elle y était ?

Et en plus de tout cela, elle faisait des moulinets avec une branche de bois pourri, qui volerait en éclats au premier choc. Qu'est-ce qu'elle croyait ? Qu'on allait l'attaquer et qu'elle se défendrait bravement, mettant en déroute une armée entière ? Elle lisait trop de romans, sans doute…

Si Cristo n'était pas si fâché, il aurait éclaté de rire tant la scène était drôle, mais la pluie tombait dru, Eleanor ne portait qu'une robe légère et un foulard de soie. Elle était déjà trempée jusqu'aux os, apparemment. S'il ne l'avait pas retrouvée, que serait-il advenu d'elle ? Franchement, elle avait perdu le sens commun. Et il allait lui dire son fait. Assez perdu de temps.

D'un pas décidé, il se remit en mouvement.

Cristo Wellingham ? L'espace d'un instant Eleanor crut qu'elle était en proie à des hallucinations. Mais non c'était bien lui, il était là. Que faisait-il ici, dans la forêt ? C'était si inattendu…

En l'absence de toute bête sauvage, elle n'avait pas frappé, mais elle tenait toujours sa branche, comme une barrière entre eux.

— En général, les naufragés ne frappent pas leurs sauveteurs, lui dit-il avec mauvaise humeur.

Il fronçait les sourcils et il la toisait d'un regard sombre. Il n'était pas content. Elle ne lui avait rien fait, pourtant…

— Votre belle-sœur s'inquiète, reprit-il. Elle vous imagine courant de grands dangers, morte peut-être. Vous ne croyez pas qu'il serait temps de rentrer pour la rassurer ?

— Comment avez-vous fait pour me retrouver ?

— Votre pyramide, puis les traces sur le sentier. Au moins avez-vous pensé à signaler votre passage, c'est mieux que rien.

— Vous avez fait tout ce chemin à pied ?

— Non, mon cheval est attaché non loin d'ici. J'ai entendu votre voix et je me suis dirigé à l'oreille.

Il s'avança, encore d'un pas décidé, mais il passa devant elle sans un regard et alla jusqu'au cheval dont il entreprit de vérifier le harnachement.

— Voilà, le problème est résolu, dit-il en montrant un bouquet d'épines qu'il venait de tirer de dessous une sangle. Elles lui irritaient la peau, et c'est pourquoi il ne voulait plus marcher. Vous allez voir qu'il va galoper, maintenant.

Il était vêtu comme un gentilhomme campagnard, aujourd'hui, culotte de peau et veste en tweed, bottes et chapeau mou. Décidément, cet homme ne cesserait jamais de la surprendre. Ils se regardèrent un instant, le silence n'était troublé que par les pépiements de quelques oiseaux invisibles.

— Quand je suis arrivé à Beaconsmeade, il y régnait l'affolement le plus total, à cause de vous. Je me suis proposé pour aider. Je suis content de vous avoir trouvée.

Content. Il avait prononcé ce mot de manière plus appuyée, comme pour insister, le mettre en relief.

— Content ?

— Oui, car cela nous donne l'occasion de parler un peu.

— Parler ?

Elle ne se sentait pas en condition pour parler. D'abord parce qu'elle était mouillée, et aussi — surtout — parce que l'effet de surprise lui ôtait tous ses moyens.

— A moins que vous n'ayez envie d'autre chose. Je suis à votre disposition.

Joignant le geste à la parole, Cristo tendit la main vers elle. Surprise, elle fit un bond en arrière. Non, il ne fallait pas qu'il la touche. Elle n'avait pas confiance. En elle…

Aujourd'hui, il portait une bague à son petit doigt, et il lui sembla qu'il la portait déjà à Paris.

— Honour Baxter m'a dit que vous aviez une fille.

— C'est exact, répondit-elle, très droite, en le regardant bien dans les yeux.

Surtout, ne pas se laisser démonter…

— Pourrais-je la voir ?

— Quel intérêt ?

— Elle a presque cinq ans et d'après ce qu'on m'a dit, elle a les cheveux blonds et les yeux sombres.

Elle éclata de rire, en priant pour qu'il ne sonne pas trop faux.

— Et sur ces deux indications, vous imaginez qu'elle pourrait être votre fille, je suppose ? Sachez, milord, que ma mère était très belle et qu'elle avait les cheveux blonds, comme ma fille.

— Votre mari me semble bien vieux et bien malade pour avoir pu engendrer cette enfant.

— Il n'a pas toujours été dans cet état, vous savez. Autrefois, il…

Le reste de la phrase resta en suspens.

— Honour m'a dit aussi que votre fille s'appelait Florence ?

— C'est interdit ?

— Non, mais pourquoi Florence ?

— C'est très simple : Martin et moi avons vécu à Florence pendant quelques années avant de rentrer en Angleterre.

C'est en souvenir de cette fort jolie ville que notre fille a reçu ce prénom.

— Ah…

Il avait l'air dépité. Elle décida de se montrer compréhensive, magnanime.

— Je suis désolée de devoir vous détromper. Si vous aviez imaginé…

Cristo avança d'un grand pas. Il était tout près, trop près sans doute, mais, Dieu merci, il ne chercha pas le contact.

— Votre mari est-il gentil, Eleanor ?

Elle haussa les épaules pour lui signifier que cette question était ridicule, sans même parler de son inconvenance.

— Evidemment qu'il est gentil !

Cristo sourit. Un sourire magnifique, éclatant, ses belles dents paraissant plus blanches encore dans son visage hâlé. C'était un homme habitué à vivre au grand air…

Elle secoua la tête pour en chasser ces pensées importunes. Ce n'était en effet pas le moment de se perdre en considérations sur la beauté de Cristo. Mieux valait se concentrer sur d'autres choses.

— A Paris, j'ai été bête de vous laisser partir. J'aurais dû vous garder avec moi.

Ses yeux aussi étaient magnifiques, surtout quand il avait ce regard-là. On aurait dit du velours…

Les larmes étaient proches. Elle les sentait monter. Craignant qu'elles ne jaillissent, elle cligna des yeux. Mais comment ne pas pleurer, sur tout ce temps déjà perdu, sur ce gâchis qu'avait été sa vie !

Il ne servait à rien de pleurer sur le passé. Il ne servait à rien non plus de poursuivre cette conversation qui ne mènerait à rien, et qui risquait de prendre un tour très, très dangereux. Elle pouvait, bien sûr, proclamer, à titre de défense, qu'elle était une femme raisonnable, une femme prudente, qu'elle n'avait aucune nostalgie de ce qui s'était passé à Paris et qu'elle n'avait surtout pas envie de renouer… A quoi bon ?

Elle ne convaincrait pas Cristo, et il sentirait qu'elle n'était pas convaincue non plus.

Quand il avança pour lui prendre la main, elle ne la lui refusa pas. Il l'attira à ses lèvres pour poser un baiser sur chacun des doigts. Elle se raidit pour ne pas trembler.

— Qu'est-ce que ça vous fait ? lui demanda-t-il, sûr de lui.

— Rien du tout.

Il haussa les sourcils.

— Vraiment ?

Son autre main se posa sur sa hanche, pour l'attirer à lui. Là encore, elle ne se défendit pas, ne lui opposant qu'une objection rhétorique.

— Il pleut. Vous ne croyez pas que nous devrions…

— Eleanor…

— Quoi ?

— Je me suis conduit comme un imbécile.

Du bout des doigts, il lui caressa les lèvres, avec une grande douceur, mais avec maladresse aussi, qui trahissait sans doute son désespoir.

— Je vous ai abandonnée une fois et je n'aurais pas dû…

Il avait les deux mains sur ses hanches maintenant, et il l'attirait à lui, invinciblement parce qu'elle n'avait pas la volonté de lui résister. Elle était trop subjuguée, non par sa force physique, mais par le désir démesuré dont elle le sentait habité.

Elle se laissa aller contre lui, avec le sentiment qu'elle retrouvait, enfin, le havre qu'elle n'aurait jamais dû quitter.

Pas d'enfant. Pas de mari. Rien que lui. Rien que lui avec ses cheveux blonds mouillés par la pluie, et ses doigts magiques, et sa bouche enchanteresse, et sa respiration courte qui disait si bien son désir, un désir puissant, impérieux, s'accordant parfaitement avec celui qu'elle ressentait.

Il était à elle. De nouveau, comme il n'aurait jamais dû cesser de l'être. Ici, dans la forêt détrempée, sous la protection des arbres, dans l'obscurité envahissante, sous le regard des oiseaux qui s'installaient dans leurs nids pour y passer la nuit.

Après cinq longues années de séparation, la passion renaissait… non ! elle ne s'était jamais éteinte. Elle l'avait ignorée, elle l'avait méprisée, mais elle avait toujours su, au fond d'elle-même, que la passion dormait, comme un feu mal éteint sous la cendre des années.

Mais elle était mariée. Martin. Elle tenta de penser à lui, de le « voir » en pensée, mais c'était impossible. Il n'y avait que Cristo, tout auréolé des souvenirs de Paris.

Une nuit de passion aurait donc plus de pouvoir que cinq années d'amitié conjugale ? Elle en ressentit une certaine honte, mais elle ne pouvait plus lutter contre le désir qui la faisait vibrer. Elle se serrait contre Cristo, et se hissait sur la pointe des pieds pour approfondir leur baiser, tandis que ses mains s'affolaient sur lui.

Mais au fond, elle n'avait pas honte, elle n'avait ni remords ni regrets en cet instant. Elle ne voulait même plus savoir ce que c'était.

Tout ce qu'elle voulait, c'était sentir la passion. Cette passion qui vivait en elle et qui, rejaillissant sous les caresses de Cristo, ramenait à la vie son corps trop longtemps endormi.

— Je vous aime, murmura-t-elle.

Elle n'aurait jamais dû dire ces quelques mots. Mais c'était plus fort qu'elle.

Soudain, Cristo la repoussa vivement.

— Les autres arrivent.

Elle le regarda, étonnée. Elle n'entendait rien.

— Ils seront là dans une minute tout au plus. Allons à leur rencontre.

Et sans rien ajouter, il se mit en marche.

Elle attrapa la bride de son cheval et le suivit, heureuse qu'il n'eût pas l'idée de se retourner.

Car les larmes roulaient sur son visage.

11

En apercevant Asher Wellingham et les quelques amis qui l'avaient accompagné s'avancer vers eux, Eleanor comprit que Cristo venait de leur éviter une situation des plus embarrassantes.

— Son cheval était gêné par un bouquet d'épines sous une sangle et il ne voulait plus avancer, lança Cristo du plus loin qu'il put.

Il parlait de façon normale, sans émotion, comme si rien ne venait de se passer, comme s'il n'y avait pas eu le baiser. Elle ne put s'empêcher d'éprouver un soupçon de déception.

— Je suppose que vous avez vu les repères ?

Asher Wellingham hocha la tête. En comparant les deux frères, elle remarqua que leur ressemblance ne devait rien à la forme du visage ou la longueur du nez ou la couleur des yeux. Non, ce qu'il y avait de commun chez eux, c'était cette façon de se regarder, comme s'ils étaient sur la défensive, comme s'ils se posaient des myriades de questions délicates ; et tout cela sous un air d'extrême politesse.

Asher se tourna vers Eleanor.

— Comment vous sentez-vous, lady Dromorne ?

— Tout à fait bien, je vous remercie, Votre Grâce. J'ai voulu explorer ce petit chemin et je me suis perdue.

— Eh bien, vous ne l'êtes plus.

Ce n'était pas très aimable, surtout de la part d'un homme de son rang. Elle s'attendait à plus d'aménité ou de considération. Elle jeta un coup d'œil en direction de Cristo, qui par l'expression de son visage lui disait clairement : « Il est comme ça, ne faites pas attention. »

Le duc saisit cet échange de regards et, à sa grande stupéfaction, il éclata de rire, ce qui contribua à détendre l'atmosphère.

— Votre cheval accepte-t-il de se laisser monter ? demanda-t-il, d'un ton beaucoup plus aimable cette fois-ci.

Elle acquiesça.

— Dans ce cas, ne perdons plus de temps. Vous me suivrez, et Cristo fermera la marche. Ces dispositions ont-elles votre agrément ?

Tant de formalités, au milieu de la forêt que l'obscurité envahissait, semblaient un peu hors de propos, mais elle ne jugea pas utile de le manifester.

En outre, mieux valait ne pas engager la conversation quelle qu'elle soit, elle voulait profiter du trajet du retour pour réfléchir.

Cristo alla se changer dans la chambre qui lui avait été attribuée, et qui lui rappelait sa propre chambre d'enfant, au château de Falder. La courtepointe et les rideaux, par exemple, semblaient avoir été fabriqués dans les mêmes étoffes… Et soudain, cela lui sauta aux yeux : c'étaient la courtepointe et les rideaux de Falder.

Cette impression se confirma quand il s'approcha des livres soigneusement rangés sur les étagères, car il les reconnut, et sans le moindre doute : titre après titre, il retrouva tous les ouvrages qu'il avait lus autrefois, avec passion, souvent à la lueur d'une bougie, tard dans la nuit.

Un frisson le parcourut. Qui avait pris le soin d'apporter ces livres ici ? Qui avait eu cette délicate attention.

Entendant un bruit de pas, dans le corridor, il se tourna vers la porte au moment où elle s'ouvrait. Béatrice-Maude entra après avoir frappé certes, mais sans attendre de réponse.

— J'espère que vous n'êtes pas fâché, pour les livres, lui dit-elle d'emblée.

— C'est vous qui les avez pris ?

— Je les ai préservés, corrigea-t-elle. Ils sont naturellement à votre disposition et vous pourrez en reprendre possession dès que vous en exprimerez le désir. A Falder, ils commençaient à moisir et je me suis dit que moi aussi, j'aimerais bien qu'on prenne soin de ma bibliothèque enfantine.

— Je vous remercie.

Il attendit une réponse, mais Béatrice-Maude n'avait de toute évidence rien à ajouter sur le sujet.

— En avez-vous lu quelques-uns ? demanda-t-il pour meubler le silence.

Elle ignora la question.

— Eleanor Westbury n'est pas une femme qui supporterait d'être trompée. Je crois même qu'elle en mourrait. Elle est encore fort jeune, et son mari est bien malade. Elle…

— C'est Taris qui vous envoie ?

— Non. Je suis ici parce que lady Dromorne, voici quelques semaines, m'a dit que vous pourriez avoir l'intention de la diffamer. Etant donné le temps que vous avez passé en tête à tête avec elle aujourd'hui, je me suis demandé s'il ne pourrait pas y avoir un fond de réalité à ses craintes.

— Je ne suis pas ce genre d'homme.

— Je suis heureuse de vous l'entendre dire. Me voilà rassurée.

— J'ai connu Eleanor à Paris, autrefois. Elle portait alors un autre nom.

— Il y a combien de temps ?

— Cinq ans.

Cristo comprit que Béatrice-Maude procédait à un rapide calcul. Mais elle se reprit très vite.

— Sa fille…, commença-t-elle d'un ton pensif.

— A cinq ans. Je sais.

Soudain, une atroce douleur lui vrilla les tempes et il dut s'adosser au mur. La migraine, d'un seul coup, venait de le frapper. Deux attaques en moins d'une semaine. Cela ne lui était jamais arrivé. Il porta les deux mains à ses tempes.

— Vous allez bien ?

— Ça va.

— Vous n'avez pas l'air…

— Ça va passer.

— Vos yeux sont en train de devenir tout rouges.

Il alla s'allonger sur le lit. En cas de migraine, la position horizontale lui donnait un peu de répit.

— Pourriez-vous faire quelque chose pour moi, Béatrice-Maude ?

C'était la première fois qu'il l'appelait par son prénom.

Elle hocha la tête.

— Il faudrait dire, en bas, que j'ai été rappelé à Londres de toute urgence et que je prie sincèrement tout le monde de m'en excuser. C'est que j'ai besoin de repos et de silence. Donc, pas de visites. Ah ! Il faudrait dire à lady Dromorne que je passerai la voir dans la semaine.

— Mon cher beau-frère, je vous promets d'être votre messagère fidèle.

Béatrice-Maude Wellingham sortit de la pièce, referma la porte, sans bruit.

« Je vous aime. »

Eleanor avait murmuré ces mots ; tout bas, mais il était sûr de les avoir entendus. « Je vous aime. » Ils étaient sortis d'elle, ces mots, à son insu sans aucun doute, mais elle les avait dits.

Couché sur le dos, un bras replié sur les yeux pour se protéger de la lumière, il serra les poings, tant la douleur était atroce.

Elle avait un mari et une enfant. Elle ne pouvait courir le risque de ruiner sa réputation. Pourtant, il y avait dans ses yeux tant de tristesse… non, tant de détresse, qu'en y repensant, il sentit son cœur se serrer. Il aurait tant voulu l'aider, mais n'était-il pas la dernière personne capable de le faire ?

Il était parti sans rien dire à personne.

Eleanor savait pourquoi.

« Je vous aime. »

Pourquoi avait-elle dit cela ? Comment avait-elle pu dire ça ? Autant de questions dont elle connaissait la réponse.

Parce que le désir ne s'était jamais éteint en elle et qu'en présence de Cristo il s'était instantanément ranimé. Elle ne se reconnaissait plus. Physiquement, moralement, elle n'avait plus rien à voir avec la femme qu'elle croyait être devenue en épousant Martin Westbury. Au contact de Cristo, elle était redevenue jeune, libre, sensuelle. Avec lui, elle n'avait plus peur, elle s'était débarrassée du corset de conventions et de bonnes manières qui l'opprimait depuis tant d'années.

Aujourd'hui, avec Cristo, elle s'était sentie en pleine possession de ses moyens. Elle était redevenue elle-même, tout simplement.

Elle ne pourrait plus patienter encore cinq ans avant de ressentir… quelque chose.

Béatrice-Maude, sa voisine de table au dîner, la tira de ses pensées.

— Cristo a été rappelé de toute urgence à Londres, et il m'a priée de vous présenter ses excuses. J'imagine qu'on doit avoir toutes sortes d'impératifs imprévus quand on revient dans son pays après de longues années d'absence. Il m'a aussi demandé de vous dire qu'il rendrait visite à votre famille dès que possible, en tout cas avant la fin de la semaine prochaine. Peut-être pourrions-nous l'accompagner, si cela vous agrée, naturellement.

Eleanor ne put s'empêcher de remarquer avec quelle attention Taris Wellingham écoutait Béatrice-Maude et avec quelle passion il la regardait.

Le mariage de Taris et Béatrice-Maude était un mariage d'amour, c'était évident.

Eleanor songea à son propre mariage et son cœur se serra. Martin l'avait protégée, il l'avait pour ainsi dire recueillie dans un moment difficile de sa vie, mais il ne l'avait jamais touchée ; à cause de son âge et de sa maladie, ou peut-être parce qu'elle était à l'article de la mort quand il l'avait vue pour la première fois. Peut-être croyait-il qu'elle était restée fragile et qu'elle ne supporterait pas le moindre contact avec lui ? Il était si bon qu'il pouvait avoir ce genre de scrupule.

A l'article de la mort, oui. Elle se rappelait fort bien l'hôpital d'Aix-en-Provence où elle avait demandé son admission pour accoucher.

Un petit garçon mort-né. On l'avait enterré dans le petit cimetière de l'hôpital, sa tombe étant signalée par une simple pierre blanche.

Paris.

Elle lui avait donné ce prénom, qui était celui d'un guerrier, prénom du héros qui avait osé soustraire la belle Hélène à Ménélas, le vieux mari. C'était aussi le nom de la ville où il avait été conçu. Il avait les cheveux blonds de son père, mais quant à ses yeux, elle ne les avait pas vus parce qu'il ne les avait pas ouverts.

Ensuite la fièvre l'avait consumée pendant une semaine, et elle avait encore connu deux semaines de souffrance avant de pouvoir parler.

Son chagrin, alors. Ses remords. Les reproches qu'elle s'était adressés et qui continuaient de la torturer. Si elle avait accouché dans une ville plus importante, dans un hôpital plus grand, avec de meilleurs médecins, son garçon aurait pu être sauvé, peut-être… Comment le savoir ?

Secouant la tête et fermant brièvement les yeux, elle revint à l'instant présent et tâcha de s'intéresser à la conversation générale, mais le cœur n'y était pas. Elle n'avait qu'une envie : quitter Beaconsmeade et rentrer chez elle, près de Florence.

Cette nuit-là, il ne rêva que d'Eleanor.

« Je vous aime. »

Elle l'avait dit ! C'était la première fois de sa vie, qu'une femme lui faisait cet aveu. C'était le premier vrai cadeau que la vie lui faisait.

Il ouvrit brusquement les yeux, avec l'impression que quelqu'un se trouvait dans la chambre.

Asher était assis au bord du lit.

— Achète le domaine Graveson, Cris, lui dit-il dès qu'il le vit ouvrir les yeux. Pourquoi hésiter ? Il est temps de t'établir.

— Mes avocats s'en occupent. C'est pour cette raison que je suis arrivé en retard ici.

Un grand sourire fendit le visage d'Asher.

— Voilà qui mérite un verre !

Il remplit deux verres de limonade, en tendit un à Cristo.

— A la famille, dit Asher en levant son verre comme pour porter un toast.

— A la famille, répéta Cristo.

Il grimaça, sa migraine de l'avait pas lâché.

— Graveson sera mon port d'attache, reprit-il. Fini la vie d'aventures.

Sans trop savoir pourquoi, le fait que son frère soit témoin de cette promesse le réconfortait. Il était certain de tenir son engagement.

Une heure plus tard, quand Asher eut quitté sa chambre, Cristo s'assit sur le bord du lit et, les mains jointes entre les genoux, encore un peu hébété, il contempla la flamme de la chandelle.

« Je vous aime. »

S'il était raisonnable, il traverserait de nouveau la Manche pour retrouver la maison Giraudon. C'était le seul moyen d'échapper à la tentation.

Mais il venait de dire à son frère : « Fini la vie d'aventures. »

Il devait aller à Graveson, et s'y cacher. Après tout pourquoi ne pourrait-il pas y mener une vie tranquille, jusqu'à la fin de ses jours ?

Mais en restant en Angleterre, il ferait souffrir Eleanor, il se ferait souffrir. Ils souffriraient tous les deux à cause de cette passion qui les consumait et qu'ils ne pouvaient ignorer. Et cette souffrance se ranimerait chaque fois qu'ils se verraient. A quoi bon ?

« Je vous aime. »

A aucun moment il avait pensé qu'elle puisse ne pas être sincère.

Mais l'aimait-elle assez pour quitter son mari et pour sacrifier sa réputation ? Alors même qu'il se posait ces questions, il se les reprocha. Il n'avait aucun droit d'exiger d'elle de tels sacrifices.

Non, c'était impossible.

La décision ne pouvait venir que d'elle.

Et avant toute chose, il ne devait pas la brusquer.

Eleanor se plaignit d'une grande fatigue au cours des jours suivants chaque fois qu'on lui proposa une sortie. Même le parc lui semblait dangereux. Elle avait peur de se trouver brusquement confrontée à l'homme à qui elle n'osait même plus penser.

« Je vous aime. »

Elle soupira.

Elle ne cessait de repenser à ces trois petits mots. Depuis qu'elle les avait prononcés l'angoisse la tenaillait. Avait-il entendu ? Avait-il compris ? Ce qui la rongeait surtout c'était de ne pas connaître sa réaction. En ce moment même, il était peut-être en train de raconter l'anecdote à quelques amis, dans leur club, et tous d'en faire des gorges chaudes.

Cristo n'avait pas cherché à la contacter. Il ne s'était pas présenté pour la visite qu'il avait promise, au grand dam de Sophie et de Margaret qui se lamentaient de ne plus le voir dans les soirées où elles se précipitaient chaque soir.

Il avait disparu. Il était parti et personne ne savait où il se trouvait.

Elle espérait qu'il n'avait rien dit d'elle à Béatrice-Maude Wellingham ou à la duchesse de Carisbrook.

Diana entra dans le salon avec sa boîte à ouvrage, ses lunettes sur le nez. Elle s'installa en face d'Eleanor, qu'elle examina longuement avant de se mettre au travail.

— Il faut que vous repreniez des couleurs, Lainie. Vous êtes toute pâle. Nous pourrions aller dans quelques boutiques, si vous voulez, car il faut que je me procure certains fils dont je vais manquer.

Elle montra sa tapisserie qui représentait un intérieur rustique, avec un grand feu dans la cheminée, et par la fenêtre ouverte on apercevait la pleine lune.

— C'est pour la mère de Geoffrey, expliqua-t-elle. Elle m'a demandé l'an passé si je pouvais lui en faire une, et comme je tiens à lui faire ce plaisir, je me mets au travail suffisamment tôt. Tenez ! Voilà qui me donne une idée. Vous pourriez venir avec nous à Edimbourg, pour passer la période de Noël avec eux. Martin a toujours beaucoup aimé l'Ecosse.

— Je ne suis pas certaine…

— A cause de sa santé ?

C'était la première fois que Diana évoquait ce sujet délicat. Eleanor acquiesça d'un hochement de tête.

— Il faut que vous sortiez plus, reprit Diana. A votre âge, je…

Elle s'interrompit et regarda Eleanor.

— Mais vous pleurez ? murmura-t-elle, visiblement bouleversée.

— Non ! Bien sûr que non !

Mais les larmes coulaient le long de ses joues. Inutile de les dissimuler. Inutile de feindre.

— C'est que, parfois, je me dis que je pourrais être une meilleure épouse pour votre frère, reprit Eleanor.

— Allons donc ! s'exclama Diana en posant sa tapisserie sur ses genoux. Que me racontez-vous là ? Vous êtes, pour Martin, la meilleure épouse dont il pouvait rêver. Cela dit, il a une bonne trentaine d'années de plus que vous, ce qui peut parfois être un inconvénient.

Elle observa une courte pause.

— Vous êtes sujette aux nausées matinales, depuis quelque temps. C'est ce qui pourrait expliquer vos périodes d'abattement.

Il fallut quelques secondes à Eleanor pour comprendre à quoi faisait allusion sa belle-sœur. Nausées matinales ? Elle la croyait enceinte ? Elle secoua la tête avec vigueur, et Diana rougit.

— Excusez-moi, mais après votre évanouissement, au théâtre, j'avais pensé… On se fait des idées, parfois… J'avais tort, bien sûr ! Martin n'a plus tellement d'énergie le jour, alors, le soir… En outre, un autre enfant, avec tous les problèmes que cela suppose… Je…

Diana s'interrompit, l'air très mal à l'aise.

Mais de toute façon Eleanor ne l'écoutait déjà plus, toute à ses pensées et aux souvenirs que réveillait en elle la suggestion de sa belle-sœur.

Un autre enfant ?

La chambre d'hôpital avait les murs blanchis à la chaux et pour toute décoration, une image de la Vierge Marie à laquelle était accroché un brin de romarin. Elle détestait maintenant le parfum du romarin, douceâtre, entêtant.

Le docteur qui s'occupait d'elle était un homme à principes. Il avait découvert qu'elle n'était pas mariée et dans les yeux de celui-ci, elle avait lu sa condamnation sans appel. Puis, quand elle avait donné le jour à son enfant mort-né, il lui avait déclaré : « Tout enfant a le droit d'avoir un père, et voici comment le Seigneur vous le rappelle. Remerciez-le pour la grâce qu'il vous accorde. »

« Remerciez-le pour la grâce qu'il vous accorde »…Elle avait envie de pleurer chaque fois qu'elle se rappelait ces

mots cruels. Le docteur avait ensuite posé le petit cadavre dans un bassin, à même le sol, et il était parti, sans doute très content de lui.

— Lainie ? Vous vous sentez bien ? Je ne cherche pas à m'immiscer dans vos pensées, et vous avez parfaitement le droit de me dire que je me mêle de ce qui ne me regarde pas.

Eleanor secoua la tête, essaya de sourire, et surtout de trouver une explication plausible à sa tristesse.

— Un peu de vague à l'âme, sans doute…

Il fallait qu'elle pense à autre chose. Mais c'était impossible, tout la ramenait à cette période, à Cristo et à ces trois mots prononcés dans un moment d'égarement.

« Je vous aime. »

Si elle était restée à Paris avec Cristo, son fils aurait-il vécu ? Si elle était retournée le voir pour le supplier de la garder avec lui, aurait-il accepté ? Aurait-il eu de la pitié, à défaut d'amour ?

— Pardonnez-moi d'insister, mais il est vrai que depuis Beaconsmeade, vous êtes souvent distraite. Je n'aurais jamais dû vous laisser toute seule dans le bois, bien entendu. C'est ma faute. Je m'en veux, vous ne pouvez pas imaginer à quel point.

— Non, c'était ma faute, entièrement ma faute. J'ai voulu explorer la forêt. Quelle idiote j'ai été !

— Effectivement, si vous me permettez de vous le dire, je me suis plusieurs fois demandé quelle mouche vous avait piquée. Vous êtes d'ordinaire si réfléchie… Réfléchie, oui, et je peux même risquer une hypothèse, en disant que c'est ce trait de caractère qui a attiré mon frère. Réfléchi, il l'est aussi, il faut bien le dire. Peut-être même un peu trop, mais on ne se refait pas, n'est-ce pas ?

12

Eleanor emmena Florence se promener au parc. Il faisait très beau et sa fille avait envie de chevaucher son poney.

Elle n'avait plus entendu parler de Cristo Wellingham depuis plus d'une semaine, et elle en était heureuse. Elle commençait à avoir moins peur de le rencontrer à tout moment, imaginait qu'il avait quitté Londres, que peut-être même il était retourné en France. Voilà pourquoi elle avait accédé au désir de Florence, voilà pourquoi elle faisait le tour du parc en tenant la bride du poney sur lequel sa fille s'était juchée.

— Quand je serai grande, maman, j'achèterai le meilleur cheval de course et je le ferai courir dans le parc, le plus vite possible.

C'était bien la fille de son père, songea Eleanor. Elle avait entendu dire que Cristo Wellingham s'intéressait aux chevaux de course et qu'il avait eu l'intention d'en faire l'élevage. Ce projet était-il encore d'actualité ?

— Pas trop vite quand même, dit-elle à Florence, car il y a toujours beaucoup de promeneurs dans le parc. Il ne faut pas leur faire de mal.

Elle se reprocha aussitôt cette remarque. Une petite fille n'avait-elle pas le droit de courir et de laisser libre cours à sa joie, surtout dans un parc ? Elle était en train de couper les ailes de sa fille, comme sa mère avait coupé les siennes…

— Et je voudrais bien un petit chat, reprit Florence.

— Je t'ai déjà dit que…

— Maman, je veux un petit chat !

Ce ton péremptoire, Florence l'utilisait souvent depuis quelque temps. A cinq ans, sa fille avait besoin de recevoir les leçons que seul pouvait lui donner un père ayant une grande autorité.

— Excusez-moi, madame.

Eleanor se retourna. Un gamin des rues lui tendait une lettre.

— Le monsieur, il m'a dit de vous donner ceci.

— Le monsieur... quel monsieur ?

Pendant quelques secondes, elle pensa que Cristo était le monsieur en question, et elle jeta un coup d'œil autour d'elle. Déjà elle s'affolait à l'idée de le savoir si près. Il n'avait donc pas disparu ?

— Il est déjà parti, lui dit le gamin. Il m'a donné un shilling.

Il ouvrit son autre main dans laquelle brillait la pièce de monnaie.

— Qu'est-ce qu'il veut, maman ? demanda Florence, du haut de son poney.

— Rien, il...

Le gamin profita de l'interruption pour filer à toute allure. Eleanor songea à le rappeler, mais à quoi bon ? Il lui avait confié ce qu'il avait à dire et de lui elle ne tirerait rien de plus.

Elle regarda la lettre, la tourna longtemps entre ses mains, avec méfiance, avec angoisse aussi. Puis d'un seul coup elle se décida. Elle fit sauter le cachet, déplia la feuille de papier.

Ce qu'elle lut la remplit d'horreur.

« C'est vous la fille de joie de la maison Giraudon. Je vous ai reconnue. Si vous voulez la paix, mettez cent livres dans cette lettre et donnez-la lundi prochain au garçon que vous trouverez en faction devant le magasin de musique dans Regent Street. »

Pas de signature, bien entendu. Cette lettre odieuse matérialisait ses pires craintes : le chantage. Les mains tremblantes, elle replia la feuille de papier et la fourra dans son réticule.

Puis, saisissant la bride du poney, elle reprit le chemin de la maison en ignorant les protestations véhémentes de sa fille.

Elle paya, bien sûr. Deux jours après, une autre lettre lui fut apportée, cette fois directement à la maison.

Enfermée dans sa chambre, elle comprit qu'elle avait commis une terrible erreur. Elle n'aurait jamais dû payer la première rançon demandée. Cette fois, le maître chanteur exigeait d'elle cinq cents livres, une somme que l'argent de poche que lui donnait Martin ne lui permettait pas de réunir.

Bouleversée, elle jeta la lettre dans la cheminée où un feu avait été allumé en raison d'une journée anormalement froide. Elle la regarda se consumer et se désagréger en minuscules particules de cendre.

Que faire ? se demanda-t-elle. Et qui pouvait bien lui écrire de pareilles horreurs ? Le papier était de bonne qualité, l'écriture celle d'un homme ayant reçu une bonne éducation…

Une petite idée germa dans son esprit. Elle la laissa se développer, puis, après avoir réfléchi quelques instants, elle considéra qu'elle n'était pas mauvaise. De toute façon, il fallait bien qu'elle agisse.

Elle écrivit donc une lettre au seul homme à qui, dans cette ténébreuse affaire, elle pouvait se confier ; le seul qui pouvait l'aider.

Elle commanda un fiacre et, dans un état de grande agitation, elle se rendit au carrefour de Beak Street et de Regent Street, à l'heure exacte qu'elle avait indiquée. Il ne restait plus qu'à attendre.

Cristo ne tarderait plus à arriver, et tandis qu'elle l'attendait, elle ne cessait de penser aux mots imprudents qu'elle lui avait murmurés.

« Je vous aime. »

Déjà tout son être se préparait à ces retrouvailles qu'elle espérait et redoutait tout à la fois. Elle tremblait de tous ses membres et avait beaucoup de mal à récapituler le petit discours qu'elle voulait lui tenir en guise de préambule. A mesure que les minutes passaient son anxiété ne faisait que croître, si bien qu'elle finit par se demander si son idée était aussi bonne qu'elle l'avait pensé lorsqu'elle avait écrit la lettre, et elle dut résister à la tentation de prendre la fuite.

Enfin Cristo arriva, dans une tenue d'une élégance extrême, habit noir et cravate blanche parfaitement nouée. Il monta dans le fiacre, s'assit en face d'elle, retira ses gants et posa son chapeau sur ses genoux.

Elle ne se rappelait pas qu'il était si grand, ni si beau. Elle le vit ouvrir la bouche, et après quelques secondes elle s'avisa qu'il lui avait sans doute parlé, mais perdue dans ses pensées et folle d'angoisse, elle n'avait rien entendu.

— Eleanor ?

— Merci d'être venu, murmura-t-elle d'une voix qu'elle eut du mal à reconnaître.

— Je n'étais pas à Londres ces derniers temps, sinon je n'aurais pas manqué de vous rendre visite.

Elle trouva cette déclaration un peu froide, ce qui la troubla. Etait-il fâché contre elle ? Elle ne voyait pas pourquoi. Refuserait-il tout net de l'aider ? L'espace d'un instant cette hypothèse la glaça, mais elle ne pouvait pas reculer, elle devait lui expliquer ce qui se passait en priant pour qu'il l'aide.

— Je crains que votre majordome ne me fasse chanter.

— Milne ?

Evidemment, il ne voulait pas y croire.

— Expliquez-vous, je vous prie.

— J'ai reçu deux lettres cette semaine. La première exigeait cent livres et la deuxième, cinq cents livres. J'ai payé les cent livres, mais en ce qui concerne les cinq cents…

Elle s'arrêta parce qu'elle était essoufflée et que sa voix tremblait.

— Où sont-elles ?

— Quoi donc ?

— Les lettres, voyons !

— Je les ai brûlées.

— C'est dommage. Vous rappelez-vous les termes exacts de ces lettres ?

Ils étaient gravés dans sa mémoire. Elle les récita avec application. Elle se sentait un peu mieux maintenant parce qu'elle avait l'impression que Cristo ne l'abandonnerait pas. Sinon, il n'éprouverait pas le besoin d'en savoir plus, n'est-ce pas ?

Il posa encore quelques questions précises.

— Comment étaient scellées ces lettres ?

— A la cire rouge.

— Quel genre d'écriture ?

— Plutôt élégante, rien de vraiment remarquable.

— Votre majordome pourrait-il dresser un portrait du messager qui a apporté la seconde lettre ?

— Je lui ai posé la question : un gamin des rues.

— Le même que pour la première lettre ?

— Je n'ai pas osé parler de la première lettre au majordome.

Cristo fronça les sourcils.

— Bien sûr... Où deviez-vous porter la seconde rançon ?

— Je devais me rendre dans Regent Street, ce matin, et m'y promener jusqu'au moment où on m'y aborderait.

— Je vois...

Cristo Wellingham se mit alors à réfléchir, et le silence qui s'ensuivit lui parut insupportable.

— Je ne savais pas qui d'autre que vous appeler à l'aide, dit-elle au bout d'un instant, incapable de supporter cette attente plus longtemps.

Il releva la tête, la regarda droit dans les yeux.

— Vous n'avez pas pensé que je pourrais être le maître chanteur ?

— Pas un seul instant !

Il esquissa un petit sourire mélancolique qui semblait dire : « Je vous remercie de votre confiance. »

— En avez-vous parlé à votre mari ?

Elle secoua la tête avec vigueur.

— Il est malade. Je ne crois pas que ce soit une bonne idée.

— Alors, ne dites rien. Je m'occupe de tout. Vous avez ma promesse. Si une autre lettre vous arrive, ne l'ouvrez pas et faites-la porter aussitôt chez moi.

Tout en hochant la tête, elle sentit s'envoler l'immense poids qui depuis quelques jours pesait sur ses épaules.

— Pensez-vous qu'ils pourraient s'en prendre à ma fille ?

— Non.

Il n'avait même pas hésité avant de répondre, et dans cette affirmation catégorique, elle puisa l'assurance dont elle avait besoin.

— Ce n'est pas ma réputation la plus importante, mais si Florence doit souffrir à cause de cette affaire, je…

— Personne ne fera de mal à votre fille, Eleanor. Croyez-moi. Personne.

— Il va de soi que je paierai les frais que…

Il fit simplement « non » de la tête. Tout était dit. Le silence se fit dans l'habitacle du fiacre, silence relatif que troublaient les bruits de la rue.

Par la fenêtre, elle aperçut le dôme de la cathédrale Saint-Paul.

— Mon mari va mourir, dit-elle abruptement.

Elle blêmit en prenant conscience qu'elle venait d'exprimer une crainte qui l'habitait depuis un certain temps sans qu'elle s'en soit rendu compte. Mais était-ce bien à Cristo Wellingham qu'il fallait en faire part ? Il était trop tard maintenant pour revenir sur cette tirade intempestive.

— Je ne veux pas que ses derniers instants soient troublés de quelque manière que ce soit, crut-elle bon d'ajouter tout de même.

Cristo hocha la tête.

— Florence est-elle ma fille, Eleanor ?

C'était la deuxième fois qu'il posait cette question.

Déconcertée, elle ne sut que répondre. Elle ne voulait pas répondre. Elle avait peur de répondre, peur de dire la vérité.

— Non, lança-t-elle avec une sorte de rage froide.

Comme tout aurait été plus facile si elle avait dit « oui » !

Un simple petit mot, et son univers aurait changé. Elle n'aurait plus été seule à porter sur ses épaules le poids d'un destin qui l'écrasait.

Le rictus de Cristo la blessa.

— Non, répéta-t-elle.

Il haussa les épaules.

— Je ne vous crois pas. Martin a été marié deux fois avant de vous connaître, et il n'a jamais eu d'enfants.

— Belle preuve ! Ses deux femmes précédentes étaient stériles, tout simplement.

— Peut-être étiez-vous tombée enceinte après notre nuit parisienne, lâcha-t-il avec un nouveau haussement d'épaules. Il vous était alors impossible de rentrer en Angleterre.

Elle se rappela les rumeurs qu'on colportait sur le comte de Caviglione : « un espion », avait dit une femme, cette nuit-là, dans la maison Giraudon ; « et un des meilleurs », avait ajouté une autre, pleine d'admiration ; « il ne s'en laisse pas conter », avait affirmé une troisième.

« Il ne s'en laisse pas conter »…

Le front plissé, il la scrutait du regard, et sans doute lisait-il en elle à livre ouvert. Elle garda le silence : à quoi bon nier encore puisqu'il ne voulait pas la croire ?

Embarrassée, les joues brûlantes, elle baissa la tête et, joignant les mains, elle se mit à faire tourner son alliance sur son doigt, nerveusement.

— A Beaconsmeade, vous avez dit que vous m'aimiez, dit Cristo d'une voix plus douce.

Elle faillit éclater en sanglots. Elle avait envie de hurler, de lui dire « Oui, je vous aime, je vous aime, je vous aime ! » jusqu'à en perdre le souffle, jusqu'au moment où elle pourrait se jeter dans ses bras. Alors il lui dirait que tout était bien, que lui aussi l'aimait, qu'il la prenait sous sa protection, qu'il réglerait l'affaire avec Martin, qu'il considérerait Florence comme sa fille, même s'il n'était pas son véritable père…

Elle eut une envie folle de ce baiser qui la libérerait de

cinq années de respectabilité. Et s'il se penchait, lui, pour le lui donner, ce baiser, elle ne le lui refuserait pas.

Mais il resta immobile, impassible. Le silence devint pesant, oppressant, insupportable.

Et il la regardait. Que pensait-il ? Elle aurait donné cher pour le savoir.

— Je vais poster un homme dans votre rue, Eleanor, pour surprendre tout messager qui essaierait de prendre contact avec vous.

Il n'avait que cela à dire ! Seule l'affaire l'intéressait donc, peut-être même y prenait-il du plaisir. Elle s'avisa alors qu'il s'était assis un peu de biais, pour éviter de l'effleurer avec ses genoux.

— Les voisins risquent de se poser des questions…

— Rassurez-vous : mon espion passera inaperçu.

Son espion !

— Vous reprenez du service, en quelque sorte ?

Il partit d'un petit rire qu'elle jugea forcé.

— Avez-vous encore de la famille ? demanda-t-il ensuite.

Elle avait du mal à s'habituer à cette façon qu'il avait de passer sans cesse du coq à l'âne : une méthode d'espionnage, sans doute ?

— Non.

— Quand vous êtes venue à Paris, vous étiez déjà seule au monde ?

Le cœur serré, elle hocha la tête.

— Vous ne pouvez pas rester comme ça, reprit-il.

— J'ai Martin !

— Et quand vous ne l'aurez plus ?

Elle ouvrit la fenêtre et passa la tête dehors pour dire au cocher de s'arrêter. Puis elle ouvrit la portière.

— Je suis une femme de devoir, milord, déclara-t-elle avec dignité. Comprenez-vous ce que cela signifie ?

Il hocha la tête.

— Alors, s'il vous semble maintenant que vous ne pouvez

plus m'aider, ou que vous n'en avez plus envie, n'hésitez pas à me le dire. Je ne vous en voudrai pas. Je…

Il leva la main pour l'interrompre.

— « J'ai perdu mon temps et maintenant le temps me perd. »

— Shakespeare, Richard II.

— Bravo, Eleanor, vous connaissez vos classiques. Maintenant, je file. Mon aide vous reste acquise, bien entendu, et soyez certaine qu'à partir de cet instant, je ne perds plus une seconde pour traiter notre affaire.

« Notre » affaire…

— Eleanor, vous savez la nouvelle ? Il paraît que Cristo Wellingham est impliqué dans une bagarre qui a eu lieu près du pont des Moines Noirs. On dit qu'il a cassé le nez d'un homme et le bras d'un autre. Sa famille n'est pas ravie, vous pouvez l'imaginer.

La moue de Diana exprimait, mieux que les mots, le mépris que lui inspirait cette histoire sordide.

— Un vrai gentilhomme ne se laisse pas embarquer dans ce genre d'incident, n'est-ce pas ? Surtout quand le gentilhomme en question rentre dans son pays après une longue absence et qu'il a presque trente ans.

Sophie gloussa de plaisir et apporta cette précision :

— Moi, j'ai entendu dire qu'il savait se battre à mains nues aussi bien qu'au pistolet et à l'épée, et qu'il…

Elle s'interrompit parce que sa mère fronçait les sourcils. Celle-ci profita de l'occasion pour délivrer une petite leçon de morale.

— C'est la réputation qui fait la noblesse, non le titre ou le nom. Se battre à mains nues, procédé qui semble susciter votre admiration, c'est se rabaisser au niveau de la populace. Il appartient à la famille Wellingham de faire rentrer ce provocateur dans le rang.

— A-t-il été blessé ? demanda Eleanor aussitôt après la fin de cette diatribe.

— Visage tuméfié, quelques coupures, et un œil au beurre noir. Quel désastre ! Ce garçon n'a jamais su se tenir, c'est évident. Toujours à se faire remarquer ! Et puis, ce n'est pas pour remuer le couteau dans la plaie, mais il suffit de se rappeler les circonstances dans lesquelles votre frère a trouvé la mort : le rôle de Cristo Wellingham n'a jamais été éclairci.

Eleanor voulut émettre des réserves, mais Diana ne lui en donna pas le temps.

— Je sais bien qu'il a tenté de s'expliquer, ce qui est tout à son honneur, mais votre oncle n'a pas voulu l'entendre, sans doute parce que les soupçons étaient trop défavorables.

Eleanor ne trouva rien à répondre. Elle essaya d'imaginer ce que Cristo Wellingham, un garçon de dix-huit ans, aurait pu rapporter sur les circonstances de « l'accident » qui avait coûté la vie à Nigel. Il n'empêche que Cristo avait quitté l'Angleterre aussitôt après, et que beaucoup avaient suggéré qu'il prenait la fuite pour échapper à la justice, en précisant même que jamais il ne remettrait les pieds en Angleterre. Que s'était-il passé exactement ? On ne le saurait sans doute jamais…

Une autre pensée très inquiétante se forma alors dans l'esprit d'Eleanor : et si la rixe dans laquelle Cristo venait d'être impliqué avait quelque chose à voir avec son affaire de chantage ? Risquait-il d'être banni, une fois encore, pour avoir voulu sauvegarder l'honneur d'une femme à qui il avait fait cette promesse ?

La vie n'avait jamais été simple pour elle et elle l'était de moins en moins dans les circonstances présentes. Elle passait des heures devant la fenêtre dans la crainte de voir apparaître un nouveau messager porteur de lettre anonyme, et si elle sortait, elle jetait de fréquents coups d'œil autour d'elle pour vérifier qu'aucun individu à la mine louche ne se trouvait dans les parages. Au parc, elle sursautait chaque fois qu'elle croyait qu'un inconnu avait l'intention d'approcher d'elle. Dans le cabinet de lecture, elle n'arrivait plus à se concentrer sur les lignes qu'elle parcourait. Elle qui, autrefois, aimait tant faire ses emplettes elle-même pour se distraire, préférait maintenant envoyer une servante dans les boutiques, à sa place.

Elle était aux aguets et elle dormait de moins en moins.

Ce jour-là il faisait très beau et un peu avant midi, Diana lui suggéra une sortie.

— Lainie, vous ne croyez pas que nous pourrions aller faire un tour après le déjeuner ? Il fait si beau que ce serait criminel de ne pas profiter d'une telle occasion. Ne dites pas non, je vous en prie. Vous aussi avez besoin de prendre l'air, et votre fille aussi. Martin fait toujours une sieste en début d'après-midi, il n'aura donc pas besoin de vous pendant une heure ou deux.

Eleanor comprit qu'elle ne pourrait pas refuser sans donner des justifications qu'elle aurait du mal à controuver, vu son état de lassitude et de nervosité. Mais de toute façon, que risquait-elle vraiment ? En compagnie de Diana, de Sophie et de Margaret, quelques serviteurs les escortant de surcroît, il ne pourrait rien lui arriver de fâcheux. En outre, Hyde Park était toujours plein de monde, surtout le samedi.

Elle donna donc son approbation, sans enthousiasme excessif, toutefois.

Deux heures plus tard, elle regrettait amèrement son erreur, car le ciel noircissait rapidement et la foule des promeneurs se dispersait plus vite encore. Elle aurait aimé rentrer, mais Diana ne voulut rien entendre, malgré les supplications de ses filles qui lui montraient les méchants nuages.

— Je vous dis qu'il ne pleuvra pas ! proclama-t-elle. Et quand bien même ? Quelques gouttes de pluie n'ont jamais fait de mal à personne, que je sache ! Sophie, pas de caprice, je vous prie. Florence, ne lâchez pas la main de votre mère.

Après quelques pas dans une allée déserte, tandis que le

vent soufflait de plus en plus fort, elle ne semblait pas avoir perdu son entrain.

— Vivifiant, n'est-ce pas ? reprit-elle.

Quand les premières grosses gouttes de pluie commencèrent à s'écraser sur les chapeaux de ces dames, Diana refusait toujours de s'avouer vaincue.

— Cette petite pluie ne durera pas. Allons nous abriter sous ces grands arbres en attendant l'éclaircie.

Mais le tonnerre commença à gronder et Diana, enfin, reconnut son erreur. Elle demanda à un serviteur d'aller chercher une voiture, et le plus rapidement possible.

Quelques minutes plus tard, comme il pleuvait à seaux et que les arbres ne protégeaient plus de rien, elles décidèrent de partir à pied au-devant de la voiture. La petite troupe se mit donc en route. Eleanor fermait la marche, quelques pas en arrière, en tenant Florence par la main.

Elle ne tarda pas à se rendre compte que deux hommes marchaient sur une allée parallèle et lui jetaient d'étranges coups d'œil. Le plus grand lui parut vaguement familier, mais elle ne put se rappeler où elle l'avait déjà vu, dans quelles circonstances. Le cœur battant, elle pressa le pas.

Quand ils traversèrent la pelouse pour venir vers elle, elle voulut rattraper le groupe, mais en quelques enjambées ils étaient près d'elle et l'encerclaient. L'un d'eux essayait de lui enlever Florence, qui se mit à hurler.

Diana et ses filles, courbées sous l'orage, n'entendirent rien.

— Je vous suggère de nous confier votre fille, sans faire d'histoires, madame, lui lança un des hommes. Vous voyez bien que toute tentative de résistance est inutile.

Il parlait en français.

Alors les souvenirs lui revinrent. Cet homme, elle sut où elle l'avait vu : dans la maison Giraudon.

— Non, dit-elle en secouant la tête ; non…

Elle tenait toujours la main de Florence, que l'autre essayait de lui prendre.

— Bon, vous la lâchez, maintenant ? dit-il les dents serrées avec un calme terrible.

— Non, murmura-t-elle.

L'homme se mit à rire.

Elle voulut crier pour demander de l'aide, mais aucun son ne sortit de sa bouche. De toute façon, Diana et ses filles couraient au loin sous la pluie battante. Elles ne s'étaient rendu compte de rien.

Un troisième homme arriva. Elle vit avec horreur qu'il portait un grand sac de toile, mais elle n'eut pas le temps de réagir que déjà il le lui mettait sur la tête et l'abaissait jusqu'à sa taille. Elle tenta de se débattre.

— Florence ! cria-t-elle.

— Vous allez la fermer un peu ? lui répondit-on en français.

Elle continua de crier, de pleurer.

Puis elle reçut un coup violent sur la tête et elle sombra dans un gouffre obscur.

13

Dans un recoin obscur, entre deux hangars de la zone portuaire, Cristo montait la garde. Insensible au vent froid et salé venu de la mer, invisible aux rares ouvriers qui passaient dans les parages, il scrutait les visages et les comparait à tous ceux que sa mémoire avait engrangés. Le danger pouvait surgir à tout moment.

Cristo se trouvait là parce que Etienne Béraud était à Londres. Il avait obtenu cette information dans les bureaux du Foreign Office, où il avait encore ses entrées, grâce aux services qu'il avait rendus. Un officier de renseignement lui avait donc appris que l'espion français opérait à Londres, mais qu'on avait perdu sa trace.

La veille au soir, Cristo avait pu se rendre propriétaire d'un message chiffré dont le codage n'avait présenté aucune difficulté pour lui. C'est ainsi qu'il avait pu apprendre que Béraud se cachait dans les hangars à demi délabrés du port.

D'une main précautionneuse, il caressa son œil au beurre noir, qui le faisait souffrir. S'il avait donné de bons coups, il en avait reçu plusieurs aussi, et celui-là était particulièrement bien envoyé. Douloureux, oui, mais c'était à ce prix qu'il avait pu récupérer le message si utile.

Béraud était à Londres…

Quand il avait quitté Paris, Cristo était bien décidé à abandonner l'espionnage. Il avait consacré dix années de sa vie au service du Foreign Office et c'était bien suffisant, mais il semblait que ses anciennes connaissances parisiennes avaient à cœur de lui rappeler son existence passée, et il serait bien obligé, pendant un certain temps du moins, de renouer avec le danger. Sans aucune difficulté, il avait retrouvé les vieilles habitudes : le chapeau abaissé sur les yeux, il redevenait le Cristo d'autrefois. Il pouvait sentir la sensation familière du coutelas attaché à sa cheville. Dans son pantalon, sous sa chemise il avait glissé un pistolet.

Et il attendait, le souffle régulier, le regard vif, tout le corps en alerte.

Un fauve aux aguets, prêt à bondir.

Le soleil avait disparu depuis presque une heure et la lune commençait à monter au-dessus de l'horizon quand un bruit de pas se fit entendre à l'autre bout du quai.

Le coutelas à la main, Cristo laissa les deux hommes passer devant lui, puis il s'élança et en attrapa un qu'il menaça de son couteau.

— Pas un mot, tu comprends ? lui dit-il en français.

— Ça va, répondit l'homme, dans la même langue. Qu'est-ce que vous voulez ?

— Ton nom ?

— Dupont.

— Moi je suis le comte de Caviglione.

— Ah ! Je vois…

— Où est Béraud ?

— Je n'en sais rien.

— Mauvaise réponse.

La lame du coutelas entailla un peu la peau de la gorge. Le sang coula.

— Où est Béraud ? reprit Cristo.

L'homme qui prétendait s'appeler Dupont tressaillit. Il venait sans doute de comprendre qu'il courait un réel danger. Levant une main un peu tremblante, il désigna un bâtiment lépreux.

— Là-bas, le troisième, celui qui a une sorte de tour. Deuxième étage.

— Béraud est là-bas ?

— Oui. Il a votre bonne femme.

— Quelle bonne femme ?

Mais Cristo comprit en même temps qu'il posait la question, et la rage le submergea. Le sang coula un peu plus.

— Eleanor Westbury ? demanda-t-il pour avoir tout de même confirmation de ses craintes ?

— Oui.

— Pourquoi ?

De manière inattendue, l'homme se mit à sangloter comme un enfant pris en faute.

— Je ne savais pas, gémit-il d'une voix pitoyable.

— Tu ne savais pas quoi ?

— Qu'il voulait enlever votre bonne femme.

— Lady Eleanor, s'il te plaît.

— Si vous voulez. Et puis, pour la gamine, je trouve que c'est vraiment pas bien.

— Florence ?

— Oui, c'est elle.

Il n'y avait plus une minute à perdre. Prenant son coutelas par la lame, Cristo en asséna un coup terrible sur la tempe de son prisonnier, qui s'écroula sans un bruit. Il le laissa étendu sur le quai, la face contre les pavés mouillés.

Le repaire de Béraud se trouvait exactement où l'homme l'avait dit. Cristo y entra par la porte de derrière, après être venu à bout de la serrure, sans aucune difficulté.

L'air dégagé, comme s'il faisait partie de la bande, il monta l'escalier. Sur le palier du deuxième étage, il rencontra deux hommes qui montaient la garde. Il s'adressa à eux en français.

— Béraud veut que vous descendiez, tout de suite.

Ils s'étonnèrent et l'un d'eux voulut même demander quelques explications, mais il n'en eut pas le temps. D'un coup sec, du tranchant de la main, porté à la gorge, Cristo les neutralisa et amortit leur chute simultanée. Il prit tout de même soin de les tirer par le collet pour les enfermer dans une pièce vide au bout du corridor, non sans les avoir bâillonnés et entravés avec une cordelette très solide, qu'il prenait toujours avec lui dans ce genre d'expédition.

Retournant dans le corridor, il aperçut un rai de lumière sous une porte et il perçut, très nettement, les gémissements d'un enfant.

Eleanor reprit conscience dans une pièce qui empestait le poisson. Prostrée, à côté d'elle, Florence pleurait doucement. Du dehors parvenait le clapotis des vagues.

Un hangar dans le port. Prisonnières dans un port. Oui, mais si ce port n'était pas celui de Londres ? Et si on les avait emmenées à l'étranger ? Impossible à savoir, parce qu'elle ne savait pas combien de temps elle était restée inconsciente. A cette idée, elle sentit sa bouche s'assécher sous l'effet de l'angoisse. Si on les retenait prisonnières à l'étranger, personne ne les retrouverait. Elles étaient perdues.

Elle porta une main à sa tempe, et regarda, sur le bout de ses doigts, le sang qui les poissait. Elle avait encore mal à la tête, tant le coup avait été violent.

Elle se redressa, s'adossa à des sacs de toile. A l'autre bout de la pièce, elle aperçut les deux hommes qui l'avaient enlevée. Assis de part et d'autre d'une table bancale, ils jouaient aux cartes.

Florence pleurait. De gros sanglots montèrent soudain.

— Ne pleure pas, Florence. Il n'y a rien à craindre. Nous allons bientôt sortir d'ici. Je te le promets.

Il fallait parfois savoir mentir, et pour se rassurer elle-même autant qu'elle cherchait à apaiser sa fille.

— Le monsieur, il m'a donné un bonbon, lui dit celle-ci, le sourire revenu alors que les larmes coulaient encore.

Toute fière, elle retira de sa bouche et montra une boule de sucre coloré, toute brillante. Eleanor la lui prit et la jeta au loin.

— Quand on ne sait pas d'où ça vient, on ne met pas dans sa bouche.

Surprise, Florence en oublia de se remettre à pleurer.

Eleanor regarda autour d'elle. Il fallait qu'elle fasse quelque chose, elles ne pouvaient pas rester ici. Tâtant derrière elle, puis entre les sacs, elle finit par mettre la main sur un crochet de portefaix qui pourrait constituer une arme redoutable en cas de besoin. Si les bandits avaient l'intention de s'attaquer à sa fille ou à elle, ils trouveraient à qui parler. Elle dissimula le crochet sous elle.

Il y eut un peu de bruit, dans le corridor... puis plus rien... et soudain la porte s'ouvrit violemment, et elle entendit une voix qu'elle connaissait bien.

— Où sont-elles ?

Un coup de feu claqua. L'odeur de la poudre envahit la pièce et Florence hurla. Puis il y eut d'autres coups de feu, un tir nourri cette fois.

Dans un vacarme infernal, Eleanor, hébétée, ne voyait plus que des silhouettes qui se déplaçaient rapidement, de leurs mains s'échappaient des éclairs.

Les deux joueurs de cartes s'écroulèrent l'un après l'autre.

Elle vit Cristo s'élancer vers elles et s'accroupir à leurs côtés. Il parlait, mais elle était incapable de comprendre quoi que ce soit tant elle était sous le choc. Les détonations l'avaient rendue sourde, aussi. Mais elle n'avait pas besoin d'entendre pour comprendre ce que Cristo lui disait. Elle se leva, prit sa fille dans ses bras, et le suivit.

Enfin, ils arrivèrent à l'air libre.

— Voilà, c'est terminé, dit Cristo. Vous êtes en sécurité, maintenant, toutes les deux...

Elle entendait déjà un peu mieux, même si les bourdonnements d'oreilles continuaient de l'importuner.

— Toutes les deux, répéta-t-il.

Elle s'aperçut qu'il couvait Florence du regard, un regard

douloureux, qui ne devait rien au cerne noir, sans doute hérité de la rixe de la veille. Puis, d'une main hésitante, il risqua une caresse dans les cheveux blonds de la petite fille.

— Alors, vous ne voulez toujours pas me dire ? murmura-t-il en français.

Comme elle ne répondait pas, il la supplia.

— Allez, dites-le-moi ! Vous me devez bien ça, non ?

Elle secoua la tête et choisit de se montrer cruelle. Elle n'avait pas le choix.

— Non, elle est à moi, Cristo. C'est ma fille. Je ne peux rien vous dire d'autre parce que je ne veux pas causer son malheur.

Il opina longuement, tristement.

— En ne voulant rien dire, c'est mon malheur que vous causez, ajouta-t-il. Est-ce que vous vous en rendez compte ?

Il était au bord des larmes. Quel homme étrange ! Il venait de tuer deux hommes, sans sourciller, après en avoir tué sans doute bien d'autres. Il était un espion endurci, habitué à vivre dans un monde où il risquait sa vie à chaque instant, et il était au bord des larmes à cause d'une petite fille de cinq ans.

Mais elle ne pouvait se laisser apitoyer, elle n'en avait pas le droit. Alors, comme il avait lui-même si souvent l'habitude de le faire, elle changea de sujet.

— J'ai reconnu un des deux hommes : je l'avais déjà vu dans la maison Giraudon.

Cristo acquiesça.

— Je sais. Il s'appelait Etienne Béraud, c'était un espion français.

— Et vous êtes un espion anglais.

— Je ne le suis plus.

— Il n'empêche que si un malheur était arrivé à Florence à cause de notre passé… de votre passé… Je n'ose pas y penser. Ça fait peur.

Et cette fois, c'est lui qui changea abruptement de sujet.

— Venez, ne restons pas là. La police ne va sûrement pas tarder à arriver.

— C'est tout simple, Lainie. Après votre enlèvement dans le parc, notre cocher, qui avait tout vu, a suivi la voiture, à pied, et quand il a constaté que ces horribles individus vous faisaient entrer dans un bâtiment du port, il est revenu pour nous en avertir.

Assise dans la voiture Dromorne, sa fille sur les genoux et une ample couverture les enveloppant toutes les deux, Eleanor écoutait le récit, fait par Diana, de tout ce qui s'était passé à la maison depuis sa disparition.

— Martin était dans un état d'agitation extrême, comme vous pouvez l'imaginer. Il a fallu faire venir le médecin, qui lui a prescrit un sédatif puissant. Je ne crois pas qu'il aurait survécu s'il vous était arrivé malheur. Il est si faible… Mais tout est bien qui finit bien.

Après un petit moment de silence, pendant lequel les deux jeunes femmes se regardèrent en souriant avec émotion, Diana se rembrunit.

— Tout de même, ce Cristo Wellingham, quel voyou ! Il sera pendu pour ce crime, et si on m'écoutait, il serait écartelé, comme au bon vieux temps !

— Mais…

— On n'a pas idée : enlever une mère et son enfant ! Comment peut-on se montrer aussi barbare ?

— Ce n'est pas…

— Et vous imaginez la réputation des Wellingham, après ça ? Si j'étais d'eux, je changerais de nom, tout simplement.

— Cristo…

— Bon, qu'est-ce qu'il fait, le cocher ? Il veut que nous passions la nuit ici ?

Diana se pencha à la portière, cria un ordre. La voiture se mit en route et Eleanor put, enfin, rétablir la vérité.

— Ce n'est pas Cristo Wellingham qui nous a enlevées.

Diana sursauta.

— Qu'est-ce que vous dites ?

— Que ce n'est pas…

— Je ne vous crois pas !

— Au contraire, c'est lui qui nous a sauvées. Il a fait irruption dans le local où nous étions séquestrées, et il est venu à bout de nos geôliers.

Les yeux tout ronds, Diana avait visiblement du mal à y croire.

— Pourquoi aurait-il fait cela ? Pourquoi un homme que vous connaissez à peine risquerait-il sa vie pour sauver la vôtre ? C'est impensable !

Eleanor soupira. L'heure de vérité arrivait. Il lui appartenait, maintenant, de mettre sa réputation en danger pour sauver celle de Cristo.

— J'ai connu Cristo Wellingham, à Paris…

Elle marqua un temps d'arrêt.

— Intimement, précisa-t-elle.

Intriguée par le silence soudain, Florence, qui somnolait sur ses genoux, le pouce dans la bouche, leva soudain la tête. Diana, bouche bée, regardait la petite fille. La vérité faisait son chemin en elle, mais elle finit par l'admettre.

— Eleanor, qu'avez-vous fait ? Mon frère le sait-il ? murmura-t-elle d'une voix étouffée.

Puis elle se mit à gémir.

— Ce scandale tuera Martin… Ah ! Il ne mérite pas cela, car il a toujours été si bon pour vous ! Et mes filles ? Avez-vous pensé à mes filles ? Elles n'auront plus aucune chance de faire un beau mariage si la chose vient à se savoir. Est-ce que vous vous en rendez compte ?

Eleanor inclina la tête. Diana, reprenant alors quelque peu ses esprits et retrouvant son éternel optimisme, se mit à organiser l'avenir.

— Il faut protéger notre famille… ne rien dire… Après tout, ne faut-il pas donner sa chance à ce Cristo Wellingham, qui est peut-être moins mauvais qu'on le croit, d'après ce que vous me dites…

— Diana, des gens ont été tués cette nuit. Si les soupçons se portent sur Cristo, il sera banni de nouveau, et cette fois sans aucun espoir de retour. Cristo s'est mis en danger pour me sauver. Cela aussi, il faut le comprendre.

Diana hocha la tête, réfléchit un instant en se mordillant un doigt.

— Je crois que vous ne me laissez pas le choix. C'est le sort de toute notre famille qui est en jeu : mon frère, mes filles, Florence ; le vôtre aussi, Eleanor ! Un jour, vous verrez, vous me remercierez de vous avoir sauvée de vous-même.

— Je ne vois pas ce que vous voulez dire.

Diana la regarda un instant avec tristesse. Puis elle donna deux coups de poing sur le toit de la voiture, en soupirant.

— Un jour vous comprendrez, ma chère… malheureusement.

Cristo fut arrêté, les policiers l'emmenèrent, les chaînes aux pieds, pour l'interroger. Ils le traînèrent sans ménagement, ce qui laissait mal augurer de la suite.

Sa culpabilité ayant été reconnue par le constable, le fonctionnaire de police chargé de l'enquête, il s'agissait maintenant de le faire avouer.

Les premières constatations témoignaient contre lui : ecchymoses sur le corps, visage tuméfié et œil cerné de noir, traces de sang sur les vêtements… Et pourquoi portait-il ces vêtements, des défroques informes ? Un gentleman honnête n'éprouvait pas le besoin de se déguiser ainsi, si ce n'est pour faire un mauvais coup. La thèse était simple : Cristo Wellingham s'était acoquiné avec une bande de bandits français ; leur affaire avait mal tourné. Il ne restait plus qu'à en connaître les détails.

Il subit six heures d'interrogatoire, sous les coups et les injures. Il n'ouvrit pas la bouche.

Et Eleanor ne vint pas.

Elle ne pouvait pas venir, se disait-il, en courbant l'échine sous les coups de poing et les coups de pied. Elle ne pouvait venir car ce serait ruiner sa réputation, complètement. Et lui, il ne pouvait pas, n'avait pas le droit de mentionner son nom.

Il serrait donc les dents, conscient de protéger l'honneur de la femme qu'il aimait.

Et qu'adviendrait-il de lui ? Son seul espoir reposait entre les mains de ses frères, Asher et Taris, qui ne manqueraient pas d'accourir quand ils auraient connaissance des événements de la nuit.

Quand le cauchemar fut terminé, on le jeta dans une cellule froide et humide. Péniblement, il réussit à s'asseoir et à se traîner dans un coin pour s'adosser au mur. Il fit le compte des dégâts : deux doigts cassés, des blessures partout, des ecchymoses encore plus nombreuses.

Il n'avait plus rien. Ses tortionnaires lui avaient pris sa chemise, ses souliers, et la montre que sa mère lui avait donnée quand il avait onze ans.

Prêtant l'oreille, il perçut des gémissements venant d'autres cellules, des cris parfois : il n'était donc pas le seul à souffrir. C'était cependant une bien mince consolation…

Mais il n'allait pas rester là indéfiniment. Son regard se posa sur la porte. Deux minutes et il viendrait à bout de la serrure. Cinq autres minutes et il serait dehors. Quant aux fers qu'il portait aux pieds, ce serait un simple amusement que de s'en défaire.

Mais alors même qu'il montait ses plans, la porte s'ouvrit. Un gardien entra, portant un pichet d'eau.

— Je me suis dit que tu avais peut-être envie de boire.

Un peu d'humanité dans ce monde de brutes, c'était inattendu. Cristo en éprouva une vive gratitude.

— Merci.

Hélas, l'homme n'était pas plus charitable que tous les autres.

— C'est ça, merci… Quand tu auras la corde au cou, tu feras peut-être moins de manières.

Et il donna un coup de son pichet sur la tête de Cristo, avant de lui en verser le contenu sur la tête. Il riait aux éclats.

Cristo s'abstint de répondre. A quoi bon ? Pour le moment, il s'agissait d'endurer.

Quand le gardien fut parti, il lécha les gouttes d'eau sur ses bras ; c'était mieux que rien. Puis il se mit à genoux, ferma les yeux pour mieux lutter contre la nausée, et enfin, il put se lever, en se redressant tout doucement, contre le mur moisi.

Maintenant il fallait agir.

Pour Eleanor. Pour Florence.

Florence…

Sa fille. Il avait une fille.

Presque cinq ans. Le même âge que William et Alfred, les jumeaux de Taris et de Béatrice-Maude.

Cinq ans…

Cinq ans auparavant, son chemin avait croisé, par hasard, celui d'Eleanor. Par sottise, il l'avait laissée s'éloigner de lui. Le hasard, de nouveau, la remettait en sa présence, et lui donnait l'occasion de la tirer d'une méchante affaire, au prix, pour lui, d'une épreuve dont il ne savait pas encore quand elle se terminerait. Mais il sortirait de ce mauvais pas, il en avait la conviction. Il retrouverait Eleanor et, de près ou de loin, il veillerait sur elle. Son devoir le lui imposait. Ce qu'il avait longtemps pris pour le hasard — encore une sottise de sa part ! — était en fait le destin.

Ne pas perdre de temps et commencer à agir.

Des deux mains, il poussa contre le mur pour s'en éloigner. Il fit un pas, puis deux.

Il tenait debout.

Elle reposait, nuit et jour, dans une léthargie dont elle ne parvenait pas à sortir. Elle avait conscience qu'autour d'elle on s'activait. Il y avait toujours quelqu'un près de son lit. Parfois, on lui donnait des ordres.

— Buvez ceci, Lainie. Tout. C'est pour votre bien. C'est moi, Diana.

Diana ? Qui était Diana ?

On lui soulevait la tête. Elle sentait le bord d'une timbale qu'on appuyait à ses lèvres. Elle buvait. Puis elle retombait sur l'oreiller et de nouveau sombrait dans l'inconscience.

Elle essayait de penser, mais c'était difficile. Certains noms la hantaient, mais elle ne savait pourquoi. Martin… Diana… L'un d'eux lui paraissait particulièrement important : Florence.

Pourquoi Florence ?

Cristo, aussi. Pourquoi Cristo ?

14

— Bon ! Récapitulons : tu as tué ces criminels pour délivrer cette femme et son enfant, que tu crois être le tien. C'est bien cela ?

— Oui.

— Eh bien, c'est tout simple ! Voici comment je vois la suite : tu dis tout à la justice, tes relations avec Eleanor Westbury, le chantage exercé sur elle, ton intervention pour la tirer d'affaire. Et c'est tout ! On te croira parce que tu n'es pas n'importe qui, tout de même, et tu pourras rentrer à la maison. Fin de l'histoire.

Asher était là. N'était-il pas déjà venu, aujourd'hui ? Cristo avait du mal à réfléchir, il perdait la notion du temps. Parfois les minutes lui semblaient aussi longues que des heures, et à d'autres moments, c'était le contraire. En outre, dans sa cellule si sombre dont il ne sortait plus, les jours se confondaient avec les nuits. Depuis combien de temps était-il enfermé ? Il n'aurait su le dire.

On ne le frappait plus, et il allait un peu mieux. On lui avait apporté des vêtements propres — Asher ou Taris ? —, la nourriture était un peu meilleure, sans doute aussi grâce à ses frères. Ils faisaient de leur mieux pour le tirer de ce mauvais pas. Ils devaient courir tout Londres pour plaider sa cause, se dépenser sans compter. Ils étaient fidèles et courageux.

Asher venait d'arriver avec des nouvelles d'importance. D'après lui, toute la famille Dromorne avait quitté Londres pour se réfugier à la campagne et pour, lui avait-on dit, guérir et oublier. Eleanor était partie la première, avec sa fille et sa belle-sœur. Les bagages avaient été faits, puis on avait fermé la maison. Il n'y avait plus personne, maintenant.

Oublier.

L'oublier, lui, bien sûr.

Elle avait dû prendre cette décision quand il avait été arrêté et couvert d'opprobre. Comment ne pas la comprendre ? Elle avait un mari qui l'avait épousée quand elle se trouvait dans une situation délicate. Ce Martin Westbury était un homme bon et charitable. Pourquoi aurait-elle voulu lui faire du mal, lui faire supporter, encore, les conséquences de son erreur. Il avait adopté Florence. N'était-ce pas assez lui demander ?

— Tu rêves ?

— Non, je pense.

— Tu sais que je peux t'aider à t'évader, si c'est ce que tu veux. J'ai les moyens.

Asher sortit le coutelas dissimulé dans ses vêtements.

— Ça t'intéresse ?

Cristo sourit.

— Tu sais, si je voulais sortir, il y a longtemps que ça serait fait.

— Alors, qu'est-ce qui te retient ?

Petit haussement d'épaules.

— Bon ! reprit Asher qui commençait à s'agacer. Je sais ce que je vais faire, moi. Aller chez les Westbury pour leur demander de dire la vérité, de tout mettre sur la place publique.

— Surtout pas ! Il ne faut pas qu'Eleanor et Florence aient encore à souffrir. Je ne le veux pas. Pas de scandale, est-ce bien compris ? En outre, quel avantage y aurait-il à remuer encore toute cette boue ? Inutile d'éveiller la suspicion sur la paternité de Florence. Personne n'aurait à y gagner, et surtout pas moi, si ce détail peut te sembler intéressant.

— Justement, parlons de toi. Qu'est-ce que tu deviens, dans cette histoire. Tu penses rester ici encore longtemps ?

Maintenant, si ce genre de villégiature te convient, libre à toi de prolonger ton séjour !

Cristo sourit, ce qui mit Asher dans tous ses états.

— Tu te crois malin ? Tu es encore plus borné que Taris, et ce n'est pas peu dire ! Encore un mot : si ta lady Dromorne n'a pas le courage de dire la vérité sur cette affaire d'enlèvement, c'est qu'elle ne vaut vraiment pas toute la peine que tu te seras donnée pour elle ! Mais enfin, réfléchis un peu ! Tu ne comprends donc pas qu'elle s'est servie de toi et qu'elle t'abandonne ?

Cristo pesa les mots de son frère : la condamnation d'Eleanor. Il dut reconnaître qu'il n'avait pas entièrement tort.

Eleanor n'était pas venue.

Elle n'avait même pas écrit pour s'assurer qu'il était toujours en vie, qu'il ne souffrait pas trop de l'emprisonnement et de la solitude. Et s'il avait été pendu pour un crime qu'il n'avait pas commis, se serait-elle souciée de lui ?

Et si elle pensait, au contraire, qu'il avait commis un crime, mais cinq ans auparavant, à Paris, quand, la prenant pour une fille de joie, il l'avait déflorée ? Et si elle estimait qu'il recevait enfin la juste punition pour ce crime ? Oui, c'était peut-être cela, peut-être qu'elle se réjouissait de le voir enfin payer sa dette.

— Si je comprends bien, tu es prêt à sacrifier le nom des Wellingham pour sauver celui des Dromorne ?

Asher avait parlé d'un ton un peu plus calme. Et cette fois, c'est Cristo qui se mit en colère.

— Ecoute, mon vieux, j'ai déjà sacrifié beaucoup de moi-même, alors, un peu plus, un peu moins…

— La culpabilité est mauvaise conseillère.

Dans une vision fulgurante, Cristo revit alors Eleanor, couchée, nue, sur son lit dans la chambre de la maison Giraudon.

— La culpabilité est une maîtresse dure, mais juste, murmura-t-il.

Lorsqu'il se retrouva avec Taris, Asher lui fit un résumé de la situation.

— Pas moyen de lui faire entendre raison ! Jamais vu un type aussi borné ! Quant à Eleanor Westbury, elle ne répond pas à mes lettres. J'ai l'impression que nous sommes dans une impasse.

Taris posa son verre de brandy sur un guéridon.

— Et ce d'autant plus que si nous portons l'affaire devant la justice, Cristo ne nous le pardonnera jamais, ajouta Taris.

Béa et Emerald avaient rejoint les deux frères dans la bibliothèque pour tenir ce conseil de famille.

— Azziz et Toro pourraient le tirer d'affaire, proposa Emerald. Il ne leur faudrait pas longtemps pour le sortir de prison et le mettre en lieu sûr.

Asher et Taris firent « non » de la tête, en même temps.

— Nous sommes à Londres, pas à la Jamaïque, rétorqua Asher. Toutes les polices du royaume se lanceraient sur ses traces et il ne tarderait pas à être repris. En outre, je ne crois pas que Cristo apprécierait ce genre d'initiative.

Béatrice-Maude, silencieuse depuis le début de la rencontre, livra le fruit de ses méditations.

— Si Martin Westbury venait à mourir, Cristo obtiendrait exactement ce qu'il veut : une veuve à la réputation impeccable et une enfant dont tout le monde croirait qu'il l'a adoptée. Ce serait l'idéal.

— Et si Martin Westbury vit encore pendant plusieurs années ? répliqua Taris, d'une voix altérée par l'angoisse. Et si la justice condamne Cristo ? La question qui se pose est la suivante : comment pouvons-nous le tirer d'affaire sans avoir recours aux Dromorne, qui ne veulent plus entendre parler de lui ?

Le majordome entra à cet instant. Il portait, sur un plateau d'argent, une lettre enrubannée et scellée de cire rouge, adressée au duc de Carisbrook. Asher s'en empara avec fébrilité, la lut et émit un petit soupir de soulagement. Puis, avisant les trois autres qui le dévoraient du regard, il leur dit avec un grand sourire :

— Il semblerait que les charges contre Cristo soient bientôt abandonnées.

Une même question jaillit de trois poitrines :

— Pourquoi ?

— Martin Westbury a fait part à la justice de ce qu'il savait. Il avait eu vent du projet d'enlèvement, et il avait demandé à Cristo de veiller sur sa femme. Il prend sur lui la responsabilité de ce qui s'est passé dans le bâtiment du port et demande qu'on disculpe Cristo.

Emerald eut un petit gloussement plein de mépris.

— Vous noterez que Martin Westbury vient au secours de Cristo, alors que la belle Eleanor ne daigne apparemment pas lever le petit doigt pour lui. Espérons que l'amoureux transi comprendra enfin de quel bois est faite la dame de ses pensées et qu'il cherchera à mettre son cœur en de meilleures mains.

Mais Béatrice-Maude prit la défense d'Eleanor.

— Je n'arrive pas à croire qu'elle aurait abandonné Cristo si la justice avait décidé de le conduire au gibet. Non, elle serait sûrement intervenue, et si elle ne s'est pas manifestée jusque-là, à mon avis, c'est sans doute pour une raison grave, que nous ne connaissons pas.

Emerald voulut répliquer, mais Taris leva la main pour l'interrompre.

— Pour le moment, c'est le sort de notre frère qui doit seul nous préoccuper, dit-il. Pour les détails, nous les verrons ensuite.

Asher sortit sa montre.

— 10 heures. Vous pensez que nous pourrions le faire sortir ce soir ?

La nausée, encore et toujours. Elle allait vomir dans le bassin qu'on tenait devant elle. La sueur au front, les membres tremblants, elle attendit le spasme salvateur.

— Ce n'est rien, Lainie. Juste un malaise. Bientôt vous guérirez. Vos ennuis seront bientôt finis.

Elle reconnut la voix de Martin, toujours si rassurante. Elle s'appuya sur la main qu'il lui offrait.

Elle toussa. Elle avait la bouche sèche, les lèvres parcheminées.

— Voulez-vous de l'eau ?

Elle fit « oui » de la tête et aussitôt un verre s'approcha de ses lèvres. Elle but et cela la fit se sentir un peu mieux. Elle y voyait plus clair.

— Où est votre sœur ? demanda-t-elle.

— Elle est partie. Je l'ai renvoyée en Ecosse quand j'ai compris ce qui se passait. Son mari m'a promis qu'elle ne remettrait plus les pieds en Angleterre avant longtemps.

— Cristo Wellingham ?

— Il ne risque plus rien. J'ai fait ce qu'il fallait.

— Florence ?

— En ce moment, elle fait ses devoirs d'école en compagnie de sa gouvernante.

Elle vit alors que sa main, dans celle de Martin, paraissait toute petite, décharnée et jaunie, ce qui l'inquiéta.

— Pendant combien de temps ai-je été malade ?

— Deux semaines.

Elle s'effraya.

— Deux semaines ? Que s'est-il passé à Londres, pendant tout ce temps ?

— Diana vous a conduite dans une auberge où elle vous a administré du laudanum à hautes doses ; des doses si fortes que nous avons eu du mal à vous réveiller. Nous avons même craint pour votre vie.

— « Nous » ?

— Le médecin ne quitte plus votre chevet.

La tête d'Eleanor retomba lourdement sur l'oreiller. Fermant les yeux, elle essaya de récapituler ce qu'elle savait pour en tirer des enseignements utiles.

Où se trouvait Cristo Wellingham ? Elle ne pouvait, n'osait

demander des précisions à ce sujet, car elle lisait déjà, dans les yeux de son mari, une souffrance dont elle se savait responsable.

— Je ne vous ai pas menti à propos de Florence, murmura-t-elle. Simplement, je ne vous ai pas donné le nom du père.

Il eut un pauvre sourire.

— Et si je vous l'avais demandé, me l'auriez-vous donné ?

— Vous ne me l'avez jamais demandé.

Fermant les yeux, elle contint les larmes sous ses paupières. Et c'est les yeux fermés qu'elle entendit le reproche qu'il lui formula avec sa douceur coutumière.

— Il n'empêche que j'aurais apprécié votre honnêteté, le soir où vous avez revu Wellingham, au théâtre. Vous ne croyez pas que vous auriez pu me dire quelque chose, à ce moment-là ?

Ainsi le fossé qu'elle avait toujours su exister entre eux, s'était élargi ce soir-là. Le peu d'intimité dont ils pouvaient jouir jusque-là, avait disparu. Ils étaient restés amis, mais n'étaient déjà plus mari et femme. Il suffirait de peu, maintenant — un geste, une parole —, pour briser ce qui restait de cette union bancale.

Avait-elle le droit d'infliger à Martin cette nouvelle souffrance ? Après la trahison de sa sœur ? Après sa propre trahison, puisque, à cause d'elle, le nom des Westbury avait failli être traîné dans la boue.

Elle lui prit la main.

— Je suis tellement désolée.

D'un doigt délicat, il lui caressa la joue, et écrasa une larme qui s'y attardait.

— J'ai peur, pour vous, pour votre nom, votre famille…, reprit-elle.

— Ne craignez rien. Cristo Wellingham n'a pas tenu de propos imprudents. Il sait tenir sa langue, cet homme, et j'ai compris qu'il avait à cœur de préserver l'honneur de notre petite fille.

Rassurée sur ce point, elle songea à Cristo. Dans quel

état d'esprit se trouvait-il ? Quelle opinion avait-il d'elle ? Certes, il n'avait pas exigé son témoignage, mais il devait être choqué, meurtri qu'elle n'eût pas seulement pris la plume pour le remercier.

— Vous lui avez parlé de Diana… du laudanum ?

— Oui, et il m'a assuré qu'il saurait garder le silence à ce sujet aussi.

Donc il savait… Elle en éprouva un secret soulagement, mais elle avait quelques scrupules à le laisser transparaître devant son mari. Aussi ferma-t-elle les yeux, de nouveau, et elle n'osa rien dire, de peur que sa voix ne trahisse son contentement.

— J'ai loué une maison à Bath, reprit Martin, où nous pourrons nous rendre dès que possible. Je crois que le changement d'air nous fera beaucoup de bien, à tous les deux. Pour ce qui me concerne, je me suis remis à tousser beaucoup.

— Bath ? Je crois que Florence s'y plaira. C'est une excellente idée, Martin.

— Wellingham m'a promis qu'il ne chercherait pas à vous revoir. Il m'a aussi chargé de vous transmettre ses meilleurs vœux pour un avenir paisible.

Elle hocha la tête. Martin aperçut-il son hésitation ? En tout cas, quand il reprit la parole ce fut avec une fermeté qu'elle ne lui connaissait pas.

— C'est moi qui lui ai demandé de disparaître de notre horizon, pour l'honneur de notre maison, pour vous et pour Florence surtout.

Elle acceptait la décision. Pour Florence, oui… Pour l'honneur de la maison Westbury, oui…

Mais pour elle ?

— Vous avez eu raison, répondit-elle en essayant de s'en persuader. Et puis, Bath doit être une ville très agréable à cette saison.

— Je le pense. Bon ! Maintenant, je vous laisse vous reposer un peu.

Dès que Martin eut refermé la porte de sa chambre, elle donna libre cours à son chagrin.

Cristo engagea de grands travaux dans le manoir de Graveson, il en renouvela entièrement la décoration. Il voulait une demeure simple mais élégante, et ne regarda pas à la dépense : sol dallé de marbre dans le vestibule, boiseries et dorures dans les salons, la bibliothèque et le salon de musique. Sur les conseils de Béatrice-Maude, il fit même aménager une salle de bal, ainsi que des chambres d'enfants au troisième étage, peintes de jolies couleurs pastel.

Mais dans les chambres d'enfants il n'entra plus jamais après la fin des travaux : il savait bien que, sans Eleanor, il n'y aurait jamais d'enfants dans sa maison.

A l'inverse, une chambre, située au bout du long corridor du premier étage, recevait souvent sa visite : celle-ci était rose et blanche ; sur les étagères habitait tout un troupeau de jolis animaux en peluche qui attendaient une petite fille qui ne viendrait jamais jouer avec eux.

Florence.

Son nom était gravé dans le cœur de Cristo, comme un tatouage douloureux. Il ne la verrait sans doute plus jamais, mais il avait la conviction que tout ce qu'il entreprendrait, désormais, serait fait pour elle, qui ne le saurait pas.

Il disposait, pour lui-même, d'une chambre modeste, d'une simplicité quasi monacale : un petit lit, une armoire, avec un cabinet de toilette attenant ; pas d'autres meubles, pas de miroirs, pas de bibelots ; une chambre pour dormir, pas pour faire l'amour puisque, dans cette chambre, aucune femme ne pénétrerait jamais. Une chambre d'homme, ou plutôt de vieux garçon.

Dans l'armoire, en plus de quelques vêtements, il plaça aussi plusieurs bouteilles de brandy, dont il userait les nuits d'insomnie, qu'il prévoyait nombreuses.

Il ne verrait plus Eleanor. Martin Westbury le lui avait demandé expressément.

Celui-ci s'était montré très aimable quand il était venu lui rendre visite, à Londres. Cristo l'avait reçu en compagnie de ses frères. Martin Westbury l'avait d'abord remercié chaleureusement pour l'immense service rendu à sa femme. Il avait un visage douloureux, la mine souffreteuse, ce qu'il avait expliqué en disant que son état de santé s'était aggravé depuis quelque temps.

Il avait demandé ensuite la grâce d'un entretien privé avec Cristo. Asher et Taris étaient alors sortis et dès que la porte s'était refermée sur les deux frères, Martin Westbury ne s'était plus contenu et avait montré toute l'étendue de sa souffrance.

— Mon épouse, Eleanor, est une femme honnête et aimante, avait-il commencé. Je veux que vous le sachiez, que vous en soyez bien persuadé.

Cristo avait répondu que cela ne faisait pas de doute pour lui. Il en doutait d'autant moins qu'Eleanor n'avait pas donné signe de vie depuis deux semaines, ce qui était sans doute sa façon de manifester son « honnêteté ». Il avait attendu, avec intérêt, la suite de la conversation.

Il y avait eu pourtant un long moment de silence avant que Martin Westbury reprenne la parole.

— Elle m'a parlé de votre... proximité.

Cristo avait voulu affirmer que de « proximité », il n'y avait plus, mais son interlocuteur avait levé la main pour l'interrompre.

— Laissez-moi terminer, je vous prie.

Cristo avait hoché la tête, non sans respect pour cet homme à la fois si faible et si courageux.

— Tout ce que je possède ira à Eleanor et à Florence, à l'exception du domaine comtal et du titre. Permettez-moi de vous dire, sans forfanterie, que je suis un homme riche. Cependant, vous le savez aussi bien que moi, l'argent ne peut racheter une réputation perdue. Il se trouve que la réputation d'Eleanor et de Florence est en grand danger actuellement. S'il vous prenait la fantaisie de parler d'elles en mauvais termes, je ne pourrais rien faire pour leur rendre l'honneur perdu par votre faute.

Une larme, une seule, avait alors coulé sur sa joue et s'écrasa sur sa manche.

— En prison, vous n'avez pas parlé de vos relations avec ma femme pour vous tirer d'affaire, et je respecte votre attitude, avait repris Martin. Je pense que vous êtes un homme d'honneur. Eleanor le pense aussi. Cependant, elle préfère ne plus vous voir, car elle estime que votre personnage est dangereux pour elle, pour notre fille aussi. Le problème, c'est votre passé, vous comprenez ? Et puis, toutes vos relations interlopes. Elle m'a demandé de vous signifier, de la manière la plus expresse, qu'elle ne tolérera rien, venant de vous, qui puisse compromettre Florence.

Un long moment de silence avait ponctué cette décision qui venait de tomber comme du haut d'un tribunal.

Cristo était resté silencieux un long moment avant de poser la question qui lui brûlait les lèvres et lui nouait l'estomac.

— Vous voulez donc que je quitte l'Angleterre ?

— Non. J'ai décidé de m'établir à Bath, avec ma famille. Cette ville, je vous interdis de vous y rendre, sous quelque prétexte que ce soit, et si vous voulez que l'avenir de Florence ne soit pas compromis, vous vous conformerez à ces dispositions que j'ai prises, cela va sans dire, en plein accord avec Eleanor. Elle est convenue que c'était folie de vous revoir, et cette folie, elle est bien décidée à ne plus la commettre. Elle me l'a affirmé explicitement.

— Je vois…

Cristo serrait les dents. Il aurait bien aimé voir partir cet homme, en cet instant. Il en savait assez : il ne reverrait plus Eleanor et Florence. Il les avait perdues à tout jamais. Il avait songé un moment à solliciter la grâce d'un dernier entretien avec elles, même en présence de Martin, mais il n'avait rien demandé. Il savait par avance qu'il ne l'obtiendrait pas.

Martin Westbury avait semblé en effet retrouver toute sa superbe, il ne restait plus rien du vieillard sanglotant quand il avait repris la parole.

— Si j'étais plus jeune, je vous demanderais réparation, avait-il lâché avec hauteur et mépris.

Cristo avait eu du mal à masquer son sourire. A son tour, il avait toisé le pauvre homme cloué dans sa chaise roulante.

— Je ne crois pas qu'un duel puisse tourner à votre avantage, milord.

Martin Westbury avait cillé sous l'insulte, puis il avait fait l'effort de sourire. Il avait ensuite déclaré que tout était dit, ce qui était exactement l'avis de Cristo. Le vieillard avait frappé de sa canne sur le plancher, et son serviteur était entré pour faire rouler la chaise roulante.

Ils se quittèrent sans politesses inutiles, sans prononcer d'autres paroles.

A peine était-il parti qu'Asher et Taris revenaient pour lui demander ce qu'il s'était passé.

— Tout est dit, avait-il murmuré d'un ton las. Tout est fini…

En cet instant-là il se sentait proche du désespoir et n'avait pas la moindre envie d'en discuter avec ses frères.

— Lui as-tu au moins donné ta version de l'histoire ? Tu t'es justifié, j'espère ?

Cristo avait hoché la tête. C'était un mensonge, mais pour l'heure il s'en moquait.

— Eleanor m'envoie ses remerciements et ses salutations. Elle regrette notre séparation définitive, mais elle doit penser à l'avenir de sa fille, ce que je comprends très bien.

Asher et Taris avaient pris un air désolé, mais n'avaient pas émis le moindre commentaire. Ils étaient partis en silence, délicatesse dont il leur savait encore gré maintenant.

A pas lents, Cristo se dirigea vers la fenêtre. Le front sur la vitre, il observa le spectacle de la rue, les quelques passants qui vaquaient sans hâte à de tranquilles occupations. Pour la première fois depuis qu'il avait quitté Paris, la maison Giraudon lui manquait. Tout à coup, il regretta la vie qu'il menait là-bas, dangereuse certes, mais dans laquelle il savait toujours où était le bien, où était le mal.

Ici, il ne savait plus où il en était. Il avait l'impression d'errer dans un jeu de miroirs, où il pouvait faire le mal en croyant agir pour le bien.

Il ne devait plus revoir Eleanor.

Etait-ce vraiment une bonne chose ? Il n'en savait rien.

Il tourna son regard vers le guéridon. Une bouteille de brandy s'y trouvait, comme par hasard, il s'en saisit avidement et porta le goulot à ses lèvres.

L'alcool n'avait pas la réputation de clarifier les idées, mais au point où il en était…

15

Eleanor alla se coucher fort tôt. Elle laissa les rideaux ouverts pour recevoir la lumière de la lune, qui baignait toute la chambre de sa lumière froide et argentée ; presque la couleur des cheveux de Cristo Wellingham.

Cristo Wellingham…

Elle murmura son nom, tout doucement dans le silence de sa chambre :

— Cristo… Cristo Wellingham…

Martin était rentré fort tard à la maison. Son haleine l'avait trahi : il avait bu, beaucoup trop bu. Un fait étrange et inhabituel, car il ne s'adonnait pas d'ordinaire à la boisson.

Un autre événement surprenant avait marqué la soirée : quand elle lui avait souhaité bonne nuit avant de se retirer dans sa chambre, il lui avait demandé de se pencher vers lui, et il lui avait pris le visage entre ses mains pour la regarder comme jamais il ne l'avait regardée, avec intensité, et avec… oui, avec sensualité.

Le dégoût l'avait prise, la peur aussi. Imaginait-il qu'elle voulait… ça… avec lui, maintenant ? Avait-il pensé que les égarements qu'elle avait commis lui donnaient le droit de réclamer ce qu'il n'avait jamais demandé auparavant ?

Mais il n'avait exprimé aucune exigence.

Comprenant qu'elle ne trouverait pas le sommeil, elle se rassit dans son lit et alluma la chandelle, juste au moment où elle entendit, dans le corridor, le chuintement des roues cerclées de caoutchouc.

Comme tous les soirs.

Sauf que ce soir, le bruit familier avait cessé plus tôt que d'habitude.

Martin s'était arrêté devant sa porte.

Le cœur battant, elle prêta l'oreille. Allait-il vraiment faire irruption dans sa chambre ?

Avec angoisse, elle vit tourner le bouton de la porte.

Lorsque Martin entra, elle se força à lui sourire.

— Je suis content que vous ne soyez pas encore endormie, déclara-t-il en refermant la porte derrière lui.

— Vous avez envie de parler ? répondit-elle en remontant les couvertures sous son menton.

Il s'arrêta près du lit et lui prit une main, avec une autorité qu'elle ne lui avait jamais connue.

— J'ai beaucoup réfléchi, depuis quelque temps. Tous ces événements, vous comprenez…

— Je comprends.

La main de Martin remonta sur son poignet, s'insinua sous la manche de la chemise de nuit.

Elle frémit, mais n'osa protester.

— Je suis arrivé à la conclusion que le manque de contacts physiques nous est très préjudiciable et qu'il faut y remédier, reprit-il. Qu'en pensez-vous ?

En guise de réponse, elle essaya de lui soustraire son bras, mais il la tenait avec détermination.

— Nous sommes mari et femme. Il ne vous a pas échappé que la consommation de notre mariage présenterait quelque difficulté pour moi, mais je pense pouvoir vous gratifier de certaines caresses qui vous procureraient de grandes satisfactions.

Pétrifiée, incapable de réagir, elle le vit qui s'attaquait au col de sa chemise de nuit. Il l'ouvrit avec fébrilité pour découvrir ses seins, puis il se pencha pour prendre un mamelon entre ses lèvres.

Mari… Devoir conjugal…

La tête vide, mortifiée, elle attendit la fin de l'épreuve, le regard fixé sur le crâne chauve de son mari, et quand il en eut terminé, quand il se redressa en poussant un petit soupir de satisfaction, elle fit l'effort de lui sourire, tandis qu'il refermait la chemise de nuit, avec soin.

— Ce n'est qu'un début, Lainie, et un bon début, j'ose l'affirmer. J'ai décidé de m'occuper de votre corps à ma façon, et j'espère bien que vous serez contente de moi. Sur ce, je vous souhaite une bonne nuit.

Muette de stupéfaction, elle le regarda partir. Dès qu'il eut quitté la chambre, elle couvrit sa bouche de sa main afin d'étouffer ses sanglots.

Elle retrouva Martin Westbury le lendemain matin, dans le salon bleu. Toujours aussi guilleret, il la salua d'un grand sourire et d'un clin d'œil coquin. Il avait repris des couleurs, il semblait en meilleure santé. Elle en conçut un nouvel accès de culpabilité. En effet si le simple fait de la toucher lui redonnait des couleurs, alors elle s'était montrée cruelle et insensible en lui ayant refusé toute intimité physique depuis le premier jour de leur mariage.

Florence était là. Elle parlait d'un petit chien qu'elle avait vu la veille au cours de sa promenade.

— Il était blanc et noir, avec de longues oreilles. Il était très mignon. Il tremblait sur ses petites jambes et c'était très amusant, mais ma gouvernante, elle m'a dit de ne pas rire trop fort, pour ne pas le vexer. Est-ce que tante Diana va revenir bientôt, maman ? Je voudrais lui raconter…

— Elle a beaucoup à faire en Ecosse, Florence, répondit Martin. Je crains que nous ne la revoyions pas avant longtemps.

Quand la gouvernante eut emmené la petite fille, Martin Westbury se tourna vers Eleanor.

— Vous ne déjeunez pas, très chère ?

— Non, je n'ai pas faim.

— Prenez quelque chose, tout de même. Faites un effort.

— Non, vous dis-je...

— Vous avez l'air soucieuse.

Bien sûr qu'elle était soucieuse. Si ses calculs étaient bons, dans douze heures environ elle remonterait dans sa chambre, et dans un peu plus de douze heures, Martin se présenterait pour lui procurer des « satisfactions » puisqu'il avait décidé de se conduire en mari... à sa façon. Soudain elle n'entendit plus que le tic-tac de la pendule, qui lui semblait effilocher avec cruauté le temps qui lui restait avant cette nouvelle épreuve.

La pile de courrier, sur le plateau d'argent, lui offrit soudain un dérivatif apprécié. Elle ouvrit quelques lettres.

— Les Bennett nous invitent à dîner ce soir, annonça-t-elle. Ils comptent sur nous.

— Voulez-vous que nous y allions ? demanda Martin, sa tasse de thé à la main.

— J'aimerais bien, oui.

— Alors, c'est décidé, nous irons ! Ce que femme veut...

Eleanor jeta un coup d'œil étonné à son mari. Il était décidément bien joyeux.

— Cristo ?

— Oui.

— Ecoutez ça. Il paraît que les Dromorne sortent beaucoup à Bath. On les voit partout. Ils étaient beaucoup plus casaniers du temps qu'ils habitaient à Londres, n'est-ce pas ? En plus, on dit dans cet article que le mari semble aller mieux. Etonnant, non ?

Jack Henshaw jeta le *Times* sur la table et reprit son verre qu'il vida d'un trait. Puis il reprit le commentaire de l'article qui semblait l'avoir beaucoup intéressé.

— Eleanor Westbury est en passe de devenir une figure marquante de la bonne société de Bath. Les femmes en sont déjà à copier son style. Pourtant, si je me souviens bien, elle n'était pas si bien habillée que ça, non ? Elle avait toujours des robes vieillottes, comme si elle finissait d'user celles de sa mère.

Cristo fit une moue et déclara que ce sujet ne l'intéressait pas. Jack Henshaw n'eut pas l'air de s'en formaliser le moins du monde.

— Ce qui est étonnant, aussi, c'est que lady Dromorne ne se contente pas d'aller partout, mais qu'elle a pris aussi l'habitude de s'attarder dans les soirées et les réceptions. Elle est souvent une des dernières à prendre congé. Ça non plus, ça ne lui ressemble pas.

— Et son mari ?

— Lui, je pense qu'il est chez lui, au lit. Il doit dormir à poings fermés quand sa chère épouse rentre au logis. Ah ! On peut dire qu'il a confiance.

— Vous insinuez que lady Dromorne est une épouse quelque peu volage ?

Le sourire de Jack s'accompagna d'une moue évasive.

— Qui pourrait le dire ? En fait, avec les femmes, on ne sait jamais. Eleanor Westbury est décrite comme la plus belle femme de Bath actuellement. La petite société de là-bas en est toute retournée. Au fait, il y a combien de temps que les Dromorne sont allés s'installer là-bas ?

Neuf mois, deux semaines et trois jours, songea Cristo. Il aurait bien aimé cesser de compter, mais il ne pouvait s'en empêcher.

Asher et Taris entrèrent à ce moment-là et Cristo espéra que la conversation pourrait prendre une autre orientation. Mais hélas ce fut loin d'être le cas.

— Cris, dit Asher la mine très sombre soudain, il y a eu un accident, à Bath.

— Ah…, fit-il, d'une voix blanche.

Il eut l'impression que son cœur cessait de battre, et que le temps s'était arrêté. Il réussit quand même à proférer la question qui lui brûlait les lèvres.

— Eleanor ou Florence ?

Asher marqua une pause avant de répondre, comme pour donner plus de poids à ses propos.

— Non. Martin Westbury. Il a été heurté par une voiture, alors qu'il traversait une rue dans sa chaise roulante. Il a été tué sur le coup.

— Si je comprends bien, ce n'est pas la maladie qui l'a tué ? Amusant, non ? dit Jack Henshaw en faisant signe au serveur.

— Amusant, je ne sais pas, répondit Asher, mais nous pouvons dire qu'il n'a pas souffert et que c'est une chance pour lui.

— Vous ne pensez pas qu'il serait bon d'aller présenter nos condoléances ? proposa Taris. Nous n'aurons pas à nous déplacer jusqu'à Bath, puisque la famille Dromorne va sûrement rentrer à Londres pour les obsèques.

Asher manifesta son opposition catégorique.

— Pourquoi des condoléances ? Je te rappelle que lady Dromorne a embarqué Cristo dans une histoire où il a failli perdre la vie, et elle n'a même pas eu la délicatesse de le remercier. Alors, les condoléances…

Taris insista pourtant, et il apporta un argument de poids.

— Béatrice-Maude a tout de suite eu la même idée que moi quand elle a appris la nouvelle. Et elle m'a dit que Cris serait sans doute dans les mêmes dispositions.

— Je crois que je vais y aller, murmura Cristo, heureux d'avoir deux alliés.

— Bon ! maugréa Asher. Je me rallie à la majorité. Nous irons tous ensemble.

Eleanor avait habillé Florence d'une robe noire, et elle était en train de lui nouer une ceinture en satin. Elle-même portait le grand deuil, sans aucun bijou, ainsi que le demandait l'étiquette.

Martin était mort. Cela l'attristait, bien sûr, et pourtant, un autre sentiment bourgeonnait en elle, un sentiment incongru, indécent peut-être, sur lequel elle finit par mettre un nom.

Soulagement.

Non ! C'était impossible, impensable !

Elle avait du chagrin, un chagrin sincère. Elle ne pouvait retenir ses larmes chaque fois qu'elle pensait à Martin. Martin si bon et si généreux qui l'avait trouvée, toute seule et abandonnée dans une chapelle d'Aix-en-Provence. Il l'avait recueillie et l'avait emmenée à Florence.

Le majordome entra.

— La famille Wellingham souhaiterait vous présenter ses condoléances, milady.

— Toute la famille Wellingham ?

— Les trois frères, milady.

Cristo était là… Pourquoi venait-il ? Pour se moquer, pour réclamer sa fille, maintenant que Martin était mort ?

Une autre pensée la frappa alors, et, vite, elle défit la pièce de soie qu'elle portait autour du cou pour la poser sur la tête de sa fille, en prenant soin de cacher ses cheveux blonds qui rappelaient tant ceux de Cristo. Florence manifesta son étonnement, mais Eleanor coupa court à toute discussion.

— Il faut toujours couvrir ses cheveux quand on a perdu un être cher, ma chérie.

— Comme toi, maman ?

— Oui, et tu vois, moi, en plus, je cache mon visage, pour ne pas montrer que j'ai les yeux rouges.

Joignant le geste à la parole, elle abaissa son voile qui constituerait une barrière de protection entre elle et l'homme qu'elle allait devoir affronter malgré sa promesse de ne plus jamais le revoir, puis elle descendit l'escalier pour se rendre dans le petit salon tendu de noir.

Elle tenait sa fille par la main.

La fille de Cristo, qui portait le nom de Westbury.

Westbury… Elle aussi était une Westbury.

Si le destin avait été moins injuste, elles s'appelleraient Wellingham, toutes les deux.

Béatrice-Maude Wellingham s'approcha la première.

— C'est une perte très douloureuse, lady Dromorne.

Ces paroles convenues, Eleanor les avait entendues tant de fois, qu'elle ne les écoutait plus vraiment.

Puis Cristo se trouva devant elle. Il s'inclina.

— Je vous prie d'accepter mes condoléances.

Elle lui tendit la main. Quand il lui prit le bout des doigts, il chercha son regard, mais elle se déroba.

Il garda sa main plus longtemps que nécessaire, pourtant. Elle crut qu'il s'apprêtait à prononcer quelques paroles encore, mais rien ne vint.

Dans la pièce, le silence devenait pesant.

Son frère Asher toussota.

Cristo semblait ailleurs, il semblait perdu dans ses pensées.

— S'il vous plaît..., murmura-t-elle.

Comme il ne réagissait pas, elle retira sa main un peu trop sèchement. Il sursauta, regarda autour de lui, semblant se demander où il se trouvait. Puis il s'inclina de nouveau.

— Je vous prie d'accepter mes condoléances.

Comme s'il avait oublié qu'il avait déjà accompli cette formalité et qu'il avait déjà prononcé ces mots, exactement les mêmes.

Une de ses belles-sœurs le tira vers l'arrière, discrètement. Ses deux frères s'avancèrent vers elle pour la saluer et lui présenter leurs condoléances.

Cristo oscillait entre rage et consternation. Ce mari pour qui Eleanor avait tant de respect — elle l'avait dit et redit —, elle ne semblait pas le regretter beaucoup. Si elle avait mis ce voile devant son visage, c'était sans doute pour dissimuler ses yeux vierges de toute larme. Il l'aurait juré.

Elle aurait pu lui glisser un mot de remerciement pour la peine qu'il s'était donnée à cause d'elle, et le prier de l'excuser de n'avoir pas écrit. Mais non, rien ! C'était oublié ! Pire, c'était comme si rien de tout cela n'avait eu lieu, comme s'il n'avait pas été jeté en prison, à cause d'elle. Et il n'avait pas ouvert la bouche, pour ne pas la compromettre. Et il avait accepté de ne plus la revoir parce que Martin Westbury, ce mari qu'elle respectait tellement, le lui avait demandé.

De tout cela elle aurait pu le remercier, discrètement, même pas d'un mot, d'un sourire… Au lieu de quoi elle était restée froide, insensible.

La colère bouillonnait en lui. Il lui venait même l'envie de faire un scandale. Pour se calmer, il entreprit de compter les carreaux des fenêtres, et quand ce fut fini, il recommença.

— Je crois que nous devrions partir, maintenant, lui souffla Asher.

Il ne répondit pas, toujours fasciné par les carreaux.

— Viens, insista Taris.

Ils le prirent par les bras, chacun d'un côté, s'inclinèrent avec un bel ensemble devant Eleanor et sortirent du salon.

— Je ne ferais pas ça tous les jours, moi ! déclara Béatrice-Maude dès qu'ils furent dehors.

Asher se mit à rire, puis Taris et enfin Emerald.

Cristo finit par sortir de sa torpeur et sourit à son tour.

Mieux valait en rire, rire de tout. Alors il se joignit à l'hilarité générale, mais le cœur n'y était pas. Pas du tout…

16

Toute de noir vêtue, Eleanor sortit de la voiture qui lui avait été envoyée par Emerald Wellingham.

La semaine avait été très agitée, difficile pour elle. Elle devait, bien sûr, quitter les domaines héréditaires de son mari, pour les laisser à celui qui devait reprendre le titre de comte Dromorne, un cousin qui voulait régler cette affaire avant la fin de juillet. Elle avait donc eu peu de temps pour rassembler ses propres biens et quitter des lieux devenus familiers et auxquels elle s'était attachée plus qu'elle n'aurait pensé.

Certes, Martin lui laissait assez d'argent pour se procurer une autre propriété, mais c'était la rapidité du changement qui la perturbait ; et toutes ces décisions à prendre en si peu de temps ! L'ampleur de la tâche l'avait souvent découragée et la rendait triste.

C'était comme si le noir de ses vêtements avait pénétré dans son sang, pour obscurcir toutes ses pensées et transformer ses rêves en cauchemars. Elle devait, souvent, se reprendre et se persuader que sa situation n'était pas désespérée. L'avenir s'ouvrait devant elle, et elle n'était pas condamnée à la solitude puisqu'elle avait Florence. Celle-ci, bien loin d'être affligée par la disparition de l'homme qu'elle avait toujours pris pour son père, semblait au contraire s'accommoder très bien de son absence.

Quand elle réfléchissait à cette question, elle en arrivait invariablement à la même conclusion : au fond, sa fille et elle n'avaient pas été aussi proches de Martin qu'elle l'avait longtemps pensé. S'était-elle fait des illusions, lors de leur rencontre fortuite à Aix-en-Provence, puis au cours de leur voyage en Italie ? Peut-être, pas nécessairement. Il n'était pas encore malade à cette époque, et beaucoup plus épanoui. Ensuite, cloué sur sa chaise roulante, il s'était comme éteint. Certes, il était resté l'homme bon qu'elle avait appris à connaître, et il lui avait assuré la sécurité dont elle avait tant besoin, mais sa morosité avait imprégné tous ses actes et la vie de celles qui l'entouraient.

Elle avait encore besoin de sécurité, c'était donc avec angoisse qu'elle s'apprêtait à rendre visite aux Wellingham, dans leur maison de Londres, pour les remercier de leurs condoléances. Le protocole l'exigeait… mais si elle découvrait que Cristo était là, eh bien ! elle s'en irait aussitôt, et sans donner d'explications. Il comprendrait, et il expliquerait aux autres.

Il n'empêche que cette corvée la déprimait profondément. Elle soupira.

— Vous vous sentez bien, milady ? demanda Patricia, sa suivante, qui la regardait avec inquiétude.

Elle hocha la tête.

— Oui, je vais bien ; un peu de fatigue, c'est tout.

Elle regarda sa fille assise en face d'elle, celle-ci lui sourit en retour. En cet instant, sa ressemblance avec Cristo était telle qu'Eleanor en fut effrayée.

Emerald Wellingham s'apercevrait-elle de cette ressemblance ?

Si tel était le cas, les conséquences seraient lourdes. Terribles même si les Wellingham décidaient d'ostraciser Florence.

Les Wellingham ne passaient pas pour une famille de tout repos, elle ne le savait que trop bien. Ils avaient du pouvoir et ils en usaient à discrétion. Malheur à qui se mettait en travers de leur chemin, car le différend était vite réglé, par un duel le plus souvent. Ces gens avaient une haute idée de ce qu'ils étaient et de leur rang dans la société.

L'opportunité de cette visite lui apparaissait de moins en moins évidente à mesure que le moment en approchait, et si sa voiture ne s'était pas arrêtée brusquement devant le portique d'une belle maison patricienne, elle eût volontiers passé la tête par la portière pour dire au cocher qu'elle ne se sentait pas bien et qu'elle désirait retourner chez elle. Mais c'était impossible maintenant, puisque la porte s'ouvrait et que la duchesse descendait les marches du perron pour l'accueillir, en compagnie de ses trois enfants.

Eleanor descendit donc.

— Il n'y aura que nous aujourd'hui, puisque mon mari et ses deux frères sont à Falder et qu'ils ne rentreront que demain matin, annonça d'emblée Emerald.

Emerald Wellingham avait un regard chaleureux, et un sourire permanent qui montrait bien que cette entrevue n'était pas, pour elle, une corvée dont elle souhaitait se débarrasser le plus vite possible.

La belle duchesse caressa les cheveux de Florence, que la présence des autres enfants intimidait grandement.

— Peut-être Ashton pourrait-il montrer nos petits chiens à votre fille ? lança-t-elle avec un grand sourire. Ils viennent de naître, nous ne leur avons pas encore donné de noms, et mes enfants avaient pensé se charger de cette tâche avec l'aide de Florence.

Cette proposition convenait parfaitement à Florence, dont le visage s'éclaira aussitôt.

— Est-ce que je pourrai les prendre dans mes bras ? demanda la petite fille, déjà bien moins craintive.

— Certainement, lui dit Emerald en se penchant sur elle. Tu as l'air très gentille, tu sais… et tu es aussi belle que ta maman.

Eleanor retenait sa respiration. Emerald allait-elle faire une réflexion sur la ressemblance de sa fille avec Cristo ? Le propos tant redouté ne fut pas prononcé. Déjà Florence et les petits Wellingham contournaient la maison. Emerald les suivit du regard.

— Votre fille est vraiment charmante.

Il n'y avait aucun sous-entendu, Eleanor l'aurait juré et elle en fut extrêmement soulagée. C'est le cœur plus léger qu'elle suivit Emerald Wellingham dans la maison.

— J'ai demandé qu'on nous serve le thé dans le salon vert, qui donne sur le jardin, déclara Emerald. Ainsi pourrons-nous surveiller nos enfants tout en bavardant.

— Voilà qui me paraît excellent, murmura Eleanor, déjà un peu plus à l'aise avec cette femme qui ne semblait pas le moins du monde vouloir la piéger.

Son hôtesse la conduisit dans le vaste vestibule, et de là vers le salon aux murs duquel s'accrochaient de nombreux portraits de famille. Immédiatement, le regard d'Eleanor s'attarda sur celui de Cristo Wellingham, et son intérêt pour celui-ci ne passa pas inaperçu.

— Mon beau-frère, lui dit en effet la duchesse, tandis que le personnel servait le thé. Vous l'avez reconnu, bien sûr... il vient d'acheter le manoir de Graveson, dont le domaine est limitrophe de nos terres de Falder. Il s'occupe actuellement à rénover et moderniser le bâtiment, qui s'élève en bordure de mer. Belle maison, soit dit en passant. J'espère que vous pourrez la visiter prochainement. Cristo se fera un plaisir de vous y conduire.

Eleanor fut incapable de se contenir plus longtemps. Les paroles jaillirent, tel un cri du cœur.

— S'il était ici, il ne me lancerait sans doute pas ce genre d'invitation. Je pense même qu'il trouverait un prétexte pour ne pas rester près de moi.

Elle regretta aussitôt ces propos un peu vifs, mais de toute évidence Emerald ne se formalisa pas car, au grand étonnement d'Eleanor, elle éclata d'un rire cristallin.

— Vous faites référence à l'affaire de l'enlèvement et de ses suites, je présume. Puisque le sujet se présente, je vais vous poser la question qui me tracasse depuis ce temps-là : pourquoi n'avez-vous pas apporté votre témoignage pour le disculper ?

— Mon témoignage ? Mon mari a fait la démarche nécessaire pour que Cristo soit libéré de la prison où on l'avait jeté injustement. Cela ne suffisait-il pas ?

Cette fois le légendaire sourire d'Emerald Wellingham s'effaça pour laisser place à une mine préoccupée.

— Je crois que Cristo aurait préféré bénéficier de votre témoignage, lady Dromorne.

Eleanor rougit.

Martin lui avait dit que Cristo se sentait soulagé de savoir qu'elle ne chercherait plus à entrer en contact avec lui, et qu'il n'avait pas non plus manifesté le désir de la revoir. Elle vivait à Bath, lui à Londres ou dans son nouveau domaine de Graveson, et la distance qui les séparait semblait lui convenir parfaitement. Elle avait même pensé qu'il souhaitait l'oublier, tourner la page pour se consacrer à de nouvelles amours. Quand il était venu lui présenter ses condoléances, il avait prononcé quelques mots convenus, et avec une telle froideur, un tel détachement qu'elle en avait conclu que tout était terminé entre eux.

Ne sachant que répondre, elle reposa sa tasse sur la petite table, avec un grand luxe de précautions.

— Je ne suis pas certaine de comprendre, Votre Grâce, murmura-t-elle finalement.

La duchesse eut l'air étonnée.

— Vraiment ? Alors, il y a un autre portrait sur lequel j'aimerais que vous jetiez un œil.

Elle prit, sur la table, un petit cadre ovale et le tendit à Eleanor.

— Voici Cristo, quand il était petit garçon. Il avait alors environ cinq ans. Qu'en pensez-vous ?

D'une main tremblante, Eleanor prit l'objet. Elle savait déjà ce qu'elle allait y voir !

Effectivement, c'était le portrait de Florence qu'elle avait l'impression d'avoir sous les yeux : même forme de visage, mêmes yeux, mêmes cheveux blond argenté. Il n'était pas jusqu'au sourire contraint qui ne fût le même, exactement le même.

Aussitôt Eleanor fut sur ses gardes. Pourquoi lui avait-elle montré ce portrait. Méfiante soudain, elle tendit à la duchesse le petit tableau d'un geste un peu trop sec et sans l'accompagner du moindre sourire. Si Emerald Wellingham cherchait à la mettre dans l'embarras, elle n'allait certainement pas lui faire le plaisir de tomber dans le piège.

— Est-ce pour me dire que je ferais mieux de disparaître que vous me montrez cette image ? lâcha-t-elle d'un ton froid.

Emerald Wellingham leva les deux mains, en un geste qui se voulait apaisant.

— Je pense que vous avez déjà disparu alors que personne ne vous l'avait demandé, et que vous pourriez fort bien recommencer si vous l'estimez nécessaire. Non, voyez-vous, ma démarche serait plutôt inverse… Que dis-je ? Ma démarche est exactement contraire.

— Je ne comprends toujours pas, fit Eleanor, toujours sur la défensive.

— C'est pourtant simple : je veux donner à Cristo une chance de connaître sa fille.

Saisie d'horreur, Eleanor se redressa.

— En me l'enlevant ?

Une nouvelle fois, la duchesse se récria.

— Ce n'est pas la guerre que je cherche, mais la paix. Que les liens qui vous unissent à notre famille doivent rester secrets dans l'intérêt de Florence, je le conçois tout à fait ; mais de là à dire que cette enfant ne doit rien connaître de son ascendance Wellingham, il y a un pas que je ne crois pas nécessaire de franchir.

Eleanor faillit s'évanouir de soulagement. La duchesse ne cherchait pas à lui nuire, au contraire même elle tentait de trouver un compromis acceptable par les deux parties. Soulagée, Eleanor oublia sa méfiance et ravala son agressivité. Le moment était venu sans doute de raconter son histoire, leur histoire à elle et Cristo et de revenir sur les circonstances de leur rencontre.

Elle se rassit, et, d'une voix contenue, elle déclara :

— J'avais dix-huit ans quand je suis tombée enceinte. J'étais alors une jeune fille un peu inconsciente, et j'avais un grand désir d'indépendance. C'est sans doute pour ces raisons que j'ai commis une erreur, à Paris, au cours d'une nuit étrange, en compagnie de votre beau-frère. Au petit matin, il n'avait déjà plus envie de me voir, il m'a renvoyée et je ne l'ai jamais revu… jusqu'à cette soirée au théâtre qui nous a remis en présence l'un de l'autre.

— L'aimez-vous ?

La question était inattendue et la déstabilisa quelque peu.

L'aimer… lui…

Elle n'était pas disposée à répondre à une telle question, même si le regard de la duchesse était d'une bienveillance extrême. Cette femme ne la condamnait pas. Elle ne voulait que comprendre la situation, et, sans doute, favoriser le bonheur de Cristo.

— Si vous me permettez de vous donner un conseil, vous pourriez faire quelque chose pour Cristo, déclara la duchesse en voyant qu'Eleanor ne lui répondrait pas.

— Quelque chose ? fit Eleanor, la gorge serrée par l'émotion. Quoi ?

— L'idéal serait de commencer, ou de recommencer par une rencontre fortuite. Imaginez la scène : un de nos amis vous prête sa maison de campagne. Cela ne présente aucune difficulté, car étant veuve, vous avez le droit de voyager et d'aller où bon vous semble. Vous vous installez, et un jour, mon beau-frère vous rend visite, à mon instigation, naturellement…

— Naturellement.

— Vous le recevez aimablement, vous parlez, et vous aplanissez les difficultés, vous réglez votre différend. En plusieurs jours, rien n'est impossible. Qu'en pensez-vous ?

La proposition était plutôt tentante : plusieurs jours à la

campagne, en compagnie de Cristo, et rien d'autre à faire que de parler… Oui, mais aurait-elle le courage de dire ce qu'elle avait au fond du cœur ? Et surtout aurait-elle le courage de confier son cœur à Cristo ? Il l'avait déjà brisé une fois…

Mais pour l'heure, il était inutile de bâtir des châteaux en Espagne, Cristo ne viendrait sans doute pas. Quand il saurait qu'elle était invitée, il refuserait de venir, même à l'instigation d'Emerald Wellingham, une femme de caractère qui avait tout l'air de savoir imposer sa volonté.

Et puis, une nouvelle difficulté se présenta à son esprit : elle était veuve, la duchesse venait de le rappeler, mais veuve depuis si peu de temps. Avait-elle le droit de donner l'impression, si vite, qu'elle oubliait le pauvre Martin ?

Soudain, elle se rebella sous le poids de toutes ces questions sans réponses et de toutes ces difficultés. Pourquoi devait-elle toujours se tourmenter ? N'avait-elle pas droit de laisser un peu venir les choses ?

— Cette maison est-elle déjà disponible ?

— Vous n'avez qu'un mot à dire, ma chère, et j'envoie des instructions pour que tout soit préparé.

Cristo marchait de long en large dans la belle bibliothèque du manoir de Graveson. En vérité, il tournait comme un lion en cage. Les obsèques de Martin Westbury avaient été célébrées depuis trois semaines maintenant, et la rage qui le consumait ne s'amenuisait pas le moins du monde.

Il lui avait suffi de prendre les doigts d'Eleanor, au cours de la cérémonie des condoléances, pour sentir se ranimer en lui une passion dont il croyait bien s'être débarrassé. Elle, bien sûr, n'avait pas cherché à reprendre contact après la cérémonie funèbre, alors que les usages le lui permettaient. Elle devait chercher à l'éloigner définitivement et élever seule sa fille… leur fille !

Il décida d'aller trouver Asher et Emerald pour leur souhaiter bonne nuit. Le dîner était terminé depuis un long moment et il était déjà... 11 heures ! Seulement ? Autrefois, à 11 heures, il commençait tout juste sa nuit, il sortait pour hanter les rues de Paris, rencontrer les individus plus ou moins louches qui travaillaient pour lui. Maintenant, quand la pendule sonnait les 8 heures, il commençait à se sentir fatigué.

Emerald, qui s'occupait à ranger quelques livres sur un rayon, se retourna vers lui quand il entra dans la pièce.

— J'ai l'intention de me lancer dans l'élevage des chevaux, moi aussi.

Elle n'avait pas une voix tout à fait normale, elle semblait même un peu nerveuse, comme si elle ne disait pas le fond de sa pensée, comme si cette idée de chevaux en cachait une autre.

— A Falder ? lui demanda-t-il légèrement intrigué.

Il eut l'impression de la voir rougir, à moins que ce ne soit qu'une illusion.

— Non, mais dans la maison d'Azziz, à Wycombe, répliqua-t-elle. Vous connaissez, n'est-ce pas ? C'est un beau pays de collines, et les prairies sont grasses. Beaucoup de trèfles, ce qui me semble l'idéal pour ce genre de projet.

— C'est parfait, en effet.

Asher, qui avait écouté la conversation avec un étonnement grandissant, se tourna vers sa femme.

— C'est bizarre, tu ne m'en avais jamais parlé. Mais ce n'est pas grave, et si tu veux, Cris et moi pourrons jeter un coup d'œil sur les lieux que tu convoites. Ça te dit, Cristo ?

Cristo observait Emerald à la dérobée. Elle manigançait quelque chose, c'était évident, et Asher était son complice. Cette histoire d'élevage dont elle ne lui aurait pas parlé, c'était trop gros ! Où cherchaient-ils à l'emmener ? La réponse ne tarda pas à lui apparaître.

— Au fait, je voulais te dire..., reprit Emerald. Ça n'a rien à voir, mais j'ai vu Eleanor Westbury, la semaine dernière. Elle est venue me rendre visite, avec sa petite fille qui est si mignonne.

Asher, qui s'apprêtait à siroter son brandy, reposa son

verre sur le guéridon, et Cristo fut étonné de voir qu'il était irrité. A moins qu'il fasse semblant de l'être. Maintenant, Cristo se méfiait.

— Emmie, nous avions décidé, me semble-t-il, de couper les ponts avec cette jeune femme, déclara Asher. Après l'affaire de l'enlèvement et les ennuis qui en ont résulté pour Cristo, il me semble que c'est le moins que nous puissions faire.

— Mon chéri, ne te fâche pas. J'étais toute seule à la maison, et Eleanor est venue me rendre visite à l'improviste. Je ne pouvais tout de même pas la chasser.

Cristo resta un instant silencieux, le temps d'encaisser la nouvelle, puis de la façon la plus naturelle possible il se tourna vers sa belle-sœur pour lui demander :

— Où en sont ses relations avec la famille Dromorne ? Est-elle bien entourée ?

— Pas du tout, ce serait même plutôt le contraire. En fait, elle est d'ores et déjà rejetée. Le cousin qui doit reprendre le titre comtal veut qu'elle ait quitté la demeure avant la fin de juillet. On peut dire qu'il la chasse, et sans y mettre les formes. De son côté, Eleanor Westbury n'a plus de famille du tout. On peut donc dire qu'elle est seule au monde.

— Eh bien…

— Elle parle de partir pour la campagne et d'acheter un domaine. Sa fille adore les animaux, à ce qu'il paraît. Lors de sa visite avec sa mère, elle s'est entichée d'un de nos chiots, blanc avec des taches noires. Nos enfants l'ont autorisée à choisir son nom.

— Quel nom a-t-elle trouvé ? demanda aussitôt Cristo, conscient que son intérêt pour cette histoire pouvait paraître suspect.

— Patch. Elle a dit que c'était le nom d'un pirate, dans une histoire qu'elle avait lue.

— Ce chiot a-t-il déjà été attribué à quelqu'un ?

— Non. Vous connaissez quelqu'un qui serait intéressé ?

Il hocha la tête.

— Je n'ai pas de chien à Graveson, et celui-ci fera très bien l'affaire.

— Dans ce cas, je vous le réserve, reprit Emerald. Vous pourrez en prendre possession dès la semaine prochaine, mais il faut que je vous avertisse : il a besoin de beaucoup d'attention. Avez-vous déjà eu un chien ?

— Non.

Asher sursauta et protesta.

— Mais si, voyons ! A Falder ! Tu ne te rappelles pas ? Nous avions tous notre animal favori.

— Notre père avait décrété que je n'étais pas assez responsable pour m'occuper d'un animal. Je n'ai jamais eu le droit d'en avoir un.

Cristo se força à sourire pour montrer que cette affaire n'avait plus d'importance, mais au fond elle continuait à le faire souffrir. Il était le bâtard de la famille, et son père s'entendait pour le lui faire sentir, de toutes les manières possibles. Quand sa mère n'était pas là, il se montrait particulièrement cruel. La privation d'animal familier était un des moyens qu'il avait trouvés pour faire sentir à Cristo qu'il n'appartenait pas vraiment à la famille.

Une famille… Une vraie famille… Voilà ce qui lui avait toujours manqué. Voilà ce qu'il désirait le plus au monde.

Il pourrait constituer la sienne en commençant par le petit chien. Florence l'avait aimé. Si elle savait qu'il habitait chez lui, elle désirerait peut-être venir lui rendre visite.

Mais aussitôt il refoula cette pensée. Quelle sottise ! Eleanor ne le permettrait jamais !

— Notre père était dur, reprit Asher, mais il ne l'était pas qu'avec toi, Cris. En fait, c'était un homme totalement insensible, aussi dur avec ses enfants qu'il l'était avec lui-même. Je peux te dire que nous avons été contents quand il a fallu quitter la maison pour aller au collège. Ce fut, pour nous, comme une libération.

— Comme pour moi, soupira Cristo, vaguement soulagé, mais pas consolé pour autant.

Il n'avait pas de famille.

Il pouvait en avoir une. Il lui suffisait de vouloir.

L'idée du petit chien n'était pas si mauvaise, tout bien considéré.

Il avait déjà une maison : Graveson.

Il avait un petit chien à mettre dans sa maison : Patch. Dès demain, il demanderait à Milne de préparer le panier de Patch.

Florence viendrait-elle un jour rendre visite à Patch ? La question restait en suspens.

Très vite Cristo s'aperçut qu'adopter ce chien avait été une erreur. Quelle mauvaise idée.

Il était en route pour Wycombe, afin de visiter la propriété dans laquelle Emerald Wellingham avait l'intention de se livrer à l'élevage des chevaux. Ne voulant pas laisser la pauvre petite bête toute seule, il l'avait prise avec lui, mais il le regrettait maintenant amèrement.

Patch, qu'il avait installé sur ses genoux, avait commencé par gémir, puis, après quelques miles parcourus, il vomit, salissant son pantalon. S'il s'était écouté, il aurait jeté Patch par la fenêtre, et il n'en aurait plus entendu parler.

Mais il n'était pas non plus une brute épaisse. Passé le moment de la mauvaise surprise, et à peu près nettoyé, il reprit le chiot sur ses genoux et le regarda avec amusement.

Il n'était pas bien gros, pas vraiment beau, et sans doute atteindrait-il la taille d'un chat quand il serait adulte, mais pas plus. Fameux chien de garde !

— Qu'est-ce que je vais faire de toi ? lui demanda-t-il.

Patch le regardait. Il avait des yeux émouvants.

— Tu seras le compagnon idéal pour Florence, reprit-il. Si elle veut bien de toi… ou plutôt, si sa mère veut bien.

17

— Florence, où es-tu ?

Un petit rire donna à Eleanor l'indication qu'elle cherchait : Florence s'était cachée derrière un gros chêne à l'extrémité du jardin. Pour prolonger le jeu, elle fit semblant de battre les buissons, en avançant doucement vers son but.

— Florence est-elle ici ? Non… Peut-être là ? Non…

Elle faisait semblant de ne pas entendre les gloussements de sa fille. Arrivée à proximité du chêne, elle se précipita vers la cachette. Florence hurla de bonheur et tenta de fuir. Eleanor la rattrapa. Elles roulèrent toutes les deux dans l'herbe en riant et en échangeant des baisers.

Cristo les aperçut presque tout de suite. Elles se roulaient dans l'herbe et semblaient s'amuser beaucoup. C'était un charmant spectacle : une mère qui jouait avec son enfant, une scène familière, normale en quelque sorte, sauf chez les Wellingham peut-être…

Eleanor était vêtue de noir, mais elle portait un col de dentelle blanche qui atténuait la sévérité de sa tenue. Quant à sa fille, elle avait troqué le noir contre le bleu marine, avec une jolie ceinture de soie rouge.

C'était un charmant tableau en effet, mais la question n'en demeurait pas moins éclatante : que faisaient ici Eleanor et Florence, dans cette ferme où Emerald avait soi-disant l'intention de pratiquer l'élevage des chevaux ? Qui avait organisé ce qu'il fallait bien appeler un guet-apens ? Emerald, ou Eleanor elle-même ?

Il n'allait pas tarder à le savoir. Il s'avança jusqu'à la barrière.

Lorsqu'elle le vit, elle s'empourpra aussitôt.

Il retira son chapeau, et ses doigts se crispèrent tant sur le rebord qu'il se demanda comment ils ne le traversaient pas.

— Lady Dromorne ?

Florence ne riait plus. Elle se cachait dans les jupes de sa mère. Eleanor quant à elle semblait muette. Il la vit jeter un regard en arrière et se demanda si elle n'allait pas fuir en emmenant sa fille.

Il en conclut donc que le procédé était l'œuvre d'Emerald. C'était elle qui avait imaginé cette histoire, et s'il fallait un indice supplémentaire, le forfait d'Asher, cinq minutes avant le départ, en était un. Les traîtres ! Quand il les reverrait, il les étranglerait ! Du moins, il leur dirait sa façon de penser.

Pour le moment, le plus urgent était d'apaiser la véritable panique qu'il lisait dans les yeux d'Eleanor et dans ceux de Florence.

Il n'avait cependant aucune idée de comment procéder.

Le paquet remuant, sous sa redingote, lui donna la solution. Il y plongea la main, en retira le chiot qu'il présenta à la petite fille. Ses yeux s'agrandirent aussitôt, il était évident qu'elle mourait d'envie de s'emparer de la petite bête. Mais la fillette lança quand même un regard interrogateur à sa mère et ce fut seulement sur l'assentiment de celle-ci qu'elle accourut pour tendre les bras vers le chiot gémissant.

— Vous avez amené Patch ? s'écria-t-elle, ravie.

Elle caressa la tête du chiot, qui lui lécha la main. Elle rit aux éclats. La glace était brisée.

— Florence, lui dit sa mère, je te présente lord Cristo Wellingham.

Elle aurait pu dire « ton père » ou « papa ». Cependant, Cristo jugea utile de ne pas faire de remarque, c'était une manière bien trop abrupte d'apprendre la vérité à la fillette.

Chaque chose en son temps. Et puis, le sourire de Florence compensait la froideur de la présentation.

Il mit le chiot dans les mains de Florence.

— Je te le confie. Il est à toi.

Elle le serra contre elle, le caressa encore, se pencha sur lui pour se faire lécher la joue. Elle semblait au comble du bonheur.

— J'aime les animaux, dit-elle avec une ferveur touchante.

— Et qu'est-ce que tu aimes d'autre ? lui demanda-t-il.

— J'apprends à jouer du piano.

— Tu voudrais jouer quelque chose pour moi ? proposa-t-il en songeant à son bel instrument dont le couvercle n'avait plus été soulevé depuis bien longtemps.

Eleanor était incapable de détacher ses yeux du spectacle de sa fille et de Cristo. Florence s'apprivoisait bien vite. Devait-elle s'en réjouir ou s'en alarmer ? Elle ne le savait pas trop. Puis elle reporta son regard sur Cristo et elle lut une telle tristesse dans ses yeux qu'elle sentit les larmes perler à ses cils. Il semblait dire : « J'ai perdu tant de temps, par ma faute… Toutes ces années gâchées… » Puis il sembla se ressaisir. Peut-être devait-il penser qu'il pourrait toujours rattraper le temps perdu.

Touchée au plus profond d'elle-même, elle montra du doigt le cartable de Florence.

— Florence, tu ne veux pas montrer tes dessins à lord Cristo ?

Puis elle leur désigna le vieux banc de pierre. Cristo s'y assit, tandis qu'Eleanor ouvrait le cartable pour en sortir les œuvres.

« Soyons simples et naturels, laissons les choses se faire », pensa-t-elle, tandis que, d'une main tremblante, elle tendait l'album à sa fille.

Florence commença à tourner les pages et à décrire ce qu'il fallait y voir.

— Ça, c'est notre maison… Là, c'est papa. Il est au ciel,

maintenant… Sophie et Margaret, dans leurs belles robes pour aller au bal…

Si Cristo approuvait de maints hochements de la tête, il ne regardait pas vraiment les dessins, il fixait Florence. Il semblait littéralement fasciné par elle, et ses yeux trop brillants trahissaient les larmes qu'il avait du mal à retenir.

— Et ça, annonça triomphalement Florence, c'est une princesse !

— Et moi, dit Cristo, je crois que c'est toi. On reconnaît tes boucles.

— C'est vrai, dit la petite fille.

Elle examina son dessin de plus près, puis reporta son regard sur Cristo.

— On a les mêmes cheveux, ils ont la même couleur.

Cristo sembla un instant décontenancé et il se tourna vers elle, l'air d'avoir besoin de son aide. Mais elle-même ne savait que répondre, elle eut une petite moue évasive, sans fuir son regard, et c'est alors qu'elle aperçut qu'il portait une petite cicatrice sous l'œil gauche. C'était une séquelle de la bataille dans le bâtiment du port, bien sûr. Combien elle regretta, alors, de ne pas l'avoir remercié de la peine qu'il s'était donnée pour elle ! Honteuse, elle chercha des mots qu'elle pourrait prononcer maintenant, avec retard, mais il ne lui venait que des propos convenus. Aussi préféra-t-elle se taire.

Cristo se mit debout.

— En arrivant, j'ai vu, de ma voiture, le pré qui s'étend derrière ces arbres. Que diriez-vous d'une petite promenade à pied ?

La question s'adressait naturellement à Eleanor, mais c'est Florence qui répondit.

— Oh ! oui ! Allons nous promener ! Je suis sûre que Patch en a envie aussi.

Eleanor pesa le pour et le contre. Elle hésitait, mais elle finit par céder devant le regard brillant d'excitation de sa fille.

— C'est d'accord, mais pas trop longue, la promenade.

Pourquoi avait-elle besoin de faire tant de manières,

pourquoi était-elle si guindée ? Elle aurait tellement aimé se montrer aussi naturelle que Cristo.

Cristo sentit la petite main de sa fille se glisser dans la sienne, alors qu'ils franchissaient la haie pour se rendre dans le pré.

Florence était mince et fragile comme Eleanor, mais là s'arrêtait la comparaison. La petite fille avait ses yeux et ses cheveux à lui, la même forme de visage aussi.

Il observa un instant Florence, *sa* fille, avant de se tourner vers Eleanor. Ils formaient une si belle famille ! Hélas, c'était sans doute impossible, sans doute trop tard en tout cas.

Quand Florence lui échappa pour aller cueillir quelques fleurs qu'elle avait repérées un peu plus loin, il se retrouva seul avec Eleanor. Ce fut elle qui rompit le silence.

— Jamais je n'aurais pensé que vous feriez tout ce chemin pour venir jusqu'à Wycombe.

— En vérité, lady Dromorne, je serais sans doute resté chez moi si j'avais su que vous séjourniez ici. Après l'affaire de l'enlèvement, ayant constaté que vous ne tentiez rien pour me tirer du mauvais pas où je m'étais mis, pour vous venir en aide, j'avais décidé de vous oublier. Mais Emerald m'a demandé d'inspecter cette propriété, où elle avait l'intention, disait-elle, de pratiquer l'élevage des chevaux. Je comprends maintenant qu'elle a monté un stratagème pour nous réunir. Dans quel but ? C'est ce qui reste à déterminer.

— Je ne pouvais pas venir…

Il lui coupa la parole, assez durement.

— Et alors ? Vous n'auriez pas pu écrire, ou envoyer un messager ? Voilà ce dont j'avais besoin, à ce moment. Mais vous m'avez lâchement abandonné. Oui, abandonné, c'est le mot qu'il faut employer.

Eleanor soupira. Puis, se tordant les mains, elle tenta de se défendre.

— Je ne pouvais rien faire de tout cela, parce que Diana,

la propre sœur de Martin, m'avait enlevée pour m'emmener vers le nord. Elle m'a gavée de laudanum pour me tenir endormie. Par chance un de ses serviteurs l'a trahie et a réussi à faire prévenir Martin. Quand j'ai été rétablie et rendue à ma famille, vous étiez libre vous-même, et disculpé des charges qui avaient pesé sur vous.

— Diana vous a enlevée, dites-vous ? J'ai du mal à vous croire. Pourquoi aurait-elle commis un acte aussi insensé ?

— Pour assurer l'avenir de ses filles. Je lui avais avoué que vous étiez le père de Florence. Elle a craint le scandale qui eût rejailli sur toute sa famille, et pour l'éviter, elle n'a rien trouvé de mieux que de me séquestrer. Elle m'avait tant fait prendre de laudanum qu'il a fallu plusieurs jours pour me réveiller.

Cristo eut du mal à masquer son effarement.

— Elle est folle ! Elle aurait pu vous tuer. Où se trouve-t-elle, maintenant ?

— En Ecosse. Elle a promis de ne plus revenir à Londres avant très longtemps.

Ils marchèrent ensuite en silence, puis Eleanor reprit la parole, avec gêne :

— J'ai appris que Martin était venu vous voir. Vous lui avez très clairement fait comprendre que vous vouliez complètement couper les ponts entre nous.

— Comment ? Votre mari vous a dit cela ?

— Oui. Je comprends que je pourrais être un embarras pour votre famille. Cependant, je…

Il protesta avec véhémence.

— C'est insensé ! Je n'ai jamais tenu un tel discours à votre mari ! Il m'a dit, au contraire, que vous me rendiez responsable de tous les malheurs qui vous étaient arrivés, et que vous ne vouliez surtout pas risquer l'avenir de Florence après l'affaire survenue dans le bâtiment du port. Il m'a donc dit que, pour cette raison, il valait mieux cesser toute relation entre nous. Je l'ai cru sur parole, et j'ai fait ce qu'il me demandait. Voilà pourquoi vous n'avez plus entendu parler de moi.

Eleanor accusa le coup.

— Martin était donc capable de proférer d'aussi monstrueux mensonges ? J'ai du mal à le croire capable d'une telle vilenie.

— Il m'a même interdit d'aller à Bath, où il avait l'intention de s'installer avec vous. J'ai appris, par la suite, que vous meniez là-bas une vie sociale bien remplie. Les journaux rapportaient vos faits et gestes, disant que vous étiez la coqueluche des salons. J'en ai déduit que vous étiez très heureuse dans votre nouvel état, ce qui tendait à prouver que votre mari m'avait dit la vérité. Il m'a donc semblé inutile de rompre la promesse que je lui avais faite.

— Il s'est servi de nous, si je comprends bien, murmura-t-elle tristement.

Florence revenait vers eux, un bouquet à la main avec le petit chiot gambadant autour d'elle, ivre de joie. Il sauta dans les plis de la robe d'Eleanor, qui se pencha pour le caresser.

— C'est un joli cadeau que vous avez fait à ma fille, déclara-t-elle, mais nous ne pourrons malheureusement le garder. Un cousin de Martin doit prendre possession des domaines héréditaires, et il faut que je trouve une nouvelle maison.

— Qu'à cela ne tienne ! répondit Cristo. Je le garderai avec moi jusqu'à ce que vous soyez prêtes à le recueillir.

Aussitôt, elle secoua la tête.

— Si on vous voit trop souvent en compagnie de Florence, on va dire…

D'un doigt sur les lèvres, il lui coupa la parole. Il voulait répondre à son objection, mais en la voyant si belle dans sa robe noire, il fut pris d'un désir soudain, violent, qui le stupéfia. Le regard fixé sur le corsage aux renflements suggestifs, il pensa à ces seins qu'il avait autrefois caressés des doigts et de la langue. Conscient que ce brusque élan de passion devait être par trop visible, il murmura d'une voix étranglée :

— Vous disiez ?

— Je disais que si votre ressemblance avec Florence devait devenir de notoriété publique, cela serait très gênant pour tout le monde.

Il éclata de rire.

— Je crains que la bataille ne soit perdue d'avance. Avez-vous l'intention de cacher votre fille encore longtemps ?

— Non, mais en tout cas, je ne veux pas qu'elle ait à souffrir.

— Je vous promets qu'elle ne souffrira pas.

Ils avaient emprunté un étroit chemin entre deux haies, si étroit que leurs corps se frôlèrent. Il s'enhardit et prit la main d'Eleanor.

— Quand est-elle née ?

Il vit Eleanor retenir son souffle. Elle devait quand même bien savoir qu'il lui poserait cette question et qu'il lui faudrait y répondre. L'espace d'un instant, il crut pourtant bien qu'elle allait refuser et pire même lui servir quelques mensonges. Mais finalement elle se tourna vers lui et le regarda droit dans les yeux.

— Florence est née le 1er juillet 1826, à Aix-en-Provence où je m'étais rendue après avoir quitté Paris. Ensuite je suis allée à Florence, en Italie. Martin m'avait offert son appui, que je n'ai pas cru devoir refuser.

— Parce que vous ne pouviez plus me revenir.

Ce n'était pas une question, mais une simple constatation, ou plutôt une accusation, contre lui-même qui l'avait laissée partir, qui l'avait en quelque sorte chassée de sa vie après une seule nuit d'amour dans une maison mal famée de Paris. En fait, il était presque aussi jeune qu'elle alors, et comme elle, il ne se rendait pas compte de la portée de ses actes.

— J'avais besoin de sécurité, Cristo.

C'était la première fois qu'elle l'appelait par son prénom et cela le bouleversa.

— Si vous m'étiez revenue, j'aurais su vous donner cette sécurité dont vous aviez tant besoin.

Elle eut un sourire ironique.

— Dans cette maison de débauche, dont la cuisine se distinguait par les innombrables bouteilles alignées sur les étagères ? Je pense qu'il y a des lieux plus recommandables pour élever une petite fille.

— Vous avez raison, soupira-t-il.

Après quelques pas en silence, il reprit :

— J'ai vendu la maison Giraudon.

— C'est bien.

— J'ai acheté une maison, à Londres.

— Pourquoi pas ?

— J'ai beaucoup d'argent pour Flo…

— Non. Elle reste une Westbury jusqu'à ce que…

Elle s'interrompit, visiblement bouleversée par ce qu'elle avait failli dire. Lui-même était sous le choc. Avait-il bien compris ce qu'elle était sur le point d'affirmer ?

« Jusqu'à ce que vous m'épousiez »…

— Jusqu'à ce que ? demanda-t-il la bouche sèche soudain.

Ils se regardèrent un instant, les yeux brillants, le souffle court.

— Jusqu'à ce que je me remarie, bien sûr, lâcha-t-elle finalement d'un ton neutre et détaché.

— Avez-vous quelqu'un en vue ?

— Certainement.

— Vous commettrez une erreur.

Les mots avaient jailli sans qu'il y prît garde, un cri du cœur. Les dents serrées, il la fusilla du regard. Comment ? Westbury n'était pas mort depuis un mois, et elle lui avait déjà trouvé un successeur ?

Il songea aux journaux qui rapportaient les événements mondains de Bath. C'était là-bas, bien sûr, qu'elle avait trouvé un galant ! Et lui ? Il n'existait donc plus pour elle ? Elle ne ressentait plus rien pour lui ? Avait-elle oublié la maison Giraudon ? Il eut envie de lui rafraîchir les souvenirs, et, pour cela, de la charger sur son épaule pour la jeter sur un lit et lui faire l'amour. Elle comprendrait. Ensuite, il pourrait rester avec elle, et ils vivraient tous les deux, à Wycombe, loin du monde, ne se souciant que de leur amour…

Il croisa son regard et tout à coup son idée lui apparut dans toute sa simplicité et dans toute sa brutalité. Non, il ne pourrait jamais faire une chose pareille. Il fallait plus de diplomatie, sans doute, attaquer sous un autre angle.

— Si Emerald a monté ce stratagème pour nous réunir, c'était sans doute qu'elle avait une idée derrière la tête.

Eleanor hocha la tête, mais ne répondit rien.

— Vous pourriez sans doute m'en dire un peu plus, insista-t-il.

— Votre belle-sœur a tout compris quand elle s'est aperçue que Florence vous ressemblait. Elle m'a proposé d'organiser une rencontre pour que nous puissions parler. Je n'ai pas cru devoir refuser sa proposition.

— Vous savez, j'ai une maison à Londres. Il suffisait de le dire. Nous n'aurions pas eu tout ce chemin à faire.

— Puisque vous êtes là, autant en profiter.

— Bien… Vous ne me demandez pas de repartir tout de suite, donc ?

— Non, pourquoi ? Vous pouvez rester, vous savez.

Il eut un petit rire ironique.

— Dites donc… Je vous trouve bien imprudente. Que dirait votre fiancé, s'il savait tout ça ? Vous croyez qu'il serait content de vous savoir ici, avec moi, en pleine campagne ?

— Mon fiancé ?

— Oui, ne venez-vous pas de me dire que vous aviez l'intention de vous remarier et que vous aviez déjà un prétendant ?

Eleanor accueillit cette remarque avec un grand sourire, qui creusa deux fossettes dans ses joues. Qu'elle était belle ! Radieuse, plutôt. A Londres, elle était toujours pâlichonne, une mine de papier mâché. Or la vie au grand air lui avait redonné des couleurs, ses yeux brillaient, et il semblait même qu'elle avait pris aussi un peu de poids. Il se perdit un instant dans la contemplation de ses courbes voluptueuses.

Il préféra détourner le regard, avant qu'elle ne s'aperçoive de l'intérêt qu'il lui marquait. Mais ne venait-elle pas de lui faire comprendre qu'elle désirait le garder près d'elle ? Malgré lui, son imagination s'emballa. Si elle le souhaitait près de lui, se pourrait-il qu'elle veuille autre chose qu'échanger des civilités et des banalités ?

Non, il rêvait, il se faisait des illusions. Il devait absolument brider son esprit et son imagination car tout cela était peut-être encore un malentendu.

Le mieux dans ces conditions était de jouer cartes sur table.

— Je crois devoir vous prévenir, Eleanor, que si je dois dormir cette nuit dans votre maison, je ne me morfondrai pas dans un lit solitaire.

— Est-ce une crainte, milord ?

— Non, chère amie, c'est une certitude.

18

La gouvernante lui montra sa chambre, qui donnait sur le devant de la maison. Il n'en avait jamais occupé d'aussi grande. Elle comportait une sorte d'antichambre dans laquelle il découvrit, avec intérêt, un piano dissimulé sous un vaste drap, qu'il ôta immédiatement pour examiner l'instrument. C'était un Broadwood, une excellente marque ! Ravi de sa découverte, il s'assit sur la banquette recouverte de velours rouge et s'assouplit les doigts. Depuis combien de temps n'avait-il plus joué de piano ? Depuis très, très longtemps. Il ne pouvait pas être plus précis.

Les yeux fermés, il plaqua un accord, puis un autre, puis un arpège et encore un autre. Les automatismes semblaient lui revenir très vite.

Il avait l'impression de rentrer à la maison. Pour la première fois depuis bien longtemps il se sentait serein, heureux même.

Il joua le premier mouvement de la sonate *Clair de lune*. Il remontait le temps. Il réparait son passé. Il se réconciliait avec son père, et, plus important encore, avec lui-même.

Il jouait une mélodie qu'il n'avait jamais oubliée, sans le savoir. Il retrouvait des notes qui reposaient en lui, à son insu. Trop longtemps il avait cru n'être fait que pour le chaos, mais il était capable d'harmonie.

Il jouait la musique de Beethoven, mais c'était Eleanor qui l'inspirait, qui lui donnait le goût de jouer, comme si cette musique avait été créée pour elle, rien que pour elle, et comme si lui seul avait le droit de la jouer, pour elle.

Il s'exaltait. Il s'enflammait. Il avait les larmes aux yeux et tremblait de tous ses membres, et pourtant, il n'avait jamais aussi bien joué de sa vie. Sa position était mauvaise, la banquette étant trop basse pour lui, et déjà il avait mal au dos, mais il ne pouvait s'arrêter de jouer. Il était comme possédé par une force surhumaine, une force qui le dépassait et l'emportait.

L'amour. Eleanor.

Quand il eut plaqué le dernier accord, il écouta le silence. La musique, c'était Eleanor. Le silence, c'était l'absence.

Et soudain, il éprouva une sorte de révélation. Plus jamais il ne vivrait sans musique et surtout, plus jamais il ne vivrait sans Eleanor.

Il l'avait perdue une fois, par sa faute. Il n'était pas décidé à commettre une seconde fois la même erreur.

Appuyée au mur, dans le corridor, Eleanor écoutait, les yeux fermés. L'étonnement l'avait saisie, puis la stupeur.

Cristo jouait de façon merveilleuse, aussi bien, sinon mieux que des artistes qu'elle avait déjà entendus dans les salles de concert. C'était d'autant plus remarquable qu'il avait perdu un petit doigt, mais ce handicap ne se ressentait en rien dans le phrasé de la mélodie. Non seulement il jouait avec exactitude, mais avec art. En fait, il ne jouait pas avec ses doigts, mais avec son cœur.

Où avait-il appris ? Jouait-il quotidiennement, malgré ses activités rien moins qu'artistiques ? Elle se rappelait fort bien le piano dans la chambre de la maison Giraudon, mais en Angleterre, dans toutes les conversations qu'il lui avait été donné d'entendre à propos de Cristo Wellingham, jamais elle n'avait entendu parler de ses talents musicaux.

Quand les dernières notes se furent évaporées dans l'air

du soir, elle attendit un petit moment dans le silence avant d'entrer dans la chambre.

Cristo était encore au piano. Il avait fermé les yeux, et le soleil qui entrait à flots par la fenêtre illuminait ses cheveux.

Conscient de n'être plus seul, il rouvrit les yeux et sourit.

— C'est bon de pouvoir jouer de nouveau, dit-il avec une douceur qu'elle ne lui avait jamais connue avant.

— C'était une très belle musique.

— Beethoven, sonate numéro 14, en *do* dièse mineur, dite *Clair de lune* parce que, selon la légende, il écrivit cette pièce une nuit, en même temps qu'il la jouait pour une jeune fille aveugle. Belle histoire, mais je ne pense pas qu'il faille la tenir pour authentique.

— A Bath, j'ai assisté à de nombreux récitals de piano. Je ne suis pas experte en musique, mais je crois pouvoir dire que vous jouez mieux que bien des artistes qui se font payer pour jouer.

Il éclata de rire.

— Venez dîner avec moi et je vous jouerai une autre musique.

Le sous-entendu était limpide, l'allusion évidente.

Elle ne put s'empêcher de glisser un coup d'œil en direction du lit, immense. Ce regard n'échappa nullement à Cristo.

— Comme en tout, c'est la pratique qui compte.

Cette fois, elle eut conscience de s'empourprer, et elle ne sut que répondre. Que répondre, d'ailleurs ? Si elle avait un brin de sagesse, elle ne devait rien répondre, et fuir, fuir cette pièce, fuir ce grand lit qui la fascinait parce qu'elle y voyait deux amants, Cristo et elle, enlacés au clair de lune…

— Je suis le père de votre fille.

« Et de mon fils aussi. » L'espace d'un instant, elle faillit lui raconter toute l'histoire. N'avait-il pas le droit de savoir ?

— Jamais je ne vous ferais du mal, Eleanor. Pourquoi ne pas courir cette chance ? Pourquoi ne pas parier sur moi, et vivre, vivre enfin ?

Vivre oui… Avait-elle vécu depuis cinq ans ? Avait-elle

vécu depuis qu'elle avait quitté la chambre de la maison Giraudon ? Avait-elle vécu, vraiment vécu, en compagnie de Martin Westbury ?

La réponse à ces questions, elle la connaissait, c'était non. Non, elle avait seulement survécu, tout au plus.

Cristo le savait. Parce qu'il lisait dans son esprit, ou parce qu'il en jugeait d'après sa propre expérience ?

Bouleversée, incapable de savoir quoi dire, elle s'éclaircit la gorge.

— Vous avez des serviettes dans le placard, et un serviteur vous apportera de l'eau chaude chaque fois que vous voudrez prendre un bain. Il vous suffira de demander.

Les détails domestiques avaient quelque chose de rassurant. Ils permettaient d'oublier les souffrances de l'existence.

Ils permettaient de survivre.

Un rire monta du jardin, c'était Florence qui jouait avec Patch.

Cristo l'avait entendu aussi et le sourire qui s'épanouit sur son visage était éloquent. C'était le sourire d'un père fière de sa fille.

— Le dîner sera servi à 8 heures, dans le salon bleu.

Cristo abaissa doucement le couvercle du piano et se tourna vers elle.

— J'attends ce moment avec impatience.

Eleanor accorda un soin particulier à sa toilette. Elle choisit une robe bleu foncé, celle qu'elle avait emportée dans ses bagages au cas où cette occasion se présenterait.

L'occasion de séduire.

La séduction était une forme d'art, après tout, et une femme de presque vingt-quatre ans, avec une seule et unique nuit d'amour pour toute expérience, avait besoin de tous les artifices dont elle pouvait disposer pour séduire.

Au dernier moment, elle décida de ne pas porter de dessous. Les frottements du corsage de soie sur sa peau étaient troublants ; et la sensation d'être nue sous la corolle de sa robe, plus troublante encore.

Tout à coup la brûlure de l'attente et de l'anticipation la submergea.

Même le parfum dont elle s'aspergea, peut-être un peu trop abondamment, ajouta à sa fièvre sensuelle.

Elle était amoureuse.

Cristo Wellingham était le seul homme qu'elle avait jamais aimé, malgré le chagrin qu'il lui avait infligé en la rejetant après leur nuit d'amour à Paris. Le pauvre Martin ne pouvait lui être comparé en aucune manière, et pour cause ! A Bath, où elle sortait souvent seule, plusieurs galants lui avaient présenté leurs hommages, ils avaient tenté de la séduire, toujours avec délicatesse, souvent avec art ; mais aucun n'avait su éveiller son intérêt, faire battre son cœur. Aucun ne l'avait tenue éveillée la nuit.

Dans ses moments de solitude, dans ses moments de doute, dans ses nuits d'insomnie, dans ses rêves éveillés, elle ne pensait qu'à un seul homme.

Cristo.

Elle allait dîner avec lui. Mais l'avenir restait incertain : allait-il clore la dernière page de leur relation ou au contraire entamer un nouveau chapitre ?

Les seins, qui se dessinaient parfaitement sous la robe de soie, ces mamelons bien dessinés, étaient une véritable provocation. Cristo avait envie d'arracher cette robe, sans autre forme de procès, mais il sut se contrôler. Il avait déjà commis cette erreur, cinq ans auparavant, et une fois suffisait. Ce soir, il s'agissait pour lui de séduire, non de se conduire comme une brute. Ce soir, il serait un parfait homme du monde, non un aventurier ayant élu domicile dans une maison de tolérance.

— Milady, fit-il en s'inclinant cérémonieusement.

Il prit la main qu'elle lui tendait, l'effleura de ses lèvres.

— Milord, murmura-t-elle.

Elle avait la voix un peu contrainte, comme étranglée, mais d'autant plus sensuelle.

Ils se regardèrent. Déjà il ne savait plus que dire et ce fut elle qui brisa le silence.

— J'ai demandé aux domestiques de préparer notre dîner et de prendre congé pour la nuit. J'espère qu'il ne vous déplaira pas de vous servir vous-même ?

— Certainement pas, répondit-il d'une voix tout aussi étranglée.

Le désir le torturait déjà, et il sentit son sexe se durcir déjà contre l'étoffe de son pantalon. Il chercha une position moins incommode, mais ce fut peine perdue. En plus, sa cravate était trop serrée, il avait du mal à respirer. Et puis sa chemise trop amidonnée lui grattait la peau.

Pourquoi fallait-il toujours s'habiller de façon aussi formelle pour un dîner, même en tête à tête, alors qu'il aurait été si simple de se présenter dans le plus simple appareil. A cette idée, son désir se fit plus pressant.

Il fallait qu'il pense à autre chose, sinon il risquait de perdre le peu de contrôle qui lui restait…

— Et Florence ?

— Dans sa chambre. Sa gouvernante veille sur elle.

— Donc, il n'y a que vous et moi.

— Oui.

— Bien…

Pourquoi Eleanor souriait-elle, et de cette façon ? Oui, que signifiait ce sourire ? Incapable de répondre à cette question, encore plus incapable de dire quoi que ce fût, même de prononcer quelques banalités, il regarda autour de lui. Il remarqua le sofa poussé contre le mur, entre deux fenêtres, puis la table, bien sûr, et la desserte. Un bon feu brûlait dans la cheminée, devant laquelle de nombreux coussins multicolores avaient été disposés.

Le feu, les coussins… Cette fois, il ne se faisait pas d'idées. Le message ne pouvait pas être plus clair.

Le silence se prolongeait.

— Voulez-vous un peu de vin ? proposa Eleanor.

Elle montra la bouteille et les verres sur la desserte.

Il hocha la tête et eut conscience qu'il manquait à tous ses devoirs. Il se hâta donc de déboucher la bouteille et de verser le vin.

Eleanor prit le verre qu'il lui tendait. Pourquoi lui paraissait-il si grand ? Plus viril aussi. Elle avait gardé de lui l'image du jeune homme qu'elle avait connu à Paris, même au cours de leurs rencontres récentes, et tout à coup, comme par miracle, elle découvrait l'homme qu'il était devenu.

Ils burent, et le silence se prolongea.

— Que désirez-vous ? demanda-t-elle pour meubler le silence.

Elle parlait du dîner, bien sûr, mais sa question n'aurait pu être plus ambiguë.

— C'est vous que je désire, Eleanor, répliqua-t-il dans un souffle.

Profondément troublée, elle posa son verre.

Il posa le sien.

Elle affronta son regard et elle remarqua que, lui aussi, il retenait sa respiration.

— Ma chérie…, murmura-t-il en s'approchant d'elle.

Il posa ses mains sur ses hanches pour l'approcher de lui, lentement, inexorablement. Elle aurait été bien incapable de se soustraire à cette étreinte, si elle l'avait voulu.

Mais elle ne le voulait pas.

Quand il se pencha pour le premier baiser, elle entrouvrit les lèvres et ferma les yeux.

Elle avait toujours dix-huit ans. Elle n'avait peur de rien. Elle avait envie de faire l'amour, avec cet homme et pas un autre.

Elle n'avait rien bu, cette fois, mais elle se sentait ivre, comme à Paris. Ivre, libre et audacieuse. Elle savait ce qu'elle voulait.

Quand Cristo commença à chercher la fermeture de sa robe, elle le repoussa.

— Pas encore, milord, lui dit-elle avec un sourire espiègle.

Il cilla sous l'effet de la déception, alors elle se hâta de le rassurer.

— Aujourd'hui, c'est vous qui serez déshabillé le premier.

Où avait-elle appris tout cela ? Dans quelles circonstances ? Avec qui ? Cristo ne put s'empêcher de se poser la question.

Elle avait des manières de courtisane expérimentée. Elle le déshabillait lentement, d'une façon délicieusement agaçante, et quand il esquissait un geste pour accélérer le mouvement, elle le rabrouait et lui intimait l'ordre de se tenir à sa disposition.

Après l'avoir débarrassé de sa cravate, elle ouvrit sa chemise et voulut la lui enlever, mais il essaya de l'en empêcher.

— En général, je préfère la garder.

— A cause des cicatrices sur ton dos ?

Il ne chercha pas à masquer son étonnement. Comment pouvait-elle se souvenir de ce détail ?

— Tu as bonne mémoire.

Il sentit soudain une vague irritation l'envahir. Il n'aimait pas parler de ce détail, évoquer ce souvenir encore douloureux.

— Je n'ai pas de mérite à me souvenir, lui répondit-elle. J'ai fait l'amour avec un seul homme, pendant une seule nuit. Comment aurais-je pu oublier quoi que ce soit ?

— Un seul homme ?

Il n'était pas sûr d'avoir bien entendu. Il lui fallait une confirmation.

— Martin Westbury était impuissant.

— Alors, si je comprends bien, il n'y a eu que moi ?

— Tu comprends bien. Pendant cinq ans, il ne m'a pas touchée.

Il n'y avait rien à répondre à cela, alors il se contenta de hocher la tête.

— Mais..., reprit la jeune femme.

Elle hésita. Du regard, il l'encouragea à poursuivre.

— Brusquement, Martin a décidé que nous devions avoir des relations physiques, à sa manière. C'est pourquoi je me suis mise à sortir tant, à Bath, et à rentrer si tard. Quand je rentrais à la maison, il dormait. J'échappais ainsi à un simulacre dégradant, pour lui peut-être plus que pour moi. Voilà, je t'ai tout dit, maintenant.

Il avait conscience qu'elle venait de lui confier un lourd secret et de lui ouvrir son cœur avec honnêteté, il devait se montrer aussi loyal qu'elle. Arrachant sa chemise, il se tourna pour exposer les cicatrices qui striaient son dos. Elle les caressa du bout des doigts, avec une infinie délicatesse.

— Après la mort de Nigel, je me suis engagé sur un bateau dont le capitaine prenait plaisir à infliger les pires sévices à ses hommes, expliqua-t-il. Pour la moindre faute, c'était le fouet, sur le pont, devant tout l'équipage. J'y ai passé plus d'un mois, avant de trouver le moyen de prendre la fuite, révolté alors contre l'humanité tout entière. Je…

Il s'arrêta, incapable d'en dire davantage.

— C'est pour cela, lui dit Eleanor, que tu ne faisais plus confiance à personne ?

Il hocha la tête.

— Si je pouvais remonter le temps, je te ferais confiance. Quelle faute j'ai commise en ne voulant pas te garder avec moi. J'ai regretté mon geste tout de suite après ton départ, mais il était déjà trop tard.

Elle sourit avec douceur.

— Et si je pouvais remonter le temps, moi, je frapperais de nouveau à la porte de la maison Giraudon, et je te demanderais de me protéger.

— Cinq années perdues, souffla-t-il, accablé.

— Ne perdons pas un jour de plus.

— Pas une heure de plus !

— Pas une minute !

Et ils se mirent à rire, libérés soudain du poids des regrets, du deuil et de l'amertume.

Eleanor avait un don, celui de lui redonner confiance. A ses côtés, le monde était plus beau, moins violent. Elle témoignait pour le reste de l'humanité.

Emu, il avança la main pour caresser son visage, qu'elle lui abandonna en fermant les yeux. Très vite, il descendit, sur la partie découverte de la gorge, et plus vite encore il s'engouffra dans le corsage pour s'emparer avidement d'un mamelon qu'il agaça entre deux doigts.

Eleanor éprouvait un intense soulagement. Oui, elle était rassurée, son corps n'était pas endormi, cinq années de sommeil n'avaient pas eu raison de sa sensualité.

Elle était une femme, une vraie femme capable d'émotions charnelles, une femme désirante, une femme qui avait envie de faire l'amour avec l'homme qu'elle aimait, et sans se soucier des conséquences, sans se soucier du lendemain.

Elle offrait son corps à ces mains qui la caressaient, à cette bouche qui la dévorait. Elle s'offrait à cet amant qui lui rendait l'hommage qu'elle méritait.

Elle avait envie que Cristo la pénètre, une envie folle et presque effrayante. Elle n'était plus que désir. Quand elle fut rassasiée de caresses et de baisers, et qu'elle comprit que Cristo allait lui prodiguer d'autres caresses et d'autres baisers, elle perdit toute maîtrise

— Maintenant ! Prends-moi maintenant, cria-t-elle avec brutalité.

Mais il résista.

— Et mettre fin à cinq années d'attente en quelques minutes ? Tu es trop pressée, ma chérie.

Elle voulut protester, mais il l'interrompit.

— Nos premières étreintes ont été précipitées, par ma faute. Je te promets qu'il n'en sera plus de même.

Elle soupira d'impatience, poussa un long gémissement animal. Mais lui restait imperturbable et accaparé par les doux sévices qu'il lui infligeait. Quelle torture !

— Martin Westbury devait avoir de la glace dans les veines pour être impuissant avec toi, lâcha-t-il d'une voix rauque.

Bizarrement, elle éprouva le besoin de le défendre.

— Quand il m'a rencontrée à Aix-en-Provence, j'étais très malade. Il m'a sauvé la vie en m'emmenant en Italie. Ensuite, il m'a été difficile de le quitter. J'avais de la reconnaissance pour lui.

— Malade ?

— A cause de l'accouchement. Ce sont des choses qui arrivent.

Cristo se pencha sur elle et la regarda avec attention.

— Je sens qu'il y a quelque chose, murmura-t-il, tu ne me dis pas tout.

— Je t'ai dit : c'est l'accouchement. Tu devrais savoir que c'est un moment souvent difficile pour une femme.

— Je ne le sais que trop.

— Pourquoi ?

Cristo soupira, comme s'il lui était pénible de répondre à cette question, mais à sa grande surprise, il le fit quand même.

— Ma mère s'appelait Sylvienne de Caviglione. Elle a rencontré mon père un mois avant son mariage, qui avait été arrangé par ses parents, avec un barbon dont elle ne voulait pas. Par provocation, elle s'est donnée à Ashborne, et elle est tombée enceinte. Horrifiés, ses parents l'envoyèrent à la campagne, où, huit mois et demi plus tard, elle mourut en me donnant le jour. Voilà, tu connais mon secret, Eleanor. Je te le dis : il ne doit plus y avoir de secrets entre nous. Donc, si tu en as…

Elle ignora l'allusion de Cristo.

— Alors, tu as grandi comme un Wellingham, à Falder ?

— Mon grand-père maternel n'avait pas envie de garder le petit bâtard que j'étais. Il m'a envoyé en Angleterre dès qu'il a pu se débarrasser de moi, mais sa femme, qui était moins méchante que lui, m'a invité chez elle quand elle est devenue veuve. Elle me parlait souvent de sa fille, en pleurant, et je pleurais aussi.

— Tu te reproches d'avoir tué ta mère ?

Il soupira.

— Elle était jeune, et moi j'étais déjà un enfant difficile.

Eleanor ne put retenir les mots qui soudain jaillirent de sa bouche.

— Parfois la mère meurt, parfois c'est l'enfant.

Elle devait lui dire pour leur fils, c'était le moment, il avait le droit de savoir.

Mais par où commencer un tel récit ? Comment dire à un père qu'il ne verrait jamais son fils ?

— On dit souvent que les étoiles abritent les âmes de nos morts, et que, la nuit, entre l'équinoxe d'automne et le solstice d'hiver, dans le groupe des Pléiades, on peut les voir et même leur parler.

— Les Pléiades ?

— Les sept étoiles qui se trouvent dans la constellation du Taureau.

— C'est une belle histoire, je ne la connaissais pas.

Alors, presque sans réfléchir, elle se lança.

— Je sais que, de là-haut, Paris me regarde.

Et elle fondit en larmes.

Interloqué, Cristo regardait Eleanor. Il ne comprenait pas.

Pourquoi pleurait-elle ? A cause de Paris ? Pour quelle raison ?

— Paris ? dit-il.

Levant sur lui ses yeux noyés de larmes, elle hocha lentement la tête.

— Tu regrettes Paris ?

Elle parut soudain agacée.

— Mais non ! Pas la ville ! Tu ne comprends pas.

Il essaya de ne pas se laisser gagner par sa nervosité, mais il était perdu et inquiet aussi.

— Je ne demande qu'à comprendre. Explique-moi.

— Paris… notre fils.

— Paris… notre fils, répéta-t-il sans comprendre.

Elle laissa passer quelques secondes de silence avant de reprendre :

— Il repose à Aix-en-Provence.

L'espace d'un instant le choc l'empêcha de penser et de parler. Certaines vérités sont impossibles à avaler, toute sa vie il avait appris cette terrible leçon, mais là, c'était pire que tout.

— Tu veux dire qu'il y avait un autre enfant ?

Elle hocha la tête.

— Florence avait un jumeau, mort-né.

Les larmes coulaient à flots sur le visage d'Eleanor.

— Tu n'étais pas là… Alors je l'ai appelé Paris. C'était la seule façon que j'avais de le relier à toi.

— Eleanor…, murmura-t-il, d'une voix cassée par l'émotion.

Il l'attira contre lui, comme si par cette étreinte il avait la possibilité d'absorber une partie du chagrin qui accablait la jeune femme.

Elle avait donc souffert encore plus qu'il ne l'avait imaginé, et c'était un reproche supplémentaire qu'il pouvait s'adresser. Il imagina Eleanor, âgée de dix-huit ans, perdue dans la campagne française, perdue à cause de lui, perdue dans les deux sens du terme, donnant naissance à un enfant mort-né… Tout était sa faute, à lui. Il ne se le pardonnerait jamais.

— Il était trop petit, balbutia Eleanor. Trop petit, tu comprends ? Il n'a pas voulu vivre.

Cristo hocha la tête, non pour acquiescer, mais parce qu'il ne savait pas quoi dire.

Elle laissa échapper un long gémissement de douleur.

— J'aurais voulu les sauver tous les deux, mais je n'ai pas pu. Je…

Les sanglots l'empêchèrent de poursuivre. Elle pleura longtemps.

19

Eleanor s'éveilla dans le lit de Cristo. Une couverture avait été posée sur elle et un oreiller glissé sous sa tête. Il faisait encore nuit noire. La bougie posée sur le manteau de la cheminée s'était entièrement consumée, et elle en conclut que plusieurs heures s'étaient écoulées.

Elle lui avait dit.

Bouleversée par les souvenirs de la veille, elle posa sa main sur sa bouche.

La soirée avait commencé dans une atmosphère de folle intensité, et voilà qu'elle s'était retrouvée dans le lit de Cristo à lui confier un secret qu'elle n'avait jamais dit à personne. Elle sourit malgré la tristesse qui l'accablait encore, car en confiant ce secret, elle avait l'impression de décharger sa conscience d'un lourd fardeau. Maintenant elle pouvait se sentir libre, vraiment libre.

Elle entendit un bruit de pas. Elle s'assit dans le lit pour accueillir Cristo, qui apparut avec un plateau supportant une théière et deux tasses, ainsi qu'un pot de lait.

Il avait remis sa chemise, sans la boutonner.

— J'ai pensé que tu aurais peut-être envie de boire quelque chose.

Sur le plateau reposait aussi une fleur, fraîchement cueillie, les pétales emperlés de rosée. Il la lui tendit avec douceur.

— Je l'ai trouvée, toute seule parmi les herbes, quand

je suis sorti de la cuisine pour prendre l'air. Elle m'a fait penser à toi.

En souriant, elle prit le cadeau et nota que la tige de la rose était totalement dépourvue d'épines. Cristo les avait ôtées. Il ne restait que la corolle à la belle couleur pourpre et au délicat parfum.

Plaçant le plateau sur la table de nuit, il apporta une chaise près du lit. Il s'assit et la regarda. Il semblait chercher ses mots.

— Je possède un domaine près de Falder, déclara-t-il enfin. Il s'appelle Graveson et comporte un manoir que j'ai fait restaurer et réaménager. Il est bâti au bord de la mer. C'est un beau pays, Eleanor, avec de grasses prairies et de grands arbres.

Il passa une main fébrile dans ses cheveux, en regardant Eleanor. Il était évident qu'il attendait quelque chose. Et elle croyait savoir quoi.

D'après la description qu'il en donnait, Graveson était sans doute un beau domaine. Mais y avait-elle sa place ? Pas à n'importe quelle condition.

— Je ne peux pas être ta maîtresse, Cristo.

Cette déclaration lui causa un choc car il sursauta, d'un air offusqué.

— Eleanor, ce n'est pas une concubine que je cherche, mais une épouse.

Le souffle lui manqua. Etait-il sérieux ?

— Es-tu en train de me demander en mariage ?

— C'est exactement cela. J'espère que ton prétendant aura la délicatesse de se retirer.

Elle éclata d'un rire heureux.

— Je n'ai jamais eu qu'un prétendant : toi. Mais tu ne le savais pas.

Il eut un large sourire, puis, après un temps de réflexion, il redevint grave.

— Je n'arrive pas à croire que les choses soient si faciles pour nous. Tu acceptes, vraiment, de devenir ma femme ?

Trop émue pour parler, elle hocha la tête et elle le vit retirer l'anneau qu'il portait au petit doigt et se pencher vers elle.

— Je vais te paraître sans doute vieux jeu, mais c'est le seul souvenir qui me reste d'Alice. Elle l'a retiré de son doigt la veille de mon départ, en me faisant promettre que je le donnerais à celle qui deviendrait mon épouse.

— Tu ne le portais pas à Paris, me semble-t-il.

— Non, car il avait trop de valeur pour moi. A Paris, je portais des bijoux très voyants, destinés à parfaire le portrait que je voulais donner de moi, celui d'un débauché, d'un homme sans foi ni loi.

Le cœur gonflé de joie, elle caressa le rubis serti dans un anneau d'or.

— Nous nous marierons en présence de toute la famille, dans les règles, poursuivit Cristo. Avec toi, je veux que tout soit fait dans les règles. Tu me diras que jusqu'à présent nous ne les avons pas respectées, ces règles, mais nous allons régulariser notre situation le plus vite possible. J'y tiens. Donc, le mariage s'impose.

— Je te rappelle que je suis en deuil et que…

— Je ne le sais que trop. Mais je n'ai pas envie d'attendre la fin de ton deuil pour t'épouser. Il faut que Florence ait une vraie famille, avec des cousins, des oncles, des tantes. Qu'en dis-tu ?

Eleanor sentit sa joie se flétrir soudain. Il ne parlait plus d'amour, mais seulement de conventions.

Pire, elle s'aperçut qu'il regardait discrètement la pendule posée sur la cheminée. Il avait envie de partir. Déjà ! Il voulait l'abandonner, maintenant qu'il pensait avoir réglé leur avenir. Elle comprit alors quelles étaient les motivations de Cristo. Il voulait se racheter, se « mettre en règle » comme il disait !

Sa main se referma sur la bague, et l'espace d'un court instant, elle songea à la lui rendre. Il s'en fallut de peu. Puis elle décida de lui donner le bénéfice du doute. Après tout, c'était un Wellingham et il avait une haute idée de ses responsabilités, envers elle, mais aussi envers la société. Il ne voulait qu'agir au mieux.

Elle sentit néanmoins son cœur se glacer quand il se pencha sur elle pour lui donner un baiser sur le front. Elle eut alors l'impression de revoir Martin.

— Merci, Eleanor, lui dit-il d'un ton protecteur. Tu ne regretteras pas ta décision.

Alors qu'il remontait dans sa chambre, Cristo laissa échapper un juron. Il avait réglé l'affaire certes, mais avec quelle maladresse ! Mais au fond n'était-ce pas mieux. Il ne se rappelait que trop bien où sa sensualité débridée l'avait mené à Paris, il ne devait pas reproduire les mêmes erreurs.

Il voulait, maintenant, faire tout dans les règles, avec élégance et galanterie. Eleanor méritait d'être traitée avec égards, il la traiterait avec égards, sans ménager ses efforts et en luttant contre lui-même quand il le faudrait. Il venait de se le prouver : s'il était resté avec elle, ne fût-ce que cinq minutes de plus, il n'aurait pas réussi à se contrôler. Il était parti juste à temps.

Fermant les yeux, il s'arrêta dans l'escalier et donna un grand coup de poing dans le mur.

Il aimait Eleanor. Il aimait tout en elle, le courage avec lequel elle affrontait l'adversité, la générosité dont elle faisait preuve à son égard en ne lui tenant pas rigueur des cinq années de tristesse qu'elle avait connues, par sa faute à lui. Elle aurait pu le haïr, chercher à se venger.

Elle lui avait pardonné. Mieux, elle avait oublié. Il ne méritait pas tant de magnanimité.

Jusqu'à la fin de ses jours, il se souviendrait de sa dette envers Eleanor, et son amour pour elle s'en nourrirait, il s'en renforcerait jour après jour.

Mais s'il la perdait… Si elle se lassait de lui parce qu'il se montrerait trop empressé, trop entreprenant, trop brutal et pas assez romantique. Par chance, il avait réussi à brimer son désir intempestif.

En dépit de sa frustration, il se coucha avec le sentiment du devoir accompli.

Cristo commençait à s'endormir quand un craquement du plancher le réveilla. Il ouvrit les yeux et vit une ombre se découper dans la lumière que donnait la fenêtre ouverte sur la nuit.

— Eleanor, grommela-t-il, tu devrais retourner dans ta chambre.

Il avait conscience de se montrer peu aimable, mais c'était le seul moyen de ne pas se laisser emporter par son désir.

Comme elle ne répondait pas, il se souleva sur un coude pour la regarder, et il s'aperçut alors qu'elle tendait la main vers lui et qu'au creux de sa paume, reposait sa bague de fiançailles.

— Qu'est-ce que ça veut dire ?

La réponse claqua comme un coup de fouet.

— J'ai déjà enduré un mariage de raison. Je ne crois pas que je pourrai en supporter un deuxième.

La voix d'Eleanor tremblait.

— Ce serait d'autant plus insupportable que mon cœur risque de ne pas y survivre.

— Je ne comprends pas.

— C'est pourtant simple, lâcha-t-elle avec un grand soupir. Je t'aime, Cristo. Je t'ai aimé dès le premier jour… ou plutôt, dès la première nuit. Je t'ai aimé tout au long des cinq ans qu'a duré notre séparation. Tu es le seul homme de ma vie.

Ces paroles le touchèrent au plus profond de lui-même. Sans même qu'il s'en rende compte, les larmes jaillirent.

— Je crois n'avoir pas réussi grand-chose dans ma vie, mais ton amour pour moi est le plus beau cadeau que je pouvais espérer. Je…

Sa voix s'étouffa dans les sanglots. Il tendit la main. Eleanor tomba dans le lit.

— « J'entrai dans la chambre avec mon cœur / Quand j'en sortis, je n'avais plus mon cœur. »

— John Donne ? demanda Eleanor.

Cristo hocha la tête.

— Donc, si je comprends bien, ce n'est pas seulement pour Florence que tu tiens tant à m'épouser ?

— C'est ce que tu avais pensé ?

— Tu es parti si vite de la chambre…

Elle le vit esquisser une grimace. Visiblement, il avait compris où elle voulait en venir.

— Je n'étais pas certain de pouvoir me tenir. Tu comprends, je ne voulais pas me conduire comme à Paris.

Elle se pelotonna contre lui.

— Et alors ?

— J'avais peur que tu ne me pardonnes pas.

Elle comprit enfin les raisons de sa froideur et de son obsession des convenances. Comment n'avait-il pas pu voir qu'elle l'aimait et que l'amour était capable de tous les pardons ?

— Idiot ! Puisque je t'aime. Tout se pardonne, quand on aime, sauf…

— Sauf ?

— Sauf l'indifférence, bien sûr. Je t'en ai voulu… un peu… pas trop.

Elle lui caressa la poitrine, descendit sur le ventre, et effleura son sexe dressé, qu'elle s'amusa à agacer un peu. Cristo soupira, mais ne réagit pas plus. Sans doute ses bonnes résolutions encore. Il avait encore besoin d'être encouragé.

— Tu sais, il nous reste encore quelques heures avant l'aube. Pourquoi ne pas en profiter ?

— Pour dormir un peu ?

— Ce n'est pas vraiment à cela que je pensais.

L'aube se levait.

Ils reposaient, nus et en sueur, dans les bras l'un de l'autre, en échangeant des caresses et des baisers.

Alors qu'elle sentait le sommeil l'envahir, elle posa soudain la question que venait de surgir dans son esprit.

— Qui étaient les gens qui m'ont enlevée ?

Cristo marqua un temps d'hésitation avant de répondre :

— Des collègues à moi… de Paris.

— Des collègues ?

— Je travaillais à rassembler des renseignements pour le Foreign Office.

— Tu étais espion, donc ?

— Oui… Béraud, lui, travaillait pour la police secrète française, mais il ne répugnait pas à me vendre parfois quelques secrets, contre de grosses sommes en argent liquide, comme tu l'imagines.

— Bref, il trahissait.

— Tu sais ce qu'on dit : tout le monde a un prix, il suffit de trouver lequel. Avec Béraud, ce fut assez facile, parce qu'il avait la mauvaise habitude de se ruiner au jeu, et son traitement ne lui suffisait pas.

— Et toi, est-ce que avais un prix ?

Cristo secoua la tête, un peu sèchement.

Elle n'insista pas.

— Tes fameux collègues, comment ont-ils su, pour nous ?

— Par hasard. L'un d'entre eux nous a vus à Londres, il nous a suivis… Il a transmis le renseignement à Béraud qui a organisé l'enlèvement.

— Et Milne ?

— Totalement innocent.

— Y a-t-il d'autres individus de la même engeance qui pourraient avoir l'idée de s'en prendre à nous ?

Elle répugnait à parler de cela, surtout maintenant, mais mieux valait régler toutes ces histoires en cet instant.

— S'il y en a, sois sûre que je ferai en sorte qu'ils demeurent inoffensifs. Ils n'approcheront jamais assez près de toi.

Cristo proféra cette menace d'une voix basse mais terrible. De toute évidence, il valait mieux ne pas se compter au nombre de ses ennemis.

— Tu ne travailles plus pour le Foreign Office ? demanda-t-elle encore.

— J'ai mis un terme à ma carrière en quittant Paris. Nous nous sommes quittés en bons termes. La preuve, c'est que lorsque tu as été enlevée, j'ai pu avoir quelques renseignements utiles grâce à eux.

— Ils auraient pu t'aider aussi lorsque tu étais en prison !

— Non, c'est une règle intangible : le monde de l'espionnage ne se fait jamais connaître.

Elle soupira au souvenir de cette douloureuse période.

— Quand je pense que, moi non plus, je n'ai pas pu te venir en aide dans ces moments difficiles. Je…

Il lui ferma la bouche d'un baiser.

— N'en parlons plus jamais. Tournons la page, veux-tu ?

Tourner la page. Oui, elle n'attendait et ne désirait que cela.

— Tu as raison, mon amour. Tournons la page des mauvais jours et ne pensons plus qu'à notre bonheur.

Lorsque Eleanor se réveilla, une intense sensation de bonheur faisait battre son cœur très fort.

— Je t'aime tant, Cristo, s'écria-t-elle, parfois je me demande si je n'ai pas trop de chance.

Il se réveilla en sursaut, et la fixa d'un regard ensommeillé et surpris.

— Après toutes les épreuves que nous avons subies, il est bien normal que nous connaissions le bonheur, non ?

Puis il quitta le lit pour aller fourrager dans les tiroirs de son bureau. Quand il revint à elle, il lui tendit quelque chose. Qu'est-ce que c'était ? Un bijou ? Soudain, elle reconnut le médaillon donné par son grand-père.

— Tu l'avais conservé ? s'étonna-t-elle.

— Bien sûr. C'est tout ce qui me restait de toi. Si j'avais su… si j'avais été moins bête…

— Ne parlons plus du passé. N'était-ce pas ce que nous avions décidé ?

— Tu as raison. Je t'aime, Eleanor. Je t'aime et crois-moi, je ne te laisserai plus jamais filer.

— C'est une promesse ?

— C'est une promesse ! Mais avant, j'ai une dernière question. Je me suis toujours demandé ce que contenait la lettre que t'avait confiée ton grand-père. Après ton départ, j'ai jeté les draps dans le feu, et la lettre avec.

La lettre… Elle l'avait presque oubliée.

— Je ne l'ai jamais lue, mais je pense qu'il te parlait de Nigel. Je pense qu'il voulait te demander des explications, car cette histoire n'a jamais été vraiment éclaircie. En outre, ton départ précipité ne plaidait pas vraiment en ta faveur.

— Je suis innocent, Eleanor, gémit Cristo.

— Je le sais, mon amour.

Il la regarda avec une tendresse et un amour qui lui firent battre le cœur.

— Tu vois, dit-il, il ne faut jamais prendre la fuite, surtout quand on n'a rien à se reprocher.

— C'est bien que tu t'en sois rendu compte.

— Je parlais pour toi, mon amour.

— Comment cela ?

— Réfléchis : si tu n'avais pas quitté Paris si précipitamment, nous n'aurions pas vécu cinq ans séparés.

Eleanor sourit. Il avait touché juste. Mais elle n'allait tout de même pas lui laisser le dernier mot.

— Et ta promesse ? Le passé est derrière nous maintenant !

Épilogue

Aix-en-Provence

Eleanor contemplait sa robe jaune paille. Elle devait reconnaître qu'elle était jolie et lui allait à ravir. Cristo estimait que cette couleur lui convenait parfaitement. Il disait qu'il avait l'impression de voir le soleil, et il ajoutait qu'elle était le soleil de sa vie. C'était une magnifique robe pour une mariée.

Cristo, lui, portait, plus classiquement, une redingote sombre et une gilet brodé aux armes des Wellingham.

Florence et tous les autres enfants portaient des vêtements assortis à la robe de la mariée. Si elle était le soleil, ils étaient les étoiles.

Le soleil, le vrai, avait tenu à être de la partie. Ce fut donc une cérémonie pleine de lumière, peut-être un peu trop chaude, mais personne ne songea à s'en plaindre.

La chapelle où avait été célébré le mariage était celle qui avait vu les obsèques du petit Paris.

La petite pierre tombale était toujours là. Cristo et elle s'y étaient recueillis avant la cérémonie, rien que tous les deux. Le reste de la famille n'était pas au courant. Eleanor lui avait fait promettre que cela resterait leur secret.

Cristo avait loué pour l'occasion une belle villa entourée d'un immense jardin dans la campagne. Un lieu idéal pour accueillir la nombreuse parenté et les amis à qui il offrait une magnifique réception.

Justement, la réception battait son plein et Eleanor se sentait merveilleusement heureuse. C'est avec un grand sourire qu'elle accueillit Béatrice-Maude qui venait la rejoindre, un verre à la main.

— Les trois frères Wellingham sont mariés, dit cette dernière dans un grand éclat de rire. Une bonne chose de faite ! A votre bonheur, ma chère !

— Mon bonheur est parfait, répondit Eleanor. Je dirais même : plus que parfait.

— Intéressant… Que voulez-vous dire ?

— Chut ! C'est encore un secret.

Cristo arriva sur ces entrefaites.

— De quoi parle-t-on, par ici ? demanda-t-il.

Béatrice-Maude fit la moue.

— Eleanor a un secret qu'elle ne veut pas me dire.

— Eleanor ! dit Cristo, l'air faussement sévère, je te rappelle que tu es une Wellingham, à présent.

— Bien sûr, et alors ?

Il ouvrit sa redingote, montra son gilet brodé aux armes des Wellingham, avec la devise : *Semper Veritas*. « Toujours la Vérité. »

— Tu dois faire honneur à ta devise, ma chérie, ajouta-t-il.

En souriant, Eleanor posa les deux mains sur son ventre, encore plat mais qui ne le resterait plus longtemps. Cela suffisait. Béatrice-Maude comprit.

— C'est merveilleux ! s'exclama-t-elle. Toutes mes félicitations.

Lorsque Cristo lui prit la main, Eleanor se laissa entraîner un peu à l'écart, à l'ombre de grands arbres. Là, il l'enlaça avec passion.

— Si j'avais eu l'idée de venir ici, il y a cinq ans…, murmura-t-il avec émotion.

Elle le fit taire d'un baiser.

— On tourne la page !

Ils éclatèrent de rire. Quelques invités tournèrent la tête et leur sourirent.

Retrouvez prochainement,
dans votre collection

SAGAS

Tétralogie intégrale : MARIAGES DE RAISON - N°165

Un week-end bouleversant, de Abby Green

Cinq cent mille dollars ! Qui peut bien vouloir offrir une telle somme à l'association de Julianna, en échange d'un week-end passé avec elle ? Bouleversée, elle découvre qu'il s'agit de Ben Carter, l'homme qui cherche à racheter l'entreprise de ses parents, celui qu'elle a toujours évité. Mais pour le bien de la cause qu'elle défend, elle ne pourra pas reculer…

La fierté d'un homme d'affaires, de Rachael Thomas

« Je ne vois qu'une solution : nous allons nous marier. » La sentence de Dante Mancini fige Piper. Si elle est venue le trouver, deux mois après la seule nuit de passion qu'ils ont partagée, c'était pour lui annoncer sa paternité. Mais s'agit-il vraiment d'une proposition ?

Sous l'emprise d'un cheikh, de Tara Pammi

Quand elle a accepté le marché du cheikh Zayn al-Ghamdi – feindre leurs fiançailles en échange de la libération de son frère –, Amalia ne s'attendait pas à un tel tournant. Impossible d'ignorer l'attirance qu'elle ressent pour lui. Pourtant, Zayn épousera bientôt une femme digne de son rang…

D'orageuses retrouvailles, de Michelle Smart

Jamais Elizabeth n'aurait imaginé que Xander réapparaîtrait dans sa vie… Lorsqu'il lui apprend que leur divorce n'a pas été prononcé officiellement, elle vacille. En plein déboire avec la presse à scandale, il veut la contraindre à jouer le rôle d'épouse dévouée, afin qu'il sauve sa réputation !…

Trilogie intégrale : WEST CENTRAL HOSPITAL, de Caro Carson - N°166

Médecin… et papa

Le Dr Jamie MacDowell n'a qu'un but : le bonheur de son petit Liam. Il en est convaincu, la seule chose qui lui manque est une mère. Aussi, lorsqu'il se rend compte que son fils est très attaché à Kendry, une infirmière de la crèche de l'hôpital, décide-t-il d'aller proposer un arrangement à la jeune femme…

Seconde chance au West Central Hospital

Tout juste nommée cheffe de l'unité de recherche du West Central Hospital, Lana est confrontée à un problème : leur employeur souhaite arrêter le financement du projet ! Et son interlocuteur n'est autre que Braden, son ex-fiancé, qu'elle n'a pas revu depuis six ans. De plus, il fait renaître en elle des sentiments qu'elle croyait disparus…

Une danse avec le Dr MacDowell

Lorsqu'elle reçoit une invitation pour le prestigieux gala de charité du West Central Hospital, Dianna est folle de joie. L'atmosphère raffinée du bal est le cadre idéal pour vivre une histoire d'amour ! Aussi, quand elle remarque que le ténébreux Dr Quinn est l'unique personne qui ne semble pas en profiter, elle décide de l'aborder…

Retrouvez prochainement, dans votre collection
SAGAS

Trilogie intégrale : AU JEU DE LA PASSION, de Joss Wood - N°167

Retrouvailles à Vancouver

Grièvement blessé alors qu'il doit bientôt jouer le match de sa carrière, Mac vient de découvrir que sa seule chance de guérison est son grand amour de jeunesse, la kinésithérapeute de l'hôpital : Rory. Elle l'a quitté sans un mot dix ans plus tôt, et il n'a jamais pu l'oublier... Fera-t-il confiance à cette femme qui l'a autrefois trahi, alors que son avenir – et peut-être même son cœur – sont en jeu ?

Plus qu'une simple aventure

Une nuit de passion, volcanique... et sans conséquences avec Kade. C'était tout ce que Brodie voulait. Pourtant, il y en a eu... Elle est enceinte ! Mais à présent, elle n'a pas le choix : elle doit l'annoncer au célèbre joueur de hockey avant que la presse à scandale ne s'en charge...

Un cœur à conquérir

Quinn peine à y croire : vient-il vraiment de passer la nuit avec Cal, sa plus proche amie ? Elle ne lui a proposé de l'épouser que pour se sortir d'une impasse. Mais maintenant qu'il a goûté à la douceur de sa peau, Quinn sait qu'il lui sera difficile d'y renoncer. Une seule solution : conquérir Cal... pour de bon.

MYSTÈRES À SUTTON HALL, de Kerry Connor - N°168

Une mariée en danger

Jillian en est persuadée : Courtney, sa meilleure amie, n'est pas morte dans un tragique accident. Quelqu'un, à Sutton Hall, le magnifique manoir dans lequel Courtney se réjouissait de célébrer ses noces, l'a assassinée... Mais qui ? Pour le découvrir, Jillian décide de se faire passer pour une cliente, désireuse de fêter là le plus beau jour de sa vie... Bien sûr, son arrivée quelques jours à peine après le drame ne manque pas d'éveiller les soupçons. Ceux des employés du manoir, tous plus étranges les uns que les autres, mais surtout ceux d'Adam Sutton, le séduisant propriétaire des lieux, qui se méfie d'elle immédiatement...

De dangereuses noces

Tandis qu'elle observe la tempête qui fait rage au-dehors, Meredith ne peut réprimer sa peur : ses hôtes et elle sont bloqués à Sutton Hall alors qu'un tueur se cache parmi eux... Un scénario qu'elle était loin d'imaginer en accueillant dans son manoir son amie Rachel, afin qu'elle y célèbre ses noces ! Jusque-là, tout se déroulait pourtant à merveille : buffet magnifique, convives ravis, et le témoin du marié — le beau Tom Campbell, que Meredith avait follement aimé à l'université sans jamais oser le lui avouer — se montrait particulièrement prévenant à son égard... Oui, tout était parfait. Jusqu'à ce que l'une des invitées ne soit assassinée, et qu'ils se retrouvent contraints de rester cloîtrés, tous ensemble, pour une durée indéterminée...